Horaz
Sämtliche Werke

Horaz

Sämtliche Werke

Oden, Epoden, Satiren, Briefe

Aus dem Lateinischen
von Manfred Simon und
Wolfgang Ritschel

Mit einer Einleitung von
Manfred Simon

Anaconda

Dieses Werk erschien erstmals in der »Bibliothek der Antike« unter dem Titel *Werke in einem Band. Oden, Säkulargesang, Epoden, Satiren, Briefe, Buch über die Dichtkunst,* hrsg. von Manfred Simon; die Übersetzung vom »Buch über die Dichtkunst« besorgte Wolfgang Ritschel, alle übrigen Texte übertrug Manfred Simon; Aufbau-Verlag 1972. Aufbau ist eine Marke der Aufbau Verlagsgruppe GmbH.

Ungekürzte Lizenzausgabe der Anaconda Verlag GmbH

Diese Ausgabe wurde vermittelt von der Aufbau Media GmbH, Berlin.

Die Deutsche Nationalbibliothek verzeichnet diese Publikation in der Deutschen Nationalbibliographie; detaillierte bibliographische Daten sind im Internet unter http://dnb.d-nb.de abrufbar.

Umschlagmotiv: Jan Pauwel Gillemans, der Ältere (1618–1675), »Stilleben mit Trauben, Orangen und geschälter Zitrone«, Johnny van Haeften Gallery, London / bridgemanart.com
Umschlaggestaltung: Druckfrei. Dagmar Herrmann, Köln
Satz und Layout: GEM mbH, Ratingen
Printed in Czech Republic 2007
ISBN 978-3-86647-162-7
info@anaconda-verlag.de

EINLEITUNG

In dem Jahrhundert, das später als das letzte vor dem Beginn der neuen Zeitrechnung gezählt werden sollte, geriet das antike Rom in eine schwere politische und soziale Krise. Das Imperium Romanum – seit langem die beherrschende Macht im Mittelmeerraum, jedoch mit einer Regierungsform, die noch den ursprünglich stadt-staatlichen Verhältnissen entsprach – hatte mit einer Vielzahl von ungelösten Problemen zu kämpfen, die von der Agrarfrage (Reformen der Gracchen 133/123 v. u. Z.) über Differenzen mit den angegliederten Völkern und Provinzen wegen der Verleihung des Bürgerrechts (Bundesgenossenkrieg 90–88 v. u. Z.) bis zu Bewegungen der unterdrückten Sklaven (Spartacusaufstand 74–71 v. u. Z.) reichten. Heftige Kämpfe zwischen den politischen Gruppen und individualistische Machtbestrebungen ihrer Anführer waren der Ausdruck dieser Krisensituation. Die Entwicklung drängte zur Aufhebung der alten republikanischen Verfassung und zur Konzentration der Gewalt in der Hand eines einzelnen. Nachdem erste Versuche, eine Diktatur zu errichten, unter Sulla und danach unter Caesar fehlgeschlagen waren, gelang es schließlich Octavianus Augustus, eine dauerhafte Alleinherrschaft, den römischen Prinzipat, zu begründen und damit eine Festigung der Sklavenhalterordnung einzuleiten. Wirtschaftlicher Aufschwung, wachsende Ruhe und Sicherheit im Innern und außenpolitische Erfolge trugen dazu bei, daß das Imperium Romanum unter Augustus einen Höhepunkt in seiner Geschichte erreichte; gleichzeitig erlebte Rom eine kulturelle Blütezeit, die für den Begriff des Saeculum Augustum, der Augusteischen Zeit, bestimmend wurde.

Die der gesellschaftlichen Entwicklung innewohnenden Widersprüche und Gegensätze spiegeln sich in den ideellen Äußerungen jenes an bedeutenden geistigen Leistungen so reichen Jahrhunderts wider. Hier ist Cicero – als Schriftsteller und Redner Verteidiger konservativer, traditionell republikanischer Ideen – ebenso zu nennen wie der Kreis der augusteischen Dichter, die mit der neuen politischen Ordnung ihren Frieden gemacht hatten. Von diesen Dichtern wurden Werke geschaffen, die innere Ausgewogenheit und Harmonie ausstrahlten und somit der Sehnsucht ihrer Zeit nach Ruhe und Frieden und nach einer sinnvollen Neuordnung aller Verhältnisse beredten Ausdruck verliehen. Augustus hat die propagandistische Wirkung, die von einer derartigen literarischen Produktion ausging, zu würdigen gewußt und sie im Interesse seiner Politik in jeder Hinsicht unterstützt.

In den frühen Jahren des Prinzipats bot die Hauptstadt des Römischen Reiches ein Bild angeregten und vielschichtigen literarischen Lebens. Asinius Pollio gründete nach hellenistischem Muster die erste öffentliche Bibliothek und führte den Brauch der Dichterlesungen ein, der in der Kaiserzeit noch an Bedeutung gewinnen sollte. Einflußreiche Männer waren um die Förderung von Literatur und Kunst bemüht; indem sie junge Talente um sich sammelten, bewirkten sie eine Konzentration der geistigen Kräfte und stimulierten den künstlerischen Wettstreit. Neben Asinius Pollio ragen hier besonders Cilnius Maecenas, das Urbild und Vorbild aller Gönner und Kunstfreunde, sowie Messalla Corvinus, zu dessen Kreis vor allem der Dichter Tibull gehörte, hervor. Auch Baukunst und Bildhauerei erfuhren während jener Zeit in Rom eine großzügige Förderung und erlebten eine Blüte ihrer Entwicklung. So ist die Epoche unter Augustus durch das Zusammentreffen bedeutender literarischer und künstlerischer Leistungen gekennzeichnet, die nach Gehalt und Form sämtlich gemeinsame Merkmale und Grundzüge aufweisen und es erlauben, trotz aller Unterschiede im einzelnen von einer in sich geschlossenen Kultur der Augusteischen Ära zu sprechen. Charakteristisch für diese Kultur ist vor allem der Klassizismus, das zielbewußte Bemühen, in Anlehnung an große Vorbilder monumentale Werke von allgemeiner Gültigkeit zu schaffen, und die Fähigkeit, eine vollkommene Harmonie von Inhalt und Form herzustellen, indem die inhaltliche Aussage in eine adäquate Form von höchster künstlerischer Vollendung gekleidet wird.

Die Dichtung jener Zeit ist das Ergebnis einer rund zwei Jahrhunderte langen Entwicklung der römischen Literatur, in der die Bedingungen für eine künstlerische Vollendung allmählich heranreiften. Eine entscheidende Komponente ist dabei der griechische Einfluß gewesen, der die römische Kultur geprägt hat, seitdem die Römer durch ihre Eroberungen im Osten Griechenland in ihren Machtbereich und in ihr geistiges Blickfeld einbezogen hatten. „Hellas, im Kampfe bezwungen, besiegte den wilden Bezwinger, brachte dem bäurischen Latium die Künste“ (Horaz, Briefe II 1,156f.): Diese Tatsache ist den Römern stets bewußt gewesen. Nach griechischem Vorbild und im

Wettstreit mit griechischen Werken haben sie ihre eigenen sprachlichen und formal-künstlerischen Mittel, den lateinischen Wortschatz, Versbau und Kompositionstechnik, geschult. Einen bedeutenden Fortschritt in dieser Hinsicht hat die voraugusteische Dichtergeneration, die Gruppe der sogenannten Neoteriker, gebracht. Jene Dichter, Catull und seine Freunde, hatten sich dem hellenistisch-alexandrinischen Stilideal, das auf kleine Form, verspielte Variation und individuelle Nuance abzielte, verschrieben. Auf dem Gebiet der Elegie sind ihnen die Augusteer hierin gefolgt. Für Lyrik und Epik haben sie sich dagegen den großen Vorbildern der klassischen griechischen Periode zugewandt. In ihrem Werk, das in der Harmonie von Inhalt und Form selbst klassische Vollkommenheit erreicht, haben sie die Leistung ihrer Vorgänger noch weit übertroffen.

Eine der herausragenden literarischen Persönlichkeiten dieser Zeit ist Quintus Horatius Flaccus gewesen, dessen Werk nach nunmehr zweitausend Jahren unbeschädigt und unverkürzt, in einer Form, wie sie der Dichter selbst bei der Erstpublikation geplant hatte, in unseren Händen liegt.

Die Verse des Horaz sind für uns die wichtigste Quelle zur Darstellung seines Lebens; oft und gern spricht er in seinen Dichtungen über sich und seine Freunde, über seine Ansichten und Probleme wie auch über die seiner Mitwelt und läßt uns so, unmittelbar oder Rückschau haltend, an seinem Werdegang teilnehmen. Eine kurze Biographie, die aus der ersten Hälfte des 2. Jahrhunderts u. Z. von Sueton, dem Privatsekretär des Kaisers Hadrian, erhalten ist, ergänzt den Eindruck, den Horaz selbst von seiner Person und seinem Leben vermittelt.

Horaz stammte aus dem südlichen Italien; in der Landstadt Venusia, jetzt Venosa, nahe der Grenze zwischen Apulien und Lukanien, wurde er am 8. Dezember 65 v. u. Z. geboren. Die Landschaft, in der Horaz die ersten Jahre seines Lebens verbrachte, hat einen nachhaltigen Einfluß auf ihn ausgeübt; zweifellos liegen hier die Wurzeln der Naturverbundenheit, die an vielen Stellen seines Werkes spürbar ist. In seinen Gedichten läßt er später häufig Erinnerungen an seine Heimat, an die bewaldeten Hänge ihrer Berge und an den rasch dahinströmenden Aufidus, aufklingen, und der Fleiß und die Tüchtigkeit der apulischen Bauern sind für ihn Wertbegriffe, die er in die Waagschale wirft, wenn er für die innere Erneuerung Roms seine Stimme erhebt.

Die Laufbahn des Horaz ist bemerkenswert: Sie führte ihn aus einer der untersten sozialen Schichten in die höchsten Kreise der römischen Gesellschaft und ließ ihn zu einem der bedeutendsten Repräsentanten der Kultur Augusteischer Zeit werden. Er war der Sohn eines ehemaligen Sklaven, eines Freigelassenen, der in Venusia auf einem nicht allzu großen Gut Ackerbau trieb; die Mutter wird nirgends erwähnt. Von seinem Vater spricht Horaz stets im Ton der höchsten Anerkennung; beide verband offensichtlich ein Gefühl tiefer Zuneigung, das auf seiten des Vaters durch den Ehrgeiz ergänzt wurde, aus seinem – wohl einzigen – Sohn „etwas Rechtes" werden zu lassen. Die Provinzschule des Flavius in Venusia schien ihm dafür keine Gewähr zu bieten, und so verpachtete der Vater sein Landgut, um nach Rom überzusiedeln. Die Tätigkeit eines Kommissionärs bei Versteigerungen, die er dort aufnahm, war einträglich genug und ließ vor allem ausreichend Zeit übrig, daß er sich intensiv um die Erziehung seines Sohnes kümmern konnte. Dank der aufopferungsvollen Fürsorge des Vaters vermochte Horaz eine Ausbildung zu genießen, wie sie sonst nur den Söhnen römischer Senatoren und Ritter zuteil wurde.

Horaz kam etwa 55 v. u. Z. in die Hauptstadt; die Schulzeit dort wird rund zehn Jahre gedauert haben. Es waren dies die Jahre, in denen das ciceronische Bildungsideal des vollkommenen Redners und Staatsmannes Gestalt gewann; die Voraussetzungen dafür hatte die Ausbildung in bestimmten Elementarfächern, vor allem in Grammatik, Rhetorik und Philosophie, zu schaffen. Wir dürfen annehmen, daß Horaz in Rom einen solchen oder ähnlichen Bildungsgang absolvierte und daß dabei die Rhetorik eine wichtige Rolle spielte. Er hat sich systematische Kenntnisse in den beiden Literaturen, der griechischen und der lateinischen, angeeignet; daß er die Autoren, insbesondere den Homer, und die Mythologie gründlich studiert hat, beweist sein späteres Werk. Ohne Frage hat Horaz auch Cicero, den berühmtesten Redner lateinischer Zunge, gehört; das erwähnt er jedoch ebensowenig, wie er die Lehrer nennt, die ihn unterrichtet haben – mit Ausnahme des den Rohrstock schwingenden Orbilius, dem er in den Briefen (II 1,70) ein fragwürdiges Denkmal gesetzt hat. Es waren dies aber auch die Jahre, in denen die republikanische Ordnung des römischen Staats zugrunde ging, in denen Gnaeus Pompeius und Iulius Caesar – der eine in Spanien, der andere in Gallien – sich jene Machtpositionen schufen, die sie in die Lage versetzten, zum Entscheidungskampf um die Alleinherrschaft gegeneinander anzutreten. Im Jahre 48 v. u. Z., als dieser Kampf bei Pharsalus in Thessalien zu Caesars Gunsten ausging, stand Horaz im siebzehnten Lebensjahr und nahm am politischen Geschehen seiner Tage gewiß lebhaften Anteil. Er verhielt sich, wie bald deutlich wurde, gegenüber der neuen diktatorisch-monarchischen Ordnung zurückhaltend, ja ablehnend. In jugendlicher Begeisterung schlug sein Herz für die als demokratisch verstandene Tradition und für republikanische Ideen. So wird er die Iden des März, die mit der Ermordung Caesars – freilich trügerische – Hoffnungen auf eine Rückkehr zur traditionellen Verfassung weckten, freudig begrüßt haben.

Allerdings befand sich Horaz im Jahre 44 v. u. Z., als Caesar der Verschwörung zum Opfer fiel, schon nicht mehr in Rom. Einige Monate zuvor hatte er die für eine standesgemäße Erziehung unentbehrliche Bildungsreise nach Athen begonnen, um sich dort den „höheren" Studien, also der Philosophie zu widmen. „Unter den Bäumen der Akademie nach der Wahrheit zu forschen" (Briefe II 2,45) war das Ziel dieser Reise. Etwa zur gleichen Zeit besuchten Ciceros Sohn Marcus und Messalla Corvinus, später einer der Vertrauten des Augustus, die griechische „Universität". Neben der Beschäftigung mit den Lehren der platonischen Akademie, die den Hauptinhalt der athenischen Studien des jungen Horaz ausmachten, sind hier auch erste Berührungspunkte mit den für sein künstlerisches Gesamtwerk bedeutsam gewordenen Strömungen des Epikureismus und der Stoa zu suchen. Erste poetische Versuche, dem Aufenthaltsort angemessen in griechischer Sprache, scheinen in jener Zeit unternommen worden zu sein.

Den philosophischen Studien bereitete die Ankunft des Brutus in Griechenland ein vorschnelles Ende; der Führer der Caesarmörder wählte seinen Weg in die Provinz Makedonien über Athen, wohl in der Absicht, unter der hier versammelten römischen Jugend Anhänger für die bevorstehende kriegerische Auseinandersetzung mit den Caesarianern Octavian und Antonius zu gewinnen. Auch Horaz schloß sich ihm an und wurde, obwohl ohne Kenntnisse und Erfahrungen im Militärwesen, mit dem Amt eines Kriegstribunen im Heer der Republikaner betraut; in dieser Funktion hatte er eine römische Legion zu befehligen. Eine solche Beförderung war für den zweiundzwanzigjährigen „Neuling", den Sohn eines Freigelassenen, eine ungewöhnliche Auszeichnung, die manchen Neider auf den Plan rief. Der Erhöhung folgte die Ernüchterung auf dem Fuße: Nach einem Abstecher zu den

Küsten Kleinasiens, dem Horaz die Kenntnis des östlichen Mittelmeerraums verdankt, traf 42 v. u. Z. in der Nähe der makedonischen Stadt Philippi das Heer der Caesarmörder mit den Caesarianern aufeinander. Antonius und Octavian errangen einen überlegenen Sieg. Für Horaz stürzte eine Welt zusammen.

Mit leeren Händen kam er nach Italien zurück. Der Vater war inzwischen gestorben; als Feind der Sieger verlor Horaz das von ihm ererbte Gut, das bei Landzuweisungen an die Kriegsveteranen Caesars vergeben wurde. Horaz konnte sich mit einem Rest des Erbteils in die Innung der Scribae, der Schreiber im Schatzamt, einkaufen und so wenigstens seine materielle Existenz sichern. Die ersten Jahre nach der Rückkehr aus dem Krieg waren von Verzweiflung und Resignation erfüllt, aber auch von innerer Auflehnung und Reflexion über die Geschicke des römischen Volkes. Das Mittel, über den Tiefpunkt seines Lebens hinwegzukommen, fand Horaz in der Poesie.

Es ist bezeichnend für die Stärke seiner Persönlichkeit, daß er sich nicht zu nutzlosen Klagen flüchtete, sondern die aktive Auseinandersetzung mit seiner Umwelt suchte. Mit seinen Versen zielte er auf Fehler und Schwächen der Mitbürger. Er nahm Anteil an den politischen Ereignissen und Problemen seiner Zeit, am Schicksal der Menschen, suchte Wege und Lösungen zu zeigen, übernahm das Amt des Vates, des heiligen Sängers, des prophetischen Künders und Mahners.

Das Werk des Horaz, das sich in eine lange Traditionslinie einreiht, erschließt gleichzeitig der literarischen Rezeption neue Bereiche. Im Gegensatz zu anderen römischen Autoren, die – wie Catull und seine Freunde – von hellenistischen, gleichsam bereits abgeleiteten Stilidealen ausgingen, greift Horaz in den von ihm benutzten poetischen Gattungen auf Vorbilder zurück, die sich ihm als ursprünglich, in klassischer Originalität darbieten. Das trifft für seine Oden- und Epodendichtung zu, wo der Dichter altgriechischer Form neues Leben einhaucht, wie auch für die Satire, die eigenständige Schöpfung der Römer ist. Die eigene Leistung des Horaz ergibt sich aus der zielbewußten, seinem Talent und der beabsichtigten Aussage entsprechenden Adaption und Neuprägung des jeweiligen Genres.

In seinen frühesten lateinischen Gedichten knüpft Horaz an die griechische Form des Schelt- und Spottgedichts, den Jambus, an, den er in epodischer Komposition (Langvers und Kurzvers in wechselnder Folge) anwendet, so wie ihn im 7. Jahrhundert v. u. Z. der griechische

Lyriker Archilochos von Paros gepflegt hatte. Voller Stolz berichtet Horaz als reifer Mann von seinen ersten poetischen Leistungen (Briefe I 19,23ff.): „Nach Latium brachte ich erstmals parische Jamben, ahmte Archilochus' Rhythmus und Geist nach, nicht seinen Stoff noch die Worte ..." Der Inhalt der Epoden ist durchweg römisch. Sie dienen dem Dichter zur inneren Auseinandersetzung mit dem Ziel der eigenen Standortbestimmung. In den beiden ältesten Gedichten nimmt Horaz zur Katastrophe des römischen Staates Stellung, zu den fortdauernden Unruhen und Erschütterungen, die nach Philippi das Leben in allen Bereichen unsicher machten. Gleich zu Beginn seines künstlerischen Schaffens erhebt der Dichter einen Anspruch, den er nie mehr aufgegeben hat: Er fühlt sich für die Allgemeinheit verantwortlich und tritt als Stimme des öffentlichen Gewissens vor sein Volk hin. In der sechzehnten Epode, die nach archilochischem Vorbild eine Rede in der Bürgerversammlung vorstellt, unterbreitet er den aus der Verzweiflung erwachsenen Vorschlag, der unglücklichen Gegenwart durch Auswanderung zu den „Inseln der Seligen" zu entrinnen. Das Gedicht ist „innere Emigration", eine Fiktion, die den Mythus vom Goldenen Zeitalter mit seinem Leben in Überfluß und friedlicher Harmonie aufklingen läßt und einen starken Kontrast zur Wirklichkeit jener Jahre in Rom gebildet haben muß. Die siebente Epode wendet sich an jene politischen Führer, die skrupellos immer neue Zwietracht heraufbeschwören und sich dem Frieden hindernd in den Weg stellen; sie ist in ihrer aufrüttelnden Mahnung von kaum zu überbietender Schärfe. In ihren letzten Versen läßt sie zwar noch die Resignation spüren, mit der der Dichter zu ringen hatte: Der Bürgerkrieg wird als Fluch verstanden, der sich einreiht in eine Kette von Missetaten, deren erste der legendäre Brudermord des Romulus an Remus gewesen sei; gegenüber der sechzehnten Epode ist aber bereits eine Entwicklung der politischen Auffassung des Horaz, ein stärkeres Interesse an einer Wendung zum Positiven erkennbar. Andere Epoden zielen auf menschliche Fehler und falsche Verhaltensweisen, in denen Horaz Ursachen für gesellschaftliche Mißstände gesehen haben mag. Es kommt ihm nicht darauf an, bestimmte Personen mit seinem Spott zu treffen, sondern Typen zu entlarven; in der Verallgemeinerung steigert sich dieser Spott zu drastischer Rücksichtslosigkeit, zur Groteske. Verschiedene kritikwürdige Erscheinungen lieferten die Thematik: die Geltungssucht des Emporkömmlings (4), des Wucherers sentimentale

Schwärmerei für das Landleben (2), die Geilheit der alternden Matrone (8 und 12), der grassierende Aberglauben an Zauberei und Giftmischerei (5 und 17).

Die Beschäftigung mit der Poesie eröffnete Horaz einen neuen Lebenskreis. Sie vermittelte ihm die Bekanntschaft und Freundschaft des um fünf Jahre älteren Vergil. Das Wirken dieser beiden Dichter, die sich vor allem auch in ihrer politischen Haltung ähnlich waren, sollte dem geistig-künstlerischen Klima der voraugusteischen und Augusteischen Epoche unverwechselbares Gepräge geben. Wie Lucius Varius, Plotius Tucca und andere, die uns bald in den Gedichten des Horaz begegnen, gehörte Vergil bereits damals dem literarischen Kreis an, den der vornehme und reiche Cilnius Maecenas um sich versammelt hatte. Maecenas, Nachkomme eines etruskischen Fürstengeschlechts, genoß als enger Vertrauter Octavians hohes Ansehen. Horaz wurde diesem Mann im Frühjahr 38 v. u. Z. von Vergil und Varius vorgestellt und neun Monate darauf durch nachdrückliche Einladung fest in den Freundeskreis aufgenommen. Über seine Begegnung mit Maecenas hat Horaz in der sechsten Satire des ersten Buches selbst Zeugnis abgelegt. Der Dichter fand schnell engeren Kontakt zu seinem Gönner; als Maecenas im Frühjahr 37 v. u. Z. in Octavians Auftrag zu Verhandlungen mit Antonius nach Brundisium geschickt wurde, reiste Horaz bereits in seiner Begleitung; anmutiges Denkmal dieser Reise ist die Satire I 5.

Die Bindung an Maecenas ist aus dem Leben des Dichters von nun an nicht mehr wegzudenken. Vielfache Beweise seiner Beziehung zu dem hochherzigen Freund sind in seinem Werk enthalten. Als er um das Jahr 30 v. u. Z. die Epoden in Buchform der Öffentlichkeit übergab, hat er ein Gedicht an die Spitze gestellt, in dem er darum bat, Maecenas auf dem Zug nach Actium begleiten zu dürfen. Mit der Namensnennung an so hervorragender Stelle war die gesamte Sammlung dem Gönner gewidmet. In gleicher Weise ist Horaz bei der Veröffentlichung der ersten drei Odenbücher, des ersten Satirenbuches und des ersten Bandes der Briefe verfahren.

Eine besondere Vergünstigung für den Dichter war die Schenkung des Landgutes in den Sabinerbergen, die um das Jahr 33 v. u. Z. erfolgte. Maecenas machte damit den Verlust, den Horaz durch die Landverteilung erlitten hatte, wett und erfüllte seines Schützlings sehnlichsten Wunsch nach einem eigenen Besitztum. Die großzügige

Gabe enthob den Dichter aller materiellen Sorgen; das Landgut, im Tal der Digentia am Hange des Lucretilis gelegen, war groß genug, außer dem Gutsherrn und seinen acht Sklaven noch fünf Pachtbauern samt Familien zu ernähren und überschüssige Erträge abzuwerfen, die im benachbarten Varia verkauft werden konnten. Noch wertvoller aber war für Horaz, daß er mit dem Sabinum ein Refugium erhalten hatte, in das er sich zurückziehen konnte, wenn er der Großstadt überdrüssig war und ihrem Hasten und Treiben zu entfliehen suchte. Eine Vielzahl seiner Gedichte ist hier in der ländlichen Einsamkeit entstanden, und der Preis des Sabinums füllt, bald andeutungsweise, bald als Hauptgedanke, so manchen Vers (z. B. Oden I 17; III 13; Satiren II 6; Briefe I 16). Konfrontierte der Dichter Stadt und Land, ein häufiges Thema, so konnte er hier die Vorzüge des Landlebens exemplifizieren, wie er das besonders gelungen in der sechsten Satire des zweiten Buches, mit der bekannten Fabel von der Land- und der Stadtmaus abschließend, getan hat. Hier auf dem Sabinum fand Horaz zu der ihm gemäßen Lebensweise: Er liebte die ruhige Beschaulichkeit, die Zufriedenheit mit dem, was ihm verfügbar war, die Freiheit von Leidenschaften und Verirrungen, die das Gleichmaß der Seele störten, die goldene Mitte, die sich aus der Auseinandersetzung zwischen den Extremen und deren entschiedenen Zurückweisung herleitet und durch stetiges Bemühen immer wieder neu gewonnen werden muß. Aus ihr kam die Kraft für seine Aufgabe, als Dichter geistiger Führer und Erzieher seines Volkes zu sein.

Die Beziehung zwischen dem zunächst unbemittelten Dichter und dem reichen, ihm eine sichere Existenz gewährenden Gönner barg natürlich die Gefahr geistiger Abhängigkeit in sich; leicht hätte die Dichtung des Schützlings zu würdeloser Schmeichelei herabsinken können. Horaz ist dieser Gefahr nicht erlegen; wenn er den Wünschen und Vorstellungen des Gönners entgegenkam, so tat er es aus freien Stücken und von der Richtigkeit seines Denkens und Handelns überzeugt. Er hat es – wie sich im siebenten Brief des ersten Buches zeigt – verstanden, Maecenas gegenüber seine Selbständigkeit zu wahren, und Maecenas war klug genug, dafür Verständnis zu haben. So waren die besten Voraussetzungen für eine feste und dauerhafte Freundschaft gegeben.

Durch das enge Verhältnis zu Maecenas und seinem Dichterkreis vollzog sich bei Horaz in den dreißiger Jahren ein Wandel in der politischen Gesinnung. In dem Maße, wie ihm klar wurde, daß der Misere Roms nicht mit Resignation beizukommen war, näherte er sich der Politik Octavians. Horaz, der 42 v. u. Z. bei Philippi noch für die Republik gekämpft, der wenig später mit lauten Mahnrufen die innere Zwietracht des römischen Volkes beklagt hatte, stand bei Actium auf der Seite Octavians, in der Gewißheit, daß der Sieger in diesem Kampfe Alleinherrscher im Imperium Romanum sein würde. Horaz hat die Notwendigkeit dieser Entwicklung eingesehen. Ein erstes Zeichen seiner politischen „Konversion" gibt die Ode I 14, die entstanden ist, als die Spannungen zwischen dem mit der ägyptischen Königin Kleopatra liierten Antonius und Octavian sich immer mehr verschärften und einer gewaltsamen Lösung zustrebten. Am Ende der genannten Ode mit der berühmten Allegorie vom Staatsschiff, das, noch leck von früheren Stürmen, bereits wieder neuen Gefahren entgegentreibt, hat der Dichter zum Ausdruck gebracht, wie der Staat, der für ihn „kürzlich noch Überdruß, Ärgernis" bedeutete, ihm nun als Gegenstand banger Sorge am Herzen liege. Den Sieg, den Octavian am 2. September 31 v. u. Z. in der Seeschlacht bei dem westgriechischen Vorgebirge Actium errang, hat Horaz miterlebt. Er feierte ihn, wenn auch noch in verhaltenen Tönen, in der neunten Epode, der er durch die Einordnung an zentraler Stelle der Epodensammlung besondere Geltung beimaß. Von diesem Preislied führte ein gerader Weg zu den triumphierenden Versen der Ode I 37, die über die endgültige Vernichtung der Kleopatra jubelt. Elf Monate nach der Schlacht bei Actium war Alexandria gefallen; Antonius und Kleopatra wählten den Freitod: Octavians Sieg war vollständig, und Horaz zollte dem Sieger rückhaltlose Anerkennung.

Die Actium-Epode ist wohl die jüngste in der um das Jahr 30 v. u. Z. publizierten Sammlung; sie und noch einige andere späte Epoden (z. B. 11 und 15) entfernen sich inhaltlich vom Jambus und leiten zur Thematik der Odendichtung über. Bereits um die Mitte der dreißiger Jahre hatte Horaz der Öffentlichkeit aber das Werk einer anderen literarischen Gattung, der Satire, anvertraut. Etwa gleichzeitig mit den Epoden kam ein zweites Satirenbuch von ihm heraus.

Wie der Jambus ist die Satire für Horaz Mittel der Polemik und der sozialen Kritik. Sie gilt Mißständen und Verkehrtheiten im Leben des einzelnen wie der Gesellschaft. Der Dichter entlarvt hemmungslose Habgier (I 1), Geltungssucht (I 9) und philosophische Heuchelei

(II 3), prangert Aberglauben (I 8), Erbschleicherei (II 5) oder sexuelle Perversion (I 2) an. Doch ist die Schärfe des Angriffs im Vergleich zur Epodendichtung wesentlich gemildert; nicht als Ankläger will der Dichter hier vor sein Publikum treten, sondern mit lächelnder Belehrung (Satiren I 1,24f.); nicht durch direkte Umgestaltung äußerer Verhältnisse, sondern durch Charakterbildung und Gesinnungsbeeinflussung will er auf die Gesellschaft einwirken. Die Erzichungsmethode seines Vaters, aus schlechten Beispielen die richtigen Schlußfolgerungen für persönliches Verhalten abzuleiten (Satiren I 4,105ff.), hat in den Satiren auf höherer Ebene ihre Fortsetzung erfahren. Damit sind die Satiren zugleich Mittel der Selbsterziehung des Dichters gewesen: Indem er der Umwelt den Spiegel vorhielt, arbeitete er an der Formung der eigenen Persönlichkeit. Unter diesem Blickwinkel fügen sich Partien, in denen Horaz über seinen privaten Lebensbereich spricht (z. B. II 6), nahtlos in das Gesamtbild der Satirendichtung ein.

Gerade in den Satiren wird erkennbar, welch wichtige Rolle die Philosophie im Leben und im Schaffen des Horaz gespielt hat. Die Maecenasrunde pflegte in den dreißiger Jahren engere Verbindung zum epikureischen „Garten". Die Hinwendung vieler Römer zum Epikureismus wurde durch die politischen Zustände jener Jahre begünstigt. Die epikureische Grundhaltung des „Lathe biosas", des Rückzugs aus dem öffentlichen Leben in eine Sphäre des Verborgenseins und der privaten Geborgenheit, gab ein akzeptables Rezept an die Hand, Probleme und Schwierigkeiten, die die Unruhe und Zerrissenheit der Zeit mit sich brachten, zu umgehen. Auch Horaz beschäftigte sich intensiv mit dem Epikureismus, der seinem Naturell und seiner Geisteshaltung sehr entgegenkam. Epikureische Maximen – Selbstbewußtsein, Illusionslosigkeit, Freiheit von Furcht und Aberglauben, vernünftiger und maßvoller Lebensgenuß – waren ihm besonders damals, aber auch später noch erstrebenswerte Ideale. In reifen Jahren noch bezeichnete sich Horaz scherzhaft als „ein Schweinchen aus epikureischer Herde" (Briefe I 4,16). Dennoch war er nicht auf eine feste Schulmeinung eingeschworen; auf Grund eines Eklektizismus, der in der römischen Geisteswelt des 1. Jahrhunderts v. u. Z. vorherrschte – erinnert sei an Cicero –, hielt er sein Ohr auch für Lehrsätze anderer Schulrichtungen offen. Starrer Dogmatismus war ihm verhaßt; wenn er in den Satiren gegen stoische Lehrmeinungen ins Feld zog, so wollte er damit nicht die Stoa an sich treffen, sondern die zudringliche und selbstherrliche Art einiger ihrer Verfechter, die als geschwätzige Tugendprediger lästig fielen. Seine Polemik galt dem Typ des Doktrinärs; zur Stoa selbst fand er bald, deutlich schon im zweiten Satirenbuch, ein besseres Verhältnis. Die Wandlung steht im Zusammenhang mit seiner Parteinahme für Octavianus Augustus, mit dem neuen politischen Engagement des Dichters, das auf einer höheren Ebene als in der Jambendichtung liegt. Das Bekenntnis zur Politik und zu den staatlichen Erneuerungsbestrebungen des Princeps verlangte einen anderen weltanschaulichen und religiösen Ausdruck, als ihn der Epikureismus mit dem Gedanken des „Lathe biosas" und mit einer Theologie zu bieten vermochte, in der die Götter zur Tatenlosigkeit verurteilt waren. Horaz, der in religiösen Fragen zweifellos aufgeklärter Rationalist war, trug in seiner Dichtung der religiösen Situation der Zeit Rechnung und traf sich hierin mit den von gleichen Erwägungen ausgehenden Reformplänen Octavians. Die um 29 v. u. Z. entstandene 34. Ode des ersten Buches stellt des Dichters philosophisch-religiöse Einkehr dar; sie darf nicht als absolute Abkehr vom „Garten" und bedingungslose Zuwendung zur Stoa gewertet werden, sondern ist vielmehr als Erweiterung des philosophischen Blickfeldes zu verstehen.

Horaz nennt seine Satiren Sermones, d. h. Gespräche, Plaudereien. Er will damit sagen, daß diese literarische Gattung nicht zur hohen Poesie zu rechnen sei und sich von der Prosa nur durch die Versform unterscheide; sie gibt sich als hexametrisch gestaltete Umgangssprache der Gebildeten. Ihre Ausarbeitung ist von einem besonderen philosophischen Vortragsstil, der sogenannten Diatribe, beeinflußt, die stoische und kynische Popularphilosophen bei der Verbreitung ihrer Weisheiten anwendeten; von hier aus haben fingierte Dialoge, mythologische und historische Beispiele, Gleichnisse und Anekdoten, Witze und Sinnsprüche in die Satire Aufnahme gefunden. Eine Vielfalt von Gegenständen wird in den Satiren gestreift; gleichsam im Vorübergehen erhält der Leser Einblick in das Alltagsleben der Römer, vernimmt er von ihrer Arbeit und ihren Pflichten, von Erholung und Freizeit beim Ballspiel oder im Bade, von Eßgewohnheiten und Tischsitten. Scheinbar zwanglos eilt die Rede von Thema zu Thema, das kunstvolle Kompositionsprinzip der gleitenden Gedankenführung absichtlich verbergend.

Mit der Satirendichtung erweckte Horaz eine poetische Gattung wieder zum Leben, die im 2. Jahrhundert v. u. Z. der römische Dichter Lucilius gepflegt hatte. Allerdings mußte Horaz unter den ihm gegebenen Verhältnissen auf die scharfe politische Aggressivität verzichten, die sich sein Vorgänger als ein Mann aus vermögendem Hause und als Freund und Vertrauter höchster Kreise des römischen Adels herausnahm. Die Lucilische Kritik an öffentlicher und privater Moral konnte er jedoch aufgreifen und für sein Anliegen dienstbar machen. In formaler Hinsicht tadelte Horaz an Lucilius Vielschreiberei und Nachlässigkeit; hart und holprig seien seine Verse und schlammig ströme seine Dichtung dahin, heißt es in der sogenannten Programmsatire (I 4). Diese Vorwürfe haben bei manchen Zeitgenossen Verwunderung und Mißfallen erregt, und Horaz hat seine Kritik modifiziert (I 10 und II 11); im Grundsätzlichen aber blieb er bei seiner Meinung. In der Auseinandersetzung mit Lucilius hat er seine eigenen Prinzipien poetischer Gestaltungskunst entwickelt. Sie beruhen auf kunstvoller Komposition und sorgfältigem Feilen.

Im Dezennium zwischen 40 und 30 v. u. Z. reifte Horaz zu einer unverwechselbaren Persönlichkeit, festigte er seine politisch-weltanschauliche Position und brachte seine künstlerischen Fähigkeiten und Möglichkeiten zur vollen Entfaltung. Die Form der Ode, die bereits gegen Ende dieses Zeitraums hin und wieder gepflegt wurde (z. B. I 14), ist in den nun folgenden Jahren die literarische Gattung, mit der der Dichter seine poetische Meisterschaft unter Beweis stellt. In den Oden erschließt Horaz für die römische Literatur den Formenreichtum der frühgriechischen Lyrik. So wie er mit dem Jambus auf Archilochos zurückgegriffen hatte, zieht er jetzt die äolischen Dichter Alkaios und Sappho als Vorbilder heran, dichtet er in der Art des Ioniers Anakreon, des Thebaners Pindar und des Bakchylides von Keos. Ungeachtet einiger früherer Versuche Catulls auf diesem Gebiet, kann sich Horaz zu Recht rühmen, „als erster nach äolischem Ton Lieder Italiens“ gesungen zu haben (Oden III 30,13f.). Die Horazische Odendichtung stellt bei Übernahme der klassischen griechischen Formen in ihrer an die Gesellschaft und die Allgemeinheit gerichteten Aussage im Vergleich zu den Liedern der Neoteriker, die das subjektive, persönliche Leben gestalteten, auf dem Gebiet der Lyrik in Rom tatsächlich etwas ganz Neues dar.

Wie keine andere der von Horaz gepflegten Gattungen ist die Ode mit der Herausbildung und Festigung des Augusteischen Prinzipats verbunden. Im Jahr 29 v. u. Z. kehrte Octavian aus dem Osten nach Rom zurück. Nach einer langen Kriegsperiode ließ er zum Zeichen des herrschenden Friedens den Janustempel schließen; für seine Siege über Antonius und Kleopatra wurde ihm ein mehrfacher Triumph zugesprochen. Es bestand kein Zweifel mehr, daß er der Princeps, der erste Mann im Römischen Imperium, war. Aus der Art und Weise, wie Octavian die Aufgaben der Restaurierung und Konsolidierung des Staates in Angriff nahm, werden seine eminenten politischen Fähigkeiten ersichtlich. Er konnte es sich leisten, 27 v. u. Z. die ihm übertragenen Sondervollmachten formal an den Senat zurückzugeben und damit die Souveränität des Rates scheinbar wiederherzustellen. Der Senat dankte ihm durch die Verleihung des Ehrentitels Augustus (der Erhabene), der später auch auf die Kaiser in seiner Nachfolge überging. Überhaupt tastete der Princeps die äußeren Formen der republikanischen Verfassung nicht an, genausowenig wie er an Reformen dachte, die eine Veränderung in der sozialen Struktur der römischen Gesellschaft herbeigeführt hätten. Er bekleidete elfmal das Amt des Konsuls und behielt sich danach die tribunizische Gewalt vor, die ihm durch das Vetorecht in allen politischen Entscheidungen den Schlüssel zur Machtausübung in die Hand gab. Mit den von ihm eingeleiteten Maßnahmen zur Wiederherstellung von Sicherheit und Ordnung festigte er zugleich das Fundament für eine dauerhafte Monarchie.

Das Restaurationsprogramm des Augustus war ein kluger politischer Schachzug. Da nach der Auffassung der damaligen Zeit die Bürgerkriege als eine Folge schuldhaften Abweichens von den Prinzipien altrömischer Moral und Tüchtigkeit und vom alten Glauben der Väter galten, ist Octavians Programm neben der politisch-wirtschaftlichen Sicherung vor allem auf sittlich-religiöse Erneuerung gerichtet. Er verfügte die Wiederherstellung verfallener und den Bau neuer Tempel für die römischen Götter. Im Jahr 28 v. u. Z. erfolgte die Weihung des Apollotempels auf dem Palatin, wobei durch die Angliederung einer Bibliothek auch die staatliche Förderung der Literatur und des geistigen Lebens demonstriert wurde. Hand in Hand mit der Restaurierung des Staatskultes ging das Bemühen, dem Sittenverfall, vor allem übermäßigem Luxus und sexuellen Ausschweifungen, zu steuern, die alte Virtus Romana, den Väterbrauch, wiederzufinden und der Ehe und der Familie die frühere Integrität zurückzugeben. Gesetze, die in diese Bereiche eingriffen, wurden 18 v. u. Z. erlassen; die Tendenzen der politischen Entwicklung waren aber schon von Anbeginn der Regierung Octavians deutlich und spiegelten sich in den literarischen Werken jener Zeit, bei Horaz am deutlichsten in der Odendichtung.

Horaz feiert in Augustus den Erneuerer Roms. In politischen Liedern greift der Dichter Fragen wieder auf, die er bereits in den Epoden gestellt hatte; nunmehr sieht er sich in der Lage, sie positiv zu beantworten. Während in der siebenten Epode Brudermord und Bürgerkrieg als unabwendbares Schicksal hingestellt worden waren, geht es in der Ode I 2 um die Sühnung des Verbrechens. Wieder bezieht der Dichter als Sprecher der Öffentlichkeit Stellung; seine Aussage ist politisches Bekenntnis in poetisch überhöhter Form. „Als Priester der Musen" singt er „Lieder, wie keiner sie je vernommen" (III 1,2ff.). Besondere Bedeutung haben die zwischen 29 und 27 v. u. Z. entstandenen „Römeroden", die als ein Zyklus von sechs Gedichten gleichen Versmaßes den Anfang des dritten Odenbuches bilden. In ihnen ist das gesamte Reformprogramm Octavians in nuce enthalten. Der Tenor der Gedichte ist ernst und getragen, denn im Hintergrund steht noch die Drohung, daß der Niedergang des Staates sich fortsetzen werde, wenn das römische Volk nicht zur Besinnung komme. Besinnung aber könne nur heißen: „Gehorsam vor den Göttern"; Mannesmut, wie ihn die „Söhne streitbaren Bauernvolks" einst besessen hätten, die die Grundlagen der römischen Macht schufen; der Ehe, „der Kinder und des Hauses Zucht" (III 6); „Zufriedenheit mit dem, was für den Tag genügt" (III 1); Gerechtigkeit als Basis der staatlichen Ordnung (III 3). In der Entscheidung für das rechte Maß, gegen das Unmaß des Reichtums und der Verschwendung, für alte römische Tüchtigkeit, gegen moderne Verweichlichung und Sittenlosigkeit sah man die Entscheidung für die Zukunft Roms. Indem sich Octavian für diese Ziele einsetzte, konnte er als Vollstrecker göttlichen Willens auf Erden, ja selbst als Gottheit erscheinen und dargestellt werden: „Im Himmel herrscht nach unserem Glauben Zeus, der Donnrer: Hier auf Erden wird uns als Gott Augustus gelten" (III 5,1ff.); so gibt Horaz diesem Gedanken Ausdruck. Hier und in einer Reihe weiterer Oden vollzog der Dichter einen poetischen Vorgriff auf die Apotheose des Herrschers, die in so weitgehender Form an sich nur bei orientalischen Völkern üblich war und in Rom für den offiziellen Staatskult erst viel später zugelassen wurde. Besonders deutlich ist diese Tendenz in der zweiten Ode des ersten Buches spürbar: Ausgehend von der Frage nach dem Retter Roms, fällt die Wahl nicht auf Apollo, den eigentlichen Schutzgott des Princeps, nicht auf Venus, die Stammutter des Julischen Geschlechts, nicht auf Mars, den Ahnherrn des römischen Volkes, sondern auf Octavian, den sich der Dichter in der Gestalt Merkurs unter den Menschen weilend vorstellt.

Neben den politischen Gesängen nehmen erotische Gedichte und Trinklieder einen breiten Raum in der Odensammlung ein. Die Liebesdichtung des Horaz ist von einer gewissen unpersönlichen Kälte; die schöne Ode III 9, ein Duett zwischen dem Dichter und seiner Geliebten, wird als Ausnahme gelten müssen, die nur die Regel bestätigt. Die Liebe ist für Horaz nicht völlige Hingabe, sie steht nicht im Mittelpunkt des persönlichen Lebens und ist nicht Hauptgegenstand der poetischen Aussage wie etwa bei Catull oder bei den Elegikern Tibull und Properz. Horaz wahrt sich auch hier seine innere Unabhängigkeit. Eros ist für ihn Spiel oder auch Verzicht um der Selbsterhaltung willen, eine Seite der Lebensäußerung, an der sich sinnvolle Lebensgestaltung und vernünftiger Genuß bewähren konnten. Es ist bezeichnend, daß wir hinter den vielen Mädchennamen in den Gedichten des Horaz keine für uns noch konkret faßbare Person finden; die Namen, Lyce, Lyde, Chloë und wie sie alle hießen, deuten lediglich darauf hin, daß es sich um Libertinen, Freigelassene, handelt. Auch die Frage, ob sich hinter Cinara (Oden IV 1,3) tatsächlich eine Jugendgeliebte des Dichters verbirgt und ob sie mit der an anderen Stellen genannten Lalage identisch ist, muß ungeklärt bleiben. Die Liebeslyrik ist wohl derjenige Teil im Schaffen des Horaz, in dem er am stärksten der literarischen Tradition, die von der altgriechischen Lyrik über die Poesie des Hellenismus bis hin zu seiner Zeit reichte, verpflichtet ist.

Die Horazischen Trink- und Festlieder sind von spießbürgerlicher Weinseligkeit weit entfernt. Sie sind vielmehr Ausdruck festlicher Geselligkeit oder heiterer Besinnlichkeit. In vielen Gedichten erscheint der Todesgedanke; eindringlich stellt der Dichter die Vergänglichkeit des Lebens vor Augen. Das Erlebnis persönlicher Todesgefahr spielt mit hinein: Im Frühjahr 30 v. u. Z. wäre Horaz auf dem Sabinum beinahe von einem umstürzenden Baum erschlagen worden (II 13). Dem Motiv des unberechenbaren Schicksals, der Vergänglichkeit und der Todesdrohung setzt der Dichter den Gedanken des „Carpe diem“ entgegen, die Mahnung, den Augenblick zu nutzen und sich der Gegenwart zu freuen, solange es vergönnt sei. Die Mittel dafür – und hier liegt ein gemeinsamer Bezugspunkt von Trinklied und Liebeslyrik – geben Eros und Bacchus an die Hand. Liebe und Wein tragen zur Erhöhung des Daseinsgefühls bei. Der Wein ist Führer zur Festesfreude – wobei aber Trunkenheit ausgeschlossen wird –, er vermag die Sorgen zu bannen und befähigt zu weiser Daseinsbetrachtung, zu philosophischer Reflexion. Rechtes Maß und Vernunft im Genießen sind Vorbedingungen für die Realisierung des „Carpe diem". So ordnen sich auch die Horazischen Trink- und Festlieder in die Forderung nach sinnvoller Lebensgestaltung ein und sind gleichsam eine Ergänzung des ethisch-moralischen Anliegens, das die politischen Oden zum Inhalt haben.

Im Jahre 23 v. u. Z., bevor Augustus zu einer Reise nach dem Osten aufbrach, sind ihm die drei Bücher der Oden, die Horaz bis dahin zusammengestellt hatte, übermittelt worden: Das poetische Sendschreiben an den Überbringer des Dedikationsexemplars ist im ersten Buch der Briefe zu lesen (13).

Die Oden krönen das Werk des Horaz. Vollendet im Versbau, klar und prägnant in der Sprache, reich an Bildern, Gleichnissen und Metaphern, von starker Intensität der Aussage, stellen sie eine einzigartige poetische Leistung dar. Die Sammlung läßt eine kunstvolle Anordnung der Lieder erkennen: Die Gedichte am Beginn des ersten Buches weisen verschiedene Versmaße auf; gleichsam zur Parade führt der Dichter die metrischen Mittel vor, deren er sich bedient hat. Die Sammlung selbst wird mit einer Ode an Maecenas eröffnet; das zweite Gedicht gilt dem Princeps, das dritte dem Dichterfreund Vergil: So stellt der Autor an den Anfang seines Werkes programmatisch die Persönlichkeiten, die für seinen Lebenskreis von Bedeutung sind. Für die Anordnung gilt das Prinzip der Variation; in scheinbar ungezwungener Folge reihen sich Gedichte unterschiedlicher Thematik aneinander. Nur im Zyklus der „Römeroden" wird dieses Prinzip durchbrochen; zum Ausgleich schließt der Dichter an diese Oden eine längere Reihe von Liebes- und Trinkliedern an. Gegenseitige Entsprechungen und Bezüge sind kunstvoll herausgearbeitet: Die Ode der aurea mediocritas, der goldenen Mitte, steht an zehnter Stelle des zweiten Buches und damit – wenn man die sogenannten Paradeoden außer acht läßt – praktisch selbst in der Mitte der Sammlung. Der im Eröffnungsgedicht ausgesprochenen Hoffnung des Dichters, in den Kreis lyrischer Sänger eingereiht zu werden, entspricht in der abschließenden

Ode der Dank an die Muse, der das Verdienst zukomme, diese Hoffnung erfüllt zu haben. Daß diese beiden Gedichte eine Rahmenfunktion ausüben, zeigt auch die Gleichartigkeit ihres Metrums, das in den ersten drei Odenbüchern sonst nicht verwendet wird; Einheitlichkeit und Geschlossenheit der Sammlung sind somit auch in formaler Hinsicht hervorgehoben.

Mit der Veröffentlichung der Oden im Jahre 23 v. u. Z. hatte sich Horaz einen vorrangigen Platz unter den Zeitgenossen gesichert. Er war selbst davon überzeugt, eine bedeutende Leistung vollbracht zu haben. In der letzten Ode weiß er sich des „Ruhms der Nachwelt" sicher, bezeichnet er seine Lieder als ein „Denkmal, ... dauerhafter als Erz". Im Gedicht II 20, das sein poetisches Grabepigramm, seinen Schwanengesang, darstellt, heißt es: „... wenngleich nur ärmlicher Eltern Sohn, ... ich werde nie vergehen, werde nie von den Wellen des Styx umfangen" (Vers 5 ff.). Hier erscheint das Todesmotiv in einem neuen Zusammenhang: Der Gedanke geht über die Forderung des „Carpe diem", der Vergänglichkeit des Lebens durch sinnvolles Genießen zu begegnen, hinaus. Für den Dichter ist der Dienst an den Musen, das musische Dasein das Mittel, das ihn im Nachruhm weiterleben läßt und zur Unsterblichkeit emporhebt.

Nach Publikation der Sammlung wandte sich Horaz vorläufig von der Odenform ab; dieser Entschluß fiel zeitlich ungefähr mit einer vorübergehenden innenpolitischen Krise des Prinzipats zusammen, doch wird hier kaum ein ursächlicher Zusammenhang zu suchen sein. Wahrscheinlicher ist, daß eine gewisse Enttäuschung über die zunächst reservierte Aufnahme der Oden beim größeren Publikum eine Rolle gespielt hat. Wie bei manchen Künstlern, die in ihrem Schaffen auf Neuland vorzudringen wagten, mag die Horazische Kunstform der Ode und vielleicht auch mancher der ausgesprochenen Gedanken nicht überall auf Verständnis gestoßen sein. Horaz motiviert die Abkehr von der Odendichtung mit persönlichen Gründen: Die Zeit für Spiel und Verse sei nun vorüber, Alter und Denkweise seien nicht mehr wie in früheren Zeiten, und der Augenblick erfordere es nun, sich ohne Einschränkung den Fragen der richtigen Lebensführung, d. h. der Philosophie, zu widmen (Briefe I 1,10 ff.).

Doch wird der Abschied von den Oden kein Abschied von der Literatur; Horaz nimmt den in den Satiren benutzten Hexameter wieder auf, um literarische Briefe, Versepisteln, zu schreiben. Auch sie nennt der Dichter Sermones, Plaudereien. Unter den Briefen geben sich einige als echte Billetts an Freunde und Bekannte; oft jedoch ist die Briefform nur Äußerlichkeit und die Nennung eines Adressaten nichts anderes als Widmung. Die Darstellung besticht durch Bildhaftigkeit und Wirklichkeitsnähe. Inhaltlich bedeuten die Briefe gegenüber der Odendichtung wieder eine stärkere Zuwendung zum persönlichen Bereich und zur Reflexion. Doch bleiben die Gedanken nicht bei persönlicher Unverbindlichkeit stehen, sondern werden zu allgemeingültigen Aussagen weiterentwickelt. Auch hierin berühren sich die Briefe mit der Satirendichtung früherer Jahre.

Wie in der ersten Epistel angekündigt, herrschen philosophische Probleme vor; geistreich, humorvoll und nicht ohne Selbstironie werden sie vorgetragen. Wieder geht es dem Dichter um die Bestimmung einer richtigen, vernünftigen Lebensweise; Streben nach dem Wahren und Guten und nach moralischer Integrität, rechtes Maß, Gleichmut, innere Zufriedenheit, Glück – all das sind Themen, die, von verschiedenen Seiten beleuchtet und vielfach ineinander verwoben, zur Sprache kommen. Der Gegensatz zwischen Falschem und Richtigem erscheint – wie schon in den Satiren – als Antithese von Zivilisation und Natur, von Stadt und Land, wobei das Landleben als Inbegriff naturgemäßer Lebensführung und, am Beispiel des sabinischen Landgutes, als Möglichkeit persönlicher Bewegungsfreiheit verstanden wird (I 10 und 16); in diesem Zusammenhang finden auch Gedanken und Ratschläge für eine angemessene Gestaltung der Beziehungen zu Gönnern und einflußreichen Freunden ihren Platz (I 7 und 17). Nach dem von römisch-stoischer Haltung geprägten politischen Engagement im lyrischen Werk drängen sich jetzt wieder epikureische Tendenzen des „Lathe biosas“, der Flucht aus dem öffentlichen Leben in die Verborgenheit, in den Vordergrund. Keineswegs möchte Horaz aber als weltflüchtiger Asket oder als einseitiger Dogmatiker erscheinen. Er ist „keinem Meister verpflichtet“ (I 1,14); auch stoische Elemente sind in den Briefen enthalten, so vor allem das stetige Bemühen um die Festigung des Charakters. Falsche Verhaltensweisen im gesellschaftlichen Zusammenleben, Habgier, übermäßiger Luxus, übersteigertes Geltungsbedürfnis, eine in gehobenen Kreisen herrschende Labilität und Unruhe, die sich u. a. in der sinnlosen Reisewut der Römer kundtat, werden ad absurdum geführt. Auch der Bereich der Politik, insbesondere der Außenpolitik, spielt in die Epistelsammlung hinein: Zwei

Briefe (3 und 8) sind an Teilnehmer der Expedition gerichtet, die Augustus' Stiefsohn und späterer Nachfolger Tiberius im Jahre 20 v. u. Z. zu diplomatischen Verhandlungen mit den Parthern nach dem Osten unternahm; der neunte Brief, ein Empfehlungsschreiben, nennt als Adressaten Tiberius selbst.

Die zwanzig Briefe des ersten Buches sind in den Jahren zwischen 23 und 20 v. u. Z. verfaßt worden. Im folgenden Dezennium sind drei weitere umfangreiche Episteln entstanden, die ursprünglich das zweite Buch der Briefsammlung bildeten; von ihnen hat sich in einer späteren Ausgabe, die das Horazische Werk nach eigenen Prinzipien neu gliederte, der an letzter Stelle eingeordnete längste Brief an die Pisonen als besonderes „Buch über die Dichtkunst" verselbständigt. Alle diese drei Episteln haben eine einheitliche Thematik: Sie befassen sich – wie bereits einzelne Satiren und der Brief I 19 – mit Fragen der Literatur und des dichterischen Schaffens. Horaz hat sich vom „praktischen" Poeten zum „Kunsttheoretiker" entwickelt und fixiert jetzt, in den letzten Jahren seiner schriftstellerischen Tätigkeit, seine literarischen Erfahrungen und Ansichten.

Der früheste der drei Literaturbriefe (II 2) stammt aus dem Jahre 19 v. u. Z.; er ist an den jungen Dichter Florus, einen intimen Freund des Tiberius, adressiert. Horaz begründet in ihm noch einmal ausführlich die schon früher (Briefe I 1) formulierte Absage an die lyrische Poesie, die philosophisch-ethischen Betrachtungen das Feld räumen müsse.

Die Datierung der „Dichtkunst" ist unsicher. Es ist möglich, daß Horaz mit der Abfassung dieser Schrift bereits zur Zeit des Florusbriefes beschäftigt war, sie dann aber liegenließ, um sie schließlich um das Jahr 15 v. u. Z. oder noch später mit Widmung an einen nicht genau zu bestimmenden Piso und seine Söhne zu publizieren. Die „Dichtkunst", neben der Poetik des Aristoteles das wichtigste Werk über poetologische Probleme, das aus der Antike erhalten ist, hat die ästhetischen Theorien späterer Jahrhunderte nachhaltig beeinflußt, ja sie hat lange Zeit hindurch – in Verkennung ihres wahren Charakters – kanonische Bedeutung gehabt. Die Arbeit ist aus dem Anliegen heraus entstanden, zur Entwicklung eines tieferen Kunstverständnisses bei Literaten und Publikum beizutragen; die Tendenz war also durchaus aktuell. Es ging Horaz um Erziehung zu kritisch-distanzierter Selbstkontrolle im dichterischen Schaffensprozeß, zur Verantwortung gegenüber dem Werk. In seinen Ausführungen stützte er sich auf die Lehren der griechischen Kunsttheorie, doch ging er – vor allem im zweiten Teil der „Dichtkunst" – darüber hinaus und brachte persönliches Urteil in selbständigen Gedanken vor. Aus dem ethischen Repertoire seiner bisherigen Dichtung konnte er die Forderung nach Einhaltung des rechten Maßes, nach Vermeidung von Extremen und nach richtiger Einschätzung der eigenen Kraft und Begabung übernehmen. Er verlangt Kunstfleiß und Kunstverstand; Talent und erlernbare Technik sind für ihn, einander bedingend, gleichermaßen für die schriftstellerische Arbeit wichtig. Mittelmäßigkeit und Uneinsichtigkeit werden scharf kritisiert. Die Aufgabe des poetischen Werkes sieht er in der gleichzeitigen Erfüllung sowohl ästhetischer als auch ethisch-nützlicher Zwecke; der Dichter soll „Erfreuliches sagen, was nützlich im Leben" (Vers 334). An technischen Anweisungen lesen wir Vorschriften für die Einheit und organische Struktur des Dichtwerkes, für adäquate sprachliche Gestaltung, für Stoff- und Wortwahl, für Wortschöpfung und metrische Formung. Die Forderungen werden einseitig am Drama exemplifiziert; die vorgetragenen Lehren erheben nicht den Anspruch auf Vollständigkeit: Die „Dichtkunst" ist kein systematisches Lehrbuch, soll keine Anleitung zum Dichten sein, eher ein Beitrag zur Literaturdiskussion damaliger Zeit.

Der jüngste der Literaturbriefe, um das Jahr 14 v. u. Z. entstanden, steht an der Spitze des zweiten Epistelbuches. Er ist an Augustus gerichtet, dem damit zugleich der ganze Band gewidmet wird. Der Brief vermittelt einen interessanten Einblick in die geistige Situation Roms. Sein Hauptinhalt ist die Verteidigung des neuen Horazischen Kunstideals gegen eine literarische Geschmacksrichtung, die Vorurteile gegen alles Zeitgenössische – und mochte es von noch so hoher Qualität sein – und Vorliebe für alles Alte – nur um seines Alters willen – hegte. Der Dichter hatte hier bereits mit den Anfängen einer literarischen Strömung zu kämpfen, die einige Zeit danach, in der Epoche des Archaismus, durch ihr unbedingtes Festhalten am Alten einer schöpferischen Weiterentwicklung der römischen Literatur hindernd im Wege stehen sollte.

Die Epistel II 1 ist nach dem Zeugnis Suetons auf ausdrücklichen Wunsch des Princeps verfaßt worden, der überhaupt bemüht gewesen zu sein scheint, zu Horaz einen noch engeren Kontakt zu finden, als er ohnehin über die Maecenasrunde und durch das Bekenntnis des Poeten zur Politik des Augustus bestand. Ebenfalls durch Sueton wissen wir, daß Augustus den Horaz gern zu seinem Privatsekretär gemacht hätte. Aber der Dichter lehnte es ab, sich in eine so weitgehende, auch persönliche Abhängigkeit zu begeben, wie er ja auch gegenüber Maecenas seine Selbständigkeit zu wahren gewußt hat. Ebensowenig ist Horaz auf das Ansinnen eingegangen, die Taten des Princeps in einem epischen Werk darzustellen; dafür meinte er kein Talent zu haben (Oden I 6).

Gleichwohl ist es Augustus zu verdanken, daß Horaz von seinen philosophischen und literaturtheoretischen Betrachtungen noch einmal zur lyrischen Poesie zurückfand. Als der Princeps im Jahre 17 v. u. Z. die Durchführung einer Säkularfeier, eines hohen staatlichreligiösen Festes, anordnete, wurde Horaz mit dem Auftrag ausgezeichnet, die offizielle Festhymne zu verfassen. Horaz hat diese Aufgabe mit einem kunstvoll komponierten Lied erfüllt, einem Gebet an Apollo und Diana, das von einem aus Knaben und Mädchen bestehenden Chor auf dem Palatin und dem Capitol vorgetragen wurde. Der Säkulargesang ist ein Hymnus auf die von Augustus geschaffene Staatsordnung, ein Kunstwerk im offiziellen Auftrag, das die Ideen der politischen Oden aus der Sammlung des Jahres 23 v. u. Z. wieder aufklingen läßt.

Für Horaz ist der Säkulargesang der Anstoß gewesen, neue Oden zu schreiben, die er 13 v. u. Z. in einem vierten Odenbuch publizierte. Wenn an der Spitze dieses Buches ein Lied steht, in dem der alternde Dichter von der Liebe Abschied nimmt, so deutet dies auf ein Anknüpfen an die Thematik der ersten Odensammlung hin, zugleich aber auch auf die Veränderungen, die sich in und um Horaz vollzogen hatten. Der Dichter hatte die Fünfzig überschritten, seine Leistungen waren offiziell gewürdigt worden. Die Verse seiner letzten Oden atmen Abgeklärtheit und Selbstbewußtsein. Stolz auf die errungenen Erfolge spricht aus der Ode IV 3, dankbare Bescheidenheit gegenüber dem griechischen Vorbild, von dem er ausging, aus der Ode IV 2. Doch die Mehrzahl der Gedichte füllt nun die Verherrlichung des Augustus und seiner Dynastie; sie sind Sprachrohr der Zustimmung zur Politik des Princeps, fast höfische Poesie.

Siegeshymnen (4 und 14) besingen die militärischen Erfolge, die Augustus' Stiefsöhne Tiberius und Drusus 15 v. u. Z. an der Nordgrenze gegen die Alpenvölker errangen. Horaz berührt in diesen Gedichten das Gebiet der Augusteischen Außenpolitik, die auf territoriale Abrundung des Imperiums und Sicherung des Friedens an seinen Grenzen gerichtet war. Die Niederwerfung aufständischer Stämme in Spanien war bereits in den ersten Odenbüchern wiederholt erwähnt worden. Auch auf die Gefahr, die von den Parthern als den Hauptfeinden der Römer ausging, wurde dort immer wieder mahnend hingewiesen. Durch Verhandlungen, die Tiberius 20 v. u. Z. im Auftrag des Augustus führte, konnte hier eine Normalisierung der Lage und – durch Rückforderung der Feldzeichen, die Antonius und vor ihm Crassus an die Parther verloren hatten – sogar ein beträchtlicher politischer Prestigezuwachs erreicht werden.

Augustus hatte damals den größten Teil seiner Pläne und Wünsche verwirklicht: Roms Macht, durch die Bürgerkriege geschwächt, war wiederhergestellt, ja noch vergrößert worden; ihre Konzentration in der Hand des Princeps garantierte den Fortbestand der alten Ordnung. Der Staat bot ein Bild innerer Ruhe und äußerer Sicherheit: Die Pax Augusta, der Augusteische Frieden, wurde verkündet. Dieser Pax Augusta gelten die letzten Lieder des Horaz (5 und besonders 15). Als der Herrscher 13 v. u. Z. von einer dreijährigen Expedition nach Spanien und Gallien zurückkehrte, wurde ihm zu Ehren offiziell der Kult der Friedensgöttin gestiftet; vier Jahre später erfolgte die Weihung ihres Altars, der Ara Pacis. Indem Horaz im vierten Odenbuch die Erfolge der Augusteischen Restaurationspolitik und die Augusteische Friedensidee verherrlichte und in seiner letzten Ode gar Motive aufgriff, die später auf der Altarumfriedung in Stein gestaltet wurden, nahm er die Weihung der Ara Pacis poetisch voraus.

Von nun an verstummte die Stimme des Dichters; er hat die oft in Aussicht gestellte Abkehr von der Poesie endgültig vollzogen. Für sein letztes Lebensjahrfünft gibt es keine biographischen Zeugnisse, nur Vermutungen: Er wird seine Tage geteilt haben zwischen Rom, dem Sabinum und vielleicht einem Wohnsitz in Tibur, das ihm seit je ein beliebter Aufenthaltsort war (Oden I 7,10 ff.). Wir wissen, daß Horaz an sich schon früh die Symptome des Alterns feststellte: Als Jüngling schwarzhaarig, ergraute er vor der Zeit (Briefe I 20,24); klein von Statur, neigte er bald zur Leibesfülle (Briefe I 4,15); er liebte Wärme und Behaglichkeit und hatte des öfteren unter Krankheiten zu leiden, die ihn mehrfach zwangen, das ungesunde Klima der Hauptstadt zu meiden oder sich zu Kuren in süditalische Bäder zu begeben (Briefe I 7 und 15). Zunehmend einsamer wurde es um den Dichter; von seinen Freunden und Bekannten, die er in den Gedichten nennt, schied einer nach dem anderen aus dem Leben, Vergil bereits im Jahre 19 v. u. Z. Zur jüngeren Generation, z. B. zu Ovid, hatte er keinen Kontakt. Horaz starb am 27. November 8 v. u. Z., kurz nach seinem Freund und Gönner Maecenas, neben dem er auf dem Esquilin bestattet wurde. Sein Werk hatte, wie er es erhoffte, Bestand – ein „Denkmal, ... dauerhafter als Erz" sowohl für ihn selbst als auch für das antike Rom der Augusteischen Zeit.

Bei seinen Zeitgenossen ist Horaz allerdings – wie es scheint – zunächst nicht auf besonderes Verständnis gestoßen; es gibt kein Zeugnis dafür, daß ein Kritiker zu Lebzeiten des Dichters ein lobendes Urteil über ihn gefällt hätte, im Gegensatz etwa zu Vergil. Aber schon bald nach dem Tode des Horaz muß ein Wandel in der Bewertung seines Werkes eingetreten sein. Seine Gedichte wurden viel gelesen und bewundert. Quintilian (1. Jh. u. Z.) bezeichnet ihn in seinen Unterweisungen für die Erziehung und Ausbildung des Redners als „fast einzigen Lyriker, der es verdient, gelesen zu werden". Schon vor Quintilian hatte Seneca Horazische Versmaße bei der Abfassung der Chorlieder seiner Tragödien verwendet. Direkte Nachfolger hat er jedoch damals nicht gefunden; Dichter, die die gleichen poetischen Gattungen wie er pflegten, folgten anderen künstlerischen Prinzipien: Der vollkommene Meister war nicht nachahmbar. Aber er ist Schulschriftsteller geworden, was er vorausgesehen hatte (Briefe I 20,17 f.).

Später ging man davon ab, das Horazische Werk als Einheit zu betrachten: Es gab nun Horaz den Ethiker, d. h. den Verfasser der Satiren und Briefe, ferner den Lyriker und schließlich den Kunsttheoretiker. Der Ethiker blieb der Schule überlassen; aus den hexametrischen Schriften strömten die Sentenzen in die mittelalterlichen Florilegien. Auf der Horazischen Kunsttheorie fußen die Poetiken der Renaissance. Das lyrische Werk beeinflußte, in metrischer Hinsicht, zunächst das altchristliche Lied.

Die eigentliche, tiefergehende Nachwirkung des Horaz, die seither in der Weltliteratur vielfältig und kaum übersehbar geworden ist, setzte mit der Renaissance ein. Eine ganze Reihe von Dichtern wagte es, sich mit dem Augusteer in lateinischer Sprache zu messen; als bedeutendste Leistung dieser Art verdienen die Carmina des Humanisten Conrad Celtis (1513) Erwähnung. Auch die nationalsprachlichen Poeten der Renaissancezeit, in Deutschland z. B. Weckherlin und Opitz, und die Dichter der folgenden Jahrhunderte sahen in Horaz ein bewunderns- und nachahmenswertes Vorbild und schulten an ihm ihren Formsinn und ihre Sprachkunst.

Im 18. Jahrhundert stand Horaz neben dem Griechen Anakreon im Mittelpunkt der literarischen Bewegung der Anakreontik. Ihr galt Horaz als der Dichter frohen Lebensgenusses – eine zwar einseitige Betrachtungsweise, die aber einen wesentlichen Beitrag zur Befreiung des Denkens von pietistischen Traditionen geleistet hat. Aus den Auseinandersetzungen zwischen Pietismus und Rationalismus sind Lessings „Rettungen des Horaz" hervorgegangen, die nicht nur den römischen Dichter in Schutz nahmen, sondern die Dichtung im allgemeinen verteidigen wollten.

Friedrich Gottlieb Klopstock, ein Wegbereiter der deutschen Klassik, der sich sonst vor allem als „Lehrling der Griechen" fühlte, übernahm von Horaz das Muster der reimlosen Odenform. In seiner Nachfolge verfaßte Karl Wilhelm Ramler pathetische Oden in horazischem Stil, die ihm den Ruf eines deutschen Horaz einbrachten, heute allerdings fast vergessen sind. Dagegen verdient seine Horazübertragung noch Beachtung. Auch Hölderlin hat, nach dem Vorbild Klopstocks der Antike stark verpflichtet, in seiner Lyrik die Horazische Vers- und Strophenform angewendet. Unter den Dichtern, die sich intensiv mit Horaz beschäftigt haben, ragen ferner Christoph Martin Wieland und Johann Gottfried Herder hervor. Wieland verfaßte eine Nachdichtung der Horazischen Satiren und Episteln im deutschen Blankvers, die klassische Geltung erlangte. Herder würdigte die Horazische Kunst in „Briefen über das Lesen des Horaz"; auch er versuchte sich an einer Übersetzung, von der jedoch nur Proben veröffentlicht worden sind. An weiteren bedeutenden Übersetzern seien Johann Heinrich Voß, der bei Horaz allerdings eine nicht allzu glückliche Hand bewies, und aus späterer Zeit Emanuel Geibel und Rudolf Alexander Schröder genannt.

Aus der jüngsten Zeit ist Bertolt Brecht als bemerkenswertes Beispiel lebendiger Horazinterpretation anzuführen. Es gibt in seinem gesamten Schaffen viele Bezugspunkte zum Werk des Horaz, die zeigen, daß er sich mit ihm wiederholt kritisch und produktiv auseinandergesetzt hat.

Horaz hat – neben Vergil – im Urteil der Nachwelt bis in die Neuzeit als der bedeutendste römische Dichter überhaupt gegolten. Dieser Ruf gründet sich vor allem auf die Odendichtung, die – mit hoher poetischer Kunst und sprachlicher Meisterschaft gestaltet – eine klassische Harmonie von Inhalt und Form erreicht. Die Horazischen Gedichte sind bedeutsame Dokumente aus einem der wichtigsten Abschnitte der antiken Geschichte. Der Dichter hat sich mit dem historischen Geschehen und den gesellschaftlichen Problemen seiner Zeit auseinandergesetzt; er hat sich der politischen Entscheidung gestellt. Ein Wesenszug seiner Dichtung ist die Reflexion. Horaz versteht es, seine Gedanken, vom Persönlichen ausgehend, auf die Höhe des Allgemeingültigen zu heben. Die Erziehung des Menschen zu rechtem Maß und sinnvoller, vernünftiger Lebensgestaltung sieht er als zentrale Aufgabe seiner Dichtung an. In diesem humanistischen Anliegen, in der Allgemeingültigkeit der Aussage liegt nicht weniger als in der Formvollkommenheit und im historischen Zeugniswert die Bedeutung des Horazischen Werkes bis zum heutigen Tag.

ODEN

ERSTES BUCH

1

ZUEIGNUNG

Sieh, Maecenas, du Sproß uralten Königsstamms,
du mein schützender Hort, Stolz, der mich glücklich macht:
Manche freut es gar sehr, wirbelt ihr Renngespann
hoch olympischen Staub, meidet das heiße Rad

knapp die Säule der Bahn, hebt sie der Siegespreis
zu den Göttern empor, denen die Welt gehört;
andre haben es gern, kürt die Quiritenschar
sie mit launischer Gunst dreimal ins Ehrenamt;

andrer Stolz ist das Korn, das ihre Scheuer birgt,
von den Tennen gefegt fruchtbaren Libyerlands.
Wer sein väterlich Feld froh mit dem Karst bebaut,
den bringt niemand, ja selbst Attalus' Reichtum nicht,

auf ein zyprisches Schiff, daß er als Fahrensmann
zagend quere das Meer östlich von Griechenland;
wenn mit Macht der Südwest Icarus' Fluten peitscht,
hegt der Kaufherr wohl Furcht, preist seine stille Stadt

und die ländliche Ruh: dichtet doch bald das Leck
seines Schiffs, denn er lernt niemals Genügsamkeit.
Mancher wieder verschmäht nicht einen Becher voll
alten Massikerweins, stiehlt sich am hellen Tag

eine Stunde dafür, ruht unter grünem Baum,
hört des heiligen Quells sanftem Gemurmel zu;
viele andre ergötzt Hörner- und Tubaklang,
Lagerleben und Krieg, dem jede Mutter flucht;

und der Jäger vergißt gänzlich sein junges Weib,
bleibt des Nachts im Revier, merkt von der Kälte nichts,
wenn gehorsam die Meut folgt auf des Hirsches Spur,
wenn die Netze durchbrach marsischen Ebers Kraft.

Mich macht Efeu, der Preis kundiger Dichterstirn,
mit den Göttern verwandt, scheiden der kühle Hain,
Satyrnreigen und leichtfüßiger Nymphen Tanz
von dem Treiben des Volks, wenn nur Euterpe nicht

Flötenklänge versagt noch Polyhymnia
anzustimmen sich ziert lesbischer Leier Ton.
Reihst gar du mich dem Kreis lyrischer Sänger ein,
rührt mein Scheitel sodann oben ans Sternenzelt.

2

IN SCHWERER ZEIT

Schnee genug und grausigen Hagel sandte
Vater Zeus dem Land, seine rote Rechte
schreckte, Blitze schleudernd auf heil'ge Höhen,
   unsere Hauptstadt,

schreckte rings die Völker, daß wiederkehre
Pyrrhas schwere Zeit, voll der schlimmsten Wunder,
da einst Proteus trieb sein Getier hinauf ins
   steile Gebirge,

als der Fisch sich fing in der Ulme Wipfel,
der zuvor den Tauben als Nistplatz diente,
als in alles deckender Flut die Gemse
   zitternd einherschwamm.

Sahn wir doch den Tiber die gelben Wogen
mächtig her vom tuskischen Strande wälzen,
um die Königsburg und den Vestatempel
   niederzustrecken:

Rächer wollt er sein für die bittren Klagen
seiner Ilia, strömte drum unstet übers
linke Ufer wider des Zeus Gebot, ein
hӧriger Flußgott.

Wie den Stahl sich Bürger für Bürger schärften,
statt den argen Parthern den Tod zu bringen,
wie sie kämpften, hört einst durch Väterschuld ge-
lichtete Jugend.

Wen der Götter ruft nun das Volk, des Reiches
Sturz zu hindern? Welches Gebet der heil'gen
Jungfraun rührt noch Vesta das Herz, die sonst der
Lieder nicht achtet?

Wem wird Vater Zeus all des Frevels Sühne
auferlegen? Hör unser Flehn, o komm doch,
deine Strahlenschultern in Wolken hüllend,
Seher Apollo;

oder du, hold lächelnde Erycina,
komm, von Scherz umschwebt und der Liebe Sehnen;
oder du gedenkst jetzt des schon vergeßnen
Stammes der Enkel,

Ahnherr, müd vom Spiel, das zu lang gedauert,
du, den Kampflärm freut und die blanken Helme,
Marserkriegers grimmige Blicke auf den
blutenden Gegner;

oder wenn, in Jünglingsgestalt verwandelt,
du schon weilst auf Erden, o Flügelsohn der
güt'gen Maia, lässest von uns dich rufen
Rächer des Caesar,

kehr erst spät zum Himmel zurück und wohne
lang und gern allhier in Quirinus' Volke,
schwing dich nicht zu schnell, unsern Lastern zürnend,
hoch in die Lüfte:

Du sollst hier die großen Triumphe feiern,
hier hör lieber Vater und Fürst dich nennen,
straflos darf nicht reiten der Parther, wenn du
  Herrscher bist, Caesar.

3
ZUM GELEIT

So geleite dich Cypris nun,
  so das helle Gestirn, Helenas Brüderpaar,
und der Vater der Winde, der
  alle außer dem West halte in festem Bann –

dich, mein Schiff, dem zu treuer Hand
  anvertraut ist Vergil: Bring ihn, ich bitte dich,
heil zu Attikas Küsten hin,
  und bewahr meiner Seel andere Hälfte mir!

Dreifach Erzschicht und Eichenstamm
  lag dem Manne ums Herz, der mit dem schwachen Kahn
einst das trotzige Meer befuhr
  erstmals, ohn jede Furcht, stritt auch des Westwinds Bö

heulend gegen des Nordsturms Kraft,
  stürmte Regen herab, tobte der wilde Süd,
der der Herr in der Adria,
  ob er nun Wogen türmt oder sie ruhen läßt.

Welchen Tod sollte fürchten noch,
  wer da trockenen Augs schwimmendes Ungetier
und die tosende See gesehn,
  Unglücksklippen am Kap Acroceraunia?

Ganz umsonst schied die Gottheit einst
  von dem feindlichen Meer sorgsam das sichre Land,
wenn die Schiffe jetzt doch so dreist
  gegen Gottes Gebot über die Wasser ziehn.

Alles wagend mit kühnem Mut,
stürzt das Menschengeschlecht sich auf verbotnes Tun,
kühn hat Iapetus' Sohn vormals
mit verderblicher List Feuer der Welt gebracht:

Nach dem Glutraub aus Äthers Haus
legten sich über die Erd Siechtum und Fieberheer,
wie noch nie sie zuvor bekannt,
kam der zwingende Tod früher von fern und spät,

setzte rascher er nun den Schritt.
In die Leere der Luft wagte sich Daedalus,
Schwingen tragend, der Art zum Trotz;
ja, des Herkules Kraft zwang selbst den Acheron.

Denn dem Menschen scheint nichts zu schwer:
Töricht greifen wir jetzt gar nach dem Himmel schon;
unser ruchloses Tun ist schuld,
kommt der zürnende Blitz Jupiters nie zur Ruh.

4

FRÜHLING

Klirrenden Winterfrost löst willkommen des Frühlings
linder Windhauch,
die trocknen Kiele rollen seewärts wieder,
lästig erscheint jetzt der Stall dem Vieh und der warme
Herd dem Landmann,
es glänzt nicht silbern mehr vom Reif die Aue.

Venus, die Göttin Kytheras, führt schon zum Tanz beim
Schein des Mondes;
im Reigen mit den Nymphen wiegen zierlich
Grazien sich im wechselnden Takt; es besucht, vor Eifer brennend,
Vulcan die mächt'ge Schmiede der Zyklopen.

Jetzt ist es Zeit, mit der grünenden Myrte gesalbtes Haar zu schmücken,
mit Blumen, die erlöste Fluren tragen;
jetzt ist es Zeit, im schattigen Haine dem Faun zu opfern, ob er
ein Lamm nun fordert, ob ein Böcklein lieber.

Klopft doch an Armenhütten und Königspaläste gleichen Fußes
der bleiche Tod. Mein Sestius, Freund des Glückes,
unseres Lebens kurze Spanne verwehrt uns langes Hoffen:
Bald deckt dich Nacht, das Sagenreich der Manen,

Plutos ärmliches Heim; bist dort du erst angelangt, wird nie mehr
zum Zecherkönig dich der Würfel küren,
nie dich entflammen des Lycidas Schönheit, der jetzt ist jeden Mannes
Idol und bald die Sehnsucht auch der Mädchen.

5

AN DIE UNGETREUE

Welcher Knabe so schlank, triefend von duft'gem Öl,
setzt denn heute dir zu, Pyrrha, im Rosenflor
in der traulichen Grotte?
Wem wohl knüpfst du dein Blondhaar jetzt

schlicht und doch elegant? Ach, wie noch oft wird er
weinen, weil ihm entschwand Treue und Göttergunst,
wird befremdet dann schaun das
Meer vom finsteren Sturm gepeitscht.

Jetzt genießt er dich froh, hält für sein Goldkind dich,
wähnt, daß sein du nur bist, ewig dein Herz ihm schlägt,
ahnt doch nichts von des Wetters
Launen. Ach, wie beklagenswert,

wer dein Gleißen nur sieht, dich aber sonst nicht kennt:
Ich, so zeigt es das Bild dort an des Tempels Seit,
hab mein nasses Gewand schon
längst dem mächt'gen Neptun geweiht.

6
MEINE MOTIVE

Deinen Mut, wie den Feind siegreich du niederzwangst,
wie zu Schiff und zu Pferd kämpfte das tapfre Heer
unter deinem Befehl, künden wird's Varius
in homerischem Liederflug.

Ich, Agrippa, besing weder solch Heldentum
noch den Groll des Achill, der nimmer weichen wollt,
nicht des schlauen Ulyß irrende Fahrt durchs Meer
noch das graunvolle Pelopshaus;

so gewaltiger Stoff sieht mich nicht stark genug;
Scheu, nur friedlichen Klangs mächtige Muse mahnt,
nicht durch schwaches Talent Caesars, des Großen, Ruhm,
nicht den deinen herabzuziehn.

Wer vermöchte wohl auch würdig zu schildern Mars
und sein Panzergewand oder Meriones,
schwarz von troischem Staub, oder des Tydeus Sohn,
göttergleich durch Athenes Schutz?

Ich, ich singe von Schmaus, sing nur von Mädchenstreit,
da den Burschen sie drohn mit der gepflegten Hand,
singe sorgenlos stets, ob nun mein Herze frei,
ob's in Liebe gerade brennt.

7
FREUNDESRAT

Preisen werden wohl andere laut Mytilene und Rhodos,
Ephesos auch und korinthische Mauern,
meeresumspült, oder Bacchus' Theben, das Delphi Apollos
oder das Tal der thessalischen Tempe;

mancher erachtet es wert, nur die Stadt der Jungfrau Athene
endlos im Liede zu feiern, den Ölzweig
allüberall zu pflücken, mit ihm die Stirn sich zu kränzen;
wer gar der Juno will Ehre erweisen,

redet vom reichen Mykene, vom Rosse ernährenden Argos:
Ich schwärme nicht für das eiserne Sparta,
nicht für die strotzenden Fluren Larissas; ich lobe mir einzig
nur Albuneas rauschende Grotte,

Anios stürzende Fluten, den Hain des Tiburnus und feuchte
Rieselgärten, mit Früchten beladen.
Nimm dir den Südwind zur Lehre: Er scheuchet vom düsteren
Himmel
häufig die Wolken, bringt Regen nicht ständig.

Klug also werde auch du und sinne auf Wege, des Lebens
Trübsal und Mühen zu enden, mein Plancus!
Sorgen lindert der Wein – ob dich blitzende Waffen im Lager
halten, ob Tiburs vertraute Umgebung

Schatten dir spendet. Als Teuker, vom Vater verbannt, aus der
Heimat
aufbrach, netzte der Wein ihm die Schläfen,
wand er sich Laub von der Pappel ums Haupt; die betrübten
Gefährten
muntert er auf mit der folgenden Rede:

„Ihr meine Freunde! Fortuna meint's besser mit uns als mein Vater;
laßt uns ihr folgen, wohin sie auch führet!
Zagen und Zaudern gilt nicht unter Teukers sichrem Geleite.
Auch hat Apollo es fest uns versprochen:

Doppelt wird Salamis sein, ein neues in anderem Lande.
Tapfere Männer, in schlimmerer Fährnis
oft mir verbunden! Ertränkt eure Sorgen im Weine – noch heute!
Morgen schon fahren wir wieder im Weltmeer."

8
DER LIEBESHELD

Lydia, beim Himmel bitt ich,
sag mir, soll denn Sybaris ganz durch deine Lieb verderben?
Haßt er denn jetzt des Marsfelds
Sonnenglut, wo sonst er doch trug Staub und die Hitze klaglos?

Sag mir, warum man nie ihn
sieht mit Waffenfreunden zu Pferd, nie ihn die Rosse Galliens
mit der Kandare zügeln.
Auch des Tibers lehmgelben Strom will er nun nicht berühren,

meidet das Öl noch ärger
als das Gift von Schlangen; sein Arm zeigt jetzt kein Mal vom Wettkampf,
stand er auch sonst im Rufe,
oft den Diskus oder den Speer weit übers Ziel zu schleudern.

Weshalb verbirgst du ihn, wie
einst vor Trojas traurigem Grab Thetis, die meergeborne,
barg ihren Sohn, damit die
Mannszucht ihn nicht reiße zur Schlacht gegen die Lykierscharen?

9
TROST IM WINTER

In tiefen Schnee gehüllt siehst Soracte du
erstrahlen; tragen können die Wälder kaum
die schwere Last; von Eis und Kälte
starren die Flüsse in Todesstille.

Den Frost vertreibe, schüre die Glut im Herd,
leg Scheit auf Scheite! Reichlicher schenke ein,
vier Jahre alten Wein laß fließen,
o Thaliarch, aus Sabinerkrügen!

Das andre stell den Göttern anheim! Wenn sie
der Stürme Kampf auf tosendem Ozean
bezähmen, ziehet Ruhe ein in
Eschengezweig und Zypressenhaine.

Die Frage nach dem Morgen sei nicht gestellt;
nimm alle Tage ja als Gewinn, die dir
Fortuna schenkt! Verachte nicht die
Freuden der Liebe, der Reigentänze,

solange noch die Jugend dir blüht und fern
des Alters Launen stehn. An des Abends fest
bestimmter Stunde suchen heißt's jetzt
leises Geflüster in Feld und Garten;

zu raten gilt es Liebchens Versteck in dem
geheimen Winkel, wo sie verlockend lacht,
ein Pfand zu rauben ihrem Arme
oder dem Finger, der kaum sich sträubet.

10

HYMNE AN MERKUR

O Merkur, des Atlas beredter Enkel,
der du junger Menschheit noch wilde Sitten
klug gezähmt durchs Wort und den anmutsvollen
Brauch der Palästra,

dich, des großen Zeus und der Götter Boten,
preis ich, dich, den Vater gewölbter Leier,
der du alles, was dir gefällt, zum Scherze
weißt zu entwenden.

Schon als Knäblein stahlst du Apoll die Rinder
listig; kaum verlangte der, zornig scheltend:
„Gib sie wieder!", stand er beraubt des Köchers,
blieb ihm nur Lachen.

Ja, du führtest Priam aus Ilions Mauern
samt dem Schatz, die stolzen Atriden täuschend,
an Thessaliens Feuern vorbei, durchs Troja
feindliche Lager.

Du bringst fromme Seelen zu frohen Stätten,
lenkst die leichte Schar mit dem goldnen Stabe,
bist der Götter Liebling im Himmel droben
und in der Tiefe.

11

LEBENSKUNST

Frage nicht – denn du darfst wissen es nie – was für ein Ende Gott
mir und dir hält bereit! Sterndeuterei, meine Leuconoë,
braucht's nicht. Besser, du trägst jedes Geschick, wie es auch aussehn wird.
Ob mehr Winter gewährt Jupiter noch, ob es der letzte ist,

der Tyrrhenischen Meers Wogengetos klippenbewehrt jetzt bricht:
Zeig dich weise und klug, kläre den Wein, hoff nicht auf Zukunftsglück,
denk ans Heute vielmehr! Feindlich entflieht hier beim Gespräch die Zeit:
Greif dir lieber den Tag, schenk kein Vertraun dem, der erst morgen kommt!

12

ROMS GÖTTER UND HELDEN

Wen, ob Mensch, ob Heros, willst preisen, Klio,
du zur Leier oder zur hellen Flöte?
Welchen Gott? Wes Name erschallt im Klange
scherzenden Echos,

sei's am Saum von Helikons Schattenwäldern,
sei's auf Pindus' Höhn und im kalten Haemus,
dort, wo blindlings folgte der Wald dem liederkundigen Orpheus,

der mit seiner Kunst – ein Geschenk der Mutter –
wilde Ströme hemmte und schnelle Winde
und mit Saitenklängen so schmeichelnd lockte
lauschende Eichen?

Als den ersten lob ich wie stets den Vater,
der da lenkt der Menschen und Götter Schicksal,
Meer und Land regiert und den Kreis des Alls im
Wechsel der Zeiten;

ihm entstammt nichts Größeres, als er selbst ist,
neben ihm bestehet nichts Gleiches, Zweites.
Ihm zunächst jedoch hat die höchsten Ehren
Pallas errungen,

kühn im Kampf. Auch dich will ich nicht vergessen,
Liber, nicht Diana, der wilden Tiere
Feindin, noch Apoll, dessen sichre Pfeile
Schrecken verbreiten.

Den Alkiden preis ich und Ledas Söhne,
kühn zu Roß der eine, im Kampf der Fäuste
siegberühmt der andre; erstrahlt ihr Sternbild
freundlich den Schiffern,

fließt vom Fels die gischtende Brandung nieder,
schweigt der Sturm, die Wolken entfliehn, es sinket,
dem Gebot gehorchend, ins Meer zurück die
drohende Woge.

Nächstens sollt von Romulus ich nun künden
oder Numas friedlichem Reich, Tarquinius'
stolzer Herrschaft oder vielleicht von Catos
ruhmvollem Ende.

Singe dankbar, Lied, auch vom Geist der Skaurer,
singe von des Regulus Tat, von Paulus,
der, besiegt vom Punier, als Held sich hingab,
sing von Fabricius!

Ihn und Curius mit seinen wilden Haaren
und Camillus formten zu tapfren Kriegern
hartes Darben und auf ererbtem Gut die
ärmliche Hütte.

Still wächst wie ein Baum im Verlauf der Jahre
des Marcellus Ruhm: Das Gestirn der Julier
aber strahlt hervor wie der Mond vor allen
kleineren Sternen.

Du, der Menschheit Vater und ihr Beschützer,
Sohn Saturns, dir gab das Geschick die Sorge
um den großen Caesar: So herrsche du und
neben dir Caesar!

Ob er Latiums grimmigen Feind, die Parther,
siegreich in verdientem Triumph einherführt
oder von den Küsten des fernen Ostens
Serer und Inder,

unter dir regier er gerecht den Erdkreis;
du erschüttre mit deinem Donnerwagen
den Olymp und wirf auf entweihte Haine
rächende Blitze!

13

EIFERSUCHT

Immer wenn du des Telephus
Rosennacken mir rühmst, Lydia, des Telephus
wachsweiß schimmernden Arm, ach dann
schwillt in heftigem Groll kochend die Galle mir.

Dann verwirrt sich mein Sinn, ich werd
rot und blaß, und es stiehlt heimlich der Tränen Naß
sich die Wangen hinab, verrät,
wie mir schwelende Glut drinnen das Herz verzehrt.

Ja, mich schmerzt, wenn von trunknem Kampf
deine Schultern, so weiß, häßlich gezeichnet sind,
wenn beim Küssen der Knabe dir
toll vor Liebe ein Mal in deine Lippe biß.

Nie erhoff, wenn auf mich du hörst,
ew'ge Liebe von dem, welcher den süßen Kuß,
den mit edelstem Nektarsaft
Venus selber gewürzt, wie ein Barbar entweiht.

Dreimal glücklich und mehr das Paar,
das da einet ein Band, fester als Eisen noch,
das kein Hader entzweien kann,
das die Liebe erst trennt, wenn es der Tod so will.

14

DAS STAATSSCHIFF

Neuer Sturmwind, ach Schiff, treibt auf die hohe See
dich zurück. Wozu das? Sicheren Schutz mit Macht
mußt erreichen du jetzt. Ist
nicht der Ruder beraubt dein Bord?

Und des Südwinds Orkan schlug dir den Mast entzwei;
ächzen hörst du die Rah. Kann denn dein Kiel nochmals
tragen stärkerer Wogen
Ansturm ohne der Taue Halt?

Keins der Segel ist ganz, nirgends ein Gott zu sehn,
den du flehentlich rufst, wenn neue Fährnis droht.
Magst auch pontische Fichte,
magst des edelsten Waldes Sproß

du dich nennen: Es nützt Name und Herkunft nichts;
schöne Bilder am Rumpf geben kein Selbstvertraun.
Wenn du nicht allen Winden
willst ein Spielball nur sein, gib acht!

Kürzlich warst du mir noch Überdruß, Ärgernis;
heute bang ich um dich, liegst du am Herzen mir:
  Meide Klippe und Riff am
    hellen Strand des Kykladenmeers!

15

DAS SCHICKSAL DES PARIS

Aus des Gastfreundes Haus schleppte der Hirt durchs Meer
auf idäischem Schiff Helena treulos fort;
doch zu lästiger Rast zwang da den Flug des Winds
  Nereus, grausigen Schicksalsspruch

kundzutun: „Nicht zum Heil führst du die Braut dir heim;
bald verlangt sie zurück Griechenlands starkes Heer,
fest verschworen zum Kampf, bis es getilgt den Bund
  und des Priamus altes Reich.

Weh, ich sehe den Schweiß strömen von Pferd und Mann,
seh die Gräber schon all, die du den Troern füllst.
Schon nimmt Schutzschild und Helm Pallas und rüstet schon
  ihren Wagen, in Wut entbrannt.

Ja, umsonst wirst du bald, bauend auf Venus' Schutz,
sorgsam ordnen dein Haar, friedlicher Leier Klang
in der Runde der Fraun stimmen zu süßem Lied;
  nimmer schützt dich das Ehgemach

vor dem wuchtigen Speer, Pfeilen aus Kreterrohr,
nicht vorm Tosen der Schlacht, wenn dir mit schnellem Fuß
Ajax folgt: Wenn auch spät, wirst du dein Buhlenhaar
  doch besudeln mit eklem Staub.

Siehst Ulixes du nicht, wie er Verderben sinnt
deinem Volke, siehst nicht Nestor, den Pyliergreis?
Furchtlos stürmt auf dich ein Teuker von Salamis
  hier und Sthenelus dort, im Kampf

kundig und, wenn es gilt, Wagen und Rosse auch
wohl zu lenken imstand. Auch den Meriones
lernst du kennen. Ergrimmt sucht dich des Tydeus Sohn,
stärker er als der Vater noch:

Wie ein Hirsch in der Flur nicht mehr ans Äsen denkt,
wenn den Wolf er erspäht drüben am Hang des Tals,
so wirst fliehn du vor ihm keuchend und atemlos –
ist es das, was du ihr versprachst?

Schiebt der Groll des Achill und seiner Flotte auch
Ilions Sturz und das Leid phrygischer Fraun noch auf:
Schon bestimmt ist der Tag, da der Achäer Brand
Trojas Häuser in Asche legt."

16

ABBITTE

O schöner Mutter schönere Tochter du,
setz meinen Spötterjamben ein Ende nun,
wie du es willst, im Feuer oder,
wenn es beliebt, in der Adria Fluten.

Nicht Dindymene, Delphis Apollo nicht,
nicht Liber regt im Tempel der Priester Sinn
so auf, nicht toben Korybanten
so bei dem gellenden Klang der Zimbeln

wie finstrer Zorn: Ihn schrecket kein norisch Schwert
zurück, nicht schiffemordende See, nicht Wut
der Flammen, noch wenn niederfährt gar
Jupiter selbst in des Wetters Grauen.

Prometheus – heißt es – habe, da Not ihn zwang,
dem Schöpfungsschlamm von jeglicher Wesenheit
ein Teil zu geben, uns die Kräfte
rasender Löwen ins Herz gegossen.

Der Jähzorn hat Thyestes in schlimmes Leid
gestürzt und war für manche erhabne Stadt
der letzte Grund, warum in Nacht sie
sank und das feindliche Heer das Pflugschar

vom Siege trunken über die Trümmer zog.
Bezwinge deinen Unmut: Ein Hitzkopf war
auch ich in süßer Zeit der Jugend,
ließ mich im Wüten zu raschen Jamben

verleiten: Jetzt nun möcht ich zur Freundlichkeit
mein düstres Wesen wandeln; ich nehm den Spott
zurück – so sei auch du mir wieder
Freundin und schenk mir dein Herz aufs neue!

17

FRIEDLICHER ORT

Behende kommt der Faun vom Lycaeusberg
gar oft zum anmutsvollen Lucretilis
und wehrt mir dann von meinen Ziegen
sommerlich Glut und die Regenwinde.

Gefahrlos schweifend suchen im sichren Wald
die Fraun des garstig duftenden Eheherrn
verstecktes Erdbeerlaub und Thymian;
grünliche Nattern, des Kriegsgotts Wölfe,

sie können nimmer schrecken der Zicklein Schar,
erklingt die süße Syrinx, o Tyndaris,
im Tal und hallt vom glatten Fels am
Hange Usticas ihr Echo wider.

Ja, mich beschützen Götter, mein frommes Herz
und meine Lieder sind ihnen wert. Hier wird
im Überfluß auch dir der Felder
Segen aus gütigem Füllhorn strömen.

Hier spürst du nicht im lauschigen Tal die Glut
des Hundssterns, singst zur teïschen Laute, wie
um *einen* Mann Penelope und
Circe, die Zauberin, einst sich härmten.

Du leerst den Becher lieblichen Lesbierweins,
im Schatten ruhend, ohne daß Händel sucht
vereint mit Mars Gott Bacchus, Sohn der
Semele; brauchst nicht zu fürchten Cyrus'

verwegnen Argwohn, daß seine rohe Hand
nach dir, dem schwachen Mädchen, zu greifen wag
und dir den Kranz im Haar zerreiße
und dein Gewand, das doch keine Schuld trifft.

18

LOB DES WEINES

Nein, kein andres Gewächs, heiligen Wein, Varus, bau an zuerst
dort, wo sonnige Flur Tiburs sich dehnt, Catilus' Stadt erstand.
Denn dem Nüchternen stellt alles der Gott schwierig und düster hin,
nur vorm Weine allein weichet der Druck nagender Kümmernis.

Wer klagt, trank er erst Wein, über des Kriegs oder der Armut Last?
Wer preist eher nicht dich, Liber, und dich, reizende Venus, dann?
Doch der Gott liebt das Maß; Übermaß darf nie sein Geschenk
entweihn:
Warnend mahnt uns der Streit, den der Zentaur mit den Lapithen
einst

brach im Rausche vom Zaun, mahnt auch der Gott, der auf den
Thraker zürnt,
wenn er, gierend nach Lust, Frevel und Recht nur mehr durch
schmalen Grat
voneinander noch trennt. Nie will ich dich, strahlender Bassareus,
zwingen, wenn du nicht willst, nie, was du birgst unter dem bunten Laub,

an das Tageslicht ziehn. Schweigen gebiet phrygischem Flötenklang,
wildem Schellengeklirr! Folgt ihnen ja eigne Verblendung nur,
Ruhmsucht, welche ihr Haupt, ist es auch leer, über Gebühr erhebt,
falsche Treu, die verrät, was ihr vertraut, leicht zu durchschaun wie
Glas.

19

NEUE LIEBE

Amors grausame Schöpferin,
Thebens Semelesohn, schweifende Lüsternheit,
alle heißen sie mich, mein Herz
neu der Liebe zu weihn, die schon erkaltet war.

Mich reizt Glyceras weiße Haut –
strahlt sie lichter ja als parische Marmorpracht –,
reizt willkommene Schelmerei
und der feurige Blick, der zu verführen weiß.

Venus selbst kam von Zypern her,
stürzt mit Macht sich auf mich, läßt mich vom Skythen nicht
singen, nicht von des Parthers Mut
hoch auf flüchtigem Roß, nur von der Lieb allein.

Hier gleich rüstet des Rasens Grün,
hier die Zweige! Und schafft, Burschen, mir Weihrauch und
Schalen zweijähr'gen Weins herbei:
Bring ein Opfer ich ihr, wird sie mir sanfter nahn.

20

BESCHEIDENHEIT

Nur Sabiner gibt es bei mir in schlichten
Humpen, den ins griechische Fäßchen selbst ich
füllte und verpichte, als im Theater
herzlich die Menge

dich, Maecenas, herrlicher Ritter, grüßte
und dein Ruhm vom Ufer des Heimatstromes
und vom vatikanischen Berg im Echo
scherzend erschallte.

Wohl schlürfst sonst du Käkuber, Saft von Trauben
aus kalen'schen Keltern: Doch meine Becher
füllen nicht falernische Reben, füllt kein
Weinberg von Formiae.

21

DIE KINDER DER LETO

Preist Diana im Lied, liebliche Mädchen! Preist,
Knaben, ihr den Apoll in seiner Lockenpracht!
Preist auch Leto, die innig
Zeus, der waltende Gott, geliebt!

Preist sie, die sich am Quell und an des Haines Laub
freuet, ob es nun krönt Algidus' rauhe Höhn,
ob den grünenden Cragus,
des Erymanthus düstren Wald.

Singet, Knaben, das Lob Tempes im gleichen Lied,
preist auch Delos, Apolls Wiege, und ihn, den Gott,
dessen Schulter der Köcher
und die Leier des Bruders ziert.

Tränenbringenden Krieg, Krankheit und Hungersnot
nimmt er unserem Volk, nimmt er dem Herrscher ab,
sendet Parthern und Briten
solches Unheil nach eurem Wunsch.

22
SICHERER SCHUTZ

Wer da lebet redlich und ohne Falschheit,
der bedarf nicht maurischer Speere, leistet
leicht Verzicht auf Bogen und gift'gen Pfeil im
Köcher, mein Fuscus,

plant er auch zu reisen im Syrtengluthauch,
auf des fernen Kaukasus wilden Höhen
oder in dem Land, das durchströmt Hydaspes,
sagenumwoben.

Das erfuhr ich jüngst im Sabinerwalde:
Als ich dort von Lalage sang und frei von
Sorgen meine Schritte vom Wege seitwärts
lenkte, ganz wehrlos,

flüchtet doch von dannen ein Wolf, ein Untier,
wie noch nie es nährte in Eichenwäldern
streitbar Daunerland, nicht die Wüste Iubas,
Heimat der Löwen.

Führt mich nach des eisigen Nordens Ebne,
wo kein Baum ergrünet in linden Lüften,
dorthin, wo nur Wolken und trüben Himmel
Jupiter sendet;

führt mich südwärts auch, wo der Sonnenwagen
nah der Erde rollt und kein Wohnen duldet:
Lieben werd ich Lalages holdes Lachen,
holdes Geplauder.

23
WERBUNG

Immer fliehst du vor mir, Chloë, dem Kitzlein gleich,
das im öden Gebirg sucht nach dem bangen Reh
und ganz grundlos erschrickt, wenn
nur ein Lüftchen, ein Blatt sich rührt.

Denn es bebt ihm das Herz, zittern die Kniee schon,
wenn durchs wogende Laub schauert der Lenzbeginn,
wenn im Brombeergebüsch ein
grünes Echslein sich raschelnd regt.

Ich bin hinter dir her, kein wildes Tigertier,
kein gätulischer Leu, der dich zerreißen will:
Laß doch endlich die Mutter!
Zeit ist's, daß du dem Manne folgst.

24
TOTENKLAGE

Welche Scheu, welches Maß kennt wohl der Sehnsucht Schmerz
um ein teueres Haupt? Stimme, Melpomene,
mir ein Klagelied an! Gab ja der Vater dir
helle Stimme zum Saitenspiel.

Also ewiger Schlaf deckt jetzt Quintilius zu.
Wann wohl finden nun Zucht, Wahrheit, die nichts verhehlt,
unbestechliche Treu, Schwester der Rechtlichkeit,
seinesgleichen auf Erden hier?

Mancher treffliche Mann trauert dem Toten nach,
aber keiner, Vergil, trauert so sehr wie du.
Nein, nicht so war's gemeint, als du ihn Gott befahlst;
rufst nun fromm ihn umsonst zurück.

Rührst die Saiten du auch schmeichelnder noch als einst
Thrakiens Orpheus, dem selbst Bäume ihr Ohr geliehn:
Nimmer kehret das Blut wieder dem Schattenbild,
das Merkur mit dem Schreckensstab

seiner finsteren Schar einmal hinzugesellt;
und zu lösen den Bann, macht ihn kein Flehn geneigt.
Hart wohl ist's: Doch Geduld lindert noch jedes Los,
das zu ändern ein Gott versagt.

25
VERGÄNGLICHE LIEBE

Seltner wirft schon nach dem geschloßnen Fenster
nun die kecke Jugend mit Kieselsteinen,
raubt dir länger nicht deinen Schlaf; die Haustür
liebt jetzt die Schwelle –

und bewegte früher doch oft und gern sich
in den Angeln. Seltener klingt's und seltner:
„Wo ich nächtelang mich nach dir verzehr, kannst,
Lydia, du schlafen?"

Selber weinst bald du ob der stolzen Buhler,
stehst dann alt, verachtet in öder Gasse,
wenn in Neumondnächten der Sturm aus Thrakien
heftig einherbraust,

wenn dir wollustheißes Begehren, wie's die
Stuten in der Brunstzeit zu wilder Glut reizt,
rasend im verwundeten Herzen wütet
und du bejammerst,

daß die frohe Jugend Gefallen findet
mehr an grünem Efeu und dunkler Myrte,
welke Blätter aber dem Ostwind weiht, dem
Wintergesellen.

26
FÜR LAMIA

Ein Musenliebling, gebe ich Sorg und Angst
den dreisten Winden, sie in das Kretermeer
zu tragen; welcher Fürst an Nordlands
eisiger Küste dem Volk verhaßt ist,

was Tiridates schrecket, mich kümmert's nicht.
Du, süße Muse, die du des reinen Quells
dich freust, o winde bunte Blumen,
flicht sie zum Kranze für meinen Lamia!

Nicht nützt, leihst du nicht Hilfe, mein Lobgesang:
Mit neuem Lied zur lesbischen Leier ihm
Unsterblichkeit zu schenken, ziemt sich
wohl für dich selbst und für deine Schwestern.

27
LIEBESBEICHTE

Mit Bechern, die zu fröhlichem Tun bestimmt,
kämpft nur ein Thraker: Also hinweg mit solch
Barbarenbrauch! Bewahrt vor blut'gen
Händeln den sittsamen Gott der Reben!

Denn Partherklingen passen gar schlecht zu Wein
und Lampenschein: Drum mäßigt, ihr Freunde, doch
den wüsten Lärm und bleibet liegen,
ruhig den Arm auf das Polster stützend.

Ihr wollt, daß ich beim schweren Falerner auch
mithalte? Gut, doch beichte der lokrischen
Megylla Bruder erst noch, welcher
Pfeilschuß ihn selig ins Herz getroffen.

Du zögerst, willst nicht? Aber um keinen Preis
als diesen trink ich. Gleich, welche Lieb dich jetzt
bezwang, du brauchst der Glut dich nicht zu
schämen, da stets du nur edler Neigung

dich hingibst. Was du also auch hast, wohlan,
vertrau es sichren Ohren! Du armer Schelm,
der beßrer Flamme wert ist, welch ein
schrecklicher Schlund wollt dich, Knab, verschlingen?

Welch weise Frau, welch Zauberer, welcher Gott
kann dich erlösen von dem thessal'schen Gift?
Umstrickt vom Dreileib der Chimäre,
wird dich ein Pegasus kaum erretten.

28

HEILIGE PFLICHT

Dich, Archytas, der Meer und Land und die Körner des Sandes,
die ohne Zahl sind, gemessen, auch dich bannt
nun am matinischen Strand eine schmale Gabe geringen
Staubs, und es kann dir nichts nützen, daß du, die

luftigen Hallen durchforschend, im Geiste durchs Himmelsgewölbe
schweiftest: Du konntest dem Tod nicht entrinnen.
Sterben mußt auch des Pelops Vater, der Göttergeselle,
sterben Tithon, in die Lüfte entrückt, und

Minos, dem Zeus auch Geheimstes vertraute; der Tartarus ist auch
Herberge für den Panthousproß, der
wieder dem Orkus verfiel, ob er gleich durch den Schild uns bekundet,
daß er vor Troja einst kämpfte und damals

Haut nur und Sehnen dem finsteren Tod überließ: wie du selbst meinst,
kein zu verachtender Kenner der Wahrheit
und der Natur. Aber jeden erwartet die nämliche Nacht, und
einmal wandelt den Weg er des Todes.

Furien weihen gar manchen dem grimmigen Kriegsgott zum Schauspiel,
gieriges Meer bringt Verderben den Schiffern:
Greise wie Jünglinge eint so die Unzahl der Gräber; es gibt kein
Haupt, dem die wilde Proserpina wiche.

Also versenkte auch mich in illyrischen Wogen der Südwind,
peitschend die See, wenn Orion sich neiget.
Du aber, Seemann, säume nicht grausamen Sinns, eine Handvoll
wehenden Sandes zu spenden für mein, ach,

grabloses Haupt und Gebein: Wie auch immer der Ost dann Italiens
Fluten bedroht, nur Venusias Wälder
büßen dafür, doch du selbst wirst gerettet; und reichlich Belohnung
fließe dir zu aus der mächtigen Hand des

gnädigen Zeus und Neptuns, des Beschützers vom heil'gen Tarentum.
Wie? Einen Frevel zu üben, der noch den
schuldlosen Kindern einst schadet, das gilt dir gering? Ja auch deiner
harren vielleicht ein verdientes Gericht und

strenge Vergeltung: Nicht ungestraft läßt du mich flehend zurück, es
wird dann kein sühnendes Opfer dich lösen.
Ob du auch eilst, der Verzug ist so kurz: Nur drei Handvoll vom Staube
wirf über mich – und zieh weiter in Frieden!

29

GESINNUNGSWANDEL

Du neidest, Iccius, plötzlich den Arabern
die reichen Schätze, drohest mit blut'gem Krieg
den nie besiegten Herrschern Sabas,
schmiedest dem furchtbaren Parther Ketten?

Welch fremdes Mädchen wird deine Sklavin sein,
erschlugst du erst im Kampf ihren Bräutigam,
welch Prinz, das Haar von Salböl glänzend,
dir dann als Mundschenk zur Seite stehen,

der wohl von Vaters Bogen den Sererpfeil
zu schnellen weiß? Wer leugnet noch, daß zur Höh
des Bergs der Sturzbach fließen und der
Tiber im Laufe sich wenden könne?

Vertauschst ja du des großen Panaetius Werk,
die Schule der Sokratiker, mühsam erst
gekauft, jetzt mit der span'schen Rüstung:
Beßres hast wahrlich du einst versprochen!

30

AN VENUS

Venus, die in Cnidus du thronst und Paphus,
laß dein liebes Zypern und komm zum schmucken
Tempel meiner Glycera, die dich ruft mit
reichlichem Weihrauch!

Mit dir seien Amor, der hitz'ge Knabe,
Grazien im gelösten Gewand, die Nymphen
und die Jugend, die nur mit dir erst Reiz hat,
eile Merkur auch!

31

DES DICHTERS WUNSCH

Was wünscht sich wohl der Sänger am Weihefest
Apollos? Was erfleht er, wenn jungen Wein
er aus der Schale gießt? Nicht reiche
Saaten auf sardischen Segensfluren,

nicht Herden, in kalabrischer Glut gediehn,
nicht Schätze Golds noch indisches Elfenbein,
nicht Auen, die der Strom des Liris
schweigend benetzet mit sanfter Welle.

Mag mit dem Messer, wem es Fortuna gab,
Kalenerreben schneiden, den Wein sodann,
für Syrerfracht ertauscht, der reiche
Kaufherr aus goldenen Bechern schlürfen,

ein Götterliebling, da er des Atlas Meer
gefahrlos dreimal, viermal im Jahre schaut.
Auf meinem Tische stehn Oliven,
stehn nur Endivien und leichte Malven.

O Sohn der Leto, bitte gewähre mir,
daß ich gesund an Seele und Leib genieß,
was mir beschieden, und kein elend
Alter erleb, dem die Lieder fehlen!

32

AN DIE LEIER

Hör mich, Leier, wenn ich im Schatten müßig
je mit dir getändelt, so singe nunmehr
mir ein römisch Lied, das für dieses Jahr und
länger noch lebe!

Ersten Klang entlockte dir einst ein Lesbier,
der, im Kampf ein Held, auch im Felde, oder
wenn sein sturmgepeinigtes Schiff am nassen
Ufer vertäut war,

Liber und die Musen besang und Venus
und den Knaben, welcher sie stets begleitet,
Lycus auch im Schmuck seiner schwarzen Haare,
dunkelen Augen.

Leier, Phoebus' Zier, du willkommner Gast selbst
an des hohen Jupiter Tisch, der Leiden
süßer Trost, o sei mir geneigt, sooft ich
würdig dich rufe!

33
ZUM TROST

Denkst an Glycera du und ihre Grausamkeit,
sei nicht allzu betrübt, Albius! Warum vor dir
jetzt ein Jüngerer strahlt, dir sie die Treue brach,
frag nicht klagend in deinem Lied!

Sieh, Lycoris im Reiz ihrer so schmalen Stirn
sehnt nach Cyrus sich heiß; ihn doch, obgleich sie spröd,
zieht's zu Pholoë hin. Aber erst paart das Reh
sich dem Wolf im Apulierland,

eh sich Pholoë solch schändlichem Buhlen gibt.
So hat's Venus bestimmt: Was an Gestalt und Geist
ganz verschieden sich zeigt, zwingt sie in grausem Spiel
gern vereint in ihr hartes Joch.

Als mich selber dereinst edlere Liebe rief,
hielt mit holder Gewalt Myrtale mich gebannt,
Sklavin früher und wild, wilder als Adrias Flut,
die Kalabriens Küste höhlt.

34
UMKEHR

Die Götter ehrte sonst ich nur rar und karg,
da ich von Narrenweisheit besessen war;
jetzt heißt es meines Schiffes Segel
wenden, verlassene Bahnen suchen

von neuem. Trieb doch Jupiter, der meist nur
die Wolke teilt mit zuckendem Feuerstrahl,
durch heitren Himmel kürzlich seine
donnernden Rosse, den Flügelwagen,

von dem die Last des Erdballs erbebt, der Styx,
der Ströme Lauf, des Taenarus Schreckenssitz
und Atlas' Berg am Weltenende.
Wirklich, das Hohe vermag in Niedres

der Gott zu wandeln, Ruhm zu zerstören und
ans Licht zu ziehn, was vorher im Dunklen schwieg:
Fortuna raubt mit Flügelschwirren
Kronen, gewähret sie andren lächelnd.

35

GEBET AN FORTUNA

O Göttin, die das liebliche Antium du
beherrschst, aus tiefstem Staube den Sterblichen
zu heben und in Leichenzüge
stolze Triumphe zu wandeln mächtig:

Zu dir kommt bange flehend, wer arm sein Feld
bebaut, zu dir, der Wogengebieterin,
wer immer auf Bithynerkiel es
wagt, dem Karpathischen Meer zu trotzen;

dich scheut der wilde Daker, der flücht'ge Skyth,
scheun Städte, Völker, trotz'ges Latinerland,
die Mütter der Barbarenherrscher;
und die Tyrannen im Purpur fürchten,

daß du die Säule stürzest mit frechem Fuß,
die aufrecht ragt, und daß dann gerottet Volk,
„Zu Waffen, wer da säumt, zu Waffen!"
rufend, die Ketten der Knechtschaft sprenge.

Es schreitet stets die grimme Ananke dir
voran, trägt Balkennägel und Keile in
der erznen Faust, auch harte Klammern
fehlen ihr nicht noch das Blei zum Gießen;

dich ehrt die Hoffnung, ehret, in reines Weiß
gehüllt, die seltne Treu; und sie folgt dir nach,
auch wenn du mit vertauschtem Kleid als
Feindin dich wendest von mächt'gen Häusern;

doch treulos weicht der Pöbel, die Buhlerin
vergißt den Eid, und da nun die Krüge leer
bis auf die Hefe, fliehn die Freunde
listig, am Joche nicht mitzutragen:

O schütze Caesar, der nach Britannien zieht
zum Rand der Welt, der Jünglinge frische Schar,
vor der die Feinde zittern in den
Ländern des Ostens, am Roten Meere.

Ach Schande unsrer Narben, des Brudermords!
Was haben wir, ein hartes Geschlecht, gescheut
und welchen Frevel nicht begangen?
Wessen enthielt sich die Hand der Jugend

aus Götterfurcht? Und welcher Altar blieb denn
von ihr verschont? O schmiede das stumpfe Schwert
auf neuem Amboß um nun gegen
Araber- und Massagetenheere!

36

WILLKOMMENSGRUSS

Weihrauch will ich und Lieder weihn
und, wie einst ich's gelobt, auch eines Kalbes Blut
euch, den Schutzgöttern Numidas.
Von Hesperiens Saum kehrte er heil zurück,

schenkt jetzt Küsse in reicher Zahl
teuren Freunden, jedoch keinem so viel wie dir,
trauter Lamia, eingedenk,
daß euch *einer* erzog, daß zu derselben Stund

ihr die Toga gewechselt habt.
  Weiße Kreide soll mir zeichnen den schönen Tag!
Schont nicht, wie er hier steht, den Krug!
  Gönnt, nach salischem Brauch, euerem Fuß nicht Rast!

Und der trinkfesten Damalis
  geb auch Bassus nicht nach mitten im Becherkampf!
Rosen schafft für den Schmaus herbei,
  Grün des Eppichs und schnellwelkende Lilienpracht!

Schmachtend hängen an Damalis
  aller Augen, doch sie weicht von der Seite nicht
ihrem neuen Geliebten heut,
  schlingt die Arme um ihn fester, als Efeu rankt.

37

KLEOPATRA

Jetzt dürft ihr zechen, jetzt mit befreitem Fuß
im Tanz die Erde stampfen; die Zeit ist da,
  der Götter Pfühl zu schmücken, Freunde,
    ihnen ein salisches Mahl zu spenden.

Vordem war's Sünde, holt' man den Käkuber
aus Ahnenkellern, da noch die Königin
  dem Capitolium wahnsinnsvollen
    Einsturz, dem Reiche Verderben drohte

mit ihrem von der Wollust verseuchten Schwarm
entehrter Männer, selber vom süßen Glück
  betäubt, im Unmaß Höchstes hoffend.
    Aber der rasende Taumel schwand, als

den Flammen kaum ein einziger Kiel entkam;
der Rausch des Nilweins, der ihren Sinn umfing,
  schlug um in wahre Schreckensangst, da
    Caesar zu Schiff von Italiens Küsten

im Flug sie jagte – rasch, wie ein Habicht hetzt
die sanfte Taube oder ein Jägersmann
den Hasen in Thessaliens Schneeflur:
wollt ja in Ketten er die vom Schicksal

gesandte Bestie legen! Doch sann sie selbst
auf edlern Tod, verzagte nicht weibisch vor
dem Schwert, noch nahm mit schneller Flotte
sie an versteckten Gestaden Zuflucht,

konnt vielmehr ihre Hofburg gelaßnen Blicks
zertrümmert sehen, scheußliche Schlangenbrut
in tapfren Händen halten, um mit
schwärzlichem Gift sich den Leib zu tränken,

noch trotz'ger, seit zum Tod sie entschlossen war:
mißgönnte sie's den grimmen Liburnern doch,
entthront sie – ein erhabnes Weib – zu
stolzem Triumph übers Meer zu führen.

38

EIN BESCHEIDENER ZECHER

Perserprunk, mein Bursche, ist mir zuwider,
mag die Kränze nicht, die mit Bast gebunden:
Laß das Suchen drum, ob du eine späte
Rose noch findest!

Sollst zur schlichten Myrte nicht erst voll Eifer
andre Blumen winden: Denn *sie* schon kleidet
gut den Schenken, gut auch den Zecher unterm
schattigen Rebdach.

ZWEITES BUCH

1
POLLIOS GESCHICHTSWERK

Den Bürgerstreit vom Konsul Metellus an,
des Krieges Ursach, Schäden und Kampfverlauf,
Fortunas Spiel, das unheilschwere
Bündnis der Mächtigen, unsre Waffen,

befleckt vom Blute, das noch der Sühne harrt –
ein Werk gar voll gefährlichen Würfelspiels
behandelst du, auf Gluten schreitend,
die unter tückischer Asche schwelen.

Ein Weilchen bleib die Muse des ernsten Spiels
der Bühne fern: Doch hast die Geschichte Roms
du dargestellt, so kehrst zum hohen
Amt du zurück im Kothurn des Kekrops,

mein Pollio, starker Hort, wenn da einer bangt
vorm Richter, wenn die Kurie des Rates pflegt,
du Held im ew'gen Ruhm, den dir der
Sieg im dalmatischen Feldzug brachte.

Schon jetzt betäubst mit drohendem Hörnerklang
du unsre Ohren, dröhnen Trompeten schon
und schreckt der Waffen heller Glanz die
scheuenden Pferde, den Blick der Reiter.

Wie großen Feldherrn ruhmvoll der Schlachtenstaub
das Antlitz schwärzte, mein ich zu hören schon,
und wie sich alle Länder beugten,
nur nicht der trotzige Sinn des Cato.

Und Juno und wer sonst von den Göttern einst,
den Afrern freund, ohnmächtigen Grolls das Land
verließ, sie brachten nun der Sieger
Enkel Iugurtha zum Totenopfer.

Welch Feld, getränkt von römischem Blut, zeugt nicht
mit seinen Gräbern von dem verruchten Kampf,
zeugt nicht vom Sturz des Reichs im Westen,
dessen Getöse selbst Parthien hörte?

Wo ist ein Strom, ein Schlund, der den Jammerkrieg
nicht kennt? Und wo ein Meer, dessen Fluten nicht
der Dauner Morden färbte? Wo ein
Strand, der nicht rot ist von unsrem Blute?

Laß, Muse, nicht verwegen von heitrem Tun,
erneure nicht das keïsche Klagelied:
Such lieber in Diones Grotte
leichtere Weisen auf meiner Laute!

2

WIDER DIE HABSUCHT

Fahl ist Silber, liegt es in geiz'ger Erde
eingegraben; drum, mein Sallustius Crispus,
haßt du solch Metall, wenn nicht weise Nutzung
Glanz ihm verleihet.

Proculeius' Ruhm wird Äonen leben,
weil er vatergleich für die Brüder sorgte;
durch die Nachwelt tragen ihn Famas Flügel,
nimmer ermüdend.

Mächt'ger herrschst du, wenn deines Herzens Gier du
bändigst, als wenn Libyen du fügst zum fernen
Gades und die punischen Lande beide
einem nur fronen:

Wassersucht wächst, gibt man ihr nach, schlimm fort, es
quält der Durst, solang aus den Adern nicht der
Krankheit Ursach weicht, aus dem bleichen Leib die
schwammige Schlaffheit.

Kehrt auf Cyrus' Thron auch Phraates wieder,
zählt die Tugend – gegen des Pöbels Meinung –
doch ihn nicht den Seligen zu; sie wehrt dem
Volke, Begriffe

falsch zu brauchen, bringet die Macht, bringt sichre
Kronen dar und ewigen Lorbeer dem nur,
der auf Berge Goldes vermag mit kalten
Blicken zu schauen.

3

LEBENSWEISHEIT

Bewahre Gleichmut, Dellius, im Mißgeschick,
so wie in guten Tagen dein Herz du dir
von übermüt'ger Freude freihieltst:
Greift ja gewiß auch nach dir der Tod einst,

gleich, ob du nun dein Leben vertrauert hast,
ob, hingestreckt im lauschigen Wiesengrund,
du Feste feiernd dich gelabt an
besseren Sorten Falernerweines.

Wozu vereint die mächtige Pinie sonst
ihr Astwerk mit dem schimmernden Pappelbaum
zum gastlich Schattendach, hüpft flüchtig
talwärts im schlängelnden Bach die Welle?

Hierher laß Wein und Salböl dir bringen und
der anmutsvollen Rosen – ach – kurze Pracht:
Noch gönnt es dir das Glück, die Jugend,
gönnen's der Parzen so dunkle Fäden.

Einst mußt du fort vom mühsam erkauften Grund,
von Haus und Hof, die lehmig der Tiber netzt,
mußt fort, und deiner hochgetürmten
Schätze bemächtigt sich froh der Erbe.

Ob reich, ein Sproß aus Inachus' altem Stamm,
ob arm, ein Sohn des niedersten Volks – was macht's?
Wer unter diesem Himmel weilt, ist
Opfer des Orkus, des mitleidlosen:

Zu einem Ziele zwingt es uns alle hin;
ob früh, ob spät, für jeden entfällt dem Topf
beim Schütteln einst das Los und lädt zu
ew'ger Verbannung uns in den Nachen.

4

LIEBE FRAGT NACH ABKUNFT NICHT

Brauchst der Lieb zur Sklavin dich nicht zu schämen,
Phoker Xanthias! Denn einer Magd, Briseïs',
weißer Liebreiz rührte einst selbst das harte
Herz des Achilles,

und der kriegsgefangnen Tekmessa Schönheit
rührte Ajax, Telamons Sproß, den Herren;
Atreus' Sohn entflammt' für ein Beutemädchen
noch im Triumphe,

als die Troerscharen zu Boden sanken
vorm thessal'schen Helden und Hektors Sterben
Trojas Burg den müden Hellenen preisgab,
leicht sie zu stürmen.

Und vielleicht auch bringen der blonden Phyllis
edle Eltern Ehre dem Eidam; sicher
weint sie um ein fürstliches Haus, beklagt die
Ungunst der Götter.

Glaub mir, nicht aus schändlichem Pöbel kommt sie,
die du dir erwählt; wer so treu dich liebt, so
abhold dem Gewinne, der kann von niedrer
Mutter nicht stammen.

Angesicht und Arme, die schlanken Waden
lob ich unbefangen – sei ohne Argwohn!
Hat ja doch mein Leben – zu schnell – die Vierzig
schon überschritten.

5

NUR GEDULD

Noch nicht vermag, den Nacken gebeugt, das Joch
sie zu ertragen, kann im Gespann noch nicht
mit gleichem Schritte ziehn, noch nicht des
brünstigen Stieres Gewicht erdulden.

Nach grüner Au noch steht deinem jungen Rind
der Sinn; noch sucht's, jetzt hitzige Glut im Fluß
zu kühlen, jetzt sich froh beim Spiel im
sumpfigen Weidengebüsch mit Kälbern

zu tummeln. Also laß das Verlangen nach
der ungereiften Traube: Gar bald wird dir
der bunte Herbst die bläulich bleichen
Beeren mit purpurner Farbe zieren.

Bald wird sie selbst dir folgen: Denn stürmisch eilt
die Zeit dahin und leget an Jahren ihr
hinzu, was du verlierst; mit kecker
Stirn sucht sich Lalage dann den Liebsten,

geliebt noch mehr als Pholoë, die so spröd,
als Chloris, deren Schulter so strahlend glänzt,
wie nachts der klare Mond im Meer sich
spiegelt, auch mehr als der Knidier Gyges,

der, unter Mädchen weilend, gewiß das Aug
von Fremden täuschte, sei es auch noch so scharf;
so schwer wär's, ihn zu finden, da er
wallendes Haar hat und Mädchenwangen.

6
DICHTERS RUH

Würdest mich nach Gades, Septim, begleiten,
nach Kantabrien, das unser Joch nicht duldet,
nach den wilden Syrten, wo ewig branden
maurische Wogen:

Doch ich wünsch mir, Tibur, der Griechen Pflanzstadt,
sei mein Ruhsitz, bin ich einst alt geworden,
sei mein Ziel, kehr müde ich heim von Kriegsdienst,
Reisen und Seefahrt.

Wenn der Parzen Mißgunst von dort mich fernhält,
zieht's mich zum Galaesus, den edle Schafe
lieben, zu den Fluren, wo einst Phalantus
herrschte aus Sparta.

Lacht mir doch kein Winkel der Welt wie dieser,
wo der Honig dem vom Hymettus gleichkommt
und die Frucht des Ölbaums es aufnimmt mit dem
grünen Venafrum,

wo uns lange Lenze und laue Winter
Zeus gewährt, wo Aulon, ein Lieblingsplatz des
Segenspenders Bacchus, Falernertrauben
nimmer beneidet.

Jenes Ortes selige Höhen rufen
dich und mich: Und dort wirst die warme Asche
deines Dichterfreundes du einst mit schuld'gen
Tränen benetzen.

7
FROHES WIEDERSEHEN

Der oft mit mir dem Tod du ins Auge sahst,
als wir im Heer des Brutus gedient, wer gab
als Bürger dich den Heimatgöttern
und dem italischen Himmel wieder,

Pompeius, erster meiner Gefährten du,
mit dem ich oft den säumigen Tag beim Wein
verkürzte, kranzgeschmückt die Haare,
welche von syrischem Balsam glänzten?

Mit dir hab ich Philippi, die rasche Flucht
erlebt, als ich so ruhmlos den Schild verlor,
als Mannesmut zerbrach und Prahler
schimpflich die Erde mit Küssen deckten:

Doch da ich zagte, führte mich schnell Merkur
durch Feindesreihn in dichtem Gewölk davon,
dich warf in aufgewühlte Fluten
wieder die Woge zu neuen Kämpfen.

So spende nun das schuldige Mahl dem Zeus,
streck deinen Leib, der müd ist vom langen Krieg,
in meines Lorbeers Schatten aus und
schon nicht die Krüge, die dir bestimmt sind!

Die blanken Becher fülle mit Massiker,
dem Sorgenbrecher; gieße auch Salböl aus
den weiten Muscheln! Wer besorgt rasch
Kränze aus Myrte und frischem Eppich?

Wen wird wohl Venus jetzt für das Trinkgelag
zum König küren? Heut will ich toller noch
als Thraker zechen: Süß ist mir der
Rausch, hab ja endlich den Freund ich wieder!

8

HETÄRENEIDE

Hätte doch nur einmal, Barine, Strafe
dich getroffen für deine falschen Eide,
würd ein Zahn nur schwarz, trüg ein einz'ger Nagel
häßliche Flecken,

schenkte ich dir Glauben: Doch bandst du eben
noch dein Haupt mit treulosen Schwüren, strahlst du
gleich noch schöner, schreitest einher, von allen
Leuten bewundert.

Ja, dir frommt der Trug bei der Mutter Asche,
bei den stummen Zeichen der Nacht, beim ganzen
Himmel und den Göttern, die nie den eis'gen
Tod je erleiden.

Drob lacht Venus – sag ich –, es lachen auch die
schlichtgesinnten Nymphen, der wilde Amor,
der stets seine glühenden Pfeile schärft am
blutigen Wetzstein.

Mehr noch: Nur für dich wächst die ganze Jugend,
wächst ein neu Gefolge; doch auch das alte
läßt nicht ab vom Hause der falschen Herrin,
trotz allen Drohens.

Du läßt Mütter um ihre Söhne fürchten,
Greise um ihr Geld und manch neuvermählte
arme Jungfrau, daß deinem Zauberhauch ihr
Gatte erliege.

9
LASS DIE KLAGEN

Nicht immer strömt aus Wolken des Regens Flut
auf wüste Felder, peitschen des Sturmes Bö'n
das Kasp'sche Meer, mein teurer Valgius;
auch an Armeniens Gestaden starret

das träge Eis nicht über das ganze Jahr;
nicht immer ächzen unter des Nordwinds Last
die alten Eichen des Garganus,
sind seine Eschen des Laubes ledig:

Doch du hörst nimmer auf mit dem Trauerlied
um Mystes' Tod, die Sehnsucht nach ihm gibt nie
dich frei, ob nun der Stern des Abends
steigt, ob er flieht vor der heißen Sonne.

Der Greis, der einst drei Leben geschaut, hat nicht
in all der Zeit den holden Antilochus
beklagt; es weinten um den jungen
Troïlus Eltern und Phrygerschwestern

nicht ew'ge Tränen. Laß drum auch endlich du
dein weichlich Klagen! Singen wir lieber doch
ein Lied von des Augustus neuen
Siegen, von eis'gen Niphateshöhen,

vom Mederstrom, der nun durch bezwungnes Land
viel kleinre Wogen wälzt, vom Gelonenvolk,
das jetzt auf eng begrenzten Fluren,
wie es befohlen, die Rosse tummelt.

10
DIE GOLDENE MITTE

Besser fährst, Licinius, du, wenn nicht stets aufs
hohe Meer du steuerst noch allzu nah zum
tückereichen Ufer dich drängst in banger
Vorsicht vor Stürmen.

Wer die goldne Mitte sich wählt, hält sicher
fern sich von dem Schmutz der verfallnen Hütten,
bleibt auch klüglich ferne dem Prunk des Hofs, der
Neid nur erwecket.

Öfter muß dem Sturm sich die hohe Pinie
beugen, nur die ragenden Türme stürzen
hin mit größrer Wucht, und der Berge Gipfel
treffen die Blitze.

Wer in seinem Herzen ist wohl gerüstet,
hofft im Unglück, fürchtet im Glück des Schicksals
Wendung: Zeus, der garstige Winter sendet,
scheucht sie auch wieder;

steht es heute schlecht, kommt's gewiß schon morgen
anders; weckt ja doch mit der Leier Klängen
oft Apoll die schweigende Muse, spannt nicht
ständig den Bogen.

In Bedrängnis zeig dich beherzt und tapfer;
sei jedoch auch weise genug, des Schiffes
Segel einzuziehn, wenn von günst'gem Wind sie
allzu stark schwellen!

11

HINWEG DIE SORGEN

Was kampfbereit der Kantabrer sinnen mag
und was der Skyth, den schützend das Ostmeer von
uns trennt, laß ab zu fragen, Quinctius!
Sorg dich auch nicht um des Lebens Notdurft!

Wie wenig braucht der Mensch! Und wie bald entflieht
der Jugend glatte Schönheit und naht verwelkt
das Alter, treibt der Liebe lose
Freuden davon und den leichten Schlummer!

Nicht ewig währt im Frühling der Blumen Pracht,
nicht *ein* Gesicht nur zeigt uns der goldne Mond:
Was quälst du da den allzu schwachen
Geist mit Gedanken um Ewigkeiten?

Was liegen wir nicht sorglosen Sinns am Fuß
der ragenden Platane, der Pinie hier,
der Rose Duft im grauen Haar, mit
syrischer Narde gesalbt, und zechen,

solang's vergönnt? Die nagende Sorgenlast
zerstreut uns Bacchus. Wer von den Knaben kühlt
die feurigen Falernerbecher
rasch drum am Quell, der so nahe rieselt?

Wer ruft das Mädchen Lyde vom fernen Haus?
Zu schlichtem Knoten – wie die Spartanerin –
das Haar geknüpft, soll sie mit ihrer
Leier aus Elfenbein hierher eilen!

12
DAS BESSERE THEMA

Nein, das ist nicht dein Wunsch, daß ich Numantias Macht,
die so lang wir bekriegt, Hannibals harten Sinn,
das sizilische Meer, rot von des Puniers Blut,
sing beim zärtlichen Leierklang,

von lapithischem Grimm oder Hylaeus' Rausch
oder Herkules' Sieg über die Tellusbrut,
die dem greisen Saturn und seiner Strahlenburg
Fährnis drohte und bebend Furcht:

Du, Maecenas, erzählst, schreibend im Prosastil
ein historisches Werk, besser von Caesars Kampf,
wie manch trotzigen Fürst, Ketten der Schmach am Hals,
im Triumph durch die Stadt er schleppt.

Meine Muse verlangt, daß ich Licymnia preis,
deine Herrin, den Schmelz ihres Gesangs, den Glanz
ihrer Augen, ihr Herz, das nur dem deinen schlägt,
Liebe wohl zu erwidern weiß.

Sieh, wie reizend im Chor sie ihre Füße setzt,
Scherz mit Scherzen pariert, zierlich beim Reigentanz
ihre Arme reihum schmucken Gespielen reicht
an dem großen Dianafest.

Gäbst du für den Besitz eines Achaemenes,
für mygdonisches Gut fruchtbarer Phrygerflur,
für der Araber Land, welches von Reichtum strotzt,
eine Locke Licymnias hin,

wenn beim feurigen Kuß hold sie den Nacken neigt
oder, spröde zum Schein, wieder den Kuß versagt,
doch des Diebstahls sich freut mehr noch als du, der Dieb,
und bisweilen auch selber stiehlt?

13
DER UNGLÜCKSBAUM

Wer einst dich pflanzte, tat es an einem Tag
des Unheils, und mit frevelnder Hand hat er
dich großgezogen, Baum, zum Fluch der
Enkel, zur Schande des ganzen Dorfes.

Er hat dem eignen Vater den Hals, so möcht
ich glauben, umgedreht und den Hausaltar
des Nachts besudelt mit dem Blut des
Gastfreunds; mit kolchischen Giften gab er

sich ab – und was an Greueln noch irgend sonst
sich fand, der dich gefährliches Holz bei mir
im Garten setzte, nur damit dem
unschuld'gen Herrn es aufs Haupt einst stürze.

Nie weiß der Mensch von Stunde zu Stunde schon,
was ihn bedroht. Es bebt nur vorm Bosporus
Karthagos Schiffsherr, fürchtet nicht das
blinde Geschick noch von andrer Seite;

Roms Krieger scheut nur flüchtigen Parthers Pfeil,
der Parther nur die Ketten der Römermacht:
Doch unvermutet raffte stets und
rafft noch des Todes Gewalt die Völker.

Wie nah schon sah ich, düstre Proserpina,
dein Schreckensreich, des Aeacus Richterstuhl,
den fernen Wohnsitz frommer Seelen,
wo auf äolischen Saiten Sappho

die Mädchen ihrer Heimat im Lied beklagt,
zur goldnen Laute volleren Klanges du,
Alcaeus, singst von Mühn der Seefahrt,
Leiden der Flucht und des Krieges Härten.

Und beider Lied, der heiligen Stille wert,
bewundern wohl die Schatten; doch lieber lauscht
auf Schlachten und Tyrannenstürze,
Schulter an Schulter gedrängt, die Menge.

Was Wunder, senkt, von solchem Gesang betört,
ja selbst das hundertköpfige Ungetüm
die schwarzen Ohren, geben Ruh die
Schlangen im Haare der Eumeniden!

Der süße Klang täuscht einen Prometheus selbst
und Pelops' Vater über die Qual hinweg;
es denkt nicht mehr Orion an das
Jagen von Löwen und scheuen Luchsen.

14

DES TODES ALLMACHT

Weh uns, im Fluge gleiten, ach Postumus,
die Jahre hin; ja nicht einmal Frömmigkeit
gewähret Aufschub, nahet sich das
runzlige Alter, des Todes Allmacht,

und wolltst du, Freund, sooft nur ein Tag vergeht,
auch dreimal hundert Stiere dem Pluto weihn,
der keine Tränen kennt und Tityus
gar und den dreifach gewalt'gen Geryon

mit seinem düstren Strome umschlossen hält:
Uns alle, die die Gabe der Erde nährt,
trägt einst das Schiff hinüber, ob wir
Könige sind oder arme Bauern.

Vergebens bleiben blutigem Krieg wir fern,
dem Wogensturz der brausenden Adria,
vergebens flüchten wir im Herbste
angstvoll vorm schädlichen Hauch des Südwinds:

Einst heißt es doch den schwarzen Cocytus schaun,
der träg sich windet, schauen des Danaus
verrufne Brut, den Äoliden
Sisyphus, lange Verdammnis duldend,

heißt's fort von dieser Welt, vom geliebten Weib,
von Haus und Hof; nach kurzem Besitze wird
von diesen Bäumen, die du pflegst, dir
nur die verhaßte Zypresse folgen.

Ein klügrer Erbe *trinkt* dann den Käkuber,
den du mit hundert Schlössern verwahrst, und netzt
den Estrich mit solch stolzen Weinen,
wie sie kein Priester beim Mahl genießet.

15

JETZT UND EINST

Nur wen'ge Hufen bleiben bald mehr dem Pflug
vor lauter Prachtgebäuden; noch weiter als
den See Lucrinus sieht Bassins man
ringsum sich dehnen; der unfruchtbaren

Platane weicht die Ulme. Bald schwebt der Duft
von Veilchen, Myrte, Wolken von Wohlgeruch
in Gärten, wo Olivenbäume
früheren Herren noch Früchte trugen;

des Lorbeers dichtes Laubwerk verbannt das Licht
der Sonne. Nein, so haben es Romulus',
des strenggesinnten Cato Spruch, die
Sitte der Alten nicht vorgeschrieben!

Bei ihnen war des Bürgers Besitz noch klein,
das Staatsgut groß; die Meßrute steckte nicht
private Säulenhallen ab, um
kühlenden Nordwind drin einzufangen.

Beim Baun verschmähte niemand gemeines Gras:
So war's Gesetz; vom Schatze des Staates hieß
es Städte richten und der Götter
Tempel mit neuem Gestein verzieren.

16
SEELENFRIEDEN

Ruh erfleht von Gott, wen der Sturm auf Aegeus'
offnem Meere packt, wenn das Licht des Mondes
schwarze Wolken bergen, kein sichrer Stern dem
Seemann mehr leuchtet,

Ruh erfleht, von Kriegen gemartert, Thrakien,
Ruhe auch der Parther im Schmuck des Köchers,
die für Purpur, Grosphus, nicht feil ist noch für
Gold und Geschmeide:

Denn kein Schatz der Welt, nicht des Konsuls Liktor
kann die Stürme, welche die Seele quälen,
kann die Sorgen scheuchen, die auch des Prunksaals
Decke umflattern.

Glücklich lebt mit wenigem, wem auf schlichtem
Tisch das Salzfaß schimmert, ererbt vom Vater,
wem den sanften Schlummer nicht Furcht und schmutz'ge
Habgier vertreiben.

Warum streben kühn wir in kurzem Leben
nach so vielem? Suchen die Länder unter
fremden Sonnen? Kann, wer die Heimat flieht, auch
selbst sich entrinnen?

Selbst auf erzgepanzerte Schiffe steigt die
schnöde Sorge, Reiterschwadronen folgt sie,
schneller als die Hirsche und als der Ost, der
Wolken daherjagt.

Frohen Sinns genieße das Heut und laß den
Kummer um das Morgen! Das Bittre meistre
mit gelaßnem Lächeln: Denn volles Glück gibt's
nirgends auf Erden.

Rascher Tod ereilte Achill, den Helden,
den Tithonus schwächte ein langes Alter:
Was sie *dir* versagte, wird *mir* vielleicht die
Stunde gewähren.

Dich umbrüllen Hunderte Rinderherden
auf Siziliens Insel; schon reif zum Rennen,
wiehert dir die Stute; und Kleider trägst du
zwiefach gefärbt mit

Afrerpurpur: Mir gab die Parze, die nicht
trügt, nur wenig Land, doch der Griechenmuse
zarten Hauch und wider des Pöbels Mißgunst
stolze Verachtung.

17

GLEICHE STERNE

Was brichst du mir mit deinem Geklag das Herz?
Kein Gott und auch ich selber nicht will, daß du,
Maecenas, vor mir scheidest, meines
Daseins erhabene Zier und Stütze.

Ach, raubte dich, du Hälfte von meinem Ich,
ein früher Tod, was soll dann die andre noch
auf dieser Welt, von mindrem Wert, ein
Torso – allein? Nein, derselbe Tag wird

einst beide niederstrecken. Es gilt der Schwur,
den ich dir sprach: Ich folge, ich folg gewiß,
gehst du voran, auch auf dem letzten
Weg dein Gefährte zu sein entschlossen.

Kein hundertarm'ger Gyges, erstünd er neu,
kein Gluthauch der Chimäre wird je von dir
mich trennen; denn so ist's Beschluß der
mächt'gen Justitia, Beschluß der Parzen.

Ob nun die Waage oder der schreckliche
Skorpion als stärkre Macht auf die Stunde schaut,
da ich geboren wurde, ob das
Zeichen vom Steinbock, dem Herrn des Westmeers –

es stehen unsre Sterne so wunderbar
im Gleichklang: Dich schützt Jupiters Licht, entriß
dich jüngst dem bösen Schein Saturns und
hemmte den eilenden Flug des Schicksals,

so daß beim Schauspiel zahlreich versammelt Volk
dir dreifach frohen Beifall erschallen ließ:
Mich hätt der Baum aufs Haupt getroffen –
tödlich, doch fing mit der Rechten Faunus,

der Schirmherr aller Jünger Merkurs, den Sturz.
Vergiß drum nicht die schuldigen Opfer und
den Tempelbau, den du gelobtest:
Ich will, bescheiden, ein Lämmlein schlachten.

18

ARM UND REICH

Nicht von Elfenbein und Gold
erstrahlt in meinem Haus die Zimmerdecke,
kein hymettisch Balkenwerk
belastet Säulen, zugehaun im fernsten

Afrika, nicht Attalus'
Palast gewann ich unverhofft als Erbe,
noch verspinnen edle Fraun
in meinen Diensten Spartas Purpurwolle.

Doch ich hab ein treues Herz
   und eine Ader, fruchtbar an Talent, und
Reiche suchen *mich,* der arm:
   Nichts weiter wünsch ich von den Göttern, fordre

mehr nicht von dem mächt'gen Freund,
   beglückt genug allein durch mein Sabinum.
Rasch verstreichet Tag um Tag,
   und neue Monde kommen und vergehen:

Du läßt noch im Angesicht
   des Todes Marmor schneiden, baust Paläste –
und vergißt dein Grab – und mühst
   dich ab, den Strand ins Meer hinauszurücken

dort, wo Baiaes Welle rauscht,
   scheinst dir zu arm, besitzt du nur das Festland:
Mehr noch, fort und fort reißt du
   des Ackers Grenzstein aus und springst voll Habgier

über deines Schützlings Rain;
   hinaus ins Elend treibst du Mann und Frau, sie
ziehn von dannen, auf dem Arm
   des Hauses Götter und die schmutz'gen Kinder.

Dennoch harrt des reichen Herrn
   kein Schloß so sicher wie des gier'gen Orkus
allen vorbestimmtes Ziel.
   Was strebst du weiter noch? Die gleiche Erde

öffnet sich dem Bettler wie
   den Königskindern; auch nicht um das Gold, das
einst Prometheus schlau versprach,
   hat Orkus' Fährmann seinen Kahn gewendet.

Tantalus und Tantals Sohn
   hält er in seinem Bann, den Armen löst er
von des Lebens Müh und Last:
   Er hört, gerufen oder nicht gerufen.

19

PREIS DES BACCHUS

Den Bacchus sah ich – glaub's mir doch, Nachwelt du!
Er hat sein Lied im fernen Geklüft gelehrt,
die Nymphen nahmen's auf, es lauschten
bocksfüß'ge Satyrn gespitzten Ohres.

Euhö, wie klopft mein Herz noch von frischer Furcht
und jauchzt erregt im Busen, des Bacchus voll!
Euhö, verschon mich, Liber, schon mich,
furchtbarer Gott mit dem mächt'gen Thyrsus!

Jetzt darf ich singen, wie die Thyade schwärmt,
wie Wein aus Quellen, Milch in den Bächen strömt
im Überfluß, darf sagen, wie sich
Honig ergießt aus gehöhlten Stämmen,

darf künden, wie der seligen Gattin Schmuck
im Sternenkreise prangt, wie des Pentheus Haus
in schwerem Sturz zerbarst, ein schrecklich
Ende Lycurgus einst nahm, der Thraker.

Du beugst die Ströme, zwingst das Barbarenmeer;
du windest auf entlegenen Bergeshöhn,
vom Weine selig, den Mänaden
Vipern gefahrlos ins Haar zum Knoten.

Du schlugst, als der Giganten verruchte Schar
gen Himmel stürmte in deines Vaters Reich,
als Leu den Rhoetus in die Flucht mit
grausigen Pranken und wildem Rachen.

Wohl, hieß es, seist du eher für Reigentanz,
für Scherz und Spiel geschaffen und taugtest nicht
zum Kampf; doch warst in Krieg und Frieden
stets du derselbe, standst niemals abseits.

Als Cerberus im Schmucke des goldnen Horns
dich schaute, rieb er schmeichelnd den Schweif an dir,
und als du schiedest, leckte er mit
dreifacher Zunge dir Fuß und Beine.

20
VERKLÄRUNG

Auf starken Schwingen, nie noch gesehn, schweb ich,
ein zwiegestalt'ger Sänger, durchs Ätherblau,
verweil nicht länger hier auf Erden,
lasse die Städte, entrückt der Mißgunst.

Ich werd, wenngleich nur ärmlicher Eltern Sohn,
den du im Tod, geliebter Maecen, noch rufst,
ich werde nie vergehen, werde
nie von den Wellen des Styx umfangen.

Da sieh, schon deckt mir rauhere Haut den Fuß
und wandle ich zum schimmernden Vogel mich
vom Haupte her, schon wachsen leichte
Federn an Fingern und an den Schultern.

Berühmter noch als Icarus, Daedals Sproß,
besuch ich bald als singender Schwan im Flug
des Bosporstrands Getös, Gätuliens
Syrten und eisigen Nordlands Fluren.

Mich lernt der Kolcher kennen, der Daker auch,
der seine Furcht vor Marserkohorten hehlt,
und fern der Skyth; mich nimmt der Spanier
wahr und das Volk an der Rhône Ufern.

Drum fort mit Totenweisen an leerer Gruft,
unwürd'ger Trauer, jammerndem Klagesang!
Halt ein den Wehruf, spar an meinem
Grabe die Ehren, die überflüssig!

DRITTES BUCH

1
GENÜGSAMKEIT

Gemeinen Pöbel haß ich und wehre ihm.
Voll Andacht lauscht: Als Priester der Musen sing
den Mädchen und den Knaben ich jetzt
Lieder, wie keiner sie je vernommen.

Ihr Volk beherrschen Fürsten mit Schreckensmacht;
den Fürsten selbst gebietet noch Jupiter,
gefeiert als Gigantensieger,
mit seiner Braue das All erschütternd.

Der eine pflanzt auf weiterem Grund in Reih
die Reben; auf das Marsfeld hinab zur Wahl
steigt dieser mit der edlern Abkunft,
jener bewirbt sich mit beßrem Leumund

ums Amt, ein dritter führet die größre Schar
Klienten: Doch nach gleichem Gesetze fällt
Anankes Los für hoch und niedrig,
Raum hat die Urne für jeden Namen.

Wem über frevlem Nacken ein blankes Schwert
bedrohlich schwebt, dem schafft kein sizilisch Mahl
Genuß und Wohlgeschmack, dem bringt kein
Vogelgesang und kein Klang der Saiten

den Schlaf zurück: Der Schlummer, so sanft, wie ihn
der Landmann schläft, der fühlt sich in Hütten wohl,
er liebt die schatt'gen Ufer, liebt die
Täler, von Zephyrus' Hauch umschmeichelt.

Wer, was dem Tag genügt – und nicht mehr – begehrt,
den schrecket nicht des Meeres Getös und nicht
des Sturmes Wüten, wenn Arkturus
nieder-, des Böckleins Gestirn emporsteigt,

der fürchtet nicht, daß Hagel den Weinberg peitscht,
daß ihn das Landgut trügt und der Baum dort bald
den Regen, bald den strengen Frost, bald
flurenversengende Sterne anklagt.

Die Fische spüren ringsum beengt ihr Reich,
denn Riesenbauten führt man im Wasser auf:
Des festen Landes müde, senken
Bauherr und Meister mit vielen Helfern

hier Block auf Block hinab; doch wohin der Herr
den Schritt auch lenkt, geht drohende Furcht mit ihm,
sitzt schwarze Sorge mit zu Pferde,
weicht nicht vom ehernen Bord des Schiffes.

Wenn solches Leid nicht phrygischen Marmors Pracht,
nicht Purpurtuch, das heller als Sterne glänzt,
nicht süße Reben aus Falernum,
Salben aus persischen Landen lindern,

was soll im neuen Stil ich ein ragend Haus
mir baun mit Pfosten, denen der Neid nur gilt,
für mein Sabinertal mir Schätze
tauschen, die Müh über Mühen bringen?

2

MANNESTUGEND

Der Armut Enge freudig zu tragen lern
der Jüngling, kräftestrotzend vom harten Dienst
im Krieg; er schrecke, hoch zu Roß, mit
furchtbarer Lanze die wilden Parther,

und unter freiem Himmel vollbringe er
sein Leben in Gefahren! Vom Feindeswall
erblicke ihn des Kriegsherrn Weib, die
blühende Tochter mit bangen Seufzern,

daß ja nicht, ach, der fürstliche Bräutigam,
im Kampfe unerfahren, den Löwen reiz,
den unnahbaren, den der blut'ge
Zorn durch des Mordens Gedränge treibet.

Ja, süß und ruhmvoll ist es, fürs Vaterland
zu sterben: Auch den Flücht'gen ereilt der Tod,
verschonet niemals einer feigen
Jugend verzagende Knie und Rücken.

Den Mannesmut betrübt keines Rückschlags Schmach,
im Glanze reiner Ehren erstrahlt er stets,
nimmt Würden nicht und legt sie nieder,
wie es die Launen der Menge wünschen.

Er öffnet dem, der wert der Unsterblichkeit,
den Himmel, wagt sich kühn auf verbotne Bahn,
entflieht mit schneller Schwingen Flug den
Rotten des Pöbels, der feuchten Erde.

Auch treues Schweigen findet den sichren Lohn:
Wer Ceres' Kultgeheimnis nicht wahren kann,
darf nie im gleichen Hause wohnen,
nie auf gebrechlichem Kahn die Meere

mit mir befahren: Oft schon gesellte Zeus
im Zorne Unbescholtne den Sündern zu;
doch selten ließ noch heil den Frevler
ziehen die Strafe, trotz lahmen Fußes.

3
RÖMISCHE GRÖSSE

Den Mann des Rechts, der stets seinem Vorsatz treu,
macht nie erhitzter Bürger verkehrt Gebot
im festen Willen wankend, schrecket
nie des erzürnten Tyrannen Blick, nie

der Süd, der wilde Herr im Getos der See,
nie, Blitze schleudernd, Jupiters starker Arm:
Selbst wenn das All geborsten stürzet,
werden die Trümmer ihn furchtlos treffen.

Ja, solchen Sinns erkämpften die Himmelsburg
sich Pollux und der rastlose Herkules,
in deren Mitte einst Augustus
Nektar wird schlürfen mit Purpurlippen;

so hast du's, Vater Bacchus, verdient, daß dich
dein Tigerpaar, auf trotzigem Hals das Joch,
von hinnen trug; und so entrann dem
Orkus auf Rossen des Mars Quirinus,

da Juno ihr willkommenes Wort im Rat
der Götter kundtat: „Ilion, Ilion
sank durch des Buhlen unheilvollen
Spruch und die Schuld jenes fremden Weibes

in Schutt und Asche: Als um bedungnen Lohn
Laomedon die Götter betrog, verfiel
die Stadt samt Volk und Lügenkönig
mir und Minerva, der keuschen Göttin.

Nun prangt nicht mehr der spartischen Buhlerin
verrufner Gastfreund, trotzet nicht länger mehr
durch Hektors starken Beistand Priams
meineidig Haus den Achiverhelden,

es schweigt der Krieg, den unsere Zwietracht lang
gedehnt: Fortan entsag ich dem schweren Groll,
schenk – Mars zuliebe – Gnad dem Sohn der
troischen Priesterin, meinem ehdem

gehaßten Enkel. Mag er denn einziehn jetzt
in diese lichten Stätten, den Nektarsaft
genießen lernen, sich gesellen
hier zu den seligen Reihn der Götter.

Wenn nur das weite Meer zwischen Ilion tost
und Romas Stadt, dann mögen – wo immer auch –
die Heimatflücht'gen glücklich herrschen;
wenn nur auf Priamus', Paris' Brandgrab

die Herde springt, das Wild dort die junge Brut
gefahrlos birgt, mag ragen das Capitol
in stolzem Glanze, trotzig Rom als
Sieger den Parthern Gesetze geben:

Ein Schrecken weithin, trag's seinen Namen fort
zu Küsten fernsten Lands, wo das Mittelmeer
Europa von den Afrern trennt, wo
schwellend der Nilstrom die Fluren netzet.

Hat Kraft es, Gold (das besser im Erdenschoß
verborgen liegt) zu schmähen und nicht im Dienst
für Menschen anzuhäufen, alles
Hehre mit gierigen Händen raffend,

wird's jede Grenze, welche der Welt gesetzt,
mit seinem Schwert erreichen im Wunsch, zu schaun
die Zonen, wo die Sonnengluten
oder wo Nebel und Regen wüten.

Doch künd ich solches Heil dem Quiritenvolk,
dem tapfren, nur, wenn niemals es allzu fromm
und machtvertrauend neu die Zinnen
Trojas, der Ahnin, zu richten trachtet.

Ersteht je Troja gegen der Vögel Flug,
wird sich in schwerem Sturz sein Geschick erneun:
Ich führ dann selbst der Sieger Scharen,
Jupiters Gattin zugleich und Schwester.

Und türmte dreimal Phoebus den Wall aus Erz,
zerbräch ihn dreimal doch mein Argiverheer
in Trümmer, dreimal klagten um den
Mann und die Kinder gefangne Weiber.“

Doch solcher Ton ziemt scherzender Leier nicht.
Wohin noch, Muse? Laß das vermeßne Spiel,
der Götter Spruch zu singen und das
Hohe zu schmälern durch niedre Weisen!

4

DER MUSEN MACHT

Vom Himmel steige, Herrin Kalliope,
herab, heb an zur Flöte ein langes Lied,
auch – wünschst du's – nur mit heller Stimme
oder zum Klange von Phoebus' Leier!

Da! Hört ihr's? Oder täuscht mich ein holder Wahn?
Mir ist, als hört ich Klänge, als schweift ich selbst
durch heil'gen Hain, wo sanft die Quellen
rauschen und linde die Lüfte wehen.

Als Kind einst in Apulien auf Volturs Höhn,
da ich entfernt von Pullias, der Amme, Tür
in Schlummer sank, des Spielens müde,
deckten die Tauben mich wie im Märchen

mit jungem Laub: Ein Wunder für alle war's,
die Aceruntias ragendes Felsennest,
die Bantias Bergwald und die fetten
Fluren Forentums im Tal bewohnen,

wie ich vor schwarzem Natterngezücht und vor
den Bären sicher ruhte, zu Hauf gehüllt
in heil'gen Lorbeer und in Myrte,
götterbeschützt, ein beherzter Knabe.

Der Eure bin ich, Musen, sei's, daß mein Fuß
Sabinerhöhn erklimmt, daß mich Tibur lockt
am sanften Hang, Praenestes Kühle
oder die klaren Gewässer Baiaes.

Mich, eurer Quellen, eueres Reigens Freund,
versehrte nicht die Flucht aus Philippis Schlacht,
nicht der verfluchte Baum und nicht die
Sikulerwogen am Palinurus.

Seid ihr mit mir, will freudig zu Schiff die Fahrt
ich wagen durch den rasenden Bosporus
und meine Schritte lenken über
glühenden Sand an Assyriens Küste,

will ohne Fährnis schauen Britanniens Volk,
das feind dem Fremdling, schauen den Konkaner,
der Roßblut schlürft, den Strom der Skythen
und die Gelonen im Schmuck des Köchers.

Barg Caesar, der erhabne, sein Heer, vom Krieg
erschöpft, im Schoß der Städte und sucht er selbst
der Mühen Ende, spendet ihr ihm
Labsal und Kraft in Pïeriens Grotte;

und milden Rat, ihr Göttinnen hold, bringt ihr
und freut euch dessen. Wir aber wissen wohl,
wie frevelnder Titanen grausen
Schwarm mit dem Blitzstrahl zu Boden streckte

er, der das feste Land und die Meere, wild
vom Sturm, regiert und Städte und Totenreich,
der Götter lenkt wie auch der Menschen
Völker, allein, mit gerechtem Machtspruch.

Ja, furchtbar schreckte Zeus jene grimme Brut
der Riesen, dreist vertrauend dem starken Arm,
das Brüderpaar, bedacht, den Pelion
über den schatt'gen Olymp zu türmen.

Doch was vermag ein Typhon, was Mimas' Kraft,
was des Porphyrion drohender Schritt und was
ein Rhoetus, ein Enceladus, der
kühn die entwurzelten Bäume schleudert,

im Ansturm wider Pallas' erdröhnende
Ägide? Hier stand, brennend vor Kampfbegier,
Vulcan, hier Mutter Juno, hier, stets
Bogen und Pfeile zur Hand, stand er, der

im klaren Tau kastalischen Quells die Pracht
der Locken netzt, in lykischem Buschgehölz
und seiner Heimat Wäldern wohnet,
Delos' und Pataras Herr, Apollo.

Kraft, frei von Weisheit, stürzet durch eigne Wucht,
Kraft, Maß bewahrend, fördern die Götter selbst
zu Höhrem, doch sie hassen Kräfte,
welche nur Frevel im Sinne führen.

Mein Wort bezeuget Gyges, der Hundertarm,
bezeugt Orions allen bekanntes Los,
den einst der Jungfrau Pfeil besiegte,
als er an Artemis' Reinheit rührte;

voll Gram bedeckt die Erde ihr Riesenvolk,
beklagt die Söhne, die in des Orkus Nacht
der Blitz gesandt. Und keiner Flamme
Wüten verzehrt je des Ätna Decke;

von Tityus', des lüsternen, Leber weicht,
zum Wächter seines ruchlosen Muts gesetzt,
der Geier nie; dreihundert Ketten
halten Pirithous fest, den Buhlen.

5
RÖMISCHER GEIST

Im Himmel herrscht nach unserem Glauben Zeus,
der Donnrer: Hier auf Erden wird uns als Gott
Augustus gelten, macht dem Reich die
Briten er hörig, die trotz'gen Parther.

Wie? Crassus' Krieger lebten in Eheschmach
mit fremden Weibern, wurden im Feindesheer
als Schwiegersöhne grau? O welcher
Makel der Kurie, Verfall der Sitten!

Ein Marser, ein Apulier vergaß im Land
des Mederkönigs Volk und geweihten Schild,
die Toga, Vestas ew'ges Feuer –
während doch Zeus und die Stadt noch standen?

Schimpf solcher Art hat Regulus' Sehersinn
dereinst verhüten wollen, dem Schandvertrag
und einem Beispiel widerratend,
das in der Zukunft noch Unheil bringe,

wenn die gefangne Mannschaft nicht mitleidlos
dem Tod verfiele: „Römische Adler sah
ich in Karthagos Tempeln“, sprach er,
„Rüstungen, lebend den Legionären

geraubt, sah, wie man Hände und Arme band
auf freiem Rücken römischer Bürger, sah
die Tore offen und die Felder
blühen, die jüngst wir im Krieg verheerten.

Für Gold erkauft, zieht sicher noch mutiger
der Krieger heim, denkt ihr: Doch zur Schande fügt
ihr noch den Schaden. Nie erlangt den
früheren Schimmer gefärbte Wolle,

und wahrer Mut will, einmal entschwunden, nie
aufs neu erstehn im Herzen von Feiglingen;
stellt sich, dem dichten Netz entronnen,
jemals die Hindin zum Kampf, so zeigt sich

als Held auch, wer dem tückischen Feind sich gab;
in zweiter Schlacht vernichtet die Punier dann,
wer feige an gebundnen Armen
spürte die Riemen in Todesängsten.

Nicht wissend, wie das Leben gewonnen wird,
schloß Frieden man inmitten des Kriegs: O Schmach!
Karthago, große Stadt, erhöht noch
durch diesen schimpflichen Sturz Italiens!“

Man sagt, er wies der züchtigen Gattin Kuß,
die zarten Kinder wie ein Geächteter
entschlossen von sich ab und senkte
finster den männlichen Blick zur Erde,

bis er der Väter schwankenden Sinn gestärkt
durch einen Rat, von keinem zuvor erteilt,
und drauf dann aus betrübter Freunde
Mitte davonschritt, ein edler Flüchtling.

Wohl wußt er, welche Foltern Barbarenland
für ihn bereithielt, schob aber anders nicht
beiseite Bürger und Verwandte,
die seinem Aufbruch zu wehren suchten,

als ob er nur nach glücklich entschiednem Streit
langweil’ge Händel seiner Klienten ließ’,
zu eilen nach Venafrums Fluren
oder Tarentum, der Pflanzstadt Spartas.

6
VERDERBTE SITTEN

Der Väter Sitten büßest du, schuldlos selbst,
mein Römervolk, solang du nicht richtest neu
der Götter sturzbedrohte Tempel,
nicht ihre Bilder vom Brandrauch reinigst.

Gehorsam vor den Göttern bedeutet Macht.
Beginn und Ende lege in ihre Hand:
Mißachtet, sandten oft die Götter
Trauer und Leiden dem Abendlande.

Schon zweimal brach Monaeses' und Pacors Schar
des ungeweihten römischen Ansturms Kraft,
zum eignen schmalen Halsgeschmeide
fügten sie stolz ihre reiche Beute;

die Hauptstadt selbst, im Innern von Zwist zerwühlt,
sie wurde fast zerstört von des Dakers Heer,
dem pfeilgeübten, von Äthiopiens
Flotte, die Schrecken und Furcht verbreitet.

Die sündenreichen Zeiten vergifteten
die Ehe erst, der Kinder, des Hauses Zucht:
Aus dieser Quelle floß des Unheils
Strom auf das Land und das Volk der Römer.

Die Jonertänze lernet voll Lüsternheit,
kaum reif, die Jungfrau, übt sich in Buhlerei
schon jetzt und sinnt auf unerlaubte
Liebe bereits seit der Kindheit Tagen.

Bald schaut sie sich nach jüngeren Buhlen um
beim Zechgelag des Gatten und wählt nicht lang,
wem sie verbotne Freuden hastig
schenke des Nachts bei gelöschter Lampe,

nein, offen aufgefordert, erhebt sie sich
mit Wissen ihres Mannes vom Tisch und folgt
dem Krämer wie dem span'schen Schiffsherrn,
zahlt er nur Goldes genug als Schandpreis.

Von solchen Eltern stammte die Jugend nicht,
die einst das Meer mit punischem Blut gefärbt,
die Pyrrhus schlug, Antiochs Macht, den
furchtbaren Hannibal niederstreckte;

es waren Söhne streitbaren Bauernvolks,
voll Mannesmut, gewöhnt, mit Sabellerkarst
das Feld zu bauen, auf gestrenger
Mutter Geheiß das gefällte Scheitholz

nach Haus zu tragen, wenn schon der Sonnengott
der Berge Schattenbild in die Länge zog,
vom Joch die müden Rinder löste,
scheidend willkommene Freizeit brachte.

Nichts blieb im Zeitenlauf vom Verfall verschont!
Schon unsre Väter glichen dem Ahn nicht mehr;
bald werden wir, selbst schlimmer wieder,
ein noch verderbter Geschlecht erzeugen.

7

TREUE LIEBE

Sag, Asteriē, warum weinst du um Gyges denn?
Bald bringt, nahet der Lenz, ihn dir der heitre West
reich an thynischem Gut und
treuen Sinnes wie stets zurück.

Als das Ziegengestirn tobend am Himmel stieg,
warf der stürmische Süd ihn bis nach Oricum,
wo er frostige Nächte
jetzt in Tränen und schlaflos liegt.

Oft berichtet ihm zwar seiner bekümmerten
Wirtin Bote, wie in sehnlicher Glut, gleich dir,
Chloë seufze, die Ärmste,
setzet tausendfach schlau ihm zu,

hält ihm vor, wie den leichtgläubigen Proetus einst
trieb sein tückisches Weib mit einer falschen Klag,
rasch zu sinnen auf Mord an
dem zu braven Bellerophon,

spricht, wie nah doch dem Tod Peleus gestanden, als
er Hippolyte keusch mied, die Magnesierin,
kramt verführerisch noch manch
sündelehrendes Märchen aus –

doch umsonst: Das Geschwätz prallt an ein Ohr, so taub
wie Ikarischer Fels, standhaft ist er bis heut.
Daß dein Nachbar Enipeus
dir nur hier nicht zu sehr gefällt,

mag auch keinen man sehn, der so geschickt wie er
Rosse tummelt im Gras auf unsres Marsfelds Plan,
mag behende wie er auch
keiner schwimmen im Tuskerstrom!

Gleich bei Anbruch der Nacht schließe dein Haus und schau
nicht durchs Fenster, sobald klagend die Flöte tönt!
Heißt er oft dich auch grausam,
laß ihn – bleibe nur immer spröd!

8

FEST IM MÄRZ

Was ich Hagestolz an den Märzkalenden
treibe, was ich will jetzt mit Weihrauch, Blumen,
einem Feuerbrand auf dem Grasaltare,
fragst du verwundert,

der du alles kennst hier in Rom, in Hellas:
Süßes Opfermahl und ein weißes Böcklein
sagt ich Liber zu, als des Baumes Wucht nur
knapp mich verfehlte.

Heute bringt das Jahr diesen Tag mir wieder.
Löse drum das Pech, laß den Pfropfen knallen!
Seit des Tullus Amt in des Kellers Wölbung
stand schon der Weinkrug.

Nimm, Maecenas, trink auf des Freundes Rettung
hundert Becher! Nächtliche Kerzen leuchten
bis zum Tagesgraun! Und verbannt sei jedes
Lärmen und Streiten!

Laß den Kummer ruhn um politisch Treiben:
Denn besiegt ist Cotisos Dakerheerschar;
Tränen bringt sich selbst, nicht für Rom der Meder,
kämpfend in Zwietracht;

den Kantabrerfeind am Gestade Spaniens
endlich zwang ins Joch eine späte Kette;
auch der Skythe sinnt, mit entspanntem Bogen
heimwärts zu ziehen.

Ohne Amt bist du: Warum soll so sehr dich
kümmern Wohl und Heil unsres Volkes? Vielmehr
freue dich der Gunst, die die Stunde bietet:
Fort mit den Sorgen!

9

AUSSÖHNUNG

Als ich lieb dir und wert noch war
und kein trauterer Freund um deinen strahlenden
Nacken zärtlich die Arme schlang,
da war glücklicher ich als selbst der Perserfürst.

„Als die andere du noch nicht
heißer liebtest und nicht Chloë vor Lydia ging,
klang mein, Lydias, Name rings,
war berühmter ich als Ilia, die Ahnfrau Roms.“

Mich beherrscht jetzt die Thrakerin
Chloë; Lieder gar süß kennt sie und Saitenspiel.
Furchtlos leid ich den Tod für sie,
geht an ihr, meiner Seel, dafür das Los vorbei.

„Mich entflammt mit erwiderter
Glut jetzt Ornytus' Sohn, Thuriis Calaïs;
zweimal leid ich den Tod für ihn,
geht an ihm, meinem Schatz, dafür das Los vorbei.“

Wenn die Liebe nun wiederkehrt
und ins eherne Joch neu die Entzweiten zwingt?
Wenn nun Chloë, die blonde, geht,
neu sich öffnet mein Tor Lydian, die ich verstieß?

„Er strahlt schön wie der Sterne Glanz,
du wiegst leicht nur wie Kork, schäumst wie der Adria
wilde Wogen – und doch: Mit dir
möcht ich leben, und gern stürb ich, vereint mit dir.“

10
STÄNDCHEN

Wohntest, Lyce, du fern, eines Barbaren Weib,
an den Ufern des Don, ging's dir gewiß ans Herz,
so mich liegen zu sehn vor der verschloßnen Tür,
preisgegeben dem heim'schen Nord.

Hörst du's? Heftiger Sturm rüttelt am Tor und heult
durch die Wipfel des Hains in des Palastes Hof;
in der sternklaren Nacht friert unter Jupiters
Hauch auf Erden der Schnee zu Eis.

Venus mag keinen Stolz, leg ihn nun endlich ab!
Spannst das Seil du zu straff, rollt dir das Rad zurück.
Bist doch tuskischen Bluts, keine Penelope,
die den Freiern sich spröde zeigt.

Wenn schon, ach, kein Geschenk, keinerlei Flehn dich rührt,
nicht des Liebenden Farb, wie die Levkojen blaß,
nicht des Gatten Betrug, der um ein Thrakerweib
siecht, so sieh mich auf Knien und gib

Gnade! Wahrlich, du bist härter als Eichenholz
und noch grausamer als maurische Schlangenbrut:
Nein, nicht ewig ertrag hier ich der Schwelle Holz
und das Naß, das vom Himmel rinnt.

11

DIE DANAÏDEN

O Merkur, du Meister, von dem Amphion
durch sein Spiel die Steine zu rühren lernte,
und du, Leier, kundig, auf sieben Saiten
Wohlklang zu zeugen,

stumm und unbeachtet dereinst, doch heute
froh begrüßt in Tempeln, am Tisch der Reichen:
Stimmt ein Lied an, dem auch das spröde Ohr der
Lyde sich neige,

die, dem Füllen gleich auf den weiten Fluren,
ausgelassen tollt und Berührung scheut, noch
unvermählt, nicht reif für das ungestüme
Werben des Mannes.

Du zwingst Tiger in dein Geleit und Wälder,
kannst der Flüsse eilende Fluten hemmen;
deinen Schmeicheltönen ergab sich selbst der
Hüter des Hades,

[Cerberus, und war auch sein Furienhaupt mit
hundert Schlangenleibern bewehrt und mochten
aus dem dreifach züngelnden Maul auch Pesthauch
triefen und Geifer:]

Wider Willen lachte sogar Ixion,
lachte Tityus; trocken stand kurze Zeit der
Schöpfkrug, als den Danaustöchtern du dein
liebliches Lied sangst.

Lyde, hör vom Frevel der Mädchen, ihrer
allbekannten Strafe, vom leeren Faß, dem
stetig aus dem Boden das Wasser fortströmt,
hör von Vergeltung,

die der bösen Tat noch im Orkus harret:
Ruchlos – denn was könnt es wohl Schlimmres geben? –,
ruchlos konnten Bräute mit hartem Stahl den
Bräutigam morden!

Eine nur der vielen erwies sich wert der
Hochzeitsfackel, täuschte des Vaters Falschheit,
sich zur Ehre, wahrlich ein Weib, für ew'ge
Zeiten zu preisen.

„Auf! Erwache!" sprach sie zum jungen Gatten,
„naht doch sonst dir dauernder Schlaf, woher du's
nicht vermutest. Fliehe den frevlen Trug des
Schwähers, der Schwestern!

Wie die Löwin, wenn sie ein Kalb erbeutet,
ach, zerfleischt jetzt jede den Mann: Doch ich bin
sanftren Sinns, kann weder dich töten noch im
Hause dich halten.

Mag mich nur der Vater in grimme Ketten
legen, da ich milde den armen Gatten
schonte, mag zu Schiff er mich bannen in das
fernste Numidien:

Geh, wohin dich Füße und Winde tragen!
Noch beschützt dich finstere Nacht und Venus.
Geh mit Gott! Mir schreibe aufs Grab ein Klaglied
treuen Gedenkens!"

12

DES MÄDCHENS KLAGE

Ach, wie elend ist ein Mädchen, kann's nicht lieben, wie es möchte, nicht sein Herzleid in dem süßen Wein ertränken, muß zu Tod sich's vor des Oheims Schelten fürchten.
Deinen Wollkorb, Neobule, stiehlt dir Venus' Flügelknabe, und dein Webschiff, deinen Kunstfleiß für Minerva raubt der Glanz des Liparäers, deines Hebrus,
wenn er salbenblank die Schultern in des Tibers Wellen badet. Und im Sattel – schöner als Bellerophontes! Stets obsiegt er, sei's im Faustkampf, sei's beim Wettlauf;
schleudert sicher seine Speere nach dem Hirsche, der im aufgescheuchten Rudel übers Feld flieht; nimmt behende an den Eber, bricht er aus dem Schutz des Dickichts.

13

BANDUSIAS QUELLE

Dir, Bandusias Quell, klarer noch als Kristall,
wert des süßesten Weins, leuchtenden Blumenschmucks,
weih ich morgen ein Böcklein,
dem vom ersten Gehörn die Stirn

schon sich wölbet und Kampf, Glück in der Brunst verheißt -
ganz vergebens; denn bald färbt dir mit seinem Blut
meiner munteren Herde
Kind die eisigen Wasser rot.

In der schrecklichen Zeit bleibst von des Hundssterns Glut
du verschont und gewährst liebliche Kühle stets
  Stieren, müde vom Pfluge,
    wie der schweifenden Lämmerschar.

Zu den Quellen voll Ruhm rechnest dereinst auch du,
preist mein Lied doch den hoch ragenden Eichenstamm
  auf der felsigen Grotte,
    der geschwätzig dein Naß entspringt.

14

FROHE HEIMKEHR

Caesar kämpft gleich Herkules, hieß es jüngst noch,
mit des Lebens Einsatz um Ruhm und Lorbeer:
Heute, Bürger, kehrt er von Spaniens Küsten
  siegreich nach Hause.

Froh des unvergleichlichen Gatten geh sein
Weib, zu opfern Dank den gerechten Göttern,
geh des großen Feldherren Schwester und, in
  heiliger Binden

Schmuck, der Jungfraun Mütter und all der Söhne,
die im Krieg gerettet! Vermeidet, Knaben
und ihr Mädchen, denen der Mann noch fremd ist,
  frevelnde Worte!

Dieser wahrhaft festliche Tag verscheucht mir
meine düstren Sorgen: Nicht Aufruhr fürcht ich,
nicht gewaltsam Sterben, solange Caesar
  waltet auf Erden.

Geh, bring Salböl, Knabe, und Blumenkränze,
Wein, der schon den Marsischen Krieg gesehen –
falls davon die Spartacusbanden uns ein
  Fäßchen noch ließen.

Sag auch, daß die Sängerin, die Neaera,
rasch die braunen Locken zum Knoten winde:
Gibt's Verzug durch ihren verhaßten Pförtner –
  kehre nur um dann!

Wenn das Haar ergraut, wird es kühl ums Herz, das
Streit zuvor verlangte und kecke Händel:
Jung, ein Hitzkopf wie in des Plancus Amtsjahr,
  trüg ich es nimmer.

15

ZU ALT

Weib des ärmlichen Ibycus,
  setz der Liederlichkeit endlich nun Maß und Ziel,
gib dein anrüchig Treiben auf!
  Allzunah schon dem Grab, reih dich beim Tanz nicht mehr

in den Reigen der Mädchen ein,
  trüb mit Nebelgewölk nicht ihren Sternenglanz!
Was für Pholoë gut sich schickt,
  paßt nicht, Chloris, für dich: Häuser der Jünglinge

stürmt wohl – wild wie Bacchantinnen,
  wenn die Trommel ertönt – besser dein Töchterlein.
Sie treibt Liebe zu Nothus, zwingt,
  daß sie tändelt und spielt, munterem Rehlein gleich:

Dir steht Wolle zu spinnen an
  aus apulischer Schur, weithin berühmt, und nicht
Leierklänge und Rosenschmuck,
  nicht, dir Vettel, ein Trunk bis zu des Kruges Grund.

16
WAHRER REICHTUM

Im gepanzerten Turm, hinter dem eichnen Tor,
unter grimmiger Hut eifriger Hundeschar
war in ihrem Verlies Danaë wohl verwahrt
gegen Buhlschaft in finstrer Nacht;

Venus aber und Zeus lachten der Wache nur,
die Acrisius in Angst für seine Tochter hielt:
Denn sie wußten, es wird sicher und frei die Bahn,
naht in goldner Gestalt der Gott.

Gold erzwingt sich den Weg mitten durch Wächterreihn,
dringt durch Felsengestein, stärker als Blitzesstrahl;
in den Abgrund versank einst des argivischen
Sehers Haus, durch die Gier nach Gold

ins Verderben gestürzt; dem Makedonier brach
Gold die Stadttore auf, seiner Rivalen Macht
warf er nieder mit Gold; und von Geschenken sind
trotz'ge Herren der See umstrickt.

Wächst der Reichtum an Geld, folgen die Sorgen gleich
und der Hunger nach mehr: Drum will ich nicht mein Haupt
weithin sichtbar erhöhn, schaudre davor zu Recht,
mein Maecenas, der Ritter Zier.

Jeder erntet, je mehr er sich versagt, von Gott
reichren Lohn: Ohne Gut tret in den Kreis ich ein,
wo Zufriedenheit herrscht, stehl ich mich frohen Sinns
von der Seite der Reichen fort,

wohl ein größerer Herr, acht ich Besitz gering,
als wenn's hieße, ich bürg unter des Speichers Dach,
was apulischer Fleiß pflügend erschaffen kann,
reich an Schätzen und dennoch arm.

Klaren Wassers ein Quell, wenige Morgen Wald
und ein Saatfeld, das stets sichere Ernte trägt,
bringen höheres Glück, als es ein Reicher ahnt,
der mit Afrikas Fluren prunkt.

Kein kalabrischer Schwarm trägt mir zwar Honig ein,
in des Kellers Gelaß gärt nicht Formianerwein
in den Krügen, noch wächst üppiger Herden Vlies
mir auf gallischen Triften zu:

Doch wohnt lästige Not ferne von meinem Haus;
und verlangte ich mehr, weigertest du's mir nicht.
Wenn ich meine Begier klug in die Schranken weis,
mehr ich besser mein Hab und Gut,

als besäß ich vereint des Alyattes Reich
und Mygdoniens Gefild. Vieles vermißt, wer nach
vielem strebt: Doch hat's gut, wem, was zum Leben reicht,
Gott mit sparsamer Hand gewährt.

17

AN AELIUS LAMIA

Vom alten Lamus, Aelius, ein Adelssproß –
die frühren Lamier tragen, so heißt es ja,
nach ihm den Namen, und laut Chronik
leitet das ganze Geschlecht der Enkel

den Ursprung her von ihm, der als erster einst
in Formiaes Mauern herrschte und dort, wo leis
der Liris an Maricas Ufern
hinströmt, ein weithin gewalt'ger König –:

Vom Osten her gesandt, wird den Waldesgrund
der Sturmwind morgen decken mit dichtem Laub
und faulen Tang zum Strande schwemmen,
wenn nicht die Regenprophetin trügt, die

bejahrte Krähe. Schichte drum trocknes Holz,
solang's noch Zeit: Und morgen dann feierst du,
mit Wein und Ferkelbraten labst du
dich und die Leute, der Arbeit ledig.

18

FEST DES FAUNS

Faunus, der du flüchtigen Nymphen nachstellst,
wandle sanften Schritts durch die Marken meiner
sonn'gen Fluren, scheide von meinen jungen
Pfleglingen gnädig!

Denn alljährlich fällt dir ein zartes Böcklein,
ist der Krug, der Venus Gesell, gefüllt zum
Rand und dampft der alte Altar vom Dufte
reichlichen Weihrauchs.

Alles Vieh tollt spielend im Gras des Angers,
kehrt dein Fest am fünften Dezember wieder;
auf den Wiesen feiert das Dorf und weidet
müßig der Pflugstier;

friedlich schweift der Wolf unter kecken Lämmern,
Bäume streun ihr Laubkleid für dich zu Boden,
und im Dreitakt stampft die verhaßte Erde
freudig der Landmann.

19

BEIM GELAGE

Wieviel Jahre nach Inachus
Codrus lebte, der kühn starb für sein Vaterland,
und von Aeacus' Stamm, vom Krieg
vor der heiligen Stadt Ilions erzählest du:

Doch wie hoch heut für uns ein Krug
 Weins aus Chios sich stellt, wer uns das Wasser wärmt,
wessen Haus uns zu später Stund
 vor pälignischem Frost schützt, das erzählst du nicht.

Rasch, du Bursche, schenk ein zum Trunk
 auf den Anfang des Monds und auf die Mitternacht
und des Augurn Murena Wohl!
 Misch die Becher mit drei oder mit neun Maß Wein!

Wer die Neunzahl der Musen liebt,
 wer begeistert sie preist, fordere dreimal drei!
Mehr als drei an den Mund zu führn,
 wehret freilich, vor Zwist bange, die Grazie mit

ihren Schwestern im leichten Kleid:
 Doch welch Freude und Lust, einmal verrückt zu sein!
Wo bleibt phrygischer Flöten Klang?
 Warum hängt die Schalmei neben der Leier stumm?

Knauserhände, die mag ich nicht.
 Streuet Rosen! Und lärmt jauchzend, daß neiderfüllt
Nachbar Lycus das Toben hör
 und sein jugendlich Weib, das für den Greis zu schad.

Ja, nach dir, der du, Telephus,
 strahlst in lockiger Pracht hell wie der Abendstern,
sehnt sich Rhode zur rechten Zeit:
 Ich verschmachte – zu spät –, glühend für Glycera.

20
GEFÄHRLICHE WERBUNG

Siehst du nicht, mein Pyrrhus, mit welchem Wagnis
du das Junge stiehlst der gätul'schen Löwin?
Nur zu bald wirst, Räuber, du mutlos fliehn vor
 schweren Gefechten,

wenn sie, ihren Liebling Nearch zu fordern,
sich durch Scharen trotzender Jugend dränget:
Welch ein Streit, ob *dein* ist die Beute oder
stärker sich *sie* zeigt!

Doch indes du nach den geschwinden Pfeilen
greifst und sie die furchtbaren Zähne wetzet,
tritt des Wettkampfs Richter mit nackten Füßen,
hört man, den Palmzweig,

und er fächelt seinen von duft'gen Locken
dicht umwallten Schultern gelinde Kühlung,
schön wie Nireus oder der einst von Idas
Quellen Entführte.

21

DEM WEINKRUG

Der du wie ich aus Manlius' Amtsjahr stammst,
du trauter Weinkrug, ob du nun Klagen bringst,
ob Scherz, ob Streit, ob Liebestollheit
oder gefälligen Schlaf du hegst, gleich,

zu welchem End der Massiker, den du birgst,
bestimmt – bist wert des Öffnens zu guter Stund.
Drum her mit dir! Corvinus heißt uns
mildere Weine hervorzuholen.

Trieft auch sein Mund von Reden des Sokrates,
so tölpisch ist er nicht, daß er dich verschmäht:
Selbst Vater Catos Sittenstrenge,
sagt man, erwärmte sich oft beim Weine.

Du bist's, der Herz und Zunge, die spröde sonst,
mit sanfter Folter löst, der beim Becherklang
in heitrer Rund enthüllt der Weisen
grübelnde Sorgen und tiefe Pläne;

du spendest neue Hoffnung den Ängstlichen,
flößt Kraft und Mut dem Armen und Schwachen ein:
Von dir ermuntert, scheut er nicht der
Könige Zorn noch das Schwert des Kriegers.

Dich wird nun Liber und, wenn sie gnädig naht,
auch Venus, wird der Grazien beständ'ger Bund,
der Lampen Glanz geleiten, bis die
Sterne verlöschen bei Sonnenaufgang.

22

AN DIANA

Hüterin der Berge und Wälder, Jungfrau,
die du hörst, wenn Fraun in der Wehen Not dich
dreimal rufen, und sie vom Tod errettest,
dreifache Göttin,

dein sei hier die Pinie, die in mein Landgut
ragt, und froh will Jahr ich um Jahr nun ihr das
Blut von einem Frischlinge opfern, der zum
Stoß sich schon rüstet.

23

WILLKOMMNES OPFER

Wenn betend du die Hände zum Himmel hebst
beim Mondesanfang, Bäuerin Phidyle,
und Weihrauch, junge Früchte und ein
gieriges Ferkel den Laren opferst,

dann spürt dein traubentragender Weinstock nicht
des Südwinds Pesthauch, dörrenden Mehltau nicht
dein Saatfeld und zur Obstzeit nicht dein
liebliches Jungvieh des Wetters Schaden.

Was, ausersehn zum Opfer, auf Algidus'
beschneiten Bergen weidet im Eichenwald,
was auf Albanertriften aufwächst,
färbt mit dem Nacken der Priester Beile:

Bei dir braucht's keine Ströme von Lämmerblut,
der Götter Gunst und Huld zu erwirken, wenn
du Rosmarin und zarte Myrte
windest zum Kranz ihren kleinen Bildern.

Und gingst du ohne Gaben zum Altartisch,
so stimmte die erzürnten Penaten mild
auch frommes Mehl, ein sprühend Salzkorn.
Beßres erschmeichelt kein prunkvoll Opfer.

24

DES REICHTUMS FLUCH

Hättest mehr du an Schätzen, als
Indiens reiches Gefild oder Arabien birgt,
nähmst mit deinen Palästen du
alles Land in Besitz, ja selbst das offne Meer:

Schlägt Ananke, die schreckliche,
ihre Nägel aus Stahl oben am Giebel ein,
wirst du nimmer dein Haupt befrein
aus den Fesseln des Tods, nimmer von Angst dein Herz.

Besser lebt da der Skythe noch,
der auf Rädern sein Haus über die Steppe rollt,
und der Gete im kalten Land,
wo der Acker noch frei Frucht und Getreide trägt

und kein Grenzstein die Fluren teilt;
nur ein Jahr lang bebaut jeder allda das Feld,
ruht dann froh von der Arbeit aus,
denn ein anderer tritt wechselnd ins gleiche Los.

Kindern, denen die Mutter starb,
zeigt die neue sich dort freundlich und ohne Arg;
dort beherrscht nicht das Weib den Mann
durch die Mitgift, vertraut gleißendem Buhlen nicht.

Elterntugend und keuscher Sinn,
der, dem Ehebund treu, andere Männer scheut,
sind die herrlichste Mitgift dort;
Treubruch gilt als Vergehn, Tod ist der Lohn dafür.

Wer dem Wüten des Bürgerkriegs
und dem ruchlosen Mord Einhalt gebieten will,
wer auf Säulen zu prangen strebt
als der „Vater der Stadt", leg der entfesselten

Frechheit mutig die Zügel an!
Enkel rühmen ihn dann: Unserer Zeit – o Schmach! –
ist das Große, das lebt, verhaßt;
doch entschwand es dem Blick, seufzt sie ihm neidvoll nach.

Was nützt trauriges Klagen wohl,
wenn nicht strenges Gericht unseren Frevel tilgt?
Was frommt hohler Gesetze Wort
ohne sittliche Kraft, wenn selbst der Erdteil nicht,

den die sengende Glut umschließt,
noch des stürmischen Nords eisiges Nachbarland,
wo am Boden der Schnee erstarrt,
mehr die Kaufleute schreckt und wenn des Seemanns List

alle Schrecken des Meers bezwingt?
Wenn als äußerste Schmach Armut man scheut, die drum
alles tun und erdulden heißt
und vom steinigen Pfad lenkt, der zur Tugend führt?

Fort mit Gemmen, mit eitlem Gold,
fort mit edlem Gestein, furchtbaren Unglücks Quell!
Laßt's uns tragen aufs Capitol,
wohin beifällig schon drängend die Menge ruft,

laßt's uns schleudern ins nahe Meer,
wenn wir wirklich und wahr unsere Schuld bereun!
Ausgerottet im Keime schon
sei die schnöde Begier! Allzu verzärtelte

Seelen stähl eine härtre Zucht!
Denn trotz freier Geburt weiß heut der Jüngling nicht,
wie man sicher zu Pferde sitzt,
fürchtet Jagen und Hatz: Doch er versteht das Spiel,

ob's mit griechischem Reifen gilt,
ob man Würfel verlangt, die das Gesetz verpönt;
täuscht ja wider des Eides Treu
auch sein Vater den Gast oder den Handelsfreund,

rafft und häuft einem Erben Geld,
der es nimmer verdient. Freilich: Durch Lug und Trug
mehret Reichtum sich rasch – und doch
hat er niemals genug, fehlt ihm ein Etwas stets.

25

DITHYRAMBE

Wohin, Bacchus, wohin nur reißt
du mich Trunkenen fort? Was für ein neuer Geist
treibt beschwingt mich durch Schlucht und Wald?
Welche Grotte denn lauscht mir, wenn den ew'gen Ruhm

des erhabenen Caesar ich
in die Sterne zu reihn sinn, in den Rat des Zeus?
Großes preis ich im Lied, so neu,
wie kein Mund es je sang. Wie auf des Berges Kamm,

rastlos sonst, die Mänad verhält,
da den Hebrus sie schaut, Thrakien im Glanz des Schnees
und der Rhodope Höhen, die
der Barbar nur durchstreift, so auch bewundre ich,

fern dem Pfade, entzückt den Quell
  und den einsamen Hain. O du Najadenfürst,
Herrscher über Bacchantinnen,
  deren mächtiger Arm ragende Eschen stürzt,

nichts Geringes und niedrig nicht
  sing ich, Sterbliches nicht. Süße Gefahren bringt's,
folg ich, Bacchus, der Gottheit Spur,
  um die Schläfen den Kranz rankenden Rebengrüns.

26

AUSGEDIENT

Vor kurzem galt mein Leben den Mädchen noch,
in Venus' Diensten stritt ich nicht ohne Ruhm:
  Nun sollen Waffen, soll die Leier,
    müde des Kriegs, an der Wand hier hängen,

die links der meergeborenen Göttin Bild
beschirmt. Hier legt die leuchtenden Fackeln, hier
  die Hebel, hier die Bogen nieder,
    welche verschlossenen Türen drohten!

Die du das reiche Zypern regierst und thronst
in Memphis, wo man thrakischen Schnee nicht kennt,
  o Göttin, einmal nur noch triff mit
    schwingender Geißel die spröde Chloë!

27

ZUM ABSCHIED

Schlimme Zeichen seien Geleit den Frevlern:
Käuzchenrufe, trächtige Hunde, graue
Wölfe aus lanuvischen Bergen oder
  säugende Füchse;

auch die Viper stör ihre Reisepläne,
pfeilschnell Wege querend und Rosse schreckend!
Doch wer mir als kundigem Zeichendeuter
 wert ist und teuer,

dem erfleh ich Raben, die Segen künden,
her vom Sonnenaufgang, bevor der Vogel,
der des Regens Nähe erahnt, an trägen
 Tümpeln sich einstellt.

Drum leb glücklich, wo auch dein Herz dich hinzieht,
und gedenke stets, Galatea, unser!
Keiner Krähe Flattern, kein Specht zur Linken
 hindre dein Scheiden!

Doch du siehst, mit welchem Gebraus Orion
sinkt, und ich erfuhr's, wie gefahrvoll Adrias
schwarze Buchten sind, wenn der klare Westwind
 über sie hinfegt.

Nur dem Feinde gönn ich's, daß Weib und Kind die
blinden Böen steigenden Südsturms spüren,
finstrer See Gebrüll und der Küste Zittern
 unter der Brandung.

So ließ auch Europa dem list'gen Stier einst
ihren weißen Leib; doch ihr Mut verblaßte
in den untierwimmelnden, tückereichen
 Fluten des Meeres.

Suchte sie noch eben auf Auen Blumen,
um – wie's Brauch – den Nymphen den Kranz zu winden,
sah sie nun im dämmrigen Licht der Nacht nur
 Sterne und Wasser.

Kaum betrat sie Kreta mit seinen hundert
Städten, rief sie: „Vater, ach, daß den Namen
‚Tochter' ich verwirkt, daß ein Wahn obsiegte
 kindlicher Liebe!

Weiß nun nicht Woher noch Wohin. Zu leicht ist
ein Tod für der Jungfrau Vergehn! Beklag ich
wachend einen schändlichen Fehltritt oder
bin ich von Schuld frei,

narrt mich nur ein Trugbild, im Traum entschreitend
aus der elfenbeinernen Pforte? War es
statt der langen Meerfahrt nicht besser, frische
Blumen zu pflücken?

Führte wer mir jetzt den verruchten Stier zu,
mit dem Stahl zerfleischte ich ihn im Zorne,
wollt des jüngst noch heftig geliebten Scheusals
Hörner zerbrechen.

Schamlos ging ich fort aus dem Haus des Vaters,
zaudre schamlos nun, in den Tod zu gehen.
Hört's und laßt mich, Götter, doch schutzlos irren
unter den Löwen!

Ehe noch der Gram meiner Wangen Anmut
aufzehrt, eh die Blüte der zarten Beute
welkt, werft – bitt ich – mich in der Jugend Schönheit
Tigern zum Fraße!

‚Schändlich Mädchen', eifert von fern der Vater,
‚warum säumst du? Hier an der Esche könntest
du erdrosselt hangen; es blieb dir ja zum
Glück noch dein Gürtel.

Oder magst du lieber im Fels auf spitzen
Klippen sterben, springe denn mutig in des
Sturmwinds Brausen, willst du in Sklavenfron nicht
zupfen die Wolle,

nicht, aus Königsblut, der Barbarenherrin
Kebsweib werden.'" Als sie so klagte, nahte
listig lächelnd Venus, und schlaffen Bogens
folgte ihr Knabe.

Und sobald des Spiels es genug war, sprach sie:
„Laß, Europa, Zürnen und hitzig Streiten,
wenn zum Brechen dir der gehaßte Stier nun
reicht seine Hörner!

Weißt nicht, daß du Zeus', des Allmächt'gen, Gattin:
Laß das Schluchzen! Lerne dein hohes Glück mit
Würde tragen: Einst wird nach dir den Namen
führen ein Erdteil."

28

ZU EHREN NEPTUNS

Was könnt heute zum Fest Neptuns
ich wohl Besseres tun? Käkuber, lang verwahrt,
hole, Lyde, geschwind! Verschanz
dich nicht hinter Vernunft, schieb sie mit Macht beiseit!

Sieh, schon neigt sich des Tages Höh;
doch als stünde die Zeit still im beschwingten Lauf,
rückst du nicht mit dem Krug heraus,
der seit Bibulus' Amt träg schon im Lager harrt.

Preisen will ich im Wechselsang
Gott Neptun und des Meers Töchter mit grünem Haar;
zur geschwungenen Leier rühmst
du Latona und rühmst Cynthias schnellen Pfeil:

Endlich gelte das höchste Lied
ihr, die Cnidus beherrscht und der Kykladen Glanz,
die gen Paphus im Schwangespann
schwebt; und wie sie's verdient, schließen die Nacht wir ein.

29

AN MAECENAS

Maecenas, Sproß etruskischer Fürsten du,
bei mir harrt deiner lang schon, noch unberührt,
ein Krug, gefüllt mit mildem Weine,
Rosen dazu, nur für deine Locken

gepreßtes Öl: Entreiß dich dem Zaudern denn,
auf daß nicht stets du Tibur im Dunste schaust,
die steile Flur bei Aefula und
Telegons Höhen, des Vatermörders.

Entflieh der Fülle, die doch nur Ekel zeugt,
und dem Palast, der bis zu den Wolken ragt:
Bestaun nicht länger mehr den Rauch im
herrlichen Rom und den Prunk, den Lärm dort!

Gar oft ist Reichen Abwechslung angenehm;
im schmalen Haus des Armen ein saubres Mahl,
auch ohne Baldachin und Teppich,
scheucht von der Stirne die düstren Sorgen.

Schon zeigt sein lang verborgenes Feuer hell
uns Kepheus wieder; Prokyon wütet schon
und auch des grimmen Löwen Sternbild:
Tage der Dürre verheißt uns Helios.

Schon sucht mit durst'ger Herde der müde Hirt
den Schatten auf am Bach und den dichten Busch
des zottigen Silvan, und nirgends
störet ein Luftzug des Ufers Stille.

Du denkst der Ordnung, die für den Staat sich schickt,
sorgst angstvoll, was gen Rom wohl im Schilde führt
der Serer, was am Don der Skythen
Zwietracht, was Baktra, wo Cyrus herrschte.

Wohlweislich birgt die Gottheit der Zukunft Lauf
im Dunkel finstrer Nacht, und sie lächelt nur,
wenn übers Maß der Erdensohn sich
ängstigt. Zufriedenen Sinns gedenke

die Gegenwart zu meistern: Das andre rollt
dahin, dem Strome gleich, der zum Tuskermeer
in seines Bettes Schoß heut friedlich
gleitet und morgen entwurzelt Holz und

gehöhlte Felsen fortwälzt und Haus und Vieh,
so daß es laut durch Wald und Gebirge hallt
im Umkreis, wenn der Sintflut Tosen
aus ihrer Ruhe die Wasser aufwühlt.

Nur der allein führt fröhlich als freier Mann
sein Leben, der tagtäglich sich sagen darf:
„Ich hab gelebt!“ Und hüllt den Himmel
morgen in schwarzes Gewölk der Vater,

läßt er die Sonne strahlen: Vergangenes
kann niemals er vereiteln, nicht ungeschehn
mehr machen oder ändern, was auf
ewig die flüchtige Stund entführte.

Fortuna treibt, des grausamen Handels froh,
beharrlich stets ihr höhnisches Spiel, verteilt
im Wechsel ungewisse Gaben,
mir bald und bald einem andren gnädig.

Gut, wenn sie bleibt: Doch reckt ihre Schwingen sie
zum Fluge, geb ich, was sie gebracht, zurück,
hüll mich in meine Tugend, wähl die
züchtige Armut, auch ohne Mitgift.

Wenn unterm Südsturm ächzend der Mast sich beugt,
brauch ich nicht Schutz zu suchen im Angstgebet
noch mit Gelübden zu erhandeln,
daß nicht die Zyprer und Tyrer Waren

mit neuem Reichtum stillen des Meeres Gier:
Mich tragen wohlgeborgen im kleinsten Kahn
durch der Ägäis wilde Wogen
günstiger Wind und die Dioskuren.

30
NACHRUHM

Dauerhafter als Erz baut ich ein Denkmal mir,
höher, als Pharaos Grabpyramide ragt,
das kein Regen zernagt, Nordwind nicht stürzen kann,
nicht beseitigen wird endloser Jahre Zahl,

nicht zu zwingen vermag flüchtiger Zeiten Lauf.
Sterben werd ich nicht ganz, meiden zum großen Teil
Totenstille des Grabs: Neu, immer neu erwächst
Ruhm der Nachwelt mir hier, wenn je der Priester noch

mit der schweigenden Frau schreitet zum Capitol:
Wo da strömet dahin tosend der Aufidus,
wo in dürstendem Land Daunus regierte einst
über ländliches Volk, hob er sich aus dem Staub –

so wird's heißen von mir –, sang doch als erster er
nach äolischem Ton Lieder Italiens.
Dir gehört das Verdienst, Muse, sei stolz darauf!
Freudig flicht mir ins Haar delphisches Lorbeerlaub!

VIERTES BUCH

1

SPÄTE LIEBE

Führst du, Venus, nach langer Rast
   mich zu neuem Gefecht? Schon mich, ich fleh dich an!
Bin nicht mehr, was in Cinaras
   holder Herrschaft ich war. Grausame Mutter des

süßen Amor, ach gib's doch auf,
   mich Verhärteten zu zwingen ins sanfte Joch!
Fünfzig Lenze ja sah ich schon.
   Geh, wohin dich das Flehn schmeichelnder Jugend ruft!

Weit gelegener ziehest du
   auf dem Flügelgespann glänzender Schwäne bei
Paulus Maximus ein, suchst du
   zu entflammen ein Herz, das für die Liebe paßt.

Adlig ist er und schön und schweigt
   niemals, wenn vor Gericht bang ein Beklagter steht,
und ein Meister in jeder Kunst,
   trüg er, kämpfend für dich, weit dein Panier voran;

er schlägt reiche Rivalen leicht
   aus dem Felde und lacht ihrer Geschenke all,
stellet nah dem Albanersee
   unter Zederngebälk dich dann in Marmor auf.

Dort umschmeicheln dich reichlichen
   Weihrauchs Düfte, erfreust du an der Leier dich,
an der phrygischen Flöte und
   der Schalmei, die vereint klingen in Harmonie;

dort verkünden die Knaben mit
zarten Mädchen im Chor zweimal des Tags dein Lob,
und im Dreitakt nach Salierart
stampft ihr schimmernder Fuß tanzend der Erde Grund.

Mich reizt Knabe und Weib nicht mehr,
freut nicht gläubiger Wahn, wiedergeliebt zu sein;
mag im Wettstreit nicht länger mehr
zechen noch mir mein Haupt kränzen mit frischem Flor.

Doch warum, ach, warum nur stiehlt
sich die Wange hinab leis einer Träne Naß?
Was verstummt, Ligurin, im Wort
häßlich schweigend mein Mund, der so gesprächig sonst?

Nächtlich halt ich im Traum dich bald
in den Armen, bald folg, wenn du enteilst, ich dir
übern Rasen des Marsfelds und
durch die Wellen des Stroms, hartherz'ger Knabe du.

2

SCHWAN UND BIENE

Wer, mein Iullus, Pindar zu gleichen trachtet,
schwebt empor auf Schwingen, wie Daedals Kunst einst
sie gefügt in Wachs, um kristallnem Meer den
Namen zu geben.

Wie der Bergstrom talwärts sich stürzt, wenn Regen
seine Fluten über die Ufer schwellte,
also braust und stürmet aus tiefem Borne
riesenhaft Pindar.

Ihm gebührt der Lorbeer Apollos, ob in
kühnen Dithyramben er niegehörte
Worte wälzt und Verse verströmt, die bar sind
bindenden Maßes,

ob er Götter preiset und gottentstammte
Fürsten, deren Arm mit gerechtem Tode
die Zentauren schlug und Chimäres Schreckens-
flamme vertilgte,

ob er kündet, wer aus dem Kampf mit Faust und
Rossen göttergleich mit Olympias Palmzweig
heimkehrt, und ihm Ehre verleiht, die hundert
Statuen aufwiegt,

oder mit der weinenden Braut des Jünglings
Tod beklagt, die Kraft, seinen Geist, sein hehres
Wesen zu den Sternen erhebt, sie finstrem
Orkus verwehrend.

Machtvoll trägt, Antonius, die Brise Dirkes
Schwan empor, wenn hoch zu den Wolken er den
Flug lenkt: Doch nach Brauch und nach Art der Biene,
die am Matinus

Quendelhonig sammelt mit ems'gem Fleiße,
forme ich bescheidenen Sinnes unter
Bäumen an des quellreichen Tiburs Ufern
mühvolle Lieder.

Preise du, ein Sänger von vollrem Klange,
Caesar, wenn im Schmuck des verdienten Lorbeers
er die heil'ge Höh der Sygambrer wilde
Scharen hinanschleppt –

gleicht ja ihm an Hoheit und Güte nichts, was
Glück und Gunst der Götter dem Erdkreis gab und
künftig gibt, und kehrt auch die Zeit zurück zum
Goldenen Alter;

preise du die Tage des Jubels, da die
Hauptstadt ihres tapfren Augustus gnäd'ge
Heimkehr froh begeht und das Forum schweigt vom
Streit der Parteien.

Dann gesell dem Lied ich auch meine Stimme –
so ich Lauschenswertes vermag zu sagen –
und sing „Lob dem herrlichen Tag“, von Caesars
  Ankunft beseligt.

Während du, Triumphus, den Festzug anführst,
rufen, hei Triumphus, dich immer wieder
wir, die Bürger all, und den güt'gen Göttern
  spenden wir Weihrauch.

Dein Gelübde lösen der Stiere zehn und
gleichviel Rinder, meines ein zartes Kälbchen,
das, entwöhnt der Mutter, auf fetter Trift zum
  Opfer heranwächst:

Auf der Stirn erstrahlt ihm die Feuersichel
Lunas, wie sie leuchtet beim dritten Aufgang;
schneeweiß ist's zu schaun, wo das Mal es zeichnet,
  glänzet sonst rotbraun.

3

DES DICHTERS MUSE

Wem dein Auge, Melpomene,
  einmal bei der Geburt huldvoll gelächelt hat,
den verkläret des Isthmus Kampf
  nie als Helden der Faust, führet kein feurig Roß

im Achäergespann zum Sieg,
  kein Erfolg in der Schlacht läßt unser Capitol
je als Feldherrn ihn schaun, geschmückt
  mit dem delischen Laub, da er vermeßnes Drohn

fremder Könige niedertrat:
  Nein, der Fluß, der umspült Tiburs gesegnet Land,
und der schattige Hain dort gibt
  in äolischem Lied Namen und Größe ihm.

Roms, der Fürstin des Erdenrunds,
   Jugend achtet es wert, unter die Lieblingsschar
ihrer Dichter mich einzureihn;
   schwächer setzt schon des Neids nagender Zahn mir zu.

Die der goldenen Laute du
   süße Töne entlockst, Muse Pïeriens,
die du, so es dir wohlgefällt,
   stummen Fischen sogar Schwanengesang verleihst,

ganz dein Gnadengeschenk ist's, wenn,
   wer vorüber da geht, mich mit dem Finger als
Sänger römischer Leier weist;
   daß ich dicht und gefall, ist – wenn ich's tu – dein Werk.

4
EIN HELDENGESCHLECHT

Wie hier den Aar, den Träger des Donnerkeils
(den Zeus, der Götterkönig, für treuen Dienst
   beim Raub des blonden Ganymed dem
      Schwarme der Vögel zum König setzte),

zuerst der Jugend vaterererbte Kraft,
in Fährnis unerprobt noch, vom Horste treibt,
   darauf der wolkenklare Lenzwind
      lehret, sich zagend emporzuschwingen

zu ungewohntem Flug, wie ihn Ungestüm
gar bald zum Stoß auf weidende Lämmer drängt
   und endlich Gier nach Fraß und Streit zum
      Kampfe mit grimmigen Schlangen fortreißt,

wie dort den Leu, den eben von Brust und Milch
die falbe Mutter fortschob, das Reh erspäht
   beim Äsen auf der fetten Trift, ein
      wehrloses Opfer den jungen Zähnen:

So sahn den Drusus jüngstens zum Kampfe ziehn
am Fuß der Räteralp die Vindeliker,
die mit dem Amazonenbeil seit
jeher sich wappnen (des Brauches Ursprung

will hier ich nicht erforschen; versagt ja ist's,
daß Menschen alles wissen); doch ihre lang
und weithin sieggewohnten Scharen
fühlten, besiegt von des Jünglings Kriegskunst,

was Macht des Geistes, erbliche Tüchtigkeit,
wenn recht gepflegt in götterbeglücktem Haus,
vermögen, was die Vaterliebe
Caesars bewirkte an Neros Söhnen.

Der Starke stammt aus starkem und edlem Blut;
im jungen Stier, im Rosse erstehet neu
der Väter Tugend, wilde Adler
zeugen nicht sanfte und stille Tauben.

Doch Bildung formt die Kräfte, die eingepflanzt,
nur rechte Pflege stählt in der Brust das Herz;
sobald es fehlt an Zucht und Sitte,
schädigt Verschulden die guten Gaben.

Was du dem Hause Neros verdankst, mein Rom,
bezeugt Metaurus' Flut wie auch Hasdrubals
Vernichtung, jener schöne Tag, der
finstere Schatten aus Latium scheuchte

und erstmals Siegesfreuden uns lächelnd gab,
seitdem Italiens Städte des Afrers Grimm
durchraste wie den Wald die Flamme
oder der Oststurm Siziliens Wogen.

Von nun an wuchs mit glücklichem Mühen stet
die Mannschaft Roms; von punischen Horden roh
verheerte Heiligtümer sahen
wieder errichtet der Götter Bilder.

Und endlich rief der treulose Hannibal:
„Wir gleichen Hirschen, reißender Wölfe Raub,
und jagen Männer, die zu fliehn und
meiden ein voller Triumph schon wäre.

Dies Volk, das ehdem tapfer aus Ilions Brand,
ins Tuskermeer verschlagen, sein Heiligtum,
die Söhne und die greisen Väter
hin zu Ausoniens Städten brachte,

schöpft wie der axtbehauene Eichenstamm
auf laubwalddunklen Höhen des Algidus
bei Mißgeschick und Niederlagen
selbst aus dem Eisen noch Mut und Kräfte.

Nicht stärker wuchs, verstümmelt, der Hydra Leib,
als siegesbang einst Herkules mit ihr rang;
die Kolchis und Echions Theben
zeugten kein größeres Ungeheuer.

Ins Meer versenk es – schöner denn je taucht's auf.
Und ring mit ihm – es streckt die noch frische Kraft
des Siegers ruhmvoll in den Staub, schlägt
Schlachten, von denen die Frauen reden.

Heim nach Karthago sende ich nimmermehr
von Siegen stolze Kunde: Dahin, dahin
schwand alle Hoffnung, unsres Namens
Glück, da nun Hasdrubal uns genommen.

Nichts gibt es, was nicht claudische Hand vermag;
sie schützt und schirmet Jupiters Gnadenmacht,
und eigne kluge Vorsicht führt sie
sicher durch jede Gefahr des Krieges."

5
AN AUGUSTUS

Schon zu lang weilst du fern, gütiger Götter Sproß,
du, des Romulusvolks sicherster Schirm und Schutz:
Frühe Heimkehr versprachst du doch dem hohen Rat
  unsrer Väter – nun kehr denn heim!

Gib das Licht deinem Land, gütiger Fürst, zurück!
Wenn dein Antlitz dem Volk mild wie der Lenz erstrahlt,
geht die Stunde des Tags schöner für uns dahin,
  leuchtet heller der Sonne Glanz.

Wie die Mutter den Sohn, welchen des Südwinds Hauch,
widrig wehend, verbannt hinter die Wogenflut
des Karpathischen Meers und über Jahresfrist
  fern der teueren Heimat hält,

mit Gelübde, Gebet, hoffenden Wünschen ruft
und nicht wendet den Blick von des Gestades Rund,
so verlanget im Schmerz treulicher Sehnsucht nach
  seinem Caesar das Vaterland.

Sicher schreitet der Stier jetzt durch das Feld dahin,
Ceres segnet die Flur wieder mit Fruchtbarkeit,
übers friedliche Meer flieget des Seemanns Schiff,
  Treue fürchtet die Last der Schuld,

Unzucht schändet des Heims Keuschheit nicht länger mehr,
Sittlichkeit und Gesetz tilgten des Lasters Schmach;
Kinder, ähnlich dem Mann, sind nun der Frauen Zier;
  rasch trifft Frevler der Strafe Wucht.

Wen schreckt Parthergefahr, wen wohl im Eis der Skyth,
wen Germaniens Gezücht dort in dem rauhen Land,
wenn nur Caesar uns bleibt? Wen auch bekümmert dann
  Krieg mit wildem Iberervolk?

Jeder bringet den Tag auf seinem Weinberg zu,
zieht an ledigem Stamm Rebengerank empor,
kehrt zum Becher von dort heiteren Sinns und lädt
dich beim Nachtisch im Götterkreis,

betet brünstig für dich, spendet dir lautren Wein
aus der Schale, und dein göttliches Bild gesellt
er den Laren, so wie Griechenland Kastor ehrt
und den tapferen Herkules.

„Schenk doch, gütiger Fürst, dauernde Friedenszeit
dem italischen Land!“ singen wir, nüchtern noch,
früh bei Tagesbeginn, singen wir weinberauscht,
wenn die Sonne im Meer versank.

6

VORSPIEL ZUM SÄKULARGESANG

Gott, dich kennt der Niobe Haus als Rächer
eitlen Prahlens, dich der Verführer Tityus,
dich Achill, der phthiische Held, der fast einst
Troja besiegte,

größer zwar als alle, doch dir nicht gleichend,
mocht er, Sohn der Thetis, der Meeresgöttin,
streitbar auch mit grimmigem Speer die Türme
Ilions erschüttern.

Wie die Fichte unter des Mordbeils Schlägen,
die Zypresse unter der Wucht des Oststurms,
also sank er riesenhaft hin, das Haupt in
Teukrerstaub bettend.

Niemals hätt, im Rosse versteckt, Minervas
falschem Weihgeschenk, bei dem Unglücksfest die
Troer er und Priamus' reigenfrohe
Burg überfallen,

nein, in offner Schlacht den Besiegten schrecklich,
hätt, o Greul, er lallende Kinder, ja im
Mutterleib das Leben mit Griechenflammen
grausam gemordet,

hätte nicht, durch dein und der holden Venus
Wort bewegt, der Vater der Götter neue
Mauern dem Aeneas verheißen unter
besseren Zeichen.

Lautner Phoebus, Lehrer der sangeshellen
Muse, der im Xanthus dein Haar du badest,
schirme du des daunischen Liedes Ehre,
schöner Agyieus!

Phoebus gab den Geist mir, die Kunst des Liedes,
Phoebus gab mir Namen und Ruf des Dichters:
Edle Jungfraun ihr und ihr Knaben, Söhne
ruhmreicher Väter,

Schar im Schutz der delischen Göttin, deren
Bogen Luchs und Hirsch in des Laufes Flucht bannt,
achtet wohl aufs lesbische Maß und auf den
Schlag meines Daumens,

wenn ihr fromm den Sproß der Latona preist und,
die an Helle zunimmt, der Nachtzeit Göttin,
die die Saaten segnet und rascher Monde
eilenden Lauf lenkt!

Noch als Gattin sagst du: „Auch *ich* sang einst das
gottgefäll'ge Lied, als des Hundertjahrfests
Tage kamen: Lehrer der Weise war der
Dichter Horatius."

7
MAHNUNG

Rings ist geschmolzen der Schnee, neu sprießet das Gras auf den Fluren
und in den Wäldern das Laub;
Erde verändert ihr Antlitz, es sinken die Ströme und fließen
friedlich am Ufer dahin.

Mit ihren Schwestern vereint und den Nymphen, wagt wieder die Grazie,
nackend, im Reigen den Tanz.
Daß du nichts Ew'ges erträumst, mahnt das Jahr und die Stunde, die schwindend
raubt den beglückenden Tag.

Zephyrs Hauch lindert den Frost, doch den Frühling tritt nieder der Sommer,
um zu vergehen, sobald
früchtebeladen der Herbst seinen Segen verstreut; und dann kehrt bald
starrend der Winter zurück.

Rasch wohl ergänzet am Himmel der Mond sein verlorenes Leuchten:
Wir aber, weilen wir erst,
wo unser Ahnherr Aeneas und Tullus, der reiche, und Ancus,
sind nur noch Schatten und Staub.

Weiß einer, ob ihm die Götter zur heutigen Zahl seiner Tage
auch noch ein Morgen verleihn?
Gierigen Händen der Erben entgeht, was du selber dem lieben
Ich hast zugute getan.

Stiegst du erst einmal hinab und hat Minos für dich erst sein Urteil,
sei's noch so glänzend, gefällt,
bringt weder Adel noch Zauber der Rede noch fromme Gesinnung
je dich, Torquatus, zurück.

Sieh, selbst Diana befreit des keuschen Hippolytus Seele
nimmer aus höllischer Nacht,
und seines Freundes Pirithous tödliche Bande zu sprengen,
ist auch ein Theseus zu schwach.

8

DES DICHTERS GESCHENK

Schenkte gern, Censorin, meinen Gefährten all
Opferschalen aus Gold, herrliches Erzgerät,
schenkte Dreifüße auch, griechischer Helden Preis –
und das wertvollste Stück wählte für dich ich aus,

wär ich reich und besäß Werke von solcher Kunst,
wie sie Skopas in Stein, wie sie im Farbenschmelz
einst Parrhasius erschuf, Meister im hohen Fach,
ob zu formen es galt Mensch oder Gottgestalt.

Dazu fehlt mir die Macht, und es bedarf ja auch
nicht dein Haus, nicht dein Sinn derart'ger Kostbarkeit:
Lieder freuen dein Herz; Lieder – die kann ich dir
schenken, kann obendrein nennen der Gabe Wert.

Keine Schrift, die das Volk meißelt in Marmorstein,
die noch über das Grab trefflichen Feldherren
Geist und Leben verleiht, [nicht eines Hannibal
schnelle Flucht noch sein Drohn, das auf ihn selber fiel,

nicht der Brand in der ruchlosen Karthagerstadt
bringt ein größeres Lob dem, der von Afrikas
Sturz den Namen gewann,] kündiget hellren Ruhm
als der Muse Gesang, der aus Kalabrien tönt.

Nimmer erntetest du, blieben die Blätter stumm,
Lohn für rühmliche Tat. Mavors' und Ilias Sohn,
was wohl wäre er heut, stünde Verschwiegenheit
neidisch Romulus' Werk, seinem Verdienst im Weg?

Aus den Fluten des Styx rissen den Aeacus
Kraft und Gunst und der Mund mächtiger Dichter nur;
sie geleiteten ihn seligen Inseln zu.
[Daß ein Würdiger stirbt, wehret der Muse Macht.]
Ja, die Muse gewährt himmlisches Glück. Und so

ruht Held Herkules bei Iovis ersehntem Mahl,
lenkt des Zwillingsgestirns strahlendes Leuchten das
leckgeschlagene Schiff sicher aus tiefster See,
[und, die Schläfen im Schmuck grünenden Rebenlaubs,]
führt zu gutem Erfolg Liber der Menschen Flehn.

9

PREIS DES LOLLIUS

Glaub ja nicht, daß die Worte vergehen, die
ich Sohn des weithin brausenden Aufidus
in vordem nicht bekannten Weisen
künde zum Klange des Saitenspieles:

Als erster thront Homer, der Mäonier, zwar;
doch bleiben drum nicht Pindarus' Musen stumm,
des Keërs nicht, noch des Alcaeus
trotz'ge, Stesichorus' ernste Lieder.

Auch was im Scherz gesungen Anakreon,
tilgt nie die Zeit; es atmet die Liebe noch
und lebt die Glut, die ihrer Leier
einst die äolische Maid vertraute.

Von eines Buhlen strahlendem Lockenhaar,
von golddurchwirkten Kleidern, von Dienerpracht
und Fürstenstaate ward im Rausch nicht
Helena einzig entfacht zu Sparta.

Vom Kreterbogen schnellte den ersten Pfeil
nicht Teuker; Ilion wurde nicht einmal nur
verheert, und Held Idomeneus und
Sthenelus schlugen allein nicht Schlachten,

des Preisens wert; der grimmige Hektor und
der mutige Deïphobus waren nicht
die einz'gen, die für keusche Fraun und
Kinder den tödlichen Stoß empfingen.

Der Helden lebten vor Agamemnon schon
so viele; ohne Namen und unbeweint
ruhn sie in ew'ger Nacht des Grabes,
weil sie entbehrten des heil'gen Sängers.

Geringes trennt den Tapfren, den niemand preist,
vom Trägen in der Gruft. Aber nimmer schweigt
von deinem Ruhm mein Lied, und nimmer,
Lollius, erduld ich's, daß straflos deinen

so reichen Kranz der Werke Vergessenheit
voll Neid zerpflückt. Es wohnt ja ein Geist in dir,
des Lebens kundig, nicht zu beugen,
weder in guten noch schlimmen Tagen;

bist Rächer gier'gen Truges, selbst nie vom Gold
und seiner allverlockenden Macht betört,
ein Konsul nicht nur *eines* Jahres,
sondern sooft nur die Pflicht ein guter,

getreuer Richter über den Vorteil stellt,
erhabnen Blicks der Frevler Geschenk verschmäht
und seinen Waffen, gleich dem Feldherrn,
siegreich durch feindliche Scharen Bahn bricht.

Nicht den, der viel besitzt, nennst in Wahrheit du
beglückt; nein, glücklich heißet mit größrem Recht,
wer, was die Götter ihm verliehen,
weise zu nutzen und harter Armut

Bedrängnis still zu tragen versteht und wer
die Schande mehr noch fürchtet als selbst den Tod,
nie zaudernd, für die teuren Freunde
oder des Vaterlands Wohl zu sterben.

10

ANDROHUNG SPÄTER REUE

Der du grausam heut bist, da dir noch Reiz Venus in Fülle leiht,
warte, sprießt dir nur erst, eh du gedacht, Flaum um dein sprödes Kinn,
fällt als Opfer dein Haar, welches dir jetzt stolz um die Schultern wallt,
bleicht die Wange, die jetzt schöner dir strahlt als noch der Rosen Rot,

und verwelkt, Ligurin, täglich sie mehr, struppig vom Bart entstellt,
dann rufst „Weh!" du, sooft du deines Bilds Wechsel im Spiegel schaust:
„Warum stand mir der Sinn, wie er heut steht, nicht schon zur
Knabenzeit?
Und warum kehret nun, da ich so denk, nimmer der Wangen Glanz?"

11

GEBURTSTAGSFEIER

Einen Krug Albaners hab ich im Keller
nun das zehnte Jahr; und im Garten, Phyllis,
wächst der Eppich, Kränze daraus zu winden,
ranket in Fülle

Efeu, den zum Schmuck du ins Haar dir bindest.
Silbern strahlt das Haus; der Altar, mit frischem
Grün umkränzt, begehrt, mit des Opferlammes
Blut sich zu netzen.

Alles ist geschäftig, und hierhin, dorthin
eilen Diener, Mägde in buntem Treiben;
auf dem Herde lodern die Flammen, wirbeln
rußigen Rauch auf.

Doch vernimm nun endlich, zu welchen Freuden
ich dich lad: Zu feiern den Tag der Iden,
der der meergeborenen Venus Monat
teilt, den Aprilis,

mir ein Fest zu Recht und noch heil'ger fast als
selber mein Geburtstag; denn mein Maecenas
zählt nach *seinem* Lichte des Lebens Jahre,
die sich ihm runden.

Sieh, der junge Telephus, dem du nachgehst,
paßt zu dir nicht; ihn hat ein reiches, lockres
Mädchen sich gefangen und hält ihn fest in
lieblichen Banden.

Phaëthon, von Flammen versengt, schreckt ab, voll
Gier zu hoffen; Pegasus warf im Flug den
ird'schen Reiter Bellerophontes ab, ein
warnendes Beispiel,

stets nur zu erstreben, was ziemt, und den zu
meiden, der dir ungleich, vermeßne Hoffnung
nur für Frevel achtend. So komm denn, meine
letzte Geliebte –

denn fortan erglüh ich für keine andre –,
lerne meine Weisen, mit lieber Stimme
sie uns vorzutragen: Ja, Lieder lindern
finsteren Kummer.

12

EINLADUNG ZUM GELAGE

Schon bläht thrakischer Hauch, Bote der Frühlingszeit,
der die Meere bezähmt, wieder die Segel auf;
nimmer starret die Flur, brausen die Ströme, vom
Schnee des Winters geschwellt, dahin.

Tränenseufzend erbaut, klagend um Itys stets,
schon die Schwalbe ihr Nest, sie, eine ew'ge Schmach
dem kekropischen Haus, da sie die rohe Gier
ihres Königs zu wild gerächt.

Feiste Schafe auf zartgrünender Weidetrift
hütend, singen ihr Lied Hirten zum Flötenklang
und erfreuen den Gott, welcher die Herden und
dunklen Höhen Arkadiens liebt.

Freilich brachten, Vergil, Durst auch die Zeiten mit.
Doch gelüstet es dich, Günstling erlauchter Herrn,
Wein zu schlürfen, den uns Cales gepreßt, wirst du
ihn dir kaufen mit Nardenöl!

Schon ein Döschen des Öls zaubert den Krug herbei
aus Sulpiz'schem Gewölb, wo er bis jetzt noch ruht.
Reichlich spendet der Wein Hoffnungen neu und spült
wirksam bittere Sorgen fort.

Suchst du solchen Genuß, eil denn herbei, doch bring
ja den Kaufpreis mir mit! Denk ja nicht dran, daß ich
deine Kehle umsonst netze aus meinem Kelch,
wie ein Reicher in vollem Haus.

Doch nun auf ohn Verzug! Laß jetzt den Gelderwerb!
Düstrer Glut eingedenk, paare, solang's vergönnt,
dem besonnenen Sinn Torheit auf kurze Zeit:
Süß ist Leichtsinn am rechten Ort.

13

VERBLÜHT

Götter haben mein Flehn, Lyce, erhört, jawohl,
haben's, Lyce, erhört: Wirst nun ein altes Weib;
und doch willst du noch schön sein,
tändelst, zechest ganz schamlos noch,

lockst mit zittrigem Sang trunken den säumigen
Amor; der aber ruht lieber bei Chia aus,
die des Zitherspiels kundig,
ruht auf Wangen, die frisch und rot.

Denn an Eichen, die dürr, fliegt er voll Hohns vorbei,
läuft vor dir auch davon, weil dich des Zahnes Gelb,
weil dich Runzeln entstellen
und schon Schnee auf dem Haupt dir liegt.

Nein, kein Purpur aus Kos, teures Geschmeide nicht
bringt dir wieder zurück Zeiten, die nun einmal
in dem Grab der Geschichte
flüchtig eilend der Tag verschloß.

Wohin schwand, ach, dein Reiz, wohin die Farbe denn
und die Anmut des Gangs? Was blieb von jener dir,
die nur Liebe geatmet,
die mich selber mir einst geraubt,

die nächst Cinara schön, glücklich, gefeiert war,
holder Künste zulieb? Doch wie der Cinara
kurze Zeit nur das Los gab,
spart es Lyce für lange auf,

bis an Alter sie gleicht einer bejahrten Kräh,
daß die feurige Schar unserer Jünglinge
schau mit lautem Gelächter,
wie in Asche die Fackel fällt.

14

RUHM DES KAISERHAUSES

Wie könnt der Väter, wie des Quiritenvolks
Bemühn mit Ehrengaben, selbst noch so groß,
auf Stein und in Annalenlisten
je deine Größe, Augustus, künden

der Ewigkeit, du höchster der Herrscher all,
soweit bewohnten Küsten die Sonne strahlt?
Was du im Krieg vermagst, das mußten,
römischen Rechtes nicht kundig, jüngst die

Vindeliker erfahren: Mit deinem Heer
schlug Drusus die Genaunen, das wilde Volk,
die raschen Breunen, stürzte ihre
Burgen auf grausiger Alpen Gipfeln,

Vergeltung vielfach übend mit kühner Kraft.
Dann trat der ältre Nero zu schwerem Kampf
mit hünenhaften Rätern an und
trieb sie zur Flucht mit der Zeichen Segen,

bewundernswert zu schaun, wie im Schlachtgewühl
er Männer, die dem Tod für die Freiheit sich
geweiht, mit mächt'gen Schlägen fällt und –
gleich fast dem Süd, der die wilden Wogen

vor sich dahinjagt, wenn der Plejaden Chor
die Wolken teilt – den feindlichen Schwarm er scheucht,
nicht ruhend, grad ins ärgste Feuer
immer sein schnaubendes Roß zu spornen.

So wälzt sein Wasser stiergleich der Aufidus,
der an dem Reich des Apulers Daunus fließt,
sooft er schäumend Schreckensfluten
über die Äcker zu breiten drohet,

wie der Barbaren eisenbewehrte Schar
allda zersprengte Claudius mit Sturmgebraus
und Vor- und Nachhut niedermähte,
ohne Verluste des Schlachtfelds Sieger:

Doch *du* gabst ihm die Streitmacht und Plan und Rat
und deiner Götter Schutz. Denn am gleichen Tag,
da Hafen und verwaiste Hofburg
einst Alexandria dir geöffnet,

um Gnade flehend, schenkte Fortunas Gunst
dir nach drei Lustren neuen Erfolg im Krieg,
verlieh nach glänzend ausgeführtem
Auftrag dir Ruhm und ersehnte Ehren.

Zu dir blickt, nun bezwungen, der Kantabrer,
der Meder, Inder, schweifende Skythe auf,
du stets gewärt'ger Schutz- und Schirmherr
unseres Lands und der Herrin Roma.

Dir lauscht der Nil, der uns seine Quellen hehlt,
die Donau und des reißenden Tigris Strom,
das Weltmeer, voller Ungeheuer,
das um das ferne Britannien brandet,

dir lauscht das Land des Kelten, der nie vorm Tod
sich fürchtet, lauscht des grimmigen Spaniers Land,
dir huldigt der Sygambrer, sonst des
Mordbrennens froh, mit gesenkten Waffen.

15

DER FRIEDENSFÜRST

Als ich auf Sang von Kampf und Erobrung sann,
griff Phoebus in die Saiten und warnte mich,
durch das Tyrrhenermeer mit kleinem
Segel die Schiffahrt zu wagen. Caesar,

ja, deine Zeit gab unserem Land zurück
der Früchte Segen, brachte die Adler von
des Parthers stolzen Wänden wieder
unserem Jupiter; frei von Kriegen,

schloß sie das Janustor des Quirinus zu;
der Lüste ungebundenem Schweifen warf
sie Zügel um, und Frevel tilgend,
rief sie zurück uns die alte Tugend,

durch die einst Latiums Name, Italiens Kraft
so machtvoll wuchs und römischen Reiches Ruhm
und Glanz bis zu der Sonne Aufgang
von ihrem Lager der Nacht sich dehnen.

Solange Caesar Hüter der Welt ist, stört
nicht Bürgerwut den Frieden und nicht Gewalt,
nicht Zorn, der Schwerter schmiedet und die
Städte verfeindet zu ihrem Unglück;

nicht wer der Donau grundlose Fluten trinkt,
bricht je Gebote Caesars, der Gete nicht,
der Serer noch der falsche Parther,
nicht wer am Tanaïsstrom geboren;

und wir, wir wollen, feier- wie werktags auch,
bei dem Geschenk des heitren Dionysus,
wenn wir im Kreis der Fraun und Kinder
feierlich erst zu den Göttern riefen,

im Lied, gepaart mit Klängen der Lyderflöt,
nach Väterbrauch von tapferer Helden Ruhm,
von Troja und Anchises und den
Enkeln der gütigen Venus singen!

SÄKULARGESANG

Phoebus und Diana, der Wälder Herrin,
helle Zier des Himmels, verehrt und würdig
ew'ger Ehren, schenket, was heut wir flehn zu
heiliger Stunde,

da, getreu dem mahnenden Spruch Sibyllas,
all den Göttern, die sich der sieben Hügel
freun, erkorne Mädchen und keusche Knaben
singen ein Loblied.

Güt'ger Sol, der du auf dem Strahlenwagen
bringst und birgst den Tag und als andrer immer
und doch gleich erstehst, mögst du niemals Größres
schauen als Roma.

Die du recht und mildreich die reife Frucht zum
Licht führst, Ilithyia und – wie du auch dich
rufen läßt – Lucina und Genitalis,
schütze die Mütter:

Göttin, gib uns Nachwuchs und segne unsrer
Väter Ratschluß über den Bund des Weibes
und die Ehgesetze, den trächt'gen Ursprung
neuer Geschlechter,

daß nach elf Jahrzehnten ein fester Zirkel
Hymnenklang und volkreiches Fest erneue
an drei lichten Tagen und gleich oft auch zu
lieblicher Nachtzeit.

Und ihr, Wahrheit kündende Parzen, füget –
wie ihr's einmal spracht und es unverrückbar
bis zum Ende gelte – dem schon vergangnen
künftiges Glück zu!

Reich mit Vieh und Saaten gesegnet, schenke
Mutter Erde Ceres den Kranz von Ähren,
und die Früchte nähre des Himmels Hauch und
labender Regen.

Birg, Apollo, Bogen und Pfeil und höre
sanftgestimmt und huldvoll das Flehn der Knaben;
zwiegehörnte Fürstin der Sterne, Luna,
höre die Mädchen!

Schuft ihr Rom und kamen einst Ilions Mannen
zu Etruriens Küste, von euch geheißen,
Haus und Stadt in glücklicher Fahrt zu tauschen,
winzig die Schar nur,

welcher ungefährdet durch Trojas Flammen
freie Bahn der fromme Aeneas brach, des
Landes Sturz entronnen, ihr mehr zu geben,
als sie zurückließ:

Götter, leiht der bildsamen Jugend reine
Sitten, Ruhe, Götter, dem sanften Alter,
leiht dem Volk des Romulus Wohlstand, Nachwuchs,
Ehren und Ruhm ihm!

Was der Venus und des Anchises edler
Sproß erfleht, euch schneeweiße Stiere opfernd,
das erlang er, sieghaft im Kampf, doch mild dem
Feind, der besiegt ist.

Schon erschrickt der Meder vor seinem Arm, der
Land und Meer beherrscht, und vor Albas Beilen,
schon sucht Skyth und Inder, voll Hochmut jüngst noch,
seine Entscheide,

und schon wagen Treue und Frieden, Glanz und
alte Zucht und Tugend, so lang verachtet,
heimzukehren, zeigt sich gefüllten Hornes
glücklicher Segen.

Und so wahr, geschmückt mit dem Silberbogen,
Seher Phoebus, Liebling der neun Kamönen,
der mit seiner Heilkunst des Leibes müde
Glieder erquicket,

gnädig auf Palatiums Altäre schauet,
führet er den römischen Staat und Latium
in ein neu Jahrhundert des Glücks und immer
bessere Zeiten;

und die auf dem Algidus thront und auf dem
Aventin, Diana, vernimmt der Fünfzehn
Männer Flehen, schenkt dem Gebet der Knaben
freundlich Gehör auch.

Daß dies Zeus gefällt und den Göttern allen,
tragen heim wir gute und sichre Hoffnung,
die im Chor Dianas und Phoebus' Ruhm zu
preisen wir lernten.

EPODEN

1

FREUNDSCHAFTSBEKENNTNIS

Du willst, o Freund, dich auf Liburnerjachten jetzt
den hohen Schiffskolossen nahn,
entschlossen, alle Fährnis, welche Caesar droht,
mit ihm zu teilen, mein Maecen:
Doch ich, dem Lust das Leben, wenn du überlebst,
und schwere Last, wenn du mir fehlst?
Soll ich, wie du befiehlst, der Ruhe pflegen, die
nur süß ist, bist auch du dabei?
Wähl ich die Mühn des Kriegs, die kühn zu tragen sich
für tapfre, wahre Männer ziemt?
Ja, tragen will ich sie! Ob über Alpenhöhn,
ob durch den rauhen Kaukasus,
ob bis zur fernsten Bucht Hesperiens – ich will
dir folgen, unerschrocknen Muts.
Du fragst, wie ich, des Kämpfens ungewohnt und schwach,
dein Werk durch meines fördern kann?
An deiner Seite setzt die Furcht mir minder zu,
die wächst, wenn Freunde fern sich sind:
So bangt ein Vogel vor der Schlangen Stoß am Nest
bei seiner nackten Brut, doch mehr,
wenn er allein sie ließ – und brächte, wär er da,
den Jungen drum nicht beßren Schutz.
Gern geh in diesen Krieg ich und in jeden noch,
nur hoffend, daß auch dir's gefällt,
und nicht, damit der Stiergespanne größre Zahl
den Pflug durch meine Felder zieht,
mein Vieh Apuliens Weidetrift vorm Glutgestirn
vertauschet mit Lukaneralm
und nahe Circes Stadt, dem hohen Tusculum,
aus Marmor mir ein Landhaus strahlt.

Schon überreich hat deine Großmut mich beschenkt:
Und Schätze such ich nicht, sie dann
aus Geiz gleich Chremes zu vergraben oder sie
als lockrer Schlemmer zu vertun.

2

WUNSCH UND WIRKLICHKEIT

„O selig jener, der, geschäft'gem Treiben fern,
wie einst der Menschheit früh Geschlecht
der Väter Fluren mit den eignen Stieren pflügt
und nicht die Last der Zinsen kennt,
den rauher Klang des Feldsignals nicht schreckt im Krieg,
der nicht vorm Zorn des Meeres bebt,
der Händel auf dem Markt und stolzes Vorgemach
von mächt'gen Bürgern meiden kann.
Vielmehr vermählt er bald dem schlanken Pappelbaum
der Rebe hochgewachsnen Schoß,
hält Ausschau bald, wo seine Herde brüllend rings
im abgelegnen Tale schweift,
kappt mit dem Messer wilde Zweige hier und da
und pflanzet trächt'ge Reiser ein,
birgt ausgepreßten Honig bald im saubren Krug
und schert des zarten Schafes Vlies.
Und wenn in Feld und Flur der Herbst sein Haupt erhebt,
geschmückt mit süßem, reifem Obst,
wie freut's ihn, pflückt er selbstgepfropfte Birnen dann
und Trauben, die dem Purpur gleich,
um dir, Priapus, sie zu weihn und, Vater, dir,
der du die Raine schützt, Silvan.
Gern ruht er bald im Schatten alter Eichen aus,
bald in der Wiese dichtem Gras:
In hohen Ufern fließt indes der Bach dahin,
Gesang von Vögeln schallt im Hain,
und Wasser sprudelnd plätschert leis der nahe Quell
und lädt zu sanftem Schlummer ein.

Doch wenn des Zeus, des Donnergottes, Winterzeit
der Erde Regen bringt und Schnee,
so hetzt mit starker Meute grimme Keiler er
von hier, von dort ins sperr'ge Netz
und spannt an glatter Gabel weitgeknüpftes Garn,
zu locken gier'ge Drosseln, auf,
fängt scheue Hasen, heimgekehrte Kraniche
in Schlingen ein, willkommne Beut.
Bei solchen Freuden – wer vergäß da nicht des Leids,
der Sorgen, die die Liebe bringt?
Wenn ihm dann gar ein züchtig Weib zu ihrem Teil
das Haus, die süßen Kinder hegt –
wie die Sabinerin und wie des tüchtigen
Apuliers sonnverbrannte Frau –,
wenn trocknes Holz sie schichtet auf den heil'gen Herd,
eh müd ihr Mann nach Hause kommt,
die muntre Herde in geflochtne Hürden schließt
und ihr die vollen Euter leert,
wenn Heurigen vom süßen Faß sie zapft, das Mahl
aus eignem Vorrat fertigstellt:
Nicht besser mundeten mir vom Lukrinersee
dann Austern, Steinbutt, Lippfisch nicht,
den aus des Ostens Fluten donnernd Wintersturm
etwa in unser Meer verschlägt,
kein afrisch Perlhuhn und kein jonisch Haselhuhn
könnt gleiten dann mit mehr Genuß
in meinen Magen als Oliven, ausgesucht
vom saftigsten Geäst des Baums,
als Ampfer, oft der Auen Gast, und Malvenkraut,
das krankem Leibe Heilung bringt,
und als ein Lamm, geschlachtet an des Grenzgotts Fest,
ein Böcklein, Wölfen abgejagt.
Bei solchem Mahle – welche Lust fürwahr zu schaun,
wie satt die Schafe heimwärts ziehn,
zu schaun, wie müd der Stier den umgestürzten Pflug
am schlaffen Nacken nach sich schleppt,
Gesinde, reichen Hauses Zier, in großer Zahl
sich um die blanken Laren schart."

So sprach der Wuchrer Alfius verzückt, sah sich
nur allzubald als Landmann schon,
trieb all sein Geld um Monatsmitte ein, um es
zum Ersten – wieder auszuleihn.

3

DAS KNOBLAUCHGERICHT

Wer je am greisen Vater sich vergreift und ihm
mit frevler Hand die Kehle würgt,
der esse Knoblauch, schädlicher als Schierlingssaft.
Wie gut doch Schnittermägen sind!
Welch Gift ist's, das in meinen Eingeweiden wühlt?
Hat man mir heimlich Schlangenblut
ins Krautgericht gekocht? Etwa Canidia mir
dies Hexenmahl zurechtgebraut?
Als einst Medea vor den Argonauten all
den schönen Führer angestaunt,
hat ihn, den Iason, hiermit sie gesalbt, eh er
die Stiere zwang ins fremde Joch,
bestrich sie hiermit rächend auch der Kebse Kleid,
eh sie im Drachenwagen floh.
Nie lastete so schwer des Hundssterns Hitze auf
Apuliens lechzendem Gefild,
und ärger brannte auch des Nessus Gabe nicht
den tatenreichen Herkules.
Falls du auf solche Speise jemals Lust verspürst,
Maecen, du Schelm, so wünsch ich dir,
dein Mädchen wehre mit den Händen dir den Kuß
und rücke an des Bettes Rand.

4

NEUREICH

Wie Feindschaft zwischen Wolf und Schaf durch Schicksalsspruch
besteht, so zwischen dir und mir,
du Schuft, am Leib gezeichnet vom Ibererstrick,
am Fuß vom harten Fesselring.

Stolzierst geschwollen du als Geldprotz auch einher:
   Glück ändert niemals Menschenart.
Durchmißt du in der Toga, die sechs Ellen weit,
   die Heil'ge Straße, siehst du nicht,
wie in den Mienen offen sich Entrüstung prägt
   bei allen, die sich dort ergehn?
„Mit Ruten einst geprügelt von der Schergen drei,
   bis es dem Büttel selbst zuviel,
pflügt er jetzt tausend Morgen im Falernerland,
   fährt auf der Appia im Gespann
und sitzt, zum Spott dem Otho, wie ein großer Herr
   beim Schauspiel in der ersten Reih.
Was hilft es, kehren Schiffe in so großer Zahl,
   die Schnäbel schwer mit Erz bewehrt,
ihr Antlitz gegen Räubervolk und Sklaventroß,
   wenn *der* da, *der* ist Kriegstribun?"

5

GIFTMISCHERINNEN

„Ihr Götter all im Himmel, die die Länder und
   der Menschheit Völker ihr regiert,
was heißt das Treiben hier? Was starrt ihr alle denn
   mit grausem Antlitz nur auf mich?
Bei deinen Kindern, wenn du je Lucina riefst
   und sie dir beistand in den Wehn,
bei dieser nicht'gen Purpurzier fleh ich dich an,
   bei Jupiter, dem dies mißfällt:
Was soll dein Blick, der dem der zweiten Mutter gleicht
   und dem des speergetroffnen Tiers?"
So klagt, die Stimme bebend, laut der Knabe, steht
   beraubt des glänzenden Gewands,
ein jugendzarter Leib, zu rühren fähig selbst
   der grimmen Thraker rohes Herz.
Canidia aber, Vipernbrut ins Haar und um
   ihr ungepflegtes Haupt geknüpft,

heißt wilder Feigen Wurz, aus Gräbern aufgewühlt,
  Zypressenholz vom Totenfest,
vom Nachtschreck Uhu Eier dann und Federflaum,
  in garst'ger Kröten Blut getränkt,
heißt Kräuter, welche Iolcus und, an Giften reich,
  Iberien schickt, und Totenbein,
das einem magren Hund sie aus den Zähnen riß,
  verbrennen über Kolcherglut.
Und Sagana, in hochgeschürztem Kleide, sprengt
  Avernernaß durchs ganze Haus,
dem flücht'gen Eber, Meeresigeln gleich zu schaun:
  ein Schreckgespenst mit Borstenhaar.
Auch Veia hält kein Skrupel des Gewissens fern;
  mit schwerem Grabscheit, ächzend bei
der Arbeit Last, bohrt in die Erde sie ein Loch.
  Es soll der Knabe, eingescharrt,
daß nur sein Kopf heraus noch ragt – dem Schwimmer gleich,
  der bis zum Kinn im Wasser schwebt –,
den langen Tag dort siechen angesichts des Mahls,
  ihm zweimal, dreimal vorgezeigt;
und wenn sein Auge, starr geheftet auf die schnöd
  verwehrte Speise, Hungers bricht,
reißt dann man Mark und Leber ihm verdorrt heraus,
  verwendet sie zum Liebestrank.
Nicht fehlen durfte Folia aus Ariminum
  dabei, das männergeile Weib
(meint, stets bereit zu müß'gem Klatsch, Neapolis
  und ringsum jede Nachbarstadt),
wo sie doch mit thessal'schem Spruch die Sterne holt
  und selbst den Mond vom Himmelszelt.
Doch still! Canidia, die voll Wut mit gelbem Zahn
  am unbeschnittnen Daumen nagt,
was spricht sie jetzt, verschweigt sie noch? „Ihr meines Tuns
  bewährte, treue Zeuginnen,
Nacht und Diana, die du Schweigen anbefiehlst,
  wenn heimlich heil'ges Werk geschieht,
jetzt helft mir, jetzt, kehrt gegen meines Feindes Haus
  jetzt euren Zorn und eure Macht!

Zur Stunde, da im schaurigdunklen Wald das Wild
in süßem Schlaf sich müde birgt,
bell dem verbuhlten Alten, allen zum Gespött,
die Meute der Subura nach,
kommt triefend er von Nardenöl, wie meine Hand
es besser nicht bereiten könnt.
Was ist? Medeas, der Barbarin, böses Gift,
warum denn wirkt es heute nicht,
womit sie fliehend einst das stolze Nebenweib,
des großen Kreon Kind, gestraft,
so daß durch giftgetränkten Kleids Geschenk den Tod
die junge Braut im Feuer fand?
Entging mir doch kein Kräutlein und kein Wurzelwerk,
in rauher Wildnis tief versteckt!
Er schläft im Bett, das ich mit Salben ihm behext,
daß an kein andres Weib er denk ...
Doch nein, gelöst durch Lieder einer Zauberin,
die mehr vermag, geht er umher.
O Varus, oft wirst du's mit Tränen büßen noch:
Dich bringt ein unerhörter Trank
mir wieder; dir jedoch kehrt nimmer der Verstand,
beschworen selbst durch Marserspruch.
Noch stärkre Säfte misch ich, stärkre flöß ich dir
trotz deines Widerstrebens ein,
und eher sinkt der Himmel auf des Meeres Grund
und dehnt sich Erde über ihm,
als daß du nicht in Liebe zu mir heiß entbrennst
wie Pech in düstrer Flammen Glut."
Da sucht der Knabe länger nicht mit sanftem Flehn
zu rühren an der Hexen Herz;
nein, zweifelnd, wie er wohl das Schweigen breche, schreit
er, gleich Thyest, den Fluch hinaus:
„Es kann ein Zauberspuk zwar wandeln Recht und Falsch,
doch nicht Vergeltung in der Welt.
Mit bösem Fluche jag ich euch, kein Opfer tilgt
die grimmige Verwünschung je.
Ja, hauch, dem Tod befohlen, ich die Seele aus,
erschein ich nachts als Rachegeist,

fahr als Gespenst mit krummer Klau ins Antlitz euch –
  wie's in der Unterird'schen Macht –
und, lastend stets auf der gequälten Brust als Alp,
  raub ich den Schlaf euch durch die Angst.
Rings scheucht das Volk mit Steinen euch gaßauf, gaßab,
  zermalmt euch altes Schandgezücht.
Die Glieder, unbestattet, schleppen Wölfe fort
  und Vögel dann des Esquilin;
und die mich überleben, meine Eltern, ach,
  sie werden dieses Schauspiel sehn."

6

WARNUNG

Was fällst du Hund den Fremdling an, der ohne Harm,
  kneifst feige aber vor dem Wolf?
Richt hierher, wenn du Mut besitzt, dein eitles Drohn
  und packe mich! Ich beiß zurück.
Denn dem Molosser-, dem Lakonerrüden gleich,
  des Hirten mächt'gem, falbem Freund,
jag mit gespitzten Ohren *ich* durch tiefen Schnee
  ein jedes Raubtier, das sich zeigt,
hingegen *du* mit Schreckgeheul den Wald zwar füllst,
  doch hingeworfnen Fraß nur suchst.
Nimm ja in acht dich! Gegen Schurken hebe ich
  voll Grimm, zum Kampf bereit, das Horn
wie des Lykambes schnöd verschmähter Eidam einst
  und Bupalus' erzürnter Feind.
Packt einer mich mit gift'gem Zahn, meinst du, ich wehr
  mich nicht und flenne wie ein Kind?

7

ROMS FLUCH

Wohin, wohin stürmt, Frevler, ihr? Was greift aufs neu
  die Hand zum grad geborgnen Schwert?
Floß auf den Feldern und in Neptuns Reich bisher
  noch nicht genug Latinerblut,

nicht daß Karthagos, der Rivalin, stolze Burg
durch Rom in Schutt und Asche sank,
nicht daß der unbesiegte Brite kettenschwer
hinab die Heil'ge Straße zieh,
nein, daß – ganz nach dem Wunsch der Parther – diese Stadt
zugrunde geh durch eigne Hand?
Nie kannten Wölfe, kannten Löwen solchen Brauch,
sind wild nur gegen fremde Art!
Reißt blinder Wahn euch, höhere Gewalt dahin?
Ist's Sündenschuld? Gebt Antwort mir!
Sie schweigen, fahle Blässe deckt ihr Angesicht,
und vor Entsetzen stockt ihr Herz.
So ist's: Ein herbes Schicksal hetzt das Römervolk,
der alte Greul des Brudermords,
seitdem zur Erde unverschuldet niederfloß,
zum Fluch den Enkeln, Remus' Blut.

8

VERLORENE MÜHE

Du fragst noch, morsch von langem Leben, wie du bist,
was mich so kalt und kraftlos macht?
Wo doch dein Zahn schon schwarz, des Alters Häßlichkeit
mit Furchen deine Stirn durchpflügt
und dir der Hintere wie einer magren Kuh
mit dürren Backen schandbar klafft.
Gewiß, dein Busen reizt und deine welke Brust –
jedoch wie Stuteneuter nur –
und ebenso dein schlaffer Bauch, der Schenkel dein,
der dünn aus fetten Waden strebt.
Magst reich sein, mag triumphgezierter Ahnen Bild
geleiten dich im Leichenzug
und keine Römerin einhergehn, so wie du
mit schwerem Perlenschmuck behängt,
ja, mögen zwischen seidnen Kissen überall
dir stoische Traktätchen ruhn:

All das läßt einen ungelehrten Stock ganz kalt,
  stramm steht er drum noch lange nicht.
Um ihn zu locken aus des Bauches stolzer Ruh,
  brauchst du des Mundes Müh dazu.

9

ACTIUM

Wann trink ich den fürs Fest gesparten Käkuber
  im Jubel über Caesars Sieg
mit dir, beglückter Freund Maecen, im hohen Haus –
  nach Rat und Willen Jupiters –,
indes zur Lyra bald ein dorisch Lied und bald
  zur Flöte fremde Weis erklingt?
Wie jüngst, als nach der Schiffe Brand, vom Meer verjagt,
  Poseidons Admiral entfloh,
der Rom mit Ketten drohte, die als Spießgesell
  er flücht'gen Sklaven abgestreift?
Weh, Römer tragen – glauben wird's die Nachwelt nicht –,
  verkauft in eines Weibes Dienst,
für dessen Kriege Wehr und Waffen, beugen sich
  vor runzligen Eunuchen gar,
und zwischen Heereszeichen muß der Sonne Blick –
  o Schande – schaun ein Mückenzelt!
Doch zweimal tausend Gallier jauchzten Caesar zu,
  gesellten ihm ihr schnaubend Roß,
und unsre Feinde bergen jetzt der Schiffe Heck,
  links abgeschwenkt, im Hafen schon.
Hurra, Triumph, du säumest noch mit Goldgespann
  und unberührtem Opferrind?
Hurra, Triumph, nie trugst du einen Feldherrn heim
  gleich ihm, nicht aus Iugurthas Krieg,
selbst Africanus nicht, dem auf Karthagos Schutt
  der Heldenmut ein Denkmal schuf.
Zu Land und Meer geschlagen, tauschte schon der Feind
  den Purpur mit dem Trauerkleid,

ob er im Kampf mit Winden, die nicht für ihn wehn,
zum hundertstädt'gen Kreta flieht,
ob er den Syrten zustrebt, die der Südsturm peitscht,
ob auf der See er ziellos treibt.
Trag, Knabe, uns geräumigere Becher auf
mit Chier- oder Lesbierwein,
doch nein, noch lieber schenk uns ein vom Käkuber,
der wehren kann dem Übelsein!
O welche Lust, wenn Angst und Sorg um Caesars Wohl
der süße Trank des Bacchus löst!

10

VERWÜNSCHTE FAHRT

Es läuft die Barke unter bösem Zeichen aus,
die Mevius trägt, den stinkenden.
So peitsche, Südwind, ihr mit wildempörter Flut
die Flanken beide, denk daran!
Der finstre Ost verstreue Tau und Ruderwerk,
geborsten, auf zerwühlter See,
und Nordsturm tobe, wie er ächzend Eichenholz
auf Bergeshöhen niederbricht!
In schwarzer Nacht schein freundlich ihm kein einz'ger Stern,
wenn trüb Orion untergeht!
Nicht sanfter fahre er durchs Wogenmeer dahin
als einst der Griechen Siegerschar,
da Pallas' Zorn sich wandte ab von Ilions Brand
dem Frevlerschiff des Ajax zu.
Ha, wieviel Schweiß steht deiner Mannschaft noch bevor
und wieviel fahle Blässe dir
und weibisches Gewinsel, Flehn zu Jupiter,
der tauben Ohrs den Rücken kehrt,
wenn, Antwort brüllend feuchtem Süd, die Jonerbucht
des Bootes Kiel in Trümmer schlägt!
Und freut der Möwen Schwarm der fetten Beute sich,
die auf des Strandes Rund gestreckt,
so soll ein lüstern Böcklein und ein zartes Lamm
den Stürmen dann geopfert sein.

11
LIEBESKUMMER

Nicht mehr wie früher, Pettius, schafft es Freude mir,
Verse zu schreiben: Mein Herz ist tief durchbohrt von Liebesschmerz;
auf mich vor allen andern sieht's ja Amor ab,
daß ich entbrenne in Glut für Mädchen und für Knaben zart.
Der dritte Winter raubt den Wäldern nun die Zier,
seit ich befreit bin vom Wahn, in welchem mich Inachia hielt.
Weh, welch Gered gab's damals über mich in Rom!
Heut noch beschämt mich die Schmach und reut mich jedes Zechgelag,
bei dem vor aller Welt als Liebeskranken mich
Schwermut und Schweigen verriet und Seufzer aus der tiefsten Brust.
„Gilt eines Armen redlich Herz so wenig denn
gegen die Gier nach Gewinn?“ Mit Tränen klagt ich so vor dir,
sobald nur mir, erhitzt vom Feuer stärkren Weins,
jenes Geheimnis der Gott entrang, der keine Rücksicht kennt.
„Doch braust da drinnen mir die Galle erst einmal
haltlos im Zorne empor, dann geb ich all den schwachen Trost,
der nie die schlimme Wunde heilt, den Winden preis,
schiebe das Ehrgefühl fort, den Kampf zu enden, der nicht gleich.“
Als ich den Vorsatz allen Ernstes vor dir pries,
schicktest nach Hause du mich. Doch meines Fußes Schwanken trug
mich nur zur Pforte, die mir feind, zur grausamen
Schwelle, an der ich – ach! – oft mir Kreuz und Hüfte wund gedrückt.
Jetzt hält die Liebe zu Lyciscus mich gebannt,
der, wie mit Grund er sich rühmt, an Reizen jede Maid besiegt.
Und nimmer kann der Freunde offenherz'ger Rat,
nimmer der bitterste Spott aus diesen Fesseln mich befrein:
Nur neue Glut vermag's, ein Mädchen, strahlend schön,
oder ein Knabe, gar schlank, das Haupt von langem Haar umwallt.

12

UNBEFRIEDIGT

Weib, sag, was soll das? Es passen zu dir Elefanten nur, schwarze.
Was also sendest du Gaben und Briefe
mir, dem's an Kräften doch fehlt, wenn auch nicht an empfindsamer Nase?
Wahrlich, ich wittre so scharf wie nur einer,
ob da ein übler Polyp, ob's in zottiger Achsel nach Bock stinkt,
schärfer als Hunde, wo Wildsaun versteckt sind.
Ha, welchen Schweiß, welchen eklen Geruch die verrunzelten Glieder
absondern, wenn sie zur Stunde der Liebe
eilet, ihr rasend Verlangen zu stillen! Vom Schweiße befeuchtet
strömt dann der Puder herab und die Schminke,
aus Krokodilmist gebraut; und in brünstigem Eifer zerreißt sie
gar noch die Polster und Decken des Lagers.
Oder sie stachelt mein fades Begehren mit heftigen Worten:
„Du, bei Inachia bist weniger faul du;
mit der Inachia kannst dreimal du nachts, doch mit mir stets nur einmal,
müde sofort. Ja, zum Henker mit Lesbia,
die mir dich Schwächling empfahl, während ich einen Stier mir doch wünschte.
Und dabei hatt ich den Koër Amyntas,
welcher in ungebrochener Stärke fürwahr seinen Mann stand,
gleich einem grünenden Baum auf den Hügeln.
Wollene Stoffe, mit tyrischem Purpur gefärbet, für wen denn
ließ ich sie arbeiten? Doch wohl für dich nur,
daß kein Gefährte beim Zechen sich fände, dem größere Neigung
seine Geliebte bezeuge als ich dir.
Weh mir, ich Ärmste! Du fliehest vor mir wie das Lamm voller Furcht vorm
reißenden Wolf und das Reh vor dem Löwen."

13
TROST IM WEIN

Schauriges Wetter umzog rings den Himmel; in Regen und Schnee steigt
zur Erde Jupiter herab; über das Meer, durch den Wald
heulet der thrakische Nord. Drum ergreifen wir, Freunde, den Anlaß,
den uns der heut'ge Tag gewährt, scheuchen, da stark noch die Knie
und es noch ansteht, den Greisenernst von der düsteren Stirne.
Schaff Wein herbei, im Konsulat meines Torquatus gepreßt!
Und von dem andren kein Wort: Denn vielleicht bringt mit gütigem Wechsel
ein Gott es in das rechte Gleis. Heute, da heißt es das Haar
salben mit persischer Narde, beim Klang kylleneïscher Saiten
von grauser Sorgen schwerer Last unsere Herzen befrein,
wie der berühmte Zentaur es einst sang dem erhabenen Zögling:
„Du Unbesiegter, Thetis', der göttlichen, sterblicher Sohn,
deiner harrt des Assaracus Land, das der kleine Skamander
mit kühler Wellen Flut zerteilt und der Simoïs durcheilt,
wo dir der Parzen nie trügender Faden die Rückkehr verwehret
und selbst die dunkle Mutter dich niemals nach Hause mehr führt.
Lindere dort ja ein jegliches Leid dir mit Wein und mit Liedern!
Sind sie bei garst'gem Kummer doch süßester Zuspruch und Trost."

14
VERLIEBT

Wie es geschah, daß durch weichliches Nichtstun mir tief in die Seele
die Gabe des Vergessens drang,
grade als hätte ich Becher, gefüllt mit dem Schlaftrunk der Lethe,
mit durst'ger Kehle ausgeschlürft,
also fragst, lautrer Maecen, du mich oft, ja du fragst mich zu Tode:
Ein Gott, ein Gott verwehrt es mir,
jenes versprochene Buch, die so lang schon begonnenen Jamben,
zu führen bis zum letzten Vers.
Anders nicht brannte, so heißt's, für Bathyllus, den samischen Knaben,
Anakreon von Teos einst,

der zur geschwungenen Leier vom Schmerz seiner Liebe oft klagte,
doch ungefeilt die Lieder ließ.
Loderst du Ärmster ja selbst; und war schöner die Flamme nicht, die ins
umringte Ilion warf den Brand,
freu deines Glücks dich! Mich quält eine frühere Sklavin, die Phryne,
für die ein einz'ger nicht genug.

15

VERRATENE TREUE

Nacht war's, am heiteren Himmel inmitten der kleineren Sterne
erstrahlte hell des Mondes Licht,
als du noch enger, als Efeu die ragende Eiche umwuchert,
mit sanften Armen mich umfingst
und, um zu bald nur die Hoheit der mächtigen Götter zu lästern,
den Eid, den ich dir vorsprach, schwurst:
„Wahrlich, solange der Wolf ist dem Schaf feind, Orion den Schiffern
im Winter wild die See zerwühlt
und mit Apollos lang wallenden Locken die Winde noch spielen,
soll unser Liebesbund bestehn."
Sehr wird's, Neaera, dir leid sein und weh tun, daß fest ich mich zeige:
So wahr ein Mann in Flaccus lebt,
trägt er es nicht, schenkst Nacht du um Nacht einem anderen lieber,
und sucht im Zorn ein Herz, ihm gleich.
Ward ihm der Schmerz erst bewußt, bleibt er, einmal gekränkt, dann stets standhaft,
gibt nie mehr deiner Schönheit nach.
Aber auch du, der du glücklicher jetzt und voll Hochmut einhergehst,
des Unglücks spottend, das mich traf,
magst du an Herden auch noch so reich und begütert an Land sein,
mag ein Pactolus fließen dir,
magst du des zweimal geborenen Pythagoras Lehre selbst kennen
und schöner sein als Nireus gar,

trauern wirst einst, ach, auch du, wenn zum andren die Liebe sich wandte.
An mir wird dann das Lachen sein!

16
DIE LETZTE RETTUNG

Nun schon ein zweites Geschlecht verzehrt sich im Kriege der Bürger,
und durch die eigne Kraft sinkt Roma in den Staub.
Unsere Stadt, die kein marsischer Nachbar zu stürzen vermochte,
die nicht des drohenden Porsenna Tuskerschar,
Capua nicht, die tapfre Rivalin, nicht Spartacus' Wüten,
nicht, Aufruhr sinnend, Falschheit der Allobroger,
nicht des grimmen Germaniens blauäugige Mannen bezwangen
noch er, dem unsre Ahnen fluchten, Hannibal:
Wir, eine Sündbrut unseligen Blutes, verderben sie selber,
und wilde Tiere werden wieder ziehn ins Land.
Weh, der Barbar setzt als Sieger den Fuß auf die Asche der Brandstatt,
vom Hufschlag seines Rosses dröhnt der Boden Roms,
und des Quirinus Gebeine, vor Winden und Sonnen geborgen,
streut dreisten Hohns – ein Greul zu schaun – er rings umher.
Allesamt fragt ihr vielleicht oder nur aus der Menge die Beßren,
welch Weg denn uns hinausführt aus der schweren Not.
Wahrlich, kein Rat wär gewicht'ger als dieser: Wie einst der Phokäer
Gemeinde in die Ferne zog, der Heimat Herd
und ihre Fluren verfluchend, die heiligen Tempel zurückließ
als Wohnung für den Eber und den gier'gen Wolf,
gleichfalls zu ziehen, wohin uns die Füße wohl tragen, wohin auch
der Sturm aus Süd, aus West uns durch die Wellen ruft.
Stimmt ihr dafür? Weiß wer Beßres zu raten? Was zaudern wir also,
bei günst'gem Zeichen an des Schiffes Bord zu gehn?
Aber zuvor laßt uns schwören: „Erst dann, wenn vom Seegrund der Fels taucht
und oben schwimmt, sei uns die Wiederkehr erlaubt.

Dann erst soll's heimwärts die Segel zu setzen nicht reun, wenn der Padus
  mit seinem Strom den Gipfel des Matinus netzt
oder das hohe Gebirge der Apenninen ins Meer steigt,
  wenn seltsam Werben Paare wider die Natur
bindet in neuer Brunst, so daß Tiger mit Lust sich den Hirschen
  gesellen und die Taube mit dem Habicht buhlt,
wenn voller Zutraun das Rind nicht den gelbbraunen Löwen mehr fürchtet,
  der Bock mit glattem Fell sich in der Salzflut wiegt."
Dieses und andres, was lockende Heimkehr versagt, laßt uns schwören
  und dann davongehn, sei's die ganze Bürgerschaft,
oder wer über die stumpfe Masse hervorragt; der Weichling,
  der Hoffnungslose brüte fort im Unglückspfühl.
Ihr aber, die ihr noch Mut habt, entsaget der weibischen Trauer
  und fliegt auf eurem Schiff am Tuskerstrand dahin!
Unser wartet, die Länder umwogend, das Weltmeer. So laßt uns
  zu jenen sel'gen Auen, reichen Inseln ziehn,
wo ohne Pflügen die Erde alljährlich Getreide noch spendet,
  die Rebe unbeschnitten stets in Blüte steht,
niemals enttäuschend nur fruchtbare Reiser der Ölbaum hervorbringt
  und dunkelgrün am eignen Stamm die Feige prangt,
Honig der Höhlung der Eichen entströmt und von ragenden Bergen
  behenden Fußes plätschernd hüpft der muntre Quell.
Dort kommen ohne Geheiß die Ziegen zum Melkfaß gelaufen,
  das Schaf reicht willig das gespannte Euter dar;
nie streift dort abends der Bär mit Gebrumm um die Hürden und Ställe,
  von gift'ger Natternbrut schwillt nie der Boden auf;
keine gefährliche Seuche befällt dort das Vieh, keines Sternes
  unbänd'ge Hitze sengt und dörrt die Herden aus.
Mehr noch der Wunder erblicken wir Glücklichen dort: Wie der feuchte
  Südostwind nie mit starkem Guß die Felder peitscht,
nie auch auf trockener Scholle die sprießenden Saaten verbrennen,
  da beidem ja des Himmels Herr sein Maß bestimmt.

Hierher ruderten niemals die Argofahrer den Schiffskiel
und setzte nie die Kolcherdirne ihren Fuß;
hierhin wendete niemals ein Seemann aus Sidon die Rahen
und nie Ulixes' vielgeprüfte Heldenschar.
Frommen Geschlechtern hat Jupiter jene Gestade beschieden,
als er mit Erz das goldne Alter einst befleckt,
ehern, dann eisern die Zeiten erschuf, aus denen den Frommen –
glaubt meinem Seherspruch – er sichre Flucht gewährt.

17

KEINE GNADE

Vor deiner starken Kunst streck ich die Waffen jetzt
und flehe demutsvoll beim Reich Proserpinas
und bei Dianas unverletzbar heil'ger Macht,
bei deinen Büchern voller Sprüche, die vom Zelt
des Himmels Sterne gar zu rufen fähig sind:
Canidia, halt doch ein mit deiner Hexerei
und dreh, ja dreh den raschen Kreisel nun zurück!
Den Nereusenkel rührte einst auch Telephus,
obgleich er gegen ihn der Myser Schar voll Stolz
zum Kampf gestellt und scharfe Speere ihm gesandt;
obwohl für Geier und für Hunde schon bestimmt,
den Männermörder Hektor salbten doch die Fraun
von Ilion, als ihr König seine Stadt verließ
und sich zu Füßen warf dem trotzigen Achill;
und auch Ulixes' mühbeladne Rudrerschar –
mit Willen Circes streifte sie vom Borstenleib
die rauhe Haut, ihr kehrten Sprache und Verstand,
des Angesichts bekannte Würde neu zurück.
Mich läßt genug, mehr als genug du's büßen schon,
du vieler Trödler und Matrosen holder Schatz:
Der Jugend Kraft entschwand, die frische Farbe wich
von meinen Gliedern, die nun welke Haut umspannt,
und deine Salben bleichten meines Hauptes Haar;
für meine Qualen gibt es weder Rast noch Ruh,
Nacht drängt den Tag und Tag die Nacht, und nie kann sich

erleichtern die mit Seufzern schwer beladne Brust.
Was ich geleugnet, muß ich Armer glauben nun,
daß Sprüche der Sabeller dringen bis ins Herz
und marsisch Zaubersang das Haupt zerspringen läßt.
Was willst du noch? O Meer und Land, ich brenne schon
wie nicht einmal, von Nessus' schwarzem Blut benetzt,
einst Herkules, wie nicht Siziliens Flammenglut,
die hell im Ätna lodert: Doch willst *du* denn glühn,
du Küche kolchisch Giftgetränks, bis ich, zu Staub
gedörrt, ein Spielball für der Winde Willkür bin?
Welch Ende, welche Buße harret meiner noch?
Sprich! Treulich will ich dulden, was du auferlegst,
bereit, zu sühnen, ob du hundert Stiere nun
als Opfer forderst, ob du wünschst, daß lügnerisch
die Leier tönt: „Du Bild der Tugend und der Zucht,
als goldner Stern wirst wandeln du am Firmament."
Wenn auch gekränkt für die beschimpfte Helena,
gab Kastor und des großen Kastor Bruder doch,
durch Flehn versöhnt, dem Sänger das geraubte Licht.
Auch du nimm (denn du kannst's) von mir das Irresein,
ja du, vom Makel niedrer Herkunft nicht befleckt
und keine alte Vettel, die am neunten Tag
an Armengräbern Asche zu durchwühlen weiß;
du hast ein freundlich Wesen, eine reine Hand,
und – wirklich – Pactumeius ist dein Kind; es wäscht
die Amme Leinenzeug, von deinem Blute rot,
sooft du rüstig aufspringst aus dem Wochenbett.

(Canidia antwortet:)

Was setzt mit Bitten du verschloßnen Ohren zu?
Dem nackten Seemann kann der Fels nicht tauber sein,
den auf dem hohen Meer im Winter Neptun peitscht.
Du hättest straflos der Cotyto Fest, den Dienst
am freien Liebesgott, verraten und verhöhnt,
du Oberpriester esquilinischer Magie,
und ungestraft mich zum Gespräch der Stadt gemacht?
Wozu wohl hätt Pälignerhexen schweres Geld
ich dann gezahlt und Gift, das rascher wirkt, gemischt?
Nein, Tod erwartet dich, doch später, als du's wünschst:

Ein elend Leben sollst du Ärmster schleppen erst
und darin neue Qualen leiden fort und fort.
Nach Ruhe sehnt des falschen Pelops Vater sich,
stets vor gedeckten Tischen darbend, Tantalus;
Ruh wünscht Prometheus, angeschmiedet für den Aar;
und Sisyphus wünscht wohl, daß auf des Berges Haupt
den Stein er bring: Doch Jupiters Gebot versagt's.
Auch du begehrst, bald dich zu stürzen hoch vom Turm,
bald dir ein norisch Schwert zu stoßen in die Brust,
und knüpfst, enttäuscht vom Leben, das dir Überdruß
und Plage ist, für deinen Hals den Strick – umsonst.
Dann reite ich auf Schultern meines Feinds einher,
beugt sich die Erde meinem Siegesübermut.
Die ich – wie du in deiner Neugier selbst es sahst –
mit meinen Sprüchen Wachsgebilden Leben leihn
und Monde von des Himmels Höhen holen kann,
die Liebestrank zu mischen, Tote aus dem Staub
zu wecken ich versteh, ich soll es kläglich sehn,
daß meine Kunst bei dir zu Ende, machtlos ist?

SATIREN

ERSTES BUCH

1
WIDER DIE UNZUFRIEDENHEIT

Wie nur kommt es, Maecen? Es ist niemand zufrieden mit seinem
Los, ob nun selbst er's gewählt oder ob's ihm das Schicksal bescherte;
jeder preist jene, die andere Wege im Leben verfolgen.
„Glücklich der Kaufmann!" So seufzt der Soldat, wenn die Bürde der Jahre
schwer auf ihm lastet und Mühen die Kraft seiner Glieder zerbrachen:
Aber der Kaufmann hingegen, wenn Südsturm das Schiff hin- und herwirft:
„Kriegsdienst ist besser. Wie das? Nun, man trifft aufeinander: In einer
Stunde Verlauf nahet eilend der Tod oder Jubel des Sieges."
Ja, und den Landmann preist, wer mit Recht und Gesetzen vertraut ist,
wenn mit dem Hahnschrei der erste Klient um Rat an die Tür klopft;
jener, da Bürgen gestellt sind, vom Land in die Hauptstadt entboten,
schwört, in Wahrheit sei glücklich allein der Bewohner der Hauptstadt.
Weitres dergleichen zu nennen, das könnte gar Fabius, den Schwätzer –
wahrlich, so viel ist's –, ermüden. Um dich nun nicht länger zu hindern,
hör denn, worauf ich hinaus will: Gesetzt, es erschiene ein Gott und
spräche: „Der Wunsch sei erfüllt. Der du eben Soldat noch, sei Kaufmann,
Bauer sei du, der du kundig der Rechte: Vertauscht eure Rollen,
ihr geht in diese und ihr in die andere Richtung! Na los, was
steht ihr denn noch?" Sie verzichten, und könnten ihr Glück doch jetzt haben.
Ist's nicht verdient und begründet, wenn Jupiter zornig aus beiden

Backen sie anbläst und ihnen erklärt, daß er nie mehr in Zukunft
sich so gefällig erweise, ein Ohr ihren Wünschen zu leihen?

Noch eins, um nicht nur im Scherze wie einer, der Schnurren erzählt, den
Fall zu durcheilen – indessen, im Scherze die Wahrheit zu sagen,
wer will es wehren? Auch Lehrer ja schmeicheln bisweilen den Schülern,
Zuckerwerk schenkend, daß Lust sie bekommen, die Lettern zu lernen –,
trotz alledem, ohne Spaßen, im Ernst laßt die Frage uns prüfen:
Er dort, der schwere Schollen mit hartem Pflugeisen wendet,
wie hier der treulose Schankwirt, der Krieger, der Seemann, der kühn auf
sämtlichen Meeren dahinfliegt, ein jeder behauptet, nur trüg er
solcherlei Müh, um im Alter in sicherer Muße zu leben,
wenn er die nötige Zehrung gesammelt: Die Ameise, winzig,
aber von riesiger Leistung, dient immer als Beispiel; auch sie ja
schleift, was sie kann, in den Kiefern herbei und fügt es zum Vorrat,
welchen sie anhäuft, des Künftigen kundig und klug dafür sorgend.
Doch wenn der Wassermann dann den sich neigenden Jahrlauf verdüstert,
kriecht sie nirgends hervor und ist weise genug, auch zu nutzen,
was sie sich vorher erwarb, während dich weder sommerlich Glut noch
Wintersturm abbringt vom Wucher; kein Feuer, kein Meer, keine Waffe,
nichts kann dich schrecken, sofern nur kein anderer reicher als du ist.

Sprich, wie denn freut's dich, gewaltige Mengen an Gold und an Silber
ängstlich in heimlich geschaufelter Grube zu bergen, wo doch ein
lumpiges As bald nur bleibt, wie du sagst, wenn den Schatz du erst minderst?
Doch nimmst du nichts, welchen Reiz bietet dann der geschichtete Haufen?
Drischt deine Tenne auch Hunderttausende Scheffel Getreide,

faßt dein Magen drum mehr nicht als meiner: wie, unter der Sklaven
käuflicher Schar auf beladener Schulter durch Zufall den Brotsack
schleppend, ja auch nicht ein einziges Gramm deshalb mehr man bekommt, als
wer ohne Last geht. Und sag, wer im Leben natürliche Grenzen
achtet, was macht es dem aus, ob er hundert Morgen, ob tausend
furcht mit dem Pflug? „Aber süß ist es doch, aus dem vollen zu schöpfen."
So du uns Gleiches aus kleinem Vorrat zu nehmen gestattest,
wie dann wohl wäre dein Speicher vor unserem Korbe zu loben?
Ist's doch, als brauchtest du frischen Wassers nicht mehr als ein Krüglein,
ja einen Becher, und riefst: „Ich will lieber aus mächtigem Strome
als einem winzigen Quell das Gefäß mir füllen." So kommt es
häufig, daß einen, den ungebührliche Menge erfreut, ein
reißender Aufidus fortschwemmt mitsamt dem Rande des Ufers.
Doch wer das wenige nur, das ihm nötig, begehrt, der schöpft weder
schlammiges Wasser, noch findet er je seinen Tod in den Wellen.

Doch meint ein gut Teil der Menschen, betört von falscher Begierde:
„Niemals besitzt man zuviel; nach dem Geld ja bemißt sich die Geltung."
Wie kommt man einem, der *so* denkt, wohl bei? Überlaß ihn doch seinem
Unglück, wenn's Spaß ihm bereitet! Es pflegte zum Beispiel ein reicher,
schmutziger Geizhals, wie's heißt, zu Athen seiner Mitmenschen Meinung
so zu verachten: „Wenn draußen das Volk mich auch auspfeift, zu Hause
spende ich Beifall mir selber beim Anblick der Münzen im Kasten."
Tantalus hascht, gepeinigt vom Durste, nach Fluten, die seinen
Lippen entgleiten. Du lachst? Nur der Name ist anders; die Sage
handelt von *dir*: Denn du schläfst mit gierendem Munde auf Säcken,
die du von überall rafftest, und mußt sie wie heilige Schätze
schonen oder an ihnen dich nur wie an Bildern erfreuen.
Weißt du denn nicht, wofür Geldstücke gut, welchen Nutzen sie bringen?

Brot soll man kaufen, Gemüse, vom Wein einen Schoppen und andre
Dinge, auf die eines Menschen Natur nur höchst ungern verzichtet.
Oder gefällt's dir vielleicht, in entsetzlichen Ängsten zu wachen,
Tag und Nacht dich vor tückischen Dieben zu fürchten, vor Bränden,
Sklaven, die fliehn und dich ausrauben wollen? An solcherlei Gütern
wünschte ich immer – fürwahr – der Geringste zu sein und der Ärmste.

Und wird in Schmerzen dein Körper von fiebrigen Frösten geschüttelt,
wirft eine andere Krankheit dich nieder, hast dann einen Freund du,
der dir am Bett sitzt und Umschläge anlegt, den Arzt auch herbeiruft,
daß er dir helfe, dich Kindern und teuren Verwandten errette?
Nein, keine Gattin, kein Sohn wünscht deine Genesung: Dich hassen
alle, die Nachbarn, Bekannte, selbst kleine Knaben und Mädchen.
Wie, da das Geld über alles dir geht, verwundert's dich noch, daß
niemand dir eine Liebe erweist, die du doch nicht verdient hast?
Wenn nun schon ohne dein Zutun Verwandte dir gibt die Natur, ja
meinst du, sie dir zu erhalten und ihre Neigung zu wahren,
wäre verlorene Müh, so als wollt auf dem Marsfelde einer
störrische Esel belehren, gehorsam im Zügel zu laufen?

Kurz: Mit Erwerben muß einmal doch Schluß sein. Du mehrtest die Habe,
mindere also die Furcht vor der Knappheit! Hör auf, dich zu quälen,
da du besitzt, was du wünschtest! Sonst geht dir's wie einem gewissen
Herren namens Ummidius. Nicht lang ist seine Geschichte:
Reich, daß die Münzen mit Scheffeln er maß, dabei geizig, daß niemals
bessere Kleider er trug als ein Knecht, litt er Angst bis ans Ende
seiner Tage, es möchte wohl Mangel am Nötigsten plötzlich
über ihn kommen: Doch kam, mit dem Beile den Schädel ihm spaltend,
nur seine frühere Sklavin, leibhaftige Tyndarustochter.

„Wie also lautet dein Rat? Soll ein Leben ich führen gleich Naevius
oder wie Nomentanus?“ Da stellst wieder Stirn gegen Stirn du,
was sich erbittert bekämpft: Denn verbiet ich, ein Geizhals zu werden,
heißt das doch lange noch nicht, daß ein Schlemmer und Nichtsnutz du sein sollst.
Zwischen Visellius' Schwäher und Tanaïs liegt noch ein Mittel:
Jegliches Ding hat sein Maß, und es gibt unverrückbare Grenzen,
jenseits von denen so wenig wie diesseits das Rechte bestehn kann.

Doch nun zurück, wo ich herkam: warum denn, wie eben ein Geizhals,
jeder sich selber mißfällt und der anderen Lebensweg lobpreist,
neidisch sich härmt, trägt die Ziege des Nachbarn ein strafferes Euter,
nie sich vergleicht mit der größeren Menge der ärmeren Leute,
sondern erst diesen, dann jenen zu überbieten sich abmüht.
Wer da so hastet, sieht stets einen Reicheren, der ihm im Weg steht,
wie auf der Bahn, wenn der Huf aus den Schranken den Wagen davonreißt,
hitzig der Lenker *die* Rosse verfolgt, die den seinen voraus sind,
jenen verachtend, der abgeschlagen am Ende des Felds fährt.
Also kommt's, daß wir selten nur einen zu finden vermögen,
welcher sein Leben als glücklich bezeichnet und, wenn er's vollbracht hat,
voller Zufriedenheit scheidet gleich einem Gast, der gesättigt.

Hier nun genug: Denn sonst könntest du meinen, ich hätte Crispins, des
Triefauges, Werke geplündert. Drum füg nicht ein Wort ich hinzu mehr!

2

ALLES MIT MASZEN

Ehrbarer Bajaderen Vereine und Bettelpropheten,
Quacksalber, Schauspieler, Possenreißer, dies ganze Gesindel
trauert, von Herzen betrübt, da der Sänger Tigellius nun tot ist.

Denn er war freigebig, wirklich! Ein andrer hingegen verweigert
selbst einem Freund in der Not, was vor Kälte und grimmigem Hunger
ihn zu bewahren vermöchte – aus Furcht, ein Verschwender zu heißen.

Jener vergeudet sinnlos in unersättlichem Schlemmen
ansehnlich Gut von Vater und Ahn und erkauft mit geborgtem
Geld alle möglichen Leckerbissen; gefragt nach dem Grunde,
gibt er zur Antwort, er wolle für knausrig und kleinlich nicht gelten:
Lob bringt ihm dies von der einen und Tadel von anderer Seite.
Bang vor dem Ruf eines nichtsnutz'gen Schlemmers indes ist Fufidius,
[welcher an Äckern so reich und an Geld, auf Zinsen verliehen]:
Sechzig vom Hundert erpreßt er beim Borg, und je tiefer ein Schuldner
in Bedrängnis gerät, um so heftiger setzt er ihm zu noch;
sonderlich sieht er es ab auf die jüngeren Leute, gestrenger
Väter Söhne, wenn grad sie die Toga der Männer erhielten.
„Mächtiger Zeus", ruft da jeder, sobald er's vernimmt, „aber sicher
lebt er nicht schlecht, bei solchem Gewinne?" Man sollt es nicht glauben:
Freund ist er ebensowenig sich selbst wie der Vater im Drama,
welchen Terenz seine Tage im Elend läßt fristen, nachdem den
Sohn er vertrieben; ja schlimmer als jener kasteit sich der Wuchrer.

Fragt mich jetzt einer: „Was soll die Geschichte?" Nun dieses: Wenn Toren
hier einen Fehler vermeiden, so rennen sie dort in den andren.
Seht den Maltinus beim Wandeln, sein Kleid reicht herab bis zur Erde:
Mancher schürzt schamlos dafür seinen Rock bis zur Hüfte; es duftet
geckhaft Rufill nach Pastillen, nach Ziegenbock stinkt's bei Gargonius:
Richtige Mitte ist nirgends. Es rühret der eine nur Fraun an,
denen die Knöchel vom Falbelbesatz des Gewandes verhüllt sind,
Dirnen ein anderer nur, die in üblen Lokalen zum Kauf stehn.

Kam einst aus solchem Hause ein ehrbarer Jüngling: „Gepriesen
sei deine Tugend", begrüßte ihn Cato in göttlicher Weisheit;
„wahrlich, wenn in der Jugend die Adern von schändlicher Wollust
schwellen, steigt besser man hier ab, statt anderen Leuten das Ehweib
niederzureiten." „Auf Lob dieser Art will ich gerne verzichten",
meint Cupiënnius dazu: Er verehrt lieber Röcke, die weiß sind.

Die ihr die Ehebrecher um ihre Erfolge beneidet,
hört – denn es lohnt sich –, wie schlecht sie's doch haben in jedweder Hinsicht,
wie ihr Vergnügen, das selten genug, obendrein noch von schwerem
Leide getrübt ist und häufig mit großen Gefahren einhergeht.
Der muß kopfüber vom Dache sich stürzen, mit Peitschen wird jener
beinah zu Tode geprügelt; ein dritter fällt fliehend in Hände
grimmiger Räuber, der vierte errettet mit Geld noch sein Leben;
den überläßt man Knechten zur Notzucht, und einem gar mähten –
denkt nur, das gibt's – mit dem Messer die Hoden sie ab und die Rute,
geil wie sie war. „Und zu Recht", riefen alle; nur Galba sprach anders.

Wieviel sichrer beziehst du die Ware beim folgenden Stande,
unter den Freigelassenen, mein ich, wo aber Sallust nicht
weniger närrisch sich aufführt als andre, die Ehebruch treiben.
Wollte er edel und freigebig sein, so wie sein Vermögen
und die Vernunft es ihm raten und wie es der Mäßigung Grenze
einem gestattet, dann gäb er nur soviel, wie nötig, und sparte
Schaden und Schande. Allein er tut darauf sich etwas zugute,
dies ist sein Stolz, seine Freude: „Matronen berühre ich keine."
So hielt es einst auch Origos Verehrer, ihr kennt ihn, Marsaeus,
der da das Haus und den Hof seiner Väter der Tänzerin schenkte,
treu seinem Spruche: „Mit Ehweibern anderer treib ich es niemals."
Das nicht – hingegen mit Tänzern und Dirnen, bei denen der Leumund
schwereren Nachteil erfährt als der Beutel! Ja, reicht dir das wirklich,
wohl eines Ehbrechers Rolle zu meiden, doch nicht, was dich sonst noch

alles betrifft an Verlust? Guten Ruf sich verderben, des Vaters
Erbteil vergeuden – als Schande gilt beides, wo immer. Was macht es,
ob mit Matronen du fehlst, ob mit togabekleideten Mägden?

Villius, der sich durch Fausta als Sullas Schwiegersohn fühlte,
ließ durch die Größe des Namens sich blenden, der Narr, und litt Strafe
mehr als genug, ward mit Fäusten geschlagen, bedroht mit dem Messer
und auf die Straße gesetzt, wenn bei ihr Longarenus im Haus war.
Spräch er, mit Worten des Penis, beim Anblick solch furchtbarer Leiden
zu sich im Geiste: „Was willst du denn nur? Sag, verlange, sobald die
Lust in mir aufwallt, ich etwa ein Weibsbild, das Tochter des großen
Konsuls, nicht weniger, ist und sich züchtig verhüllt mit der Stola?"
Was wär die Antwort? „So ist's halt: Sie stammt aus bedeutendem Hause."

Doch die Natur, die an Mitteln so reich, rät ganz anderes, Beßres!
Haushalten mußt du nur richtig damit, darfst nicht Dinge vermischen,
welche zu meiden es gilt, mit solchen, die wert, zu erstreben.
Meinst du, es mache nichts aus, ob du selbst deine Leiden verschuldest
oder das Schicksal? Erspar dir die Reue, stell länger nicht Fraun nach,
welche verheiratet sind: Denn mit ihnen erlebt man mehr Ärger,
als bei der Sache an wirklichen Freuden für einen herausspringt.
Mag die Matrone im Schmuck von Smaragden und Perlen auch prangen,
ist drum ihr Schenkel nicht zarter als deiner, Cerinth, und nicht schlanker
sind ihre Fesseln; die Dirne ist hier ihr gar oft überlegen.
Mehr noch: Sie stellt ohne Schminke zur Schau ihre Ware, zeigt offen,
was sie zu bieten vermag, aber prahlet und brüstet sich niemals
mit ihrer Schönheit, wie nie sie auch ängstlich verbirgt ihre Mängel.

Handeln hohe Herren mit Pferden, ist dieses ihr Brauch: die
Tiere verhüllt zu betrachten, damit nicht – wie häufig – den Käufer
schöne Statur auf zu weichlichen Hufen ins Garn lockt, da dralle
Backen, gedrungenen Kopf und erhobenen Nacken er angafft.
Recht tun sie, warnen, die Schönheit des Leibes zu prüfen mit Lynkeus'
Augen und doch für die Mängel noch blinder zu sein als Hypsaea:
„O diese Wade“ und „O diese Arme!“ – doch hinten, da fehlt ihr's,
groß ist die Nase, die Taille zu kurz, und lang sind die Füße.
Bei der Matrone kannst nichts als das Antlitz du schauen; das andre
birgt sie in wallenden Kleidern – es sei denn, es dreht sich um Catia.
Wenn dich verbotenes Gut reizt, geschützt durch den Wall des Gesetzes –
was ja gerade dich toll macht –, wie vieles ist hinderlich dir dann!
Da sind die Wächter, die Sänfte, Friseure, die Damen des Hauses,
ist ihr Gewand, das reicht bis zum Knöchel, und drüber der Mantel,
vieles fürwahr, was den offenen Blick auf die Hauptsache wehret.
Doch bei der andren steht nichts dir im Weg: In der koïschen Seide
siehst du sie nackt fast, wie ohne Makel ihr Füßchen, die Wade,
kannst mit dem Auge die Hüfte betasten. Ja, soll man dich lieber
locken ins Garn, dich des Geldes berauben, bevor du die Ware
auch nur zu sehen bekamst? Darauf singt er die Weise vom Jäger,
welcher im tiefen Schnee den Hasen verfolgt, doch verzichtet,
wenn er still daliegt, und fügt noch hinzu: „Meine Liebe ist ähnlich,
fliegt am Bequemen vorbei und begehrt, was vor ihr auf der Flucht ist.“
Hoffst du, die Qualen der Liebe, der Leidenschaft Glut und die schweren
Sorgen mit derlei Geschwätz aus dem Herzen dir bannen zu können?
Wär es nicht besser zu fragen, welch Maß die Natur unsrer Lust setzt,
welchen Verzicht sie erträgt und welchen sie schmerzlich bedauert,
und so vom leeren Wahne die wahren Werte zu scheiden?
Brennt dir der Durst in der Kehle, verlangst du dann goldene Becher?
Wirst du von Hunger geplagt, verschmähst du dann jegliche Speise,
wenn es nicht Pfau ist und Steinbutt? Und schwillt dir das Glied und ein Mägdlein

oder ein junger Sklave ist grad in der Nähe, geschwind dein
Mütlein zu kühlen, willst lieber vor hitz'gem Begehren du bersten?
Ich nicht: Ich liebe die Liebe, die rasch bei der Hand ist und willig.
Jene, die immer nur „Warte noch!“ sagt, „Biete mehr!“, „Laß den Mann erst
fort sein!“, die gönnt Philodem den Kastraten, sich selbst aber eine,
die weder teuer sich stellt noch, befiehlt man ihr Kommen, lang zögert.
Blank soll sie sein und rank und eben so schmuck, daß nicht größer
sie noch weißer zu scheinen begehrt, als Natur sie erschaffen.
Wenn ich zur Rechten ihr liege und zärtlich von links sie sich anschmiegt,
ist sie mir Ilia, Egeria; ich geb ihr die herrlichsten Namen,
fürcht nicht in ihrer Umarmung, daß kehre der Gatte vom Lande,
daß man die Haustür erbricht, daß der Hund bellt und laut von dem Lärmen
ringsum erdröhnet das Haus, daß die Frau leichenblaß dann vom Lager
springt und die Magd – im Komplott – ach und weh schreit und um ihre Knochen
bangt wie die Herrin, ertappt, um die Mitgift und ich um mein Leben.
Fliehen muß man im offenen Hemde und barfuß, will nicht man
Geldbeutel oder den Steiß, doch zumindest den Ruf sich verderben.
Pech ist es, wird man erwischt: Das beweise ich, selbst gegen Fabius.

3

ÜBT NACHSICHT

Alle Sänger haben die Unart, im Kreise von Freunden
niemals auf Bitten bereit sich zu zeigen, ein Lied vorzutragen;
unaufgefordert jedoch finden nie sie ein Ende. Tigellius
aus Sardinien war auch so. Selbst Caesar, obwohl er ihn zwingen
konnte, er hätte bei ihm nichts erreicht, wenn auf Vaters und eigne
Freundschaft er auch sich berufen: Doch wenn es ihm einfiel, dann sang er
schon bei den Eiern und noch bei den Äpfeln „Bacchantinnen, heißa ...“,

hoch bald und bald wieder tief, den Tönen der Saiten im Gleichklang.
Nie blieb er selber sich gleich, stürmte häufig dahin, als ob Feinde
ihm auf den Fersen, dann wieder erging er sich würdig, als trüg er
Juno Geweihtes im Festzug; an Sklaven hielt oft er zweihundert
oder dann wieder nur zehn; führte Könige bald und Tetrarchen,
immer nur Großes im Mund, und ein andermal: „Hätt einen Tisch ich
nur mit drei Füßen, in einfacher Muschel das Salz und aus grobem
Stoff eine Toga, der Kälte zu wehren!" Hättst eine Million du
diesem so schlichten, genügsamen Manne geschenkt, seine Kasse
wäre geleert nach fünf Tagen. Die Nächte durchwachte bis früh er,
schnarchte dafür dann den Tag lang. Nie gab es ein Wesen auf Erden,
welches so ungleich sich selbst war. Nun sagt mir wohl jemand: „Und du? Hast
du keine Fehler?" Gewiß! Aber andre, und leichtere, hoff ich.

Als hinterm Rücken jüngst Maenius den Novius verriß, fragte einer:
„He du, ja kennst du dich nicht? Oder meinst du, wir wüßten von dir nichts,
daß du zu täuschen uns suchst?" Darauf Maenius: „Mir selber verzeih ich."
Schamlos und dumm ist solch Liebe zu sich und verdient strenge Rüge.
Eigene Fehler durchschaust du mit Augen, die krank und gesalbt sind:
Warum dann bist du bei Schwächen von Freunden so scharfsichtig wie ein
Aar oder Äskulaps Schlange? Hingegen wird's dir widerfahren,
daß nun auch jene die Fehler von dir ohne Gnade betrachten.

Freilich, er ist ziemlich reizbar, dein Freund, nicht recht passend zur feinen
Nase der heutigen Welt, und man könnt ihn verlachen, denn bäurisch
trägt er das Haar, seine Toga fällt schlecht, und sein Schuh ist zu weit und

schmiegt sich nicht richtig dem Fuß an: Doch ist er ein trefflicher Kerl, wie's
keinen zweiten mehr gibt, und dein Freund, und in plumper Verhüllung
birgt sich ein großes Genie. Und vergiß nicht, dich selber zu prüfen,
ob nicht auch dir von Natur oder etwa durch schlechte Gewohnheit
mancherlei Makel ward einst eingepflanzt: Wo das Feld nicht gepflegt wird,
wuchert das Unkraut, durch Feuer nur tilgbar, in üppigem Wachstum.

Lieber wollen wir darauf doch schaun, daß ein Liebhaber blind ist
für seiner Freundin Gebrechen, an ihnen Gefallen gar findet,
so wie Balbinus am Nasenpolypen im Antlitz der Hagna.
Wär bei der Freundschaft doch auch solche Täuschung gestattet und deckte
Tugend den Irrtum sogar noch mit rühmlichem, ehrbarem Namen!
Ja, hat der Freund einen Fehler, darfst nie du verächtlich dich wenden;
halt es vielmehr wie ein Vater bei Kindern, die wenig geraten:
„Blinzler" nennt er den Sohn, wenn er schielt, und „mein Püppchen", wenn jener,
wie einst die Mißgeburt Sisyphus, allzu winzig gewachsen;
einen mit krummen Beinen ruft er „mein Teckelchen" hätschelnd,
„Humpelchen" wieder den anderen, welcher auf Klumpfüßen hinket.
Ähnlich: Ein Freund lebt zu sparsam – er gelte als tüchtiger Hauswirt;
taktlos ist einer und etwas zu vorlaut – den Freunden gefällig
möchte er scheinen, mag's heißen; ein andrer ist grob, und er nimmt sich
mehr, als gestattet, heraus – man halt ihn für forsch und für offen;
der ist ein Hitzkopf – er sei zu den feurigen Geistern gerechnet.
So kann man, meine ich, Freundschaften knüpfen und Freundschaften wahren.

Wir aber kehren Vorzüge gern in ihr Gegenteil um und
sind darauf aus, selbst das reinste Gefäß zu beschmutzen. Denn lebt in

unserem Kreise ein braver, bescheidener Mensch, gleich erhält er
Namen wie „Trottel“ und „Dummkopf“. Ein anderer meidet bedächtig
alle Intrigen, gibt nie vor gefährlichen Gegnern sich Blößen –
weil wir ja heut in Verhältnissen leben, wo grimmige Mißgunst
und Verleumdung gewaltig im Schwang sind –: Doch *wir*, statt Vernunft und
Vorsicht an ihm zu loben, wir nennen ihn falsch und verschlagen.
Und da ist einer ein bißchen zu offen – wie häufig auch ich dir
gerne begegne, Maecenas – und störet mit mancherlei Schwatzen,
während man liest oder nachdenkt: „Ein lästiger Kerl, er entbehrt doch
jeglicher Lebensart!“ rufen wir gleich. Doch wie leichtfertig stellen,
ach, ein Gesetz wir hier auf, das uns selber am ärgsten verurteilt!

Niemand wird ohne Fehler geboren, und der ist der Beste,
den die geringsten bedrücken. Es möge der Freund – wie es billig –
huldvoll die Mängel an mir und die Vorzüge wägen, und findet
Gutes er mehr dabei vor, so neige er diesem sich zu, wenn
freund ich ihm sein soll: Mit gleichem Maß wird auch er dann gemessen.
Forderst vom Freund du, an deinen Beulen nicht Anstoß zu nehmen,
so sei duldsam mit seinen Warzen! Wer Nachsicht verlangt für
eigene Mängel, muß rechtens auch Nachsicht bei anderen üben.

Schließlich, da niemand den Zorn und was sonst noch uns Toren an Lastern
anhaftet, vollkommen auszurotten vermag, warum mißt dann
wohl die Vernunft nicht mit Maß und Gewicht, das ihr zusteht, und ahndet
unsre Vergehn nicht mit Strafen, die deren Schwere entsprechen?
Wer einen Knecht, der – geheißen, die Schüssel vom Tische zu tragen –
von der noch lauwarmen Suppe, vom Fische, der übrig, genascht hat,
deshalb ans Kreuz schlägt, den halten vernünftige Leute für toller
noch als den Labeo selbst. Wieviel sinnloser, schlimmer jedoch ist
folgende Haltung: Ein kleines verging sich dein Freund, und du würdest,

sähst du's ihm nach, recht als leutselig gelten: Doch du bist gestreng und
hassest und meidest ihn so wie den Ruso der Schuldner, der seinen
Kopf, wie ein Häftling, herhalten und sich des Gläubigers bittre
Predigten anhören muß, wenn dem Armen der Erste herankam,
nirgendwo aber das Geld und die Zinsen er auftreiben konnte.
Trunken beschmutzt er das Polster und stößt von dem Tisch einen Teller,
den schon der alte Euander benutzte: Ja, soll er mir deshalb,
oder weil hungrig ein Hühnchen er nahm, das bei mir auf der Seite
lag in der Schüssel – soll drum er mir weniger teuer und lieb sein?
Was soll ich dann denn erst tun, wenn zum Diebe er wird, wenn Vertraun er
bricht und verrät, wenn er treulich versprochene Bürgschaft verweigert?

„Alle Vergehn sind fast gleich." Die das lehren, geraten in Nöte,
wenn's in die Wirklichkeit geht: widerspricht doch Gefühl und Gesittung,
ja selbst der Nutzen, der gleichsam der Urquell von jeglichem Recht ist.
Als aus der jungen Erde lebendige Wesen einst krochen,
stummes und garstig Getier, da kämpften um Eichel und Lager
erst sie mit Krallen und Fäusten, mit Stöcken sodann und noch später
schließlich mit Waffen, die ihnen derzeit der Bedarf an die Hand gab,
bis sie sich Wörter und Namen erfanden, Gefühlen und Lauten
Sinn einzuhauchen; da ließen sie ab von dem Krieg und begannen,
friedlich sich Städte zu baun und Gesetze zu geben, mit deren
Hilfe und Kraft sie dem Diebstahl, dem Raub und dem Ehebruch wehrten.
Lange vor Helena schon war die Lust nach dem Weib ja des Krieges
schmählichste Ursach: Doch sang- und klanglos mußten sie sterben,
die wie die wilden Tiere nach unsteter Liebe gegiert; ein
Stärkerer streckte sie nieder, dem Stier in der Herde vergleichbar.
Furcht vor dem Unrechte schuf erst das Recht, wirst du zugeben müssen,

wenn du im Buche der Zeit und der Menschheitsgeschichte dich umsiehst.
Zwar zeigt Natur uns, was gut und was schlecht ist, was suchen man soll, was
meiden; doch ist sie nicht fähig, vom Rechten das Unrecht zu trennen,
und der Beweis überzeugt nicht, daß gleichschwere Sünden sich auflädt,
wer zarte Kohlstauden bricht in dem Garten des Nachbarn und wer im
Schutze der Nacht die Tempel der Götter beraubt. Eine Vorschrift
muß es schon geben, die Strafen für Fehler nach Billigkeit zumißt;
ahndest doch sonst du mit schrecklicher Geißel, wo Riemen kaum nötig.
Denn daß du einen, der derbere Schläge verdiente, mit milder
Rute nur züchtigst, befürchte ich nicht, da du Diebstahl und Raubmord
gleich ja bewertest und drohst, alle Auswüchse, große und kleine,
mit einem ähnlichen Messer zu tilgen, sofern eines Königs
Macht dir die Menschen verleihen. Wenn aber der Weise allein doch
reich ist und schön, ein vortrefflicher Schuster und König in Wahrheit,
warum begehrst du dann, was du schon hast? „Du verstehst nicht die Lehre",
sagt er, „vom Vater Chrysippus: Nie fertigt ein Weiser sich Schuhe
oder Sandalen, ist trotzdem ein trefflicher Schuster." Wie das denn?
„So wie Hermogenes, auch wenn er schweigt, doch als bester der Sänger
und Musikanten erscheint und der schlaue Alfenus, auch wenn sein
Werkzeug er fortwarf und fest seine Werkstatt verschloß, doch ein Schuster
blieb, ist der Weise in jederlei Kunst der vollendete Meister,
er nur der König allein." Aber trotzdem zerzausen die bösen
Buben den Bart dir; und hältst mit dem Prügel du nicht sie in Schranken,
drängt bald die Menge ringsum auf dich ein, und du Armer, du bellst und
platzest vor Wut, du der großen Könige größter auf Erden.

Doch nun kein weiteres Wort! Wandle *du*, o mein König, zum Bade –
für einen Quadrans und ohne Gefolg, wenn vom blöden Crispin man
absieht. Und *mir* werden all meine teueren Freunde vergeben,
falls in der Einfalt des Herzens ich etwa gefehlt und gesündigt,
wie ja auch ich ihre Schwächen mit Freude zu dulden bereit bin:
Ich leb als einfacher Bürger beglückter als du, großer König.

4

VERTEIDIGUNG DER SATIRE

Eupolis und Aristophanes neben Cratinus und andren
Dichtern, die zu Athen die Alte Komödie einst pflegten,
rügten mit großer Offenheit jeden, der Tadel verdiente,
weil er ein Schurke und Spitzbube war oder Ehbrecher oder
etwa ein Mörder sogar oder anderweitig verdächtig.
Ganz so wie jene hielt es Lucilius bei uns, ihrem Vorbild
folgend und Maß nur und Rhythmus verändernd, ein witziger Kopf mit
feinem Gespür in der Nase, doch hart in der Verse Gestaltung.
Nämlich sein Fehler war dies: In der Stunde diktierte er häufig
zweihundert Verse, als ob das was wäre, ein Bein in der Schwebe;
da seine Dichtung so schlammig dahinströmt, möcht manches man tilgen;
schwatzhaft war er, zu träge, in ernsthafter Arbeit zu schreiben –
Gutes zu schreiben, heißt das: Denn der Menge meß *ich* keinen Wert bei.

Siehe, schon reizt mich – mit winzigem Einsatz – Crispinus zur Wette:
„Hier, deine Tafel! Ich nehme die meine. Bestimmt seien Stunde,
Ort, Sekundanten! Mal sehen, wer mehr dann zu dichten imstand ist!“
Dank sei den Göttern, die mich als ein kleines und schwaches Talent nur
schufen, das selten sich äußert und dann noch mit wenigen Worten!
Du aber, macht es dir Spaß, magst's ledernen Blasbälgen gleichtun,

welche ohne Unterlaß keuchen, bis endlich das Eisen
schmilzt in den Gluten.

Wie glücklich ist Fannius: Er bringt seine Werke
gleich in Kassetten, geschmückt mit des Autors Porträt, unter Leute:
Meine Schriften kennt keiner; vorm Volk sie zu lesen ist leid mir,
weil ja die Mehrzahl den Spott wohl verdienet und ihr drum der Dichtung
Weise mißfällt. Und du kannst aus der Menge dir greifen, wen immer:
Entweder krankt er an Habgier oder an elender Ehrsucht.
Dieser ist rasend verliebt in Matronen, ein andrer in Knaben;
jenen betört der Schimmer des Silbers; für Bronze schwärmt Albius;
dieser tauscht Waren vom Aufgang der Sonne bis hin zu den Landen,
die sie gen Abend erwärmt, ja er treibt durch Gefahren kopfüber –
gleichend dem Staub, den der Sturmwind emporpeitscht – und fürchtet nur immer,
daß am Gewinn es ihm fehle und Gut und Vermögen nicht wachse.
Wahrlich, sie alle fürchten die Verse und hassen die Dichter:
„Heu hat er um seine Hörner! Bloß Vorsicht, weit weg! Wenn vor Lachen
er sich nur ausschütten kann, kennt für keinen der Freunde er Schonung,
und was er einmal auf Zettel gekleckst, müssen sämtliche Vetteln –
wünscht er – und Sklaven, vom Brunnen und Backofen kommend, erfahren.“

Höret in wenigen Worten, was *ich* dem zu antworten habe:
Erstens nehm aus der Schar, der ich's gönne, sich Dichter zu nennen,
selbst ich mich aus; denn das Schmieden von Versen ist, sagt man, genug nicht,
und wer gleich mir in dem Stile alltäglicher Rede Gedichte
abfaßt, den hält man deshalb doch noch lang nicht für einen Poeten.
Nur wer Begabung besitzt und göttlichen Geist und der Sprache
Hoheit, Erhabnes zu künden, verdient diesen ehrenden Namen.
Drum gab's auch Zweifel, ob die Komödie als Dichtung wohl gelte,
da ja sowohl ihrem Stoff als den Worten an Feuer und Kraft es

mangele, lauterste Prosa, durchs Versmaß allein unterschieden
von der alltäglichen Rede. „Doch glüht dort nicht zornig der Vater,
wenn sein leichtfert'ger Sohn in ein Dirnlein ganz rasend verliebt ist
und eine Frau mit bedeutender Mitgift hartnäckig ausschlägt
und wenn – o Schande – betrunken am hellichten Tage mit Fackeln
er sich herumtreibt?" Bekäme Pomponius denn Sanftres zu hören,
wenn nur sein Vater noch lebte? Na also! Du siehst, einen Vers in
einfachen Worten zusammenzuschreiben, das kann nicht genügen:
Wenn du ihn auflöst, dann poltert im Leben ein Vater nicht anders
als auf der Bühne. Nimm dem, was jetzt *ich* hier verfasse, wie dem,
was
einstens Lucilius schrieb, das geregelte Maß und den Rhythmus,
stelle die Worte, die vorher am Anfang der Zeile, ans Ende,
während statt dessen die letzten du vorn an der Spitze verwendest:
in den zerrissenen Gliedern wirst nichts mehr vom Dichter du
finden;
anders, löst du den Vers auf: „Nachdem die grausige Zwietracht
eisenbeschlagene Pfosten und Tore des Krieges gesprengt hat."

Schluß nun! Ein andermal, ob diese Weise des Schreibens zur
echten
Dichtung zu zählen, ob nicht! Nur soviel soll heute gefragt sein,
ob sie zu Recht dir verdächtig erscheint. Da eilen mit Eifer
Sulgius und Caprius umher, völlig heiser und Klagschriften
schleppend,
jeder ein riesiger Schrecken für Schurken; wer rechtschaffen aber
lebt und mit sauberen Händen, der braucht sich um keinen zu
kümmern:
Magst auch du selbst einem Strolch wie dem Caelius oder dem
Birrius
gleichen, so *ich* nicht dem Caprius und Sulgius: Weshalb vor mir
Furcht dann?
Meine Schriften wird nie man in Läden und Auslagen finden,
wo sie des Pöbels und des Hermogenes Finger besudeln;
nur meinen Freunden les ich sie vor, und auch das nur gezwungen,
nicht überall und in jedermanns Beisein. Wie viele verlesen
ihre Werke inmitten des Forums und, wenn sie im Bade:
Herrlich erschallt ihre Stimme im hohen Gewölbe. Die Toren!

Daran erfreuen sie sich, fragen nicht, ob's zur Unzeit geschieht, ob's taktlos ist, was sie tun.

„Dich freut's zu verletzen", sagt einer,
„tust es mit Absicht, aus innerer Bosheit." Woher nimmst du diesen
häßlichen Vorwurf? Ist Urheber einer der Männer, in deren
Kreise ich lebe? Wer hinter dem Rücken verleumdet, den Freund nicht
gegen den Tadel der andren in Schutz nimmt und wer auf der Leute
loses Gelächter es absieht und gerne als Witzbold erscheint, wer,
was er nicht sah, selbst erdichtet, Vertrautes zu wahren nicht fähig:
dessen Seele ist schwarz, und vor ihm mußt du, Römer, dich hüten.
Oft sieht man zwölf an der Tafel beim Schmausen versammelt und einen,
der alle andern mit beißendem Spott übergießt, nur den Wirt nicht,
welcher das Wasser kredenzt (doch auch ihn trifft es später, wenn Liber
in der Bezechtheit die Zunge gelöst und die Herzen geöffnet):
Er scheint dir freimütig, freundlich und geistreich zu sein. Aber schwarze
Seelen sind dir verhaßt: Spotte *ich,* weil der blöde Rufillus
widerlich rings nach Pastillen, Gargonius nach Ziegenbock duftet,
komm ich dir hämisch und bissig gleich vor? Fällt in deiner Gesellschaft
auch nur ein Wort von dem Raub des Petillius Capitolinus,
führst du für ihn die Verteidigung wohl, so wie's deine Art ist:
„Schon seit den Tagen der Kindheit war er mein Freund und Gefährte,
vieles tat er für mich, worum ich ihn bat; ich bin glücklich
über den Freispruch, daß ungeschoren in Rom er sich aufhält.
Freilich, ein Wunder ist's schon, wie dem Spruch des Gerichts er entgangen."
Das ist fürwahr nun der Saft der pechschwarzen Krake, ist reinster
Grünspan! Solch Gift bleibe fern meinen Schriften und ferne zuvor auch
meinen Gedanken: So wahr ein Versprechen von mir ich zu geben
jemals vermag, so verspreche ich dieses. Und falls ich zu offen
oder vielleicht auch zu spöttisch gesprochen, so halt's mir zugute,

Nachsicht gewährend: Mein trefflicher Vater gewöhnte mich daran,
wies stets auf Fehler bei anderen hin, daß ich selbst sie vermiede.
Wenn er mir anriet, doch sparsam und schlicht mein Leben zu führen,
damit zufrieden, was *er* mir geschaffen, war dies seine Rede:
„Sieh nur, wie schlecht es dem Sohne des Albius ergeht und wie ärmlich
Baius sich steht; eine ernstliche Mahnung, des Vaters Vermögen
nicht zu vergeuden!“ Und wenn er vor schändlichem Hange zu Dirnen
mich zu bewahren versuchte: „Werd ja dem Scetanus nicht ähnlich!“
Daß ich nicht Ehfraun begehr, statt erlaubter Liebe zu frönen:
„Nun, den Trebonius, den hat man ertappt, und sein Ruf ist nichts wert mehr.“
Fügte hinzu noch: „Ein Weiser wird Gründe dir nennen, weshalb es
besser ist, eines zu meiden und andres zu suchen. Doch *ich* bin
schon es zufrieden, wenn treu ich der Väter Gebräuche zu schützen
und, noch solang du des Hüters bedarfst, deinen Ruf und dein Leben
rein zu erhalten vermag; wenn die Jahre erst Körper und Geist dir
stählten, wirst ohne den Kork du zu schwimmen auch wissen.“ Mit solchen
Worten formt' er die Seele des Knaben. Gebot er mir etwas,
hieß es: „Hier hast du ein Vorbild! Nach ihm sollst dein Handeln du richten“,
stand aus dem Kreise erlesener Richter mir einer vor Augen.
Oder er warnte: „Wie kannst du noch zweifeln, ob's ehrlos und unnütz,
solches zu tun, wo doch dieser und jener sich damit ganz üblen
Leumund erwarb?“ Wie des Nachbarn Begräbnis die hungrigen Kranken
schreckt und sie zwingt, sich selber aus Furcht vor dem Tode zu schonen,
so hält nicht selten die zarten Seelen der anderen Schande
ferne den Lastern. So dank ich's dem Vater, wenn rein ich von allem
blieb, was Verderben bereitet, und leichtre, verzeihliche Fehler
nur an mir hängen. Vielleicht räumt auch davon noch manches ein langes
Leben hinweg und ein aufricht'ger Freund und des eignen Verstandes

Einsicht; denn ob mich der Säulengang oder das Ruhebett aufnimmt,
fehlt's nicht an Nachdenken über mich selbst: „Ja, dieses wär besser ...
Glücklicher leb ich, wenn so ich verfahre ... Und so bin ich Freunden
eher willkommen ... Nein, nett war das nicht. Ob zuweilen ich ähnlich
handle und merke es nicht?“ Das besprech ich verschlossenen Munds im
stillen mit mir; und bietet sich dann eine müßige Stunde,
bring ich's im Spiel zu Papier. Das ist so eine von meinen
leichteren Schwächen; und kennst du für sie keine Nachsicht, so wird die
riesige Schar der Versmacher eilen, mir Hilfe zu bringen –
sind wir bei weitem ja mehr, als du glaubst –, und wir werden nach Art der
Juden dich zwingen, daß schleunigst du beitrittst unserer Sekte.

5
REISE NACH BRUNDISIUM

Hinter mir lagen die Tore der Hauptstadt; Aricia gewährte
leidliche Bleibe. Mit mir Heliodorus, des griechischen Volkes
weitaus gelehrtester Rhetor. Die nächste Station: Forum Appi,
voll von Matrosen und wimmelnd von gästebetrügenden Wirten.
Eintägig ist diese Strecke für eil'gere Leute: Wir haben
faul sie geteilt: Denn die Appia ist Langsamen minder beschwerlich.
Hier lag ich wegen des Wassers – es war ganz abscheulich – in Fehde
mit meinem Magen, voll Ungeduld wartend, daß die Gefährten
enden die Mahlzeit. Schon nahte die Nacht, ihre Schatten zu breiten
über das Land und die Sterne am Himmel ringsum zu verstreuen,
als unsre Sklaven den Schiffern, die Schiffer den Sklaven gar derbe
Worte zuwarfen: „Hier lege an ...! Willst du dreihundert laden ...?
Halt, nun genug ...!“ Bis das Fährgeld gezahlt und das Maultier geschirrt ist,
geht eine Stunde dahin. Schlimme Mücken, im Sumpfe die Frösche
scheuchen den Schlummer; der fernen Geliebten singet, berauscht von

reichlichem Weine, der Bootsmann sein Lied, und ein Reisender singt mit
ihm um die Wette; als dieser am Ende ermüdet in Schlaf sinkt,
sendet der träge Treidler das Maultier zum Weiden, das Leitseil
bindet am Felsen er fest, legt sich rücklings ins Gras, um zu schnarchen.
Erst als der Tag graut, merken wir, daß unser Kahn nicht vorankommt:
Hitzig springt einer an Land und walket dem Bootsmann nicht minder
als dem Maultier den Kopf und die Lenden mit weidenem Knüppel;
so ward es zehn, bevor wir schließlich von Bord gehen konnten,
wuschen dann Antlitz und Hände in deiner Quelle, Feronia,
und nach dem Frühmahle zogen gemächlich wir weiter, drei Meilen,
bis nach Anxur hinan auf den weithin schimmernden Felsen.
Hier war Maecen zu erwarten, mein Gönner, und mit ihm Cocceius,
beide mit hochgewichtiger Sendung beauftragt und beide
zwischen entzweiten Freunden Frieden zu stiften geübet.
Schwärzliche Salbe bin hier ich gezwungen auf meine erkrankten
Augen zu streichen. Inzwischen erscheinen Maecen und Cocceius
wie auch Fonteius Capito, Weltmann vom Scheitel zur Sohle
und dem Marcus Antonius so innig wie keiner befreundet.
Fundi, wo Luscus Aufidius als Prätor regiert, lassen gern wir
hinter uns, lachend über den Amtsprunk des albernen Schreibers,
Staatskleid mit breitem, purpurnem Streifen und Pfannen mit Feuer.
Müde vom Wege, verweilen wir dann in der Stadt der Mamurren;
Lager gewährt uns Murena, und Capito bietet Bewirtung.
Hochwillkommene Freude bereitet der folgende Morgen:
Zu Sinuessa nämlich begegnen uns Plotius und Varius
samt dem Vergilius, die edelsten Seelen, die unserer Erde
jemals erwuchsen und denen kein andrer wie ich wohl verpflichtet.
Wie wir uns herzlich begrüßten und laut unsre Fröhlichkeit zeigten!
Ist man gesunden Verstands, gehet nichts über teuere Freunde.
Dann gab ein kleines Gehöft, ganz nah der Kampanischen Brücke,
Obdach; die Leute dort lieferten Holz uns und Salz nach der Satzung.
Drauf geht's nach Capua, wo wir die Maultiere früh schon entlasten.

Spielen begibt sich Maecen, doch Vergilius und mich zieht's zum Ruhen:
Ballspiel paßt nicht zu entzündetem Lid und verdorbenem Magen.

Weiter empfängt uns Cocceius' so üppiges Landhaus, das hoch am
Berg über Caudiums Schenken gelegen. Hier sing mir in Kürze,
Muse, vom Kampfe des Witzbolds Sarmentus mit Messius, dem Gockel,
künde, welchem Geschlechte die beiden entstammten, die sich im
Streite dort maßen. Des Messius berühmter Ahnherr war – Osker,
während Sarmentus' Herrin – noch lebt: Solchen Ursprunges waren
sie, die da schritten zum Kampfe. Als erster Sarmentus: „Du gleichest,
sag ich, dem Gaul in der Wildnis." Wir lachen, und Messius erwidert:
„Gelt's denn!" Und schüttelt sein Haupt. Sarmentus fährt fort: „Was geschäh erst,
wär auf der Stirn nicht das Horn dir verschnitten, wo jetzt schon, verstümmelt,
du so bedrohlich dich aufspielst!" Denn links im Gesicht war ganz deutlich
jenem die borstige Stirne von häßlicher Narbe gezeichnet.
Viel wird des Gegners Gestalt, die kampanische Krankheit verspottet,
wird er ersucht, den Zyklopen als Hirten im Tanze zu spielen;
Maske und tragischer Stelzschuh sei'n *ihm* ja dabei nicht vonnöten.
Reichlich zahlte der Gockel es heim: Ob er schon seine Kette,
wie er's gelobte, den Laren geopfert? Daß Schreiber er jetzt sei,
schränke das Recht seiner Herrin nicht ein ... Und am Ende gar frug er,
was überhaupt ihn bewog zu entlaufen, so dürr und so winzig,
wie er doch sei, daß vom Brot schon zwölf Unzen ihn sättigen könnten.
Also dehnen bei heiterem Spiel wir das Mahl in die Länge.

Stracks ziehn von hier wir dann nach Benevent, wo der eifrige Gastwirt
beinah verbrannte, als magere Drosseln er briet überm Feuer.

Denn seiner Fessel entzog sich Vulcan, und die züngelnde Flamme
leckte geschwind in der alten Küche hinan bis zum Dachfirst.
Hungrig die Gäste und angstvoll die Diener – welch Anblick! –, sie alle
eilten beflissen, die Speisen zu retten, das Feuer zu löschen.
Hierauf begann mir Apulien die trauten Berge zu zeigen,
die der Schirokko versengt. Ihre Höhn hätten nie wir erklommen
ohne die Herberge, die, nah Trivicum, ein Landhaus gewährte,
wo freilich beißender Rauch uns die Tränen trieb in die Augen,
weil im Kamin feuchtes Reisig, begrünt noch mit Blätterwerk, schwelte.
Töricht genug bin ich hier, auf ein treuloses Mädchen zu warten
bis in die Mitte der Nacht; und als endlich der Schlaf mich entführet,
bin ich noch so auf die Liebe gespannt, daß mit lüsternen Bildern
Träume mein nächtlich Gewand und den ruhenden Leib mir beflecken.

Weiter trägt eilend das Rad uns dann zweimal zwölf Meilen; wir rasten
in einem Städtchen, unmöglich ins Versmaß zu fügen, hingegen
leicht an den Zeichen zu deuten: Man muß hier, was sonst dir geschenkt wird,
kaufen – das Wasser; doch weithin berühmt ist das Brot, und wer schlau ist,
pflegt einen Vorrat davon für den Weg auf den Schultern zu tragen.
Hart ist's wie Stein zu Canusium, gleich spärlich das Wasser im Krug dort:
Gründer des Orts war vorzeiten der tapfere Held Diomedes.
Traurigen Herzens nimmt Varius von weinenden Freunden hier Abschied.
Rubi erreichten hernach wir, erschöpft von der Länge des Weges,
welcher, so schlimm er schon war, noch verschlimmert wurde vom Regen.
Besser war's Wetter am folgenden Tage, doch schlechter die Straße
bis zu den Mauern des fischreichen Barium; darauf gab uns Gnatia,
einst mit der Quellnymphen Ungunst erbaut, Grund zum Lachen und Scherzen,
als es uns einzureden versuchte, daß Weihrauch im Tempel

sich ohne Feuer verzehre. Das glaube der Jude Apella,
ich nimmermehr; denn ich lernte, daß sorglos die Götter ihr Leben
fristen und, wenn die Natur etwas Seltsames schaffe, nicht *sie*'s sind,
die es verärgert uns senden vom hohen Hause des Himmels.
Ziel unsres langen Gedichts und des Weges ist endlich Brundisium.

6
GLÜCK DER ZUFRIEDENHEIT

Von allen lydischen Siedlern, die je in etruskischen Landen
wohnten, ist keiner von edlerer Abkunft als du, mein Maecenas;
unter die Ahnen, sowohl deiner Mutter als auch deines Vaters,
zählest du Männer, die einstmals gewaltigen Heeren geboten:
Dennoch siehst nicht, wie die meisten, die Nase gerümpft, du herab
auf
Namenlose wie mich, eines Freigelassenen Sohn nur.
Ist einer frei durch Geburt, sei die Stellung des Vaters belanglos,
sagst du und bist also völlig zu Recht überzeugt, daß, schon ehe
einst aus dem Dunkel ein Tullius zu mächtiger Herrschaft emporstieg,
oft genug Männer, die Vorfahrn von Rang und Bedeutung
entbehrten,
ehrbar ihr Leben führten und hohe Würden erlangten,
während Laevinus – obgleich er ein Nachkomme war des Valerius,
der den Tarquinius Superbus vom Thron in die Fremde verjagt hat –
deshalb kein einziges As jemals mehr galt, nicht einmal beim Volke,
dessen Urteil du kennst: Dumm verleiht es oft Ehren an Leute,
die's nicht verdienen, kriecht töricht vor großen Namen im Staub
und
weidet sich staunend an Inschrift und Ahnenbild.

Welches Verhalten
ziemt sich für uns, die der Menge so weit, ja so weit wir entrückt
sind?
Denn wie's auch sein mag: Das Volk vertraute die Amtswürde lieber
einem Laevin an als Decius, dem Neuen, und Appius, der Censor,
stieße mich aus dem Senat, wär mein Vater nicht frei von Geburt an –
und das mit Recht: wollt in eigener Haut ich ja Ruhe nicht geben.

Aber auf gleißendem Wagen schleppt Gloria die Niederen wie die
Edelgebornen in Fesseln von dannen. Was bringt es dir, Tillius,
daß du aufs neu mit dem Purpur dich schmücktest und Volkstribun wurdest?
Wachsende Mißgunst, die kleiner dir blieb, wärst du einfachen Standes!
Hat so ein Narr nämlich erst mal sein Bein bis zum Knie in die schwarzen
Riemen gezwängt und fällt breit von der Brust ihm der Purpursaum nieder,
hört er gleich ständig: „Wer ist denn der Mann dort? Und was ist sein Vater?"
Wer an der Sucht eines Barrus wohl krankt und als Schönheit zu gelten
wünscht, der verlockt, wo auch immer er wandelt, die Mädchen zur Neugier,
daß sie nach allem im einzelnen spähn: wie sein Antlitz gestaltet
und wie die Wade, der Fuß, wie die Zähne, die Haare beschaffen.
So auch der Mann, der für Bürger und Stadt, für das Reich und Italien
und für der Götter geheiligte Tempel zu sorgen sein Wort gibt:
Was denn sein Vater sei, zwingt alle Welt er zu forschen und fragen,
und ob die Mutter, da niederer Herkunft, dem Leumund nicht schade.
„Du, des Syrers Dama, und du, Dionysius' Sohn, wagst
Bürger vom Felsen zu stürzen, sie auszuliefern dem Cadmus?"
„Aber Kollege Novius sitzt einen Rang doch noch nach mir!
Denn was jetzt *er* ist, war schon mein Vater." „Drum dünkst du dich gleich ein
Paulus, Messalla? Ja, Novius! Wenn zweihundert Wagen beim Forum
drei großen Leichenzügen begegnen, hat *er* noch die Stimme,
all die Trompeten und Hörner zu schlagen: Und das imponiert uns."

Nun aber wieder zu mir, eines Freigelassenen Sohne,
den als des Freigelassenen Sohn alle Welt stets bekrittelt,

jetzt, weil ich dir, mein Maecenas, so innig befreundet, und früher,
weil eine Römerlegion mir im Amt des Tribunen gehorchte.
Dies ist von jenem verschieden: Die militärische Würde
mochte zu Recht wohl noch jeder mir neiden, doch nicht deine Freundschaft,
da du behutsam zumal nur die Würdigen wählest, der eitlen
Ehrsucht entrückt. Und mich glücklich zu preisen vermag ich nicht deshalb,
weil deine Gunst ich gewann durch die Willkür des Zufalls. Nein, nicht ein
blindes Geschick ließ unsere Wege sich kreuzen: Einst sprach dir
unser bester Vergil von mir und später auch Varius.
Als ich hernach vor dir steh, bring ich stockend nur wenige Worte
über die Lippen – befangene Scheu wehret längerer Rede –,
rühmen kann ich mich nicht, von erlauchtem Vater zu stammen,
über die Fluren auf tarentinischem Rosse zu reiten,
sondern ich sag, was ich bin. Wie's gewöhnlich du hältst, fällt die Antwort
karg aus; ich geh – und du rufst mich zurück nach neun Monden und heißt mich,
einer von deinen Freunden zu sein. Es bedeutet mir Großes,
daß ich vor dir, der du Wert weißt von Unwert zu scheiden, bestand – durch
Reinheit des Lebens und Herzens und nicht nach dem Adel des Vaters.

Dennoch: wenn nur mich erträgliche, zählbare Mängel belasten,
sonst aber grad meine Art ist – so wie auch an jedem vollkommnen
Leib, will wer tadeln, er manches versprengte Muttermal fände –,
wenn weder Habsucht noch schmutzigen Geiz noch schlechte Gesellschaft
jemand in Wahrheit mir vorwerfen kann, wenn – um selbst mich zu loben –
lauter und unbescholten ich lebe, geliebt von den Freunden,
dank ich dies alles dem Vater. War mager sein Gütchen und knapp sein
Einkommen, mocht er mich trotzdem nicht schicken in Flavius' Schule,

welche großmächtiger Hauptleute großspur'ge Söhne besuchten,
links am Arme beladen mit Rechenkästchen und Tafel,
brav ihre acht As Gebühr zur Monatsmitte entrichtend.
Nein, er fand Mut, seinen Jungen nach Rom in die Schule zu geben,
Künste zu lernen, wie jeder Senator und Ritter sie seinen
Sprößlingen beibringen läßt. Hätte wer im Getriebe der Großstadt
auf meine Kleidung, aufs Sklavengefolge geachtet, so mußt er
meinen, ein uraltes Erbgut erlaube mir solcherlei Aufwand.
Unbestechlichster Hüter auf jeglichem Weg zu den Lehrern
war mir der Vater höchstselbst. Wozu viele Worte? Die Reinheit,
vornehmste Zierde der Tugend, bewahrte er nicht nur vor allem
schimpflichen Tun, sondern hielt auch Verleumdung ihr ferne und hegte
keineswegs Sorge, man könnte es später zum Vorwurf ihm wenden,
ging ich bescheidnem Erwerb nach, als Ausrufer oder, gleich ihm, als
Makler; ich selber hätte nicht Klage geführt. Um so größer
sind das Lob und der Dank, die jetzt meinem Vater ich schulde.

Unverstand wär's, wenn mir solch eine Herkunft mißfiele, und deshalb
mag ich mich nicht wie die meisten verteidigen, welche betonen,
ihre Schuld sei es nicht, daß sie freigeborner, berühmter
Eltern entbehrten. Von jenen bei weitem verschieden ist meine
Rede und Denkart. Denn wenn die Natur für jeden verfügte,
neu nach bestimmten Jahren des Lebens Weg zu durchmessen
und sich dann andere Eltern zu suchen, so wie er nach seinem
Stolz sie sich wünscht: ich wär mit den meinen zufrieden und wollte
keine in Ämtern und Würden mir wählen. Das schiene wohl töricht
in den Augen der Menge, in deinen vielleicht doch vernünftig,
weil – nie gewöhnt dran – ich lästige Bürde zu tragen verzichte.
Gleich hieß es nämlich sodann, an Mehrung der Habe zu denken;
Pflichtbegrüßungen würden sich häufen; den einen und andren
müßt zum Begleiter man nehmen, um ja nicht allein in die Ferne

oder aufs Land nur zu ziehn; auch müßt man mehr Gäule und Knechte
halten und brauchte wohl gar noch Kaleschen. Hingegen darf jetzt auf
schlichtem Maultier ich reisen, und – wenn's mir gefällt – bis Tarentum,
mag ihm der Quersack die Lenden, der Reiter die Schultern wund drücken.
Niemand wird schmutzigen Geiz mir da vorhalten, Tillius, wie dir, wenn
dich auf der Straße nach Tibur, als Prätor, fünf Diener begleiten,
um dir zum Kochen Geschirr und im Korb deinen Wein nachzutragen.
Hier wie in tausend anderen Dingen fürwahr hab ich's leichter,
edler Senator, als du. Denn wohin mir auch immer der Sinn steht,
geh ich – allein; ich erkunde von Mehl und Gemüse die Preise,
schlendere über die Rennbahn, wo Gauner sich tummeln, und abends
oft übers feiernde Forum, bleib stehn bei den Wahrsagern, wende
schließlich mich heim zu 'ner Schüssel mit Lauch und mit Erbsen und Plinsen.
Drei Bediente nur reichen das Mahl, zwei Humpen samt Schöpfmaß
trägt mir der weiße Steintisch, dabei steht ein billiger Kessel,
steht mit der Schale der Krug, alles schlichter kampanischer Hausrat.
Schlafen leg ich mich dann, ohne Sorge, daß anderntags früh ich
aufstehen müßte, um gleich mich dem Marsyas zu stellen, der zeigt, wie
widerlich er die Visage des jüngeren Novius findet.
Bis gegen neun bleib ich liegen; drauf geh ich spazieren; ich lese,
oder ich schreibe mit stillem Behagen; dann salb ich mit Öl mich,
anders jedoch als der dreckige Natta, der's Lampen entwendet.
Bin ich ermüdet und rät mir die steigende Sonne, ins Bad zu
wandeln, so wend ich dem Dreiballspiel und dem Marsfeld den Rücken.
Bald dann, nach maßvollem Mahl – grad genug, ohne Leere im Magen
meinen Tag zu verbringen –, genieß ich zu Hause die Muße.

So führt sein Leben, wer frei ist von kläglichem, drückendem
Ehrgeiz.
Ja, das finde ich tröstlich: Auch künftig leb ich so besser,
als wären Quästor gewesen mein Großvater, Vater und Oheim.

7

RECHTSHÄNDEL

Wie einst für Geifer und Gift des verfemten Rupilius König
Persius, der Mischling, sich rächte, das wissen schon – möchte ich
meinen –
alle die Triefaugensalber sowohl als auch alle Barbiere.
Persius, ein schwerreicher Mann, trieb fern in der Stadt Clazomenae
vielfachen Handel und nun mit Herrn König auch vielfache Händel,
grob, wie er ist, dieser Kerl, überlegen dem König an Bosheit,
dreist und geschwollen, dazu von solch verletzender Rede,
daß er Sisenna und Barrus im Schimmelſgespann überholte.
Aber zu König zurück! Nicht im kleinsten vermochten die beiden
sich zu vertragen – denn alle, die aneinandergeraten
Mann gegen Mann, sind im Kampfe so unversöhnlich wie tapfer:
Zwischen Hektor, dem Priamussohn, und dem stolzen Achill stand
einst so bitterer Haß, daß der Tod nur ihn auflösen konnte;
einziger Grund hierfür war, daß Tapferkeit über die Maßen
beide beseelte. Wenn Zwietracht hingegen zwei feige Gesellen
stachelt, wenn Ungleiche wie Diomedes und Glaucus aus Lykien
streitend sich treffen, so räumet das Feld bald der Schwächre und
sendet
obendrein noch Geschenke –: Als Brutus als Prätor in Asiens
reichen Gefilden regiert, mißt Rupilius sich also mit Persius,
wahrlich ein Paar, wie's nicht besser aus Bithus und Bacchius erstellbar.
Beide, ein prächtiges Schauspiel, stürmen voll Mut in die Schranken.
Persius erklärt seine Sache; er erntet im Rund der Versammlung
Spott und Gelächter; er preiset den Brutus und preist sein Gefolge,
Sonne von Asien nennt er den Brutus und segnende Sterne
seine Begleiter – doch ausgenommen den König; als Hundsstern,
welchen die Landleute hassen, sei jener erschienen. Die Rede
stürzte dahin wie ein Bergstrom im Winter, wo selten die Axt klingt.

König, der Pränestiner, erwidert dem witzigen Schwalle
Scheltworte, wie sie im Weingarten schallen, unschlagbar, ein grober
Winzer, bei dem wohl manchmal der Wandrer den kürzeren zöge,
wenn er mit lauter Stimme sein höhnendes „Kuckuck" ihm zuruft.
Persius aber, der Grieche, als ihn der italische Essig
ganz übergoß, schreit: „Ich bitt bei den mächtigen Göttern dich, Brutus!
Könige bist du gewohnt zu vernichten: Was drehst du nicht diesem
König den Hals um? Zu deinen Pflichten, so glaub mir, gehört es!"

8

SPUK IM PARK

Stamm eines Feigenbaums war ich dereinst, nur ein wertloses Holzstück.
„Mach eine Bank oder einen Priap ich draus?" schwankte der Schreiner,
und er entschied für den Gott sich. Ein Gott bin ich seither, der größte
Schrecken für Diebe und Vögel; die Diebe schreckt nämlich die Rechte
und dieser rötliche Pfahl, der aus unkeuschem Bauche emporragt,
während das Schilf auf dem Scheitel die frechen Vögel verscheucht und
ihnen den Anflug verwehrt auf die neu erst gegründeten Gärten.

Hierher ließ früher der Sklav seinesgleichen in billigem Sarge
schaffen, sobald man den Leichnam aus enger Zelle hinauswarf;
ärmlichem Volk diente einst diese Gegend als Sammelbegräbnis;
für Nomentan, den Verschwender, und Pantolab (wißt ihr), den Strolch, gab
tausend Fuß breit und dreihundert tief hier die Säule den Platz an
und auch, daß niemals das Grabmal den Erben zufallen dürfe.
Jetzt kann man wohnen auf heilsamer Höh esquilinischen Berges,
kann man auf sonnigem Walle spazieren, wo eben das Feld noch,
häßlich von bleichen Gebeinen, gar grausigen Anblick geboten.

Mir aber bringen nicht Diebe und all das Getier, das die Fluren
hier wie gewohnt oft noch heimsucht, so vielerlei Sorgen und Mühen
wie jene Weiber, die menschliche Seelen mit Zauber und Giften
quälen: Die kann ich nicht loswerden, wie ich's auch wende, noch kann ich
sie daran hindern, hier Knochen zu sammeln und schädliche Kräuter,
wenn erst der wandelnde Mond sein strahlendes Antlitz zur Schau trägt.
Sah ich doch selber Canidia kommen, den düsteren Mantel
hochgeschürzt, barfuß, die Haare gelöst; im Verein mit der ältren
Sagana hört ich sie heulen: Totenblässe ließ beide
schrecklich dem Auge erscheinen. Sie fingen mit Nägeln die Erde
an zu zerscharren, mit Zähnen ein schwarzes Lamm zu zerreißen.
In die Grube ergoß sich das Blut, um heraufzubeschwören
Totengeister der Tiefe, die Antwort verkündigen sollten.
Auch gab's aus Wolle ein Bild und ein zweites aus Wachs, und das wollne
war das größre und drohte, das kleinere hart zu bestrafen;
flehend stand nämlich das Wachsbild, als müßt unter sklavischen Martern
alsbald den Tod es erleiden. Die eine ruft Hekate an, die
andre die wilde Tisiphone: Da sah man Nattern sich winden,
Hunde der Unterwelt streunen, den Mond hinter ragendem Mal sich
schamrot verbergen, um nicht solchen Treibens noch Zeuge zu werden.
Ist es erlogen, so sollen die Raben mit weißlichem Kot das
Haupt mir besudeln, Pediatia, der Weichling, Voranus, der Dieb, und
Iulius erscheinen, um mich zu bepinkeln sowie zu bekacken.

Was soll ich Einzelheiten berichten, wie, Zwiesprache haltend,
schaurig und schrillend die Schatten der Sagana Auskunft erteilten,
wie sie Barthaar vom Wolf mit dem Zahn einer schillernden Schlange
heimlich im Erdreich vergruben, wie höher vom wächsernen Bildnis
schlugen die Flammen und wie bei den Reden und Taten der beiden
Furien Entsetzen mich packte? Doch blieb ich nicht ungerächt Zeuge:

Hinten entfuhr mir ein Furz aus des Feigenstamms klaffenden Backen,
laut wie die Blase zerplatzt – da stürzten die Weiber schon stadtwärts.
Saganas hohe Perücke, die falschen Zähne Canidias
fielen herab, aus dem Arm glitten Krautwerk und magische Binden:
Wahrlich, das war mir ein Schauspiel, zu spotten und lauthals zu lachen!

9

ZUDRINGLICHKEIT

Ging ich doch jüngst auf der Heiligen Straße dahin, ganz versunken,
wie's meine Art ist, in irgendein Verschen, das mir in den Sinn kam.
Da läuft ein Mann auf mich zu, den ich eben dem Namen nach kenne,
drückt mir die Hand mit den Worten: „Verehrtester Freund, ja wie geht es?"
„Nun, für die Zeiten ganz gut", sprach ich, „hoff auch, daß dir es nach Wunsch geht."
Als er zu folgen sich anschickt, komm ich ihm zuvor: „Was darf's noch sein?"
Er aber: „Solltest uns kennen; wir sind aus gebildeten Kreisen!"
Ich hierauf nur: „Um so besser." Ich quäle mich, ihm zu entkommen,
setze bald rascher den Schritt, dann verhalt ich ihn wieder und flüstre
irgendwas meinem Burschen ins Ohr; und der Schweiß rinnt in Strömen
mir bis zum Knöchel hinab. „Ach Bolanus, du Glücklicher, hätt ich
dein Temprament!" sprach ich leise zu mir, während jener nicht aufhört,
Straßen und Hauptstadt zu rühmen, das Blaue vom Himmel zu schwätzen.
Da ich nicht antworte, meint er: „Du quälst dich und willst mir entwischen;
das hab ich längst schon bemerkt. Doch es nützt nichts: Ich lasse nicht locker,
werd dich begleiten, wohin jetzt dein Weg führt." „Erspar dir den Umweg:

Einen, den du nicht kennst, will ich aufsuchen; jenseits des Tibers,
nahe den Gärten des Caesar, weit draußen, liegt krank er darnieder."
„Nichts hab ich vor und bin rüstig zu Fuß: Ich bleib dein Begleiter."
Da laß die Ohren ich hängen, dem störrischen Esel gleich, wenn er
Last trägt, zu schwer seinem Rücken. Doch jener hebt an mit den Worten:
„Schätz ich mich recht ein, so wirst du als Freund mich nicht weniger achten
als einen Viscus und Varius. Denn wer kann so rasch und so viele
Verse machen wie ich? So geschmeidig im Tanze sich drehen?
Und eine Stimme hab ich, daß vor Neid selbst Hermogenes blaß wird."
Hier fand ich Raum für den Einwurf: „Du hast noch die Mutter, Verwandte,
denen du Wohlergehn schuldest?" „O nein, keine einzige Seele.
Alle schon bracht ich zu Grabe." „Die Glücklichen! Heute bin *ich* dran.
Aber mach's kurz! Ja, jetzt trifft mich das harte Geschick, das als Knaben
mir die sabellische Greisin verhieß aus der göttlichen Urne:
‚Ihn rafft dermalen nicht grausiges Gift noch feindliches Schwert hin,
weder Entzündung der Lunge noch Husten und lähmende Fußgicht;
nein, einem Schwätzer fällt einst er zum Opfer: Darum, wenn er klug ist,
flieht er geschwätzige Leute, sobald er der Kindheit entwachsen.'"

Dann war der Tempel der Vesta erreicht – und des Vormittags Hälfte
auch schon vertan! Unser Freund mußte eben auf Grund einer Bürgschaft
einem Gerichte sich stellen; sonst ging der Prozeß ihm verloren.
„Sei doch", spricht er, „so gut und leiste mir kurz deinen Beistand!"
„Bei meinem Leben: Ich kann weder stehen noch kenn ich die Rechte.
Auch hab ich's eilig – du weißt." „Ja, dann schwanke ich, was ich jetzt mache:
Gebe ich *dich* auf oder mein Geld?" „Bitte mich!" „Das gewiß nicht",

sagt er und geht mir voran. Und ich folge, da's hart wär, dem Sieger
auch noch die Stirne zu bieten.

„Wie steht denn Maecenas zu dir?" hebt
hierauf er an. „Mit wenigen hält er es, sicheren Urteils."
„Niemand hat besser sein Glückslos genutzt. Einen tüchtigen Helfer,
dem auch geringere Rollen zu spielen genügte, bekämst du,
wolltest du meine Wenigkeit einführen. Alle, zum Henker,
könntest du ausstechen." „Nicht auf die Art, wie *du* es wohl annimmst,
leben wir dort. Es gibt nirgends ein Haus, das wie dieses so rein und
frei ist von solchen Intrigen. Und keiner steht, sag ich, im Weg mir,
weil er mehr Geld hat und Bildung. Ein jeder nimmt da just den Platz ein,
der ihm gebührt." „Wirklich großartig, was du erzählst, kaum zu glauben!"
„Gleichwohl, es ist so." „Da schürst du noch mehr meinen Wunsch, dem Maecen recht
nahe zu sein." „Ja, du brauchst nur zu wollen: Bei deinen Verdiensten
wirst du gleich siegen; denn er ist der Mann, sich bezwingen zu lassen,
macht aber anfangs den Zugang drum schwer." „Nun, an mir soll's nicht fehlen:
Seine Diener bestech ich mit Gaben; weist heut er mich ab, komm
morgen ich wieder; nach Zeit und Gelegenheit späh ich und biete
Gruß und Begleitung ihm an auf den Straßen. Das Leben gewährt den
Sterblichen nichts ohne Mühe und Plage."

Und wie er so schwätzt, da
läuft uns Aristius Fuscus entgegen, mein Freund, der auch jenen
vorzüglich kennt. Wir verhalten den Schritt, und er fragt und gibt Auskunft
über Woher und Wohin. Gleich beginn ich, am Rock ihn zu zupfen,
kneif mit der Hand seinen, ach, so geduldigen Arm und bedeut ihm,
winkend und Augen verdrehend, mich doch zu befreien. Der lose
Schalk stellt sich dumm, und er lacht nur; mir siedet die Galle vor Ärger.

„Unter vier Augen, nicht wahr, hast du etwas mit mir zu besprechen,
wie du gesagt hast?" „Ganz recht, ich erinnre mich. Aber – wir reden
besser ein andermal drüber; heut haben wir Sabbat am Neumond:
Willst der verschnittenen Juden du spotten?" „Da plagt mich kein Skrupel",
wende ich ein. „Aber mich: Meine Kraft ist ein wenig geringer,
bin ja nur einer von vielen. Verzeih, auf ein andermal!" Oh, wie
schwarz stieg mir heute die Sonne empor! Der Halunke rennt fort und
läßt mich zurück unterm Messer.

Da läuft meinem Manne der Kläger
zufällig über den Weg und erhebt ein gewaltiges Schreien:
„Schurke, wohin?" und „Der Herr hier ist Zeuge?" Ich halte beflissen
gleich ihm mein Ohr hin. Er schleppt vor Gericht ihn; Geschrei beiderseitig,
allenthalben Gedränge. So hat mich Apollo gerettet.

10

LUCILIUS UND HORAZ

[Was du für Fehler, Lucil, hast, das werd ich erweisen mit Cato,
deinem Verteid'ger, als Zeugen, der vorhat, die schlecht abgefaßten
Verse zu bessern, und darum auf schonende Weise zu Werk geht,
weil er ein besserer Mann ist, viel feineren Sinnes als einer,
den in der Jugend gefeuchtete Riemen und Stricke erweichten,
daß es jemanden gäbe, der alten Poeten zu Hilfe
wider den Überdruß unserer Tage zu eilen vermöchte,
aus dem Grammatikeradel der Klügste. Doch wieder zum Anfang:]

Freilich, ich habe behauptet: Es laufen mit stolperndem Fuße
bei Lucilius die Verse. Wer wird ihn so blind wohl verehren,
daß er den Mangel nicht zugibt? Doch wird er gelobt auf demselben
Blatt, da die Stadt er so richtig verspottet mit kräftigem Witze.
Das erkenn ich ihm zu: Muß ich anderes deshalb ihm nachsehn?
Dann könnt Laberius' Mimen als Mustergedichte ich rühmen.

Also: Es reicht nicht, daß einfach durch Lachen dem Hörer das Maul man
aufreißt. Auch hierbei spielt nämlich durchaus Qualität eine Rolle:
Kürze ist nötig, damit der Gedanke dahineilt und nicht sich
in einem Wortschwall verfängt, der das Ohr nur erschöpft und belastet.
Bald ist Ernst in der Sprache, doch öfter noch Scherzen vonnöten;
bald wieder braucht sie den Schwung eines Redners und Dichters, bisweilen
kehrt sie den Weltmann hervor, der sich wohl zu beherrschen versteht und
mit seinen Mitteln klug maßhält. In wichtigen Fällen trifft meistens
kühner und besser ein Scherzwort als schneidender Ernst die Entscheidung.
Hier lag die Stärke der Männer, die einstens die Alte Komödie
pflegten, und hierin sind sie uns Vorbild; doch weder hat sie der
schöne Hermogenes jemals gelesen, noch las sie der Affe,
der nur Catullus und Calvus nachzuplärren Verstand hat.

„Doch hat er Großes vollbracht; denn er flocht in lateinische Verse
griechische Worte.“ Oh, spät seid ihr dran in der Bildung, wenn euch es
schwer und bewundernswert scheint, was dem Rhodier Pitholeon auch schon
glückte. „Nun, süßer tönet die Rede, eint zierlich sie beide
Sprachen; wir mischen ja auch dem Falerner noch chiischen Wein bei.“
Gilt das beim Dichten nur, frage ich dich, oder gilt es auch, wenn den
schwierigen Fall des Petill vor Gericht du verteidigen müßtest?
Freilich, wenn Pedius Poplicola oder Corvin sich mit ihren
Plädoyers mühn, dann wär's dir wohl lieb, sie vergäßen Latinus,
unseren Ahn, und das Vaterland und sie vermischten mit fremden
Lauten die heimische Sprache, nach Kauderwelschart von Canusium.
Als ich, geboren diesseits des Meeres, einst griechische Verse
formte, erschien mir Quirinus zur Stunde nach Mitternacht, da die
Träume die Wahrheit verkünden, und wehrte es mir mit den Worten:

„Schlepptest du Holz in den Wald, so wäre das törichter auch nicht,
als wenn der griechischen Dichter gewaltige Schar du vergrößerst.“

Während Alpinus mit Schwulst den Memnon erwürgt und des Rheines
lehmiges Haupt aufs Papier schmiert, verfasse im Spiel ich hier Verse,
die nicht im Tempel beim Wettstreit vor Tarpa, dem Richter, zu klingen
noch im Theater aufs neu stets zur Schau sich zu stellen bestimmt sind.
Heitere Stücke, in welchen die pfiffige Dirne und Davus
Chremes, den Alten, verspotten, in plauderndem Tone gestalten
kannst auf der Welt heut nur du, mein Fundanius; Pollio besingt der
Könige Taten im jambischen Maß; das heroische Epos
dichtet uns Varius so feurig wie keiner; Vergilius gewährten
Weichheit und Anmut die Musen, an Fluren und Feldern sich freuend:
Dies hier ist *mein* Fach; Beßres als Varro von Atax und manche
andre, die ohne Erfolg es versuchten, kann hierin ich leisten,
kleiner jedoch als der Gattung Begründer; ich wagte es nimmer,
ihm den Kranz zu entreißen, der hochverdient seine Stirn ziert.
Aber ich sprach, daß er schlammig einherströmt und vieles oft mitführt,
was eher tilgen man muß als erhalten. Ja, gibt es, ich bitt dich,
selbst beim erhabnen Homer für den Kenner rein gar nichts zu tadeln?
Ändert der witz'ge Lucilius denn nichts bei dem Tragiker Accius,
lacht er nicht über des Ennius der Würde ermangelnde Verse,
ohne dabei sich für größer zu halten als die, die er tadelt?
Was, wenn Lucilius' Schriften wir lesen, verwehrt uns die Frage,
ob seine spröde Art, ob der rohe Geschmack seiner Zeit ihm
besseren Schliff und weicheren Fluß der Verse versagte?
Wie aber anders, wenn einer – zufrieden, in sechsfüß'gen Rhythmus
seine Gedanken zu schließen – es liebt, vor dem Essen zweihundert
Zeilen zu schreiben, nach Tisch dann noch einmal so viele, dem Tusker
Cassius gleich, dessen Ader noch rascher als reißende Flüsse
strömte und dem man – wie's heißt – seinen Scheiterhaufen aus eignen

Büchern und Kapseln getürmt hat. Lucilius, mein ich, mag nett sein,
witzig und feiner gefeilt als ein Schöpfer von kunstloser Dichtung,
welche von griechischem Geist nicht berührt ist, auch feiner gefeilt als
alle die ältren Poeten: Doch wäre sein Leben in unsre
Tage gefallen durch Fügung des Schicksals, so würde gewiß er
vieles noch glätten und alles, was jenseits vollkommner Gestaltung
wuchert, beschneiden, und während er Verse macht, würde er oft am
Kopfe sich kratzen und bis auf das Fleisch seine Nägel benagen.

Willst du schreiben, was wert ist, aufs neu stets gelesen zu werden,
wende nur häufig den Griffel! Zufrieden mit wenigen Lesern,
sei nicht bemüht um der Menge Applaus! Oder bist du so töricht,
deine Gedichte in ärmlichen Schulen behandelt zu wünschen?
Nicht so ich. „Klatschen Beifall die Ritter, genügt's mir", wie – dreist die
andren verachtend – Arbuscula sprach, als man einmal sie auspfiff.
Soll mich die Wanze Pantilius scheren, mich's kränken, weil hinterm
Rücken Demetrius über mich herzieht, der alberne Fannius,
des Tigellius Hermogenes Saufkumpan, mich beleidigt?
Vielmehr möcht euch ich gefallen, ihr trefflichen Freunde, mein Plotius,
Varius, Maecenas, Vergil und Valgius, Octavius und Fuscus,
wie ich auch eueren Lobspruch, Gebrüder Viscus, begehre,
ferne von eitler Ehrsucht. Und dich darf ich nennen, mein Pollio,
dich, mein Messalla, samt deinem Bruder und euch gleich daneben,
Servius und Bibulus, mit ihnen, redlicher Furnius, dich und
weiter noch manchen gelehrten, mir gut befreundeten Mann, von
dem ich mit Absicht nicht spreche: Willkommen sei *ihnen* das Werk hier,
gleich wie es ist, und ich wäre betrübt, fänd es weniger Anklang,
als ich's erhoffe. Demetrius aber und du auch, Tigellius,
plärrt ihr nur weiter vor eueren Schülerinnen im Lehnstuhl!

Spute dich, Bursche, schreib rasch dieses Grußwort noch unter mein Büchlein!

ZWEITES BUCH

1

RECHTFERTIGUNG

Horaz: Einigen scheine zu scharf ich zu sein in meiner Satire,
über das Maß den Bogen zu spannen; ein andrer Teil hält für
kraftlos, was ich geschaffen, meint, Verse wie meine vermöcht man
tausend am Tage zu spinnen. Was soll ich da machen, Trebatius?
Gib deinen Rat mir!

Trebatius: Nun, hör damit auf!

Horaz: Du meinst, gar keine Verse
soll ich mehr schreiben?

Trebatius: So ist es.

Horaz: Beim Henker, es wäre das Beste!
Aber ich kann halt nicht ruhen.

Trebatius: Wer Tiefe des Schlafes entbehret,
möge sich salben mit Öl und dreimal den Tiber durchschwimmen
und seinen Körper zur Nacht von innen mit Rebensaft tränken.
Oder – wenn dich so machtvoll die Lust zum Schreiben gepackt hält,
wag es, die Taten des unüberwindbaren Caesar zu singen!
Reichlich wird's lohnen der Mühen.

Horaz: Wohl möcht ich's, o ehrwürd'ger Vater,
doch fehlt die Kraft. Denn nicht jeder kann lanzenstarrende Heere
schildern und sterbende Gallier, nachdem ihre Schilde zerbrachen,
oder die Wunden der Parther, die niederstürzen vom Pferde.

Trebatius: Aber du könntest doch schreiben, wie rechtlich er ist und wie tapfer,
wie der gescheite Lucilius bei Scipio.

Horaz: An mir soll's nicht fehlen,
wenn es die Stunde verlangt. Nur im rechten Moment finden Flaccus'
Worte bei Caesar ein offenes Ohr. Denn er weiß sich zu sichern,
und er verteilt seine Schläge, wenn einer zur Unzeit ihm schmeichelt.

Trebatius: Hundertmal besser, als Strolche wie Pantolab oder Verschwender
wie Nomentanus in grimmigem Vers zu verletzen, von denen
jeder um sich gleich besorgt ist und Haß sprüht, auch wenn er verschont bleibt.
Horaz: Was soll ich machen? Milonius tanzt, wenn der Wein ihm zu Kopf steigt
und ihm der hitzige Rausch die Zahl der Lampen verdoppelt.
Kastor hat Freude an Pferden, sein Zwillingsbruder am Faustkampf.
Wie viele Menschen, so viel Interessen beherbergt die Erde.
Mir macht es Spaß, die Worte ins Maß der Verse zu schließen
nach der Weise Lucils, der es besser konnte als wir hier.
Wie getreulichen Freunden vertraute dereinst er den Büchern
alles, was ihn bewegte, und nirgendwo sonst nahm er Zuflucht,
weder im Glück noch im Unglück. So liegt auch das Leben des Greises
wie auf geweihtem Gemälde uns aufgezeichnet vor Augen.
Er ist mir Vorbild, ob ich Lukaner nun bin, ob Apulier.
Beide Grenzen berührt mit dem Pflug ja Venusias Bauer,
dorthin – sagt alte Legende – nach Flucht der Sabeller entboten,
feindlichen Ansturm durch leeres Gebiet auf Rom zu verwehren,
sei's ein apulischer Stamm, sei's lukanisches Volk, das voll Kampfgier
Kriege vom Zaun bricht. Doch hier dieser Griffel greift mutwillig keinen
Lebenden an; er behütet mich gleich einem Schwert, das die Scheide
schützend umgibt. Warum sollt ich es ziehn, da ich sicher mich weiß vor
Räubern und Feinden? O Jupiter, Vater und König, gewähre,
daß meine Waffe rastend, zerfressen vom Roste, verdirbt und
keiner zu nahe mir tritt, der ich Frieden begehre! Doch wer es
mich zu behelligen wagt – und ich warn ihn, es lieber zu lassen –,
dem geht es schlecht, und verhöhnt durch mein Lied, ist im Mund er der Leute.

Cervius droht voller Wut mit gesetzlicher Strafe, Canidia
schreckt mit dem Gift des Albucius die Gegner, ein Turius verheißt dir

gräßliches Unheil, erhältst im Prozeß einmal ihn du zum Richter.
Jeder bekämpft seine Feinde mit Waffen, in denen er stark ist;
also befiehlt es die Macht der Natur, wie die Beispiele zeigen:
Mit seinem Zahn ficht der Wolf, mit den Hörnern der Stier: Woher anders
als aus Instinkt? Überlaß dem Verschwender Scaeva die Mutter,
die zu lange ihm lebt: Nicht Gewalt übt die zärtliche Hand – kein
Wunder, da weder mit Hufen der Wolf noch mit Zähnen der Stier kämpft –,
giftiger Schierling im Honig befördert die Alte ins Jenseits.
Kurz: Ob mich künftig einmal ein beschauliches Alter erwartet
oder schon heute die finsteren Flügel des Todes umrauschen,
reich oder arm, ob in Rom oder – will es das Los – in der Fremde,
gleich wie mein Leben auch aussieht: Ich dichte.

Trebatius: Mein Sohn, ja dann, fürcht ich,
machst du's nicht lange; ein eisiger Wind aus dem Kreise der hohen
Freunde streckt dich zu Boden.

Horaz: Wieso? Als Lucilius zuerst es
wagte, Gedichte in dieser Manier zu verfassen und jedem
fortzureißen das Fell, in dem gleißend vor Augen er herschritt,
drunter den Schurken verbergend, nahm etwa da Laelius, nahm jener,
der mit Karthagos Zerstörung verdient einen Namen sich machte,
Anstoß an geistvollem Witz, war gekränkt ob des Spotts auf Metellus
oder des Berges von schmähenden Versen für Lupus? Und gleichwohl
nahm er die Ersten des Volks, alle Schichten des Volks in die Zange,
Anwalt allein nur der Tugend und ihren Freunden gewogen.
Ja, wenn der tapfere Scipio und Laelius, der milde und weise,
sich von der offenen Bühne zurück in die Einsamkeit zogen,
pflegten mit ihm sie zu scherzen, entgürteten Kleides zu spielen,
während der Kohl ihnen gar ward. Was immer nun *ich* bin, wie sehr an
Rang und Talent dem Lucilius ich nachsteh: Der Neid muß es dennoch,

auch wider Willen, mir lassen, daß unter den Großen der Zeit ich
Freunde besaß, und sucht hier sein Zubiß gebrechliche Stellen,
trifft er Granit. Oder bist du, gelehrter Trebatius, da andrer
Meinung?

Trebatius: Ich? Nein, ich kann wirklich an alledem nichts dir bestreiten.
Nur laß dich warnen! Du mußt auf der Hut sein, damit du nicht etwa
schweren Nachteil erfährst aus der Unkenntnis heil'ger Gesetze:
„Schreibt jemand über den anderen schlechte Gedichte, so sei er
angeklagt vor Gericht."

Horaz: Ja gewiß, wenn sie schlecht sind. Doch wenn er
gute nun schreibt und durch Caesars Urteil gelobt wird und wenn er
Leute, die Tadel verdienen, verbellt, aber selbst ohne Fehl ist?

Trebatius: Lachen entkräftet Gesetze, und straffrei gehst du nach Hause.

2

GESUNDE LEBENSART

Einfach zu leben – welch treffliche Tugend, o Freunde, vernehmt es!
Aber nicht *ich* führ das Wort, es sind Lehren des Bauern Ofellus,
eines besonderen Weisen von häuslich derbem Verstande.
Hört denn, jedoch nicht bei üppigen Schüsseln, beladenen Tischen,
wenn von der maßlosen Pracht die Schärfe des Auges getrübt ist
und unser Denken zum Falschen sich neigt und das Bessere ablehnt,
nein, gleich hier noch vorm Frühstück erörtert's mit mir! Und warum das?
Nun, ich will's, so ich kann, euch erklären. Gar schlecht prüft die Wahrheit
stets ein bestochener Richter. Hat Jagd nach dem Hasen, auf wildem
Rosse ein Ritt dich erschöpft, oder, ist dir der römische Felddienst
lästig und Griechenspiel eher vertraut, ob beim Fluge des Balles,
ob du beim Diskus dich tummelst (die Härte der Mühn läßt der Eifer

leicht dich vergessen: Wirf also den Diskus in luftige Höh!), kurz:
trieben Strapazen das Mäkeln dir aus, plagen Hunger und Durst dich,
dann verschmähe die einfache Kost und verlange Falerner
mit hymettischem Honig gewürzt! Hat dein Koch einmal Ausgang,
schützt seine Fische mit Stürmen das finstere Meer, so besänftigt
Brot mit Salz ausgezeichnet den knurrenden Magen. Woher wohl
kommt das, und wie wird's erreicht? Nicht in teuerem Bratenduft liegt der
höchste Genuß, nein, allein in dir selbst! In des Angesichts Schweiße
mußt du dein Mahl dir verdienen: Wer bleich ist, von Lastern gemästet,
dem schmeckt nicht Auster noch Lippfisch, kein Schneehuhn aus fernen Gefilden.

Wird jedoch Pfau aufgetragen, so kann ich's kaum hindern, daß lieber
als mit dem Fleische vom Huhn du dir damit den Gaumen willst kitzeln,
eitel geblendet vom Schein, weil der seltene Vogel um schweres
Gold nur verkauft wird und spreizend den farbigen Schwanz stolz zur Schau stellt.
Was hat denn das mit der Sache zu tun? Kannst die Federn du speisen,
die du bewunderst? Behält seine Pracht der gebratene Vogel?
Wenn im Geschmack auch kein Unterschied ist, mag's beim Pfau ja noch angehn,
daß du ihn vorziehst dem Huhn, durch verschiedenes Aussehn verleitet.
Doch woran merkst du, ob Barsch, der das Maul vor dir aufreißt, im Tiber
oder auf See in das Netz ging, ob zwischen den Brücken, ob vor des
Tuskerstroms Mündung er schwamm? Du Dummkopf lobst Barben, drei Pfund schwer,
aber du mußt sie zum Mahle in einzelne Teile zerlegen.

Also das Äußre verlockt dich, ich seh's: Warum willst du von großen
Barschen jedoch dann nichts wissen? Doch wohl, weil sie groß die Natur schuf,
während den Barben sie wenig Gewicht bloß und Kleinheit gewährte:
Das, was alltäglich, verschmähet ein Magen, der selten nur hungert.
„Stattliche Stücke begehr ich in stattlichen Schüsseln zu sehen",
spricht da der Schlund, eine würdige Zier für die gier'gen Harpyien.
Südwinde, eilet herbei, die Kost dieser Prasser zu kochen!
Freilich, es stinkt ihnen Wildschwein und Steinbutt auch frisch, da ihr kranker
Magen vor Fülle sich plagt und gesättigt viel eher nach Rüben
lechzt oder saurem Alant. Aber noch ist nicht jegliche Armut
fortgewiesen vom Tische der Reichen: Noch heut finden Platz dort
billige Eier und schwarze Oliven. Erst unlängst erregte
Stör auf des Auktionators Gallonius Tafel noch übel
Aufsehn. Wie? Ließ das Meer damals weniger Steinbutt gedeihen?
Nein, er war sicher so wie der Storch in sicherem Nest, bis
ihn zu verspeisen euch lehrte ein durchgefallener Prätor.
Wenn also wer jetzt verfügt, delikat schmecke Tauchhuhn gebraten,
wird ihm die römische Jugend, für Schlechtes empfänglich, gehorchen.

Doch zwischen einfachem Leben und schmutzigem Geiz klafft ein Abgrund,
meint auch Ofell: Denn vergebens wohl miedest du einen der Fehler,
wenn du dich falsch in den andern verstricktest. Ein Avidiënus,
welchem der Beiname Hund mit voller Berechtigung anhängt,
knabbert Oliven, fünf Jahr alt, und wilde Kirschen des Waldes,
wagt sich nur saueren Wein in den Becher zu schenken; und mag auch
weißgewandet er Hochzeit, Geburtstag und andere Feste

feiern, stets träufelt mit höchsteigner Hand aus der zweipfünd'gen Flasche
in den Salat er ein Öl, dessen übler Geruch dir den Atem
nimmt; um so weniger spart er mit altem, beißendem Essig.
Welches Leben erwählt nun der Weise? Ahmt nach er den Schlemmer
oder den Geizhals? Hier drohet der Wolf, dort der Hund, heißt's im Sprichwort.
Untadlig ist, wer nicht Anstoß erregt durch sein Knausern; nach keiner
Seite hin krankt dann die Art seines Lebens: Er schilt nicht die Sklaven,
folgend dem Beispiel des alten Albucius, schon während er ihnen
Arbeiten zuweist, noch reicht er den Tischgästen schmieriges Wasser,
wie der biedere Naevius, auch das ein gewaltiger Mißgriff.

Hör nun, welch Fülle von Vorteil bescheidenes Leben dir einbringt!
Allem voran: Du schonst die Gesundheit. Wie schädlich dem Menschen
wahllos Gemisch ist, das kannst du wohl glauben; bedenk nur, wie gut dir
früher stets einfache Speise bekam! Aber wenn durcheinander
Braten du ißt und Gesottnes und Austern zusammen mit Drosseln,
muß sich in Galle der Wohlgeschmack wandeln und zähes Geschleim den
Magen zerwühlen. Bemerkst du, wie bleich sich der Gast stets erhebt vom
Mahl, wo zur Qual ihm die Wahl ward? Ja noch am folgenden Tage
lastet, beschwert von den gestrigen Sünden, der Leib auf dem Geist und
zieht diesen Anteil am göttlichen Hauch auf die Erde hinunter.
Wer jedoch rascher als Reden die Mahlzeit beendet und gleich dem
Schlummer sich hingibt, erwacht neugestärkt, um sein Werk zu vollbringen.

Und zuweilen kann der sich sogar etwas Besseres leisten,
wenn ihm ein festlicher Tag im Laufe des Jahres beschert wird,
wenn den ermüdeten Körper zu laben er wünscht oder, sind die
Jahre gekommen, sanftere Pflege das schwächliche Alter
endlich erfordert. Hingegen nimmst *du* in der Vollkraft der Jugend
dir schon das weichliche Leben voraus: was setzt später du zu dann,
wenn dich gefährliche Krankheit, beschwerliches Greisentum heimsucht?
Eberfleisch lobten die Alten, auch wenn es schon anfing zu riechen,
nicht etwa weil sie der Nase entbehrten; sie meinten wohl vielmehr:
Besser für späten Besuch etwas haben, und mag's auch verderben,
als daß gefräßig der Hausherr das Ganze verschlingt, wenn's noch frisch ist.
Wäre ich doch unter solchen Heroen der Frühzeit gewandelt!

Auf guten Ruf legst du Wert, der dem Menschen noch süßer im Ohr klingt
als die Musik? Der gewaltige Steinbutt, die riesigen Schüsseln
bringen zum Schaden noch Schande dir ein. Du brauchst nur an des Oheims
Zorn, an die Nachbarn zu denken, wie sehr du dir selber dann bös bist
und gar den Tod dir herbeisehnst – vergeblich: Es fehlt dir ein letztes
As, einen Strick dir zu kaufen. „Zu Recht", meint da einer, „wird Trausius
derart gescholten. Doch *ich* beziehe ja reichliche Renten,
habe Vermögen genug, drei Herrscher zufriedenzustellen."
Könntest den Überschuß dann nicht zu besserem Zweck du verwenden?
Warum muß mancher noch unschuldig darben, wo *du* doch so reich bist?
Warum verfallen die alten Tempel der Götter? Warum, Schuft,
läßt du die teuere Heimat nicht teilhaben an deinem Reichtum?

Freilich, nur dir ganz allein lacht auf ewig das Glück: Doch wie bald bist
später auch du zum lauten Gespött deiner Feinde geworden!
Wer denn kann fester im Unglück den eigenen Kräften vertrauen?
Der, der durch Überfluß Körper und Geist zur Hoffart verwöhnet,
oder wer stets, nur mit Kleinem zufrieden, für Kommendes vorsorgt,
weise im Frieden bereits das Nötige rüstet für Kriegszeit?

Um diesen Worten Nachdruck zu geben: Seit frühester Kindheit
kenn ich Ofell, er lebte nicht besser mit reichem Besitz als
heut, da sein Gut ihm genommen. Auf Äckern, die andern man zumaß,
siehst du mit Söhnen und Vieh ihn als Pächter bei wackerer Arbeit.
„An den gewöhnlichen Tagen", er spricht, „gab's von ungefähr niemals
andres bei mir als Gemüse mit Streifen geräucherten Schinkens.
Aber wenn einmal ein lang nicht gesehener Gast in mein Haus trat
oder, da Regen die Arbeit verwehrte, willkommner Besuch des
Nachbarn, so ließen wir wohl es uns sein, nur bei Huhn oder Böcklein,
ohne Fische, gekauft in der Hauptstadt; und unseren Nachtisch
zierten dann hangende Trauben und Nüsse mit doppelten Feigen.
Drauf kam ein Spielchen beim Wein, und da zwangen nur Fehler zum Trinken.
Ceres, mit Spenden geehrt, daß sie wachse im steigenden Halme,
glättete bald auf den Stirnen die Sorgenfalten der Zecher.
Möge Fortuna auch wüten und neuen Umsturz erregen:
Was kann sie davon mir nehmen? Ist, Söhne, mein Leben und eures
weniger glanzvoll, seit hier ein neuer Bewohner hielt Einzug?
Ihn nicht und mich nicht noch sonstwen berief die Natur zum Gebieter
über ein eigenes Land: So wie uns er vertrieb, geht auch er einst,
niedergewirtschaftet oder im Netz des Gesetzes gefangen;
endlich vertreibt ihn gewiß ein ihn überlebender Erbe.

Wird jetzt das Gut nach Umbrenus benannt, so noch jüngst nach
Ofellus;
keinem gehört es zu eigen, man läßt es zur Nutzung bald mir nur,
bald einem anderen wieder. Drum bleibet im Leben nur tapfer,
tretet mit tapferem Herzen allzeit dem Unglück entgegen!

3

WEISHEITSAPOSTEL

Damasippus: Selten nur schreibst du, so daß im Verlauf eines Jahres
nicht viermal
Pergament du verlangst; was du schreibst, streichst du gleich
wieder aus, bist
uneinig selber mit dir, weil, dem Schlaf und dem Weine gewogen,
nie du ein rechtes Gedicht mehr zustand bringst. Wohin soll das
führen?
Richtig, du nahmst vorm Saturnfest hier Zuflucht – vernünftig!
Nun, also
laß etwas hören, das wert der Erwartung! Na los denn! Auch *hier*
nichts?
Zwecklos beschimpfst du die Feder, und unverdient leiden,
gescholten,
hier diese Wände, auf denen der Fluch ruht von Göttern und
Dichtern.
Dabei verhieß deine Miene ein reiches und rühmliches Schaffen,
wärst du erst unterm behaglichen Dach deines Häusleins
geborgen.
Was war es nütze, den Plato dann neben Menander zu packen,
Eupolis mit dir zu schleppen, Archilochus, großes Gefolge?
Willst du, der eigenen Tatkraft entsagend, die Neider versöhnen?
Mißachtung erntest du Armer. Die dreiste Verlockung des
Nichtstuns
heißt es meiden oder mit Gleichmut auf alles verzichten,
was du in besseren Zeiten erwarbst.
Horaz: Deinen aufrechten Ratschlag
lohn dir der Himmel und sende dir einen Barbier, Damasippus.
Wie aber kennst du so gut mich?

Damasippus: Seit mitten im Bogen des Janus
Schiffbruch erlitt mein Vermögen, besorge ich fremde Geschäfte,
eigenem Steuer entrissen. Einst pflegte ich nämlich zu forschen,
in welchem Erzbecken wohl der verschlagene Sisyphus seine
Füße sich wusch, was zu grob war gegossen – nur kunstlos gehauen.
Sachkundig zahlte zum Beispiel ich hundertmaltausend fürs Kunstwerk,
wußte erlesene Häuser und Parks mit Gewinn zu erhandeln
wie noch kein zweiter; deswegen verliehn auf der Straße die Leute
mir auch den Beinamen Günstling Merkurs.
Horaz: Ja, ich weiß, und ich staune,
von deiner Krankheit geheilt dich zu sehn. Doch das frühere Leiden
gab einem seltsamen neuen jetzt Raum, wie es häufig wohl vorkommt:
Schmerz, der soeben noch Brust oder Kopf quält, zieht plötzlich zum Herzen,
Schlafsuchtkranke bedrohen in Tobsucht den Arzt mit den Fäusten.
Wenn nur *du* dich nicht ähnlich benimmst, kann's mir gleich sein.
Damasippus: Mein Bester,
täusch dich nicht! Toll bist du selbst, und fast alle sind Toren, sofern die
Wahrheit Stertinius predigt, von dem ich die herrlichen Lehren
hörte und eifrig gleich aufschrieb; er sprach damals, weißt du, mir Trost zu,
gab mir den Rat, einen Weisheitsbart mir wachsen zu lassen
und von Fabricius' Brücke frohgemut heimwärts zu schreiten.
Als ich, vom Unglück getroffen, verhüllten Hauptes mich nämlich
stürzen wollte hinab in den Strom, stand er plötzlich zur Rechten:
„Nichts unternimm, was deiner nicht wert!" rief er aus; „dich bedrückt nur
falsche Scham, weil du fürchtest, für toll unter Tollen zu gelten.

Erst laß mich fragen, was Tollsein denn ist: Wenn's bei dir nur sich findet,
werd ich mit keinem Wort länger dich hindern, recht tapfer zu sterben.

Toll ist – so lehret die Stoa, Chrysippus mitsamt seiner Schule –,
wer, der Wahrheit nicht kundig, als gräßlicher Tor blind dahintreibt,
und diese Formel trifft Völker, trifft ebenso mächtige Herrscher,
ausgenommen den Weisen. Vernimm nun, weshalb alle Menschen,
welche in dir einen Tollkopf jetzt sehen, selbst Narren – gleich dir – sind!
Um das am Beispiel zu zeigen: Verlieren zwei Wandrer im Walde
irrend den richtigen Pfad und schweifen umher, wird der eine
linkshin sich wenden, der andre nach rechts; aber beide verhöhnt der
nämliche Irrtum, wenn auch in verschiedener Richtung. Nicht anders
ist es bei *dir*: Halte *du* dich für toll! Doch, um keinen Deut klüger,
trägt, wer dich auslacht, den Schwanz hinterm Rücken. Es gibt eine Art von
Torheit, die fürchtet, wo gar nichts zu fürchten, und jammert, daß Flammen,
Felsen und Flüsse, wo ebenes Feld ist, den Weg ihr versperren.
Dieser entgegengesetzt, stürzt die andere, keineswegs klüger,
mitten durch Feuer und Fluten; mag liebend die Mutter, der Vater,
mag auch die Gattin, die ehrsame Schwester mit allen Verwandten
warnen: ‚Gib acht, ein gewaltiger Graben, ein riesiger Felsblock!‘,
hört sie so wenig wie Fufius im Rausch, den er einst auf der Bühne
als Iliona ausschlief, obgleich Catiënus mit tausend
Stimmen ihn anschrie: ‚Ich rufe dich, Mutter!‘ Wie sehr solchen Toren
in ihrem Wahn alle Mitmenschen gleichen, das will ich dir zeigen.

Wahnsinnig ist Damasipp, wenn er alte Standbilder aufkauft:
Ist denn sein Gläubiger heilen Verstandes? Nun gut! Aber sag ich:
Nimm nur das Geld hier; du brauchst's mir nicht wiederzugeben! Ja, wär's dann
Wahnsinn von dir, es zu nehmen, oder nicht törichter vielmehr,
einen Gewinn zu verschmähn, den Mercurius persönlich dir darbringt?

Buch die zehntausend bei Nerius! Nicht sicher genug? Schreib den Schuldschein
wie der gerißne Cicuta mit hundert Klauseln, mit tausend:
Dennoch wird Proteus voll Tücke auch diesen Fesseln entkommen.
Schleppst du ihn endlich zum Richter, so grinst er auf Kosten der andern,
wird bald Wildschwein, bald Vogel, bald Fels und bald Baum – nach Belieben.
Zeugt ein Bankrott nun von Narrheit, ein gutes Geschäft von Vernunft, wie
hirnverbrannt, glaube mir, muß dann Perellius wohl sein, der dir einen
Schuldschein diktiert, den du niemals im Leben wirst einlösen können.

Ordnet die Toga und lauscht mir, befehl ich, ihr, denen vor falschem
Ehrgeiz, vor Gier nach dem Gelde die Blässe fahl im Gesicht steht,
die an Vergnügungssucht, finsterem Unglauben oder an andern
Geistesgebrechen ihr leidet, schart näher um mich euch in Reihen,
wenn ich euch zeige, daß jeder von euch, daß ihr alle verrückt seid!

Weitaus die größte Dosis an Nieswurz gebühret dem Geizhals:
Ihm wird am besten Anticyras Ernte im Ganzen verordnet.
Was ein Staberius vermachte, das steht auf dem Grabstein; die Erben
schnitten es ein, denn sonst müßten dem Volke sie Spiele mit hundert
Paaren von Fechtern, den Schmaus nach des Arrius Ermessen spendieren
und den Getreideertrag von Afrikas Flur. ‚Ob mein Wille
falsch ist oder ob richtig: du bist nicht mein Oheim!‘ Staberius,
mein ich, erließ eine kluge Verfügung. Was war seine Absicht
bei seinem Wunsche, es sollten die Erben des Nachlasses Höhe
meißeln in Stein? Solange er lebte, war Armut für ihn das
größte Gebrechen, und nichts mied er ängstlicher: Wäre er doch sich

selber als Nichtsnutz erschienen, hätte beim Tod seinen Schätzen
etwa ein einziger Quadrans gefehlt. ‚Denn alles, die Tugend,
Ansehen, Ehre, die Güter des Himmels, der Erde, sind hörig
herrlichem Reichtum. Wer *ihn* sich erwirbt, ist berühmt, ist gerecht und
tapfer zugleich.' ‚Und weise?' ‚Auch das, dazu König und alles,
was er nur wünscht.' Und die Zahl auf dem Grabstein, Beweis seiner Leistung,
hebt ihn, so hofft er, auf Höhen des Ruhmes. Wie anders dagegen
einst Aristippus, der Grieche! Inmitten von Libyen hieß er
Gold seine Sklaven verstreuen, nur weil sie, gehemmt von der Bürde,
allzu langsam ihm gingen. Wer ist nun verrückter von beiden?
Nichts kann das Beispiel beweisen, da Fragen es löst nur mit Fragen.
Kauft einer Zithern und trägt sie zu Haufen zusammen, obgleich er
weder zu spielen versteht noch auch sonst für Musik ein Gefühl hat,
kauft er sich Ahlen und Leisten, obgleich er kein Schuster, und Segel,
wenn er auch Handel und Seefahrt verabscheut, so gilt er mit Recht bei
allen als irr und verrückt. Und wieso unterscheidet von ihm sich
einer, der Gold und Münzen verwahrt, doch den Schatz nicht zu nutzen
weiß und, als wäre er heilig, ihn anzurühren gar fürchtet?
Vor seiner Scheuer, mit Korn bis zum Dache gefüllt, liegt da einer,
Wache zu halten bei Tag und bei Nacht mit gewaltigem Stock, und
traut sich trotz Hungers vom eignen Besitz nicht ein Körnchen zu nehmen,
nähret viel lieber sich kärglich von bitteren Kräutern des Feldes;
in seinem Keller sind tausend, was sag ich, dreihundertmaltausend
Krüge voll Chier und altem Falerner gelagert, doch trinkt er
saueren Krätzer; und sieh dir nur das an, ein Greis von fast achtzig,

schläft er auf elendem Stroh, wo im Schrein ihm doch wollene Decken
modern in Menge als köstlicher Fraß für die Schaben und Motten:
Freilich – verrückt kommt er trotzdem nur wenigen vor, da der Menschen
überwiegende Mehrheit von gleicher Krankheit gequält wird.
Hütest du gottverlassener Alter dein Gut, daß dein Sohn, dein
Freigelaßner es erbt und verpraßt? Daß dir selber nichts mangelt?
Aber wie wenig kürzt jeglicher Tag doch den Reichtum, beginnst du,
mit einem besseren Öl den Salat zu bereiten und deinen
filzigen, grindigen Kopf dir zu salben? Und bist du zufrieden
mit dem Geringsten, wozu dann mit Meineid, mit Raub und mit Diebstahl
überall raffen? Zeugt *das* von Vernunft? Fiel dir ein, nach den Leuten,
nach deinen Sklaven, für Geld erst erworben, mit Steinen zu werfen,
liefen gleich Knaben und Mädchen zusammen und schrien: ‚Ein Verrückter!'
Bringst du jedoch mit dem Strick deine Frau, deine Mutter mit Gift um,
bist du gesunden Verstands! Etwa nicht? Nicht in Argos ja tust du's,
tötest auch nicht mit dem Schwert wie Orestes im Wahnsinn die Mutter.
Meinst du, er sei doch erst *nach* diesem Morde in Wahnsinn verfallen,
gräßliche Furien hätten ihn nicht schon ins Irre getrieben,
eh mit dem Stahl er die warme Kehle der Mutter durchbohrte?
Vielmehr: Seitdem, wie man *sonst* glaubt, der Geist des Orest sich verwirrte,
fehlt von ihm jegliche Tat, die Tadel verdiente; denn weder
Pylades noch seine Schwester Elektra bedroht er mit Waffen,
schmäht nur mit Worten die beiden, nennt *sie* eine Furie und jenen
anders, wie es ihm eingibt die schwärzlich glänzende Galle.

Arm war Opimius bei all seinem Silber und Gold in den Kästen,
trank an den festlichen Tagen nur Vejentaner, und den aus

irdenem Schöpfkrug, an Wochentagen gar saueren Krätzer.
Einmal nun lag er an schwerer Schlafsucht darnieder – der Erbe
strich schon vergnügt und frohlockend durchs Haus nach den Schlüsseln und Schreinen –,
als sein getreuer Arzt ihn entschlossen ins Leben zurückrief
folgender Art: Er befiehlt, einen Tisch aufzustellen und hierauf
Säcke mit Geld zu entleeren; die Münzen zu zählen, bestellt er
mehrere Leute. Tatsächlich erweckt er den Kranken, bemerkt noch:
‚Gibst du nicht acht auf dein Gut, schleppt's der gierige Erbe schon jetzt fort.'
‚Da ich noch leb?' ‚Um zu leben, bleib wach! Und paß auf nun!' ‚Was willst du?'
‚Vor Ermattung stockt dir das Blut in den Adern, wenn nicht du
Speise und kräftige Stärkung dem leidenden Magen bald zuführst.
Zögerst du etwa? Na, komm schon; hier nimm diesen Reisschleim!' ‚Erst sag mir,
was er gekostet!' ‚Nur wenig.' ‚Wieviel denn?' ‚Acht As.' ‚Wie entsetzlich!
Ob nun die Krankheit mich tötet, ob Räuber und Diebe, was macht das!'
Wer also ist bei Verstand? Wer nicht töricht ist. Was ist ein Geizhals?
Töricht und nicht bei Verstand. Wer kein Geizhals ist, folgt draus, ist also
heilen Verstandes? O nein! ‚Ja, warum nicht, mein Stoiker?' Hör denn!

Craterus, nimm einmal an, hat gesagt: ‚Nicht am Magen fehlt's hier dem
Kranken.' So geht es ihm gut, er kann aufstehn? Entschieden verneint er,
[da ja die Lunge, die Niere von heftigen Leiden geplagt sind.]
Der ist nicht geizig und bricht keine Eide: Er opfre zum Dank den
gnädigen Laren ein Ferkel! Doch quält ihn vermessener Ehrgeiz:
Soll er zur Kur nach Anticyra fahren! Denn ob man die Habe
in einen Schlund wirft, ob nie man Erspartes genießt, ist das gleiche.

Servius Oppidius besaß bei Canusium zwei Güter – ein reicher
Mann nach der Schätzung der Alten; im Sterben vermachte er diese
seinen zwei Söhnen; er rief sie – wie's heißt – an sein Lager und sprach dann:
‚Seit ich bemerkte, wie, Aulus, du Würfel und Nüsse umhertrugst
in deines Kleides lockerem Bausch, sie verschenktest, verspieltest,
du, mein Tiberius, sie zähltest und mürrisch in Löchern verstecktest,
fürcht ich, daß Wahnsinn, verschiedener Art zwar, euch beide dahintreibt,
du dem Cicuta und du Nomentanus nachschlagen könntest.
Drum, bei den heiligen Göttern des Hauses, laßt beide euch bitten:
Hütet euch, du zu vermindern und du zu vermehren, was euer
Vater für ausreichend hält und wofür auch das Maß die Natur setzt!
Ferner: Damit euch die Ruhmsucht nie kitzelt, will beide durch Eidschwur
ich euch verpflichten: Wird jemals einer von euch zum Ädilen
oder zum Prätor gewählt, sei verflucht er und ehrlos sein Leben!'
Willst du dein Gut denn mit Erbsen vertun, mit Lupinen und Bohnen,
nur um dich stolz im Circus zu zeigen, in Erz dort zu stehen,
bar deines Erbes, du Narr, aller Äcker, des ganzen Vermögens?
Nur um den gleichen Beifall zu finden wie neulich Agrippa?
Willst du, ein listiger Fuchs nur, dem vornehmen Löwen es gleichtun?

Warum befiehlst du, Atride, daß keiner den Ajax bestattet?
‚Ich bin der König' – als Mann aus dem Volk laß ich weiteres Fragen –,
‚und mein Gebot ist gerecht; doch wem's ungerecht vorkommt, der sage
straflos die Meinung; es sei ihm erlaubt!' O der Könige Größter,
schenk dir der Himmel, daß Troja du nimmst und die Flotte zurückführst!
Frei steht es also, Fragen zu stellen und Antwort zu geben?

‚Frage nur!' Warum muß Ajax, der tapferste Held nach Achilles,
vielfach als Retter der Griechen gerühmt, so entehrt jetzt verwesen?
Sollen sich Priamus, Priamus' Volk freun, wenn *der* ohne Grab bleibt,
der ihre Söhne so zahlreich den heimischen Grabstätten fernhielt?
‚Tausend Schafe erschlug er im Wahnsinn, laut schreiend, daß er den
edlen Ulixes ermorde, mich selber mitsamt Menelaus.'
Als du, Verrückter, in Aulis die Tochter als Opfer geführt hast
vor den Altar, mit gesalzenem Schrot ihren Scheitel bestreutest,
da warst du wohl bei Verstande? ‚Wieso?' Was verbrach denn im Wahnsinn
Ajax? Mocht Vieh mit dem Stahle zu Boden er strecken, er schonte
Weib doch und Kind; alles Unheil zwar fluchte er auf die Atriden,
aber er fügte dem Teuker, ja selbst dem Ulixes kein Leid zu.
‚Unsere Schiffe, an widrige Küsten gebannt, zu befreien,
sucht ich in klugem Bedacht die Götter mit Blut zu versöhnen.'
Rasender, mit deinem eignen! ‚Gewiß, jedoch war ich nicht rasend.'

Wessen Ideen sich der Wahrheit entfremden und obendrein noch mit
ruchloser Leidenschaft mengen, der gilt als verrückt, und es ist ganz
gleich, ob sein Irrwahn auf Torheit oder auf Jähzorn sich gründet.
Nicht bei Sinnen ist Ajax, wenn schuldlose Lämmer er mordet:
Du aber, wohlbedacht frevelnd für nichtige Ehren, bist klar im
Kopf, und von Fehlern ist rein dein Herz, mag es Ehrsucht auch schwellen?
Hätt einer Lust, ein strahlendes Lamm in der Sänfte zu führen,
ihm – gleich der Tochter – Gewänder zu schenken und Mägde und Gold, es
‚Blondchen' zu rufen, ‚mein Kleines', ihm gar einen wackeren Mann zum
Gatten zu wählen: des Prätors Gebot würde rasch ihn entrechten
und ihn in Vormundschaft schicken zu lauter vernünft'gen Verwandten.

Wer aber statt eines stummen Lammes das eigene Kind weiht,
dessen Verstand soll gesund sein? Wohl kaum. Daraus folgt: Wo sich Torheit
paart mit dem Bösen, ist Wahnsinn am größten; ist einer ein Frevler,
ist er auch rasend; und wen die gleißende Ruhmsucht gepackt hält,
dem raubt lärmend Bellona, frohlockend im Blutrausch, die Sinne.

Nimm dir mit mir die Genußsucht nun vor, Nomentanus zum Beispiel!
Zeigen wird unser Beweis, daß Verschwender töricht und irr sind.
Kaum hatte jener durch Erbschaft wohl tausend Talente gewonnen,
gab er bekannt, daß die Fischer und Vogler, die Apfelverkäufer,
Salbenhändler, das gottlose Volk aus dem Tuskischen Viertel,
Spaßmacher, Metzger, der Fleischmarkt vereint mit dem ganzen Velabrum
gleich in der Früh zu ihm kämen. Wie? Sie erschienen gar zahlreich.
Wort führt der Kuppler: ‚Was *ich*, was von diesen ein jeder zu Hause
hat an Besitz, gehört *dir*; genieße es heut oder morgen!‘
Hör nur, was hierauf der billig denkende Jüngling erwidert:
‚*Du* bringst gepanzert die Nacht im lukanischen Schnee zu, damit ich
Wildschwein kann speisen, und *du* fängst mir Fische aus stürmischen Meeren:
Ich bin ein Faulpelz, nicht wert, so viel zu besitzen. Drum fort nur!
Nimm du dir eine Million, du das gleiche, und du nimm dir dreifach,
da deine Gattin nach Mitternacht noch, wenn ich rufe, herbeieilt.‘
Eine Million gleich auf einmal zu schlingen, entwand des Aesopus
Sohn aus Metellas Ohr eine prachtvolle Perle und ließ in
Essig sie schmelzen: Wär’s etwa verrückter, die nämliche Summe
in einen reißenden Strom oder gar in die Gosse zu werfen?
Quintus Arrius’ Söhne, ein nobles Gespann von zwei Brüdern –

Zwillinge, ging es nach Unfug, nach Flausen und bösen Gelüsten –,
speisten schon teuere Nachtigallen zum Frühstück: Wohin mit
ihnen? Soll Kreide als heil oder Kohle als irr sie bezeichnen?

Häuschen zu bauen aus Sand, vor ein Wägelchen Mäuse zu spannen,
‚Gleich und ungleich' zu spielen, auf riesigem Rohrstock zu reiten,
wem das als bärtigem Mann noch gefällt, der ist schwerlich bei Sinnen.
Wenn dich Vernunft überzeugt, daß Verliebtheit noch kindischer ist und
darin kein Unterschied liegt, ob im Sande, wie einst mit drei Jahren,
spielend du Burgen erbaust oder liebend, vor Kummer um eine
Dirne, du Tränen vergießt: warum nimmst du dir, frag ich, zum Vorbild
Polemon nicht, den bekehrten? Leg ab alle Zeichen von Krankheit,
Binden und Polster und Halstuch, genauso wie *er* nach durchzechter
Nacht, so erzählt man, verstohlen den Kranz sich vom Nacken herabriß,
als ihn die Worte des Meisters in nüchterner Klarheit ergriffen.
Äpfel reichst du dem trotzigen Knaben; er mag sie nicht haben.
‚Nimm doch, mein Mäuschen!' Er will nicht; doch gibst du ihm nichts, ja, dann möcht er.
So der verstoßne Verliebte: Er schwankt bei sich selbst, ob er eintritt
oder ob nicht, wäre ungeladen längst schon im Hause,
klebt an der leidigen Tür: ‚Soll auch jetzt, da sie selber mich ruft, ich
nicht zu ihr gehn? Soll ich lieber drauf sinnen, die Schmerzen zu enden?
... weist mich hinaus, ruft zurück: Soll ich hingehn? Und wenn sie mich anfleht –
nein!' Drauf der Diener, bei weitem gescheiter: ‚O Herr, kennt ein Ding nicht
Überlegung noch Maß, so will es mit Maß und Vernunft auch
niemals behandelt sich sehen. Das ist halt das Leid in der Liebe:

Krieg bald, und bald wieder Frieden! Es wechselt wie Regen und Sonne,
strömt mit der Blindheit des Zufalls dahin. Wer sich müht, ihm Bestand für
seine Person zu verleihen, dem läuft es anders nicht aus, als
wollte mit sicherem Maß und mit voller Vernunft er verrückt sein.'
Wie? Wenn du Kerne pikenischer Äpfel herausklaubst, empor zur
Decke sie schnippst und dich freust, falls du triffst, bist du richtig bei Sinnen?
Wenn, schon erwachsen, dein Mund gestammelte Worte hervorstößt,
wärst du vernünft'ger als Kinder, die Häuser im Sand baun? Zur Torheit
füge die Bluttat hinzu und die Liebesglut schür mit dem Schwerte!
Marius erstach jüngst die Hellas und stürzte sich selbst dann zu Tode:
War er, so frag ich, nicht irr? Oder sprichst du ihn frei von der Klage,
wirren Verstandes zu sein, und verurteilst ihn wegen Verbrechens,
wie man nach Brauch ja den Dingen verwandte Bezeichnungen beilegt?

War da ein freigelassener Alter, der morgens, noch nüchtern,
reinlich die Hände gewaschen, die Götter bestürmte am Kreuzweg:
‚Mich nur – was ist schon dabei? –, mich allein nur errettet vorm Tode!
Göttern ist das doch ein leichtes!' so flehte er betend, gesund an
beiden Augen und Ohren; doch könnte sein Herr beim Verkauf sich
nicht für den Geist auch verbürgen, wenn Streit ihm verhaßt ist. Chrysippus
zählte auch solcherlei Volk zu Menenius' zahlreicher Sippe.
‚Jupiter, der du gewaltige Schmerzen uns sendest und abnimmst',
betet die Mutter des Knaben, der krank schon fünf Monde zu Bett liegt,
‚wenn meinen Jungen das frostige, wechselnde Fieber nur freigibt,
soll er am Morgen des Tags, da du Fasten verkündest, im Tiber

nackt dir zur Ehre sich aufstellen.' Zufall und Arzt überwinden
wohl noch die Krise des Kranken: Doch bringt ihm der Wahnwitz der Mutter
Rückfall des Fiebers und Tod, läßt bei Kälte im Fluß sie ihn stehen.
Was für ein Übel verwirrt ihr den Sinn? Falsche Furcht vor den Göttern."

Das sind die Waffen, die mir Stertinius, der achte der Weisen,
gab, seinem Freund, damit ungestraft keiner hinfort mich belästigt.
Wer mich verrückt nennt, dem geb ich's mit gleicher Münze; er wird den
Sack dann schon sehn, den auf eigenem Rücken er unbemerkt mitschleppt.

Horaz: Stoiker, nach dem Bankrott mache künftig nun beßre Geschäfte!
Sag nur zuvor, welche Torheit – es gibt ja verschiedene Arten –
mir den Verstand raubt; mir selber erscheine ich nämlich vernünftig.
Damasippus: Hielt sich denn etwa Agaue für rasend, als einst sie das Haupt des
unglückseligen Sohnes, vom Rumpfe getrennt, in der Hand trug?
Horaz: Gut, ich geb's zu – und man soll ja der Wahrheit die Ehre erweisen –,
daß ich ein Tor und verrückt bin; nur dieses erklär mir, an welcher
Störung des Geistes ich leide! Was glaubst du?
Damasippus: So höre: Zum ersten
baust du, was heißt, daß die Großen du nachahmst, obgleich du zwei Fuß vom
Kopf bis zur Sohle im ganzen nur mißt. Dabei lachst du noch über
Turbos Gang, seine Kühnheit im Kampf, die bei weitem die Kleinheit
seiner Statur übertrifft: Gibt's bei dir etwa wen'ger zu lachen?
Oder vermeinst du, Maecen wär in allem und jedem dir Maßstab,
wo du so wenig ihm gleichst und zu klein bist, mit ihm dich zu messen?
Einmal zertrat mit dem Hufe ein Kalb junge Frösche, als ihre
Mutter nicht da war; nur einer entkam und erzählte der Mutter,

welch ein gewaltiges Tier die Geschwister zerdrückte. Sie wollte
wissen, wie groß, und blähte sich auf: „Etwa *so* groß?“ „Nein, größer
noch um die Hälfte.“ „Dann *so* groß?“ – und blähte sich stärker und stärker.
Endlich meinte der Kleine: „Nein! Selbst wenn du platzt, du wirst niemals
jenem gleichen!“ Das Bild ist so unähnlich nicht deinem eignen.
Denk dann an deine Gedichte, das heißt, daß ins Feuer du Öl gießt;
wenn, wer das tut, bei Vernunft ist, so handelst auch du höchst vernünftig –
um nicht vom schrecklichen Jähzorn zu reden …

Horaz: Hör auf!

Damasippus: Und vom Aufwand,
für deine Mittel zu groß …

Horaz: Um dich selbst, Damasipp, sei besorgt jetzt!

Damasippus: Und von der rasenden Liebe zu tausend Mädchen und Knaben …

Horaz: O du größerer Tor, verschone doch endlich den kleinern!

4

PHILOSOPHIE FÜR FEINSCHMECKER

Horaz: Catius! Woher und wohin?

Catius: Keine Zeit! Muß das Neuste an Weisheit
fest ins Gedächtnis mir prägen. Es stellt den Pythagoras und den
Sokrates, selbst den gebildeten Plato noch weit in den Schatten!

Horaz: Ja – es war falsch, ich bekenn es, dich so zur Unzeit zu stören;
bitte gewähre mir gütig Verzeihung! Doch wäre dir wirklich
irgendein Wort jetzt entfallen, so hast du gewiß es bald wieder,
ob durch Talent, ob durch Kunst des Erinnerns, in beidem bewundert.

Catius: Das eben macht mir ja Sorge, *wie* ich wohl alles behalte;
schwierig ist nämlich der Stoff, ward in schwierigem Vortrag behandelt.

Horaz: Nenn mir den Namen des Meisters, zugleich, ob er Römer, ob Fremdling!
Catius: Künden will ich sein Wort aus dem Kopf, doch verschweig ich den Namen:

Eier von länglicher Form sind heller im Weiß als die runden,
schmackhafter auch, da die härtere Schale ein männliches Kücken
birgt: Darum denke daran, daß nur solche Eier du aufträgst.
Kohl, der auf trockenem Feld wächst, ist feiner als der aus der Vorstadt:
Nichts schmeckt so fad wie Gemüse, im Garten zu kräftig gewässert.
Wenn überraschend noch abends ein plötzlicher Gast bei dir eintritt,
möchte das Huhn auf dem Tisch sich dem Gaumen nicht zäh widersetzen;
merk dir den Rat: Es wird zarter im Fleisch, wenn du's lebend ertränkst in
jungem Falerner. Bei Pilzen gedeihen auf Wiesen die besten;
anderen schenkt man nur wenig Vertrauen. Gesund bleibt im Sommer,
wer stets sein Frühstück beschließt mit des Maulbeerbaums schwärzlichen Früchten,
die noch vor drückender Sonne er frisch von den Zweigen gepflückt hat.
Seinen Honig vermischte Aufidius mit starkem Falerner –
völlig verkehrt: Einem nüchternen Magen bekommt nur das Milde;
drum magst du lieber die Därme mit milderem Honigwein spülen.
Leidet an Härte und Trägheit der Leib, räumen Miesmuscheln oder
andre gewöhnliche Muscheln mit Blättern des niedrigen Ampfers
bald das Beschwernis dir fort, wenn du koïschen Weißwein noch zugibst.
Schlüpfrige Schaltiere mästet der wachsende Mond; aber nicht ein
jedes Gewässer ist fruchtbar an auserlesenen Muscheln:
Besser als Schnecken von Baiae schmecken Lukrinische Riesen,
Austern gedeihn bei Circeï und Seeigel nahe Misenum,

und der geöffneten Kammuscheln rühmt sich das üpp'ge Tarentum.
Keiner soll leichthin behaupten, die Kunst des Menüs zu beherrschen,
eh er die schwierige Lehre vom feinen Geschmack recht studiert hat.
Fische an teueren Ständen wahllos zu hamstern genügt nicht,
weißt du nicht, ob du in Brühe sie kochst oder ob du sie besser
brätst, daß der Gast, der schon satt sich zurücklehnt, erneut sich zurechtsetzt.
Magst du kein fades Fleisch, sei aus Umbrien der Eber, mit Eicheln
kräftig gemästet, von dem die gerundete Schüssel sich durchbiegt;
der aus Laurentum taugt wenig, ist fett nur von Schilf und von Sumpfgras.
Rebenlaub liefert nicht immer ein schmackhaftes Fleisch bei den Rehen.
Schulterstücke greift sich der Kenner beim fruchtbaren Hasen.
Welcherlei Art, welches Alter bei Fisch und Geflügel am besten
schmeckt, hat mein Gaumen als erster erforscht und *vor* ihm noch keiner.

Manche Begabung begnügt sich, nur Zuckerwerk neu zu erfinden.
Aber es reicht nicht, auf eines allein seine Sorge zu richten,
so als ob einer gar wohl auf die Güte des Weines bedacht ist,
doch sich nicht kümmert ums Öl, mit dem er die Fische beträufelt.
Stellst du den Massikerwein bei heiterem Himmel ins Freie,
mindert die Brise der Nacht seine Trübung und mildert den herben
Duft, der den Nerven nur schadet; seihst du ihn aber durch Leinen,
wird er verderben: Es geht ihm die echte Blume verloren.
Mischt einer schlau surrentinischen Wein mit falernischer Hefe,
nimmt er zum Sammeln des Satzes am besten das Ei einer Taube,
da ja das Dotter im Drehen am Boden die Fremdstoffe bindet.
Einem ermatteten Zecher helfen geröstete Krabben
und afrikanische Schnecken: Denn Lattich schwimmt nutzlos im Magen,
wenn er vom Weine erhitzt ist. Viel lieber verlangt er nach Wurst und

Schinken zu Anreiz und Stärkung, ja zieht sogar jedes Gericht vor,
das ihm aus schmutziger Kneipe noch heiß und dampfend geholt wird.

Wahrlich, es lohnt auch der Mühen, das Wesen der doppelten Tunke
kennenzulernen: Zunächst wird sie einfach bereitet aus frischem
Öl, dem man dickflüss'gen Wein und gesalzene Fischlake zusetzt –
nimm aber die, die des Fasses Geruch als byzantisch dir ausweist –;
ist dann das Ganze verrührt, mit geschnittenen Kräutern gekocht und
mit korykischem Safran bestreut, muß es stehn, bis noch einmal
Öl man hinzugibt, aus edlen Früchten Venafrums gewonnen.
Äpfel von Tibur sind schöner im Aussehn, im Saft übertrifft sie
Obst aus Picenum; zum Einlegen wählt man Venuculatrauben,
während man gut tut, albanische Reben im Rauche zu trocknen.
Diese mit Äpfeln zum Nachtisch zu reichen, ist meine Erfindung,
wie ich auch Weinstein und Fischkrem und weißen Pfeffer mit schwarzem
Salz als erster verteilte, gesiebt in saubere Schälchen.
Riesiger Unfug ist's, tausend und mehr auf dem Fischmarkt zu zahlen,
um die sich tummelnden Fische in enge Schüsseln zu zwängen.
Heftiger Ekel schüttelt den Magen, beschmiert sich der Diener
naschend die Finger und reicht dir den Becher mit fettigen Händen
oder klebt häßlicher Staub dick haftend am ehrwürd'gen Mischkrug.
Was für Kosten bereiten denn billige Besen und Späne
oder Servietten? Ein schändlich Vergehen, wenn hieran es mangelt!
Bunten, kostbaren Marmor mit schmutzigem Wedel zu kehren!
Tyrische Decken auf ungewaschene Polster zu breiten!
Wo diese Dinge, bedenk doch, so wenig an Mühe und Aufwand
fordern, ihr Fehlen mit Recht aber schwereren Tadel verdient, als
fehlt' es am Luxus, wie er den Tafeln der Reichen nur zukommt.

Horaz: Laß dich, gelehrtester Catius, als Freund bei den Göttern doch bitten:

Nimm mich – vergiß es nicht! – mit, wo auch immer, ihn selber zu hören!
Magst du auch alles genau mir mit bestem Gedächtnis berichten,
kannst als Vermittler du doch nicht so stark wie er selbst mich erbauen.
Nimm nur die Mienen und Gesten des Meisters! Oh, selbst ihn erleben!
Dir ward das Glück ja zuteil, und drum gilt's dir wohl wenig. Doch *mich* hat
heftige Neugier gepackt, zur entlegenen Quelle zu dringen,
eigenhändig die Lehren für glückliches Leben zu schöpfen.

5

WEGE ZUM REICHTUM

Ulixes: Gib, o Tiresias, nach deinem Bericht mir jetzt bitte zu diesem
Punkt noch Bescheid: Mit welcherlei Mitteln und Künsten vermag ich
meinen verlornen Besitz zu ersetzen? Was lachst du?
Tiresias: Nicht reicht's dem
Listenreichen, nach Ithaka wiederzukehren, der Heimat
Götter zu schauen?
Ulixes: Nie trügender Künder der Wahrheit, du siehst ja:
Nackt und verarmt kehr ich heim deinem Spruche zufolge, und dort blieb
weder das Vieh noch der Keller verschont von den Scharen der Freier.
Herkunft und Ruhm ohne Reichtum sind wertloser aber als Seegras.

Tiresias: Kurz und offen gesagt: Du fürchtest die Armut. Vernimm denn,
wie du wohl reich werden kannst: Schickt man dir als Geschenk eine Drossel
oder ein anderes leckeres Stück, flieg es dorthin gleich weiter,
wo im Besitz eines Greises ein schönes Vermögen dich anlacht.
Köstliches Obst und was immer dein Gut dir hervorbringt, das koste

noch vor dem Hausgott der Reiche, verehrungswürd'ger als dieser.
Bricht er auch Eide, ist unfrei geboren, befleckt von des Bruders
Blut oder gar ein entlaufener Sklave, du darfst dich nicht weigern,
wenn er verlangt, daß zur Linken du schützend ihm gehst als Begleiter.
Ulixes: Soll ich dem schmierigen Dama die Seite decken? Vor Troja
zeigt ich mich anders; da habe ich stets für Beßre gestritten.
Tiresias: Also bleib arm!
Ulixes: Dann heiß ich mein Herz lieber tapfer sich fügen;
Schlimmeres mußt ich schon dulden. Sprich weiter, Prophet, und verkünde,
wo ich mir Schätze und Haufen von Geld in der Eile erraffe!
Tiresias: Wie ich schon sagte: Du mußt überall Testamente von Greisen
listig erjagen. Falls der oder jener den Köder nur abnagt,
aber voll Schläue der Falle entwischt, gib die Hoffnung nicht auf und
laß dich, enttäuscht und verspottet, nicht abbringen von deinem Handwerk.
Streiten sich zwei vor Gericht – ob die Sache nun groß oder klein ist –,
gelte dein Beistand gleich dem, der begütert und kinderlos lebt, wenn
frech er's auch wagt, einen Ehrenmann ganz ohne Grund zu verklagen;
schmähe hingegen den Bürger – trotz besseren Rechtes und Leumunds –,
welcher zu Haus einen Sohn hat, vom Weib noch den Erben erwartet.
„Publius", zum Beispiele sprich oder „Quintus" – empfänglichen Ohren
schmeichelt der Vorname –, „Tüchtigkeit hat einen Freund dir gewonnen,
mich, und ich kenne die Kniffe des Rechts, weiß Prozesse zu führen.
Eher kratzt einer die Augen mir aus, als daß *du,* nicht geachtet,
auch einer tauben Nuß nur beraubt wirst. Laß *mich* dafür sorgen,

daß dich nicht Schaden noch Spott trifft!“ Befiehl ihm, nach Hause zu gehn und
dort es sich wohl sein zu lassen. Nimm selbst seinen Fall in die Hände;
zeige dich standhaft und hart, mag der glühende Hundsstern die stummen
Statuen spalten, mag Furius, von fetten Kaldaunen gedunsen,
mit seinem strahlenden Schnee die Alpen im Winter bespucken.
„Sieh nur“, wird mancher zum Nachbarn, am Arme ihn stoßend, da flüstern,
„was für ein schneidiger Kerl, festen Muts, wie geschaffen zur Freundschaft!“
Zahlreicher schwimmen die Fische heran, und es schwellen die Netze.
Ferner gib acht, wo ein kränklicher Sohn in vermögendem Hause
aufwächst – du stellst dich sonst bloß, wenn zu offen bei Ledigen nur um
Gunst du bemüht bist –; auch dort also schleiche dich sacht ins Vertrauen,
dienstfertig fördre die Hoffnung, als zweiter im Erbschein zu stehen:
Schickt dann ein Zufall den Knaben zum Orkus, trittst *du* an die freie
Stelle des Erben: Ganz selten nur wird dieses Spiel dich enttäuschen.
Will einer sein Testament zu lesen dir geben, vergiß ja
nicht, dich zu weigern; weise das Schriftstück entschieden zurück, doch
so, daß du schielend erspähst, was die zweite Zeile des ersten
Blattes besagt; ob allein, ob mit vielen du erbst, überfliege
eilenden Blicks! Oft genug noch verspottet ein Schreiber, aus einem
Fünfmann verwandelt, den Raben, wie weit er den Schnabel auch aufreißt,
gibt dem Coranus Nasica, der Erbschleicher, Anlaß zum Lachen.
Ulixes: Redest du irr? Oder narrst du mich, Dunkles mit Vorbedacht kündend?
Tiresias: Sohn des Laërtes, was immer ich sage, tritt ein oder nicht ein:
Denn in die Zukunft zu schauen gewährt mir der große Apollo.

Ulixes: Was aber soll die Geschichte bedeuten? Sag an, wenn's erlaubt ist!
Tiresias: In einer Zeit, da ein Jüngling, ein Nachfahr des großen Aeneas,
mächtig die Länder und Meere beherrscht, ein Schrecken den Parthern,
wird sich dem tapfren Coranus vermählen die stattliche Tochter
eines Nasica, der hofft, seine Schulden nicht zahlen zu müssen.
Was macht der Eidam? Er gibt seinem Schwäher die Nachlaßverfügung,
bittet, er möge sie lesen. Nasica sperrt sich erst lange,
nimmt sie dann dennoch, studiert sie im stillen und findet: Es wird für
ihn und die Seinen nichts weiter verordnet als Tränen am Sarge.

Laß dir zudem dann noch raten: Regiert einen Greis, der schon blöd ist,
schlau eine Dirne, ein Freigelaßner vielleicht, so geselle
ihnen dich zu; sing ihr Lob, daß du abwesend selber gelobt wirst.
Das kommt gewiß dir zupaß, doch gelangst du weit schneller zum Siege,
wenn du die Hauptperson angreifst. Ein Wirrkopf schreibt schlechte Gedichte:
Rühm sie! Er hält es mit Weibern: So laß dich nicht bitten; von selber
führ ihm Penelope zu, erweis dich dem Stärkren gefällig!
Ulixes: Hältst du's für möglich, ein Weib, das so brav ist und keusch, zu verkuppeln?
Konnten doch selbst nicht die Freier vom rechten Weg sie verleiten.
Tiresias: Ist das ein Wunder? Die Jugend, die kam, ist zu sparsam mit Gaben,
trägt nicht so sehr nach der Liebe, vielmehr nach der Küche Verlangen.
So ist Penelope brav dir geblieben; doch nascht sie erst einmal
bei einem Alten und teilt dann gemeinsam mit dir das Gewinnchen,
läßt sie so wenig davon wie ein Hund vom gefetteten Leder.

Hör, was als Greis ich in Theben erlebte! Voll Bosheit verfügte
dort eine Alte, sie so zu bestatten: Den Leichnam, mit Ölen
reichlich gesalbt, trug der Erbe auf nackten Schultern zu Grabe;
ihm noch im Tod zu entwischen begehrte sie, weil er im Leben
wohl ihr zu zudringlich war. Also gehe mit Vorsicht zu Werke:
Laß am Bemühn es nicht fehlen, doch hüte dich vor Übertreibung!
Ist einer schwierig und mürrisch, so mag er den Schwätzer nicht leiden:
Rede dann „Ja“ nur und „Nein“; tritt auf wie der Davus im Lustspiel,
halt deinen Kopf hübsch gesenkt, ganz genauso als wärest du ängstlich!
Zeig dich gefügig! Frischt etwa der Wind auf, ermahn ihn, sein teures
Haupt doch behutsam zu schützen! Bahn ihm den Weg im Gedränge
mit deinen Schultern! Hört gern er sich reden, so spitze die Ohren!
Will er sein Lob ohne Rücksicht vernehmen, so gib es ihm gründlich:
Blähe den schwellenden Schlauch mit geschwollenen Reden, bis endlich
gegen den Himmel die Hände er hebt und „Genug jetzt!“ dir zuruft.

Hat er dich endlich des Dienens und aller Sorgen enthoben,
hörst du, ganz wach: „Von dem Erbgut erhalte Ulixes ein Viertel!“:
klage dann hier oder dort: „Ach, mein Dama ist von mir gegangen!
Wo find ich je einen Freund, der an Bravheit und Treue ihm gleich ist?“
Wenn dir’s gelingt, vergieß ein paar Tränen! So kannst du am besten
Freude verbergen, die sonst deine Miene verrät. Fiel dir zu, nach
deinem Belieben das Grabmal zu bauen, so darfst du nicht knausern,
sollen die Nachbarn ja doch eine prächtige Leiche bewundern!
Ist von den Miterben einer schon alt und leidet an Schwindsucht,
sag ihm, dir sei’s ein Vergnügen, ihm deinen Anteil zu schenken,
falls mit dem Plan er sich trüge, ein Haus oder Grundstück zu kaufen.
Jetzt aber ruft mich gebietend Proserpina. Lebe denn wohl nun!

6
STADT UND LAND

Dies war das Ziel meiner Wünsche: Ein Landgut, nicht eben groß, ein
Garten dazu, nah dem Haus ein lebendig springender Quell und
oben am Hange ein Wäldchen. Reicher und besser noch fügten
jetzt es die Götter. Mein Herz ist zufrieden. Ich bitte nichts weiter,
Sohn der Maia, nur gib diese Gaben mir dauernd zu eigen!
Wenn ich das Meinige weder durch List und Betrug je vermehrte
noch es durch Mißwirtschaft oder Verschwendung beschneide, wenn nie ich,
töricht flehend, vom Himmel begehre: Ach, wär doch das Eckchen
ganz in der Nähe noch mein, das mir jetzt in mein Grundstück hineinragt!
Zeigte das Glück doch auch *mir* einen Topf voller Silber wie jenem
Taglöhner, der einen Schatz fand, mit dem er den Acker selbst kaufte,
um ihn für sich zu bestellen, nun reich durch des Herkules Freundschaft! –
wenn, was ich hab, mich denn froh macht und dankbar, gewähr mir die Bitte:
Fett und schwer mach des Gutsherren Vieh, alles andere, nur den
Geist nicht, und steh mir wie stets als der beste Beschützer zur Seite!
Wenn aus der Stadt in die Berge und in meine Burg ich hinauszieh,
was soll ich mehr dann noch preisen in schlichter Kunst der Satire?
Hier kann kein Stachel der Ehrsucht, kein bleierner Südwind mich quälen,
weder der drückende Herbst noch das schmerzliche Amt Libitinas.

Vater der Früh oder Janus – willst lieber den Namen du hören –,
dir schreibt nach Ratschluß der Götter der Mensch im mühvollen Leben
all seiner Werke Beginn zu: Sei Anfang du auch meines Liedes!

Bin ich in Rom, holst du zeitig mich fort, eine Bürgschaft zu leisten:
„Hurtig heraus, daß dir keiner beim Freundschaftsdienste zuvorkommt!"
Ob auch der Nordwind über das Land rast, der Winter auf enger
Bahn einen Schneetag heranschleppt: nichts hilft es, ich muß auf die Straße.
Sagte dann laut ich mein Sprüchlein – was später wohl Schaden mir einträgt –,
heißt's durch die Menge sich kämpfen, unsanft die Langsamen drängend.
„Dummkopf, was soll's? Was erlaubst du dir da?" fährt mit zornigem Fluch ein
Grobian mich an, „rempelst alles beiseite, was immer im Weg steht,
wenn zu Maecenas du eilst, auf ihn nur dein Denken gerichtet."
Das freilich freut und schmeckt süß, ich kann es nicht leugnen. Doch sind die
düstern Esquilien erreicht, fallen hundert fremde Geschäfte
über mich her und verfolgen mich zäh: „Hör, Roscius läßt bitten,
morgen zur zweiten Stunde vorm Richter ihm Beistand zu leisten."
„In einer unerhört wichtigen Frage, die alle betreffe,
bitten dich, Quintus, die Schreiber, du mögst heut dran denken zu kommen."
„Sorg, daß Maecen auf das Schriftstück sein Siegel noch drückt!" Wenn ich sage:
Will es versuchen: „Du kannst, wenn du willst", fährt er fort, mich zu drängen.

Sieben Jahre enteilten, es naht schon das achte, seitdem im
Kreise der Seinen mich aufnahm Maecen, wenn auch nur in der Absicht,
einen Begleiter auf Reisen im Wagen bei sich zu haben,
ihm so nichtige Reden wie diese anzuvertrauen:
„Was zeigt die Uhr?" „Ist der Thraker Gallina dem Syrer gewachsen?"
„Früh beißt die Kälte schon derb, wenn sich einer nicht warm genug anzieht ..." –

und was man eben so spricht, bestimmt für das Ohr eines Schwätzers.
Aber die ganze Zeit, und mehr jeden Tag, jede Stunde,
ward unsereiner vom Neide verfolgt; ich ging ins Theater,
spielte mit ihm auf dem Marsfeld: „Ein Glückskind!“ riefen gleich alle.
Breitet sich aus von den Rostren ein schaurig Gerücht durch die Gassen,
wen ich auch treffe, er fragt mich: „Mein Bester – du mußt es ja wissen,
denn du kannst dich doch nährer Bekanntschaft mit Göttern erfreuen –,
was hast du Neues aus Dakien gehört?“ Ich? Nichts. „Ach, du bist und
bleibst halt ein Spötter.“ Erfuhr ich auch nur das geringste, so sollen
sämtliche Götter mich strafen. „Wie? Weist die versprochenen Güter
Caesar den Kriegern nun zu in Italien oder Sizilien?“
Schwör ich, rein gar nichts zu wissen, bestaunen sie mich als den einz'gen,
der es auf Erden verstünde, so tief und vortrefflich zu schweigen.

Und so verrinnt mir Armen der Tag, und es plagt mich die Sehnsucht:
O du mein Landgut, wann seh ich dich wieder? Wann darf ich dort wieder,
sei's in den Büchern der Alten, im Schlaf, in den Stunden der Muße,
süßes Vergessen schlürfen vom Leben mit all diesen Sorgen?
Wann wieder setzt man mir Bohnen, verwandt dem Pythagoras, vor und
Kohl, mit gepökeltem Speck recht kräftig geschmalzen? O Nächte!
O ihr Göttermahle, bei denen als Herr ich mit Freunden
speise am eigenen Herd und die vorlauten Sklaven des Hauses
nach dem Opfer bewirte! Wie es den Gästen gerade
ansteht, leeren sie ungleiche Kelche, an sinnlose Regeln
hier nicht gebunden: Zum feurigen Becher greift tapfer der eine,

andre bezechen sich lieber mit leichterer Mischung. Es folgt dann
bald ein Gespräch, nicht von Häusern und Villen, die andern gehören,
nicht von der Tanzkunst des Lepos. Nein, stärker berührt uns das Thema –
schlimm ist hier Mangel an Kenntnis –, ob Geld oder innere Werte
menschliches Glück bedeuten; ob Vorteil, ob grade Gesinnung
Anlaß uns gibt, nach Freunden und Freundschaft zu streben; und schließlich,
wie man des Guten Natur und das höchste Gut wohl bestimme.
Cervius, der Nachbar, hat stets, für jede Gelegenheit passend,
Ammengeschichten zur Hand. Und erwähnt einer, nichts davon ahnend,
gar des Arellius sorgvollen Reichtum, beginnet er also:

„Einstmals, so heißt es, erschien bei der Maus auf dem Lande die Stadtmaus;
Gastfreunde waren sie längst. In der ärmlichen Höhle empfängt sie
jene mit rauher Manier, bedacht auf Erhaltung des Vorrats,
doch auch bereit, ihren sparsamen Sinn der Bewirtung zu opfern.
Also: Gespeicherte Erbsen und Hafer bilden die Mahlzeit;
Speckbrocken, halb schon verzehrt, und getrocknete Weinbeeren trägt sie
eifrig herbei in dem Wunsche, das einfache Mahl zu beleben,
dessen einzelne Gänge die Stadtmaus voll Hochmut kaum anrührt,
während die Herrin des Hauses, gelagert auf heurigem Spreu, nur
kostet vom Spelt und vom Lolch und auf bessere Bissen verzichtet.
Schließlich spricht *die* aus der Stadt: ‚Welch Vergnügen bereitet es, Liebste,
hier auf des Waldes steilem Rücken als Dulder zu leben?
Willst einem wilden Gehölz du die Stadt mit den Menschen nicht vorziehn?
Rasch mit mir auf den Weg! Und glaub mir: Auf Erden ist sterblich
alles, was lebt und was atmet; es gibt keine Flucht vor dem Tode,
weder für groß noch für klein. Drum genieße, solange es möglich,
Freude und Schönheit des Lebens, o beste und teuerste Freundin!

Lebe und denke daran: Auch für dich ist die Zeit nur bemessen!'
Schon ist die Landmaus betört, und hurtig springt sie nach draußen.
Beide beschreiten den Weg nach der Stadt; erst im Dunkeln erreichen
Häuser und Mauern sie, schlüpfen hinein. Zu späterer Stunde,
da schon die Göttin der Nacht des Himmels Mitte besetzt hält,
schleichen sie beide durch reiche Gemächer, wo scharlachgefärbte
Decken auf elfenbeinernen Sofas rötlich erstrahlen,
wo von der gestrigen prächtigen Mahlzeit sich Reste in Fülle
türmen noch ganz in der Nähe, in Körben und Schüsseln gestapelt.
Schnell hat die Maus aus der Stadt ihren Gast auf Purpur gebettet,
eilt gar geschäftig umher wie ein Mensch mit geschürztem Gewande.
Speise reiht sie an Speise, erfüllt selbst die Pflichten von Sklaven:
kostet voraus jedes Häppchen, bevor sie der Landmaus es vorlegt.
Jene liegt da, beglückt von des Schicksals so günstiger Wendung,
spielt in der Fülle der Gaben die Rolle des fröhlichen Gastes.
Plötzlich ein Knarren von Türen. Die beiden – im Satz von dem Sofa –
queren, gepeinigt von Ängsten, das Zimmer nach Länge und Breite.
Ärger noch schreckt sie Gebell von Molosserhunden im Hause.
Da hat die Landmaus genug. ‚Ich danke für solcherlei Segen',
spricht sie und: ‚Lebe denn wohl! Mein Wald, meine Höhle gewähren
Trost mir und Schutz vor Gefahren, und sei's nur bei kärglicher Nahrung.'"

7

WAHRE FREIHEIT

Davus: Lange schon wart ich, will kurz mit dir reden; doch trau ich mich nicht, ich
bin ja nur Sklave.
Horaz: Ist's Davus?

Davus: Ja, Davus, des Herren ergebner
Diener, ein wackerer Bursche, in Maßen zumindest, das heißt, man braucht nicht fürs Leben zu fürchten.
Horaz: Wohlan, wie die Alten es wollten,
nütze die Freiheit des Festes im Monat Dezember und sprich nur!

Davus: Unter uns Menschen erfreut sich so mancher am Laster, betreibt es
eifrig mit Vorsatz. Die Mehrheit ist schwankend, sie wählt bald das Rechte,
um sich dann wieder dem Bösen zu widmen. Drei Ringe trug öfters
Priscus – und fiel damit auf –, bald war leer seine Linke; er lebte
unstet, so daß er fast stündlich den purpurnen Saum seines Kleides
änderte, plötzlich aus prächtigem Haus sich in Löcher zurückzog,
wo kaum ein besserer Freigelaßner mit Anstand verkehrte,
bald sich in Rom als Verführer und bald in Athen als Gelehrter
aufhielt, unter dem Fluch aller Götter des Wechsels geboren.
Nimm Volanerius dagegen, den Lebemann: Als die verdiente
Gicht die Gelenke ihm lähmte, da hielt er für tägliche Löhnung
sich einen Mann, der statt seiner die Würfel ihm aufnahm und in den
Becher legte: Je standhafter er bei dem nämlichen Laster
blieb, um so besser und weniger elend erging's ihm als jenem,
der sich bald abmüht bei straffem und bald bei gelockertem Zügel.

Horaz: Willst du nicht, Galgenstrick, heut noch verraten, worauf dein Geschwafel
abzielt?
Davus: Ganz offen, auf dich!
Horaz: Ja, wieso denn, du Schurke?
Davus: Du lobpreist
Leben und Bräuche der Alten, doch wollte dich plötzlich in jene
Zeit eine Gottheit versetzen, so würdest du mächtig dich sträuben,
weil du wohl selbst nicht für richtig erachtest, was laut du verkündest,
oder nur schwächlich das Rechte verteidigst und weil beim Versuche,

dich aus dem Schmutze zu ziehen, erfolglos dein Fuß darin festsitzt.
Bist du in Rom, so willst du aufs Land; auf dem Lande erhebst du
leichthin die ferne Stadt zu den Sternen. Grad nirgends geladen,
lobst du in Ruhe genossenen Kohl, und als ob wie ein Häftling
sonst du zum Mahl gingst, nennst *jetzt* du dich glücklich und bist es zufrieden,
nirgendwo zechen zu müssen. Doch bittet, schon spät, bei dem ersten
Scheine der Lampen, Maecen dich, zu ihm noch als Tischgast zu kommen,
polterst du los mit lautem Geschrei: „Will denn keiner nach Öl gehn
für die Laterne? Ja, hört ihr denn schwer?" und stürzest von dannen.
Mulvius und wer da bei dir noch schmarotzte, verschwindet, unsagbar
über dich fluchend. „Ja, freilich gesteh ich's", so spricht er, „ein Leichtfuß,
laß ich vom Bauche mich leiten, verzieh meine Nase beim Duft von
Braten; haltlos bin ich und faul, wenn du willst, auch ein Schlemmer.
Du bist nicht anders als ich, sogar schlimmer vielleicht, jedoch ziehst du
über mich her, als wärest du besser, versteckst deine Fehler
hinter schönem Gerede." Wenn nun sich herausstellt, daß *du* noch
törichter bist als *ich*, den du kauftest für fünfhundert Drachmen?

Fort mit der schrecklichen Miene, bezähme die Hand und die Zunge!
Wiederhol ich doch nur, was der Pförtner Crispins mich erst lehrte:
Dich etwa lockt eines anderen Weib, eine Dirne den Davus:
Wer verdient für die Sünde wohl eher das Kreuz? Wenn bei *mir* sich
mächtig der Trieb regt, empfängt bei dem hellen Scheine der Lampe
eine, die nackt sich mir darbringt, die Schläge der strotzenden Rute

oder spielt Reiter und tummelt voll Wollust ihr Pferd mit den Schenkeln;
geh ich dann fort, litt weder mein Ruf noch quält mich die Sorge,
einer, der reicher und schöner, könnt ebendaselbst sich entladen.
Wenn aber *du* die Rangzeichen ablegst, die Kleidung des Römers
samt dem Ringe des Ritters, vom Richter zum Dama dich wandelst,
schimpflich dein duftendes Haupt im Mantel verhüllend, hinausschleichst,
bist du dann nicht, was du scheinst? Voller Angst wirst zu ihr du geleitet,
Furcht, mit Verlangen im Streit, läßt an sämtlichen Gliedern dich zittern.
Was macht es aus, ob als Fechter du gehst, der von Ruten gepeitscht, vom
Schwerte durchbohrt wird, oder ob, schimpflich im Schreine verschlossen,
wo im Komplott mit der sündigen Herrin die Magd dich versteckte,
krumm mit dem Kopf deine Knie du berührst? Kann des treulosen Weibes
Ehegemahl nicht beide mit vollem Rechte bestrafen,
mehr aber noch den Verführer? Für *sie* gibt es keine Verkleidung,
sie bleibt da, wo sie ist, und schon gar nicht treibt sie's von oben,
da sie als Frau dich ja fürchtet, den Liebesschwüren nicht trauend.
Wissend begibst du dich also in Knechtschaft, du opferst dem Zorn des
Eheherrn Leben und Gut und zum Leibe sogar noch die Ehre.
Kommst du davon, so mein ich, wirst klug und voll Furcht du dich vorsehn:
Aber du suchst bald nach neuen Gefahren, willst zittern und sterben,
vielfach ein Sklave! Kein Tier, wenn es einmal die Ketten zerriß und
auf und davon ist, zeigt sich so dumm, daß es wieder zurückkehrt.

„Ich bin kein Ehbrecher", sagst du. Und *ich,* ja beim Himmel, kein Dieb, wenn
weise am Silbergeschirr ich vorbeigeh. Doch heb die Gefahr auf:

Sind erst die Zügel entfernt, springt frei die wahre Natur vor.
Du willst mein Herr sein? Bist selber doch hörig der Macht von so vielen
Menschen und Dingen; entließe dich dreimal und viermal des Prätors
Stab in die Freiheit, von elender Angst befreit er dich niemals.
Nimm noch hinzu, was weniger wiegt als das vorher Gesagte:
Wer einem Sklaven als Sklav untersteht, ist sein Mitsklave oder –
wie ihr es nennt – sein Vertreter: Bin *ich* nicht für dich dann dasselbe?
Der du mir nämlich befiehlst, dienst, zum eigenen Unglücke, andern,
zappelst herum wie die Puppe, von fremden Fäden gezogen.

Wer aber ist denn nun frei? Nur der Weise, der selbst sich gebietet,
den weder Armut kann schrecken noch Tod oder Kerker, der stark ist,
seinen Begierden zu trotzen und Ehre und Ruhm zu verachten,
in sich selber vollkommen, geschliffen und rund wie die Kugel,
wo an der Glattheit der Fläche von außen nichts hält und nichts haftet,
den also niemals die Stürme des Schicksals erschüttern. Vermagst du,
was auch auf dich paßt, darunter zu finden? Fünf Silbertalente
fordert ein Weibsstück dir ab, und dann quält sie dich, sperrt dir die Tür zu,
gießt nach dir Wasser – und ruft dich zurück: Entzieh deinen Nacken
diesem so schimpflichen Joch, rufe laut: „Ich bin frei!" Doch du kannst's nicht.
Streng nämlich ist der Tyrann, der dein Denken regiert; wirst du müde,
gibt er dir kräftig die Sporen und reißt dich zurück, wenn du ausbrichst.
Schon wenn du offenen Mundes Gemälde von Pausias anstaunst,
ist dein Vergehen, du Dummkopf, dann kleiner als meins, wenn auf Zehn ich
Bilder von Fulvius', Rutubas oder von Pacideianus'

Kämpfen bewundre, mit Rötel und Kohle gezeichnet, so echt, als
stritten sie wirklich mit Waffen, Hiebe verteilend, parierend?
Davus ist gleich ein Nichtsnutz und säumiger Trottel, doch *du* heißt
gründlicher Kenner der Kunst, in den alten Meistern bewandert.
Ich bin ein Taugenichts, lockt mich der Duft von Gebacknem: Hast *du* denn
Stärke und Tugend genug, einem üppigen Mahle zu trotzen?
Mir bringt es größres Verderben, dem Bauch zu willfahren: Warum denn?
Schläge bezieht dann mein Rücken. Ist *deine* Strafe geringer,
wenn du nur Speisen verschlingst, die für billiges Geld nicht zu haben?
Mahlzeiten, endlos gedehnt, verwandeln zum Schluß sich in Galle;
zitternd versagen die Beine dem sündigen Körper die Dienste.
Wer für gestohlenen Kamm eine Traube nach Sklavenart nachts sich
eintauscht, der sündigt: Verkauft aber einer, der Gurgel zu frönen,
Habe und Hof, so handelt er *nicht* wie ein Sklave? Bedenk noch:
Nicht eine Stund hältst allein du es aus, kannst mit Muße nichts Rechtes
anfangen, läufst vor dir selber davon, einem flüchtigen Strolch gleich,
suchst bald im Wein, bald im Schlaf deinen Kummer zu töten – vergeblich:
Überall treibt dich der finstre Geselle und folgt deinem Fluchtweg.

Horaz: Schnell einen Stein!
Davus: Ja, wozu?
Horaz: Schnell den Bogen und Pfeile!
Davus: Ein Irrer
ist dieser Mensch oder einer, der Verse verfaßt.
Horaz: Scher dich schleunigst
fort hier, sonst gehst du als neunter Feldknecht hinaus aufs Sabinum.

8

TAFELFREUDEN

Horaz: Wie hat das Mahl beim begüterten Nasidiën denn gemundet?
Als ich dich gestern zu Tisch laden wollte, erfuhr ich, du zechtest
schon seit dem Mittag bei ihm.

Fundanius: Ja, und niemals im Leben noch ist mir's
besser ergangen.

Horaz: Erzähl doch, sofern's keinen Umstand bereitet,
was für ein Gang dir zuerst deinen knurrenden Magen versöhnte.

Fundanius: Erst gab's lukanischen Eber, bei lindem Südwind
gefangen,
wie unser Gastgeber sagte: Garniert war er ringsum mit scharfen
Rüben, mit Lattich und Rettich, den trägen Magen zu reizen,
Fischwürze nicht zu vergessen, Rapünzchen und koïschen
Weinstein.
Dann trug man ab, und ein Bursche in hochgeschürztem Gewande
putzte mit purpurnem Tuche die Tafel aus Ahorn; ein andrer
sammelte ein, was noch unnütz umherlag und etwa den Gästen
Anstoß erregte. Wie attische Jungfraun mit Ceressymbolen
traten der braune Hydaspes und Alcon nun auf, und sie trugen
Käkuberweine und Chier, der frei war vom Wasser des Meeres.
„Wenn aber", meinte der Hausherr, „mein lieber Maecen, du
Albaner
oder Falerner bevorzugst, wir haben sie beide im Keller."

Horaz: Was für ein elender Protz! Doch ich möchte, Fundanius,
gern wissen:
Als du dich dort amüsiertest, wer waren die übrigen Gäste?

Fundanius: Oben lag *ich* und neben mir Viscus aus Thurii, unten
Varius, wenn ich nicht irre. Mit Balatro folgte Vibidius,
beide als Schatten Maecens bei diesem Gelage erschienen.
Noch vor dem Wirt war der Platz Nomentans, und am Ende kam
Porcius,
welcher zu unserem Spaß ganze Kuchen auf einmal vertilgte.
Sollte uns etwas entgehn: Nomentan war bestellt, mit der Nase
uns auf die Feinheit der Speisen zu stoßen; die Uneingeweihten,
nämlich wir andern, verzehrten Geflügel und Austern und Fische,

ganz im Geschmacke verändert, so daß wir die Speisen nicht kannten,
was sich sogleich auch erwies, als man Leber, Rogen und Milch von
Flunder und Steinbutt mir auftrug, wie nie ich zuvor sie genossen.
Honigäpfel, bei Neumond geerntet, belehrt er mich später,
strahlten schön rot; doch wieso das so wichtig ist, mußt du wohl besser
selber ihn fragen. Zu Balatro flüstert da unser Vibidius:
„Wenn wir nicht saufen wie Löcher, so werden wir ungerächt sterben";
und er ruft laut nach den größeren Bechern. Vor Blässe verfärbt sich
unseres Wirtes Gesicht; denn nichts fürchtet er ärger als scharfe
Zecher, weil freieren Mutes die Zunge dann spottet und weil von
hitzigen Weinen der feine Geschmack des Gaumens rasch abstumpft.
Ganze Krüge entleeren alsbald in die irdenen Humpen
Balatro wie auch Vibidius; die anderen folgen, und nur die
Gäste des unteren Sofas gewähren den Weinflaschen Schonung.
Nun wird ein Meeraal serviert, von schwimmenden Krabben umgeben,
ausgestreckt auf der Schüssel; dazu gleich der Hinweis: „Er wurde
trächtig gefangen; denn schlechter ist er im Fleisch nach dem Laichen.
Hier das Rezept für die Tunke: das feinste Öl, das Venafrums
Presse hervorbringt, die Fischwürze von den Makrelen aus Spanien,
fünfjähr'ger Wein, der auf unserer Seite des Meeres heranwuchs,
während des Kochens – wenn alles schon gar ist, paßt erst der Chier,
keiner so gut dann wie *er* –, weißer Pfeffer, ein Schuß noch vom Essig,
den man durch Gärung gewann aus der herrlichen Traube Methymnas.
Wie man auch grünenden Wirsing und bittern Alant noch hineinkocht,
zeigt ich als erster; Curtillus nimmt Seeigel, die er nicht wässert,
weil der Extrakt dieser Schaltiere besser als Salzlake würze."

Plötzlich stürzt schwer auf die Schüssel der Baldachin, der über unsrer
Tafel gespannt war, reißt Wolken schwärzlichen Staubes hernieder,
wie sie kein Nordsturm je aufpeitscht im weiten Gefilde Kampaniens.
Schlimmres befürchten wir noch; doch wir fassen uns bald, als wir merken,
daß die Gefahr schon vorbei ist. Nur Rufus birgt weinend sein Haupt, als
wäre ein Sohn allzu früh ihm verschieden. Wer weiß, wann die Tränen
endlich versiegten, hätt nicht Nomentanus dem Freunde voll Weisheit
Zuspruch geschenkt: „Ach, Fortuna, welch anderer Gott ist zu uns so
grausam wie du? Wie freut es dich stets, mit den Menschen dein Spiel zu
treiben!" Varius verbeißt sich mit Mühe im Mundtuch das Lachen.
Balatro, immer bereit, seine Nase zu rümpfen, bemerkt hier:
„Freilich, so ist es nun einmal im Leben, und deshalb kannst nie den
Ruhm du erringen, den du, den Mühen entsprechend, verdientest.
Mir einen feinen Empfang zu bereiten, bedrücken dich folternd
mächtige Sorgen: Daß ja nicht die Brote verbrannt und die Soße
fälschlich gewürzt auf den Tisch kommt, daß alle die Diener und Schenken
richtig gekleidet und modisch frisiert ihren Arbeiten nachgehn.
Nimm noch das Pech, so wie eben, dazu, daß der Baldachin einstürzt,
oder es stolpert ein Knecht und schlägt dir die Schüssel in Scherben.
Aber des Gastgebers wie auch des Feldherrn wahrhafte Größe
wird sich im Unglück erst zeigen; im Glück bleibt sie oft uns verborgen."
Nasidiënus hierauf: „Mag der Himmel dir alles gewähren,
was du dir wünschst, da ein trefflicher Mensch du und freundlicher Gast bist",

und er verlangt die Sandalen. Da solltest du sehn, wie auf jeder
Bank man gleich anfing zu tuscheln, ins Ohr seinem Nachbarn zu
flüstern.

Horaz: Nichts hätt ich lieber erlebt als dies Schauspiel! Erzähl aber
weiter:
Was gab es sonst noch zu lachen?
Fundanius: Vibidius befragt dann die Diener,
ob bei dem Sturze denn auch der Weinkrug zu Bruche gegangen,
weil er hier trotz seines Rufens so lang schon im Trockenen sitze.
Rasch werden Witze erfunden, mit Balatros Beistand: Wir lachen.
Du, Nasidiënus, kehrst wieder, die Stirne entwölkt und
entschlossen,
mit deinen Künsten das Schicksal zum Guten zu wenden; es folgen
Knaben mit riesiger Schüssel, darauf, in Stücke zerlegt, ein
Kranich, reichlich gesalzen, mit Schrotmehl paniert; ferner Leber
von einer strahlenden Gans, mit saftigen Feigen gemästet;
schließlich vom Hasen die Schulter, herausgelöst, weil sie so feiner
schmecke, als wollte man sie mit den Lenden verzehren. Wir
sehen:
Amseln mit knuspriger Brust und Tauben ohne den Bürzel
werden serviert, delikate Gerichte, hätt nicht der Hausherr
stets über Gründe und Wesen gesprochen. Wir laufen davon und
rühren aus Rache kein einziges Stück an, als hätte Canidias
Hauch es getroffen, giftig und schlimmer als afrische Nattern.

BRIEFE

ERSTES BUCH

1
BEKENNTNIS ZUR PHILOSOPHIE

Willst du, Maecen, dem das erste Lied meiner Muse gegolten,
dem auch das letzte gehört, mich zu altem Spiel wieder zwingen?
Hatte genug doch zur Schau mich gestellt, war in Ehren entlassen.
Weder nach Alter noch Denkart bin heut ich der gleiche. Veianius
weihte die Waffen an Herkules' Tor, auf dem Land sich zu bergen,
mag am Rand der Arena beim Volk nicht um Gnade mehr bitten.
Häufig erklingt mir im Ohr eine Stimme; ich höre sie deutlich:
„Weise entschirre beizeiten das alternde Rennpferd, bevor es
keuchend, mit fliegenden Flanken, erst strauchelt, zuletzt noch verlacht wird."
Deshalb wend jetzt ich mich ab von Versen und anderen Possen,
richte allein auf Wahrheit und Pflicht all mein Sinnen und Trachten,
sammle und berge die Ernte, von der ich dann später kann zehren.

Frage mich nicht, wer als Führer mich leitet, wes Haus mich behütet:
Keinem Meister verpflichtet, auf seine Worte zu schwören,
treib ich als ruhloser Gast, wohin mich auch immer der Sturm reißt.
Bald setzt die Unrast mir zu, und ich stürz mich ins wogende Leben,
wahrhafter Tugend ein Wächter und allzu gestrenger Beschützer;
bald komm ich unvermerkt wieder auf aristippische Lehren,
suche die Dinge dann *mir*, nicht mich *ihnen* gefügig zu machen.
Lang wird die Nacht, wenn das Mädchen sein Wort bricht, nicht minder der Tag, wenn
einer um Lohn bei der Arbeit sich abmüht, und träg schleicht das Jahr für
unmünd'ge Waisen, die hart von der Mutter Obhut bedrängt sind:
So fließen langsam und widrig die Zeiten auch mir, und sie hemmen
all mein Hoffen und Planen, mit Eifer nur das zu betreiben,
was für Arme und Reiche den gleichen Gewinn in sich einschließt,
wenn es hingegen versäumt wird, für jung wie für alt nur Verlust bringt.

Bleibt, daß ich selbst mich mit einfachsten Weisheiten lenke und
tröste:
Freilich vermagst du an Sehkraft dich nicht mit Lynkeus zu messen,
doch bei Entzündung der Augen verschmähe nicht deshalb die Salbe;
hoffst du auch niemals auf unüberwindbare Arme wie Glycon,
solltest du dennoch den Körper vor knotiger Handgicht bewahren.
Kannst du zum Endziel nicht dringen: ein Stück ist vom Wege doch
gangbar.
Fiebert dein Herz vor elender Gier und vor Habsucht, so gibt es
Zaubersprüche und Formeln, welche die Qualen dir lindern
und dir Kräfte verleihn, einen Großteil des Leidens zu bannen.
Schwillt dir von Ruhmsucht die Brust, bringen sichere Sühnegebete
Hilfe und Besserung, wenn du, gereinigt, nur dreimal den Text
sprichst.
Neid und Jähzorn, Trägheit und Trunksucht, die Liebe, sie stürzen
keinen so tief in die Wildheit, daß nichts ihn zu Höherem führte,
wenn er veredelndem Einfluß nur stets ein williges Ohr leiht.

Tugend bedeutet das Laster zu fliehn; sich von Torheit zu trennen
ist schon der Anfang der Weisheit. Wie groß ist dein Einsatz an
Geist und
Leben, willst Übel du meiden, die *du* für die schlimmsten erachtest:
schmalen Besitz bei der Schätzung und schmachvolle Abfuhr bei
Wahlen.
Rastlos stürmst du als Kaufherr in Indiens weiteste Fernen,
fliehst vor der Armut durch brennende Glut, über Meere und Berge:
Möchtest du nicht, dich vor törichtem Wünschen und Staunen zu
schützen,
besserer Einsicht vertrauen und Besseres hören und lernen?
Wird wohl ein Ringer, der Dörfer bereist und an Kreuzwegen auftritt,
hehren olympischen Lorbeer verschmähen, wenn Hoffnung besteht
und
alles dafür spricht, daß staublos den köstlichen Preis er davonträgt?
Silber steht tiefer im Werte als Gold, Gold tiefer als Tugend.
„Nein, ihr Bürger, o nein! Zuerst muß man Reichtum erwerben;
Geld geht noch über die Tugend“, lehrt Janus vom ersten zum letzten
Bogen, und Junge wie Alte beten es nach wie die Schüler,
[links am Arme beladen mit Rechenkästchen und Tafel.]

Du hast Gesinnung, Charakter, bist redegewandt und bist glaubhaft,
aber an vierhundert Tausendern fehlen dir sechs oder sieben:
Also verbleibst du beim Pöbel! Doch rufen schon Kinder beim Spiele:
„Nur, wer es recht macht, wird König.“ Dies sei eine eherne Mauer:
reines Gewissen und Freisein von Furcht, aus Schuld zu erbleichen.
Sag doch, ist besser des Roscius Gesetz oder ist es der Knaben
Sang, der für richtiges Handeln die Krone verleiht, sind es Lieder,
wie sie bei Männern wie Curius oder Camillus erklangen?
Wer gibt den besseren Rat? Der dir rät: Mache Geld, wenn du kannst, auf
ehrliche Art, und wenn nicht, eben anders, die Hauptsache Geld, daß
mehr aus der Nähe des Pupius traurige Stücke du sehn kannst;
oder der hilfreich dir zuspricht und der dir das Rüstzeug bereitstellt,
freien und aufrechten Sinnes dem Hochmut des Schicksals zu trotzen?

Fragte mich etwa das römische Volk, warum ich mit ihm zwar
unter den Säulen wandle, doch nicht seine Ansichten teile,
selber nicht tu oder lasse, was lieb ihm oder verhaßt ist,
gäbe ich Gleiches zur Antwort wie einstmals der achtsame Fuchs dem
kranken Löwen: „Ja, weil mich die Fußspuren schrecken, die alle
einwärts weisen zu dir, während keine wieder herausführt.“
Du bist ein vielhäuptig Untier. Wo fänd ich da Ziel oder Vorbild?
Staatliche Pachten begehret ein Teil von euch Menschen; gar mancher
ködert sich geizige Witwen mit leckeren Brocken und Früchten,
pirscht sich an Greise heran, sie zu ziehn in sein eignes Gehege;
viele vermehren durch heimlichen Wucher den Reichtum. Sei also
jeder in anderen Dingen, verschiedenem Streben befangen:
Kann aber *einer* ein einziges Stündlein bei Gleichem verharren?
„Keine Bucht auf der Welt überstrahlt das liebliche Baiae“,
spricht der Reiche, und Meer und Lagune verspüren alsbald des
eifrigen Bauherrn Begehren. Doch deutet ihm krankhafte Laune
anders die Zukunft, gleich heißt es: „Packt ein euer Werkzeug, ihr Maurer!
Morgen beginnt in Teanum!“ Steht in der Halle das Ehbett,
rühmt er, daß nichts so vortrefflich und schön wie der Ledigenstand sei;

fehlt es, so schwört er, wie gut es allein doch die Ehmänner hätten.
Welcher Knoten wohl fesselt den wechselgestaltigen Proteus?
Was tut der Arme? Ja, lach nur: Er wechselt die Stuben, das Lager,
wechselt Barbiere und Bäder und kotzt auf dem Meere im Mietkahn
gleichermaßen wie Reiche, die ihre Privatjacht dahinträgt.

Hat ein Barbier meine Haare verhunzt und ich treff dich, so lachst du;
lugt unter wolligem Rocke etwa ein schäbiges Hemd vor,
hat sich die Toga verzogen und sitzt nicht, so lachst du nicht minder:
Wie aber, wenn meine Seele im Innern sich selbst widerstreitet,
wenn sie Gesuchtes verschmäht und eben Verworfnes zurückwünscht,
wenn sie nicht ein und nicht aus weiß, entzweit mit der Ordnung des Lebens,
aufbaut und wieder zerstört und das Viereck vertauscht mit dem Kreise?
Nichts als die übliche Torheit sei das bei mir, nimmst du an und
hältst keinen Arzt für erforderlich, auch keinen Vormund, vom Prätor
eigens bestellt, da du selbst dich als Hort meines Daseins erweisest
und dich schon ärgerst, wenn falsch mir am Finger ein Nagel gestutzt wird,
mir, deinem Freunde, der abhängt von dir und der zu dir aufschaut.

Kurz: Dem Jupiter nur steht der Weise im Rang nach; nur *er* hat
Reichtum und Freiheit, hat Schönheit und Ruhm, ist der Könige König,
ist auch vor allem gesund – es sei denn, es plagt ihn ein Schnupfen.

2

ERMAHNUNG ZUR TUGEND

Wieder einmal hab den Dichter des Troischen Kriegs ich gelesen
hier in Praeneste, mein Lollius, derweil du in Rom deine Reden
hersagst; was schön ist, was schimpflich, was nützlich dem Menschen, was schädlich,

kündet er klarer und besser noch als ein Chrysippus und Krantor.
Hör, wie zu dieser Ansicht ich kam, wenn nichts andres dich abhält!

Jene Mär, die erzählt, wie die Griechen sich mit den Barbaren
wegen der Liebe des Paris in langem Kampfe entzweiten,
schildert der Fürsten und Völker Leidenschaften und Torheit.
Daß man den Zwist an der Wurzel beschneide, beantragt Antenor:
Paris darauf? Er lasse sich keineswegs zwingen zu sichrer
Herrschaft und glücklichem Leben. Nestor bemüht sich, die
Zwietracht
zwischen dem Sohne des Peleus und dem Atriden zu schlichten:
Einen hat Liebe entflammt, und vor Zorn lodern beide gemeinsam.
All diesen Wahnwitz der Fürsten muß büßen das Volk der Achäer.
Frevel wie Aufruhr und Tücke, Verbrechen, Begierde und Jähzorn
wüten genauso heftig in Ilions Mauern wie draußen.

Was hinwiederum Tugend und Weisheit zu leisten vermögen,
zeigt uns der Dichter am leuchtenden Vorbild des Helden Ulixes,
welcher Troja besiegte, mit Umsicht die Städte und Sitten
zahlreicher Menschen erforschte und vielerlei Unbill auf weitem
Meere erduldete, da er um seine und seiner Gefährten
Heimkehr bemüht war, von keiner Woge des Unglücks bezwingbar.
Sang der Sirenen, die Zaubergetränke der Circe – du kennst sie;
hätt er davon, gleich den Freunden, töricht und gierig getrunken,
wär er im Joch dieser Buhlin der Schande und Dummheit verfallen,
hätte gelebt als ein räudiger Hund, als ein Schwein in der Suhle.

Wir sind nur Nullen, geboren, die Früchte der Erde zu essen,
sind wie Penelopes windige Freier und wie der Phäaken
Jugend, die über die Maßen auf leibliches Wohlsein bedacht war
und ihren Spaß darin fand, bis zum Mittag zu schlafen, um dann
beim
Klange der Zither aufs neue den säumigen Schlummer zu suchen.
Um einen Menschen zu morden, erheben des Nachts sich die Räuber:
Du aber willst nicht erwachen, die eigene Seele zu retten?
Bist als Gesunder du träge, so lehrt dich die Wassersucht laufen;
rufst nicht vor Tag du nach Buch und Laterne und richtest du nicht
dein

Denken auf ernsthafte Taten und ehrbare Güter, so wirst du
schlaflos liegen, vom Neid und von Liebesverlangen gepeinigt.
Flog dir ein Körnchen ins Auge, beeilst du dich, es zu entfernen;
trifft es dein Herz, warum schiebst du die Kur dann aufs folgende
Jahr auf?
Frisch begonnen ist halb schon gewonnen! Gebrauch den Verstand
und
wage den Anfang! Wer richtig zu leben ein Stündlein nur zaudert,
harrt wie der Bauer darauf, daß die Wasser des Stromes versiegen;
der aber strömt und wird strömen, die Fluten in Ewigkeit wälzend.

Geld ist das Ziel jeden Strebens; man sucht ein begütertes Weib, um
Kinder zu zeugen; die Wildnis des Walds wird bezähmt von dem
Pflugschar:
Wer so sein Auskommen hat, soll auf weitere Wünsche verzichten.
Weder ein Haus noch ein Grundstück, kein Haufen von Erz oder
Gold kann
seinem Besitzer das Fieber des leidenden Leibs und der Seele
Sorgen verjagen. Gesundheit vor allem braucht einer, der vorhat,
seine gehäuften Güter in rechter Weise zu nutzen.
Wen aber Gier oder Angst plagt, der freut sich an Habe und Haus
wie
Augenkranke an Bildern, wie Fußgicht an seidenen Tüchern,
Ohren, die schmutzig verstopft sind und schmerzen, am Klange der
Zither.
Ist nicht sauber das Glas, wird sauer, was immer du einschenkst.
Meide die Lüste: Mit Qualen erkauft, schafft die Lust dir nur
Leiden.

Habsucht ist immer bedürftig: Drum setze ein Ziel deinen
Wünschen.
Sichtlich magert der Neider, je fetter des Nachbarn Besitz wird;
Neid ist entsetzlich: Siziliens Tyrannen erdachten kein schlimmres
Werkzeug der Folter. Und wer seinen Zorn nicht zu meistern
versteht, der
möchte bald ungeschehn machen, was Wut und Gekränktsein ihm
rieten,
als er in rachgier'gem Haß mit Gewalt rasche Strafe verlangte.

Zorn ist ein Anfall von Wahnsinn: Beherrsch diesen Trieb – er regiert dich,
zwingst du ihn nicht zum Gehorsam – und lege ihm Kette und Zaum um!

Wenn noch jung ist das Roß und noch biegsam sein Nacken, so lehrt der
Meister es, dorthin zu gehn, wo der Reiter es hinlenkt; ein Jagdhund
lernt erst im Hofe die Hirschhaut verbellen, bevor seinen Dienst er
antritt im Walde. So schlürfe, mein Junge, auch *du* jetzt mit reinem
Herzen die Worte und öffne dein Ohr für noch bessere Lehren.
Lange bewahrt den Duft seiner ersten Füllung der frische
Tonkrug. Doch ob du nun säumst oder rüstig vorangehst: ich harre
weder der Trägen, noch haste ich vorwärts, wenn einer vorausstürmt.

3
SORGE UM DIE FREUNDE

Iulius Florus, es drängt mich zu wissen, in welchen Gefilden
fern auf dem Erdkreise Claudius, der Stiefsohn Augusts, mit dem Heer steht.
Hält euch Thrakien noch fest, in den Fesseln des Eises der Hebrus
oder die strömende Flut zwischen nahe benachbarten Festen?
Weilt ihr bereits in Asiens fruchtbaren Fluren und Bergen?
Auch was, von Eifer entflammt, das Gefolge vollbringt, möcht ich wissen.
Wer übernimmt es, Augustus' Taten zu schildern, und wer, die
Werke des Kriegs und des Friedens zu ewigem Ruhm zu verbreiten?
Was treibt Titius, der bald im Gespräch sein wird in der Hauptstadt,
weil er so furchtlos es wagte, aus Pindars Bergquell zu schöpfen,
und es verschmähte, aus offnen Gewässern und Brunnen zu trinken.
Ist er wohlauf und denkt er an uns? Sucht thebanische Weisen
unter der Muse Schutz er auf römischen Saiten zu stimmen,
oder eifert und schwelgt er vielmehr in der Kunst der Tragödie?
Womit ist Celsus beschäftigt? Er brauchte und braucht unsre Mahnung,
eignen Besitz sich zu schaffen und nicht an die Schriften zu rühren,

welche Apollo verwahrt im Palatinischen Tempel;
sonst wird es ihm wie der Krähe ergehn, als in Scharen die Vögel
kamen, die Federn wiederzufordern: Beraubt der gestohlnen
Pracht, trug sie nichts als Gelächter davon. Und du selbst, was beginnst du?
Welche Blüten umschwärmst du in emsigem Flug? Du hast reiche
Gaben, vorzüglich gepflegt, nicht in schändlicher Weise verwildert:
Ob für Prozesse die Zunge du schärfst, über Rechte der Bürger
Rat und Auskunft erteilst oder ob du ein Liebeslied dichtest,
allen voran wirst als Preis du den Efeu des Sieges erringen.
Könntest du noch aus den frostigen Banden der Sorgen dich lösen,
führte dein Weg auf ein Ziel, das die himmlische Weisheit dir wiese.
Ihr seien Handeln und Denken von Kleinen wie Großen gewidmet,
soll unser Leben der Heimat, uns selber etwas bedeuten.
Dies auch schreib mir als schuldige Antwort: Wie steht's mit Munatius?
Bist du ihm herzlich verbunden, so wie sich's gehört? Oder war der
Bund eurer Freundschaft zu morsch, um zu halten, ist wieder zerrissen?
Macht euch das hitzige Blut oder Mangel an Einsicht zu schaffen,
daß ihr wie Wilde euch aufbäumt? Wo auf der Welt ihr auch weilet,
seid euch zu gut, euer brüderlich Bündnis zu brechen! Für eure
Heimkehr den Göttern geweiht, steht ein Jungtier bereits auf der Weide.

4

ERKUNDIGUNG

Albius, du redlicher Kritiker meiner satirischen Dichtung,
was, frag ich mich, wirst du jetzt in der Gegend von Pedum wohl treiben?
Schreibst du, die zierlichen Werke des Cassius von Parma zu schlagen,
oder schlenderst du still für dich hin durch die heilsamen Wälder,
von Gedanken erfüllt, wie dem Weisen und Guten sie anstehn?
Nie bist ein herzloser Mensch du gewesen; dir schenkten die Götter
Wohlstand und schöne Gestalt und die rechte Kunst des Genießens.

Was denn vermag eine Amme noch mehr ihrem Liebling zu
wünschen,
wenn er Verstand hat, zu denken, sein Fühlen in Worte zu fassen,
wenn ihm Ansehn zuteil ward und Gunst und Gesundheit in Fülle,
auch ein geordnetes Leben, und Münzen im Beutel nicht fehlen?
Zwischen Hoffnung und Sorge, im Trubel der Angst und des Zornes
halt einen jeglichen Tag, dessen Licht sich dir zeigt, für den letzten:
Froh begrüßt du die Stunde, die unverhofft noch hinzukommt.
Willst du mal lachen, besuch mich: Du findest mich rund und
behäbig,
glänzend das Fell, recht ein Schweinchen aus epikureïscher Herde.

5

EINLADUNG AN DEN FREUND

Wenn's dir, Torquatus, nichts ausmacht, als Tischgast zu ruhen auf
schmalem
Lager und allerhand Grünzeug aus einfacher Schüssel zu speisen,
so erwartet mein Haus dich beim Lichte der sinkenden Sonne.
Wein gibt's, im zweiten Amtsjahr des Taurus auf Krüge gezogen
zwischen Minturnaes Sumpf und Petrin im Gebiet Sinuessas.
Hast du Besseres, schaff es herbei! Oder füg dich der Satzung!
Längst nämlich blitzen für deinen Empfang schon der Herd und der
Hausrat:
Laß denn für heute das nichtige Hoffen, das Ringen um Reichtum,
laß auch des Moschus Prozeß! Ist morgen doch Caesars Geburtsfest,
Feiertag! Ausschlafen darf man! Und straflos auch ist es gestattet,
mit gemütlichem Plaudern die Sommernacht zu verlängern.

Wozu sind Glücksgaben dienlich, wenn ihr Genuß mir versagt wird?
Wer, allzu streng gegen sich, für den Erben nur spart und besorgt ist,
gleicht einem Toren: Viel lieber will jetzt ich das Zechen eröffnen,
streue schon Blumen und nehme es auf mich, als Leichtfuß zu gelten.
Was bringt ein Rausch nicht zuwege! Er fördert ans Licht das
Verborgne,
Hoffnungen sieht er erfüllt und ermutigt Verzagte zum Kämpfen,
nimmt von bekümmerten Seelen die Bürde und gibt neue Kräfte.

Wem hat ein voller Becher noch niemals die Zunge gelöst, wem
selbst in erdrückender Armut das Herz nicht befreit und erleichtert?

Mir obliegt es zu sorgen – ich bin dazu fähig und willens –,
daß über Flecke im Teppich und schmutz'ge Servietten du deine
Nase nicht rümpfest, daß Kanne und Schüssel dein Spiegelbild
zeigen,
daß nicht ein Schwätzer nach draußen verplaudert, was drinnen
vertraute
Freunde besprechen, daß Gleich sich zu Gleichem gesell, wenn bei
Tische
man sich versammelt: Septicius und Butra und auch den Sabinus,
falls nicht ein früheres Gastmahl oder ein Mädchen ihn abhält,
lad ich dir ein; und sodann ist noch reichlicher Platz für Begleiter.
Freilich verspürt es die Nase, wenn Gäste sich allzusehr drängen.
Gib also Nachricht, wie viele du mitbringst! Und laß die Geschäfte!
Warten Klienten am Haustor, entschlüpf durch die hintere Pforte!

6
DER WEG ZUM GLÜCK

Nichts zu bestaunen, Numicius, ist erster und einziger Weg fast,
einem Menschen das Glück zu verschaffen, das Glück zu erhalten.
Mancher betrachtet gar Sonne und Sterne, die Zeiten des Jahrs im
Gleichmaß des ständigen Wandels und kennt weder Furcht noch
Erschrecken:
Was sind dagegen die Schätze der Erde, die tändelnden Gaben
wogender Meere, die fernstes Arabien und Indien bereichern?
Was gelten Beifall und Ehren, von Volksgunst gespendet? Was
meinst du:
Wie ist das alles zu sehn, mit welchem Gefühl, welcher Miene?
Wer vorm Verlust solcher Güter sich ängstigt, verstrickt sich in
Staunen,
dem, der sie wünscht, zu vergleichen; beschwerlich in jeglichem Fall
ist
Bangnis, und beide befürchten den plötzlichen Einbruch des Zufalls.
Lust oder Schmerz, Begehr oder Furcht, was tut das zur Sache,

wenn starren Blickes man dasteht, gelähmt am Geist und am Körper,
gleich, ob nun Beßres, ob Schlimmeres wider Erwarten sich einstellt?

Töricht wohl nennt man den Weisen und ungerecht den Gerechten,
wenn er das Maß überschreitet, sogar in dem Streben nach Tugend.
Geh und bestaune die Werke der Kunst aus ehrwürd'gem Marmor,
Silber und Erz; edle Steine bewundre und tyrischen Purpur;
freue dich, weil dir als Redner die Augen von Tausenden zuschaun;
eile des Morgens geschäftig zum Markt, kehre spät erst nach Hause,
nur daß nicht Mutus vom Land seiner Gattin die höhren Erträge
scheffelt und – welch eine Schande, da jener von minderer Herkunft! –
eher du *ihm* dann Bewunderung zollst, als daß *er* zu dir aufsieht!
Was jetzt die Erde noch birgt, bringt die Zeit einst ans Licht; was im Lichte
strahlt, wird sie bergen, begraben. Auch wenn du erreichst, daß du allen
unter den Säulen Agrippas, auf Appischer Straße bekannt bist,
bleibt dir am End doch der Weg nur, den Numa und Ancus schon gingen.

Plagt dich an Brust oder Nieren ein schmerzhaftes Leiden, bekämpf es!
Hast du den Wunsch – und wer hätte ihn nicht? –, vernünftig zu leben,
und kann die Tugend allein ihn gewähren, so flieh den Genuß und
folge ihr standhaft! Doch siehst in der Tugend du Worte, im Haine
einfaches Holz nur, gib acht, daß kein andrer im Hafen dich aussticht,
daß du nicht Cibyras Handel, Bithyniens Geschäfte nicht einbüßt!
Runde das Tausend Talente und gleich dann ein zweites und drittes,
endlich das vierte, den Haufen wie Seiten des Vierecks zu füllen!
Hochzeit und Mitgift, Vertrauen und Freundschaft, Adel und Schönheit,
alles kann König Reichtum gewähren; und hat einer Geld, so
legen ihm Venus und Peitho auch ihre Geschenke zu Füßen.
Reich an Sklaven, litt Mangel an Geld Kappadokiens König:
Sei nicht wie *er*! Hingegen Lucullus: Er wurde, erzählt man,
einst für ein Schauspiel gebeten, doch hundert Mäntel zu leihen:

Er drauf: „Wie könnt ich? So viele! Doch werde ich fragen und Nachricht
geben, wie viele ich habe.“ Bald schreibt er, er habe fünftausend
Mäntel zu Haus: Einen Teil oder alle gleich solle man holen.
Ärmlich bleibt doch ein Haus, das nicht vieles in Überfluß aufweist,
ist's auch dem Herrn nicht bekannt und dient es nur Dieben zum Vorteil.
Kann also Reichtum das Glück nur verschaffen, das Glück nur erhalten,
schreite als erster zu Werke und weiche auch stets als der letzte!

Wenn aber Ansehn und Gunst die Güter des Glücks uns verbürgen,
laßt einen Sklaven uns kaufen, der, links in die Rippen uns stoßend,
Namen ins Ohr raunt und rät, übers Pflaster die Rechte zu reichen:
„Der hat im Fabischen Viertel und der im Velinischen Einfluß;
wer ihm gefällt, dem verschafft er den Wahlsieg, wer nicht, dem entreißt er,
ohne zu zaudern, den Amtssitz.“ „Vergiß nicht, sag ‚Bruder‘, sag ‚Vater‘!“
Altersentsprechend nimmst artig du jedermann an als Verwandten.

Heißt aber, gut zu leben, gut essen – nun wohl: Bricht der Tag an,
gehn wir, wohin unser Gaumen uns leitet; wir fischen und jagen
wie einst Gargilius – der morgens die Treiber mit Netzen und Spießen
mitten durchs Menschengewimmel des Forums ließ gehen, damit ein
einziges Maultier, dem Volke zum Schauspiel, die Beute dann heimtrug:
Wildschwein vom Metzger –; wir baden mit vollem, gesättigtem Magen,
wissen nicht mehr, was sich schickt und was nicht, wert der Rüge des Censors,
lasterhaft wie des Ulixes, des Helden aus Ithaka, Mannschaft,
die der verbotne Genuß mehr lockte als Rückkehr zur Heimat.

Wenn, wie Mimnermus es meint, ohne Lieben und Scherzen im Leben
keinerlei Freude sich finde, so lebe denn liebend und scherzend.
Leb und fahr wohl! Weißt du besseren Rat, als ihn *ich* hier gegeben,
teile ihn redlich mir mit! Doch wenn nicht, so befolge den meinen!

7

MAECENAS UND HORAZ

Nur fünf Tage, versprach ich dir, wollt auf dem Lande ich bleiben;
wortbrüchig laß ich dich jetzt schon den ganzen August auf mich
warten.
Aber du wünschst mir ja Wohlsein und gute Gesundheit, Maecenas:
Bitte gewähr mir die Nachsicht, die du als Krankem mir schenktest,
auch, da ich Krankheit noch fürchte, wenn erste Feigen und heiße
Wochen den Leichenmarschall mit düsterm Gefolge umgeben,
wenn für die Kinder der Vater, die zärtliche Mutter erzittern,
wenn das geschäftige Treiben, die Dienste und Pflichten des Forums
Fieber und Siechtum bewirken und Testamente eröffnen.
Breitet der Winter dann über die Fluren von Alba sein Schneekleid,
steigt ein Dichter hinunter zum Meer, sich zu schonen, sich ganz im
stillen den Büchern zu widmen: *Dich,* lieber Freund, sieht er wieder,
so du's erlaubst, wenn der Zephyr erwacht und die Schwalbe
zurückkehrt.

Du hast reich mich gemacht, aber nicht nach der Art des Kalabriers,
der seinen Gast zum Birnenschmaus nötigt: „Laß, bitte, dir's
schmecken!"
„Danke, jetzt kann ich nicht mehr." „So steck ein, was du magst!"
„Oh, zu gütig!"
„Sicher freun sich die Kleinen, wenn Vater für sie etwas
mitbringt."
„Fühl mich auch so schon verbunden, als ging ich beladen von
hinnen."
„Nun, wie du willst. Was du hierläßt, bekommen die Schweine zum
Fressen."
Prasser und Toren verschenken, was ihnen wertlos und lästig;
aber es trug und es trägt diese Saat alle Jahre nur Undank.
Würdigen hält der Gute und Weise bereit seine Dienste,
weiß dabei wohl zwischen echten Münzen und falschen zu scheiden:
Würdig werd ich mich zeigen, wie auch es mein Gönner verdient
hat.
Doch willst du nie von der Seite mich lassen, so gib mir zurück die
Kraft in der Brust, über schmaler Stirne die Schwärze des Haares,

Schmelz in der Stimme und Anmut des Lachens, und gib mir zurück die
Wehmut beim Weine, wenn Cinara schmollte, mein mutwillig Mädchen.

Siehe, da zwängte sich einmal ein schmächtiges Füchslein durch schmalen
Spalt in ein Kornfaß und fraß sich drin satt; den Bauch vollgeschlagen,
streckte hernach sich's vergeblich, um wieder hinauszugelangen.
Kam da ein Wiesel und sprach: „Wenn ins Freie du willst, mußt du mager
durch die Enge des Loches zurück, wo du mager hineinkrochst."
Gilt dieses Gleichnis für mich, zahl die Schuld ich zurück ohne Abzug:
Weder will, satt vom Geflügel, den Schlaf des Volkes ich preisen
noch meine Freiheit und Muße mit Schätzen Arabiens vertauschen.
Meine Bescheidenheit lobtest du oft; Beschützer und Vater
nannte ich dich, wenn du's hörtest, und weniger nicht, wenn du fern warst:
Prüf also, ob ich Geschenktes mit Freuden dir wiedererstatte!
Telemach, Sohn des Dulders Ulyß, hatte recht, als er sagte:
„Ungeeignet für Pferde ist Ithakas Eiland; ihm fehlen
eben sich dehnende Fluren, es mangelt an Wiesen und Gräsern:
Drum laß ich besser, Atride, bei dir das Geschenk, das du darbringst."
Einfachheit ziemt sich für Einfache: Nicht das so prächtige Rom, nein,
Tibur, das stille, behagt mir, das friedliche Leben Tarentums.

Einmal, erzählt man, kehrt Philipp, ein tüchtiger, tapferer Staatsmann,
auch als Anwalt berühmt, um die achte Stunde vom Dienst heim,
und da er längst nicht der Jüngste mehr ist, klagt er ächzend, wie weit vom
Markt doch der Weg sei bis zu den Carinen. Bei einem Barbier im
leeren, schattigen Laden erblickt einen Mann er, rasiert schon,
der mit dem Messer gemächlich die Nägel selber sich säubert.
„Gehe, Demetrius" – der Bursche, der Philipps Befehle beflissen

ausführt –, „erfrag und bericht mir, woher der Mann kommt, wie er heißt und
welches sein Stand, wer sein Vater oder auch wer sein Patron ist."
Hin geht der Bursche und kehrt mit der Kunde, Volteius Mena
sei es, ein Trödler mit schmalem Verdienst, unbescholten, bekannt für
Schaffen und Feiern, Erwerb und Genuß stets zur passenden Zeit; er
finde Gefallen am Umgang mit Gleichen, am eigenen Hausstand,
auch am Theater, am Sport auf dem Marsfeld nach Abschluß der Arbeit.
„Was du vermeldest, erführ ich genauer zu gern von ihm selber;
lade zum Essen ihn ein!" Unser Mena kann es nicht fassen,
findet's im stillen erstaunlich, erwidert nur kurz: „Oh, zu gütig!"
„Was, er sagt ab, und das mir?" „Er sagt ab, dieser Kerl, weil er stolz ist
oder sich fürchtet vor dir." Andern Morgens trifft Philipp Volteius,
wie dem gewöhnlichen Volk seinen billigen Kram er zum Kaufe
feilbietet. Philipp begrüßt ihn als erster, und jener verweist auf
reichliche Arbeit, den Zwang des Berufs als Entschuldigung dafür,
daß in der Frühe er nicht seine Aufwartung machte und nun auch
ihm mit dem Gruß nicht zuvorkam. „Mit dieser Bedingung verzeih ich's,
wenn du noch heut bei mir speisest." „Ganz wie es beliebt." „Nach der neunten
Stunde erscheine; jetzt mach, daß du tüchtig die Kasse noch anfüllst!"
Also man kommt zu der Mahlzeit; von allem nur Möglichen schwatzt er,
wird erst, als längst es schon Zeit ist zu schlafen, entlassen. Fortan sieht
oft man den Fisch, wie er zuschwimmt auf den verborgenen Haken:
Früh ist er da zur Begrüßung und mittags schon ständiger Tischgast;
als das Latinerfest naht, reist er mit aus der Hauptstadt aufs Landgut.
Wie man dahinrollt, findet kein End er, sabinischen Landes
Fluren und Himmel zu preisen. Es sieht das Philippus und lächelt,
und da Erholung er sucht und stets auch zu Späßen bereit ist,
bietet er siebenmal tausend Sesterzen als Schenkung, die gleiche
Summe als Darlehn ihm an mit dem Rate, ein Gütlein zu kaufen.
Und so geschieht's. Um durch Umschweife keinesfalls länger als nötig

Zeit dir zu stehlen: Der schmucke Städter wird rasch nun zum Bauern,
redet allein noch von Furchen und Reben, beschneidet die Ulmen,
schuftet sich halbwegs zu Tod und verkümmert in grämlicher Habsucht.
Doch dann verliert er die Schafe durch Diebstahl, die Ziegen durch Krankheit,
Aussaat trügt seine Hoffnung, den Ochsen noch pflügt er zuschanden:
Schwer vom Verluste getroffen, reißt er in finsterer Nacht sein
Pferd aus dem Stalle und jagt voller Zorn zu Philippus' Behausung.
Als ihn nun dieser erblickt, so schäbig, das Haar nicht geschoren,
ruft er: „Volteius! Zu streng wohl bist du zu dir, und du nimmst es
allzu genau!" „Eher müßtest", drauf Mena, „du elend mich nennen,
wolltest, Patron, du, beim Pollux, den richtigen Namen mir geben.
Bei deinem Genius, der Schwurhand und sämtlichen Göttern des Hauses
bitt ich dich flehend: O gib doch dem früheren Leben mich wieder!"

Wer einmal einsieht, wie das, was er aufgab, viel besser doch war als
das, was er wünscht, kehre um in der Zeit, das Verlorne zu suchen.
Jeder meß sich mit eigenem Maß: Das allein ist die Wahrheit.

8

UNZUFRIEDENHEIT

Wohlergehen und gutes Gelingen bring, Muse, ich bitt dich,
grüßend dem Celsus, Privatsekretär und Begleiter des Nero!
Fragt er nach mir, so berichte: Trotz vieler vortrefflicher Pläne
sei weder glücklich noch lieblich mein Leben, nicht etwa weil Hagel
mir meine Reben zerschlug oder Hitze die Ölbäume dörrte
oder weil Seuchen mein Vieh auf entlegenen Triften bedrängen;
krank bin ich selbst – nicht am Körper, es leidet vielmehr meine Seele;
nichts mag ich hören, nichts lernen, was lindernde Hilfe mir schaffte,
widersetz mich den treulichen Ärzten und zürne den Freunden,

daß sie aus tödlicher Schlaffheit mit Macht mich zu reißen bestrebt sind;
Schädliches such ich und meide, was ich als nützlich erachte;
sehne mich launisch nach Tibur in Rom und nach Rom dann in Tibur.
Frag ihn hernach, wie's ihm geht und wie er sich selbst und sein Amt führt,
wie zu dem jungen Prinzen er steht und zum ganzen Gefolge.
Sagt er: „Vorzüglich", so lasse ihn unsere Freude gleich wissen,
aber versäume auch nicht, in sein Ohr drauf den Rat noch zu träufeln:
Wie du im Glücke dich zeigst, werden, Celsus, auch wir uns dir zeigen.

9

EMPFEHLUNG

Einzig Septim hat natürlich begriffen, wie hoch du mich schätzest,
Claudius: Bedrängt er mich hart doch mit Fragen und Bitten, ich möchte
ihn bei dir zu empfehlen und einzuführen versuchen;
sei er des Herzens und Hauses von Nero doch wert, der nur Edles
auswählt: Er traut mir ein Recht zu, das engeren Freunden nur zusteht,
sieht und weiß dabei mehr als ich selber von Macht, die ich hätte.
Vieles schon brachte ich vor, mich entschuldigt dem Wunsch zu verweigern,
fürchtete aber den Schein, meine Mittel zu niedrig zu achten
und meinen Einfluß zu leugnen, bedacht auf das eigene Ich nur.
Daß ich dem Vorwurf des schlimmeren Fehlers entgeh, nehm ich also
Zuflucht zum Vorrechte weltmänn'scher Keckheit. Wenn diesen Entschluß du
billigst, die Scheu abzulegen und Freundesgebot zu erfüllen,
nimm ins Gefolge ihn auf! Er ist gut und ist tüchtig, das glaub mir.

10

LOB DES LANDLEBENS

Fuscus, dem Stadtfreund, entbietet die herzlichsten Grüße der Landfreund.
Das ist der einzige Punkt, in dem wir uns stark unterscheiden;
sonst aber gleichen wir Zwillingen fast, sind gesinnt wie zwei Brüder:
Ablehnend, zusagend – stets denkt der eine genau wie der andre,
nicken einander wir einmütig zu. Wie bei alten, vertrauten
Tauben bewachst du das Nest, während ich mich in lieblichen Fluren
freue an Bächen und Wäldern und moosumsponnenen Felsen.
Nein, keine Fragen! Ich fühl mich als Mensch und als König, sobald ich
alles zurückließ, was ihr unter Beifall zum Himmel emporhebt;
satt bin ich ewigen Kuchens wie tempelentlaufene Sklaven,
hab jetzt Verlangen nach Brot, das mir besser als süßes Gebäck schmeckt.

Ist es richtig, sein Leben gemäß der Natur zu gestalten,
muß man zum Bau eines Hauses zuerst einen Baugrund sich suchen:
Ist dir ein schönerer Platz dann bekannt als gesegnete Fluren?
Wo sind die Winter wohl milder als dort; wo besänftigt die Brise
linder die Tollwut des Hunds und die rasenden Sprünge des Löwen,
die er vollführt, wenn die stechenden Strahlen der Sonne ihn treffen?
Wo stört dich weniger Mißgunst der Sorge im ruhigen Schlummer?
Strahlt oder duftet die Wiese geringer als libyscher Marmor?
Ist denn das Wasser im Bleirohr der Städte, das schwer sich nur Bahn bricht,
reiner, als wenn mit Gemurmel es lustig im Bache zu Tal hüpft?
Ja, zwischen farbigen Säulen zieht mühsam ein Wäldchen man auf; wie
preist man ein Haus mit Aussicht auf weithin sich dehnende Felder!
Treib die Natur mit der Forke hinaus: Stets kehret sie wieder,
heimlich durchbricht sie als Sieger die Mauern des häßlichen Hochmuts.

Wer nicht als Kenner sidonischen Purpur von Tuch unterscheidet,
das nur die Farbe Aquinums getränkt hat, wird Schaden erleiden –

freilich nicht so, daß er dringt bis ins Mark, und geringeren sicher,
als wenn Vernunft er entbehrte, vom Wahren das Falsche zu trennen.
Wer des Erfolgs sich im Übermaß freut, wird vom Umschwung in voller
Härte getroffen. Was du bestaunst, gibst du ungern nur auf. Drum
fliehe das Große! Im Wettlauf des Lebens kannst auch unter schlichtem,
ärmlichem Dache du Fürsten und Freunde von Fürsten besiegen.

Stärker im Kampfe, vertrieb einst der Hirsch von gemeinsamer Trift das
Pferd; lange Zeiten hindurch war es stets unterlegen im Wettstreit,
rief dann die Kräfte des Menschen zu Hilfe und nahm seine Zügel:
So ging es endlich vom Platz als ein mutiger Sieger, des Feindes
ledig; doch blieben der Reiter im Sattel, der Zaum in den Zähnen.
Wer da aus Furcht vor der Armut die Freiheit, mit Gold nicht vergleichbar,
opfert, trägt ebenso schmachvoll seinen Gebieter im Nacken,
Sklave für ewig, weil nie er es lernt, bescheiden zu leben.
Wer nicht zu leben versteht, dem ergeht's wie mit Schuhen: Sie bringen
leicht dich zu Fall, wenn zu weit, und sie drücken dich, wenn sie zu eng sind.

Bist deines Loses du froh, lebst du weise und richtig, Aristius;
laß denn auch mich ohne Tadel nicht ziehn, wenn den Anschein ich gebe,
mehr, als genug ist, zu scheffeln und niemals zu ruhn und zu rasten.
Herr oder Knecht ist das Geld einem jeden, der es sich anhäuft,
aber es sollte an handfestem Strick eher folgen als führen.
Dies ließ ich schreiben für dich beim verfallenen Tempel Vacunas,
völlig zufrieden und froh bis auf eines: daß *du* nicht dabei bist.

11
SUCHE NACH DEM GLÜCK

Sag: Wie gefiel dir, Bullatius, denn Chios, das herrliche Lesbos,
Samos, das nette, und Sardes, Palaststadt des Croesus, wie Smyrna
und Kolophon? War noch größer ihr Glanz als ihr Ruf, war er
kleiner?
Scheinen nicht alle gering vor den Wellen des Tiber, vorm Marsfeld?
Oder ist eine von Attalus' Städten das Ziel deiner Wünsche?
Lobst du gar Lebedus jetzt, weil du Seefahrt und Landstraßen satt
hast?
„Weißt du, was Lebedus ist? Ein Nest, noch verlassener als selbst
Gabii oder Fidenae. Und dennoch möcht ich dort leben,
alle die Meinen vergessend und bald auch von ihnen vergessen,
möchte vom sicheren Ufer dem Wüten des Meergottes zuschaun."

Doch wer nach Rom von Capua reist und von Regen durchnäßt und
kotbespritzt einkehrt, will drum nicht sein Leben im Wirtshaus
verbringen;
wer sich im Froste verkühlt hat, der rühmt zwar ein Bad und die
Heizung,
niemals jedoch als vollkommene Bürgschaft für glückliches Leben:
Hat jetzt ein kräftiger Süd auf Ägäischer See dich geschüttelt,
brauchst du doch drüben im Hafen darum nicht dein Schiff zu
verkaufen.
Wem nichts fehlt, tut die Schönheit von Rhodos, die Pracht Mytilenes
ebenso gut wie im Sommer ein Mantel, ein Schurzfell bei
Schneesturm,
winters das Baden im Tiber, ein Ofen im Monat Sextilis.
So die Zeit es vergönnt und Fortuna ihr heitres Gesicht zeigt,
preise in Rom, aus der Ferne, man Samos und Chios und Rhodos.

Du nimm jegliche Stunde des Glücks, die die Gottheit dir bietet,
dankbar entgegen; schieb süßen Genuß nicht aufs folgende Jahr auf!
Wo du auch immer verweilst, stets sollst du einst sagen, du habest
gern dort gelebt: Wenn Vernunft nur und Weisheit die Sorgen
vertreiben,
nicht eine Stätte beherrschenden Blicks auf die Weite der See, so

wechselt den Himmel, doch nicht seine Stimmung, wer Meere durcheilet.
Uns peinigt rastloses Nichtstun: Wir jagen mit Schiff und Gespannen
nach dem Glücke des Lebens. Doch hier, selbst in Ulubrae, liegt es,
was du erstrebst, wenn der Seele Gleichgewicht dir nur bewahrt bleibt.

12

FREUNDSCHAFTLICHER TROST

Wenn von Agrippas sizil'schen Erträgen, die, Iccius, du einbringst,
deinen Teil du genießt, wie's dir zukommt, kann reichere Fülle
selbst ein Jupiter nie dir gewähren. Laß ruhn deine Klagen:
Der ist nicht arm, dem die Dinge des Lebens zur Nutzung verfügbar.
Wenn deinem Bauch, deiner Lunge und auch deinen Füßen es wohl geht,
können auch fürstliche Schätze kein größeres Gut dir hinzutun.
Bleibst aber mitten in reichlichem Vorrat du knausrig und lebst von
Kräutern und Nesseln, so wirst du auch weiterhin anders nicht leben,
selbst wenn plötzlich das Glück dich mit Strömen von Gold überflutet;
denn es vermag ja das Geld nicht die Wesensart zu verändern,
und dir selber dünkt alles gering, hat die Tugend nur Geltung.

Wir sind verwundert, daß Vieh das Feld Demokrits, seinen Garten
abweidet, während sein Geist, vom Körper gelöst, frei umherschwebt.
Größer das Wunder, daß *du* trotz des Reizes und Vorbilds der Habsucht,
Kleinlichkeiten verachtend, noch höheren Fragen dich widmest:
Was hält das Meer in den Ufern? Was regelt den Ablauf des Jahres?
Schweifen und wandern die Sterne von selbst oder treibt sie ein Wille?
Was verdeckt uns das Mondlicht und füllt dann die Scheibe aufs neue?
Was bezweckt und vermag die zwieträcht'ge Eintracht der Dinge?
Irrt des Empedokles Lehre oder Stertinius' Scharfsinn?

Doch ob du Fische ermordest, ob Porree und Zwiebeln, ich bitte,
laß dir den Grosphus empfehlen, erfüll ihm zuvorkommend jeden

Wunsch, den er hat; denn ein Grosphus verlangt nur, was recht ist
und billig.
Wohlfeil erwirbt man sich Freunde, wenn gute Menschen in Not sind.

Daß du auch Kunde erhältst, was im Römischen Reich sich ereignet:
Tapfer zwang Nero Armenien, Agrippa Kantabrien zu Boden;
unserm Befehl und Gesetz unterwarf sich Phraates, in Demut
knieend zu Caesars Füßen; aus goldenem Füllhorn hat Copia
Reichtum an Früchten über Italiens Fluren gegossen.

13
BITTEN UND WÜNSCHE

Wie ich dich oft und beharrlich vor deinem Aufbruch belehrte,
gib die versiegelten Rollen, mein Vinnius, erst dann dem Augustus,
wenn er gesund ist und munter, wenn schließlich er selber sie fordert!
Mach nicht aus Eifer für mich etwas falsch, trag dem Büchlein nicht
Haß ein,
in deinem hitz'gen Bemühen ein allzu beflissener Diener!
Falls die gewichtige Last meiner Blätter dir einheizt, so wirf sie
lieber noch von dir, bevor du am Ende des Wegs mit dem Sattel
grimmig erst anstößt und, deinen von Vätern erworbenen Namen
„Esel“ ins Lachhafte ziehend, den Leuten gar Stoff gibst für Witze.
Besser setz ein deine Kräfte bei Flüssen, Gebirgen und Sümpfen!
Hast deinen Plan du verwirklicht und bist dann zum Ziele gekommen,
lege die Bürde dort ab und verwahre sie sicher: Vermeid es,
Teile des Werks unterm Arme zu tragen wie Bauern die Lämmer,
wie die betrunkene Pirria ihr Knäuel entwendeter Wolle
oder dein Wähler und Landsmann bei Tisch seinen Schuh und die
Kappe.
Künd es auch nicht aller Welt, daß du schwitzend da Lieder
einherschleppst,
die wohl die Augen und Ohren des Caesar zu fesseln vermöchten!
Reichlich mit Bitten bedacht, magst nun weiter du ziehn deine
Straße.
Leb und fahr wohl! Und zerbrich mir nicht strauchelnd ein Stück
von der Sendung!

14
VERSCHIEDENE ANSICHTEN

Hüter des Walds und der Flur, die mich stets mir selber zurückgibt,
die aber dir nicht genug ist, obgleich sie fünf Herde beherbergt
und zum Markttag nach Varia fünf wackere Hausväter sendet:
auf denn zum Wettstreit, ob kräftiger *ich* dem Gemüt oder *du* dem
Acker das Unkraut herausreißt, ob besser das Gut, ob der Gutsherr.

Mich halten Pflichten der Freundschaft, die Sorge für Lamia in Rom fest;
denn er betrauert den Bruder, untröstlich im Schmerz, daß der Tod so
jäh ihn geraubt hat: Und gleichwohl ziehn Stimmung und Neigung hinaus mich,
möcht ich das Gitter durchbrechen, das hindernd dem Aufbruch im Weg steht.
Du nennst glücklich ein Leben in Rom und ich auf dem Lande:
Wem so das Schicksal des andern gefällt, dem behagt nicht das eigne.
Töricht mißt er dem Orte die Schuld bei, doch völlig zu Unrecht:
Schuldig allein ist die Seele, die niemals sich selber entfliehn kann.
Früher, als Hausknecht, da sehntest du unausgesprochen aufs Land dich,
heut, als Verwalter, verlangst du nach Großstadt, nach Spielen und Bädern:
Ich, wie du weißt, bleib mir treu, und jedesmal scheid ich bekümmert,
wenn die verhaßten Geschäfte nach Rom zu eilen mich zwingen.
Nein, wir bewundern nicht ein und dasselbe; es zeigt sich hier klar der
Unterschied zwischen uns beiden: Was *du* nur als öde, verlaßne
Wildnis betrachtest, heißt lieblich bei jedem, der Gleiches wie ich fühlt,
und was als schön du empfindest, das haßt er. Die Kneipen und fetten
Garküchen schüren – ich sehe es wohl – dir die Sehnsucht nach Rom, auch
daß dort der Winkel wohl eher noch Pfeffer und Weihrauch als Reben

trägt und kein Gasthaus dabeisteht, woher deinen Wein du beziehn kannst,
daß es an Dirnen auch mangelt, die fröhlich die Flöten dir stimmen,
wenn du in schwerfüß'gem Tanze dich drehn willst; auf Feldern, die lang schon
nicht mehr die Hacke verspürten, mußt du dich mühen, den Ochsen
noch nach dem Ausspannen warten, mit frischen Blättern ihn füttern.
Neuen Verdruß macht der Bach dir mit Plagen: Fällt Regen in Strömen,
mußt du durch Schanzwerk ihn lehren, die sonnige Au zu verschonen.

Hör nun, was denn den Gleichklang unserer Weisen verhindert!
Früher, da schmückten mich herrliche Kleider und glänzende Haare,
war mir die gierige Cinara hold auch ohne Geschenke,
trank – wie du weißt – ich den klaren Falerner am hellichten Mittag:
Heut freun mich einfaches Mahl und ein Schlummer im Gras nah dem Bache.
Spiel in der Jugend ist straflos, bringt Schande nur, wenn man nicht aufhört.
Dort auf dem Land schmälert niemand mit neidischem Blick meine Freuden,
niemand vergiftet sie mir mit dem tückischen Bisse des Hasses:
Höchstens lächeln die Nachbarn, bewege ich Schollen und Steine.
Also mit Sklaven der Stadt willst du lieber die Tageskost knabbern,
wünschst dich mit Macht ihrem Kreis zu gesellen: Mein pfiffiger Stallknecht
neidet dagegen dir Nutzung des Waldes, des Viehs und des Gartens.
Mißgelaunt wünscht sich der Ochse den Sattel, das Reitpferd den Pflugsterz.
Ich mein, mit Freuden üb jeder die Kunst, in der er sich auskennt.

15

REISEVORBEREITUNG

Wie ist der Winter in Velia, mein Vala, das Klima Salernums?
Wie sind die Menschen im Lande, und wie ist die Straße beschaffen?
(Baiae sei nämlich für mich nicht das Rechte, meint Musa Antonius;

dennoch mach dort ich verhaßt mich, wenn mitten im Winter in kalte
Wellen ich tauche. Die Myrtenhaine seien vereinsamt,
schmählich verlassen der schweflige Quell mit dem Ruf, aus den
Gliedern
zähen Schmerz zu vertreiben: So klagt jener Flecken, voll Mißgunst
gegen die Kranken, die kühn ihren Leib und ihr Haupt unter
Clusiums
Duschen benetzen, nach Gabii reisen, in ländliche Kühle.
Also muß heuer ich ändern mein Ziel, muß mein Pferd ich vorbei an
wohlvertrauten Herbergen lenken. „Wohin denn? Es geht heut
weder nach Cumae noch Baiae", ruft, reißend am Zügel zur Linken,
zornig der Reiter; das Ohr sitzt beim Pferde im Zaumzeug des
Maules.)
Welche der Städte hat größeren Vorrat an Brot und Getreide?
Trinkt man gesammelten Regen oder aus stetiger Quelle
sprudelndes Naß? (Nach den Landweinen dort brauch ich nicht erst
zu fragen:
Auf meinem Gute, da nehm ich vorlieb und trink jedes Gewächs;
doch
komm ich ans Meer, so begehr ich nach mildem und edelem
Tropfen,
der mir die Sorgen verjagt, der zum Herzen mir strömt durch die
Adern
und mich mit neuer Hoffnung erfüllt, der die Zunge mir löst und
der mich verjüngt für die Liebe und Huld des lukanischen
Mädchens.)
Welches Gefilde nährt besser die Hasen und welches das
Schwarzwild?
Welches Gestade ist reicher an Fischen und Muscheln im Meere –
daß aus der Gegend ich feist, als ein rechter Phäake, auch heimkehr?
Auskünfte darf ich von dir wohl erwarten, und du von mir Glauben.

Maenius verpraßte mit Schneid das Erbe von Mutter und Vater
und fing endlich dann an, als ein geistreicher Städter zu gelten:
Unstet schmarotzend, an keine beständige Krippe sich haltend,
scheidend nicht zwischen dem Freund und dem Feind, wenn der
Hunger ihn plagte,
rücksichtslos jedweden Schimpf gegen alle und jeden ersinnend,

alles verwüstender Sturm, Verderben und Schlund für den Fleischmarkt,
weihte er, was ihm auch zufiel, sogleich seinem gierigen Magen.
Konnt er bei Gönnern der Faulheit und denen, die ängstlich sie fürchten,
nichts oder wenig erjagen, verschlang er zum Mahl ganze Schüsseln
Rindskaldaunen und billiges Schaffleisch, genug für drei Bären,
und er erklärte dazu, man müsse den Wanst aller Schlemmer
zeichnen mit glühendem Eisen, fürwahr ein verbesserter Bestius.
Anders, sobald ihm größere Beute gelang: War die ganze
Herrlichkeit rasch dann in Rauch und in Asche verwandelt, so sprach er:
„Jagen da manche ihr Gut durch die Kehle, bei Gott, ich versteh es:
Nichts geht doch über ein Bauchstück vom Schwein und gemästete Drosseln!"
So bin auch *ich*: Denn ich preise das Sichre am Kleinen, wenn grad die
Mittel mir fehlen, bin hinreichend tapfer, wenn Schmalhans den Tisch deckt.
Aber beschert mir das Los einen besseren Braten, bekenn ich:
Die nur verstehen zu leben und glücklich zu sein, deren Geld in
prächtigen Villen den Augen sich darstellt als sicher gegründet.

16

SEIN UND SCHEIN

Daß, bester Quinctius, nicht lang du erst fragst, ob durch Feldbau mein Grundstück
seinen Besitzer ernährt oder ob es durch Ölfrucht ihn reich macht,
ob durch Obst oder Weide, durch rebenumwundene Ulmen,
will ich geschwätzig gleich schildern die Lage des Guts und sein Aussehn.
Denk dir die Kette der Berge, geschieden durch schattigen Talgrund;
nahend wirft Helios den Blick auf die Hänge zur Rechten; in schnellem
Wagen enteilend, erwärmt er die Wände des Tales zur Linken;
lobenswert mild ist das Klima; und wenn du dir vorstellst, wie rings in

Fülle die Hecken mit glutroten Kirschen und Pflaumen bedeckt sind,
Eichen die Herde mit Früchten, den Gutsherrn mit Schatten
erquicken,
meinst du, es wäre das grüne Tarent in die Nähe gezaubert.
Auch springt ein Quell, reich genug, seinen Namen dem Flüßchen zu
geben,
kühl dort und klar, wie sich selbst nicht der Hebrus durchs
Thrakerland schlängelt,
heilsam für Leiden des Kopfes und heilsam bei Krankheit des Leibes.
Dieser verborgene Winkel, mir lieb und – so du mir glaubst – voll
Anmut, verbürgt dir mein Wohlsein im schwülen Monat September.

Du nun lebst richtig, wenn nur du bemüht bist zu sein, wie dein Ruf
ist.
Lange schon preisen wir alle, ganz Rom, dich als glücklichen
Menschen.
Doch ich befürchte, du traust jedem Fremden da mehr als dir selber,
hältst etwas andres als Weisheit und Güte des Herzens für Glück,
und
falls man ständig Gesundheit und Wohlbefinden dir nachsagt,
wirst du am Ende zur Stunde des Schmauses ein heimliches Fieber
leugnen, bis Zittern die Hände befällt, da zum Mahl du sie
ausstreckst.
Töricht ist Scham, die Gebrechen verhehlt, statt sie heilen zu lassen.
Kündet da einer von Taten im Kriege zur See und zu Lande,
die du vollbrachtest, und schmeichelt dem offenen Ohr mit den
Worten:
„Ob nun das Volk eher *dir* oder *du* dem Volk eher Heil wünschst,
halt in der Schwebe die Gottheit, die dich und die Hauptstadt
beschützet,
Jupiter", würdest sogleich du das Lob für Augustus erkennen:
Doch wenn man weise und fehllos dich ruft – und du läßt dir's
gefallen –,
wirst auf den Namen, sag bitte, dann Antwort du geben? „Ja, freilich
freut's mich wie dich, als ein Mann von Klugheit und Ehre zu
gelten."
Gunst, die das Volk heut verleiht, fordert morgen nach Laune es
wieder,

wie auch das Amt es zurücknimmt, erweist sich sein Träger als
unwert,
spricht: „Gib es her! Es ist meins." Und ich geb's und geh traurig von
dannen.
Wenn es als Dieb mich verschreit, wenn es Keuschheit mir abspricht,
behauptet,
daß ich den Vater erwürgte, soll ich von solcher Verleumdung
wirklich getroffen mich fühlen, soll ich erröten, erblassen?
Wen wohl erfreut falsche Ehrung und schreckt die erlogene
Schande?
„Nur einen Menschen mit Fehlern, der dringend des Arztes
bedürfte!"

Wer ist ein Ehrenmann? „Wer die Erlasse der Väter, wer Recht und
Satzung befolgt, wer als Richter oft große Prozesse entscheidet,
wer bei Geschäften als Bürge, bei Händeln als Zeuge Gewicht hat."
Aber es sehn alle Leute im Hause und sämtliche Nachbarn
innen den Schurken, mag außen das glänzende Fell sie auch blenden.
„Weder bin ich ein Dieb noch jemals geflohn", sagt der Sklave;
ich darauf: „Was dir gelohnt wird: Du wirst nicht mit Peitschen
gezüchtigt."
„Bin auch kein Mörder." „Du hängst nicht am Kreuze zum Fraß für
die Raben."
„Also bin brav ich und gut." Das verneint der Sabeller entschieden.
Vorsichtig nämlich vermeiden auch Wölfe die Grube, der Habicht
meidet verdächtige Schlingen, der Hecht den verborgenen Haken.
Ehrenmänner verabscheuen Sünde aus Liebe zur Tugend.
Du jedoch läßt nichts zuschulden dir kommen aus Angst vor der
Strafe:
Hast nicht entdeckt zu werden du Aussicht, ist nichts mehr dir heilig.
Willst du von tausend Maß Bohnen ein einziges nur mir entwenden,
ist mein Verlust wohl erträglich, die Tat ist es deshalb noch längst
nicht.
Auf einen Ehrenmann schauen der Markt und der ganze
Gerichtshof;
opfert den Göttern ein Schwein er oder ein Rind zur Versöhnung,
ruft er mit deutlicher Stimme: „O Vater Janus! Apollo!"
und, nur die Lippen bewegend, daß keiner es höre: „Gewähr mir,

holde Laverna, zu täuschen und fromm und gerecht zu erscheinen!
Hülle in Nacht und in Nebel all meine Vergehen und Frevel!"
Wie kann der Geizige, der auf der Straße sich bückt, aus dem Kot ein
As aufzuheben, denn besser und freier wohl sein als der Sklave?
Das will mir nicht in den Kopf. Wo Begierde ist, gibt es auch Angst, und
wer da lebt mit der Angst, der wird niemals – so scheint es mir – frei sein.
Wer immer hastet, die Schätze zu mehren, und bald dabei umkommt,
hat sich der Waffen der Tugend entledigt und gab ihren Platz preis.
„Kannst du ihn noch als Gefangnen verkaufen, so laß ihn am Leben:
Nützlich noch ist er als Knecht: soll mühsam füttern und pflügen,
fahren als Händler auch winters zur See, wenn die Stürme recht toben;
oder er hilft auf dem Markt, schleppt Korn oder andere Waren."

Kühn spricht ein Mann der Ehre und Weisheit: „Beherrscher von Theben,
Pentheus, wie willst du mich zwingen, Unverdientes zu dulden?"
„All deine Güter nehm ich dir fort." „Also Vieh und Vermögen,
Möbel und Silber: Hier ist es!" „An Händen und Füßen gefesselt,
werd ich bei strengster Bewachung im tiefsten Kerker dich halten."
„Freiheit bringt selbst mir die Gottheit, sobald ich es will." An den Freitod
denkt er vermutlich. Der Tod ist das letzte Ziel aller Dinge.

17

WEGE ZUM ERFOLG

Zwar kannst du, Scaeva, allein zur Genüge dir raten und weißt auch,
wie man sich schließlich zu Höhergestellten gehörig verhält, und
gleichwohl vernimm, was ein Freund, der noch selber muß lernen, dir anrät!
Freilich: Ein Blinder will weisen den Weg; doch sieh her, ob auch wir nicht
etwas verkünden, das wert ist der Müh, sich's zu eigen zu machen!

Liebst du behagliche Ruhe und Schlaf bis zum Anbruch des Tages,
sind dir der Staub auf den Straßen, das Rattern der Räder, das Bett im
Gasthof zuwider, empfehl ich, gen Ferentinum zu reisen;
Freuden sind nicht nur den Reichen beschert, und nicht ohne Genuß lebt,
wer von Geburt bis zum Tod seine Tage verbringt im Verborgnen.
Möchtest hingegen den Deinen du nützen und selbst dir ein wenig
gütlicher tun, so nahe dein Hunger sich üppigen Schüsseln.
„Wenn Aristipp seinen Kohl genügsam verzehrte, so würde
Umgang mit Fürsten er meiden." „Wenn es mein Tadler verstünde,
Umgang mit Fürsten zu pflegen, so braucht' keinen Kohl er zu speisen."
Sprich: Wer von beiden hat recht? Oder laß dir als Jüngerem sagen,
was denn dem Wort Aristipps den Vorzug verleiht! Wie man nämlich
meldet, parierte er derart den Angriff des bissigen „Hundes":
„*Ich* bin ein Narr vor mir selber, doch *du* vor der Menge. Mein Weg ist
rühmlicher weitaus und besser: Ich dien für ein Roß, das mich trägt, und
für einen Platz an der Tafel des Königs. Du bettelst Almosen,
kriechend vorm Spender, wie sehr du dich auch als bedürfnislos aufspielst."

Wechselten Glück auch und Rang und Besitz, Aristipp trug's mit Anstand,
strebend nach Höherem stets, doch zufrieden mit dem, was er hatte.
Hüllt aber einen Genügsamkeit ein in den doppelten Mantel,
wüßt ich zu gern, wie's ihm stünd, ging sein Leben in andere Richtung.
Jener erwartet nicht erst einen purpurnen Umhang, in jedem
Kleide durchschreitet er Straßen, in denen es wimmelt von Menschen,
und er trägt mit Geschick bald diese, bald jene der Masken.
Anders sein Gegner: Er meidet Milesiergewänder noch mehr als
Hunde und Schlangen; er stirbt gar vor Kälte, falls du den Mantel
ihm nicht zurückgibst: So tu es und schenk ihm das Leben, dem Toren!

Taten vollbringen, gefangene Feinde den Mitbürgern zeigen:
solches Verdienst reicht an Jupiters Thron und greift nach den Sternen.
Gunst zu genießen beim Adel zählt *nicht* zu dem niedrigsten Ruhme.
„Keineswegs jeder, der aufbricht zur Fahrt, wird Korinth auch erreichen."
Mancher bleibt sitzen aus Furcht, daß die Sache ihm fehlschlägt. „Nun, sei's drum.
Doch wer das Endziel erreicht, hat nicht tapferen Mut der bewiesen?"
Hier, nirgends sonst, liegt der Kern unsrer Frage. Es fürchtet der eine
Last als zu schwer für schwächliche Seelen und Schultern, der andre
nimmt sie und trägt sie ans Ziel. So ist entweder Mut nur Gerede,
oder der wagende Mann strebt zu Recht nach Belohnung und Ehre.

Wer es vermag, seinem König von Armut und Not nicht zu klagen,
der empfängt mehr, als wer bettelt – auch wichtig ist, ob du bescheiden
nimmst oder einraffst –: Die Hauptsache war ja bei allem dein Vorteil.
„Ach, meine Schwester bedarf noch der Mitgift, der Mutter geht's ärmlich,
schmalen Ertrag bringt mein Grundstück, und schwer ist der Acker verkäuflich."
Spricht einer *so*, meint er: „Brot!" „Und mir auch!" nimmt ein zweiter das Wort auf.
So wird die Gabe geteilt, das Brot in Stücke gebrochen.
Brächte ein Rabe es fertig, auch ohne Gekrächze zu fressen,
hätte viel mehr er vom Futter und weniger zänkische Mißgunst.
Fährst als Begleiter du mit nach Brundisium, ins schöne Surrentum,
klag nicht bei holprigen Wegen, bei beißender Kälte und Regen,
jammre nicht, wird dir ein Kasten erbrochen, das Zehrgeld gestohlen:
All das erinnert an Kniffe der Dirne, die allzu oft weinte,
daß man erneut eine Kette ihr stahl, einen Beinreif; es würden
bald dann auch ernste Verluste und Schmerzen nicht Glauben mehr finden.

Einmal verlacht, müht sich keiner, den Gaukler, der ernstlich das
Bein brach,
aufzuheben vom Wege. Vergießt er auch Tränen in Strömen,
schreit er und schwört er beim heil'gen Osiris: „O glaubt mir, ich
spiel nicht!
Grausame, helft doch dem Lahmen! Ach, hebt mich doch auf!“:
„Einen Fremden
such dir zum Foppen!“ hallt's rings ihm aus rauhen Kehlen entgegen.

18

RATSCHLÄGE

Kenn ich dich recht, wirst du fürchten, mein freiheitsliebender
Lollius,
als ein Schmeichler zu gelten, sobald du als Freund dich bekennest.
Doch wie in Haltung und Tracht die Matrone der Dirne nicht gleich
ist,
so unterscheidet der Freund sich vom wenig verläßlichen
Schmeichler.
Fast noch ein größerer Fehler steht solcherlei Fehl gegenüber:
schwer zu ertragende, widerborstige, bäurische Barschheit,
die mit geschorenem Kopf und mit schmutzigen Zähnen sich
einführt,
während sie Freiheit will heißen und reine, wirkliche Tugend.
Tugend hält sich, von beiden Fehlern entfernt, in der Mitte.
Allzu tief beugt der eine ergeben den Rücken, treibt Spaß vom
Platz auf der untersten Bank, blickt mit Angst nach den Winken des
Reichen,
spricht ihm nach, was er sagt, nimmt die Worte auf, die er hinwirft,
so, wie vorm strengen Magister ein Schüler wohl seine Lektionen
hersagt oder ein Mime den Nachäffer spielt auf der Bühne;
wieder der andere streitet um Wolle von Ziegen, in voller
Rüstung zieht er zum Kampf für Lappalien: „Ich soll nicht am
meisten
Glauben verdienen? Nicht offen und scharf meine Meinung
vertreten?
Nicht für die doppelten Jahre werde ich darauf verzichten!“

Was ist der Streitpunkt? Ob Docilis mehr kann, ob Castor; ob Appius'
oder Minucius' Straße bequemer uns führt nach Brundisium.

Wen da gefährliches Spiel mit dem Würfel und Aufwand für Dirnen
plündern, wen Ruhmsucht läßt über Vermögen sich kleiden und salben
oder wen heißes Verlangen und Gier nach dem Gelde beherrschen,
wer vor der Armut sich schämt und davonläuft, für den kennt ein reicher
Freund – mag er selbst oft ein Dutzend an Fehlern auch mehr noch besitzen –
Furcht nur und Haß; fehlt der Haß, wird er Schulmeister spielen und wünschen,
ähnlich der sorgenden Mutter, daß jener an Geist und an Tugend
ihn übertreffe, wird sagen zu Recht: „Meine Mittel gestatten
mir diesen Leichtsinn; doch *du* laß den Wettstreit! Dein Gut ist gering nur.
Enges Gewand ziemt dem klugen Gefolgsmann: Hör auf, dich mit mir zu
messen!" Eutrapelus gab einem jeden, dem übel er wollte,
kostbare Kleider: Der nimmt sie beglückt, und in schönen Gewändern
trägt er sich gleich auch mit neuem Planen und Hoffen; er schläft bis
tief in den Tag, versäumt über Liebschaften ehrsame Pflichten,
mästet sich Schulden heran und wird endlich, ganz unten, Gladiator,
oder er treibt seinen Gaul für den Lohn eines Krämers zum Kohlmarkt.

Spüre du nie deines Gönners Geheimnissen nach, aber hüte,
was er dir anvertraut, treulich, und sei es im Rausch oder Zorne!
Nie spend den eigenen Neigungen Lob, nie Tadel den seinen;
wenn er zu jagen begehrt, kannst *du* nicht Gedichte verfassen.
So auch zerrann einst die Liebe der Brüder Amphion und Zethus,
bis dann, von strenger Gesinnung beargwöhnt, die Leier verstummte;
also fügte Amphion sich damals dem Willen des Bruders:
Füge auch du dich den milden Geboten des mächtigen Freundes;
steht er bereit, auf die Felder zu ziehen mit Hunden und Wagen,
voll mit ätolischen Netzen bepackt, so erhebe dich hurtig,

fort mit dem finsteren Ernst der wenig geselligen Muse –
bald folgt ein kräftiger Schmaus, in gemeinsamen Mühen erworben!
Ehrwürd'ger Brauch ist den Römern die Jagd, sie ist heilsam für Ruf und
Lebenswandel und stählet die Glieder, zumal du imstand bist,
Hunde im Lauf zu bezwingen und Keiler durch Kraft deiner Arme.
Ferner: Wer anders als du kann so glänzend die männlichen Waffen
meistern; du weißt es ja selbst, welchen Beifall die Menge dir spendet,
wenn auf dem Marsfeld du Kämpfe bestehst; und als ganz junger Bursche
standst du schon draußen im grausamen Krieg, im kantabrischen Feldzug,
unter dem Führer, der einst aus den parthischen Tempeln die Adler
löste und jetzt der italischen Macht unterwirft, was noch aussteht.
Ziehe dich auch nicht zurück, steh nicht ohne Entschuldigung abseits!
Freilich ist ständig dein Handeln auf Takt und auf Maß nur gerichtet,
doch auf dem Landgut des Vaters treibst du zuweilen auch Kurzweil:
Burschen formieren aus Kähnen zwei Heere: Die Seeschlacht von Actium
wird unter deinem Befehl, als sei es der Ernstfall, gegeben.
Feind ist dein Bruder, ein Teich ist der Adria Flut, und am Ende
kränzt die geflügelte Göttin Victoria dem Sieger die Schläfen.
Ist nun dein Gönner der Meinung, du seist seinen Launen gewogen,
hält er auch dir für des Spieles Gelingen die Daumen und lobt dich.

Weiterhin rate ich dir – bedarfst du des Rates –, bedenke
stets, was von Dritten du sprichst und an wen deine Worte du richtest.
Meide den Frager: Er ist auch ein Schwätzer, und offene Ohren
können das ihnen in gutem Glauben Vertraute nicht wahren:
Einmal befreit, fliegt das Wort dir davon, und es kehrt nimmer wieder.
Laß dir dein Herz nicht verwunden, weder durch Burschen noch Mägde,
drinnen im marmornen Haus des verehrungswürdigen Freundes,
daß dir der Hausherr das liebliche Mädchen nicht schenk und den hübschen
Jungen – ein Kleines für ihn – oder unerbittlich dich quäle.

Wen du dort einführst, den prüf wiederholt und genau, denn es könnten
sonst nur zu rasch dich die Fehler des andern empfindlich beschämen.
Irren ist menschlich, und manchmal empfiehlst einen Mann du zu Unrecht:
Trifft also wirklich ihn Schuld, so halt ihn, getäuscht, nicht noch länger!
Wird dann ein andermal einer, der gut dir bekannt ist, verdächtigt,
kannst du ihm Rettung gewähren und Schutz, den von *dir* er erwartet.
Denn wenn die Mißgunst an ihm mit dem Zahne des Theon herumnagt,
siehst die Bedrohung du nicht, die recht bald auf dich selber dann zukommt?
Geht's doch um deinen Besitz, wenn das Nachbarhaus brennt, und die Flammen
pflegen an Kräften zu wachsen, falls man versäumt, sie zu löschen.

Wer ihn nicht kennt, hält den Dienst an mächtigen Freunden für reizvoll;
wer ihn erprobt, hat Bedenken. Solange dein Schiff noch auf See ist,
gib ja gut acht, daß nicht wechselnde Brise dich wieder davontreibt!
Anstoß erregt bei dem Ernsten der Heitre, beim Lust'gen der Ernste,
Anstoß Gesetzte beim Raschen, wer rührig da schafft, beim Bequemen,
[Anstoß bei Zechern, die nächtens nach schwerem Falernerwein dürsten,]
wer den gebotenen Becher zurückweist, mag laut er beteuern,
Grund sei allein nur die Furcht, sich bei Nacht allzu stark zu erhitzen.
Scheuch von der Stirne die Wolken! Zu häufig erscheint der Bescheidne,
nimmt man sein äußeres Bild nur, verschlossen, der Stille verbittert.

Über allem: Studiere die Bücher der Weisen und frage,
wie du den Weg deines Lebens geruhsam zu gehen vermöchtest.
Prüf, ob du ewig gehetzt und gequält wirst von Gier und von Ohnmacht
oder von bebender Hoffnung auf Güter von mäßigem Nutzen.

Forsche: Ist Tugend erlernbar? Geschenk der Natur? Was kann Sorgen
mindern und läßt zu dir selber dich finden? Was ist in der Lage,
wirkliche Ruhe zu schenken? Die Ehre? Ein hübsches Gewinnchen?
Oder ein Pfad, der im Abseits des Lebens Verborgenheit sichert?

Mich erquickt der Digentia kühlendes Naß, das Mandelas
Bergbauern trinken, vor Kälte erschauernd, mit Runzeln im Antlitz:
Ahnst du, mein Freund, was dabei ich empfinde und was ich erbitte?
„Möge mir bleiben, was jetzt ich besitze, auch weniger noch; mir
selbst möcht ich leben den Rest meiner Zeit, den die Götter mir gönnen;
reich sei mein Vorrat an Büchern, an Korn, daß es langt bis zur Ernte;
fern sei mir rastloses Hoffen, das Warten auf unsichre Zukunft!"
Aber genug nun, von Zeus zu erflehn, was er gibt oder fortnimmt:
Leben nur schenk er und Güter! Den Gleichmut will selbst ich mir schaffen.

19

DES DICHTERS VERTEIDIGUNG

Glaubst du, gelehrter Maecenas, den Worten des alten Cratinus,
können Gedichte, verfaßt von Poeten, die Wasser nur trinken,
Beifall nicht finden noch Dauer. Seitdem nämlich Liber zum Kreise
seiner Satyrn und Faune auch schwärmende Dichter gesellte,
duften gewöhnlich frühmorgens nach Wein schon die holden Kamenen.
Weil er den Wein pries, so schließt man: Homer war dem Trunke ergeben;
auch Vater Ennius blies stets nur bezecht zum Sturm, um der Waffen
Taten zu rühmen. „Den Markt und die Börse des Libo vertrau ich
nüchternen Köpfen, gestrengen Philistern entzieh ich das Singrecht."
Kaum war die Weisung verkündet, begannen sogleich die Poeten
nachts einen Wettstreit beim Weine, wonach sie am Tage dann rochen.

Wie denn? Wenn einer mit rauhem Charakter und grimmiger Miene,
barfuß, in knapp nur bemessener Toga dem Cato sich angleicht,

übt er dann auch schon die Tugend und sittliche Strenge des Cato?
Auch ein Iarbita zerbarst, als sein Mund mit Timagenes' Kunst sich
maß und mit Macht er bemüht war, beredt und witzig zu scheinen.
Fehler am Vorbild verführen am schnellsten zur Nachahmung; wäre
zufällig blaß ich von Aussehn – sie tränken gleich bleichenden
Kümmel.
O all ihr Nachahmer, Herde von Sklaven, wie oft schon erregte
euer Gelärme mir bald meine Galle und bald mein Gelächter!

Fremde Spuren vermeidend, durchschritt ich auf eigenem Weg als
erster ein unerforschtes Gebiet. Nur wer selbst sich vertraut, der
lenkt auch als Führer den Schwarm. Nach Latium brachte ich erstmals
parische Jamben, ahmte Archilochus' Rhythmus und Geist nach,
nicht seinen Stoff noch die Worte, die einen Lykambes einst hetzten.
Aber es schmücke mich keiner mit rascher welkendem Kranze,
weil ich mich scheute, den Takt und die Kunstform des Liedes zu
ändern:
Nach des Archilochus' Fuß stimmt männlich auch Sappho die Leier,
stimmt sie genauso Alcaeus, doch ungleich in Inhalt und Aufbau:
Er nämlich sucht keinen Schwäher mit düsteren Versen zu schmähen
noch einer Braut mit beschimpfendem Sange die Schlinge zu knüpfen.
Er, der noch niemals in römischem Munde erklang, ward von mir,
dem
Sänger latinischen Liedes verkündet. Wenn Neues man darbringt,
freut es am meisten, von Edelgesinnten gelesen zu werden.

Fragst du, weshalb meine Schriften den Undank des Lesers
erfahren,
drinnen begehrt und gelobt sind und draußen so feindlich
gescholten:
ich verschmäh es, die Stimmen des wetterwendischen Volks durch
teure Gelage und Gaben getragener Kleidung zu ködern,
bin nicht zu haben als Hörer und Rächer gefeierter Schreiber
und auch zu stolz, der Grammatikerzunft ums Katheder zu
streichen.
Daher die Tränen. „Ich schäm mich, mein unwürdig Werk in
gefüllten
Sälen zu lesen und dadurch den Possen Gewicht beizulegen",

sprech ich; der Gegner: „Du spaßest, sparst alles für Jupiters Ohren,
denkst du ja, dir nur allein entströme der Honig der Dichtung,
nur für dich selbst seist du schön." Hier hieß es, die Nase zu rümpfen;
daß mich jedoch nicht die spitzen Nägel des Ringers zerkratzen,
ruf ich: „Der Platz ist nicht passend!" und fordere Abbruch des Wettspiels.
Oft nämlich wird aus dem Spiele ein heftiges Kämpfen und Zürnen,
Zorn aber führt zu trotziger Feindschaft und mordenden Kriegen.

20

EPILOG

Ausschau scheinst du zu halten, mein Buch, nach Vortumnus und Janus,
feilbieten willst du dich, sauber vom Bimsstein der Sosier geglättet;
Schlüssel und Siegel, den Ehrbaren teuer, dir sind sie verhaßt. Du
klagst, daß du wenigen nur dich darfst zeigen; du lobst dir die Welt und
bist doch nicht dafür erzogen: Doch fort nur, wohin dir der Sinn steht!
Bist du erst draußen, so gibt's keine Rückkehr. „Ich Ärmster, wie konnt ich
dies nur mir wünschen und tun!" wirst du rufen, wenn etwas dich kränkt, wirst
spüren das enge Regal, wenn dein Liebhaber satt ist und müde.
Wenn ich als Seher nicht völlig mich täusch, weil dein Fehler mich ärgert,
findest du Gunst in der Hauptstadt, solang du noch jung bist und blühend;
später, fielst du, verbraucht, in die schmutzigen Hände des Pöbels,
dienst du den nichtsnutz'gen Motten zum Fraß oder gehst in die Fremde,
wohlverschnürt im Paket, nach Utica oder Ilerda.
Lachen wird laut dann der Warner, des Worte du jetzt in den Wind schlägst,
wie jener Treiber, der zornig den störrischen Esel vom Fels stieß:

Wer nämlich mühte sich, einen zu retten, der Rettung zurückweist?
Dies auch erwartet dich noch: In den Vorstädten lernen die Knaben
Lesen und Schreiben an dir; und so trifft dich das stammelnde Alter.
Führt einst ein sonniger Tag dir Hörer in reicherer Zahl zu,
sprich dann von mir, eines Freigelassenen Sohn schmalen Erbteils,
der aus der Enge des Nestes zu höherem Fluge sich aufschwang:
Was an der Herkunft mir abgeht, das rechne der Leistung zugute!
Sag, wie den Ersten der Stadt ich daheim und im Felde gefallen:
Klein von Statur, vor der Zeit schon ergraut und für Wärme
empfänglich,
rasch zum Zürnen geneigt, jedoch leicht auch wieder versöhnbar.
Wenn aber einer nach meinem Alter dich ausforscht, laß wissen:
Vierundvierzig Dezember hab in dem Jahr ich vollendet,
als seinem Mitkonsul Lepidus Lollius im Amte voranging.

ZWEITES BUCH

1

GEDANKEN ZUR LITERATUR

Viele gewichtige Bürden trägst du allein auf den Schultern,
schirmst Italien mit Waffen, erhebst es durch Zucht seiner Sitten,
besserst auch seine Gesetze: Dem Staatswohl würd ich drum schaden,
wollte durch langes Gespräch deine Zeit ich beanspruchen, Caesar.
Romulus, Vater Liber und Pollux im Bunde mit Kastor
wurden nach herrlichen Taten ins Haus der Götter berufen:
Als sie auf Erden noch wirkten, zum Wohle der Menschheit des Krieges
Schrecken verbannten, die Fluren verteilten und Städte erbauten,
hatten sie Anlaß zu Klagen, weil ihren Verdiensten erhoffter
Beifall versagt blieb. Der Held auch, der einst in schicksalsverhängtem
Ringen die grausige Hydra bezwang und berüchtigte Greuel
niederwarf, mußte erfahren, daß Mißgunst im Tode nur aufhört.
Denn wer durch höheres Können vor andern herausragt, verbrennt sie
mit seinem Glanze; erst wenn er verlischt, wird Liebe er finden.
Dir aber, unter uns weilend, erweisen wir heute schon Ehren,
weihn wir Altäre, zu schwören bei deinem geheiligten Walten,
und wir bekennen, daß Gleiches nie war und nirgends mehr sein wird.

Dieses dein Volk – so gerecht es sich zeigt und so weise in einem,
dich über griechische und über heimische Helden zu stellen –
fällt sonst nach anders geartetem Maßstab sein wertendes Urteil:
Allem, was nicht schon der Erde entrückt ist, dem nicht schon die Frist des
Lebens verstrich, bringt das Volk Verdruß nur und Ekel entgegen,
schwärmt für das Alte; selbst jene verbrechenverbietenden Tafeln,
die die Zehnmänner verfaßten, den Text der Verträge, die wir zur

Königszeit schlossen mit Gabii oder den wilden Sabinern,
Bücher der Priester und uralte Bände der Seher, das alles
gilt ihm als Kunde der Musen vom Gipfel albanischer Berge.
Wohl sind in Hellas die ältesten Schriftwerke stets auch die besten;
wollte man drum auf derselben Waage die römischen Dichter
wägen, so kann man sich leicht eine längere Rede ersparen:
Dann nämlich hat keine Schale die Nuß, keinen Kern die Olive;
haben die Höhe des Glücks wir erklommen, verstehn wir uns besser
als die gesalbten Achäer auf Malen, Musik und den Ringkampf.

Wenn nun die Zeit, wie den Wein, auch Gedichte veredelt, so möchte
gerne ich wissen, das wievielte Jahr einem Schriftstück dann Wert gibt.
Ist ein Poet, der vor hundert Jahren verschied, zu den Alten,
zu den Meistern zu zählen oder noch zu den Modernen
minderen Werts? Eine Grenze vermöchte wohl Streit zu vermeiden!
„Alt ist und achtbar gewiß, wer ein volles Jahrhundert verbucht hat."
Wie aber, fehlt noch ein Monat oder ein Jahr an der Hundert?
Zu welcher Gruppe denn rechnen wir den? Zu den älteren Dichtern,
oder gehört er zu denen, die Mitwelt wie Nachwelt verachtet?
„Aber natürlich gesellen in Ehren wir auch zu den Alten,
wer einen winzigen Mond, ja ein Jahr von der Hundert entfernt ist."
Gut, ich bedien mich der Gunst: Wie beim Roßschweif man einzeln die Haare
auszieht, so nehm ich ein Jährchen dort fort und dann noch eins und noch eins,
bis das Problem des schwindenden Haufens den Rechner zu Fall bringt,
der auf Kalender zurückgreift, der Wert und Talent nach dem Alter
mißt und nur das, was die Göttin des Todes geweiht hat, bewundert.

Ennius gilt in der Kritikerzunft als weise und tapfer
und als ein zweiter Homer; doch er war – scheint es – wenig bekümmert,
daß die Verheißung, sein pythagoreïscher Traum, auch erfüllt ward:
Ist nicht auch Naevius, als lebt' er erst gestern, in Händen und Herzen
heutiger Leser? So heilig ist jedes der alten Gedichte.

Sollte jedoch um den Rang zweier Dichter ein Streit sich erheben:
Accius gebührt des Erhabnen, Pacuv der Gelehrsamkeit Palme;
eines Afranius Toga hätt wohl auch Menander gestanden,
Plautus befolgt Epicharms, des Siziliers, Vorbild beim Schreiben;
und dem Caecil bringt die Würde, Terentius der Kunstsinn den Sieg ein.
Sie sind's, die auswendig lernt unser mächtiges Rom; sie zu sehen,
drängt sich's im engen Theater; es zählt sie als wahre Poeten
bis auf unsere Tage seit Livius', des Schriftstellers, Zeiten.

Freilich, die Menge sieht manchmal das Rechte, doch kann sie auch fehlen:
Lobt sie die älteren Dichter mit solcher Begeistrung, daß nichts sie
Höheres oder Vergleichbares kennt, so ist sie im Irrtum.
Hält sie dagegen bei jenen so manches für allzu veraltet,
vieles im Ausdruck für matt und das meiste für hart, ist ihr Urteil
richtig; es deckt sich mit meinem und findet auch Jupiters Beifall.
Keineswegs hege für Livius ich Groll, will die Verse nicht tilgen,
die mir als Knaben – ich weiß es wie heut – mit dem Rohrstock Orbilius
eingebleut hat; aber daß sie als tadelfrei gelten, als schön und
fast der Vollkommenheit nahe – darüber muß ich mich wundern.
Wenn auch bisweilen in ihnen ein Ausdruck durch Anmut hervorsticht,
dieser Vers oder jener sich wohlgefälliger rundet,
bleibt es doch Unrecht, das Ganze als wertvoll zum Kaufe zu bieten.
Wahrlich, es ärgert mich sehr, daß ein Werk man verwirft oder ablehnt,
nicht weil als unfein und geistlos es gilt, sondern weil es modern ist,
während für Altes nicht Nachsicht, nein, Ruhm und Bewundrung verlangt wird.

Über Blumen und Safran ergeht sich das Lustspiel des Atta:
Wollt ich bezweifeln, ob heut noch zu Recht, schrie'n fast alle die Väter
Schande und Weh über mich, der ich's wagte, ein Stück zu bekritteln,
das schon der würd'ge Aesop, der gebildete Roscius einst spielten.

Entweder lassen sie nichts, was nicht ihnen auch zusagte, gelten,
oder es dünkt ihnen schimpflich, sich jüngerer Meinung zu fügen,
was sie als Knaben gelernt, nun als Greise für wertlos zu halten.
Lobt einer gar noch das Salierlied aus den Zeiten des Numa
und will als einz'ger verstehen, was *ihm* so dunkel wie *mir* ist,
spendet er Beifall und Gunst nicht Talenten, die längst schon das Grab deckt,
sondern in neidischem Haß greift er *uns* und unser Verdienst an.

Hätten einst Griechen das Neue genauso gehaßt wie wir heute,
was gäbe jetzt es an Altem, Bewährtem? Was hätten die Leute
heutzutage zu lesen, einander weiterzureichen?
Kaum hatte Hellas die Waffen beiseite gelegt, griff es gleich zu
tändelndem Spiel, im Gefühl des Erfolgs oft des Maßes nicht achtend:
Bald entfachte der Ringkampf, dann wieder die Rennbahn Begeistrung;
bald pries es Werke der Kunst in Elfenbein, Erz oder Marmor,
hängte sein Herz und sein Auge an schöne Gemälde, erfreute
bald sich am Klange der Flöte und bald am Wort der Tragödie,
ähnlich dem Kind, das zu Füßen der Wärterin spielt und sein Spielzeug,
eben noch heftig begehrt, voller Überdruß gleich darauf fortwirft.
[Gibt es ein Lieben und Hassen, das niemals sich ändert, nie wechselt?]
Dies bewirkte der günstige Fahrtwind friedlicher Zeiten.

Rom dagegen stand lange zu liebgewordenem Brauchtum:
Wach in der Früh, schloß der Bürger sein Haus auf, gab Rat den Klienten,
lieh, mit gebotener Vorsicht, auf ehrliche Namen sein Geld her,
hörte von Ältren und sagte den Jüngeren, welcherlei Mittel
Habe zu mehren und schädliche Lüste zu mindern vermöchten.
Heut hat das Volk leichten Herzens sein Denken gewandelt, ist nur fürs
Schreiben begeistert: Ob Söhne, ob strenge Väter – sie sitzen,
Kränze im Haar, beim Mahl und diktieren dem Schreiber Gedichte.
Selber beteure ich, nimmermehr Verse zu schreiben, und zeig mich

besser als Parther im Lügen: Bevor noch die Sonne emporsteigt,
wache ich auf und verlange nach Schreibrohr, nach Blättern und Kapseln.
Schiffe scheut sich zu steuern, wer Schiffe nicht kennt; einem Kranken
bittre Arznei zu verordnen, wagt *nur*, wer's studiert hat; denn Heilkunst
üben die Ärzte, ein Handwerk nur die, die es lernten: Doch Lieder
dichten wir alle, ganz gleich, ob die Kunst uns vertraut, ob sie's nicht ist.

Dennoch besitzt solche Irrung und harmlose Tollheit auch gute
Seiten; hier sind sie vereinigt: Es leidet der Sinn eines Sängers
schwerlich an Habsucht; er liebt seine Verse und denkt nur ans Dichten;
Geldverlust, Flucht des Gesindes, ja Schaden durch Feuer verlacht er,
sinnt nicht auf List, den Gefährten, das junge Mündel zu täuschen,
nährt sich von Hülsengerichten und grobgebackenen Broten;
träg und schlecht als Soldat, ist er dennoch der Hauptstadt nicht unnütz,
gibst du nur zu, daß auch kleinere Dinge das Große befördern.
Lehrt doch der Dichter die zarten, noch stammelnden Lippen des Kinds die
Sprache und wendet schon jetzt ihm von schmutzigen Worten das Ohr fort,
bildet dann bald auch das Herz ihm durch freundliche Weisung und Lehre,
Linderung bringend für schroffes Gebaren, für Scheelsucht und Jähzorn;
heldische Taten erzählt er und stellt für die kommenden Zeiten
rühmliche Vorbilder dar, bringt Trost in Mühsal und Krankheit.
Wer hätte sonst keuschen Knaben, den Mann noch nicht kennenden Mädchen
betende Lieder gezeigt, wenn die Muse den Sänger nicht sandte?
Beistand erheischet der Chor, spürt göttliche Allmacht sich nahen,
fleht unter Schmeicheln mit kundiger Bitte den Regen vom Himmel,
wendet Krankheiten ab und wehrt den Gefahren, die drohen,

stiftet auch Frieden dem Land und läßt reichliche Ernten ihm wachsen:
Götter des Himmels und Mächte der Tiefe besänftigt sein Singen.

Früher erquickte der Landmann, rüstig beim Werk, im Genuß mit
Kleinem zufrieden, nach Bergung der Ernte an festlichem Tage
Leib und Seele, die Schweres ertrug in der Hoffnung aufs Ende;
mit den Gehilfen der Arbeit, dem redlichen Weib und den Söhnen,
brachte der Erde ein Ferkel und Milch dem Silvan er zum Opfer,
Wein und Blumen dem Genius, dem Mahner an Kürze des Daseins.
Feszenninischer Mutwille kam mit dem Brauch dieses Fests auf,
goß im Wechselgesang auf bäurische Art seinen Spott aus;
Jahr für Jahr sich erneuernd, wurde der Freimut zur Sitte;
liebenswert trieb er sein Spiel, bis der Scherz sich dann grimmig in offne
Bosheit zu kehren begann und drohend nun ehrbare Häuser
straflos durchschritt: Wen die blutigen Zähne verletzten, der fühlte
bitteren Schmerz; doch nicht minder auch bangte, wer erst noch verschont blieb:
Jedem ja galt die Gefahr. Man erließ gar Gesetze, mit Strafen
drohend, falls jemand durch höhnendes Lied einen Mann an den Pranger
stellte: So ändert sich wieder die Weise; aus Furcht vor dem Knüttel
hat man auf sprachliche Zucht und auf Freude am Wort sich besonnen.

Hellas, im Kampfe bezwungen, besiegte den wilden Bezwinger,
brachte dem bäurischen Latium die Künste. Der rohe Saturnier
schwand aus der Dichtung, und überall wich der eklige Schmutz dem
Streben nach Reinheit. Doch blieben die Spuren des Ackers noch haften
Menschenalter hindurch und sind heute sogar noch erkennbar.
Spät nämlich lenkte der Römer den Scharfsinn auf griechische Schriften;
erst nach den Punischen Kriegen, im Frieden, begann er zu fragen,
welchen Gewinn denn ein Sophokles, Thespis und Aeschylus böten.
Jetzt auch erprobt er, was würdig sich umsetzen ließe, und findet
daran, bei seiner erhabnen und feurigen Art, sein Gefallen:

Denn er besitzt eine glückliche Hand und Gefühl für die Tragik,
hält er auch unklug die bessernde Feile für schimpflich und scheut sie.

Viele nun glauben, das Lustspiel – da Stoffe es nimmt aus dem Alltag –
fordre den wenigsten Schweiß; doch es macht dir insofern mehr Mühe,
als man ihm Nachsicht verweigert. Den Plautus sieh dir nur an, wie
schauderhaft schlecht er die Rollen gestaltet: den jungen Verliebten
oder den sparsamen Vater, den ränkeschmiedenden Kuppler.
Was für ein Vielfraß er ist bei der Zeichnung gefräß'ger Schmarotzer!
Sieh, wie mit lockerem Schuhband er über die Bretter dahinschlurft!
Geld soll im Beutel ihm klingen, nur das ist sein Wunsch; was danach kommt,
ob denn sein Stück sich behauptet, ob's durchfällt, bekümmert ihn wenig.

Wen da die Ehrsucht auf windigem Wagen zur Bühne hinauftrug,
dem nimmt ein kühler Empfang die Luft, während Beifall ihn aufbläht:
Solch eine Nichtigkeit kann einen Mann, der begierig nach Ruhm ist,
stürzen oder erhöhen. Fahr hin denn, du Bühnenspiel, wenn ich
dürr beim Verluste der Palme und fett beim Gewinn nur nach Haus geh!
Eines auch schreckt oft den mutigen Dichter und schüchtert sein Herz ein,
daß nämlich viele – der Zahl nach die Mehrheit, doch minder an Wert und
Ehrbarkeit geltend, dümmliche Tölpel mit lockeren Fäusten,
ist bei den Rittern man anderer Meinung – inmitten des Spiels nach
Bärenhatz oder nach Boxkampf verlangen; das mag ja der Pöbel.
Doch auch beim Ritter verzog sich der Sinn für das Schöne vom Ohre
hin zu den unsteten Augen, zur nichtigen Freude am Schauen.
Vier ganze Stunden und länger bleibt offen der Vorhang der Bühne:

Reiterschwadronen und Scharen des Fußvolks jagen vorüber;
bald zerrt in Fesseln man Fürsten herbei, vom Unglück geschlagen;
Streitwagen eilen dahin, Karossen, Lastkarren, Schiffe;
Elfenbein, ja das reiche Korinth schleppt der Beutezug mit sich.
Wenn Demokrit auf der Erde noch weilte, wie würde er lachen,
daß heut die Menge bald Zwitter, aus Panthern gekreuzt und Kamelen,
oder bald Elefanten von weißer Farbe bewundert.
Mehr als am Schauspiel hinge sein Blick an der Zuschauer Runde,
da sie ihm übergenug an Spektakel zu bieten vermöchte;
aber der Dichter erschien' ihm vor tauben Ohren zu reden.
Denn welche Stimme besäße die Kraft, einen Lärm zu durchdringen,
wie er in unsren Theatern aus sämtlichen Reihen emporsteigt?
Meinen gar könnt man, das Tuskermeer braust und der Wald des Garganus:
Solcher Tumult begleitet das Spiel; man sieht Werke der Kunst und
Schätze der Fremde; es steht kaum der Mime in ihrem Gepränge
vorn auf der Bühne, schon rühren die Leute begeistert die Hände.
„Hat er schon etwas gesagt?" „Keinen Ton." „Was erregt also Beifall?"
„Wie sein Wollrock, gefärbt in Tarentum, das Veilchenblau nachahmt."

Wähne nun nicht, daß ich dort, wo ich selber aufs Mittun verzichte,
kärglichen Lobspruch nur spende, wenn andre Erfolg dabei haben.
Vielmehr kommt es mir vor, als versteh auf dem Seile zu wandeln
jener Poet, der mein Herz durch den Trug seiner Dichtung verängstigt,
aufstachelt oder besänftigt, mit nichtigen Schreckbildern anfüllt
und wie ein Zauberer bald nach Athen, bald nach Theben mich hinführt.
Gönne auch denen jedoch, die dem Leser sich lieber vertrauen,
als daß des Zuschauers launischen Hochmut und Stolz sie ertragen,
ab und zu deine sorgende Hand; dein Geschenk für Apollo
willst du mit Büchern doch füllen, den Sängern doch Ansporn auch geben,
daß sie mit größerem Eifer zum grünenden Helikon pilgern.
Häufig bereiten wir Dichter uns selbst freilich Nachteil und Schaden –

eigene Weinstöcke schlag ich hier nieder –: Wir bringen zur Unzeit,
bist du beschäftigt oder erschöpft, ein Buch; sind beleidigt,
wenn von den Freunden sich einer erkühnt, einen Vers gar zu rügen;
lesen, auch wenn es von uns nicht verlangt wird, die Glanzstellen zweimal;
jammern, man könne dem Werk die geopferte Mühe nicht ansehn,
zart und fein sei der Faden in unserm Gedichte gesponnen;
ja wir erhoffen in Zukunft, daß schon bei der frühesten Kunde
über entstehende Lieder huldvoll sogleich du den Dichter
rufst, ihm das Darben verbietest, das Dichten aber zur Pflicht machst.

Dennoch ist es der Mühe schon wert, die Geister zu prüfen,
welche ein Heldentum hüten, im Kriege erprobt und im Frieden;
denn einem unwürd'gen Dichterling darf man solch Amt nicht vertrauen.
Bei Alexander dem Großen war Choerilus früher der Günstling;
für seine plumpen und mißgestalteten Verse erhielt zum
Lohn er Philippische Münzen in Gold aus dem Schatze des Königs.
Doch wie der Umgang mit Tinte auf Händen leicht Spuren und Flecken
hinterläßt, so kann auch ein Dichter mit häßlichen Liedern
edle und herrliche Taten besudeln. Derselbe Gebieter,
der jene lachhafte Dichtung verschwenderisch teuer bezahlte,
hat durch Erlasse geboten, daß außer Apelles ihn keiner
malen dürfe und keinem außer Lysipp es erlaubt sei,
des Alexander heroisches Antlitz in Erz zu gestalten.
Solch eine Schärfe des Urteils bewies er in bildenden Künsten;
riefst du ihn aber zu Büchern, Geschenken der Musen, so hättst du
schwören mögen, er sei unterm Himmel Böotiens geboren.

Du aber hast als Poeten Vergilius und Varius erwählt, und
dieses dein Urteil gereicht dir zur Ehre, nicht weniger auch die
Gaben, die jene zum höchsten Lobe des Spenders empfingen;
sicherlich prägt ja kein Erzbild die Züge im Antlitz so deutlich,
wie in den Werken des Dichters Charakter und Haltung berühmter
Männer sich zeigen. Statt Schriften im Ton des Gesprächs, die am Boden

kriechen, möcht wahrlich auch *ich* lieber Heldengedichte verfassen,
künden von ferne gelegenen Ländern, von Burgen auf Bergen,
strömenden Flüssen, vom Reich der Barbaren; und wie deine Macht
die
Schlachten und Kriege ringsum auf dem Erdkreis beendet, wie Janus,
schließend die Tore des Tempels, den Frieden uns sicher behütet
und wie der Parther die Römer jetzt fürchtet, weil *du* unser Haupt
bist:
Alles das wollte ich singen, wär groß wie der Wunsch auch mein
Können.
Aber mein kleiner Gesang wird nie deine Größe begreifen,
und ich scheue ein Wagnis, für das meine Kräfte zu schwach sind.
Töricht und taktlos sich anbiedernd, fällt die Beflissenheit lästig,
noch dazu, wenn sie versucht, sich mit kunstvollem Vers zu
empfehlen.
Rascher nämlich erfaßt und lieber behält auch der Leser,
was er belächelt, als manches, was er bewundert und gutheißt.
Gerne verzicht ich auf Dienste, die mich belasten, und nirgends
will ich in Wachs, die Züge verzerrt, mich aufstellen lassen,
noch begehr in mißratenen Versen ich Lob zu vernehmen;
über die allzu plumpe Beschenkung müßt sonst ich erröten,
würde mitsamt meinem Dichter, eingeschreint in die Kapsel,
fort in die Gasse getragen, die Weihrauch und Wohlgeruch feilhält,
Pfeffer und alles, was immer in unnütze Blätter man einschlägt.

2

ABSAGE AN DIE POESIE

Florus, du treuer Gefährte des tapferen Kriegshelden Nero,
wollte ein Händler an dich einen Sklaven verkaufen, aus Tibur
oder aus Gabii, und er fing das Geschäft mit dir *so* an:
„Hier dieser Bursche, von blühendem Aussehn und prächtig gebaut
vom
Kopf bis zum Fuße, gehört dir für achtmal tausend Sesterzen.
Anstellig ist er bei häuslicher Arbeit, gehorcht dir aufs Wort; ein
bißchen versteht er auch Griechisch, ist brauchbar für mancherlei
Künste:

Wie aus geschmeidigem Ton kannst du formen aus ihm, was du möchtest.
Ja, und er singt auch, zwar kunstlos, doch klingt es beim Zechen recht lustig.
Große Versprechungen mindern das Zutraun: Zu voll nimmt den Mund nur,
wer mit Gewalt seine Waren loszuschlagen bemüht ist.
Mich treibt nichts: Ich hab keine Schulden, wenngleich ich nicht reich bin.
Keiner der Händler tät's dir so billig; auch würde ich schwerlich
jeden so wohlfeil bedienen. Nun freilich, er blieb einmal aus und
kroch, wie's halt geht, in den Winkel der Treppe, aus Furcht vor der Peitsche ...“
Falls dich das Ausreißen weiter nicht stört, so bezahlst du die Summe;
jener steckt ein den Gewinn – mein ich –, ohne Bestrafung zu fürchten:
Wissentlich kauftest den Fehler du mit, den Vorbehalt kennend.
Willst du ihn dennoch belangen, zu Unrecht mit ihm prozessieren?

Offen bekannte ich dir, als du aufbrachst, ich sei, was die Pflicht des
Schreibens beträfe, faul, fast gelähmt: Denn du solltest nicht zornig
rechten mit mir, wenn kein Brief, keine Antwort von mir bei dir eintraf.
Was hab ich damals erreicht, wenn du dennoch das Recht, das bei mir steht,
anfichst? Dazu noch beklagst du dich gar, daß ich wortbrüchig wäre,
weil ich dir Lieder, seit langem erwartet, noch immer nicht sandte!

Einer im Heere Lucullis brachte einst eine Barschaft mit vieler
Mühsal zusammen; des Nachts – er lag müde und schnarchend – ging alles,
bis auf das letzte As, ihm verloren: Ein grimmiger Wolf, auf
sich und die Feinde erbost, voller Gier, mit reißenden Zähnen,
warf er hierauf die Besatzung des Königs hinaus aus der Stellung,
welche – so heißt's – stark befestigt und reichlich mit Vorrat versehn war.
Ruhm gewinnt seine Tat: Man gewährt ihm die Zeichen der Ehre

und obendrein als Belohnung noch zwanzigtausend Sesterzen.
Bald darauf hat nun der Feldherr ein Bollwerk zu nehmen im Sinne,
und er versucht, unsern Helden dafür zu begeistern mit Worten,
wie sie auch ängstlichen Seelen Mut zu vermitteln vermöchten:
„Vorwärts, mein Bester, wohin deine Tugend dich ruft! Und viel Glück auch!
Deinem Verdienst winkt der herrlichste Lohn. Was, du stehst noch und zauderst?“
Jener, trotz bäurischer Plumpheit, erwidert verschlagen: „Ja, vorwärts,
vorwärts, wohin du es wünschst, geht der Mann, der den Geldgurt verloren.“

Mir ward das Glück, in Rom aufzuwachsen, dort lernend zu hören,
welcherlei Leiden der Zorn des Achill den Achäern einst brachte.
Weiter dann führte das liebe Athen auf dem Wege der Bildung,
pflanzte den Trieb in mich ein, vom Geraden das Krumme zu scheiden,
unter den Bäumen der Akademie nach der Wahrheit zu forschen.
Doch dann entrückten dem freundlichen Orte mich härtere Zeiten,
trieb mich, dem Kämpfen doch fremd war, des Bürgerkriegs Woge zu Waffen,
die der Gewalt eines Caesar Augustus nicht standhalten konnten.
Jenes Gefecht von Philippi gab mir den Abschied; gestutzt die
Schwingen, verloren das Haus und das Grundstück des Vaters, erniedrigt,
kam ich nach Hause: Die Armut machte mich kühn und verwegen,
Verse zu schreiben. Hingegen besitze ich heut, was ich brauche:
Was für ein Schierlingstrank hätte die Kraft, mich vom Wahnsinn zu heilen,
hielt ich's für besser zu dichten, statt lieber der Ruhe zu pflegen?
Eins nach dem anderen nehmen uns eilend die Jahre; sie rauben
Frohsinn und Liebe, die Freuden des Bechers, die Spiele der Jugend.
Nun entwenden sie mir gar die Laute. Was soll ich da machen?

Noch eins: Nicht alle bewundern und lieben das Gleiche. Ja, *du* hast
Freude an Liedern; ein anderer aber ergötzt sich an Jamben,
wieder ein dritter an Bions Gesprächen, an beißendem Salze.

Meine drei Gäste befinden sich, scheint's, nicht im Einklang, sie fordern
gar zu verschiedene Speisen für ihre verschiedenen Gaumen:
Was setz ich vor, was versag ich? Dein Nachbar verlangt, was du ablehnst;
das, was du magst, ist den anderen beiden verhaßt und zuwider.

Außerdem: Meinst du, ich könnte in Rom Gedichte verfassen,
hier im Gedränge der Sorgen, der Mühen und Plagen des Alltags?
Bürgschaft wünscht einer, ein andrer mein Ohr, seinen Werken zu lauschen,
meine Geschäfte mißachtend; ein Freund liegt mir krank beim Quirin, ein
zweiter weit draußen am Berg Aventin; zu besuchen heißt's beide:
Nun, wie du siehst, die Entfernung ist menschlich bemessen. „Die Straßen
sind doch so glatt und bequem, und nichts stört, wenn man sinnend einhergeht."
Hitzig eilt durch die Menge ein Bauherr mit Eseln und Treibern;
Winden heben bald Blöcke, bald riesige Balken zur Höhe;
schwerbeladene Karren geraten an Totengeleite;
tollwütig flieht hier ein Hund, rennt ein schmutziges Schwein dort ums Leben:
Da also gehe und sinne mit Andacht auf klangschöne Verse!
Wälder liebt die Gilde der Dichter, sie meidet die Großstadt,
fühlt sich als Schützling des Bacchus, dem Ruhe behagt und der Schatten:
Du aber willst, daß im Lärmen des Tags und der Nacht ich die Leier
stimme und heiliger Sänger so schmale Pfade beschreite?
Einsame Ruhe Athens erkor ein Genie sich zum Wohnsitz,
opferte sieben Jahre den Studien, ward lesend und grübelnd
grämlich und grau; wenn er ausging, meist schweigend und stumm wie ein Standbild,
schüttelte heftiges Lachen die Leute. Da sollte in Rom hier,
mitten im stürmisch brandenden Treiben der Hauptstadt, mir Stimmung
kommen, zum Klange der Leier die passenden Worte zu fügen?

Brüderlich lebten zu Rom ein Jurist und ein Redner, und einer
sprach von dem anderen nur in den höchsten Tönen des Lobes:
Dieser galt jenem als Gracchus und jener dem Bruder als Mucius.
Plagt solche Sucht denn nicht minder die sangesreichen Poeten?
Ich schreibe Lieder und *er* Elegien; erstaunliche Werke,
fein geglättet von allen neun Musen. Betrachte nun erstens,
wie wir, vom Stolze geschwellt und mit wichtig blickender Miene,
Umschau halten im Saal, der den römischen Dichtern bestimmt ist.
Folge dann nach, wenn du zufällig Zeit hast, und lausche von ferne,
was da ein jeder erleidet, woraus er den Lorbeer sich windet:
Treffer stecken wir ein und zermürben den Gegner durch gleichviel
Hiebe in langem Samnitergefecht, das die Nacht erst läßt enden.
Einen Alcaeus nennt er mich schließlich. Wie denn heiß *ich* ihn?
Ja, ein Callimachus sei er, und ist er damit nicht zufrieden,
heiß er Mimnermus und wachse am Namen, den selbst er gewählt hat.

Vieles ertrug ich, der Sänger so reizbares Volk zu versöhnen,
als ich noch schrieb und fußfällig warb um des Publikums Stimmen.
Jetzt hat dies Streben ein End; mein Verstand ist mir wiedergekommen:
Straflos verstopf ich das Ohr, das ich vorher den Lesenden hinhielt.
Schreiber von schlechten Gedichten verlacht man; doch freun sie sich selber
ihres Schaffens und beten sich selbst an; und schweigt man dazu, so
preisen von sich aus in seliger Stimmung sie all ihre Werke.
Doch wer ein kunstreiches Lied zu verfassen den Wunsch hat, der greife,
wie zu den Blättern, auch zu des ehrlichen Censors Gesinnung:
Alle Begriffe, die glanzlos und matt sind und denen die Kraft fehlt,
alle, die unwürdig scheinen, die muß er entschlossen aus seinen
Versen verweisen, selbst wenn sie nur ungern vom Platze entweichen,
der ihnen bisher so sicher wie Vestas Heiligtum vorkam.
Trefflich fördert er Schätze, dem Volk lang verborgen, zutage,
bringt wieder Wörter ans Licht, voller Klarheit in Sinn und Bedeutung,
wie sie vorzeiten Cethegus und Cato noch kannten, indes sie
heute von häßlichem Schimmel und einsamem Alter verdeckt sind;

neue auch bürgert er ein, die die Sprache des Alltags hervorbringt.
Sprudelnd in Reinheit und Kraft, gleich dem lautersten Wasser, verströmt er
all seinen Reichtum, beglückt unser Latium mit Schätzen der Sprache;
allzu üppigen Wuchs wird er stutzen, mit sorglicher Pflege
widrige Rauheiten glätten, das Wertlose völlig entfernen:
Was er da tut, sieht wie Spiel aus, doch plagt er sich so wie der Tänzer,
der bald den Satyr und bald den plumpen Zyklopen zur Schau stellt.

Gern wär ich einer der dummen, die Kunst nicht verstehenden Dichter,
könnten dann Schwächen mich freun, könnt ich selber mich wenigstens täuschen:
Leider hab ich Verstand – und den Ärger! Ein Bürger zu Argos,
wohlbekannt, wähnte, er höre die Stimmen von trefflichen Mimen;
fröhlich saß er im leeren Theater und spendete Beifall.
Alle die anderen Pflichten des Lebens erfüllte er richtig,
wie sich's gehört: war ein hilfreicher Nachbar, ein liebwerter Gastfreund,
zärtlich zur Gattin, vermochte der Dienerschaft Nachsicht zu schenken,
nicht gleich zu toben, war einmal das Siegel des Weinkrugs beschädigt,
wußte auch wohl einen Erdschlund und offne Zisternen zu meiden.
Endlich, gehegt und gepflegt von besorgten Verwandten, genaß er,
trieb ein Absud aus der lautersten Nieswurz ihm Krankheit und Wahn aus,
und er kam zu sich und rief: „Ihr habt, Freunde, bei Gott, mich getötet,
nicht mich errettet! Wie konntet ihr dieses Vergnügen mir nehmen,
mir mit Gewalt die willkommene Täuschung der Sinne zerstören?"

Sicherlich ist's an der Zeit, zur Einsicht zu kommen, die Possen
abzutun, jugendlich Spiel der Jugend zu lassen, nicht länger
passende Worte zu Klängen lateinischer Saiten zu suchen:
Heißt es doch, Maß und Weise des wahren Lebens zu lernen.

Daher bedenk und berat ich im stillen die folgende Frage:
Plagt dich ein Durst, den kein Quell, ja kein Meer dir zu löschen imstand ist,
dann befragst du den Arzt. Doch die Sucht, daß du mehr stets erstrebst, je
mehr du bereits schon besitzt, wagst keinem du je zu entdecken?
Bringen der Wunde die Wurzeln und Kräuter, die man dir anriet,
keinerlei Heilung, lehnst künftig du's ab, dich mit Wurzeln und Kräutern,
die ja nicht hülfen, behandeln zu lassen: Nun kam dir zu Ohren,
dort, wo die Götter Wohlstand verliehen, da schwände die arge
Torheit; doch bist keinen Deut du klüger geworden, seitdem du
satter dich ißt: Deine Ratgeber aber – sie sind noch dieselben.
Könnte der Reichtum wahrhaftig Klugheit verleihen und könnte
Furcht und Begierde er mindern, so müßtest du schamhaft erröten,
gäbe es wen auf der Welt, dem an Habsucht und Raffgier du nachstehst.

Eigentum heißt, was mit Waage und Geld man gekauft hat, und manches,
wenn den Juristen du glaubst, wird sogar durch Gebrauch zu Besitztum:
Also gehört dir das Land, das dich nährt, und der Meier des Orbius
fühlt dich als Herrn, wenn ins Feld er die Saat eggt, die später dir Korn zu
liefern bestimmt ist. Du zahlst deine Münzen, erhältst dafür Trauben,
Hühner und Eier, ein Fäßchen mit Most; und auf solcherlei Weise
bist du dabei, dir allmählich das Gut zu erhandeln, das seinem
Käufer vielleicht dreihundertmaltausend und mehr noch zu stehn kam.
Gleich ist's, ob Zahlung von einst oder heute dein Auskommen sichert.
Auch wer vorzeiten ein Feld bei Aricia, bei Veji gekauft hat,
speist heut gekauftes Gemüse, obgleich es ihm gar nicht so vorkommt.
Holz, das am kühleren Abend den Kessel erwärmt, gilt als Kaufgut;
aber als eigen benennt man das Land bis zur Pappel, gepflanzt an

fester Begrenzung, dem Streiten der Nachbarn zu wehren: Als ob ein
Ding wirklich Eigentum sei, das im Nu einer flüchtigen Stunde
bald durch Geschenk, bald durch Kauf, mit Gewalt bald und bald mit dem Tode
seine Besitzer wechselt, den Rechten des andern anheimfällt.
Da denn Gebrauch auf die Dauer keinem gewährt wird, ein Erbe
auf den anderen folgt, wie die Wellen des Meeres sich drängen,
wozu dienen dann Höfe und Scheuern? Was nützen Lukaniens
Almen, Kalabriens Triften, wenn Orkus, der Schnitter, umhergeht,
hoch und niedrig dahinmäht, durch keinen Goldschatz bestechbar.

Elfenbein, Marmor, Geschmeide, Tyrrhenerfiguren, Gemälde,
Silber und kostbares Tuch, gefärbt mit gätulischem Purpur:
viele besitzen es nicht, und einer begehrt es schon gar nicht.
Warum von Brüdern der eine das Feiern, Spielen, Sichsalben
vorzieht, sogar dem Ertrag der herodischen Palmen, der andre
trotz seines Reichtums mit grämlicher Miene von morgens bis abends
Waldland erschließt mit Feuer und Eisen, dafür kennt den Grund der
Genius, der unsern Geburtsstern regiert und der uns begleitet,
Gottheit von sterblicher Menschennatur, deren Antlitz sich jedem
einzelnen anders und wechselnd erweist, bald voll Ernst und bald heiter.

Ich halt es mit dem Genuß: Was ich brauche, entnehm ich bescheidnem
Vorrat. Es kümmert mich nicht, wie mein Erbe darüber wohl urteilt,
wenn er einst mehr nicht findet als das, was mir selber geschenkt ward;
dennoch will gut auf die Kluft ich auch achten, die harmlose Heitre
trennt von den Prassern und geizige Habsucht von Sparsamkeit scheidet.
Nämlich der Unterschied gilt, ob verschwenderisch alles du fortwirfst
oder, nicht murrend, nur Nötiges ausgibst, doch auch dich nicht mühst, die
Habe zu mehren, vielmehr – wie ein Knabe die Tage der Ferien –

schöne, wenngleich auch bemessene Stunden im Fluge genießest.
Schmutzige Armut sei fern meinem Haus! Ob sonst dann auf großem
Schiffe ich fahr oder kleinem: Ich bin und bleibe derselbe.
Wenn auch kein günstiger Nord die Segel des Bootes läßt schwellen,
steure ich dennoch mein Leben auch nicht gegen widrigen Südwind.
Kraft und Verstand, die Gestalt und der Wert, Besitztum und Herkunft:
alles das stellt mich ans Ende der Ersten, doch weit vor die Letzten.

Du bist nicht geizig? Nun gut. Aber sind dann mit diesem die andern
Fehler gleichfalls verschwunden? Ist frei deine Brust von der eitlen
Ehrsucht? Frei auch von trotzigem Groll und von Furcht vor dem Tode?
Lachst du der Träume, der Geisterbeschwörung, der Wunder und Hexen,
nächtlichen Spuks von Gespenstern, des Zauberwerks von Thessalien?
Zählst deine Jahre du dankbar? Übst Nachsicht du gegen die Freunde?
Wirst du gütiger, milder, je näher das Alter heranrückt?
Was wohl hilft's, wenn von mehreren Dornen du einen nur ausziehst?
Wenn du nicht richtig zu leben verstehst, mach den Kennern den Platz frei!
Scherzen und Schmausen und Zechen, das hast du nun sattsam genossen.
Zeit ist's für dich, jetzt zu gehen; denn wenn du erst über den Durst trinkst,
wird dich die lustige Jugend, der's ansteht, verlachen, verstoßen.

BUCH ÜBER DIE DICHTKUNST

Wollte ein Maler zum Kopf eines Menschen den Hals eines Pferdes
fügen und wahllos zusammengewürfelte Glieder mit Federn
farbig bemalen, so daß eine Frau mit prächtigem Busen
endet als schwarzer, häßlicher Fisch – zum Betrachten geladen,
könntet ihr euch da, bei aller Freundschaft, das Lachen verbeißen?
Glaubt mir, Pisonen, ein Buch, das Gebilde des Wahnes erdichtet,
fiebrigen Träumen des Kranken vergleichbar, wird jenem Gemälde
überaus ähnlich; auch hier will nicht Fuß und nicht Kopf zu der *einen*
Form sich bequemen. „Doch Malern und Dichtern blieb immer die gleiche
Möglichkeit offen, zu wagen, wonach ihnen grade der Sinn stand."
Freilich, so ist's! Und wir bitten um diese Freiheit genauso,
wie wir sie selbst auch gewähren – doch nicht, daß zu Sanftem man Wildes
stelle, daß Vögel mit Schlangen sich paaren und Lämmer mit Tigern.
Oft wird erhabenen Anfangsworten, die Großes verheißen,
hier und da ein purpurner Lappen, um weithin zu glänzen,
eigens noch angeflickt: Der Altar und der Hain der Diana
oder das Bächlein, wie es durch liebliche Fluren dahineilt,
oder der Rhein, auch ein Regenbogen werden beschrieben –
nur war es *hier* nicht am Platz. Und vielleicht verstehst du Zypressen
meisterhaft wiederzugeben: Was soll es, wenn der, den für gutes
Geld du da malst, sich aus Schiffbruch, verzweifelt schwimmend, errettet?
Eine Amphore soll's werden – das Töpferrad dreht sich: Ein Krüglein
kommt nur heraus? Schließlich sei's, wie es will, ist's nur einfach und stimmig.
Vater und Jünglinge, ihr, eures Vaters würdig – der größte
Teil der Sänger, wir alle ja werden geblendet vom Schein der

Wahrheit: Ich müh mich um Dichte – schon werde ich dunkel; versuch ich
heiter zu sein, schwinden Kraft mir und Feuer; zu Schwulst wird Erhabnes;
wer allzu ängstlich vor Stürmen sich fürchtet, kriecht unten am Boden.
Möchte da einer durch Unerhörtes den Stoff seines Werkes
lockern, so malt den Delphin er in Wälder, den Eber in Fluten:
Fehlt ihm Gespür, führt die Flucht vor dem Fehler zu ärgerem Mißgriff.
Bei des Aemilius Kaserne, am untersten Ende der Straße,
gibt's einen Meister, der welliges Haar und die Nägel geschickt in
Bronze zu bilden vermag, doch ein Kunstwerk im Ganzen mißlingt ihm.
Wenn ich mich mühte, ein Kunstwerk zu schaffen, dann möchte ich jenem
keinesfalls gleichen; es wäre dasselbe, als müßte mit schiefer
Nase ich leben, obwohl schwarze Haare und Augen mich schmückten.

Wählt, die ihr schreibt, einen Stoff euch, dem euere Kräfte gewachsen,
und überlegt es euch gründlich, bevor ihr die Schultern belastet,
ob sie so stark sind, die Bürde zu tragen. Wer klug seine Wahl trifft,
dem wird die Gabe der Rede, die deutliche Ordnung nicht fehlen.
Vorzug und Reiz dieser Ordnung wird sein – und ich täusche mich schwerlich –,
daß unser Dichter nur sagt, was zu sagen im Augenblick nötig,
aber das meiste verschiebt und für fernere Zeiten sich aufhebt.

Auch beim Verknüpfen der Worte beachte der künftige Dichter,
eines bald sorglich zu meiden und andres mit Scharfblick zu wählen.
Auserlesene Feinheit beweist, wer durch kluge Verbindung
in dem alltäglichen Wort eine neue Bedeutung hervorhebt.
Ist's aber nötig, Verborgenes neu zu benennen, gelingt's auch,
Wörter zu bilden, wie nie sie Cetheger, mit Schurzen bekleidet,

hörten – es steht diese Freiheit dir zu, nur gebrauch sie in Maßen;
auch neue Wörter, vor kurzem gebildet, verdienen Vertrauen,
fließen sie sparsam, aus griechischer Quelle gespeist. Doch wie kann ein
Römer dem Plautus, Caecilius gestatten, was nicht soll erlaubt sein
einem Vergil oder Varius? Wieso nimmt es mancher mir übel,
wenn ich um wenige Wörter die heimische Sprache vermehre,
die doch schon Cato und Ennius bereicherten, als sie für vieles
neue Bezeichnungen schufen? Es war und wird immer erlaubt sein,
Wörter zu bilden, welche den Stempel der Gegenwart tragen.
Denn wie die Wälder in flüchtigen Jahren sich ändern, die alten
Blätter fallen, genauso vergeht das alte Geschlecht der
Wörter, und jugendlich blüht und erstarkt das gerad erst geborne.
All unsre Habe, wir selbst auch verfallen dem Tod: Mag Neptunus,
aufgenommen vom Lande, die Flotte vor Nordsturm beschützen –
Werk, eines Königs wohl würdig –, mag auch die Ödnis des Sumpfs, einst
Boote zu tragen imstande, den Pflug jetzt verspüren und Städte
ringsum ernähren und mag seinen Lauf, der den Früchten verderblich,
ändern der Fluß: es sind sterbliche Werke, die einstmals vergehen.
Ebenso zeigen sich Ansehn und Ehre der Sprache vergänglich.
Viele Wörter, die längst schon vergingen, erstehen aufs neue;
solche, die jetzt noch von allen verehrt sind, vergehn; denn es waltet
über Gesetze und Normen der Sprache allein das Bedürfnis.

Was für ein Versmaß sich schickt, um die Taten von Feldherrn und Fürsten,
Trauer erregende Schlachten zu schildern, das zeigte Homerus.
Ungleich verbundener Verse bediente zuerst sich die Klage
um einen Toten, danach auch das Weihepigramm für die Götter;
doch wer als erster bescheidne elegische Verse gedichtet,
darüber streiten noch heute sich ohne Erfolg die Gelehrten.
Mit seinen Jamben erschuf sich Archilochus hitzige Waffen:
Und diesen Versfuß ergriff auch die leichte Komödie; ihr folgte
bald die erhabne Tragödie: Denn Wechselgesänge vermag er

wiederzugeben, er paßt für die Handlung und siegt über Volkslärm.
Aber der Lyrik verlieh es die Muse, die Söhne von Göttern,
Gottheiten selber im Lied zu besingen, auch Sieger im Faustkampf,
siegreiche Pferde, die Freuden des Weins und den Kummer der Liebe.
Wenn ich die wechselnde metrische Form und die Färbung des Ausdrucks
weder versteh noch beachte – wie darf ich mich Dichter da heißen?
Warum bleib lieber aus falscher Scham ich ein Tor, statt zu lernen?
Nicht will der Stoff für ein Lustspiel in tragischen Versen erscheinen;
ebenso sträubt sich das grausige Mahl des Thyest gegen Verse,
deren alltäglicher Ton für Komödien besser geeignet:
Also behaupte ein jedes den Platz, den das Schicksal ihm zuwies.
Dennoch: Zuweilen weiß auch die Komödie die Stimme zu steigern,
wenn sich der zornige Chremes mit schäumendem Munde ereifert.
Und gar noch häufiger klagt die Tragödie im Tone des Alltags –
wie etwa Peleus und Telephus, arm und verbannt, sich der langen
Wörter enthalten und klug auf das dröhnende Pathos verzichten –,
will sie die Herzen der Zuschauer rühren mit gramvoller Klage.

Doch es genügt nicht, daß Dichtungen schön sind: Sie sollen gefallen,
sollen, wohin es auch sei, die Sinne des Hörers entführen.
Menschliche Eigenschaft ist es, zu lachen mit Lachenden, auch zu
weinen mit Weinenden. Willst du in Tränen mich sehen, so mußt du,
Telephus oder auch Peleus, erst selber die Schmerzen empfinden,
eh mich dein Unglück ergreift. Wenn Erlerntes du vorsprichst, und das noch
ungeschickt, schlafe ich ein oder lache ich laut. Es verlangt nach
traurigen Worten die traurige Miene, die zornige paßt zur
drohenden Rede, die heitre zum Scherz und die ernste zur Strenge.

Denn die Natur wirkt zuerst durch die äußre Empfindung auf unser
Inneres ein; sie erfreut uns, sie treibt uns zu heftigem Zorne,
drückt uns durch schweren Kummer zu Boden und würgt uns die Kehle:
Dann erst vermittelt die Sprache den andern die Regung der Seele.
Doch wenn die Worte des Sprechers zu seinem Erlebnis nicht passen,
wird unter Fußvolk und Rittern von Rom sich Gelächter verbreiten.
Ungemein wichtig ist ferner, ob Davus da spricht, ob ein Heros,
ob ein Greis, an Jahren gereift, ob ein feuriger Jüngling,
ob die gebietende Herrin oder die dienende Amme,
ob der fahrende Kaufmann oder der seßhafte Bauer,
einer, der aufwuchs in Theben, in Argos, ein Kolcher, Assyrer …

Folge, Dichter, der Sage oder erfinde, was in sich
selbst übereinstimmt. So zeig sich Achill – willst als ruhmvollen Helden
ihn du gestalten – rastlos und zornig, verbissen und hitzig;
daß ein Gesetz für ihn gelte, bestreit er, Gewalt nur gebrauchend.
So sei Medea standhaft und trotzig, sei weinerlich Ino,
treulos Ixion, voll Unruhe Io, Orestes voll Schwermut.
Wenn du es wagst, auf der Bühne neue Wege zu gehn und
neue Gestalten zu formen, gib acht, daß vom Anfang des Stückes
bis an das Ende sie selber sich treu sind, ihr Wesen nicht ändern.
Denn es ist schwierig, dem Allgemeinmenschlichen eigenes Leben
einzugeben. Viel sicherer ist es, aus troischer Sage
Stoff für ein Drama zu nehmen als erstmalig Neues zu schaffen.
Jeder allen gemeinsame Stoff wird dein Eigentum werden,
wenn die alltägliche, billige Art der Gestaltung du meidest,
weder bemüht bist, dein Vorbild ganz wörtlich wiederzugeben,
noch, schaffst du freier es nach, in die Enge gerätst und die Scheu vor
innren Gesetzen des Originals dich am Fortgange hindert,
und wenn du *so* nicht beginnst wie vorzeiten ein zyklischer Dichter:
„Priamus' Schicksal will ich besingen, den Krieg, den berühmten …"
Wird dieses Großmaul am Ende auch halten, was es versprochen?

Berge beginnen zu kreißen: Zur Welt kommt ein winziges Mäuslein.
Wieviel bescheidener ist da Homer, der nichts törricht sich vornimmt:
„Gib von dem Manne mir Kunde, o Muse, der zahlreicher Menschen
Städte und Sitten gesehn nach dem Sturze der troischen Festung."
Nicht soll das Feuer ersticken im Rauch, aus dem Rauch soll erstehen
strahlendes Licht, eine farbige Welt von Wundern beleuchtend:
Antiphates und Scylla und mit dem Zyklopen Charybdis.
Nicht mit dem Tod Meleagers beginnt er die Rückkehr des Helden
Diomedes, den Troischen Krieg mit dem Ei nicht der Leda:
Immer nur eilt er zum Ziele und reißt seinen Hörer, als wäre
alles bekannt, in die Handlungen mitten hinein, und vermeint er,
schöner Gestaltung verschlöß sich ein Thema, so läßt er's beiseite.
Derart geschickt ist erdichtet der Stoff in der Mischung von Trug und
Wahrheit, daß Anfang und Mitte und Schlußteil in eines sich fügen.

Wenn dich nach Beifall verlangt und du willst, daß das Publikum ausharrt,
bis der Vorhang sich senkt und der Sänger sein „Ihr da, klatscht Beifall"
spricht – dann hör zu: Ich verrat dir die Wünsche des Volks und auch meine:
Merke dir: Jedwedes Alter hat seinen Charakter; du mußt die
wechselnden Eigenheiten der Jahre gebührend beachten.
Weiß erst der Knabe zu sprechen und läuft er mit sicheren Schritten,
wünscht er sich heftig, mit seinesgleichen zu spielen, gerät in
plötzlichen Zorn und vergißt ihn, von Stunde zu Stunde verändert.
Endlich vom Hüter befreit, hat der bartlose Jüngling an Pferden,
Hunden und Sport auf dem sonnigen Marsfeld sein höchstes Vergnügen.
Wachs in den Händen des Lasters, verschließt er sich mahnenden Worten;

was für ihn nützlich, bedenkt er erst spät, er verschwendet sein Geld, will
hoch stets hinaus mit den Wünschen, gibt schnell wieder auf, was ihm lieb war.
Anders dagegen das Streben des Mannes: Sein Sinn und sein Alter
lassen ihn suchen nach Macht und nach Einfluß; er zeigt seinem Amt sich
eifrig ergeben und meidet, was schwer nur hernach ist zu ändern.
Vielerlei Übel umgeben den Greis: Er erwirbt, doch er gönnt sich
selber auch nicht das Geringste und scheut sich, den Reichtum zu nutzen.
Kühl und mit Vorsicht betreibt er ein jedes Geschäft; weil er immer
hofft, schiebt er alles noch auf, ist träge, erpicht auf das Morgen.
Eigensinnig und nörgelnd, lobpreist er vergangene Zeiten,
da er noch jung war, und tadelt die Sitten der heutigen Jugend.
Kommen die Jahre, so bringen sie Gutes in Fülle, sie nehmen
viel wieder fort, wenn sie scheiden. Beachte, daß nie einem Jüngling
Greisencharakter du gibst, einem Knaben nicht den eines Mannes:
Halten wir stets uns an Züge, die jeweils dem Alter entsprechen!

Entweder spielt auf der Bühne die Handlung sich ab, oder Handlung
wird uns berichtet. Was eingeht durchs Ohr, wird den Zuschauer nicht so
packen wie das, was er sieht mit verläßlichen Augen, was ohne
Mittler er selbst bei sich aufnimmt. Verbanne jedoch von der offnen
Bühne all das, was sich besser im Inneren abspielt; entrücke
vieles den Augen, was später beredsam ein Zeuge erzähle:
Nicht soll Medea vor sämtlichem Volk ihre Kinder ermorden,
Atreus nicht frevelhaft Menschenfleisch kochen auf offener Bühne,
nicht soll sich Prokne zum Vogel und Cadmus zur Schlange verwandeln.
Rückst du mir solches vor Augen, so glaub ich es nicht, und mich ekelt.

Schreibe ein Stück von fünf Akten – nicht länger, nicht kürzer –, erhoffst du
dir, daß man fordre, es solle erneut auf der Bühne erscheinen.
Nur wenn ein Knoten auch wirklich gelöst werden muß, greif die Gottheit
ein in die Handlung; die vierte Person im Gespräch ist entbehrlich.
Aber der Chor verfechte sein Recht an der Handlung und stehe
ganz seinen Mann: Er besinge nicht zwischen den einzelnen Akten,
was sich vom Thema entfernt und nicht sinnvoll der Handlung sich anschließt.
Zugetan sei er den Guten, erweis sich als Freund und Berater;
Zornige lenk er in richtige Bahn, Überheblichen schenk er
wieder Vernunft, er preise die Freuden des einfachen Mahles,
lobe gerechte Gesetze und Frieden bei offenen Toren.
Anvertrautes bewahr er, fleh zu den Göttern und bitte,
daß den Bedrängten das Glück wieder hold sei, Vermeßne verlassend.

Nicht war vorzeiten die Flöte – wie jetzt – mit dem Erze verbunden,
ahmte die Tuba nicht nach, sondern diente mit einfachem, zartem
Tone aus wenigen Öffnungen dazu, den Chor zu begleiten;
nicht schon erfüllte sie allzu gedrängte Reihn mit Getöse,
kam ja ein leicht noch zu zählendes Volk dort zusammen, das klein noch
war und tüchtig und fromm, das den Sitten noch Ehrfurcht bezeigte.
Aber nachdem es als Sieger begann, sein Gebiet zu vergrößern,
als es die Stadt mit weiterer Mauer umgab und an Festen
Wein dem Genius zu Ehren bei Tag schon straflos verspritzte,
wurden auch Rhythmen und Weisen mit größerer Freiheit verwendet.
War da ein guter Geschmack zu erwarten, wo müßige Bauern,
ungebildet, mit Städtern sich trafen, Gemeine mit Edlen?
So also kamen Gebärden und Prunk zu der ehrwürd'gen Kunst des
Bläsers hinzu, der nun selbst auf der Bühne im Schleppkleid agierte.

So auch vermehrte die ernste Laute die Anzahl der Saiten;
sich überschlagender Wortschwall gefiel sich in Fremdheit der Rede,
bis dann ihr Sinn, der einst Nutzen erkannte und Zukunft voraussah,
nicht zu scheiden mehr war von Orakeln des delphischen Gottes.

Bald ließ der tragische Dichter – ein billiger Bock war der Kampfpreis –
bocksfellbekleidete ländliche Satyrn die Bühne betreten,
suchte in rauher Manier unter Wahrung der Würde zu scherzen,
weil man das Volk mit verlockender Neuheit zum Bleiben bewegte,
war nach vollzogenem Opfer es heiterer, trunkener Stimmung.
Will uns der Dichter die lustigen, spottenden Satyrn empfehlen,
will er das Ernste verkehren in Spaß, dann beachte er dieses:
Niemals verirr sich ein Gott oder Heros in finstre Tavernen,
wo man in niedrigem Tone nur spricht, wenn er eben im Spiel noch
prangte in goldener Pracht und im Purpur des Königs. Doch während
Niedres er meidet, verlier er sich nicht gleich in Wolken und Leere.
Auch soll die würdige tragische Muse nicht leichtfertig Verse
plappern; wie die Matrone, bei Festen zum Tanze gebeten,
wird voller Scham sie nur kurz unter lockeren Satyrn verweilen.
Wollt ich, Pisonen, nun selber ein Satyrspiel schreiben, ich würde
nicht nur die schmucklosen, allen geläufigen Wörter gebrauchen;
auch wär mein Eifer, die tragische Färbung zu meiden, nicht *so* groß,
daß es belanglos erschiene, ob Davus nun spräche, ob Pythias,
welche dem Simo recht dreist ein Talent aus der Nase gezogen,
oder Silenus, der Hüter und Diener des göttlichen Zöglings.
Aus dem gewohnten Sprachgut will Dichtung ich schaffen, so daß ein
jeder vermeinte, er könne dasselbe; versucht er's, so schwitzt er
reichlich und müht sich vergebens: Im Fügen und Binden der Worte
liegt das Geheimnis, alltägliche Wörter zu Ehren zu bringen.

Faune aus Wäldern – so meine ich – sollten sich hüten, in allzu
zärtlichen Versen zu reden, wie Jünglinge scherzen; nicht hör man
schmutzigen, zotigen Unflat sie lauthals erzählen, als ob sie
schon von Geburt an zum Pöbel oder zum Forum gar zählten:
Das nämlich würde den Adel, die Ritter und Reichen verletzen.
Mag da der Käufer von Erbsen und Röstkastanien auch Beifall
rufen, die andern versagen ihr Lob und verweigern die Krone.

Folgt auf die kurze Silbe die lange, heißt Jambus der Fuß, ein
flüchtiges Maß: weshalb auch des Trimeters Name den Jamben
zukommen sollte, obwohl in der Zeile sechs Hebungen stehen,
ähnlich einander von Anfang bis Ende. Vor kurzem erst gab der
Jambus, damit er den Ohren ein wenig gemeßner und schwerer
klänge, auch festen Spondeen in altüberkommenen Rechten
Raum, gefällig und duldsam, doch *so* nicht, daß auch von dem zweiten
Platz und dem vierten er freundschaftlich wiche. Er selbst kommt in Accius'
hochgepriesenen Trimetern karg nur zum Vorschein, und Ennius'
Verse, welche gewichtig die Bühne betreten, bedrückt er
hart mit dem schimpflichen Vorwurf, sie seien mit mangelnder Sorgfalt,
allzu schnell und ohne die Kenntnis der Regeln geschaffen.
Unmelodische Verse erkennt nicht ein jeder, der urteilt,
und so gewährt man den römischen Dichtern unpassend Nachsicht.
Soll auch *ich* nun gleich zügellos schreiben? Mich gehnlassen? Oder
soll ich, im Glauben, ein jeder erkenn meine Fehler, mich soweit
vorsehn, daß Nachsicht geübt wird? Dann hätt ein Vergehn ich gemieden,
nicht aber Lob schon verdient. Pisonen! Die griechischen Muster
nehmet zur Hand, und studiert sie mit Eifer bei Nacht und bei Tage!
Anders dagegen die Vorfahrn: Sie lobten bewundernd an Plautus
beides: den Witz und die Verse. Ihr Urteil war doch allzu duldsam,
um nicht zu sagen gar töricht, sofern wir es heute verstehen,
ihr wie auch ich, einen bäurischen Witz vom geschliffnen zu scheiden
und einen klangvollen Vers mit Fingern und Ohr zu erfassen.

Thespis, so sagt man, erfand die Gattung der tragischen Muse,
vordem noch keinem bekannt, und er ließ seine Stücke auf Karren
wandern. Die Darsteller spielten und sangen, geschminkt nur mit Weinsatz.
Nach ihm hat Aeschylus, der mit dem ehrbaren Schleppkleid die Maske
einführte, einfache Balken zur Bühne gefügt und gelehrt, mit
Würde zu schreiten auf hohem Kothurn und erhaben zu sprechen.
Ihnen nun folgte die Alte Komödie, von vielen mit Lob so
reichlich bedacht; doch die Freiheit, zu rügen, verführte zu Mißbrauch
und zu Gewalt, die gesetzlichen Eingriff erforderlich machte.
Schmählich verstummte der Chor, als das Vorrecht, zu schmähn, ihm entzogen.

Nichts, was nicht unsere Dichter versuchten! Und auch nicht geringe
Ehre legten sie ein, wo sie wagten, den griechischen Spuren
ferne zu bleiben und heimische Taten zu preisen, ob Lustspiel
oder Tragödie mit römischem Stoff für die Bühne sie schrieben.
Ebenso mächtig stünd Latium da durch die Sprache wie jetzt durch
Ruhm seiner Waffen und Mut seiner Männer, wenn keinen der Dichter
Mühe und Aufwand des Feilens verdrösse. Doch ihr, die vom Blute
eines Pompilius ihr seid, verwerft ein Gedicht, das nicht mancher
Tag durch fleißiges Feilen verknappte und das sich nicht zehnmal
peinlich genauem Befühlen mit prüfendem Nagel gestellt hat!
Weil Demokrit die Begabung für glückverheißender hält als
mühsamen Fleiß und vernünftige Dichter vom Helikon ausschließt,
ist so mancher gleich nicht mehr besorgt, sich stutzen zu lassen
Nägel und Bart, sucht die einsamen Orte und meidet die Bäder.
Wenn er den Kopf, der trotz dreifacher Dosis mit Nieswurz nicht heilbar,
niemals Licinus, dem Bartscherer, hinhält, so glaubt er, der Name
wie auch der Ruf eines Dichters sei ihm gesichert. Ich Tor, wie
komm ich dazu, mir im Frühjahr durch Kuren die Galle zu säubern?

Beßre Gedichte vermöchte kein andrer zu schreiben! Doch nein, auf
keinen Fall *so*! Also will ich die Dienste des Wetzsteins verrichten,
welcher zwar selber nicht schneidet, doch Eisen zu schärfen imstand ist.
Ohne gar selber zu dichten, will Pflicht und Beruf ich des Dichters
lehren: woher man den Stoff sich verschafft, was den Geist eines Dichters
fördert und formt, was sich schickt und was nicht, was ein Irrweg, was Kunst ist.

Anfang und Ursprung für richtiges Schreiben ist Einsicht. Den Stoff für
wertvolle Dichtung vermögen sokratische Schriften zu bieten;
hast du den Inhalt bedacht, werden willig die Worte auch folgen.
Wenn einer weiß, was er Freunden und was er dem Vaterland schuldet,
welche Liebe die Eltern, der Bruder, der Gastfreund verdienen,
was zu den Pflichten des Ratsherrn, des Richters gehört, wie der Feldherr,
ist er im Krieg, seinen Auftrag erfüllt – der versteht es gewiß auch,
jeder Person auf der Bühne die passende Rolle zu geben.
Mahnen auch will ich: Es seh der gebildete Dichter auf Muster
sittlichen Lebens und Handelns und such dort lebendige Worte!
Auch kommt zuweilen es vor, daß ein Stück durch die glanzvollen Stellen
und seine trefflich gezeichneten Menschen – wenngleich ohne Anmut,
Wucht und Kunst in der Sprache – das einfache Volk noch bei weitem
stärker erfreut und fesselt als nichtige Verse voll Wohlklang.

Griechischem Volk, dessen einzige Gier sich in Ruhmsucht bekundet,
schenkte die Muse Genie und die Gabe, vollkommen zu reden.
Römische Knaben dagegen erlernen, den As durch die Hundert
mühsam zu teilen, in langer Berechnung. „Der Sohn des Albinus
sage: Was bleibt, wenn ein Zwölftel von fünfen man abzieht? Was ist? Du

hättest es längst schon heraushaben können!“ „Ein Drittel.“ „Jawohl! Du
wirst dein Vermögen mal gut dir bewahren! Was macht's, kommt ein Zwölftel
aber hinzu?“ „Einhalb.“ Hat die Sorge um Geld sich wie Rost der
Seelen erst einmal bemächtigt, wie können wir dann auf Gedichte
hoffen, die Öl der Zeder und Holz der Zypresse verdienten?

Nützen wollen die Dichter oder erfreuen, vielleicht auch
beides zugleich: Erfreuliches sagen, was nützlich im Leben.
Kurz sei in all deinen Ratschlägen, daß ein gelehriger Geist die
Worte recht schnell bei sich aufnimmt und treu im Gedächtnis sie festhält:
Jedes Zuviel, ist die Seele gesättigt, rinnt nutzlos ins Leere.
Was zur Vergnügung du dichtest, das komme der Wirklichkeit möglichst
nahe: Es fordre die Fabel nicht Glauben für alles, sie zieh den
Knaben, soeben verspeist, nicht lebendig aus Lamias Magen.
Dichtungen ohne Belehrung verwirft die Zenturie der Alten,
während den stolzen Ramnes die trocknen Gedichte mißfallen:
Nur wer das Nützliche würzt mit Erfreulichem, nur wer den Leser
gleichermaßen ergötzt wie belehrt, freut sich Beifalls von allen.
Solch ein Buch bringt den Sosiern Geld, solch ein Buch überquert die
Meere und macht den Verfasser weithin bekannt und unsterblich.

Aber es gibt auch Verstöße, die willig und gern wir verzeihen:
Weder schwingt immer die Saite im Ton, den der Spieler verlangte –
will er den tiefen, so läßt nur zu oft sie den hohen erklingen –,
noch trifft der Bogen immer das Ziel, das der Schütze bedrohte.
Wo im Gedicht also vieles erstrahlt, sollen wenige Flecken,
wie sie aus mangelnder Sorgfalt und menschlicher Schwäche entstehen,
nicht bei mir Anstoß erregen. *Wie* also steht es nun damit?
So wie der Abschreiber, macht trotz Ermahnung er ständig denselben
Fehler, die Nachsicht verwirkt, wie der Lautenspieler, verfehlt er

stets auf derselben Saite den Ton, verlacht wird, so gilt mir
jener Dichter, der viel sich versieht, als ein Choerilus, den ich,
schreibt er nur zwei- oder dreimal recht ordentlich, lächelnd bewundre;
doch bin ich unwillig, wenn unser Meister Homer einmal einnickt:
Aber die Länge des Werks macht ein Schläfchen des Dichters verzeihlich.

Dichtung vergleich mit Gemälden: Das eine wird mehr dich ergreifen,
trittst du heran, und das andere mehr, wenn du weiter entfernt bist;
dieses bevorzugt das Dunkel, doch jenes verlangt nach dem Lichte,
weil es das scharfe Urteil des Kritikers keineswegs fürchtet;
dieses gefällt dir nur einmal, doch jenes kannst zehnmal du sehen.

Hör nun, du älterer unter den Jünglingen! Wenn auch das Wort des
Vaters zur richtigen Einsicht dich führte und selbst du Verstand hast –
dennoch behalt im Gedächtnis: Zu Recht wird in manchen Belangen
brauchbares Mittelmaß weise geduldet: Erreicht der bescheidne
Anwalt und Rechtsgelehrte auch nicht des beredten Messalla
Meisterschaft, bleibt er im Wissen zurück hinter Aulus Cascellius,
ist er trotz allem von Wert. Doch daß Dichter nur Mittelmaß haben,
lassen die Menschen nicht zu, nicht die Götter – und nicht die Verleger!
Wie bei dem schmackhaften Festmahl das schlechte Spiel der Kapelle,
schmieriges Salböl und sardischer Honig zu Mohn dich verärgern,
weil ja das Mahl auch ohne all dies hätte stattfinden können,
so das Gedicht: Zur Freude des Herzens bestimmt und erfunden,
sinkt es in Tiefen, sobald um ein kleines der Gipfel verfehlt wird.
Wer nichts vom Spiele mit Waffen versteht, der meidet das Marsfeld,
wer mit dem Ball oder Reifen zu spielen, den Diskus zu werfen

niemals gelernt hat, hält fern sich, verdientes Gelächter im Kreis der
Zuschauer fürchtend: Doch Verse zu bilden, das wagt gleich ein jeder!
Sollte er nicht? Er ist frei von Geburt, sein Vermögen entspricht dem
Census des Ritters, und weit ist entfernt er von jeglichem Laster!
Du wirst nichts tun oder sagen, mein Freund, was Minerva verhaßt ist:
Dafür bürgt dein sichrer Geschmack und dein sicheres Urteil.
Doch wenn du einmal was schreibst, dann vertrau es dem Kritiker Maecius
an, deinem Vater und mir! Halt die Handschrift im Pulte verschlossen
bis in das neunte Jahr: Du kannst tilgen, was nicht du herausgabst:
Ist dir das Wort erst entflohn, so holst du es nimmer zurück mehr.

Orpheus, Verkünder und Priester der Götter, bewegte die Menschen,
hausend in Wäldern, zum Abscheu vor Mord und vor gräßlicher Speise:
Deshalb die Sage, er zähme selbst Tiger und grimmige Löwen.
Deshalb die Sage, der Gründer von Theben, Amphion, beweg durch
Klänge der Leier die Steine und führ sie mit schmeichelnder Bitte
dahin, wohin er nur wolle. Als Weisheit hat dies einst gegolten:
Einzelbelange zu scheiden von denen des Staats, von Profanem
Heil'ges, dem wechselnden Beischlaf zu wehren, der Ehe Gesetz zu
geben und Städte zu baun und das Recht in die Tafeln zu schneiden.
So also wurde den göttlichen Sängern und ihren Gesängen
Ruhm und Ehre zuteil. Nach den beiden erhob sich Homer in
strahlender Größe; die Herzen der Männer entflammte Tyrtaeus
mit seinen Liedern für blutige Kriege; es gab das Orakel
Sprüche in Versen, man zeigte im Liede den Lebensweg auf und
warb mit pïerischen Weisen um Gunst bei den Fürsten. Und schließlich

schuf man das Spiel als den Abschluß nach endloser Arbeit: Du brauchst dich
also der lyrischen Muse, des Sängers Apoll nicht zu schämen.

Ob in der Dichtkunst Talent oder Technik zur Meisterschaft führen,
hat man gefragt. Ich meine: Es nutzt nicht ein eifriges Studium
ohne poetische Ader, Begabung nicht ohne die Technik.
Eines bedarf des andern und steht wie ein Freund ihm zur Seite.
Wer dem ersehnten Ziel im olympischen Wettlaufen zustrebt,
hat schon als Knabe recht viel zu ertragen: muß schwitzen und frieren,
muß auf den Wein und die Liebe verzichten; wer pythische Weisen
bläst auf der Flöte, muß vorher, in Furcht vor dem Lehrer, es lernen.
Jetzt aber reicht es zu sagen: „Ich schaffe so schöne Gedichte:
Hole den Letzten der Henker! Der Letzte zu sein wär mir peinlich,
und zu gestehn, daß ich etwas nicht weiß – was ich freilich nie lernte."

Wie auf dem Jahrmarkt der Trödler die Menge zum Kaufe herbeilockt,
fordert der Dichter die Schmeichler heraus, nach dem Vorteil zu trachten,
wenn er an Grundbesitz reich ist und Geld, auf Zinsen verliehen.
Wenn er es gar noch versteht, einen leckeren Bissen gehörig
aufzutischen, dem Leichtfuß, der arm ist, die Bürgschaft zu stellen
und ihn aus mißlichem Rechtsstreit zu retten, so sollt es mich wundern,
könnt er vor Glücksgefühl scheiden die falschen von wahrhaften Freunden.
Hast du da jemandem etwas geschenkt oder willst es ihm geben,
zeige ihm nicht, was für Verse du schreibst! Von Freude erfüllt noch,
wird er begeistert gleich rufen: „Wie schön! Wie vortrefflich! Wie richtig!"
Bleich wird vor Furcht er, dem Auge entrinnt eine Träne des Mitleids,

froh springt er hoch oder stampft mit dem Fuße entrüstet den Boden.
Wie beim Begräbnis die Klagweiber, welche für Geld man gemietet,
beinahe mehr als die wirklichen Trauernden tun oder sagen,
so zeigt der Heuchler sich tiefer gerührt als der wahre Bewundrer.
Könige, heißt es, bedrängen und quälen mit zahlreichen Bechern
unvermischten Weines all die, deren Sinn sie erkennen
möchten, ob sie der Freundschaft auch wert sind. Dem Dichter bleibt niemals
wahre Denkart verborgen, auch wenn sie im Fuchspelz versteckt ist.

Trugst dein Gedicht dem Quintilius du vor, so bemerkte er meistens:
„Bitte, verbeßre doch dies noch und jenes!" Sagtest du, besser
ginge es nicht, denn der zweite und dritte Versuch sei mißlungen,
riet er, die Verse zu streichen und neu auf dem Amboß zu schmieden.
Wolltest den Mißgriff du lieber verteidigen, statt ihn zu tilgen,
galt jedes weitere Wort ihm verschwendet und nutzlos die Mühe:
Ohne Rivalen durftest du dich und dein Werkchen dann lieben.
Urteilt ein Kritiker streng und verständig, so wird er mißglückte
Verse verwerfen, harte mit Tadel versehn und den schwarzen
Querstrich am Rande bei nüchternen ziehn; allzu üppigen Zierat
wird er beschneiden, wird Licht bei den dunklen Stellen verlangen,
Klarheit bei doppeltem Sinn; er wird zeigen, wo Änderung nottut.
Ein Aristarch, wird niemals er sagen: „Wozu soll den Freund ich
kränken ob nichtiger Mängel?" Denn eben die Mängel bereiten
später ihm bitteres Leid, wenn ihn alle mit Lachen empfangen.

Wird da einer vom Aussatz, von Gelbsucht befallen, vom Zorn der
Göttin Diana, ekstatischem Irrwahn, so fliehen ihn alle:
Ebenso meidet, wer klug ist, Kontakt mit dem rasenden Dichter,
läuft ihm davon; nur die Knaben, voll Leichtsinn, verfolgen ihn neckend.
Wenn er erhobenen Hauptes dann Verse herausrülpst und wie ein

Vogelsteller, auf Amseln erpicht, hin und her läuft, passiert es,
daß in ein Loch oder gar in den Brunnen er fällt. Mag es weithin
nunmehr auch schallen: „Zu Hilfe, ihr Leute!“: Es naht ihm kein Retter.
Findet sich wirklich noch einer bereit, mit dem Seil ihn zu retten,
werde ich sagen: „Woher willst du wissen, ob der nicht mit Absicht
stürzte hinab und auf Hilfe verzichtet?“ und werde das Ende
jenes sizilischen Dichters erzählen: „Empedokles wollte
gelten als Gott. Und kaltblütig sprang er daher in die Glut des
Ätna. Man lasse den Dichtern das Recht und die Freiheit zu sterben:
Wenn einem Menschen den Tod du verwehrst, bist du selber ein Mörder.
Tat er doch dies nicht nur einmal; er wird nach der Rettung nicht gleich wie
andere Menschen und läßt nicht von Liebe zu ruhmvollem Tode.
Schließlich auch weiß man nicht recht, wie es kam, daß er Verse verfertigt.
Hat er die Asche des Vaters besudelt? Ein schauriges Blitzmal
gottlos beseitigt? Das eine steht fest: Er ist rasend, und wie ein
Bär, der die Gitter des Käfigs zu sprengen vermochte, vertreibt der
ungenießbare Dichter Gescheite und Dumme. Doch wen er
einmal gepackt hat, den läßt er nicht los: Durch Vorlesen bringt sein
Opfer er um: Von der Haut läßt der Blutegel erst, wenn er voll ist.“

ANHANG

VERZEICHNIS DER VERSMASZE

Der bei den metrischen Systemen jeweils angegebene Buchstabe dient im nachfolgenden Anmerkungsteil (S. 314 ff.) zur Kennzeichnung des Versmaßes der einzelnen Gedichte.

Oden · Säkulargesang

a) Erste asklepiadeische Strophe

⊥ . ⊥ .. ⊥ ⊥ .. ⊥ . ⊥
⊥ . ⊥ .. ⊥ ⊥ .. ⊥ . ⊥
⊥ . ⊥ .. ⊥ ⊥ .. ⊥ . ⊥
⊥ . ⊥ .. ⊥ ⊥ .. ⊥ . ⊥

b) Zweite asklepiadeische Strophe

⊥ . ⊥ .. ⊥ ⊥ .. ⊥ . ⊥
⊥ . ⊥ .. ⊥ ⊥ .. ⊥ . ⊥
⊥ . ⊥ .. ⊥ ⊥ .. ⊥ . ⊥
    ⊥ . ⊥ .. ⊥ . ⊥

c) Dritte asklepiadeische Strophe

⊥ . ⊥ .. ⊥ ⊥ .. ⊥ . ⊥
⊥ . ⊥ .. ⊥ ⊥ .. ⊥ . ⊥
    ⊥ . ⊥ .. ⊥ .
        ⊥ . ⊥ .. ⊥ . ⊥

d) Vierte asklepiadeische Strophe

⊥ . ⊥ .. ⊥ . ⊥
    ⊥ . ⊥ .. ⊥ ⊥ .. ⊥ . ⊥
⊥ . ⊥ .. ⊥ . ⊥
    ⊥ . ⊥ .. ⊥ ⊥ .. ⊥ . ⊥

e) Fünfte asklepiadeische Strophe

⊥ . ⊥ .. ⊥ ⊥ .. ⊥ ⊥ .. ⊥ . ⊥
⊥ . ⊥ .. ⊥ ⊥ .. ⊥ ⊥ .. ⊥ . ⊥
⊥ . ⊥ .. ⊥ ⊥ .. ⊥ ⊥ .. ⊥ . ⊥
⊥ . ⊥ .. ⊥ ⊥ .. ⊥ ⊥ .. ⊥ . ⊥

f) Sapphische Strophe

⊥ · ⊥ · ⊥ ·· ⊥ · ⊥ ·
⊥ · ⊥ · ⊥ ·· ⊥ · ⊥ ·
⊥ · ⊥ · ⊥ ·· ⊥ · ⊥ ·
⊥ ·· ⊥ ·

g) Große sapphische Strophe

⊥ ·· ⊥ · ⊥ ·
⊥ · ⊥ · ⊥ ·· ⊥ ⊥ ·· ⊥ · ⊥ ·
⊥ ·· ⊥ · ⊥ ·
⊥ · ⊥ · ⊥˙·· ⊥ ⊥ ·· ⊥ · ⊥ ·

h) Alkäische Strophe

· ⊥ · ⊥ · ⊥ ·· ⊥ · ⊥
· ⊥ · ⊥ · ⊥ ·· ⊥ · ⊥
· ⊥ · ⊥ · ⊥ · ⊥ ·
⊥ ·· ⊥ ·· ⊥ · ⊥ ·

i) Erste archilochische Strophe

⊥ ⏔ ⊥ ⏔ ⊥ ⏔ ⊥ ⏔ ⊥ ·· ⊥ ·
⊥ ⏔ ⊥ ⏔ ⊥ ·· ⊥ ·
⊥ ⏔ ⊥ ⏔ ⊥ ⏔ ⊥ ⏔ ⊥ ·· ⊥ ·
⊥ ⏔ ⊥ ⏔ ⊥ ·· ⊥ ·

k) Zweite archilochische Strophe

⊥ ⏔ ⊥ ⏔ ⊥ ⏔ ⊥ ⏔ ⊥ ·· ⊥ ·
⊥ ·· ⊥ ·· ⊥
⊥ ⏔ ⊥ ⏔ ⊥ ⏔ ⊥ ⏔ ⊥ ·· ⊥ ·
⊥ ·· ⊥ ·· ⊥

l) Dritte archilochische Strophe

⊥ ⏔ ⊥ ⏔ ⊥ ⏔ ⊥ ·· ⊥ · ⊥ · ⊥ ·
· ⊥ · ⊥ · ⊥ · ⊥ · ⊥ ·
⊥ ⏔ ⊥ ⏔ ⊥ ⏔ ⊥ ·· ⊥ · ⊥ · ⊥ ·
· ⊥ · ⊥ · ⊥ · ⊥ · ⊥ ·

m) Hipponakteische Strophe

⊥ · ⊥ · ⊥ · ⊥
· ⊥ · ⊥ · ⊥ · ⊥ · ⊥ ·
⊥ · ⊥ · ⊥ · ⊥
· ⊥ · ⊥ · ⊥ · ⊥ · ⊥ ·

n) Ionische Strophe

·· ⊥— ·· ⊥— ·· ⊥— ·· ⊥— ·· ⊥— ·· ⊥— ·· ⊥— ·· ⊥— ·· ⊥— ·· ⊥—
·· ⊥— ·· ⊥— ·· ⊥— ·· ⊥— ·· ⊥— ·· ⊥— ·· ⊥— ·· ⊥— ·· ⊥— ·· ⊥—
·· ⊥— ·· ⊥— ·· ⊥— ·· ⊥— ·· ⊥— ·· ⊥— ·· ⊥— ·· ⊥— ·· ⊥— ·· ⊥—
·· ⊥— ·· ⊥— ·· ⊥— ·· ⊥— ·· ⊥— ·· ⊥— ·· ⊥— ·· ⊥— ·· ⊥— ·· ⊥—

Epoden

o) Jambischer Trimeter mit jambischem Dimeter

· ⊥ · ⊥ · ⊥ · ⊥ · ⊥ · ⊥
· ⊥ · ⊥ · ⊥ · ⊥

p) Jambischer Trimeter mit Elegjambus

· ⊥ · ⊥ · ⊥ · ⊥ · ⊥ · ⊥
⊥ ·· ⊥ ·· ⊥ · ⊥ · ⊥ · ⊥ · ⊥

q) Hexameter mit daktylischem Tetrameter

⊥ ⏕ ⊥ ⏕ ⊥ ⏕ ⊥ ⏕ ⊥ ·· ⊥ ·
⊥ ⏕ ⊥ ⏕ ⊥ ·· ⊥ ·

r) Hexameter mit Jambelegus

⊥ ⏕ ⊥ ⏕ ⊥ ⏕ ⊥ ⏕ ⊥ ·· ⊥ ·
· ⊥ · ⊥ · ⊥ · ⊥ ⊥ ·· ⊥ ·· ⊥

s) Hexameter mit jambischem Dimeter

⊥ ⏕ ⊥ ⏕ ⊥ ⏕ ⊥ ⏕ ⊥ ·· ⊥ ·
· ⊥ · ⊥ · ⊥ · ⊥

t) Hexameter mit jambischem Trimeter

⊥ ⏕ ⊥ ⏕ ⊥ ⏕ ⊥ ⏕ ⊥ ·· ⊥ ·
· ⊥ · ⊥ · ⊥ · ⊥ · ⊥ · ⊥

u) Jambischer Trimeter

· ⊥ · ⊥ · ⊥ · ⊥ · ⊥ · ⊥

Satiren · Briefe
Buch über die Dichtkunst

v) Hexameter

⊥ ⏕ ⊥ ⏕ ⊥ ⏕ ⊥ ⏕ ⊥ ·· ⊥ ·

ANMERKUNGEN

Erläuterungen zu mythologischen und historischen Personen und Begebenheiten sowie zu geographischen Namen und einigen Sachbegriffen sind in einem alphabetischen Verzeichnis, das sich an diesen Anmerkungsteil anschließt, zusammengefaßt.

Die Buchstaben, die nach den Gedichtnummern in Klammern stehen, bezeichnen das jeweilige Versmaß (vgl. S. 311 ff.).

Bei Stellenhinweisen bedeuten O. = Oden, E. = Epoden, S. = Satiren, B. = Briefe, D. = Buch über die Dichtkunst; römische Ziffern geben das Buch, arabische Ziffern das Gedicht bzw. den Vers an.

Oden

ERSTES BUCH

1 (a) 4 *meidet das heiße Rad knapp die Säule der Bahn* – Die Wettkämpfer waren bemüht, die Zielsäule an den beiden Enden der Rennbahn mit möglichst knapper Wendung zu umfahren.

8 *dreimal ins Ehrenamt* – Die drei höchsten römischen Ämter waren Ädilität, Prätur und Konsulat.

2 (f) 3 *heil'ge Höhen* – Das → Capitolium.

13 *die gelben Wogen ... vom tuskischen Strande* – Der genaue Zeitpunkt dieser Tiberüberschwemmung (wohl nach 42 v. u. Z.) ist nicht zu ermitteln. Das Wasser staute sich am rechten („tuskischen“ = etruskischen) Ufer, wurde zum linken hinübergedrückt und bedrohte von dort das Forum.

15 *Königsburg* – Die Regia auf dem Forum, Amtssitz des obersten Staatspriesters.

17 *bittre Klagen* – Die Klagen über die Ermordung → Caesars 1).

26 *heil'ge Jungfraun* – Die Vestalinnen, zur Keuschheit verpflichtete Priesterinnen der → Vesta. Wenn sie das Gebot übertraten, wurden sie lebendig begraben.

37 *Ahnherr* – → Mars.

Spiel, das zu lang gedauert – Anspielung auf die Bürgerkriege.

2 (f) 43 *lässest von uns dich rufen Rächer* – Hier wird die Identifizierung → Merkurs mit → Caesar 2) Octavianus deutlich.

3 (d) 2 *das helle Gestirn* – → Kastor und → Pollux, das Sternbild der Zwillinge.

3 *Vater der Winde* – Aeolus.

4 (l) 2 *trockne Kiele* – Die Schiffe wurden den Winter über an Land gezogen.

18 *Zecherkönig* – Nach dem Zechkomment wurde durch Würfeln ein „Vorsitzender" für das Gelage bestimmt.

5 (c) 15 *hab mein nasses Gewand schon längst ... geweiht* – Als Zeichen der Dankbarkeit für die Errettung aus Seenot weihte man den Göttern eine Gabe; gleichnishaft spricht hier der Dichter vom Schiffbruch seiner Liebe zu Pyrrha.

6 (b) 4 *homerischer Liederflug* – → Varius, bekannt vor allem als Tragödiendichter, war auch mit der Abfassung eines epischen Werkes in homerischem Stil beschäftigt, über dessen Vollendung uns jedoch nichts Näheres bekannt ist.

7 (i) ———

8 (g) 9 *meidet das Öl* – Vor dem Ringkampf salbten sich die Kämpfer mit Öl, damit die Hände des Gegners abglitten.

9 (h) ———

10 (f) 3 *anmutsvoller Brauch der Palästra* – Merkur galt auch als Begründer der Gymnastik, die in der Palästra, der griechischen Turn- und Ringschule, gepflegt wurde.

14 *Schatz* – Priamus ging mit kostbaren Geschenken zu Achilles, um den Leichnam seines Sohnes Hektor auszulösen.

15 *Thessaliens Feuer* – Die Wachfeuer der thessalischen Myrmidonen, deren Anführer Achilles war.

11 (e) 6 *kläre den Wein* – In der Antike wurde der Wein mit Sieb oder Seihtuch geklärt, da er starken Bodensatz hatte.

12 (f) 41 *wilde Haare* – Zeichen der Einfachheit.

13 (d) ———

14 (c) 9 *nirgends ein Gott zu sehn* – Am Achtersteven der Schiffe waren figürliche Darstellungen der Schutzgötter angebracht, die hier der Sturm zerstört hatte.

14 *schöne Bilder am Rumpf* – Der Rumpf eines römischen Schiffes war bemalt; hier ist nur er unversehrt.

15 (b) 1 *Gastfreund* – → Menelaus.

der Hirt – → Paris.

16 (h) ———

17 (h) 6 *Eheherr* – Der Ziegenbock.
17 *Glut des Hundssterns* – Der Hundsstern Sirius, der hellste Fixstern am Himmel, leitet mit seinem Frühaufgang am 26. Juli die heißeste Jahreszeit, die Hundstage, ein.
18 *singst zur teïschen Laute* – → Anakreon stammte aus Teos in Kleinasien. Es ist also an Lieder in seinem Stile gedacht.

18 (e) 1 *heiliger Wein* – Der Wein als Gabe des Gottes Bacchus.
9 *der Gott* – Bacchus.
12 *was du birgst unter dem bunten Laub* – Kultsymbole, die bei den Mysterienfeiern mit Efeu und Weinlaub verhüllt wurden.

19 (d) 13 *des Rasens Grün ... die Zweige* – Daraus wurden Altäre gebaut.

20 (f) 3 *als ... die Menge dich ... grüßte* – → Maecenas wurde, als er nach längerer Krankheit wieder im Theater erschien, stürmisch gefeiert (vgl. O. II 17,22 ff.).

21 (c) 12 *Bruder* – → Merkur.

22 (f) ———

23 (c) ———

24 (b) ———

25 (f) ———

26 (h) 3 *Nordlands eisige Küste* – Das Land der → Skythen.
10 *neues Lied zur lesbischen Leier* – → Alcaeus und → Sappho stammten von der Insel Lesbos. Horaz dichtete römische Lieder nach ihrem Vorbild.

27 (h) 4 *Gott der Reben* – Bacchus.
22 *Gift* – Bei der ungewöhnlichen Wahl des jungen Mannes muß Liebeszauber im Spiele sein.

28 (i) 1 *Dich, Archytas, der Meer und Land ...* – Horaz gibt in diesem Gedicht einem Toten das Wort, der nach einem Schiffbruch an den Strand gespült wurde und nun in der Nähe von → Archytas' Grabmal unbestattet daliegt. Man glaubte, daß die Seele des Toten erst nach der Bestattung (symbolisch dafür das Bestreuen mit „drei Handvoll vom Staube") in die Unterwelt gelangen und Ruhe finden könne.
21 *illyrische Wogen* – Das Adriatische Meer.

29 (h) 15 *span'sche Rüstung* – Ein Kettenpanzer aus Spanien.

30 (f) ———

31 (h) 1 *Weihefest Apollos* – Das Fest bei der Einweihung des von Augustus auf dem Palatin errichteten Apollotempels im Oktober 28 v. u. Z.

31 (h) 2 *wenn jungen Wein er aus der Schale gießt* – Am Altar wurde ein Trankopfer dargebracht, für das man gewöhnlich frischen Wein nahm.

4 *sardische Segensfluren* – Die fruchtbaren Ländereien Sardiniens, neben Nordafrika und Sizilien bedeutender Getreidelieferant Roms.

32 (f) 10 *Knabe* – Amor.

33 (b) 5 *schmale Stirn* – Eine schmale Stirn galt in der Antike als Merkmal weiblicher Schönheit.

34 (h) 2 *Narrenweisheit* – Vgl. Einleitung S. XVf.

35 (h) 13 *Säule* – Symbol der Herrschaft.

29 *der nach Britannien zieht* – Augustus plante für 27/26 v. u. Z. einen Feldzug nach Britannien, gab sein Vorhaben jedoch wieder auf.

36 (d) 9 *die Toga gewechselt* – Die jungen Römer legten bei der Aufnahme in die Gemeinschaft der Erwachsenen die Knabentoga ab und die Männertoga an.

10 *weiße Kreide* – Weiß galt als Farbe der Freude.

37 (h) 6 *die Königin* – Kleopatra VII. (69–30 v. u. Z.), seit 51 ägyptische Königin.

12 *als den Flammen kaum ein einziger Kiel entkam* – Gemeint ist die Schlacht, in der Octavian 31 v. u. Z. bei dem westgriechischen Kap Actium → Antonius 1) und Kleopatra besiegte.

38 (f) ———

ZWEITES BUCH

1 (h) 4 *Bündnis der Mächtigen* – → Pollios Geschichtswerk setzte mit dem Jahre 60 v. u. Z. ein; in diesem Jahr schlossen Iulius Caesar, Pompeius und Crassus das sogenannte 1. Triumvirat.

6 *ein Werk ... voll gefährlichen Würfelspiels* – Es war ein riskantes Unternehmen, die erst so kurze Zeit zurückliegenden Unruhen des Bürgerkriegs darzustellen, ging es doch dabei um Gegensätze, die noch im Bewußtsein der Zeitgenossen hafteten, und um Ereignisse, in denen die Wurzeln für die neue Herrschaftsform des Prinzipats zu sehen waren.

17 *Schon jetzt betäubst ...* – Hier wird angespielt auf die Entscheidungsschlacht bei Pharsalus in Thessalien (48 v. u. Z.), in der Iulius Caesar über Pompeius siegte.

1 (h) 25 *Juno..., den Afrern freund* – Juno als die Schutzgöttin Karthagos.

27 *sie brachten nun der Sieger Enkel Iugurtha zum Totenopfer* – In der Schlacht bei Thapsus an der nordafrikanischen Küste (46 v. u. Z.) wurde die Macht der republikanischen Optimaten, die nach der Meinung des Horaz für → Iugurthas Kampf gegen Rom und seinen Tod verantwortlich waren, endgültig gebrochen.

2 (f) 11 *die punischen Lande beide* – Nach ihrer Niederlage im 1. Punischen Krieg (241 v. u. Z.) faßten die Karthager auch auf der Iberischen Halbinsel Fuß, wo sie viele Siedlungsstädte gründeten.

3 (h) 28 *Nachen* – Das Boot des Charon, der auf den Flüssen der Unterwelt Fährmann war.

4 (f) 7 *Beutemädchen* – Kassandra, eine Tochter des trojanischen Königs Priamus, die dem Agamemnon als Teil der Beute zufiel.

5 (h) ———

6 (f) ———

7 (h) 10 *als ich ... ruhmlos den Schild verlor* – Eine Reminiszenz an → Archilochus und → Alcaeus, die den Schildverlust als Symbol in die Literatur einführten. Als Militärtribun trug Horaz selbst keinen Schild.

26 *zum König küren* – Der Vorsitz beim Gelage wurde durch Würfeln bestimmt; der beste Wurf führte die Bezeichnung „Venus“.

8 (f) ———

9 (h) 13 *der einst drei Leben geschaut* – → Nestor.

10 (f) ———

11 (h) 2 *das Ostmeer* – Das Adriatische Meer.

18 *kühlt ... die Falernerbecher* – Der schwere Wein soll mit Wasser gemischt werden.

12 (b) 3 *das sizilische Meer, rot von des Puniers Blut* – Mit einer siegreichen Seeschlacht westlich von Sizilien entschieden die Römer 241 v. u. Z. den 1. Punischen Krieg zu ihren Gunsten.

20 *Dianafest* – Wohl anläßlich der Stiftung eines Tempels der Göttin begangen.

13 (h) 34 *das hundertköpfige Ungetüm* – → Cerberus.

14 (h) 9 *düstrer Strom* – → Acheron.

11 *Schiff* – Der Nachen des Charon (vgl. Anm. zu O. II 3,28).

14 (h) 16 *schädlicher Hauch* – Wenn im September der fieberbringende Südwind wehte, verließ, wer es sich leisten konnte, die Hauptstadt und suchte das günstigere Klima an der See oder in den Bergen auf.

24 *die verhaßte Zypresse* – Die Zypresse war den Göttern der Unterwelt heilig; ihre Zweige schmückten den Scheiterhaufen.

15 (h) 4 *der unfruchtbaren Platane weicht die Ulme* – Die Platane war ein reiner Zierbaum, während man an der Ulme Weinreben emporzog.

17 *gemeines Gras* – Horaz denkt an die schlichten Häuser der Vorfahren, für deren Bau – auf dem Lande – neben anderem billigen Material auch Gras Verwendung fand.

16 (f) 9 *des Konsuls Liktor* – Dem Konsul schritten in der Öffentlichkeit zwölf Liktoren voraus. Sie trugen die Fasces, mit Lederriemen umwundene Rutenbündel, das Abzeichen der höchsten Amts- und Strafgewalt.

17 (h) 25 *beim Schauspiel* – Vgl. Anm. zu O. I 20,3.

27 *der Baum* – Vgl. Ode II 13.

18 (m) 3 *Balkenwerk* – Hierunter sind den Säulen aufliegende Bauelemente aus Marmor zu verstehen. Dabei kontrastierte die blaue Farbe des hymettischen Marmors, aus dem diese Querbalken bestanden, lebhaft mit dem Gelb des afrikanischen (numidischen) Steins, aus dem die Säulen gearbeitet waren.

4 *Säulen, zugehaun im fernsten Afrika* – Säulen aus gelbem numidischem Marmor.

13 *mächt'ger Freund* – → Maecenas.

24 *springst ... über deines Schützlings Rain* – Auf Kosten der kleineren Grundbesitzer vergrößerten die Latifundienbesitzer ihr Gebiet. Sie vertrieben auch eigene Klienten von Haus und Hof.

36 *Orkus' Fährmann* – Charon, vgl. Anm. zu O. II 3,28.

19 (h) 13 *der seligen Gattin Schmuck* – Die Krone der Ariadne, die ihr Theseus geschenkt hatte; als sich Bacchus der auf Naxos verlassenen kretischen Königstochter zugesellte, warf er die Krone zum Himmel empor, wo sie unter die Sternbilder aufgenommen wurde.

17 *beugst die Ströme, zwingst das Barbarenmeer* – Nach der Sage soll Bacchus die Flüsse Hydaspes und Orontes aufgehalten und die Stürme des Indischen Ozeans besänftigt haben.

19 (h) 29 *im Schmucke des goldnen Horns* – Bacchus pflegt seine Gabe, den Wein, aus einem goldenen Trinkhorn auszuschenken.

20 (h) ———

DRITTES BUCH

1 (h) 10 *auf das Marsfeld ... zur Wahl* – Auf dem Marsfeld wurden die Komitien durchgeführt, bei denen die römischen Bürger über die Besetzung der staatlichen Ämter entschieden.

17 *über frevlem Nacken ein blankes Schwert* – Anspielung auf die bekannte Geschichte von Damokles, über dessen Haupt der Tyrann von Syrakus ein scharfes Schwert an einem Pferdehaar aufhängen ließ, um die ständige Gefahr zu demonstrieren, die über einem Herrscher schwebe.

18 *sizilisch Mahl* – Sprichwörtlich für üppigen Tafelluxus.

2 (h) 32 *Strafe ... lahmen Fußes* – Die Strafe ereilt den Sünder, auch wenn sie der Tat nicht immer sofort folgt, sondern oft erst später, gleichsam gelähmt, nachfolgt.

3 (h) 19 *Buhle* – → Paris.

20 *fremdes Weib* – → Helena.

25 *spartische Buhlerin* – → Helena.

26 *verrufner Gastfreund* – → Paris.

31 *Sohn der troischen Priesterin, mein ... Enkel* – Romulus, der Sohn der Vestalin Rhea Silvia, die als Nachfahrin des → Aeneas trojanischer Herkunft war, und des Kriegsgottes Mars, des Sohns der Juno. Er genoß als → Quirinus göttliche Ehren.

61 *der Vögel Flug* – Von den Etruskern hatten die Römer den Brauch übernommen, aus dem Vogelflug den Willen der Götter zu deuten.

4 (h) 27 *der verfluchte Baum* – Vgl. Ode II 13.

37 *barg ... sein Heer ... im Schoß der Städte* – Nach dem Sieg über → Antonius 1) siedelte Octavian seine Kriegsveteranen, mehr als 10000 an der Zahl, auf dem Gebiet zahlreicher italischer Landstädte an.

49 *grimme Brut der Riesen* – Die → Giganten.

51 *Brüderpaar* – Die Riesen Otos und Ephialtes.

61 *kastalischer Quell* – Die Musenquelle am Parnaß bei Delphi.

4 (h) 62 *lykisches Buschgehölz* — Lykien, insbesondere die im folgenden genannte Stadt Patara, war Hauptsitz des kleinasiatischen Apollokults.

63 *seine Heimat* — → Delos.

73 *die Erde* — Gaea als die Mutter der → Giganten („Riesenvolk") und der → Titanen.

5 (h) 10 *geweihter Schild* — Nach der Sage waren dem römischen König → Numa Pompilius vom Himmel die heiligen Schilde der → Salier gesandt worden.

6 (h) 33 *die Jugend ..., die einst das Meer mit punischem Blut gefärbt* — Die Gefallenen der Seeschlachten des 1. Punischen Kriegs (264—241 v. u. Z.).

7 (c) 5 *Ziegengestirn* — Der Frühaufgang der Kapella und der Böcklein (Haedui) im Sternbild des Fuhrmann nach dem Herbstäquinoktium fiel mit dem Beginn der stürmischen Jahreszeit zusammen.

8 (f) 1 *Märzkalenden* — Am 1. März (Kalendae feminarum) feierten die römischen Frauen ein der Juno geweihtes Fest, die Matronalien.

7 *als ... verfehlte* — Vgl. Ode II 13.

10 *löse ... das Pech* — Die Weinkrüge wurden mit Kork verschlossen und mit Pech abgedichtet.

19 *Meder, kämpfend in Zwietracht* — → Tiridates.

9 (d) 4 *Perserfürst* — → Achaemenes.

7 *klang mein ... Name rings* — Lydia war von Horaz in Gedichten gefeiert worden.

10 (b) 10 *Spannst das Seil du ...* — Das Bild ist von der Winde entlehnt.

11 (f) 13 *Du zwingst Tiger ...* — → Orpheus.

12 (n) 2 *Venus' Flügelknabe* — Amor.

13 (c) ———

14 (f) 5 *sein Weib* — Livia.

7 *Schwester* — Octavia.

8 *heilige Binden* — Ein religiös bedeutsamer Kopfschmuck, wie ihn auch Vestalinnen und Priester trugen; auch Gegenstände religiösen Charakters wie Altäre, Fackeln usw. wurden bei den Römern mit heiligen Binden (vittae) umwunden.

15 (d) ———

16 (b) 11 *des argivischen Sehers Haus* — Die Familie des Amphiaraus; dieser ließ sich von seiner Gattin, die von Polyneikes mit dem Halsband der Harmonia bestochen worden war,

zur Teilnahme am Zug gegen Theben bestimmen; auf dem Feldzug wurde er von der Erde verschlungen. Sein Sohn Alkmeon tötete die Mutter; aber auch ihm wurde das Geschmeide zum Verhängnis.

17 (h) 3 *laut Chronik* – Wenn Horaz den Namen der Lamier auf Lamus, den König der menschenfressenden Lästrygonen (Homer, Odyssee X 81), zurückführt, so parodiert er damit die seinerzeit in Rom grassierende Sucht, den Ursprung römischer Familien durch kühne Etymologie ihres Namens an Personen des Mythus anzuknüpfen.

18 (f) 13 *friedlich schweift der Wolf* – Als Lupercus („Wolfsabwehrer") schützt Faunus die Herden vor Wölfen; die Darstellung erinnert an den Mythus vom Goldenen Zeitalter, als Wölfe und Schafe und alle Tiere in friedlicher Gemeinschaft lebten.

19 (d) 12 *Misch die Becher mit drei oder mit neun Maß Wein* – Man mischte dem Wein Wasser bei, und zwar nahm man ein Viertel Wein (d. h. von zwölf Teilen drei, was der Zahl der Grazien entsprach) für die leichtere und drei Viertel Wein (d. h. von zwölf Teilen neun, was der Zahl der Musen gleichkam) für die schwerere Mischung.

20 (f) 11 *des Wettkampfs Richter* – Nearch, Objekt des Streits, entscheidet durch seine Neigung gleichzeitig über den Ausgang des Kampfes.

21 (h) ———

22 (f) 4 *dreifache Göttin* – Diana als Gottheit der Jagd, des Mondes und der Geburtshilfe.

7 *der zum Stoß sich schon rüstet* – Der Frischling ist schon so alt, daß ihm die Hauer wachsen.

23 (h) 19 *frommes Mehl, ein sprühend Salzkorn* – Symbole einer Opfergabe, die auf dem Altar verbrannt wurden, wobei das Salz in der Opferflamme sprühte.

24 (d) ———

25 (d) ———

26 (h) 5 *meergeborene Göttin* – Venus.

27 (f) 10 *der Vogel, der des Regens Nähe erahnt* – Die Krähe, die zum Wasser fliegt, wenn Regen bevorsteht.

41 *im Traum entschreitend aus der elfenbeinernen Pforte* – Von den Traumespforten des Hades spricht Homer in der Odyssee (XIX 564 f.). Aus der elfenbeinernen Pforte kommen angeblich die „falschen", trügerischen Träume.

68 *ihr Knabe* – Amor.

28 (d) 1 *Fest Neptuns* – Ein volkstümliches Fest, das man am 23. Juli feierte.

10 *des Meers Töchter* – Die Nereïden.

29 (h) ———

30 (a) 9 *schweigende Frau* – Die Vestalin.

VIERTES BUCH

1 (d) 40 *Strom* – Der Tiber.

2 (f) 35 *die heil'ge Höh* – Das → Capitolium.

44 *Streit der Parteien* – Das Forum Romanum war Gerichtsplatz; an Staatsfeiertagen durften keine Verhandlungen stattfinden. Die Feierlichkeiten, die Horaz hier für die Rückkehr des Augustus aus Gallien (13 v. u. Z.) erwartete, blieben dann allerdings aus.

3 (d) 8 *delisches Laub* – Laub des Lorbeerbaums.

4 (h) 55 *die Söhne und die greisen Väter* – → Aeneas rettete beim Untergang Trojas die Hausgötter, seinen Vater Anchises und seinen Sohn Ascanius (Iulus).

57 *schöpft wie der ... Eichenstamm ... Kräfte* – Steineichen, denen die Äste abgehauen wurden, um Brennholz zu gewinnen, schlugen um so üppiger wieder aus.

5 (b) 1 *weilst du fern* – Augustus hielt sich in den Jahren 16 bis 13 v. u. Z. in Gallien und Spanien auf.

gütiger Götter Sproß – Augustus als Angehöriger des Geschlechts der → Julier.

3 *hoher Rat unsrer Väter* – Der römische Senat.

31 *lädt dich ... im Götterkreis* – Unter die Götter, denen beim Nachtisch das Speiseopfer dargebracht wurde, reiht man auch Augustus ein, der somit göttliche Ehren erfährt.

6 (f) 13 *im Rosse versteckt* – Auf Anraten der Minerva stellten die Griechen vor Troja ein hölzernes Pferd als angebliches Weihegeschenk her, das die Trojaner mitsamt den darin versteckten griechischen Helden zu ihrem eigenen Verderben in die Stadt zogen.

23 *neue Mauern* – Lavinium in Latium, von wo aus Alba Longa, die Mutterstadt Roms, gegründet wurde.

31 *Edle Jungfraun ihr und ihr Knaben ...* – Der Chor der Knaben und Mädchen, dem der Vortrag des Säkulargesangs übertragen war.

6 (f) 35 *lesbisches Maß* – Das Versmaß des Säkulargesangs war die sapphische Strophe, die Horaz der Dichterin Sappho aus Lesbos nachgestaltete.

36 *Schlag meines Daumens* – Die Saiten der Lyra wurden mit den Fingern der linken Hand, hauptsächlich mit dem Daumen, gerissen.

38 *der Nachtzeit Göttin* – Diana als Mondgöttin.

42 *Hundertjahrsfest* – Vgl. Anm. zum Säkulargesang.

7 (k) ———

8 (a) 3 *Dreifüße* – Kessel aus Bronze mit drei Füßen dienten als Weihegaben für die Götter und als Ehrengaben für Sieger.

18 *der von Afrikas Sturz den Namen gewann* – → Africanus; vgl. Zu dieser Ausgabe S. 407.

31 *Zwillingsgestirn* – Die → Dioskuren.

9 (h) 3 *vordem nicht bekannte Weisen* – Horaz war der erste römische Dichter, der sich die griechisch-äolische Lyrik eines Alcaeus und einer Sappho zum Vorbild nahm.

12 *äolische Maid* – → Sappho.

18 *Ilion wurde nicht einmal nur verheert* – Bereits unter Laomedon, dem Vater des Priamus, wurde Troja von Herkules und Telamon erobert. Die Ausgrabungen haben die mehrfache Zerstörung Trojas historisch nachgewiesen.

10 (e) 3 *als Opfer* – Den römischen Knaben wurde, im Alter von 14 bis 16 Jahren, beim Eintritt ins Erwachsenenalter gleichzeitig mit der Anlegung der Männertoga das lange Haar gestutzt und den Göttern als Gabe geweiht.

11 (f) 14 *zu feiern den Tag der Iden* – → Maecenas war am 13. April geboren.

12 (b) 11 *der Gott, welcher die Herden … liebt* – Pan (Faunus).

18 *Sulpiz'sches Gewölb* – Die Sulpizier besaßen große Speicherhäuser in Rom.

26 *düstre Glut* – Die Flamme des Scheiterhaufens und ihr Rauch stehen symbolisch für Tod und die Unterwelt.

13 (c) ———

14 (h) 1 *Väter* – Die Senatoren.

16 *der Zeichen Segen* – Vor allen wichtigen (staatlichen) Ereignissen wurde durch Auspizien die Meinung der Götter ergründet.

34 *am gleichen Tag* – Am 1. 8. 30 v. u. Z. zog Octavian nach seinem Sieg über → Antonius 1) und Kleopatra in Alexandria ein.

15 (h) 6 *die Adler* – Bei der Niederlage des Crassus im Jahre 53 v. u. Z. bei Carrhae (Mesopotamien) waren den Parthern römische Legionsadler in die Hände gefallen.

Säkulargesang

(f) Augustus ließ im Jahre 17 v. u. Z., nachdem sich die Lage des Imperium Romanum nach außen und im Inneren konsolidiert hatte, mit den Säkularspielen ein großes religiöses Fest feiern, das den Beginn eines neuen Zeitalters symbolisieren sollte. Er erneuerte damit eine Tradition, die seit 249 v. u. Z. nachweisbar ist, als die Römer während des 1. Punischen Krieges zur Versöhnung unterirdischer Mächte ein Fest begingen, das dann hundert Jahre später wiederholt wurde, im Jahre 49 v. u. Z. aber wegen der Bürgerkriegswirren nicht stattfinden konnte. Als Augustus die Feier in erweiterter und veränderter Form nachholte, wurde Horaz mit der Abfassung des Festliedes und der Einstudierung des Chores beauftragt.

6 *sieben Hügel* – Das antike Rom war auf den sieben Hügeln Palatin, Capitol, Aventin, Caelius, Esquilin, Viminal und Quirinal errichtet.

17 *unsrer Väter Ratschluß ... Ehgesetze* – Im Jahre 18 v. u. Z. waren durch den Senat Verordnungen zur Förderung der Ehen und zur Mehrung der Geburten bei gleichzeitiger empfindlicher Zurücksetzung der Ehe- und Kinderlosen erlassen worden.

21 *nach elf Jahrzehnten* – Um den Termin seiner Säkularfeier zu motivieren, ließ Augustus nach etruskischem Vorbild die Dauer eines Saeculums auf 110 Jahre festsetzen. Demnach hätten Säkularfeste 457, 347, 237, 127 v. u. Z. stattgefunden.

59 *gefülltes Horn* – Die Göttin des Überflusses trug ein Füllhorn als ständiges Attribut.

70 *Fünfzehn Männer* – Ein Priesterkollegium, dem die Aufsicht und Auslegung der Sibyllinischen Bücher oblag.

Epoden

1 (o) 2 *hohe Schiffskolosse* – Im Gegensatz zu Octavian, der seine Flotte vorwiegend mit leichten und schnellen Schiffen ausgerüstet hatte, stützte sich Antonius' Streitmacht, als er vor der Entscheidungsschlacht von Actium (31 v. u. Z.) an der Westküste Griechenlands in Stellung ging, auf schwere Acht- und Zehnruderer.

27 *Glutgestirn* – Der Hundsstern Sirius, mit dessen Frühaufgang am 26. Juli die heißeste Zeit des Sommers, die Hundstage, beginnt.

2 (o) 7 *Vorgemach von mächt'gen Bürgern* – Um jeden einflußreichen Römer scharte sich ein Kreis von Klienten, die von ihm abhängig waren und zu Konsultationen und Aufwartungen bei ihm zu erscheinen hatten.

9 *vermählt ... dem ... Pappelbaum der Rebe ... Schoß* – An Ulmen und Pappeln zog der Winzer die Reben in die Höhe.

59 *des Grenzgotts Fest* – Die Terminalien zu Ehren des Gottes Terminus am 23. Februar.

3 (o) 4 *Schnittermägen* – Horaz bekam also von Maecenas eine Kost vorgesetzt, wie sie die bei der Ernte beschäftigten Landarbeiter und Tagelöhner erhielten. Solche Speise war mit Knoblauch stark gewürzt.

13 *Kebse* – Die korinthische Königstochter Glauke, die von → Medea getötet wurde.

4 (o) 3 *am Leib gezeichnet vom Ibererstrick, am Fuß vom Fesselring* – Es handelt sich um einen freigelassenen Sklaven. Ungehorsamen Sklaven wurden zur Strafe Stricke und Fußfesseln angelegt.

7 *die Toga, die sechs Ellen weit* – Die ungewöhnliche Weite der Toga ergab einen überreichen Faltenwurf und wirkte stutzerhaft.

8 *Heil'ge Straße* – Hauptgeschäftsstraße des antiken Rom, an der Nordseite des Forum Romanum gelegen.

11 *der Schergen drei* – Ein Dreimännerkollegium hatte für die Bestrafung von Sklaven zu sorgen, die bei Nacht als Herumtreiber aufgegriffen wurden.

19 *Räubervolk und Sklaventroß* – So spricht Horaz verächtlich vom Heer des Sextus Pompeius, den Octavian in den Jahren 37/36 v. u. Z. bekämpfte und schließlich bei Mylae besiegte.

4 (o) 20 *Kriegstribun* – Der von Horaz verspottete Emporkömmling hatte es bis zum Kriegstribunen gebracht. Daß ein Freigelassener in dieses militärische Amt berufen wurde, war ungewöhnlich und erregte Anstoß.

5 (o) 7 *nicht'ge Purpurzier* – Der Purpurbesatz der Toga weist den Knaben, der diese Worte spricht, als freigeboren aus.

9 *zweite Mutter* – Die Stiefmutter als Typus für unversöhnlichen Haß.

18 *Zypressenholz* – Die Zypresse war dem Hades heilig und wurde als Schmuck des Scheiterhaufens verwendet.

6 (o) ———

7 (o) 1 *Was greift aufs neu die Hand zum ... Schwert* – Nach den Bürgerkriegen, die auf die Ermordung Caesars (44 v. u. Z.) folgten, war es in den Jahren 40 bzw. 39 v. u. Z. endlich zu Friedensvereinbarungen zwischen Octavian, Antonius und Sextus Pompeius gekommen. Die Ruhe war jedoch trügerisch, und bereits 38 v. u. Z. standen sich Octavian und Pompeius wieder feindlich gegenüber. In dieser Situation erhebt Horaz mahnend seine Stimme.

8 *Heil'ge Straße* – Vgl. Anm. zu E. 4,8.

8 (o) 11 *triumphgezierter Ahnen Bild* – Im Bestattungszug vornehmer Römer schritten Personen, die, in Verkleidung und mit Wachsmasken vor den Gesichtern, die Ahnen des Verstorbenen darstellten.

9 (o) 5 *dorisch Lied* – Feierlich-getragene Tonart der Lyra, im Gegensatz zu den leidenschaftlichen lydischen und phrygischen Klängen der Flöte.

10 *flücht'ge Sklaven* – Vgl. Anm. zu E. 4,19.

12 *Weib* – Kleopatra VII. (69–30 v. u. Z.), seit 51 ägyptische Königin.

16 *Mückenzelt* – Diese Unterkunft für Kleopatra, die bei → Antonius 1) im Feldlager weilte, war für ein römisches Heer gleichermaßen untypisch und unwürdig.

18 *gesellten ihm ihr ... Roß* – Vor der Schlacht von Actium (31 v. u. Z.) trat der Galaterkönig Amyntas mit 2000 Soldaten von → Antonius 1) zu Octavian über.

10 (o) ———

11 (p) 18 *Ehrgefühl* – Der Verliebte möchte sich einreden, daß Treue und anständige Gesinnung ihn bislang zwangen, trotz aller Zurücksetzung bei der Geliebten auszuharren.

11 (p) 21 *Pforte* – Inachias Haustür.

12 (q) ———

13 (r) 11 *der berühmte Zentaur* – Chiron, der Lehrer des Achilles.

16 *die dunkle Mutter* – → Thetis als Meeresgöttin.

14 (s) 6 *ein Gott* – Amor.

7 *jenes versprochene Buch, die … Jamben* – Die Epoden.

12 *ungefeilt die Lieder* – → Anakreons Lieder für → Bathyllus sind über die Form der Improvisation nicht hinausgekommen, nie für eine Herausgabe überarbeitet worden. Ihre Existenz bezeugen lediglich hellenistische Biographen.

13 *die Flamme* – → Helena.

15 (s) ———

16 (t) 1 *ein zweites Geschlecht verzehrt sich im Kriege* – Die Epode entstand wenige Jahre nach dem Tod Iulius Caesars (44 v. u. Z.), in denen der Bürgerkrieg erneut ausgebrochen war (vgl. Anm. zu E. 7,1). Der Kampf wurde nunmehr schon in der zweiten Generation (seit dem Bürgerkrieg zwischen Marius und Sulla, der im Jahre 88 v. u. Z. begann) ausgetragen.

46 *am eignen Stamm* – Auf den Inseln der Seligen sollen auch die wilden Feigenbäume eßbare Früchte getragen haben, nicht nur die bei Veredelung eingepflanzten „fremden“ Zweige.

61 *Stern* – Vgl. Anm. zu E. 1,27.

64 *das goldne Alter* – Nach antiker Sage wird die Menschheitsgeschichte eingeteilt in ein Goldenes Zeitalter des Glücks und weiter, mit allmählicher Verschlechterung bis zum völligen sittlichen Verfall durch Habgier, Krieg u. ä., in ein Silbernes, Bronzenes und Eisernes Zeitalter.

17 (u) 7 *Kreisel* – Bei Liebes- und anderen Zaubern spielte ein magischer Kreisel, der die willenlose Unrast des Bezauberten symbolisierte, eine wichtige Rolle.

13 *ihr König* – → Priamus.

44 *Sänger* – → Stesichorus.

47 *am neunten Tag* – Am neunten Tag nach dem Tode fanden die Bestattungsfeierlichkeiten durch Opfer und Leichenschmaus ihren Abschluß.

Satiren

ERSTES BUCH

1 (v) 11 *da Bürgen gestellt sind* – Um termingerechtes Erscheinen zur Verhandlung zu garantieren, wurden nach römischem Rechtsbrauch Bürgen benannt.

36 *Wassermann* – Mit dem Eintritt der Sonne in das Sternbild des Wassermanns (Mitte Januar) beginnt in Italien die Regenzeit.

2 (v) 14 *Sechzig von Hundert* – Die Zinssätze bei Geldgeschäften lagen in Rom beträchtlich über den heute üblichen. Zur Zeit des Horaz beliefen sie sich normalerweise auf 12 Prozent jährlich. Mit seinen 60 Prozent stellt Fufidius allerdings außergewöhnlich hohe Forderungen.

17 *die Toga der Männer* – Spätestens bei Erreichen des 17. Lebensjahres legte der römische Jüngling die purpurverbrämte Knabentoga ab und die weiße Männertoga an. Wenn der Wucherer an junge Gläubiger Geld verlieh, rechnete er auf eine lange Laufzeit des Kredits (etwa bis der Sohn erbte) und damit auf eine hohe Zinssumme.

29 *denen die Knöchel ... verhüllt sind* – In Rom trugen verheiratete Frauen lange Gewänder.

36 *Röcke, die weiß sind* – Diese Farbe hatte die Stola, das knöchellange Gewand der römischen Matrone; die Freigelassene trug dagegen dunkelfarbige oder bunte Kleidung.

63 *togabekleidete Mägde* – Die Toga war das Kleid der Dirnen und Freigelassenen; für die Kleidung der Matrone war dagegen die Stola charakteristisch (vgl. Anm. zu Vers 36).

71 *Konsul* – → Sulla.
Stola – Vgl. Anm. zu Vers 36.

130 *um ihre Knochen bangt* – Sklaven konnten zur Strafe die Schenkel gebrochen werden.

131 *um die Mitgift* – Bei einer Ehescheidung wegen Sittenlosigkeit der Frau konnte dem Mann ein Teil der Mitgift zugesprochen werden.

134 *Pech ist es ...* – Hier wird die auch von → Fabius vertretene stoische These ironisiert, daß den Weisen kein Unglück von außen treffen könne.

3 (v) 7 *Eier … Äpfel* – Nach römischer Tafelsitte gehörten Eier zur Vorspeise, Äpfel zum Nachtisch.

10 *als trüg er … Geweihtes im Festzug* – Bei feierlichen Prozessionen führten junge Mädchen kultische Symbole in Körben auf dem Kopf mit (Kanephoren).

12 *Tetrarch* – Titel orientalischer Fürsten.

13 *Tisch … mit drei Füßen* – Dreibeinige Tische gehörten zu den einfachen Möbeln. In vornehmen Häusern waren einbeinige Tische mit kostbaren Platten im Gebrauch.

88 *der Erste* – Der Monatserste war gewöhnlich Zahlungstermin.

96 *„Alle Vergehn sind fast gleich“* – Die Stoiker vertraten den Grundsatz, daß alle Vergehen, welcher Art sie auch seien, gleich bewertet werden müßten, eine Auffassung, die von den Epikureern und hier von Horaz zurückgewiesen wurde.

99 *Als aus der jungen Erde …* – Horaz trägt hier die epikureische Auffassung von der Entstehung und Entwicklung des Menschengeschlechts vor.

124 *der Weise* – Im stoischen Weisen sind nach dem Dogma der Schule alle Vollkommenheiten vereinigt. Diese Behauptung wird von Horaz im folgenden persifliert.

134 *Bart … Prügel* – Ein langer Bart und ein Stock waren als Attribute der Philosophen geläufig.

4 (v) 2 *Alte Komödie* – Von der Literaturwissenschaft wird die attische Komödie des 5. Jahrhunderts v. u. Z. (mit dem hier genannten → Aristophanes als Hauptvertreter) als Alte Komödie bezeichnet im Unterschied zur Mittleren und Neuen Komödie des 4. Jahrhunderts v. u. Z. (Hauptvertreter → Menander). Die altattische Komödie zeichnete sich durch außerordentlich drastischen Spott und politisches Engagement aus.

7 *Maß nur und Rhythmus verändernd* – → Lucilius bevorzugte den daktylischen Hexameter, die attische Komödie dagegen den jambischen Trimeter.

15 *Tafel* – In der Antike wurden als Schreibmaterial wachsüberzogene Holztäfelchen benutzt, in die man mit einem Metallgriffel die Buchstaben eingrub.

22 *Kassetten* – Kästen, die die Papyrusrollen eines Werkes enthielten.

34 *Heu … um seine Hörner!* – Stößigen Ochsen wurde als Schutz und Warnung Heu um die Hörner gewunden.

4 (v) 61 *„Nachdem die grausige Zwietracht ...“* – Zitiert wird ein Vers aus → Ennius' nur bruchstückhaft erhaltenem Epos „Annales“ (Fragm. 266).

63 *Ein andermal, ob ...* – Dieses Versprechen ist von Horaz nicht eingelöst worden.

86 *zwölf an der Tafel* – Im Speisezimmer der Römer waren drei Sofas in Hufeisenform aufgestellt, jedes für drei Personen gedacht. Wenn hier zwölf um den Tisch Platz nahmen, deutet das auf einen vertrauteren Kreis, in dem der derbe Spott um so mehr verwundern mußte. Vgl. auch die Anm. zu S. II 8,20.

88 *welcher das Wasser kredenzt* – Der Hausherr ließ zu Beginn der Mahlzeit seinen Gästen Wasser zum Händewaschen reichen.

91 *Spotte ich, weil ...* – Vgl. S. I 2,27.

101 *Grünspan* – Der Begriff wird als Symbol für Neid und Mißgunst verwendet.

142 *nach Art der Juden* – Horaz spielt auf die jüdische Gemeinde an, die es spätestens seit dem 1. Jahrhundert v. u. Z. in Rom gab.

5 (v) 1 *Hinter mir lagen die Tore der Hauptstadt* – Horaz verläßt wahrscheinlich im Frühjahr 37 v. u. Z. Rom, um sich dem Gefolge des Maecenas anzuschließen (vgl. Vers 27), der im Auftrag Octavians zu Verhandlungen mit Parteigängern des → Antonius 1) nach Brundisium reiste. Für Antonius leitete der später ebenfalls erwähnte Lucius → Cocceius Nerva die Verhandlungen, bei denen es um Waffenhilfe des Antonius für Octavian gegen Sextus Pompeius ging. Es war sogar eine Zusammenkunft zwischen den beiden Triumvirn selbst geplant.

11 *Schiffer* – Durch die Pontinischen Sümpfe zwischen Forum Appi und Anxur benutzten die Reisenden einen Kanal.

13 *das Maultier geschirrt* – Der Kahn wurde durch ein Maultier vom Ufer aus gezogen.

28 *hochgewichtige Sendung* – Vgl. Anm. zu Vers 1.

36 *purpurner Streifen* – Die purpurverbrämte Toga (toga praetexta) war das Zeichen der Magistratur.

Pfannen mit Feuer – Den Beamten wurden Fackeln und Kohlenpfannen, in denen das Feuer zum Anzünden aufbewahrt wurde, vorangetragen.

5 (v) 46 *Holz ... und Salz nach der Satzung* – An der Kampanischen Brücke, die über den Savo (jetzt Savone) führte, war ein Gehöft durch Vertrag verpflichtet, durchreisenden Magistraten und in amtlicher Mission befindlichen Personen Hilfe zu gewähren. Diese Leistungen wurden unter dem Begriff „Holz und Salz“ zusammengefaßt.

55 *Herrin – noch lebt* – Sarmentus ist also ein Freigelassener, d. h. niederer Abkunft.

62 *kampanische Krankheit* – Eine nicht näher bekannte Krankheit, die offenbar körperliche Entstellungen hinterließ.

63 *den Zyklopen ... zu spielen* – Es ist wohl an die Nachahmung von Szenen aus einem Satyrspiel zu denken, in dem der Zyklop Polyphem (als verschmähter Liebhaber der Galatea?) auftrat. Der häßliche und hünenhafte Messius benötigte dafür weder die im antiken Theater übliche Maske noch den Kothurn.

65 *seine Kette ... geopfert* – Messius' Bemerkung zielt auf den früheren Stand des Sarmentus (vgl. Vers 55). Die Kette, die nur von den niedrigsten oder von bestraften Sklaven getragen werden mußte, wird als Kennzeichen der Knechtschaft überhaupt hingestellt. Die Frage nach ihrer Opferung unterstellt ein entsprechendes Gelübde, das ein gefesselter Sklave für den Fall seiner geglückten Flucht tut.

67 *Recht seiner Herrin* – Wenn Sarmentus, wie Messius behauptet, nicht freigelassen, sondern entlaufen war, so blieb die Verfügungsgewalt seiner früheren Herrin über ihn natürlich fortbestehen und wurde nach Ergreifung des Flüchtigen sofort wieder wirksam.

69 *zwölf Unzen* – Ein römisches Pfund, etwa 330 g.

87 *Städtchen* – Gemeint ist wahrscheinlich Ausculum in Apulien, jetzt Ascoli di Satriano.

101 *sorglos die Götter ...* – Epikureische, von Lukrez vermittelte Lehre, nach der die Götter in sogenannten Intermundien leben, ohne sich um die Geschicke der Erde und der Menschen zu kümmern, und nach der alle Naturerscheinungen rational erklärbar sind.

6 (v) 20 *dem Neuen* – Mit dem Begriff des Neulings, des Emporkömmlings (homo novus) wurden in Rom diejenigen bezeichnet, die ohne Vorfahren senatorischen Rangs in die Ämterlaufbahn eintraten.

6 (v) 25 *Purpur* – Der breite Purpurstreifen an der Tunika war das Zeichen senatorischen Rangs; Tillius hatte diesen Status offensichtlich zunächst verloren und dann später über die Wahl zum Volkstribunen wiedererlangt.

27 *schwarze Riemen ... Purpursaum* – Merkmale der senatorischen Tracht.

39 *Bürger vom Felsen zu stürzen* – Hochverräter wurden in Rom durch Sturz vom Tarpeïschen Felsen hingerichtet.

48 *im Amt des Tribunen* – Horaz war Militärtribun im Heer des → Brutus gewesen.

101 *Pflichtbegrüßungen* – In Rom war es Sitte geworden, daß hochgestellte Persönlichkeiten Morgenbesuche von Freunden und Klienten empfingen.

107 *der weiße Steintisch* – Ein Tisch aus einfachem Marmor war ebenso wie der im folgenden genannte bronzene Hausrat aus Kampanien (Capua) Zeichen für bescheidne Haushaltung. In reichen Häusern gab es Tische aus kostbaren Hölzern und Silbergeschirr.

123 *salb ... mit Öl mich* – Vor den gymnastischen Übungen und Spielen auf dem Marsfeld wurde der Körper mit Öl gesalbt.

126 *Dreiballspiel* – Bei diesem Spiel standen die Spieler in den Spitzen eines Dreiecks.

7 (v) 8 *daß er ... im Schimmelgespann überholte* – Der sprichwörtliche Ausdruck wurde zur Bezeichnung des Überlegenseins und (an Pracht) Überbietens verwendet. Schimmelgespanne waren ein Privileg der Götter.

25 *Hundsstern* – Der Frühaufgang des Hundssternes Sirius am 26. Juli leitet die heißeste Zeit des Jahres ein.

31 *sein höhnendes „Kuckuck"* – Mit diesem Ruf wurden offenbar die Weinbauern verspottet, die noch in vorgeschrittener Jahreszeit, wenn der Kuckuck schon rief, mit dem Beschneiden der Reben beschäftigt waren.

34 *Könige ... vernichten* – Anspielung auf die Ermordung Iulius Caesars, dem nachgesagt wird, er habe die Königsherrschaft wieder einführen wollen. Im folgenden Vers wird auch die Vertreibung des letzten legendären römischen Königs, Tarquinius Superbus, durch Lucius Iunius Brutus in die Anspielung miteinbezogen.

8 (v) 7 *neu erst gegründete Gärten* – Auf dem Esquilin hatte Maecenas auf dem Gelände eines alten Friedhofs einen Park eingerichtet.

8 (v) 12 *Säule* – Eine vierkantige Säule mit Angaben über Weihung und Umfang der Grabstelle.

9 (v) 1 *Heilige Straße* – Vgl. Anm. zu E. 4,8.

18 *Gärten des Caesar* – Diese Anlage westlich des Tibers war durch Iulius Caesars testamentarische Verfügung dem Volk übergeben worden; sie lag ein beträchtliches Stück vom Forum entfernt.

39 *kann weder stehen* ... – Die Zeugen mußten der Gerichtsverhandlung stehend beiwohnen.

69 *Sabbat am Neumond* – Bei Neumond, am Monatsende, hielten die Juden Sabbat, Geschäftsruhe. → Aristius Fuscus gibt im Scherz vor, diesen Brauch ebenfalls zu befolgen. Sonst achteten die Römer keineswegs auf den Sabbat und führten auch Prozesse an diesem Tag.

76 *Der Herr hier ist Zeuge* – Ein nicht zum Prozeß erschienener Angeklagter konnte vom Kläger vor den Richter zitiert, gewissermaßen verhaftet werden. Für die Festnahme benötigte der Kläger das Zeugnis eines Anwesenden, der zum Beweis des Einverständnisses sein Ohr zum Berühren darbot. Die Geste bedeutete, daß der Betreffende daran denken werde, Zeuge in dieser Sache zu sein.

10 (v) 5 *gefeuchtete Riemen und Stricke* – Die „Erziehungsinstrumente“ wurden zur Erhöhung ihrer schmerzhaften Wirkung angefeuchtet.

24 *die Alte Komödie* – Das griechische Lustspiel im 5. und zu Beginn des 4. Jahrhunderts v. u. Z. mit → Aristophanes als Hauptvertreter.

26 *der Affe* – Wer mit dieser höhnischen Bezeichnung gemeint ist, wissen wir nicht.

51 *im jambischen Maß* – In Tragödien.

53 *Fluren und Felder* – Hier wird auf die Hirtendichtung des → Vergil Bezug genommen.

56 *der Gattung Begründer* – → Lucilius.

72 *Kapseln* – Behälter für die Buchrollen.

81 *wende nur häufig den Griffel* – Im Konzept schrieb der Dichter auf Wachstafeln. Dort erfolgte das Ausstreichen mit dem oberen platten Ende des Griffels.

84 *die Ritter* – Hier als die gebildeten Schichten des Volkes.

100 *Bursche* – Der Sklave, dem Horaz die Satire diktiert zu haben vorgibt.

ZWEITES BUCH

1 (v) 26 *sein Zwillingsbruder* – → Pollux.

33 *wie auf geweihtem Gemälde* – Die Römer weihten nach Errettung aus Gefahren in Tempeln oder an anderen öffentlichen Orten Bilder mit der Darstellung des Erlebten.

36 *dorthin ... entboten* – Venusia lag an der Grenze zwischen Lukanien und Apulien; die Römer hatten zu Beginn des 3. Jahrhunderts v. u. Z. dorthin eine Kolonie entsandt, um etwaigen Angriffen der kriegerischen Einwohner dieser Landschaften zu begegnen.

62 *jedem fortzureißen das Fell* – Nach einer alten Äsopischen Fabel hatte sich der Affe (oder der Esel) das Fell des Löwen übergeworfen; offensichtlich hatte → Lucilius dieses Motiv benutzt.

66 *der mit Karthagos Zerstörung verdient einen Namen sich machte* – → Africanus 2).

73 *entgürteten Kleides* – Die Freunde hatten die Toga und den Gürtel der Tunika abgelegt, den man in der Öffentlichkeit trug.

2 (v) 11 *Griechenspiel* – Weichliche Beschäftigung, z. B. griechische Gymnastik, wird dem harten römischen Dienst (Reiten und Jagen, auch als Vorbereitung für den Militärdienst) gegenübergestellt.

31 *Barsch, der das Maul aufreißt* – So liegt der gekochte und zubereitete Fisch auf der Platte.

32 *zwischen den Brücken* – Hier mündete die Cloaca Maxima in den Tiber; die von ihr mitgeführten Abfälle waren offensichtlich eine gute Nahrungsquelle für die Fische.

50 *ein durchgefallener Prätor* – Sempronius Rufus, der bei der Bewerbung um die Prätur abgelehnt worden war, soll die Sitte eingeführt haben, junge Störche zu essen.

51 *Tauchhuhn gebraten* – Dieser Wasservogel ist wegen seines tranigen Fleisches an sich wenig schmackhaft.

60 *mit höchsteigener Hand aus der zweipfünd'gen Flasche* – Es hätte sich gehört, einen Diener mit der Zurichtung des Salats zu beauftragen und außerdem das Öl in einem kleineren Gefäß auf den Tisch zu bringen; eine besondere Pointe liegt in dem Gegensatz zwischen der großen Flasche und der sparsamen Verwendung ihres Inhalts.

114 *da sein Gut ihm genommen* – Ofellus war, wie auch Horaz, bei der Landverteilung an die Veteranen Iulius Cae-

sars (42 v. u. Z.) enteignet worden; der neue Besitzer hatte ihn aber als Pächter auf dem Gut belassen.

2 (v) 122 *hangende Trauben ... doppelte Feigen* – Für den Winter wurden die Weintrauben zum Trocknen aufgehängt. Feigen wurden getrocknet, indem man sie aufschnitt und je zwei mit den Schnittflächen zusammenlegte.

123 *zwangen nur Fehler zum Trinken* – Es gab also keinen offiziellen Trinkkomment wie bei den ausschweifenden Gelagen in der Hauptstadt. Nur bei Spielfehlern nahm man einen Schluck.

124 *Spenden* – Trankopfer.

3 (v) 10 *unterm behaglichen Dach deines Häusleins geborgen* – Horaz hatte sich vor dem Lärm der Saturnalien (→ Saturn) auf sein Landgut in den Sabinerbergen geflüchtet.

17 *sende dir einen Barbier* – Anspielung auf den Philosophenbart, den Damasippus jetzt trägt.

35 *Weisheitsbart* – Vgl. Anm. zu Vers 17.

37 *verhüllten Hauptes* – Ein antiker Brauch gebot, beim Herannahen des Todes das Haupt zu verhüllen.

38 *zur Rechten* – Die rechte Seite bedeutete in jedem Falle ein gutes Omen.

53 *Schwanz hinterm Rücken* – Anspielung auf einen Scherz, jemandem etwas heimlich auf dem Rücken zu befestigen.

61 *mit tausend Stimmen* – Als der betrunkene Fufius bei seinem Stichwort nicht aufwachen wollte, stimmte das Publikum in die Rolle des Catiënus mit ein.

69 *buch die zehntausend* – Bei Darlehensgeschäften wurde eine Banksicherheit vereinbart.

77 *ordnet die Toga* – Ein Zeichen der Bereitschaft für aufmerksames Zuhören.

82 *Nieswurz* – Ein Mittel, das gegen Wahnsinn und andere Geisteskrankheiten helfen sollte.

85 *Spiele* – Die Erben des Staberius hatten die Verpflichtung, auf dem Grabstein das Vermögen des Toten angeben zu lassen; falls sie diesem Auftrag nicht nachgekommen wären, hätten sie kostspielige und also das Erbe schmälernde Leichenspiele veranstalten müssen.

87 *Getreideertrag von Afrikas Flur* – Der Ertrag von den Gütern, die Staberius in Afrika besaß.

141 *die schwärzlich glänzende Galle* – Die Galle wurde ursächlich mit Zorn, Wut und Wahnsinn in Zusammenhang gebracht.

3 (v) 165 *vermessener Ehrgeiz* – Krankhafter Ehrgeiz, wie die Habsucht eine besondere Form törichten Wahnsinns, führt mit seinem Streben nach Repräsentation und Popularität um jeden Preis zu unangemessenen Ausgaben und zur Verschwendung.

169 *ein reicher Mann nach der Schätzung der Alten* – Zur Zeit des Horaz galt ein Besitz wie der des Oppidius nicht mehr als erwähnenswerter Reichtum; er wäre aber früher bei den im Abstand von fünf Jahren regelmäßig stattfinden- den Steuer-(und Sitten-)Einschätzungen der römischen Bürger (Census) in den Listen unter den Begüterten eingetragen worden.

171 *Würfel und Nüsse* – Es handelt sich um ein Kinderspiel.

182 *mit Erbsen, Lupinen und Bohnen* – Zu den Aufgaben der Ädilen gehörte die Ausrichtung von Spielen und dabei die Verköstigung der Bevölkerung; das genannte Gemüse wird hier verächtlich als Armenspeise erwähnt. Für entsprechenden Aufwand konnte der Ädil erwarten, im → Circus ein Denkmal zu erhalten.

200 *gesalzenes Schrot* – Gerstenschrot, mit Salz vermengt, gehörte zum Opferritus.

234 *gepanzert* – Bei der Jagd nach Wildschweinen wurden die Beine des Jägers durch Schienen geschützt.

245 *Kreide ... Kohle* – Die Symbolik der Farben Weiß und Schwarz ist auch auf den Gegensatz von Vernunft und Irresein anwendbar.

248 *‚Gleich und ungleich'* – Ein Würfelspiel.

257 *Meister* – Der Philosoph Xenokrates (396–314 v. u. Z.), Schüler des → Plato und Leiter der → Akademie.

272 *wenn du Kerne ... zur Decke ... schnippst* – Ein Liebesorakel.

282 *reinlich die Hände gewaschen* – Die Handwaschung war ein Sühneritus, dem man sich vor Gebet und Opfer zu unterziehen hatte.

die Götter ... am Kreuzweg – Das Morgengebet galt an sich dem Lar familiaris im Hause; der Aberglaube des Alten wird durch sein Aufsuchen der Kreuzwege, wo Götterbilder aufgestellt waren, besonders augenscheinlich.

286 *wenn Streit ihm verhaßt ist* – Nach dem Verkauf eines Sklaven ergab sich Grund zum Prozessieren, wenn sich herausstellte, daß der Verkäufer durch falsche Angaben

oder Verheimlichung ihm bekannter Mängel der Ware den Käufer in Nachteil gebracht hatte.

3 (v) 291 *Fasten* – Fasten und Kasteiung sind dem römischen Kult an sich fremd; hier liegt Einfluß orientalischen (jüdischen) Brauchtums zugrunde.

296 *der achte der Weisen* – Die Antike stellte aus bedeutenden Persönlichkeiten der Wissenschaft und Politik eine Gruppe von sieben Weisen zusammen; zu diesem Kreis gehörten z. B. Thales und Solon. Stertinius als achten Weisen zu bezeichnen, ist reiner Hohn.

298 *den Sack ... den auf eigenem Rücken er unbemerkt mitschleppt* – Nach einer Fabel des Phaedrus hat Jupiter dem Menschen ein doppeltes Gepäck aufgeladen: Vor sich trägt und sieht er die Mängel der anderen; der Sack mit den eigenen Fehlern hängt ihm aber auf dem Rücken, so daß er ihn nicht sehen kann oder nicht sehen will.

308 *baust du* – Horaz mag auf seinem sabinischen Landgut, das ihm von Maecenas geschenkt worden war, kleinere bauliche Veränderungen vorgenommen haben, was hier in starker Übertreibung mit dem Bauluxus reicher Römer verglichen wird.

4 (v) 12 *Eier von länglicher Form* – Die Feststellung, daß bei Hühnereiern das Geschlecht des Keimlings, im Zusammenhang mit der Form des Eies, der Stärke der Schale und der Farbe des Eiweißes, Einfluß auf den Geschmack habe, ist nicht bewiesen.

15 *Kohl ... aus der Vorstadt* – Die Gärten in der Nähe der Stadt konnten leichter gepflegt und bewässert werden. Daß das Gemüse dadurch an Geschmack verlieren soll, ist eine erstaunliche Lehre des Catius.

21 *anderen* – Bei den Pilzen des Waldes befürchtete man offenbar eine größere Gefahr der Verwechslung von genießbaren und giftigen Pilzen.

32 *Riesen* – Eine besonders gute Austernsorte.

34 *geöffnete Kammuscheln* – Diese Muscheln wurden in der ausgebreiteten Schale serviert.

46 *mein Gaumen* – Die Repetition des Catius geht so weit, die Lehren seines Meisters wörtlich, also in der Ichform, wiederzugeben.

56 *das Ei einer Taube* – Zur Klärung trüben Weines wird auch heute noch Eiweiß verwendet. Hier soll merkwürdigerweise das Eidotter diese Wirkung haben.

4 (v) 59 *Lattich* – Catius polemisiert gegen die Meinung, daß der Magen nach Weingenuß durch pikanten Salat stimuliert werden könne.

71 *Venuculatrauben* – Eine Weinsorte, deren Trauben besonders schmackhaft waren.

74 *weißer Pfeffer* – Die milde Sorte des Gewürzes.
schwarzes Salz – Ein durch Auslaugen aus Kohle gewonnenes Salz.

75 *gesiebt in saubere Schälchen* – Bei den neuerfundenen Delikatessen handelt es sich offenbar um getrocknete und pulverisierte Gewürze.

81 *Späne* – Nach jedem Gang mußten Tisch und Fußboden gesäubert werden; zum Kehren benutzte man neben Besen aus Palmwedeln auch Sägespäne.

5 (v) 1 *nach deinem Bericht* – Die Satire knüpft unmittelbar an eine Homerische Szene (Odyssee XI 90 ff.) an, in der der Schatten des Tiresias dem Ulixes sein späteres Schicksal verkündet.

10 *eine Drossel* – Drosseln galten als Delikatesse.

14 *noch vor dem Hausgott* – Der Kult schreibt an sich vor, dem Hausgott die Erstlinge der Ernte darzubringen.

40 *Statuen spalten* – Es ist an Holzstandbilder zu denken, die in der Hitze der Hundstage völlig ausdörren und dadurch Risse bekommen.

41 *die Alpen im Winter bespucken* – Der Dichter → Furius wird durch Anspielung auf eine geschmacklose Stelle in seinem Gedicht verspottet.

48 *als zweiter im Erbschein* – Für den Fall, daß der eingesetzte Erbe die Erbschaft nicht antritt oder noch vor Eintritt des Erbfalles stirbt, wurde an zweiter Stelle im Testament ein Nachfolger benannt.

53 *die zweite Zeile des ersten Blattes* – Das Testament begann mit der Nennung des Erblassers; in der zweiten Zeile wurden dann der Erbe oder die Erben aufgeführt.

55 *ein Schreiber, aus einem Fünfmann verwandelt* – Es handelt sich um den im folgenden erwähnten Coranus, der vom Mitglied eines wenig angesehenen Fünfmännerkollegiums (wohl mit Polizeifunktion) zum Kanzleibeamten avanciert ist.

56 *Rabe* – Anspielung auf die bekannte Äsopische Fabel vom Fuchs und dem Raben.

62 *ein Jüngling* – → Caesar 2).

5 (v) 84 *als Greis* – Dieser Hinweis deutet an, daß die Belehrungen über die Erbschleicherei vom Schatten des toten Tiresias vorgetragen werden.

6 (v) 3 *reicher und besser noch fügten jetzt es die Götter* – Horaz erhielt, wahrscheinlich im Jahre 33 v. u. Z., von Maecenas ein kleines Landgut in den Sabinerbergen zum Geschenk.

19 *der drückende Herbst* – Spätsommer und Frühherbst brachten für die Hauptstadt Rom heißes und schweres Klima.

23 *Bürgschaft* – In einer Gerichtsverhandlung.

25 *auf enger Bahn* – Im Winter beschreibt die Sonne für den irdischen Betrachter nur eine kurze, niedrige Bahn über dem Horizont.

27 *mein Sprüchlein* – Für die Erklärung des Bürgen war eine bestimmte Formel vorgeschrieben.

35 *zur zweiten Stunde* – Früh am Morgen; die Römer zählten die Stunden vom Tagesanbruch an.

37 *die Schreiber* – Horaz war selbst Mitglied der Schreibergilde in Rom; nach seiner Aufnahme in den Maecenaskreis ruhten aber offensichtlich seine Pflichten, und er wurde nur noch in außergewöhnlichen Angelegenheiten zugezogen.

40 *sieben Jahre* – Im Frühsommer 38 v. u. Z. war Horaz dem Maecenas ein erstes Mal vorgestellt worden; der Kunstfreund nahm ihn dann im Winter 38/37 v. u. Z. endgültig in seinen Kreis auf.

52 *Bekanntschaft mit Göttern* – Anspielung auf die Beziehung des Horaz zu → Maecenas und dessen Freunden.

55 *die versprochenen Güter* – Es handelt sich um die Landverteilung an die Veteranen des Heeres im Jahre 30 v. u. Z.

67 *nach dem Opfer* – Nach altem Brauch wurde am Ende der Mahlzeit den Göttern Speise und Trank geopfert.

68 *ungleiche Kelche ... sinnlose Regeln* – Die Gäste des Horaz konnten ganz nach Wunsch große oder kleinere Trinkgefäße wählen, auch das Mischungsverhältnis von Wein und Wasser selbst bestimmen. Der strenge Zechkomment, wie er in der Hauptstadt angewendet wurde, galt hier nicht.

74 *des Guten Natur ... das höchste Gut* – Das Gute, der zentrale Begriff der Ethik, wurde in der ländlichen Ge-

sprächsrunde natürlich weniger mit philosophischer Gelehrsamkeit als vielmehr unter praktischen Gesichtspunkten und mit gesundem Menschenverstand abgehandelt.

7 (v) 3 *man braucht nicht fürs Leben zu fürchten* – Zugrunde liegt die Vorstellung, daß die Götter vortrefflichen Menschen kein langes Leben gönnen.

5 *die Freiheit des Festes im Monat Dezember* – → Saturn.

10 *so daß er ... den purpurnen Saum seines Kleides änderte* – Ein breiter Purpurstreif an der Tunika war das Zeichen senatorischen Ranges; die Ritter trugen einen schmaleren Purpursaum.

14 *Götter des Wechsels* – Dem (ursprünglich etruskischen) Gott Vortumnus wurde die Fähigkeit zugeschrieben, sich in die verschiedensten Gestalten verwandeln zu können; wegen seiner mannigfachen Erscheinungsformen wird der Gott hier pluralisch bezeichnet.

15 *die verdiente Gicht* – Wegen seines Lebenswandels hatte er die Krankheit „verdient".

43 *für fünfhundert Drachmen* – Preis für einen Sklaven von geringerem Wert. Die Drachme war eine kleine griechische Silbermünze.

53 *Rangzeichen* – Das Rangzeichen des Ritters war neben dem (schmalen) Purpurstreifen an der Tunika ein Ring an der Hand. Aus dem Ritterstande wurden Richter (Geschworene) berufen.

die Kleidung des Römers – Tunika und Toga, im Unterschied zu dem später genannten Mantel des Sklaven.

62 *mit vollem Rechte* – Nach den Gesetzen über den Ehebruch hatte der Ehemann das Recht, sein ertapptes Weib zu töten und auch den Ehebrecher zu bestrafen.

76 *entließe dich ... des Prätors Stab* – Es handelt sich um einen Vergleich mit der Freilassung von Sklaven, bei der der Prätor das Haupt des Freizulassenden mit einem Stab berührte.

80 *Vertreter* – In größeren Hauswesen hatten Sklaven oft die Möglichkeit, sich von ihrem Ersparten (peculium) einen Untersklaven zu halten, der als „Vertreter" (vicarius) bezeichnet wurde.

86 *geschliffen und rund wie die Kugel* – Die Kugel als Bild der Vollkommenheit geht auf → Empedokles zurück; die Stoiker benutzten sie als Vergleich für die Vollkommenheit der Seele.

7 (v) 98 *Kämpfe ... mit Rötel und Kohle gezeichnet* – Auf bevorstehende Gladiatorenkämpfe wurde durch Ausstellen von handwerksmäßig gezeichneten Bildern der Matadoren hingewiesen.

118 *als neunter Feldknecht* – Auf das Land verschickt zu werden, um dort schwere Feldarbeit zu verrichten, war für einen Stadtsklaven schlimme Strafe.

8 (v) 5 *Eber, bei lindem Südwind gefangen* – Dieser erste der aufdringlichen Hinweise des Gastgebers auf die besondere Qualität seiner Bewirtung hebt den Wohlgeschmack der Jagdbeute hervor. Im allgemeinen scheint man bei Südwind nicht gejagt zu haben, da bei der drückenden Hitze die Beute dann leicht verdarb. Nasidiēnus will es besser wissen, wenn er einen bei lindem Südwind erlegten Eber als Delikatesse anbietet.

13 *attische Jungfraun* – Kanephoren, die im Festzug des eleusinischen Ceres-(Demeter-)Festes die Kultsymbole der Göttin auf dem Haupt trugen.

15 *frei ... vom Wasser des Meeres* – Griechischen Weinen wurde Meerwasser zugesetzt, damit sie sich besser hielten; das Fehlen des Zusatzes weist hier auf eine besonders gute Qualität des Weines hin.

20 *Oben lag ich ...* – Um den Tisch waren drei Sofas angeordnet, auf denen man zum Essen, auf den Ellenbogen gestützt, lag; die Reihenfolge der Plätze veranschaulicht die folgende Skizze:

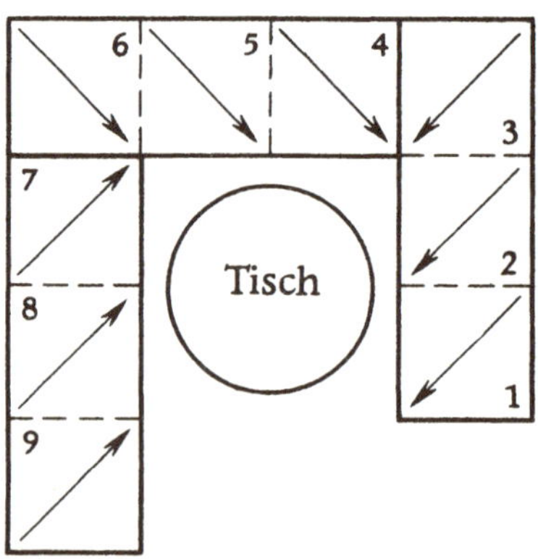

1 Fundanius
2 Viscus
3 Varius
4 Balatro
5 Vibidius
6 Maecenas
7 Nomentanus
8 Nasidiēnus
9 Porcius

Der sechste Platz war der Ehrenplatz, er gebührte also dem Maecenas; der siebente gehörte an sich dem Hausherrn, doch hatte Nasidiēnus mit dem redegewandten Nomentanus getauscht, damit Maecenas besser unterhalten würde.

8 (v) 34 *werden wir … sterben* – Vor Langeweile.

35 *die größeren Becher* – Größere Becher wurden in der Regel erst nach der Mahlzeit, wenn das eigentliche Gelage begann, gereicht.

41 *gewähren den Weinflaschen Schonung* – Nomentanus und Porcius waren von Nasidiēnus abhängig und hatten auf seine Abneigung gegen hitziges Trinken Rücksicht zu nehmen.

77 *er verlangt die Sandalen* – Bevor man sich zu Tisch begab, legte man die Fußbekleidung ab.

91 *Tauben ohne den Bürzel* – Bei anderem Geflügel galt der Bürzel in der Antike als Delikatesse.

93 *Gründe und Wesen* – Nasidiēnus gab bei jedem Gericht lange Erklärungen über dessen Besonderheiten und Zubereitung und über die Gründe, warum er es vorsetzen ließ.

Briefe

ERSTES BUCH

1 (v) 1 *das erste Lied … das letzte* – Die früheste Publikation des Horaz, das erste Satirenbuch, war wie das gesamte spätere Schaffen des Dichters, mit Ausnahme des zweiten Buches der Briefe und des vierten Odenbuches, dem Gönner Maecenas gewidmet. Horaz gelobt hier ausdrücklich die Bindung auch seines künftigen Werkes an die Freundschaft zu Maecenas.

5 *weihte die Waffen* – Bei Aufgabe einer Tätigkeit wurden die dabei benutzten Gegenstände oder Geräte den Göttern geweiht, im Tempel „an den Nagel gehängt".

6 *um Gnade … bitten* – Der unterlegene Gladiator konnte nach Entscheidung des Publikums den Todesstoß erhalten oder lebend die Arena verlassen.

22 *von der Mutter Obhut bedrängt* – Nach dem Tode des Vaters warteten die unmündigen Söhne mit Ungeduld

darauf, der Vormundschaft der Mutter zu entwachsen und selbst (mit 14 Jahren) geschäftsfähig zu werden.

1 (v) 37 *gereinigt* – Die physische Reinheit (Handwaschung o. ä.) galt im kultischen Bereich als Vorbedingung für die Erfüllung von Gebeten, Wünschen, Zaubersprüchen.

dreimal – Die Zahl drei spielt in der Magie eine besondere Rolle.

44 *Schätzung* – Im Abstand von fünf Jahren wurden bei den römischen Bürgern die Vermögensverhältnisse überprüft (Census), die für die Zugehörigkeit zu den Rangklassen der Ritter und Senatoren entscheidend waren.

51 *staublos* – So bezeichnete man Siege, die von hochüberlegenen Kämpfern errungen wurden, ohne daß sie selbst mit dem Boden Bekanntschaft machten.

58 *vierhundert Tausender* – Diese Summe Sesterzen war die Bedingung für die Zugehörigkeit zum Ritterstand.

67 *mehr aus der Nähe* – Im Theater waren den Senatoren und Rittern die vorderen Plätze reserviert.

71 *unter den Säulen* – In den Säulenhallen trafen sich die Römer zum Flanieren und zu Gesprächen.

77 *staatliche Pachten* – In Rom wurden staatliche Ressorts, wie z. B. das Eintreiben von Steuern, an die Meistbietenden verpachtet, die dann bei ihrer oft rücksichtslosen Amtsausführung darauf bedacht waren, über die vorausbezahlte Pachtsumme hinaus einen (oft beträchtlichen) Gewinn zu erzielen.

78 *ködert sich Witwen ... pirscht sich an Greise heran* – Erbschleicherei.

95 *unter wolligem Rocke ... ein schäbiges Hemd* – Die Tunika war im Gegensatz zum Untergewand neu und hatte noch die lange Wollfaser.

96 *hat sich die Toga verzogen* – Der Römer legte Wert auf den kunstvollen Faltenwurf der Toga.

102 *Vormund, vom Prätor ... bestellt* – Fehlten Agnaten (wie das für Horaz zugetroffen hätte), hatte der Prätor erforderlichenfalls den Vormund zu bestellen.

104 *am Finger ein Nagel gestutzt* – Der Römer ließ sich die Nägel gewöhnlich beim Barbier schneiden; auf die Pflege der Fingernägel wurde große Sorgfalt verwandt.

2 (v) 1 *Dichter des Troischen Kriegs* – → Homer.

2 *deine Reden hersagst* – Es handelt sich um Deklamationsübungen im Rahmen des Rhetorikstudiums.

2 (v) 10 *zwingen zu sichrer Herrschaft und glücklichem Leben* – Durch die Rückgabe der Helena wäre Paris der philosophischen Forderung nach Eudämonie, d. h. der Freiheit von Leidenschaften und Unabhängigkeit von äußeren Einflüssen und Störungen, entgegengekommen.

13 *einen hat Liebe entflammt* – Achilles hatte sich erzürnt vom Kampfe zurückgezogen, als Agamemnon ihm die Geliebte Briseïs wegnahm.

34 *lehrt dich die Wassersucht laufen* – Die Anfänge dieser Krankheit suchten die antiken Ärzte durch körperliche Bewegung zu kurieren.

42 *wie der Bauer* – Anspielung auf eine uns nicht näher bekannte griechische „Schildbürgergeschichte".

58 *Siziliens Tyrannen* – Phalaris von Agrigent (6. Jh. v. u. Z.) soll einen ehernen Stier als Folterwerkzeug benutzt haben; dem Dionysios von Syrakus (5. Jh. v. u. Z.) wird ein Folterkerker nachgesagt. Die sizilischen Tyrannen waren wegen ihrer Grausamkeit berüchtigt.

66 *lernt die Hirschhaut verbellen* – Jagdhunde werden auch heute noch an ausgestopftem Wild abgerichtet.

3 (v) 4 *die strömende Flut zwischen nahe benachbarten Festen* – Der Hellespont mit zwei sich gegenüberliegenden Türmen bei Sestus und Abydus.

6 *das Gefolge* – Tiberius Claudius → Nero 3) hatte sich bei seiner Abreise mit einem Stab von jungen Literaten umgeben.

11 *offne Gewässer und Brunnen* – Um zu der Quelle auf den Höhen des Musenberges Helikon, aus der → Pindar einst getrunken haben soll, zu gelangen, waren Mut und Kraft erforderlich, im Gegensatz zu dem Schöpfen aus offenen Wasserläufen oder künstlichen Wasserbehältern, die hier gleichnishaft für den breiten Strom der wenig wertvollen, epigonenhaften griechischen Literatur stehen.

12 *thebanische Weisen* – Gesänge des → Pindar.

18 *wie die Krähe* – Der Vergleich bezieht sich auf die Äsopische Fabel von der Dohle, die sich mit den Federn aller übrigen Vögel schmückte.

23 *über Rechte der Bürger Rat und Auskunft erteilst* – Die Rechtsgelehrten gaben auf Befragen Auskunft über Gesetze und ihre Auslegung.

27 *die himmlische Weisheit* – Die Philosophie als die höchste aller Wissenschaften.

3 (v) 36 *ein Jungtier* – Für Errettung aus Gefahr, glückliche Heimkehr usw. wurden den Göttern Tiere und andere Opfer gelobt.

4 (v) 16 *ein Schweinchen aus epikureischer Herde* – Horaz wendet scherzhaft auf sich eine Bezeichnung an, die sonst für die Anhänger der epikureischen Philosophie von deren Gegnern gebraucht wurde. Vgl. auch Einleitung S. XV.

5 (v) 1 *auf schmalem Lager* – Vgl. Anm. zu S. II 8,20.

4 *auf Krüge gezogen* – Nach der Gärung wurde der Wein aus dem Gärfaß in Krüge (Amphoren) umgefüllt.

6 *Oder füg dich der Satzung* – Wenn Torquatus zur Aufbesserung der Bewirtung nichts beisteuert, wird er sich den Gesetzen des Gastgeberhauses unterordnen müssen.

9 *Caesars Geburtsfest* – Seit dem Jahre 30 v. u. Z. wurde der Geburtstag Octavians am 23. September offiziell gefeiert.

15 *streue ... Blumen* – Blumen gehörten zum Gelage.

6 (v) 4 *kennt weder Furcht noch Erschrecken* – Freiheit von Furcht und Aberglauben war eines der erklärten Ziele der epikureischen Philosophie.

5 *tändelnde Gaben wogender Meere* – Perlen und Muscheln.

7 *Ehren* – Die Ehrenämter in der römischen Ämterlaufbahn, über deren Besetzung die römischen Bürger durch Wahl zu entscheiden hatten.

21 *Land seiner Gattin* – Mutus' Frau hatte also Land in die Ehe eingebracht.

31 *Hain* – Gemeint sind die heiligen Haine der Götter.

35 *wie Seiten des Vierecks* – Das Viereck gilt als abgeschlossenes Ganzes.

50 *ein Sklave ... der ... Namen ins Ohr raunt* – In der Zeit der Amtsbewerbung nahm sich der Bewerber oft einen sogenannten Nomenclator, der es dem Herrn auf Grund seiner guten Personenkenntnis ermöglichte, sich der Gunst ihm sonst unbekannter Wähler durch namentliche Begrüßung zu versichern.

54 *Amtssitz* – Eine Reihe von Magistraten, darunter die Konsuln und Prätoren, hatten als Amtssymbol einen mit Elfenbein verzierten Sessel, die sogenannte Sella curulis.

62 *Rüge des Censors* – Sittliche Verfehlungen konnten bei den in fünfjährigem Abstand durchgeführten römischen

Schätzungen (Census) mit Degradierung geahndet werden.

6 (v) 64 *der verbotne Genuß* – Die Mannschaft des Ulixes schlachtete auf der Insel Thrinakia die Rinder des Sol; die Strafe für dieses Vergehen war Schiffbruch und Untergang der gesamten Mannschaft mit Ausnahme des Ulixes (Odyssee XII 260 ff.).

7 (v) 5 *erste Feigen und heiße Wochen* – Horaz meint die ungesunde Zeit des Spätsommers, die jeder, der es sich leisten konnte, außerhalb Roms in besserem Klima verbrachte.

6 *Leichenmarschall* – Ordner großer Leichenbegängnisse.

43 *das Geschenk* – Menelaus hatte dem Telemach drei Rosse als Gastgeschenk angeboten (Odyssee IV 589 ff.).

47 *um die achte Stunde* – Von Tagesanbruch gerechnet, gegen zwei Uhr nachmittags.

51 *die Nägel selber sich säubert* – Maniküre oblag an sich dem Barbier.

54 *wer sein Patron ist* – Freigelassene blieben in einem Abhängigkeitsverhältnis zu ihrem ehemaligen Besitzer.

70 *nach der neunten Stunde* – Nach unserer Rechnung gegen vier Uhr am Nachmittag, die Stunde, da die Römer ihre Hauptmahlzeit einzunehmen pflegten.

76 *Latinerfest* – Das latinische Bundesfest zu Ehren des Jupiter Latiaris; es wurde im April oder Anfang Mai gefeiert und dauerte vier Tage.

84 *Ulmen* – Die römischen Weinbauern zogen die Reben an Bäumen, meist Ulmen, hoch.

8 (v) 14 *junger Prinz* – → Nero 3).

Gefolge – Vgl. Anm. zu B. I 3,6.

9 (v) 13 *Gefolge* – Vgl. Anm. zu B. I 3,6.

10 (v) 10 *satt bin ich ewigen Kuchens* – Tempelsklaven bekamen einen Anteil an den der Gottheit dargebrachten Opferkuchen.

16 *Hund ... Löwe* – Auf den Eintritt der Sonne in das Sternbild des Löwen (23. Juli) folgt der Frühaufgang des Hundsgestirns am 26. Juli, mit dem die heiße Zeit der Hundstage beginnt.

19 *duftet ... geringer als libyscher Marmor* – Fußböden aus kostbarem, buntem Marmor (Mosaiken) wurden gewöhnlich mit wohlriechenden Essenzen besprengt.

10 (v) 20 *Wasser im Bleirohr der Städte* – Die Aquädukte, die das Wasser von den Bergen nach Rom leiteten, verzweigten sich innerhalb der Stadt in Bleirohre, die durch die Straßen zu den öffentlichen Brunnen hinführten.

22 *farbige Säulen* – Gemeint sind die Marmorsäulen, die im Innern des römischen Hauses um das sogenannte Impluvium (Regenhof) standen.

49 *Dies ließ ich schreiben für dich* – Horaz diktierte den Brief einem Sklaven.

11 (v) ———

12 (v) 12 *daß Vieh ... das Feld abweidet* – Dem griechischen Philosophen → Demokrit wird eine solche Weltentrücktheit nachgesagt, daß es ihm gleichgültig gewesen sein soll, wenn auf seinen Besitzungen die Feld- und Gartenkulturen vom Vieh geplündert und verwüstet wurden.

17 *von selbst, oder treibt sie ein Wille* – Nach der epikureischen Lehre wohnt den Gestirnen eine eigene, nicht durch äußeren Einfluß bewirkte Bewegung inne; nach der stoischen Lehre dagegen werden sie durch die Kraft einer göttlichen Vorsehung bewegt.

19 *die zwieträcht'ge Eintracht der Dinge* – Nach der Lehre des → Empedokles werden Entstehen und Vergehen aller Dinge aus der Einwirkung der beiden Kräfte Liebe und Haß auf die vier Grundstoffe Wasser, Feuer, Luft und Erde abgeleitet.

21 *ob du Fische ermordest* – Eine Anspielung auf die pythagoreische Lehre von der Seelenwanderung, nach der die Tötung von Tieren und jeglicher Genuß von Fleisch untersagt waren.

29 *Reichtum an Früchten* – Der Dichter hält diese Bemerkung über die Ernte des Jahres deshalb für wichtig, weil im Vorjahr eine Mißernte vorausgegangen war.

13 (v) 2 *die versiegelten Rollen* – Die ersten drei Odenbücher des Horaz, die im Sommer 23 v. u. Z. veröffentlicht wurden; Horaz läßt durch Vinnius Asina ein Exemplar an Augustus überbringen.

8 *deinen von Vätern erworbenen Namen „Esel“* – Die Familie des Adressaten Vinnius trug den Beinamen Asina (eigentlich: die Eselin).

15 *dein Wähler und Landsmann* – Amtsbewerber suchten auf verschiedene Weise die Gunst der Wähler zu gewinnen, so z. B. auch durch Einladung von ärmeren Lands-

leuten oder Bewohnern des Stadtviertels. Wenn man sich zu Tisch begab, wurden Schuhe und Kopfbedeckung abgelegt und dem mitgebrachten Sklaven zur Aufbewahrung übergeben. Der an unserer Stelle erwähnte Gast war so arm, daß er keinen Sklaven besaß und seine Kleidungsstücke folglich anderweitig unterbringen mußte.

14 (v) 1 *Hüter des Walds und der Flur* – Angeredet wird der Verwalter des sabinischen Landguts, das Maecenas dem Horaz geschenkt hatte.

2 *fünf Herde* – Auf dem Besitztum des Horaz befanden sich neben der Villa des Herrn noch fünf Pachthöfe.

3 *möcht ich das Gitter durchbrechen* – Zugrunde liegt ein Vergleich mit der Rennbahn, wo die Pferde bis zum Start durch Schranken zurückgehalten wurden.

15 *Spiele* – Die großen Feste, die in Rom gefeiert wurden.

15 (v) 4 *in kalte Wellen* – Der Arzt hatte dem Horaz vom Besuch der warmen, schwefelhaltigen Quellen von → Baiae abgeraten und eine Kaltwasserkur empfohlen. Die Freunde des Horaz, die sich in Baiae aufhielten, hatten offensichtlich wenig Verständnis dafür.

7 *zäher Schmerz* – Baiaes warme Quellen dienten der Rheumabehandlung.

12 *reißend am Zügel zur Linken* – Statt von der Appischen Straße nach rechts in die gewohnte Richtung nach Cumae und Baiae abzubiegen, geht es dieses Mal geradeaus, nach Capua zu, weiter.

37 *zeichnen mit glühendem Eisen* – Sklaven pflegten für begangene Fehler an dem Körperteil gebrandmarkt zu werden, der an der Tat beteiligt war.

16 (v) 1 *mein Grundstück* – → Sabinum.

12 *Flüßchen* – Die → Digentia.

29 *Lob für Augustus* – Die Verse 27 bis 29 sind Zitat aus einem zeitgenössischen Gedicht, vielleicht einem Panegyrikus auf Augustus.

45 *innen den Schurken ...* – Horaz bezieht sich auf die Äsopische Fabel vom Affen im Löwenfell.

78 *Freitod* – Selbstentleibung ist nach der Lehre der Stoiker die höchste Betätigung der sittlichen Freiheit.

17 (v) 10 *wer ... seine Tage verbringt im Verborgnen* – Lebensprinzip der Epikureer.

14 *mein Tadler* – Gemeint ist der Kyniker Diogenes von Sinope (etwa 412–323 v. u. Z.). Die Kyniker vertraten die

Bedürfnislosigkeit als philosophischen Grundsatz. Ihre Lehre wurde von den besitzenden Schichten abgelehnt.

17 (v) 18 *der bissige Hund* – Kyniker bedeutet „der Hündische".

25 *doppelter Mantel* – Der doppelt umgeschlagene grobe Mantel war neben dem Knüttel und dem Ranzen das Kennzeichen der Kyniker.

29 *Masken* – Mit einem vom Theater genommenen Bild wird Aristipps Gewandtheit als Weltmann und Philosoph gekennzeichnet.

58 *Gaukler* – Es handelt sich hier um einen Spaßmacher, der die Leute auf der Straße hinters Licht führte, indem er sich z. B. zu Boden warf und sich verletzt stellte.

18 (v) 11 *Platz auf der untersten Bank* – Das letzte Liegesofa am Tisch (vgl. Anm. zu S. II 8,20) blieb dem Hausherrn und den am wenigsten angesehenen Gästen vorbehalten.

15 *Wolle von Ziegen* – Ziegen liefern keine Wolle; also geht der Streit um Nichtigkeiten.

30 *enges Gewand* – Als Gegensatz zur weiten, faltenreichen Toga, die als elegant galt.

56 *der Führer, der ... aus den parthischen Tempeln die Adler löste* – Durch erfolgreiche Kämpfe im Osten hatte Augustus die Schmach getilgt, die den Römern durch die Niederlage des Crassus bei Carrhae (53 v. u. Z.) von den Parthern zugefügt worden war; die damals verlorenen Legionsadler mußten an Rom zurückgegeben werden.

75 *unerbittlich dich quäle* – Wenn der Gönner nicht bereit ist, seinem Klienten den erwählten Burschen oder die Magd zu schenken, hat dieser auch nicht die Möglichkeit, sie durch Kauf zu erwerben; das Liebesverlangen müßte also dann unerfüllt bleiben. Selbst im Falle einer Schenkung bliebe dem Klienten Unzufriedenheit und Beschämung, da er das Geschenk nicht zu erwidern vermöchte.

103 *im Abseits des Lebens Verborgenheit* – Der philosophische Problemkatalog gipfelt in dem epikureischen Prinzip des „Lathe biosas" (Lebe im Verborgenen!).

19 (v) 15 *Auch ein Iarbita zerbarst ...* – Anspielung auf eine Äsopische Fabel (vgl. S. II 3,314 ff.).

29 *ungleich in Inhalt und Aufbau* – Nach der antiken Theorie stellten die Versmaße von → Sappho und → Alcaeus eine Weiterentwicklung der von → Archilochus gebrauchten Metren dar. Dabei wurde die Ordnung der

epodischen Formen des Archilochus zu vierzeiligen Systemen als die auffälligste Neuerung empfunden. Daß sich nachfolgende Dichter, zu denen sich auch Horaz zählt, eigener Stoffe bedienten, war selbstverständlich und wird nur durch den kurzen Hinweis auf → Lykambes und Neobule, die allein für Archilochus Bedeutung haben, kenntlich gemacht.

19 (v) 30 *Schwäher ... Braut* – → Lykambes und Neobule, die von Archilochus verspottet wurden.

39 *Hörer und Rächer gefeierter Schreiber* – Vor allem weniger bedeutende Dichter pflegten ihre Gedichte vor der Veröffentlichung zu rezitieren. Bei der minderen Qualität ihrer Werke war das Zuhören oft eine Qual. Der Rezitator erwartete natürlich, daß die Zuhörer seine Produkte lobten und notfalls auch gegen Anwürfe von Kritikern verteidigten.

40 *Grammatikerzunft* – Die römischen Grammatiker waren Lehrer für Sprache und Literatur und gleichzeitig Kritiker publizierter Schriften.

41 *Daher die Tränen* – Sprichwörtlich für die Entdeckung eines Grundes oder einer Ursache.

43 *sparst alles für Jupiters Ohren* – Hinter diesem offensichtlich sprichwörtlichen Ausdruck für Geheimnistuerei versteckt sich – mit beabsichtigter Gleichsetzung Jupiter = Princeps – eine Anspielung auf Augustus als Gönner des Horaz.

47 *Der Platz ist nicht passend* – Ein Ausdruck der Gladiatoren- und Athletensprache; mit ihm wurde bei Stellungsnachteil der Kampf abgebrochen.

20 (v) 2 *vom Bimsstein ... geglättet* – Bimsstein wurde zum Glätten der Papyrusrolle verwendet.

8 *das enge Regal* – Hier wurden die eingerollten Papyri aufbewahrt.

23 *die Ersten der Stadt ... daheim und im Felde* – Zu denken ist an den Kreis des Maecenas und etwa an → Agrippa, der häufig in militärischer Funktion von Rom abwesend war.

27 *vierundvierzig Dezember* – Horaz war am 8. Dezember 65 v. u. Z. geboren.

ZWEITES BUCH

1 (v) 2 *Zucht seiner Sitten* – Horaz denkt an Maßnahmen wie z. B. die neue Ehegesetzgebung, mit denen Augustus seine politischen Zielsetzungen zu erreichen bemüht war. Vgl. die Einleitung S. XVIII f.

10 *Der Held ... der einst ... die grausige Hydra bezwang* – Herkules, der sein ganzes Leben hindurch von der Mißgunst der Göttermutter Juno verfolgt wurde und auf deren Betreiben hin auch seine berühmten Taten vollbringen mußte.

15 *Dir ... weihn wir Altäre* – Der Genius des Augustus wurde in den Larenkult der städtischen Bezirke von Rom aufgenommen. In den Provinzen wurden ihm seit 29 v. u. Z. zusammen mit der Göttin Roma Tempel errichtet und göttliche Ehren erwiesen.

23 *verbrechenverbietende Tafeln* – Die Zwölftafelgesetze, die 451 v. u. Z. von einem Zehnmännerkollegium schriftlich fixiert wurden.

47 *das Problem des schwindenden Haufens* – Vor allem die Stoiker haben sich mit der Frage beschäftigt, wieviel Körner man zusammenlegen müsse, um einen Haufen zu erhalten, oder wieviel man von einem Haufen wegnehmen müsse, damit es kein Haufe mehr sei (sogenannter Sorites).

49 *Göttin des Todes* – → Libitina.

52 *die Verheißung, sein pythagoreischer Traum* – Eingangs der „Annalen“ des → Ennius ist ein Traum erzählt, in dem Homer dem Dichter erschien, um ihm zu offenbaren, daß gemäß der pythagoreischen Lehre von der Seelenwanderung seine, Homers, Seele über die Zwischenstufe eines Pfaus jetzt in Ennius' Körper ihren Wohnsitz genommen habe.

111 *nimmermehr Verse zu schreiben* – Vgl. B. I 1,10.

113 *Kapseln* – In ihnen wurde der bereits fertige Teil des Manuskripts aufbewahrt.

133 *betende Lieder* – Horaz weist auf seinen Säkulargesang hin.

157 *Saturnier* – Das alte nationalrömische Versmaß, das durch den Hexameter verdrängt wurde.

162 *nach den Punischen Kriegen* – Horaz meint die Zeit nach dem 2. Punischen Krieg (218–201 v. u. Z.).

1 (v) 185 *bei den Rittern* – Dem Ritterstand waren die vorderen Reihen im Theater reserviert.

195 *Zwitter, gekreuzt aus Kamel und Panther* – Die Alten glaubten, daß die Giraffe aus einer Kreuzung von Panther und Kamel hervorgegangen sei; Giraffen wurden in Rom erstmals im Triumphzug Iulius Caesars (46 v. u. Z.) vorgeführt.

213 *bald nach Athen, bald nach Theben ... hinführt* – Theben war Schauplatz der Tragödien aus der Ödipussage, Athen Schauplatz der meisten Stücke der Neuen griechischen Komödie.

244 *Himmel Böotiens* – Sprichwörtlich war in der Antike der Stumpfsinn der Einwohner von Böotien; als seine Ursache sahen die Alten das Klima der Landschaft an, vor allem die dichten Nebel, die über dem Kopaïssee zu liegen pflegten.

250 *Schriften im Ton des Gesprächs* – Gemeint sind die Briefe und die Satiren, die Horaz selbst als Gespräche (Sermones) bezeichnet.

264 *Gerne verzicht ich auf Dienste ...* – Horaz denkt und spricht in den letzten Versen im Sinne des Augustus, obwohl er hier die erste Person verwendet.

265 *in Wachs* – Wachs wurde zur Herstellung von Totenmasken und von Porträtbüsten, soweit sie für geschlossene Räume bestimmt waren, verwendet.

267 *die plumpe Beschenkung* – Hierunter hatte man also die Widmung eines unangemessenen Horazischen Werkes für Augustus zu verstehen.

268 *Kapsel* – Sie diente als Behältnis zur Aufbewahrung von Buchrollen.

2 (v) 17 *ohne Bestrafung zu fürchten* – Der Verkäufer konnte gerichtlich belangt werden, wenn es sich herausstellte, daß er dem Käufer die Mängel einer Ware (hier den Vagabundiertrieb des Sklaven) wissentlich verschwiegen hatte.

30 *König* – Mithridates VI. (132–63 v. u. Z.), König von Pontus.

32 *Zeichen der Ehre* – Für besondere Verdienste wurden im römischen Heer Auszeichnungen verliehen (Armspangen, Medaillons, Kränze u. a.).

42 *welcherlei Leiden der Zorn des Achill ... brachte* – Homer war in Rom Schullektüre.

2 (v) 43 *das liebe Athen* – Viele junge Römer suchten die griechische Metropole zu Studienzwecken auf; auch Horaz reiste dorthin (wahrscheinlich 45 v. u. Z.).

47 *trieb mich des Bürgerkriegs ... Woge zu Waffen* – Horaz kämpfte im Heer der Caesarmörder bei Philippi (42 v. u. Z.).

50 *verloren das Haus und das Grundstück des Vaters* – Im Zuge der Landverteilung an die Kriegsveteranen wurde auch der Horazische Besitz in Venusia eingezogen.

58 *Lieder ... Jamben ... Bions Gespräche* – Horaz weist auf seine Lyrik, seine Epoden und auf die Satirendichtung hin; er setzt für seine Satiren also u. a. auch einen Einfluß der durch boshaften Spott gekennzeichneten Diatribensatire bionischer Prägung voraus.

70 *Die Entfernung ist menschlich bemessen* – Vom Quirinal bis zum äußersten Ende des Aventin mißt die Entfernung drei Kilometer quer durch die ganze Stadt; diesen sicher recht beschwerlichen Weg bezeichnet Horaz mit Ironie als „menschlich".

92 *Ich schreibe Lieder und er Elegien* – Offensichtlich spielt Horaz auf den Elegiendichter Properz (etwa 47–15 v. u. Z.) an.

94 *Saal, der den römischen Dichtern bestimmt ist* – Es ist wohl die von Augustus gestiftete Bibliothek im Tempel des Apollo auf dem Palatin gemeint.

134 *das Siegel des Weinkrugs* – Die Krüge, in denen der Wein auf den Tisch kam, wurden mit Tonpfropfen verschlossen, die den Stempel des Hausherrn zeigten.

137 *Nieswurz* – Dieser Pflanze wurde heilende Wirkung bei Geisteskrankheiten zugeschrieben.

158 *mit Waage und Geld gekauft* – Alte Form der Erwerbung (des Kaufs) von Eigentum (sogenannte Mancipatio). Daneben gab es noch die sogenannte Usucapio (Erwerb durch Nießbrauch), bei der ein ununterbrochener Besitz von zwei Jahren das Eigentumsrecht zur Folge hatte.

180 *Tyrrhenerfiguren* – Kleine Erzbilder etruskischer Herstellung schienen eifrig gesammelt worden zu sein.

182 *einer begehrt es schon gar nicht* – Hier meint Horaz sich selbst.

Buch über die Dichtkunst

(v) 20 *der, den für gutes Geld du da malst* – Es war Sitte, für Errettung aus Schiffbruch oder anderen Gefahren Bilder mit der Darstellung des Ereignisses zu weihen.

24 *Vater und Jünglinge* – → Pisonen.

37 *schwarze Haare und Augen* – Schwarze Augen und schwarzes Haar galten als schön.

50 *mit Schurzen bekleidet* – In ältester Zeit trug der Römer unter der Toga einen Schurz um die Hüfte; später trat an dessen Stelle die Tunika.

63 *Neptunus, aufgenommen vom Lande ...* – Horaz deutet hier und in den folgenden Versen auf Pläne Iulius Caesars hin, die durch dessen Ermordung nicht zum Abschluß gelangten: die Anlage eines Hafens in Ostia, die Entwässerung der Pontinischen Sümpfe, die Ableitung des unteren Tiberlaufs.

73 *Versmaß* – Der Hexameter.

75 *ungleich verbundene Verse* – Das elegische Distichon, bestehend aus Hexameter und Pentameter.

83 *Lyrik* – Im Gegensatz zur heutigen Zeit bezeichnete in der Antike der Begriff der Lyrik nur Lieder, die zur Leier (Lyra) vorgetragen wurden, ganz gleich, ob es sich dabei um Einzel- oder um Chorgesänge handelte. Hexametrische Dichtung oder Gedichte im elegischen Distichon gehörten z. B. nicht zur Lyrik.

113 *Fußvolk* – Das gewöhnliche Publikum im Gegensatz zu den Rittern.

136 *ein zyklischer Dichter* – Die zyklischen Dichter behandelten in der Nachfolge Homers Stoffe verschiedener Sagenzyklen, so z. B. auch die des trojanischen Kreises.

141 *„Gib von dem Manne mir Kunde ...“* – Die Anfangsworte der Odyssee des Homer.

189 *ein Stück von fünf Akten* – Tragödie und Komödie der klassischen griechischen Periode kannten noch nicht die Einteilung in Akte, sondern waren nach anderen Gesichtspunkten gegliedert. Die von Horaz hier gestellte Forderung scheint auf Grammatiker hellenistischer Zeit zurückzugehen, die sich an der Praxis des späteren Dramas orientierten. Im lateinischen Sprachbereich finden wir die kanonisch gewordene Fünfzahl der Akte bei Terenz und bei Seneca.

191 *greif die Gottheit ein in die Handlung* – In antiken Stükken pflegte oft am Schluß ein „Deus ex machina" zu erscheinen, um die für menschliche Begriffe unlösbare Verwicklung zu entwirren.

192 *die vierte Person im Gespräch* – Die Zahl der Schauspieler im griechischen Drama war durch Sophokles auf drei fixiert; höchst selten nur wurde eine vierte Person eingeführt. In der sog. Neuen Komödie (4. Jh. v. u. Z.) wurden dann aber unbedenklich fünf oder sechs Schauspieler verwendet. Horaz rät, die alte griechische Praxis zu pflegen. Die stummen Rollen der Statisten sind dabei nicht gerechnet.

193 *der Chor* – In der griechischen Tragödie und auch noch bei frühen römischen Dichtern war der Chor echter Partner für die Schauspieler; später lockerte sich seine Beziehung zur Handlung immer mehr, und er wurde höchstens noch zur Ausfüllung der Zwischenakte verwendet.

202 *die Flöte ... mit dem Erze verbunden* – Das begleitende Instrument für die Chorlieder war im wesentlichen die Flöte, die ursprünglich aus Holz, Rohr oder Knochen gefertigt war, später aber durch Einfügung von Metallgliedern im Klang sich den Blechinstrumenten (der Tuba) annäherte. Auch die Zahl der Öffnungen, die zunächst vier betrug, wurde später vermehrt.

210 *Wein ... bei Tag schon straflos verspritzte* – In alter Zeit galt Trunkenheit als Laster und wurde, vor allem wenn sie bereits am hellen Tag auftrat, mit censorischer Rüge geahndet.

216 *vermehrte die ernste Laute die Anzahl der Saiten* – Die Laute (Kithara), die früher vier oder sieben Saiten aufwies, hatte seit Timotheos, dem Zeitgenossen des Euripides, deren elf.

220 *billiger Bock* – Tragödie bedeutet „Bocksgesang" (Bock = tragos); das dramatische Spiel ist offensichtlich aus Chortänzen, die Bauern in Fellbekleidung aufführten, hervorgegangen. Der Bock spielte als Preis im dramatischen Wettbewerb und als Mummenschanz auch weiterhin eine wichtige Rolle.

233 *nur kurz unter lockeren Satyrn verweilen* – In der ausgebildeten Form umfaßte die tragische Tetralogie drei Tragödien, aber nur ein Satyrspiel.

249 *Erbsen und Röstkastanien* – Die Kost der kleinen Leute.

252 *des Trimeters Name* – Zwei jambische Versfüße bilden ein jambisches Metrum, drei jambische Metren den jambischen Trimeter, den klassischen Sprechvers des antiken Dramas.

257 *so nicht, daß ... von dem zweiten Platz und dem vierten er ... wiche* – Im Jambus (◡ –́) konnte unter Umständen die Kürze durch eine Länge ersetzt werden, so daß ein spondeischer Versfuß entstand (– –́); das war jedoch im zweiten, vierten (und sechsten) Fuß des jambischen Trimeters verpönt.

274 *mit Fingern ... erfassen* – Das Skandieren der Verse.

277 *geschminkt ... mit Weinsatz* – Durch Bestreichen des Gesichts mit dem Bodensatz des frisch gekelterten roten Weins machten die Schauspieler sich unkenntlich.

281 *die Alte Komödie* – Die griechische Komödie des 5. und anfangenden 4. Jahrhunderts v. u. Z.

283 *gesetzlicher Eingriff* – Die politische Lage in Athen machte während des Peloponnesischen Krieges (431–404 v. u. Z.) ein Verbot erforderlich, das die Rügefreiheit der Alten Komödie drastisch beschnitt und einer staatlichen Zensur gleichkam. Die Unterbindung des Spotts mit Namensnennung war der erste Schritt auf dem Wege, der dann im Zuge der historischen Entwicklung im Griechenland des 4. Jahrhunderts (Untergang der Stadtstaaten, Entstehung territorialer Großreiche) zur Herausbildung der verbindlicheren Formen der Mittleren und Neuen Komödie führte.

294 *Befühlen mit prüfendem Nagel* – Auf die Dichtkunst wird hier das Bild vom Steinmetz übertragen, der mit dem Nagel die Fugen der Marmorwand entlangfährt, um ihre Vollendung zu prüfen.

297 *stutzen zu lassen Nägel und Bart* – Verwahrlosung der Hände und des Barts galt als Zeichen von Wahnsinn.

299 *Nieswurz* – Ein Mittel, das gegen Geisteskrankheiten helfen sollte.

325 *durch die Hundert mühsam ... teilen* – Falls bei der Division ein Rest blieb, mußte der betreffende Bruch in Zwölftel (Sexagesimalsystem) umgewandelt werden; für die Zwölftelrechnung wird im folgenden ein Exempel gegeben.

332 *Öl der Zeder und Holz der Zypresse* – Schreibmaterial, das mit Zedernöl behandelt wurde, bekam eine höhere Halt-

barkeit; Kästchen aus Zypressenholz dienten zur Aufbewahrung von kostbaren Buchrollen.

341 *die Zenturie der Alten* – Die Entscheidung des „stimmfähigen“ Publikums wird mit einer Abstimmung in den Wahlkomitien verglichen. Eine solche Abstimmung erfolgte nach Zenturien (Hundertschaften), wobei die römische Verfassung innerhalb der Gruppen eine Unterteilung in Senioren (Zenturien der Alten) und Junioren vorsah.

366 *du älterer unter den Jünglingen* – Horaz wendet sich hier an den älteren der Pisonensöhne, da dieser früher als der jüngere zu prüfen haben wird, ob seine poetische Begabung das Mittelmaß übersteigt.

373 *Verleger* – In Rom waren die Buchhändler zugleich auch Verleger, kümmerten sich also um das Abschreiben literarischer Werke.

375 *schmieriges Salböl* – Vor Beginn des Gelages wurden vom Gastgeber Kränze und Salböl gereicht.
sardischer Honig – Honig von der Insel Sardinien war minderwertig.

384 *Census des Ritters* – Wer zum Ritterstand gehören wollte, mußte bei den alle fünf Jahre stattfindenden Schätzungen und Sittenprüfungen den Besitz eines Vermögens von 400000 Sesterzen nachweisen.

399 *das Recht in die Tafeln ... schneiden* – Zu denken ist an die Solonische Gesetzgebung in Griechenland und an die römischen Zwölftafelgesetze.

414 *pythische Weisen* – Musikalische Darbietungen bei den Pythischen Spielen, die im Turnus von vier Jahren zu Ehren des Apollo bei Delphi veranstaltet wurden.

437 *im Fuchspelz versteckt* – In der Fabel (Phaedrus) wird der Schmeichler und Heuchler durch den Fuchs verkörpert, der den Raben lobt.

446 *schwarzer Querstrich am Rande* – Ein kritisches Zeichen zur Markierung von Falschem, hier ästhetisch Verfehltem.

471 *Blitzmal* – Ein vom Blitz getroffener Ort galt als heilig.

ALPHABETISCHES VERZEICHNIS ANTIKER NAMEN UND BEGRIFFE

In diesem Verzeichnis werden von Horaz verwendete Namen und Begriffe erläutert, soweit das für das Verständnis des Textzusammenhanges erforderlich ist. Enthält der Duden eine hinreichende Erklärung, so ist der betreffende Name oder Begriff nicht in das Verzeichnis aufgenommen.

Ableitungen von Namen sind nur aufgeführt, wenn ihre Herkunft nicht klar ersichtlich ist (z. B. *norisch*: → Noricum; aber nicht *thessalisch*: → Thessalien).

Die Schreibung erfolgt in der Regel nach der lateinischen Form. Abweichungen von diesem Prinzip treten bei griechischen Namen auf, die mit griechischer Orthographie im Deutschen geläufig geworden sind (z. B. Sophokles, Kos). Eingedeutschte Namensformen richten sich nach der deutschen Orthographie (z. B. Kampanien, Käkuber).

Bei der alphabetischen Einordnung wurden ä wie ae und ö wie oe behandelt. Lateinisches c verwandelt sich bei der Eindeutschung in k oder z.

Stellenangaben werden in diesem Verzeichnis dem Stichwort nur dann beigefügt, wenn ein Name zwei oder mehrere Personen oder Begriffe bezeichnet und eine Unterscheidung notwendig ist.

Bei den Stellenangaben werden folgende Abkürzungen verwendet: O. = Oden, E. = Epoden, S. = Satiren, B. = Briefe, D. = Buch über die Dichtkunst; römische Ziffern geben das Buch, arabische Ziffern das Gedicht bzw. den Vers an.

Accius: Lucius Accius (170—um 85 v. u. Z.), römischer Tragödiendichter.

Aceruntia: Ort in Apulien, jetzt Acerenza.

Achaemenes: Stammvater des persischen Königsgeschlechts der Achämeniden (Mitte des 7. Jh. v. u. Z.). Sein Reichtum war sprichwörtlich.

Acheron: Fluß in der Unterwelt und Bezeichnung für die Unterwelt selbst.

Achill(es): Sohn der Meeresgöttin Thetis und des Peleus, tapferster Held der Griechen vor Troja. Sein Groll gegen Agamemnon, der um den Besitz der → Briseïs entbrannte, ist das Thema der Ilias von Homer. Achilles tötete Hektor im Zweikampf. Er fiel vor Troja durch einen Pfeil des Paris, den der Gott Apollo lenkte.

Achiver: In den Epen Homers Bezeichnung für die Griechen vor Troja.

Acrisius: König von Argos, Vater der → Danaë.

Acroceraunia: Gefährliches Kap an der Westküste der Balkanhalbinsel, jetzt Kap Glossa.

Actium: Landzunge an der griechischen Westküste, bei der Octavian im Jahre 31 v. u. Z. den entscheidenden Sieg über → Antonius 1) (und Kleopatra) errang.

Aeacus: Griechischer Heros, Sohn des Jupiter, Stammvater der Äakiden (Peleus – Achilles – Neoptolemus), nach seinem Tode Seelenrichter in der Unterwelt.

Aefula: Bergstädtchen in Latium.

Aegeus: König von Athen, Vater des Theseus; nach ihm wurde das Ägäische Meer benannt.

Aelius: → Lamia 1).

Aemilius: Aemilius Lepidus, Begründer und Erbauer einer römischen Gladiatorenschule.

Aeneas: Sohn der Venus und des Anchises, trojanischer Held. Nach dem Untergang Trojas floh Aeneas mit seinem Vater und seinem kleinen Sohn Iulus (Ascanius) nach Italien. Aus seinem Geschlecht gingen die Gründer Roms hervor. Die → Julier leiteten ihre Herkunft von Aeneas' Sohn Iulus ab.

Äolien: Landschaft an der Nordwestküste Kleinasiens mit der vorgelagerten Insel Lesbos, der Heimat der griechischen Lyriker → Alcaeus und → Sappho.

Aeschylus: Aischylos (525–456 v. u. Z.), griechischer Tragödiendichter. Er führte den dicksohligen Schauspielerschuh (Kothurn) und das Schleppgewand ein; bei Horaz wird ihm auch die Erfindung der Schauspielermaske und einer ersten hölzernen Bühne zugeschrieben.

Äskulap: Gott der Heilkunst, dem die Schlange heilig und als Attribut beigegeben war.

Aesop(us): Clodius Aesopus, berühmter Schauspieler, der ein großes Vermögen hinterließ. Sein Sohn war ein berüchtigter Verschwender.

Äthiopien: Als Bezeichnung für Ägypten verwendet, das unter Kleopatra im Bürgerkrieg der dreißiger Jahre v. u. Z. auf seiten des → Antonius 1) gegen Octavian kämpfte.

Ätna: Vulkan auf Sizilien, unter dem sich das Grab des Riesen Typhon befinden soll.

Ätolien: Landschaft in Griechenland, Schauplatz der Kalydonischen Eberjagd (daher ätolische Netze = Jagdnetze).

Afranius: Römischer Komödiendichter (geb. um 130 v. u. Z.), der insbesondere das nationalrömische Lustspiel, die sogenannte Comoedia togata, pflegte.

Afrer: Bezeichnung für die Bewohner der Nordküste Afrikas, insbesondere für die Gätuler und Punier, konkret für den Feldherrn → Hannibal (O. IV 4,42). Afrische, d. h. afrikanische Schlangen galten als besonders giftig.

Africanus: 1. Publius Cornelius Scipio Africanus maior (um 235 bis 183 v. u. Z.), Sieger über Hannibal im 2. Punischen Krieg. – 2. Publius Cornelius Scipio Aemilianus Africanus Numantinus (um 185–129 v. u. Z.), Zerstörer Karthagos im 3. Punischen Krieg (E. 9,25). Beide Personen werden fälschlich als eine gesehen, vgl. Zu dieser Ausgabe S. 407.

Agamemnon: Sohn des Atreus (= Atride), König von Mykene, oberster Feldherr der Griechen vor Troja. Er opferte seine Tochter Iphigenie der Göttin Diana, um das Auslaufen der griechischen Flotte nach Troja aus dem Hafen Aulis zu erwirken. Nach seiner Rückkehr aus Troja wurde er von seiner Gattin Klytaimnestra im Bad mit einem Beile erschlagen.

Agaue: Mutter des Pentheus, des Königs von Theben, Anhängerin des Bacchuskultes. Sie zerfleischte in bacchantischem Wahnsinn ihren Sohn, der sich der Einführung des Bacchuskultes widersetzte.

Agrippa: Marcus Vipsanius Agrippa (um 62–12 v. u. Z.), engster Vertrauter und Schwiegersohn des Augustus, militärischer Oberbefehlshaber, Sieger in vielen Schlachten (u. a. endgültige Unterwerfung der Kantabrer 21/20 v. u. Z.). 33 v. u. Z. veranstaltete er als Ädil besonders glänzende Spiele. Auf sein Betreiben wurde in Rom eine Reihe von Bauten, z. B. eine Säulenhalle auf dem Marsfeld, errichtet.

Agyieus: Beiname Apollos als des Herrn der Straßen.

Ajax: 1. Sohn des Telamon, griechischer Held vor Troja. Er erschlug nach einem Streit um die Waffen des Achilles im Wahnsinn eine Herde Schafe und beging danach Selbstmord (O. II 4,6; S. II 3,187. 193. 202. 211). – 2. Sohn des Oïlus, griechischer Held vor Troja, berühmt als schneller Läufer. Er vergewaltigte Kassandra am Altar der Göttin Minerva (Pallas), die ihn dafür auf der Heimfahrt mit Sturm und Schiffbruch strafte (O. I 15,19; E. 10,14).

Akademie: Im Hain des griechischen Heros Akademos hat → Plato um 387 v. u. Z. seine Philosophenschule, die erste „Akademie“, gegründet.

Alba: Alba Longa, Mutterstadt Roms, am Westhang des Albanergebirges gelegen.

Albanergebirge: Bergland im Südosten von Rom. Anbaugebiet für einen guten Wein, den Albaner. Im Westteil des Gebirges liegt der Albanersee, jetzt Lago d'Albano.
albanisch: → Albanergebirge.
Albinus: Ein Römer.
Albius: 1. Albius Tibullus (etwa 50–19 v. u. Z.), römischer Elegiendichter. Horaz war mit ihm befreundet (O. I 33,2; B. I 4,1). – 2. Ein Römer, der durch sein leidenschaftliches Sammeln von Bronzegeräten sein ganzes Vermögen verlor (S. I 4,28. 109).
Albucius: 1. Ein Opfer der Giftmischerin Canidia (oder einer ihrer Kunden, der mit ihrer Hilfe seine Frau vergiftete) (S. II 1,48). – 2. Ein strenger Römer (S. II 2,67).
Albunea: Weissagende Quellnymphe in der Nähe von Tibur.
Alcaeus: Alkaios (um 600 v. u. Z.), griechischer Lyriker aus Mytilene auf Lesbos.
Alcon: Ein Sklave.
Alexander: Alexandros III., der Große (356–323 v. u. Z.), König von Makedonien.
Alfenus: Ein Schuster, der sein Handwerk aufgab.
Alfius: Ein stadtbekannter Geldverleiher und Wucherer in Rom.
Algidus: Gebirgszug bei Tusculum, alter Sitz des Dianakultes.
Alkide: Herkules als Enkel des Alcaeus, des Vaters seines Stiefvaters Amphitryon.
Allobroger: Gallischer Volksstamm, der nach einem Aufstand 61 v. u. Z. von Rom endgültig unterworfen wurde.
Alpinus: → Furius Alpinus.
Alyattes: König von Lydien (um 607–560 v. u. Z.), Vater des → Croesus.
Amor: Gott der Liebe, Sohn des Jupiter und der Venus.
Amphion: Sohn des Jupiter, Bruder des Zethus, mythischer Sänger. Er gründete die Stadt Theben. Dabei sollen sich die Steine beim Spiel seiner Leier zur Stadtmauer zusammengefügt haben. Der rauheren Sinnesart seines Bruders zuliebe gab er das Leierspiel auf.
Amyntas: Ein Liebhaber aus Kos.
Anakreon: Griechischer Lyriker aus Teos in Kleinasien (Mitte des 6. Jh. v. u. Z.).
Ananke: Personifikation der unausweichlichen Notwendigkeit. Als Symbole ihres unbeugsamen Willens trägt sie Balkennägel, Keile und Klammern, wie sie beim Bau verwendet wurden, in der Hand.
Anchises: Vater des → Aeneas, Ahnherr der → Julier. Augustus wird als Sproß des Anchises und der Venus bezeichnet.

Ancus: Ancus Marcius, der vierte der sieben legendären römischen Könige.
Anio: Fluß mit berühmtem Wasserfall in Latium, jetzt Aniene.
Antenor: Ein Trojaner, der im Trojanischen Krieg vorschlug, Helena an die Griechen auszuliefern und Frieden zu schließen.
Anticyra: Stadt am Golf von Korinth; hier wuchs Nieswurz, ein Mittel, das gegen Wahnsinn helfen sollte.
Antilochus: Sohn des Nestor, des Königs von Pylos. Er fiel vor Troja, als er seinem Vater das Leben rettete.
Antioch(us): Antiochos III., der Große (242–187 v. u. Z.), seit 223 v. u. Z. König von Syrien. Er wurde 190 v. u. Z. von den Römern zur Unterwerfung gezwungen.
Antiphates: König der menschenfressenden Lästrygonen (Homer, Odyssee X 106).
Antium: Küstenstadt in Latium, mit einem berühmten Tempel der Fortuna; jetzt Porto d'Anzio.
Antonius: 1. Marcus Antonius (82–30 v. u. Z.), römischer Feldherr und Staatsmann, Anhänger Iulius Caesars, Triumvir 43 v. u. Z. Er unterlag Octavian in der Schlacht bei Actium (31 v. u. Z.) und beging ein Jahr später nach Einnahme Alexandrias durch Octavian Selbstmord (S. I 5,33). – 2. → Iullus (O. IV 2,25). – 3. → Musa Antonius (B. I 15,3).
Anxur: Küstenstadt in Latium, auch Tarracina genannt: jetzt Terracina.
Apella: Ein abergläubischer Jude.
Apelles: Hofmaler Alexanders des Großen (2. Hälfte des 4. Jh. v. u. Z.).
Apoll(o): Gott der Dichter und Seher; in seinem Tempel auf dem Palatin ließ Octavian 28 v. u. Z. eine öffentliche Bibliothek einrichten.
Appia: Die Via Appia, Straße, die von Rom über Capua nach Brundisium führte. Das Gebiet der Ausfallstraße war eine vornehme Wohngegend.
Appius: 1. Appius Claudius Pulcher, Censor 50 v. u. Z. Er stieß Söhne von Freigelassenen aus dem Senat aus (S. I 6,21). – 2. Appius Claudius Caecus (4. Jh. v. u. Z.), Erbauer der Via → Appia (B. I 18,19).
Apulien: Landschaft an der Südostküste Italiens, Heimat des Horaz.
Aquinum: Stadt in Latium, Herstellungsort einer billigen Purpurfarbe.
Arbuscula: Berühmte Schauspielerin.
Archilochus: Archilochos (geb. 650 v. u. Z.), griechischer Lyriker, Verfasser von jambischen Spottgedichten; → Lykambes.

Archytas: Pythagoreischer Philosoph aus Tarent (um 400–365 v. u. Z.), Freund des Plato; auch als Mathematiker, Staatsmann und Feldherr bekannt. Er soll bei einem Schiffbruch ums Leben gekommen sein.
Arellius: Reicher Gutsbesitzer, vielleicht Nachbar des Horazischen Landguts in den Sabinerbergen.
Argiver: Bezeichnung für die Griechen vor Troja.
Argo: Das Schiff des → Iason und seiner Gefährten, der Argonauten. Ziel der Argo war die → Kolchis.
Argonauten: → Argo.
Argos: Stadt und Landschaft auf dem Peloponnes, Heimat der → Atriden. Schutzgöttin der Stadt war Juno. Argos wurde zum Schauplatz des Muttermordes, den → Orestes an Klytaimnestra verübte.
Aricia: Alte Stadt in Latium, jetzt Ariccia oder Riccia.
Ariminum: Hafenstadt an der italischen Ostküste, jetzt Rimini.
Aristarch: Aristarch von Samothrake (um 217–145 v. u. Z.), bedeutender alexandrinischer Philologe, strenger Literatur- und Textkritiker.
Aristipp(us): Aristippos von Kyrene (um 435–355 v. u. Z.), griechischer Philosoph, Schüler des Sokrates. Er gründete die philosophische Schule der Kyrenaïker und gehörte zeitweise (wie Plato) zum Hofe des Dionysios d. J. von Syrakus.
Aristius (Fuscus): → Fuscus.
Aristophanes: Der bedeutendste Dichter der Alten attischen Komödie (etwa 445–386 v. u. Z.).
Arrius: Quintus Arrius. Er gab 59 v. u. Z. zu Ehren seines verstorbenen Vaters einen sehr aufwendigen Leichenschmaus, bei dem viele tausend Bürger bewirtet wurden. Seine Söhne waren berüchtigte Verschwender.
Artemis: → Diana.
As: Kleine römische Münze.
Assaracus: Herrscher in der kleinasiatischen Landschaft Troas, Sohn des Tros, Vorfahr des → Aeneas.
Asteriē: Ein Mädchen.
Atax: Fluß in Südfrankreich.
Atlas: Sohn des Titanen Iapetus, Vater der Maia, der Mutter des → Merkur. Atlas hält am westlichen Ende der Welt die Säulen, die den Himmel tragen. Nach ihm ist der Atlantische Ozean benannt.
Atreus: Sohn des Pelops, Vater des Agamemnon und des Menelaus, König von Mykene. Er tötete aus Rache die Kinder seines Bruders → Thyestes und setzte das Fleisch der Getöteten dem Vater zum Mahl vor.

Atride(n): Die Söhne des → Atreus, → Agamemnon und → Menelaus, Führer des griechischen Heeres vor Troja.
Atta: Titus Quinctius Atta (gest. 77 v. u. Z.), römischer Komödiendichter, der insbesondere das nationalrömische Lustspiel, die sogenannte Comoedia togata, pflegte.
Attalus: Attalos III. Philometor, letzter König von Pergamon seit 138 v. u. Z., berühmt wegen seines Reichtums. Er vermachte 133 v. u. Z. sein Reich testamentarisch an Rom.
Aufidius: Ein Schlemmer.
Aufidus: Hauptfluß Apuliens, der Heimat des Horaz, jetzt Ofanto. Als Flußgott wird der Aufidus stiergestaltig gedacht (oder so genannt, weil er sich bei Aufidenum in zwei Arme teilt).
Aulis: Hafenstadt in Böotien, wo die griechische Flotte vor der Fahrt nach Troja durch ungünstigen Wind festgehalten wurde und erst nach Opferung der Iphigenie freikam.
Aulon: Ort in der Nähe von Tarent, Weinbaugebiet.
Aulus: 1. Sohn des → Servius 2) Oppidius (S. II 3,171). – 2. Aulus Cascellius, ein berühmter Jurist der ciceronischen Zeit (D. 371).
Ausonien: Bezeichnung Unteritaliens und Italiens überhaupt.
Aventin: Einer der sieben Hügel Roms, Kultstätte der Diana.
Avernernaß: → Avernus.
Avernus: Kratersee in Kampanien, östlich von Cumae, jetzt Lago d'Averno. Er galt als ein Eingang zur Unterwelt.
Avidiënus: Ein Geizhals, der wegen seiner kynischen Gesinnung und Lebensweise mit dem Beinamen „Hund“ (griech.: kyon) bezeichnet wurde. Vgl. Anm. zu B. I 17,14.

Bacchius: Ein Gladiator.
Bacchus: Gott des Weines, Sohn des Jupiter und der Thebanerin Semele.
Baiae: Luxusbad der Römer, im Nordwesten des Golfs von Neapel, jetzt Baia.
Baius: Ein Römer von verschwenderischem Lebenswandel.
Bajaderen: Hier Flötenspielerinnen.
Baktra: Stadt des alten Perserreiches, jetzt Balch.
Balatro: Ein Römer aus dem Gefolge des → Maecenas.
Balbinus: Ein Römer.
Balbius: Ein römischer Liebhaber.
Bandusia: Quelle in der Nähe des Horazischen Landguts in den Sabinerbergen.
Bantia: Stadt in Apulien, jetzt Banzi.
Barine: Eine Hetäre.

Barium: Küstenstadt in Apulien, jetzt Bari.

Barrus: 1. Ein stadtbekannter Geck (S. I 6,30). – 2. Ein schmähsüchtiger Römer (S. I 7,8).

Bassareus: Beiname des → Bacchus, abgeleitet von dem langen Gewand (Bassara) der Bacchantinnen.

Bassus: Vermutlich der später mit Ovid befreundete Jambendichter.

Bathyllus: Geliebter des griechischen Dichters → Anakreon.

Bellerophon(tes): Sohn des Königs Glaucus von Korinth. Er wurde von der Gattin des → Proetus, Stheneboea, nachdem er ihre Liebe zurückgewiesen hatte, bei deren Gatten verleumdet und mit einem Brief, der zum Mord des Überbringers aufforderte, zu Iobates nach Lykien geschickt. Für Iobates tötete Bellerophontes u. a. die → Chimäre und rettete dadurch sein Leben. Als er später versuchte, sich mit Hilfe des → Pegasus zum Himmel emporzuschwingen, wurde er von Jupiter herabgestürzt.

Bellona: Altrömische Kriegsgöttin, der später die kleinasiatische Göttin Ma gleichgesetzt wurde, deren fanatischer Kult dadurch in Rom Eingang fand.

Benevent: Stadt in Samnium, jetzt Benevento.

Bestius: Eine Figur aus den Satiren des → Lucilius, Verteidiger strenger Sitten.

Bibulus: 1. Marcus Calpurnius Bibulus, Konsul 59 v. u. Z. (zusammen mit → Caesar 1); der Name bedeutet „trinklustig", „durstig" (O. III 28,8). – 2. Gaius Calpurnius Bibulus, Freund des Horaz, mit dem er gemeinsam Athen besuchte und Kriegsdienst leistete (S. I 10,94).

Bion: Bion von Borysthenes (um 300–250 v. u. Z.), Popularphilosoph, Verfasser von Satiren in Prosa, die sich durch besondere Bissigkeit auszeichneten.

Birrius: Ein Verbrecher.

Bithus: Ein Gladiator.

Bithynien: Waldreiche Landschaft im nordwestlichen Kleinasien, Lieferant von Schiffsbauholz.

Bolanus: Ein Römer, dem man besondere Grobheit nachsagte.

Breunen: Volksstamm im Tal des Inn, von → Drusus 15 v. u. Z. besiegt.

Briseïs: Tochter des Priesters Brises. → Achilles erbeutete das Mädchen während des Trojanischen Krieges, mußte es aber an Agamemnon ausliefern. Dies wurde der Anlaß für den Groll des Achilles auf Agamemnon, der das Thema der Ilias Homers bildet.

Britannien: Die Britischen Inseln, die zur Zeit des Horaz von den Römern trotz wiederholter Versuche noch nicht erobert waren.

Brundisium: Bedeutende Hafenstadt in Kalabrien, jetzt Brindisi.

Brutus: Marcus Iunius Brutus (85–42 v. u. Z.), einer der Anführer der Verschwörung gegen Iulius Caesar. Nach dessen Ermordung (44 v. u. Z.) hielt sich Brutus als Prätor in Kleinasien auf. Er unterlag den Caesarrächern Octavian und → Antonius 1) 42 v. u. Z. in der Schlacht bei Philippi.

Bullatius: Ein reicher Römer.

Bupalus: Bupalos, griechischer Bildhauer, der von dem Dichter Hipponax (um 540 v. u. Z.), dessen Häßlichkeit er verspottet hatte, durch Schmähgedichte in den Tod getrieben worden sein soll.

Butra: Ein Freund des → Torquatus 2), von Horaz zum Gastmahl eingeladen.

byzantisch: Thunfische und Fischlake aus Byzantium, der Stadt am Bosporus (jetzt Konstantinopel), waren von hoher Qualität.

Cadmus: 1. Ein Henker (S. I 6,39). – 2. Erbauer der Burg von Theben, später in eine Schlange verwandelt (D. 187).

Caecil(ius): Caecilius Statius (gest. 168 v. u. Z.), römischer Komödiendichter, Nachahmer Menanders.

Caelius: Ein Verbrecher.

Caesar: 1. Gaius Iulius Caesar (100–44 v. u. Z.), von Angehörigen der Senatsaristokratie ermordet (O. I 2,44; S. I 9,18). – 2. Gaius Iulius Caesar Octavianus (63 v. u. Z.–14 u. Z.), von 31 v. u. Z. bis zu seinem Tode faktisch erster römischer Kaiser. Seit 27 v. u. Z. trägt er den Ehrennamen Augustus, „der Erhabene". Als Adoptivsohn von 1) trat er im politischen Kampf als dessen Rächer auf. 43 v. u. Z. schloß er mit → Antonius 1) und Lepidus das sogenannte 2. Triumvirat. Er siegte 42 v. u. Z. bei Philippi über die Caesarmörder und 31 v. u. Z. in der Schlacht von Actium über Antonius und Kleopatra. Augustus kehrte 24 v. u. Z. nach fast dreijähriger Abwesenheit von Rom nach Siegen über die Kantabrer in Spanien nach Hause zurück. Er war erneut von 16 bis 13 v. u. Z. von Rom abwesend, um die Kämpfe mit den Sygambrern in Gallien zu leiten (an allen übrigen Stellen).

Calaïs: Ein junger Mann aus → Thurii.

Cales: Ortschaft in Kampanien, jetzt Calvi. Der dort angebaute Wein, der Kalener, war von guter Qualität.

Callimachus: Kallimachos (etwa 310–240 v. u. Z.), bedeutender griechischer Lyriker.

Calvus: Gaius Licinius Calvus, bekannter Redner und Dichter, Freund des → Catullus.

Camillus: Marcus Furius Camillus (gest. 364 v. u. Z.), Retter Roms beim Galliereinfall (387 v. u. Z.), als Vater des Vaterlandes und zweiter Gründer Roms gefeiert.

Canidia: Eine Giftmischerin.

Canusium: Alte Stadt in Apulien, ursprünglich griechisch, später mit gräkolatinischer Bevölkerung und Sprache; jetzt Canosa.

Capito: → Fonteius Capito.

Capitol(ium): Der Burgberg Roms mit dem Tempel des Jupiter. Zu ihm führten die Triumphzüge hinauf.

Caprius: Ein in Rom stadtbekannter Ankläger.

Capua: Hauptstadt Kampaniens, die sich im 2. Punischen Krieg mit → Hannibal verbündete.

Carinen: Stadtteil Roms am → Esquilin; vornehmes Wohnviertel.

Cassius: 1. Cassius aus Parma, einer der Caesarmörder, nach der Schlacht bei Actium (31 v. u. Z.) in Athen ermordet; Verfasser von (nicht erhaltenen) Gedichten, vielleicht Elegien (B. I 4,3). – 2. Ein Vielschreiber (S. I 10,70).

Castor: Ein Schauspieler oder Gladiator.

Catia: Eine wegen ihrer Schamlosigkeit berüchtigte Römerin.

Catiënus: Ein Schauspieler, Partner des Fufius in der „Iliona" des → Pacuvius; er spielte dort den Sohn der Iliona bzw. nach dessen Ermordung seinen Geist.

Catilus: Nach der Sage einer der drei Gründer von → Tibur.

Catius: Ein Römer.

Cato: 1. Marcus Porcius Cato Censorius (234–149 v. u. Z.), Römer von konservativer Gesinnung, dessen politische und schriftstellerische Tätigkeit die Erhaltung alten Römertums zum Ziele hatte (O. II 15,11; III 21,11; S. I 2,32; B. II 2,117; D. 57). – 2. Marcus Porcius Cato Uticensis (95–46 v. u. Z.), Urenkel von 1), leidenschaftlicher Republikaner, der nach Iulius Caesars Siegen für seine Überzeugung freiwillig in den Tod ging (O. I 12,35; II 1,24; B. I 19,13.14). – 3. Publius Valerius Cato, Freund des → Catullus, Haupt der „neoterischen" Dichterschule (S. I 10,1).

Catullus: Gaius Valerius Catullus (etwa 87–54 v. u. Z.), römischer Lyriker, Hauptvertreter einer modernen („neoterischen") Stilrichtung.

Caudium: Stadt in Samnium, jetzt Montesarchio.

Celsus: Albinovanus Celsus, Sekretär des Claudius Tiberius → Nero 3) auf dessen Truppenexpedition nach Kleinasien, auch Verfasser von Gedichten.

Censor: Der mit der Durchführung des Census beauftragte römische Beamte.

Censorin(us): Freund des Horaz (gest. 2 v. u. Z.), Konsul 8 v. u. Z.
Census: Die in Rom alle fünf Jahre stattfindende Steuereinschätzung und Sittenprüfung der Römer.
Cerberus: Der Höllenhund, Wächter am Eingang zur Unterwelt. Er besitzt drei (oder hundert) Köpfe.
Ceres: Göttin des Ackerbaus, Herrin des Mysterienkults von Eleusis. In dem Festzug, der zu Ehren der Göttin gehalten wurde, trugen Jungfrauen feierlichen Schrittes Körbe mit heiligen Symbolen der Göttin auf dem Kopfe.
Cerinth: Ein schöner römischer Knabe.
Cervius: 1. Ein Nachbar des Horazischen Landguts in den Sabinerbergen (S. II 6,77). – 2. Ein Ankläger (S. II 1,47).
Cetheger: Angesehene römische Familie; ein Cethegus (Konsul 204 v. u. Z.) galt als der älteste kunstmäßige Redner Roms.
Cethegus: → Cetheger.
Chia: Ein Mädchen.
Chier: Vorzüglicher Wein von der Insel → Chios.
Chimäre: Ein Ungeheuer, das die Gestalt eines Löwen, eines Drachens und einer Ziege in sich vereinigte. Es wurde von → Bellerophontes mit Hilfe des → Pegasus getötet.
Chios: Insel in der Ägäis vor der kleinasiatischen Küste, auf der vorzüglicher Wein gedieh.
Chloë: 1. Geliebte des Horaz (O. I 23,1; III 9,6. 10. 19; 26,12). – 2. Ein Mädchen (O. III 7,11).
Chloris: 1. Ein Mädchen (O. II 5,18). – 2. Eine alte Hetäre (O. III 15,8).
Choerilus: Choirilos, griechischer Dichter am Hof Alexanders des Großen, den er in schlechten Versen feierte.
Chremes: Komödienfigur, Typ des Geizhalses.
Chrysippus: Chrysippos von Soloi (276–204 v. u. Z.), bedeutender stoischer Philosoph. Er systematisierte die stoische Lehre und galt (nach Zenon) als zweiter Begründer der Schule.
Cibyra: Stadt in Kleinasien.
Cicuta: Ein Wucherer.
Cinara: Jugendgeliebte des Horaz.
Circe: Zauberin, die auf der Insel Aeaea lebte. Sie verwandelte die Gefährten des Ulixes in Schweine, wurde aber von dem Helden zur Aufhebung des Zaubers gezwungen. Ulixes hielt sich ein Jahr bei Circe auf. Sie gebar ihm einen Sohn, Telegonus, der nach der Sage später → Tusculum gründete.
Circeï: Stadt (jetzt San Felice Circeo) und Vorgebirge (jetzt Monte Circeo) in Latium.

Circus: Ursprünglich Stätte für Wagenrennen; die Form des Circus war die eines langgestreckten Stadions. Auch Feste und Spiele fanden dort statt. Der Circus war der geeignete Ort, verdiente Bürger der Stadt durch Aufstellung von Statuen zu ehren.

claudisch: Die Claudier waren eine berühmte römische Familie, → Nero.

Claudius: → Nero 3).

Clazomenae: Stadt an der Westküste Kleinasiens.

Clusium: Stadt in Etrurien, jetzt Chiusi.

Cnidus: Hafenstadt in der kleinasiatischen Landschaft Karien, mit Venuskult.

Cocceius: Lucius Cocceius Nerva, Konsul 39 v. u. Z., mit Octavian und → Antonius 1) befreundet.

Cocytus: Ein Fluß in der Unterwelt.

Codrus: Mythischer König von Athen, der durch Opfertod seine Vaterstadt vor dem Ansturm der Dorer rettete.

Copia: Personifikation der Fülle und des Segens.

Coranus: Ein reicher Alter, den der Erbschleicher → Nasica zu beerben hoffte.

Corvinus: → Messalla.

Cotiso: König der Daker an der unteren Donau, über die die Römer zu Beginn der zwanziger Jahre v. u. Z. erfolgreich waren.

Cotyto: Thrakische Göttin mit orgiastischem Kult.

Cragus: Gebirge in der kleinasiatischen Landschaft Lykien, mit einer Kultstätte der Diana.

Crassus: Marcus Licinius Crassus (115–53 v. u. Z.), römischer Staatsmann und Feldherr. Er schloß 60 v. u. Z. mit Iulius Caesar und Pompeius das sogenannte 1. Triumvirat. Crassus fiel 53 v. u. Z. in der Schlacht bei Carrhae (Mesopotamien), in der die Römer den Parthern unterlagen. Viele der kriegsgefangenen Römer traten nach der Schlacht zu den Parthern über.

Craterus: Ein bekannter Arzt.

Cratinus: Kratinos (gest. nach 423 v. u. Z.), Dichter der Alten attischen Komödie.

Crispin(us): Ein stoischer Moralphilosoph, Vielschreiber.

Croesus: Kroisos, letzter lydischer König 560–546 v. u. Z., bekannt wegen seines märchenhaften Reichtums.

Cumae: Stadt in Kampanien, jetzt Cuma.

Cupiënnius: Ein Ehebrecher.

Curius: Manius Curius Dentatus, Konsul 290 v. u. Z., Feldherr der Römer im 3. Samnitenkrieg (298–290 v. u. Z.), Sieger über → Pyrrhus bei Benevent 275 v. u. Z.

Curtillus: Ein Feinschmecker.

Cynthia: Beiname der Diana, so genannt nach dem Berg Kynthos auf Delos, der Geburtsstätte der Göttin.

Cypris: Beiname der Venus, so genannt nach der Insel Zypern, ihrer Hauptkultstätte. Sie soll nach einer Sagenversion an der Küste Zyperns dem Meere entstiegen sein und wurde daher als Schutzgottheit der Seeleute angerufen.

Cyrus: 1. Kyros II., persischer König von 559 bis zu seinem Tode 529 v. u. Z., Gründer des Reiches der Perser, als deren Nachfolger sich die → Parther betrachteten (O. II 2,17; III 29,28). – 2. Ein römischer Jüngling (O. I 17,24; 33,6).

Daedal(us): Erbauer des Labyrinths auf Kreta. Er schuf aus Federn und Wachs Flügel und entzog sich und seinen Sohn → Icarus auf dem Luftwege der Macht des kretischen Königs Minos. Icarus fand auf der Flucht den Tod.

Dakien: Landschaft an der unteren Donau. Die Daker waren vor der Schlacht bei Actium (31 v. u. Z.) Verbündete des → Antonius 1) gegen Octavian.

Dama: 1. Sklavenname (S. I 6,38; II 7,54). – 2. Ein Freigelassener, der Ziel von Erbschleicherei ist (S. II 5,18. 101).

Damalis: Eine Hetäre.

Damasipp(us): Ein stoischer Weisheitsprediger, der zuvor als Kunsthändler Bankrott gemacht hatte.

Danaë: Tochter des Acrisius, von Jupiter Mutter des Perseus. Ihr Vater sperrte sie in einem Turm von der Außenwelt ab. Jupiter gelang es jedoch, in Gestalt goldenen Regens zu ihr vorzudringen.

Danaus: König von Ägypten, Vater der Danaïden, die auf sein Geheiß in der Brautnacht ihre Männer töteten und als Strafe dafür in der Unterwelt Wasser in ein durchlöchertes Faß schöpfen müssen. Einzig Hypermestra gehorchte dem Befehl des Vaters nicht.

Dauner: → Daunus.

Daunus: Sagenhafter König von Apulien, das nach ihm auch Daunerland genannt wurde. Der Name Dauner wird auch allgemein zur Bezeichnung der Bewohner der italischen Halbinsel verwendet.

Davus: 1. Sklaventyp in der Komödie (S. I 10,48; II 5,91; D. 114. 237). – 2. Ein Sklave des Horaz (S. II 7,2. 46. 100).

Decius: Die Familie der Decier konnte auf militärische Verdienste um Rom verweisen, nicht aber auf die Verwaltung von staatlichen Ämtern. Ein Angehöriger aus dieser Familie galt bei der Bewerbung als Homo novus („neuer Mann“).

Deïphobus: Ein Sohn des → Priamus, nach dem Tode des Paris Gatte der → Helena. Er fiel im Kampfe durch die Hand des Menelaus.

Dellius: Ein Vertrauter Octavians.

Delos: Kykladeninsel, Geburtsort des Apollo und der Diana, jetzt Dilos.

Delphi: Berühmte Orakelstätte des Apollo in Griechenland. Dem Gott war der Lorbeerbaum heilig.

Demetrius: 1. Ein Kritiker, der auch Gesangsunterricht gab (S. I 10,87. 98). – 2. Ein Sklave des → Philippus 2) (B. I 7,52).

Demokrit: Demokritos aus Abdera (460–371 v. u. Z.), bedeutender griechischer Philosoph, Materialist (Atomistik). Er unternahm weite Reisen, deren Kosten er selbst tragen mußte.

Diana: Göttin der Jagd und des Waldes, Mondgöttin, Göttin nächtlicher Zaubereien.

Digentia: Flüßchen, das in den Anio mündet, jetzt Licenza. In seiner Nähe befand sich das Horazische Landgut in den Sabinerbergen.

Dindymene: Beiname der kleinasiatischen Göttermutter Kybele, so genannt nach dem Berg Dindymon in Phrygien, wo sich die Hauptkultstätte der Göttin befand. Ihr Kult war orgiastischen Charakters.

Diomedes: Sohn des Tydeus, griechischer Held vor Troja, der selbst mit Göttern zu kämpfen wagte. Auf der Heimfahrt von Troja nach Griechenland wurde er nach Apulien verschlagen, wo er → Canusium gründete. Er führte den Rachefeldzug gegen Theben an.

Dione: Mutter der Venus und mit dieser selbst gleichgesetzt.

Dionysius: Sklavenname.

Dioskuren: → Kastor und → Pollux, die Söhne des Jupiter und der Leda, nach dem Tode als Gestirn der Zwillinge an den Himmel versetzt. Sie waren Beschützer der Seefahrt.

Dirke: Quelle bei Theben, der Heimatstadt → Pindars. Der Dichter heißt deshalb „Dirkes Schwan".

Docilis: Ein Schauspieler oder Gladiator.

Drusus: Nero Claudius Drusus (38–9 v. u. Z.), Stiefsohn des Augustus. Er siegte in den Jahren 15 bis 13 v. u. Z. über die Alpenstämme in Rätien, drang bis zur Elbe vor und fand auf dem Rückweg noch in Gallien den Tod.

Echion: Thebanischer Held, aus den Drachenzähnen geboren, die → Cadmus 2), der Gründer der Burg von Theben, säte. Echion heiratete die Tochter des Cadmus; sein Sohn → Pentheus wurde von Bacchantinnen zerrissen.

Egeria: Gattin des zweiten legendären römischen Königs, Numa.

Elektra: Tochter des Agamemnon, Schwester des → Orestes.

Empedokles: Naturphilosoph aus Akragas in Sizilien (um 483–423 v. u. Z.), Schüler des → Pythagoras. Die Legende von seinem Tod durch einen freiwilligen Sprung in den Ätna ist Erfindung der älteren griechischen Tradition.

Enceladus: Einer der → Giganten.

Ennius: Quintus Ennius (239–169 v. u. Z.), römischer Dichter, der Dramen, Satiren und ein Epos, die „Annalen", schrieb. Er stammte aus Rudiae in Kalabrien. In seinem Epos feierte er u. a. die Taten des Scipio → Africanus 2). Der Dichter machte den Hexameter in der lateinischen Dichtung heimisch. Ennius beanspruchte für sich einen Rang, wie ihn Homer für Griechenland eingenommen hatte, und fühlte sich, unter Berufung auf die pythagoreische Lehre von der Seelenwanderung, als neuer Homer. Die Realität ist hinter diesem Anspruch freilich zurückgeblieben. Z. B. ist es Ennius nicht gelungen, frühere römische Dichter (wie etwa → Naevius 1); vgl. B. II 1,53) gänzlich in Vergessenheit geraten zu lassen. Durch diese Feststellung wird die Bedeutung, die Ennius für die römische Literatur hatte, jedoch keineswegs geschmälert.

Epicharm: Epicharmos (um 550–460 v. u. Z.), bedeutendster Dichter der dorischen Komödie. Epicharm stammte aus → Kos, lebte aber später in Sizilien.

Epikur: Epikuros (341–270 v. u. Z.), griechischer Philosoph. Seine von → Demokrit beeinflußte Lehre sah in der Freiheit von körperlichem Schmerz und seelischer Unruhe das höchste Lebensziel. Die Gegner Epikurs versuchten seine Lehre zu diskriminieren, indem sie ihr Sinnenlust und Ausschweifung als höchste Lebensziele unterschoben.

Erycina: Beiname der Venus, so genannt nach dem Berge Eryx auf Sizilien, wo sich ein bedeutendes Heiligtum der Göttin befand.

Erymanthus: Gebirge in Arkadien, mit Kultstätten der Diana.

Esquilien: Stadtteil in Rom beim → Esquilin.

Esquilin: Hügel in Rom mit alter Begräbnisstätte und Schindanger. Maecenas ließ hier einen Park anlegen und sich ein Haus bauen.

Euander: Mythischer König in Arkadien, der nach der Sage nach Italien übersiedelte.

Eupolis: Dichter der Alten attischen Komödie (446–nach 412 v. u. Z.).

Europa: Tochter des phönikischen Königs Agenor; Jupiter verwandelte sich in einen Stier, um sie nach Kreta zu entführen, wo er mit ihr Minos, Rhadamanthys und Sarpedon zeugte.

Eutrapelus: Publius Volumnius Eutrapelus, römischer Ritter, Freund des Cicero. Wegen seines Witzes wurde er „Eutrapelus“ (der Gewandte, Witzige) genannt.

Fabisches Viertel: Ein Stadtbezirk in Rom.
Fabius: Römischer Ritter, Verfasser von Schriften über stoische Philosophie, von Horaz als Tugendschwätzer verspottet.
Fabricius: 1. Gaius Fabricius Luscinus, Konsul 282 und 278 v. u. Z., gerühmt wegen seines vorbildlichen Charakters. Es wird erzählt, daß er im Krieg gegen → Pyrrhus 1) (280–272 v. u. Z.) den Bestechungsversuchen des Gegners widerstand und das Anerbieten eines Verräters, Pyrrhus zu ermorden, mit der Aufdeckung dieses Anschlags beantwortete (O. I 12,40). – 2. Römischer Beamter, der 62 v. u. Z. eine nach ihm benannte Brücke über den Tiber bauen ließ (S. II 3,36).
Falernerland: Landschaft in Kampanien, berühmt durch ihren vorzüglichen Wein, den Falerner.
Falernum: → Falernerland.
Fannius: Ein eitler Dichterling.
Fausta: Tochter des → Sulla, Gattin des Milo, die wegen ihrer Sittenlosigkeit berüchtigt war.
Ferentinum: Landstädtchen in Latium, jetzt Ferentino.
Feronia: Altitalische Göttin, die in der Nähe von → Anxur ein Heiligtum hatte.
feszenninisch: Die Feszenninen waren derbe Spottgedichte (Wechselgesänge), die auf ländlichen Feiern vorgetragen zu werden pflegten. Der Name wird auf die etruskische Stadt Fescennium zurückgeführt.
Fidenae: Alte Stadt in Latium; zur Zeit des Horaz verfallen.
Flaccus: Horaz.
Flavius: Lehrer in Venusia, dem Geburtsort von Horaz.
Florus: → Iulius 2).
Folia: Eine Giftmischerin.
Fonteius Capito: Freund und Vertrauter des → Antonius 1), Konsul 33 v. u. Z.
Forentum: Stadt in Apulien, jetzt Forenzo.
Formiae: Küstenstadt in Latium, jetzt Molo di Gaëta; Anbaugebiet für einen guten Wein, den Formianer.
Formianer: → Formiae.
Forum Appi: Marktflecken in Latium, an der Via Appia gelegen; jetzt Treponti.
Fufidius: Ein Wucherer.

Fufius: Ein Schauspieler, der offenbar gern dem Wein zusprach. Er spielte die Rolle der Iliona in dem gleichnamigen Schauspiel des → Pacuvius und schlief dabei berauscht auf offener Bühne ein.
Fulvius: Ein Gladiator.
Fundanius: Römischer Komödiendichter (1. Jh. v. u. Z.).
Fundi: Küstenstadt in Latium, jetzt Fondi.
Furius Alpinus: Ein schwülstiger Epiker, Zeitgenosse des Horaz.
Furnius: Gaius Furnius, Konsul 17 v. u. Z., bekannt als Redner.
Fuscus: Marcus Aristius Fuscus, ein Freund des Horaz.

Gabii: Alte Stadt in Latium, zur Zeit des Horaz fast verfallen, die wegen ihrer Kaltwasserbäder noch besucht war. In früher Zeit bestand ein Vertrag zwischen Rom und Gabii.
Gades: Stadt an der spanischen Südküste, jetzt Cadix.
Gätulien: Landschaft in Nordwestafrika, bekannt wegen der dort hergestellten Purpurfarbe.
Galaesus: Fluß in der Nähe von → Tarent.
Galatea: Ein Mädchen.
Galba: Ein nachsichtiger Ehemann oder ein Richter, der Ehebruch mild beurteilte, weil er in dieser Hinsicht selber kein reines Gewissen hatte.
Gallina: Ein Gladiator, der in thrakischer Rüstung (kleiner Schild, gebogener Säbel) kämpfte.
Gallonius: Ein von → Lucilius wegen seines plumpen Tafelluxus verspotteter Auktionator.
Ganymed: Sohn des Tros; Jupiter ließ ihn durch seinen Adler vom → Ida rauben und machte ihn zu seinem Mundschenken.
Garganus: Berg in Apulien, jetzt Monte Gargano.
Gargilius: Ein Römer, leidenschaftlicher Jäger.
Gargonius: Ein wegen Unsauberkeit berüchtigter Römer.
Gelonen: Skythischer Volksstamm am oberen Don.
Genaunen: Rätischer Volksstamm, der 15 v. u. Z. von → Drusus besiegt wurde.
Genitalis: Beiname der Diana in ihrer Eigenschaft als Geburtshelferin.
Genius: Schutzgott des Menschen, der über sein Leben von der Geburt bis zum Tode wacht.
Geryon: Ein riesenhaftes Ungeheuer mit drei Leibern, das von Herkules bezwungen wurde.
Geten: Thrakischer Volksstamm an der unteren Donau.
Giganten: Riesengestaltige Söhne der Gaea (Erde), → Tellus, und des Uranus (Himmel), die in einer Schlacht (Gigantomachie) den olympischen Göttern unterlagen.

Glaucus: Lykischer Bundesgenosse der Trojaner. Die Ilias berichtet, daß er auf den Zweikampf mit → Diomedes verzichtete und die Waffen mit seinem Gegner tauschte, da es sich herausstellte, daß zwischen den Häusern beider Helden eine alte Gastfreundschaft bestand. Später wurde dem Glaucus Feigheit als Motiv unterstellt.

Glycera: Ein Mädchen.

Glycon: Ein berühmter Athlet (Ring- und Faustkämpfer).

Gnatia: Hafenstadt in Apulien, die unter Wassermangel litt.

Gracchus: Gaius Sempronius Gracchus (153–121 v. u. Z.), Volkstribun 123 v. u. Z., bedeutender Redner. Nach dem Tode seines Bruders Tiberius führte er dessen demokratisches Reformwerk weiter, das aber nicht durchgesetzt werden konnte.

Grosphus: Pompeius Grosphus, römischer Ritter, Großgrundbesitzer in Sizilien.

Gyges: 1. Ein hundertarmiger Riese, der in die Unterwelt verbannt ist (O. II 17,13; II 4,69). – 2. Ein Jüngling aus der kleinasiatischen Hafenstadt Cnidus (O. II 5,20; III 7,1).

Haemus: Gebirge in Nordthrakien, der heutige Balkan; Heimat des → Orpheus.

Hagna: Eine griechische Freigelassene.

Hannibal: Karthagischer Feldherr (247–183 v. u. Z.), Befehlshaber im 2. Punischen Krieg.

Harpyien: Gefräßige Ungeheuer, halb Weib, halb Raubvogel.

Hasdrubal: Karthagischer Feldherr, Bruder → Hannibals, fiel 207 v. u. Z. im Kampf gegen die Römer.

Hebrus: 1. Hauptfluß Thrakiens, jetzt Maritza (O. III 25,10; B. I 3,3; 16,13). – 2. Ein junger Mann (O. III 12,2).

Hekate: Göttin der Unterwelt, Schutzherrin der Zauberer.

Hektor: Ältester Sohn des → Priamus, Feldherr der Trojaner. Er wurde von Achilles getötet. Priamus löste den Leichnam seines Sohnes durch einen Bittgang in das griechische Lager aus.

Helena: Tochter des Jupiter und der Leda, Schwester der Dioskuren Kastor und Pollux, Gemahlin des Menelaus, des Königs von Sparta. Ihr Raub durch den trojanischen Königssohn → Paris wurde zum Anlaß des Trojanischen Krieges. Der Lyriker → Stesichorus tadelte ihren Ehebruch und wurde deshalb der Sage nach von Kastor und Pollux mit Blindheit gestraft, erhielt aber nach einem Widerruf (Palinodie) das Augenlicht wieder zurück.

Helikon: Berg in Böotien, Sitz der Musen.

Heliodorus: Ein griechischer Lehrer der Beredsamkeit.

Hellas: 1. Eine Freigelassene (S. II 3,277). – 2. Griechenland (an allen übrigen Stellen).

Herkules: Sohn des Jupiter und der Thebanerin Alkmene, griechischer Heros, in Rom auch als Spender von Reichtum und als Schutzpatron der Gladiatoren verehrt. Zu Lebzeiten von der Mißgunst der Juno verfolgt, wurde er nach seinem Tode unter die olympischen Götter aufgenommen. Bei der Ausführung seiner berühmten Taten überwand er auch die Gesetze der Unterwelt in zwei Fällen: Er brachte die gestorbene Königin Alkestis auf die Erde zurück und raubte den Höllenhund Cerberus.

Hermogenes: Tigellius Hermogenes, Freigelassener oder Verwandter des Sängers → Tigellius 1), ebenfalls Sänger und Musikant.

herodisch: Herodes der Große (37–4 v. u. Z.), König von Judäa, war bekannt wegen seines Reichtums, der aus Erträgen von Dattelpflanzungen in der Ebene von Jericho herrührte.

Hippolyte: Gattin des Acastus, des Königs der Magneten zu Iolcus, die → Peleus bei ihrem Gatten verleumdete, nachdem er ihre Liebe abgewiesen hatte.

Hippolytus: Sohn des Theseus, des Königs von Athen, ein treuer Diener der jungfräulichen Göttin Diana. Er wies die Liebe seiner Stiefmutter Phaedra zurück und wurde daraufhin von ihr bei seinem Vater verleumdet. Auf Bitten des Theseus bewirkte Neptun den Tod des Hippolytus.

Homer(us): Homeros (8. Jh. v. u. Z.), der Dichter der altgriechischen Epen Ilias und Odyssee.

Hydaspes: 1. Nebenfluß des Indus, jetzt Dschilam (O. I 22,7). – 2. Ein Sklave aus Indien (S. II 8,14).

Hydra: Neunköpfige Schlange, die jeden ihr abgeschlagenen Kopf durch zwei neu nachwachsende ersetzte. Sie wurde von Herkules mit Mühe getötet.

Hylaeus: Ein → Zentaur.

Hymettus: Gebirgszug in Attika, bekannt wegen seines blauen Marmors. Honig aus dieser Gegend war von hoher Qualität.

Hypsaea: Eine Römerin, die sich einen besonders häßlichen Liebhaber ausgesucht hatte.

Iarbita: Ein Maure, der römische Rhetoren nachzuahmen versuchte.

Iapetus: Titane, Vater des → Prometheus.

Iason: Führer der Argonauten auf der Fahrt in die → Kolchis. Um das Goldene Vlies zu erlangen, mußte er feuerschnaubende Stiere vor einen Pflug spannen, Drachenzähne säen und die daraus hervorwachsenden gepanzerten Männer im Kampfe besiegen. Die kolchische Königstochter Medea half ihm bei der Lösung der Aufgabe; insbesondere schützte sie ihn mit einer Zaubersalbe gegen den Feueratem der Stiere.

Iberer: Volksstamm im Osten der Pyrenäenhalbinsel. Bei Carthago Nova (jetzt Cartagena) wurden aus Pfriemgras besonders dauerhafte Stricke gefertigt, die auch zur Züchtigung Verwendung fanden.

Iberien: Landschaft in Asien, an Giftgewächsen reich, jetzt Georgien.

Ibycus: Gatte der → Chloris 2).

Icarus: Sohn des → Daedalus. Der Teil der Ägäis, in den Icarus der Sage nach stürzte, wurde nach ihm Ikarisches Meer, eine Insel dort Ikaria (Ikarischer Fels) benannt; jetzt Nikaria.

Iccius: Verwalter der sizilischen Besitzungen → Agrippas. Er nahm 25 v. u. Z. an einer Expedition des römischen Statthalters von Ägypten teil. Seine philosophischen Neigungen waren bekannt.

Ida: Berg in Phrygien, reich an Wäldern, deren Holz zum Schiffsbau verwendet wurde. Vom Ida ließ Jupiter durch seinen Adler den → Ganymed entführen, um ihn zu seinem Mundschenk zu machen.

idäisch: → Ida.

Idomeneus: König von Kreta, der am Trojanischen Krieg teilnahm.

ikarisch: → Icarus.

Ilerda: Stadt in Spanien.

Ilia: Rhea Silvia, von Mars Mutter des Romulus und des Remus, Ahnherrin Roms. Nach der Sage wurde sie später Gattin des Flußgottes Tiber.

Iliona: Eine Tochter des → Priamus, Gattin des thrakischen Königs Polymestor; Titelgestalt einer Tragödie des römischen Dichters → Pacuvius.

Ilithyia: Beiname der Diana in ihrer Eigenschaft als Geburtshelferin.

Inachia: Ein Mädchen.

Inachus: Mythischer König von Argos auf dem Peloponnes.

Ino: Tochter des Cadmus 2), Gattin des thebanischen Königs Athamas. Als dieser im Wahnsinn einen seiner Söhne tötete, stürzte sich Ino mit dem anderen Sohn ins Meer und wurde in die hilfreiche Meeresgöttin Leukothea verwandelt.

Io: Tochter des Inachus, Geliebte des Jupiter. Juno verwandelte sie in eine Kuh und ließ sie von einer Bremse verfolgen. Auf ihrer Flucht kam Io bis nach Ägypten.

Iolcus: Hafenstadt in Thessalien.

Isthmus: Die Landenge von Korinth. Zu Ehren Neptuns fanden dort in zweijährigem Abstand die Isthmischen Spiele statt.

Ithaka: Insel im Ionischen Meer, Heimat des Ulixes.

Itys: Sohn des Thrakerkönigs Tereus und der → Prokne. Seine Mutter tötete ihn aus Rache dafür, daß Tereus ihre Schwester Philomela vergewaltigte. Prokne wurde daraufhin in eine Schwalbe (bei den römischen Dichtern in eine Nachtigall), Philomela in eine Nachtigall (bzw. Schwalbe) verwandelt.

Iuba: Iuba II., 25–23 v. u. Z. König von Mauretanien.

Iugurtha: König von Numidien, dem Hinterland Karthagos (um 160 bis 104 v. u. Z.). Er führte 111–105 v. u. Z. Krieg gegen Rom, wurde von einem römischen Heer unter Marius besiegt und in Rom hingerichtet.

Iulius: 1. Ein nicht näher bekannter Taugenichts (S. I 8,39). – 2. Iulius Florus, ein Freund des Claudius Tiberius → Nero 3), sein Begleiter auf der Truppenexpedition nach Kleinasien (B. I 3,1).

Iullus: Iullus Antonius (um 44–2 v. u. Z.). Sohn des Triumvirn → Antonius 1), Konsul 10 v. u. Z.

Ixion: König der → Lapithen, der nach der Liebe der Göttin Juno trachtete und als Strafe für seine Vermessenheit in der Unterwelt auf ein Feuerrad gebunden wurde. Er tötete auch den Vater seiner Braut hinterlistig, als dieser die Brautgeschenke forderte.

Janus: Römischer Gott des Eingangs und allen Beginnens; sein Tempel, ein doppelter Torbogen an der Nordostecke des Forums, wurde zu den, allerdings seltenen, Friedenszeiten geschlossen gehalten. Die Schließung im Jahre 29 v. u. Z. unter Octavian war die erste seit 235 v. u. Z. Auch Bögen und Durchgänge waren dem Janus geweiht; an einem solchen Janusbogen befand sich der Standplatz eines römischen Bankiers. Zu Beginn von Opfergebeten wandte man sich an Janus.

Joner: Volk in Kleinasien, das als verweichlicht und entartet galt. Mit der Jonerbucht ist das Ionische Meer gemeint, das zwischen Süditalien und Griechenland liegt.

Jovis: Genitiv zu Jupiter.

Julier: Das Geschlecht → Caesars 1) und Octavians, → Aeneas.

Käkuber: Ein guter Wein aus Latium.

Kalabrien: Landschaft in Unteritalien, Heimat des Dichters → Ennius.

Kalener: → Cales.

kalenisch: → Cales.

Kampanien: Landschaft im westlichen Mittelitalien, östlich von Latium gelegen. Hauptstadt des Gebietes ist Capua, Hauptbezugsquelle für Bronzegeschirr.

Kantabrien: Landschaft in Nordspanien, erst 26–19 v. u. Z. von Augustus unterworfen. Die Kantabrer galten als wild und ungezügelt.

Kappadokien: Königreich in Kleinasien, den Römern tributpflichtig, Lieferant von Sklaven.

Karpathisches Meer: Der Teil des Mittelmeeres zwischen den Inseln Kreta und Rhodos.

Karthago: Stadt an der Nordküste Afrikas, 146 v. u. Z. von Scipio → Africanus 2) zerstört.

Kastor: Neben Pollux einer der → Dioskuren, Bruder der Helena; Kastor liebte das Reiten.

Keër: Hier Simonides (etwa 556–468 v. u. Z.), griechischer Lyriker von der Insel Keos, der wegen seiner Klage- und Trauerdichtung bekannt war.

keïsch: → Keër.

Kekrops: Legendärer Gründer Athens, Vater von → Prokne und Philomela, Großvater des Itys.

Kepheus: Vater der Andromeda, der wie seine Tochter unter die Sterne versetzt wurde (Aufgang des Kepheus am 9. Juli, Beginn der heißen Jahreszeit).

Knidier: Bewohner von → Cnidus.

Koër: Bewohner von → Kos.

koïsch: → Kos.

Kolcher: Bewohner der → Kolchis.

Kolchis: Landschaft im Südosten des Schwarzen Meeres, jetzt der westliche Teil Georgiens; Heimat der → Medea.

Kolophon: Stadt im westlichen Kleinasien.

Konkaner: Spanischer Volksstamm.

Korinth: Reiche Handelsstadt in Griechenland, 146 v. u. Z. von den Römern erobert und geplündert.

Korybanten: Die Priester der → Dindymene (Kybele).

korykisch: Die Stadt Corycus in der kleinasiatischen Landschaft Kilikien war Ausfuhrgebiet von Safran.

Kos: Sporadeninsel in der Ägäis, bekannt für die Herstellung hauchdünner Gewänder. Koïscher Weißwein wurde mit Seewasser versetzt, damit er sich besser hielt.

Krantor: Krantor von Soloi (4./3. Jh. v. u. Z.), griechischer Philosoph, Anhänger der älteren → Akademie, Verfasser ethischer Schriften.

Kreon: König von Korinth, Vater der Glauke, die Iasons zweite Gemahlin werden sollte, von der eifersüchtigen → Medea jedoch durch ein vergiftetes Gewand getötet wurde.

Kreta: Insel im Mittelmeer. Aus kretischem Rohr wurden Pfeile hergestellt; die Kreter waren als Bogenschützen berühmt.

Kurie: Sitzungssaal des Senats in Rom.

Kykladen: Inselgruppe im Ägäischen Meer. Auf der Kykladeninsel Delos hatte Venus eine Kultstätte.

kylleneïsch: Der Berg Kyllene in Arkadien galt als Geburtsort des → Merkur, des Erfinders der Lyra.

Kythera: Insel im Lakonischen Golf, mit altem Kult der Venus, die hier nach einer Sagenversion dem Schaum des Meeres entstiegen sein soll.

Labeo: Ein bekannter Tollkopf, vielleicht der Vater des Juristen Antistius Labeo.

Laberius: Decimus Laberius (104–43 v. u. Z.), römischer Mimendichter.

Laelius: Gaius Laelius minor (etwa 190–120 v. u. Z.), Konsul 140 v. u. Z., Freund des Scipio → Africanus 2), Gönner des → Lucilius. Er trug den Beinamen Sapiens, „der Weise".

Laevinus: Publius Valerius Laevinus; ein adliger Taugenichts aus der Familie der Valerier.

Lakoner: Bewohner von Lakonien, der Landschaft um die griechische Stadt Sparta. Lakonische Hunde waren bekannt als gute Hirtenhunde.

Lalage: Ein Mädchenname, „die Plauderin".

Lamia: 1. Aelius Lamia, römischer Ritter, Freund des Horaz, Verfasser von Theaterstücken (O. I 26,8; 36,7; B. I 14,6). – 2. Ein kinderfressendes Ungetüm (D. 340).

Lamier: → Lamus.

Lamus: König der Lästrygonen, eines Volks menschenfressender Riesen (Homer, Odyssee X 81), sagenhafter Gründer von → Formiae, scherzhaft als der Stammvater der Familie der Lamier angeführt, → Lamia 1).

Lanuvium: Stadt in Latium, südöstlich von Rom gelegen.

Laomedon: Vater des → Priamus. Er betrog Apollo und Neptun, die ihm die Mauern von Troja erbauten, um ihren Lohn.

Lapithen: Mythische Bewohner Thessaliens. Bei der Hochzeitsfeier des Lapithenkönigs Peirithous entbrannte, verursacht durch den trunkenen → Zentauren Eurythion, ein Streit, der mit der Vernichtung der Zentauren endete.

Laren: Die Schutzgottheiten des römischen Hauses, denen zu Beginn eines jeden Monats und zu besonderen Anlässen Opfer dargebracht wurden. Kleine Figuren dieser Gottheiten waren am Hausherd aufgestellt.

Larissa: Reiche Stadt in Thessalien.

Latinus: Mythischer König von Latium, Schwiegervater des → Aeneas.

Latona: Geliebte des Jupiter, Mutter der Zwillinge Apollo und Diana, die sie, von Juno verfolgt, auf der Insel Delos gebar. Ihr griechischer Name ist Leto.

Laurentum: Küstenstadt in Latium.

Laverna: Schutzgöttin der Diebe.

Lebedus: Kleine Küstenstadt in Kleinasien.

Leda: Geliebte des Jupiter, Mutter der → Dioskuren Kastor und Pollux und der → Helena. Sie soll ein oder zwei Eier geboren haben, aus denen ihre Kinder schlüpften.

Lepidus: Konsul 21 v. u. Z., nachträglich gewählt, als Augustus das ihm zugedachte Konsulat ablehnte.

Lepos: Ein bekannter Pantomime.

Lesbia: Ein Hetärenname.

Lesbier: Hier der Dichter → Alcaeus, dessen Heimat die Insel Lesbos war.

Lesbos: Insel im Ägäischen Meer, Heimat der Dichter → Alcaeus und → Sappho; Anbaugebiet eines guten Weines.

Leto: → Latona.

Leuconoë: Geliebte des Horaz.

Liber: Bacchus, der Gott des Weins.

Libitina: Römische Leichengöttin, in deren Tempel für die Bestattung eine Gebühr zu entrichten war und alle zum Begräbnis erforderlichen Dinge verkauft wurden.

Libo: Prätor 204 v. u. Z.; er errichtete auf dem Forum ein Puteal (Blitzmal), in dessen Nähe später Geldgeschäfte abgewickelt wurden.

Liburner: Volksstamm an der dalmatinischen Küste. Die dort üblichen leichten und schnellen Schiffe fanden in Rom Eingang und hießen ebenfalls Liburner.

Licinius: Ein Freund des Horaz.

Licymnia: Pseudonym für Terentia, die Gattin des → Maecenas.

Ligurin(us): Ein Knabe.

Lipara: Die größte der Äolischen (Liparischen) Inseln im Norden Siziliens, jetzt Lipari.

Liris: Fluß in Mittelitalien, jetzt Liri-Garigliano.

Livius: Lucius Livius Andronicus (gest. Ende des 3. Jh. v. u. Z.), Begründer der römischen Dichtkunst (240 v. u. Z. Schauspielaufführung). Er übersetzte die Odyssee in lateinischen Saturniern.

Lokris: Landschaft in Mittelgriechenland.

lokrisch: → Lokris.

Lollius: 1. Vertrauter des Augustus, Konsul 21 v. u. Z. (zusammen mit Lepidus, der aber erst später gewählt wurde, nachdem Augustus das Amt abgelehnt hatte), 16 v. u. Z. von den Sygambrern geschlagen (O. IV 9,32; B. I 20,28). – 2. Ein Freund des Horaz, ein junger Dichter, vielleicht ein Verwandter von 1) (B. I 2,2; 18,1).

Longarenus: Ein Liebhaber von → Sullas sittenloser Tochter Fausta.

Lucilius: Gaius Lucilius (um 180–102 v. u. Z.), römischer Satirendichter. Er stammte aus dem Ritterstand und war mit Scipio → Africanus 2) befreundet.

Lucina: Beiname der Diana in ihrer Eigenschaft als Geburtshelferin.

Lucretilis: Berg im Sabinerland, in der Nähe des Horazischen Landguts, jetzt Monte Gennaro.

Lucrinus: See in Kampanien, reich an Fischen und Austern.

Lucull(us): Lucius Licinius Lucullus (106–56 v. u. Z.), römischer Feldherr, berühmt durch seinen Reichtum und Luxus. Er führte das römische Heer im 3. Mithridatischen Krieg seit 74 v. u. Z.

Lukanien: Bergland in Süditalien. Dorthin trieben reiche Landbesitzer, die Weiden sowohl in den Ebenen Apuliens als auch auf den lukanischen Höhen besaßen, im Sommer ihre Herden; Jagdgebiet besonders für Wildschweine.

Lukrinersee: → Lucrinus.

lukrinisch: → Lucrinus.

Luna: Der Mond als Epiphanie der Göttin Diana.

Lupus: Wahrscheinlich Lucius Cornelius Lentulus Lupus, Konsul 156 v. u. Z.

Luscus Aufidius: Munizipialbeamter in → Fundi, ehemaliger Kanzleibeamter.

Lycaeus: Berg in Arkadien, dem Pan (Faun) heilig.

Lyce: Ein Mädchen.

Lycidas: Ein Knabe.

Lyciscus: Ein Knabe.

Lycoris: Ein Mädchen.

Lycurgus: König von Thrakien, der es wagte, als Gegner des Bacchuskultes aufzutreten. Der Gott schlug ihn dafür mit Wahnsinn und ließ ihn von Hunden zerreißen.

Lycus: 1. Liebling des → Alcaeus (O. I 32,11). – 2. Ein greiser Römer (O. III 19,23).

Lyde: Ein Mädchen.
Lydia: 1. Geliebte des Horaz (O. I 13,2; III 9,6. 7. 20). – 2. Eine Hetäre (O. I 8,1; 25,8).
Lydien: Landschaft in Kleinasien, nach alter Vorstellung Urheimat der Etrusker.
Lykambes: Vater der Neobule, der samt seiner Tochter von dem abgewiesenen Freier → Archilochus mit beißenden Spottversen in den Tod getrieben wurde.
Lykier: Bewohner von Lykien, einer Landschaft im Südwesten Kleinasiens, im Trojanischen Krieg Bundesgenossen der Trojaner.
Lynkeus: Einer der → Argonauten, berühmt wegen seines scharfen Blicks.
Lysipp: Lysippos von Sikyon (2. Hälfte des 4. Jh. v. u. Z.), griechischer Erzgießer, Hofkünstler Alexanders des Großen.

Maecenas: Gaius Cilnius Maecenas (um 70–8 v. u. Z.), vertrauter Freund und Berater des Augustus, Gönner des Horaz und anderer römischer Dichter, Abkömmling eines etruskischen Adelsgeschlechtes.
Maecius: → Tarpa.
Mänade: Bacchantin.
Maenius: Eine durch die Satiren des → Lucilius bekannte Figur eines Verschwenders und Possenreißers.
Mäonien: Landschaft in Lydien. Smyrna in Mäonien galt als eine der möglichen Geburtsstädte Homers.
Magnesierin: Hier → Hippolyte.
Maia: Mutter des → Merkur.
Makedonier: Angehöriger eines Volksstamms im Norden Griechenlands, insbesondere Philipp II. (382–336 v. u. Z.), seit 356 König von Makedonien, Vater Alexanders des Großen.
Maltinus: Ein Römer mit weichlichem, weibischem Betragen. Er trägt, wie die ehrbaren römischen Matronen, lange Gewänder.
Mamurren: Familie aus der latinischen Küstenstadt Formiae. Eines ihrer Mitglieder war Offizier unter Iulius Caesar, ein berüchtigter Emporkömmling.
Mandela: Ort im Sabinerland, 4 km vom Landgut des Horaz entfernt; jetzt Cantalupo di Bardella.
Manlius: Lucius Manlius Torquatus (gest. 47 v. u. Z.), Konsul 65 v. u. Z., im Geburtsjahr des Horaz.
Marcellus: Marcus Claudius Marcellus (gest. 207 v. u. Z.), Sieger über die Gallier (222 v. u. Z.) und Eroberer von Syrakus im 2. Punischen Krieg (212 v. u. Z.), Ahnherr von Octavians jungem Neffen Marcel-

lus (43–23 v. u. Z.), der 25 v. u. Z. Iulia, die Tochter des Kaisers, zur Frau erhielt und bis zu seinem frühen Tode als Nachfolger des Augustus galt.

Marica: Nymphe, im sumpfigen Mündungsgebiet des → Liris verehrt.

Marius: Ein Römer, der seine Geliebte erstach.

Mars: Gott des Krieges, als Vater von Romulus und Remus Ahnherr der Römer.

Marsaeus: Liebhaber der Schauspielerin Origo.

Marser: Alter Volksstamm im mittelitalischen Apennin, angeblich der Zauberei kundig, besonders waffentüchtig. Mit der Erhebung dieses Volksstamms begann der römische Bundesgenossenkrieg (90–88 v. u. Z.), der daher auch als Marsischer Krieg bezeichnet wird.

Marsyas: Statue eines Silens auf dem Forum Romanum. Die ausgestreckte Hand der Figur wurde als abwehrende Geste gegen die Wucherer gedeutet, die gegenüber ihren Standplatz hatten.

Massageten: Skythischer Nomadenstamm, östlich des Kaspischen Meeres beheimatet.

Massiker: Guter Wein aus Kampanien vom Mons Massicus.

Matinus: Berg an der Küste → Apuliens.

Mauren: Bewohner von Mauretanien im nordwestlichen Afrika, berühmt als tüchtige Krieger und kühne Jäger. Maurische, d. h. afrikanische Schlangen galten als besonders giftig.

Mavors: Mars, der Gott des Krieges.

Medea: Kolchische Königstochter, des Giftmischens kundig. Sie wurde die Geliebte des → Iason, half ihm bei der Erlangung des Goldenen Vlieses und floh mit ihm nach Griechenland. Als Iason die korinthische Königstochter Glauke heiraten wollte, tötete Medea sie mit einem vergifteten Brautgewand, ermordete die eigenen Kinder und flog mit einem Drachengespann davon.

Meder: Ursprünglich Name eines mächtigen Volkes im Gebiet des heutigen Iran, von Horaz zur Bezeichnung der → Parther verwendet. Mit dem Mederstrom ist der Euphrat gemeint.

Megylla: Ein Mädchen aus Lokris.

Meleager: Held bei der Kalydonischen Eberjagd, Halbbruder des → Diomedes. Er fand, von seiner Mutter verflucht, im Kampf gegen die Kureten den Tod.

Memnon: Mythischer König von Äthiopien, Verbündeter der Trojaner im Trojanischen Krieg, von Achilles getötet. Er war der Held eines Epos des → Furius Alpinus.

Memphis: Alte Hauptstadt Unterägyptens, Sitz des Kultes der Isis, die mit der römischen Venus identifiziert wurde.

Menander: Menandros (etwa 342–290 v. u. Z.), griechischer Komödiendichter, bedeutendster Vertreter der sogenannten Neuen attischen Komödie.

Menelaus: Sohn des Atreus (= Atride), König von Sparta. Als er den Trojaner Paris gastfreundlich in sein Haus aufnahm, raubte dieser ihm die Gattin Helena. Das wurde zum Anlaß für den Trojanischen Krieg.

Menenius: Ein Geistesgestörter.

Mercurius: → Merkur.

Meriones: Griechischer Held vor Troja, Freund und Kampfgefährte des kretischen Königs Idomeneus.

Merkur: Sohn des Jupiter und der Maia, geflügelter Götterbote, Gott des Handels und des Gewinns. Nach der Sage erfand er die Sprache und die Leier; er ist somit Schirmherr der Poeten. Durch ihn wurde die Gymnastik eingeführt. Der Gott geleitet die Seelen der Verstorbenen in die Unterwelt. Die Leier gab er seinem Halbbruder Apollo im Tausch gegen die Rinder der Götter.

Messalla: Marcus Valerius Messalla Corvinus (64 v. u. Z.–9 u. Z.), Konsul 31 v. u. Z., Staatsmann, Schriftsteller und Mäzen. Er stammte aus einer der vornehmsten Familien Roms, der Gens Valeria.

Messius: Ein Possenreißer, der wahrscheinlich aus der Gegend von Caudium stammte und den Spitznamen Cicirrus (Gockel) trug.

Metaurus: Fluß in Umbrien, jetzt Metauro. Dort besiegten die Römer 207 v. u. Z. unter Marcus Livius Salinator und Gaius Claudius → Nero 1) das punische Heer. In der Schlacht kam Hasdrubal, → Hannibals Bruder, ums Leben.

Metella: Geliebte des Sohnes von Aesopus, dem Schauspieler.

Metellus: 1. Quintus Caecilius Metellus Macedonicus (gest. 115 v. u. Z.), Konsul 143 v. u. Z., politischer Gegner des Scipio → Africanus 2) (S. II 1,67). – 2. Quintus Caecilius Metellus Celer (gest. 59 v. u. Z.), Konsul 60 v. u. Z., im Jahre des sogenannten 1. Triumvirats (O. II 1,1).

Methymna: Stadt auf der Insel Lesbos, Anbaugebiet eines guter Weins.

Mevius: Ein Dichterling, dem auch der Spott Vergils gilt.

Milet: Reiche Handelsstadt in Kleinasien. Gewänder aus Milet (Milesiergewänder) waren besonders prächtig und kostbar.

Milonius: Ein Lebemann.

Mimas: Einer der → Giganten.

Mimnermus: Mimnermos von Kolophon (um 600 v. u. Z.), griechischer Dichter. Er gilt als der Schöpfer der erotischen Elegie.

Minerva: Göttin der Weisheit, Schutzherrin der Künste und des Handwerks.

Minos: Mythischer König von Kreta, nach seinem Tode Richter in der Unterwelt.

Minturnae: Stadt in Latium, an der Mündung des Liris gelegen.

Minucius: Konsul 306 v. u. Z., angeblich Erbauer einer Straße von Benevent nach Brundisium.

Misenum: Stadt und Vorgebirge in Kampanien.

Molosser: Volk in Epirus, bekannt durch die Zucht von scharfen Wachhunden.

Monaeses: Parthischer Feldherr, der 36 v. u. Z. den Römern eine Niederlage beibrachte.

Moschus: Volcacius Moschus, Rhetor aus Pergamon, der Giftmischerei angeklagt. Er wurde im Prozeß von → Torquatus 2) und Asinius → Pollio verteidigt.

Mucius: Berühmter römischer Jurist (2. Jh. v. u. Z.).

Mulvius: Ein Schmarotzer.

Munatius: Begleiter des Claudius Tiberius → Nero 3) auf dessen Truppenexpedition nach Kleinasien.

Murena: Konsul 23 v. u. Z., Schwager des → Maecenas, Mitglied des Augurenkollegiums, das durch Vogelschau und Deutung von Vorzeichen den Willen der Götter festzustellen hatte.

Musa Antonius: Leibarzt des Augustus.

Mutus: Ein Mann niederer Herkunft, der durch eine reiche Heirat Großgrundbesitzer wurde.

Mygdonien: Poetischer Name Phrygiens. In diese Landschaft wanderte der sagenhafte König Midas ein, dessen Reichtum sprichwörtlich war.

Myrtale: Ein Mädchen.

Myser: Volk in Kleinasien, Gegner der Griechen im Trojanischen Krieg.

Mystes: Ein Knabe.

Naevius: 1. Gnaeus Naevius (etwa 270—201 v. u. Z.), römischer Dichter (B. II 1,53). — 2. Ein berüchtigter Verschwender (S. I 1,101). — 3. Ein schlechter Gastgeber (S. II 2,68).

Nasica: Ein verschuldeter Römer, der seine Tochter dem Gläubiger, offensichtlich einem alten Mann, zur Frau gibt, in der Hoffnung, durch dessen Testament seiner Schulden enthoben zu werden.

Nasidiën(us): Rufus Nasidiënus, ein reicher Protz.

Natta: Ein Geizhals.

Neaera: Eine Kitharaspielerin.

Neapolis: Neapel.
Nearch: Ein schöner Jüngling.
Neobule: Ein Mädchen.
Nereus: Weissagender Meeresgott, Vater der Thetis, der Mutter des Achilles.
Nerius: Ein Bankier.
Nero: 1. Gaius Claudius Nero, Konsul 207 v. u. Z., Sieger in der Schlacht am → Metaurus (O. IV 4,37). – 2. Tiberius Claudius Nero (gest. um 33 v. u. Z.), erster Gemahl der Livia, Vater des späteren Kaisers Tiberius Claudius → Nero 3) und des → Drusus, die durch Livias zweite Ehe mit Augustus in die kaiserliche Familie kamen (O. IV 4,28). – 3. Tiberius Claudius Nero (42 v. u. Z.–37 u. Z.), älterer Sohn von → Nero 2), seit 14 u. Z. Kaiser. Er besiegte in den Jahren 15 bis 13 v. u. Z. gemeinsam mit seinem Bruder → Drusus die Räter. 21/20 v. u. Z. leitete er eine Truppenexpedition nach Kleinasien (O. IV 14,14; B. I 8,2; 9,4; 12,26; II 2,1).
Nessus: → Zentaur, von Herkules getötet. Die ätzende Wirkung des Nessusblutes war später die Ursache für den Tod des Herkules. Seine Gattin Deïanira hatte ein Gewand des Helden mit dem Blute getränkt, weil es angeblich die Kraft besaß, Treue zu bewirken.
Nestor: König von Pylos auf dem Peloponnes, der trotz seines hohen Alters ein griechisches Aufgebot nach Troja führte.
Niobe: Tochter des Tantalus, Gattin des thebanischen Königs Amphion, Mutter von 14 Kindern. Als sie vor Latona mit ihrem Kinderreichtum prahlte, rächten deren zwei Kinder, Apollo und Diana, die Mutter, indem sie die Söhne und Töchter der Niobe töteten.
Niphates: Berg in Armenien.
Nireus: Der schönste Mann im griechischen Heer vor Troja.
Nomentan(us): 1. Ein berüchtigter Verschwender (S. I 1,102; 8,11; II 1,22; 3,175. 224). – 2. Ein Gast des Nasidiënus, vielleicht mit 1) identisch (S. II 8,23. 25. 60).
Noricum: Landschaft südlich der Donau, östlich des Inns, das heutige Kärnten und die Steiermark, lieferte den Römern in der Antike besonders Eisenerze.
norisch: → Noricum.
Nothus: Ein Jüngling.
Novius: 1. Ein Freigelassener (S. I 6,40). – 2. Ein berüchtigter Wucherer, jüngerer Bruder von 1) (S. I 6,121). – 3. Ein sonst unbekannter Römer (S. I 3,21).
Numa: Numa Pompilius, der zweite der sieben legendären römischen Könige, dessen weise, auf Frieden gerichtete Regierung gerühmt wurde; Vorfahr der Familie der → Pisonen.

Numantia: Stadt in Spanien, 133 v. u. Z. nach jahrelangen Kämpfen von den Römern erobert.

Numicius: Ein Freund des Horaz.

Numida: Teilnehmer am Feldzug in Mauretanien (oder in Spanien), ein Freund des Horaz.

Octavius: Römischer Geschichtsschreiber und Dichter (1. Jh. v. u. Z.).

Ofellus: Ein Bauer aus der Nähe von Venusia, der bei der Landverteilung an die Veteranen des Caesarischen Heeres enteignet wurde.

Olympia: Heiligtum des Jupiter in Elis, Ort der Olympischen Spiele, die alle vier Jahre (vielleicht seit 776 v. u. Z.) stattfanden. Zum sportlichen Programm gehörten neben athletischen Wettkämpfen auch Wagen- und Pferderennen.

Opimius: Ein geiziger Reicher.

Orbilius: Lucius Orbilius Pupillus (113– um 14 v. u. Z.), Lehrer des Horaz.

Orbius: Ein Gutsbesitzer, Nachbar des Horaz in den Sabinerbergen.

Orest(es): Sohn des Agamemnon und der Klytaimnestra. Er rächte seinen Vater, der von seiner Gattin nach der Heimkehr aus Troja im Bade ermordet worden war, indem er seine Mutter tötete. Nach der Tat verfolgten ihn die Erinnyen, oft auch als die Qualen des Gewissens gedeutet.

Oricum: Hafenstadt in Illyrien, jetzt Eriklo.

Origo: Eine Schauspielerin.

Orion: Ein Jäger, der die jungfräuliche Göttin Diana vergewaltigen wollte, von dieser aber getötet wurde. Er wurde als Sternbild an den Himmel versetzt; sein Frühuntergang Anfang November bringt Stürme.

Orkus: Reich der Toten in der Unterwelt; als Personifikation Gott der Unterwelt.

Ornytus: Ein Bürger von → Thurii.

Orpheus: Mythischer Sänger aus Thrakien, Sohn der Muse Kalliope, der mit seinem Leierspiel wilde Tiere, Flüsse und Wälder, sogar den Höllenhund → Cerberus rührte.

Osker: Altitalischer Volksstamm, der wegen seiner Roheit und Derbheit von den Römern wenig geachtet war.

Otho: → Roscius 2).

Pacideianus: Ein Gladiator.

Pacor: Pakoros I. (gest. 38 v. u. Z.), parthischer Königssohn, der den Römern 40 v. u. Z. eine Niederlage beibrachte.

Pactolus: Fluß in Lydien, der Gold führte.

Pactumeius: Sohn der Giftmischerin Canidia, der jedoch, da man ihr Unfruchtbarkeit nachsagte, als untergeschoben galt.

Pacuv(ius): Marcus Pacuvius (220–um 130 v. u. Z.), römischer Tragödiendichter.

Padus: Fluß in Oberitalien, jetzt Po.

Päligner: Völkerschaft im rauhen Bergland der Abruzzen, angeblich der Zauberei kundig.

Palatium: Einer der sieben Hügel Roms, mit einem von Augustus errichteten Tempel des Apollo, in dem sich auch eine öffentliche Bibliothek befand.

Palinurus: Vorgebirge in Lukanien, jetzt Kap Palinuro. Horaz erlebte dort einmal auf der Rückfahrt von Makedonien einen schweren Sturm.

Pallas: → Minerva.

Panaetius: Panaitios (etwa 180–110 v. u. Z.), stoischer Philosoph aus Rhodos. Er wirkte lange Zeit im Kreis um Scipio → Africanus 2).

Panthous: Trojaner, Vater des Euphorbus, der in den Kämpfen um Troja fiel. Nach der pythagoreischen Seelenwanderungslehre soll die Seele des Euphorbus in → Pythagoras, der deshalb auch Sohn des Panthous genannt wird, wiederauferstanden sein.

Pantilius: Ein Römer.

Pantolab: „Schnapphahn“, Spitzname für einen Taugenichts.

Paphus: Stadt auf Zypern, mit berühmtem Venuskult.

Paris: Sohn des trojanischen Königs Priamus. Ausgesetzt, wuchs er zunächst als Hirte auf. Er entschied den Schönheitsstreit der Göttinnen Juno, Minerva und Venus zugunsten der Liebesgöttin, weil sie ihm im Falle des Sieges die schönste Frau auf Erden, Helena, versprochen hatte. Paris raubte die Helena aus dem Hause ihres Gatten Menelaus, wo er als Gastfreund Aufnahme gefunden hatte. Damit gab er den Anlaß zum Trojanischen Krieg.

parisch: → Paros.

Parma: Stadt in Oberitalien.

Paros: Insel in der Ägäis, Heimat des Jambendichters → Archilochus („parische Jamben“ = Gedichte des Archilochus). Auf der Insel wurde ein begehrter weißer Marmor abgebaut.

Parrhasius: Parrhasios (um 400 v. u. Z.), griechischer Maler aus Ephesos in Kleinasien.

Parther: Volksstamm südlich des Kaspischen Meeres. Die Parther stellten zur Zeit des Horaz außer den Germanen die einzige militärische Gefahr für Rom dar; sie wurden deshalb von den Römern als die größten Lügner und Betrüger hingestellt. Eine ihrer Kampftaktiken war es, den Gegner durch vorgetäuschte Flucht zum Vorgehen zu verlocken.

Parzen: Die drei römischen Schicksalsgöttinnen. Sie spannen den Schicksalsfaden jedes einzelnen Menschen und bestimmten durch Abschneiden des Fadens den Zeitpunkt des Todes.

Patara: Stadt in Lykien, Kultort Apollos.

Paulus: 1. Beiname einer vornehmen römischen Familie (S. I 6,41). – 2. Lucius Aemilius Paulus, einer der beiden römischen Konsuln in der Schlacht von Cannae gegen Hannibal (216 v. u. Z.); er verschmähte es, sein Leben durch die Flucht zu retten (O. I 12,38). – 3. Paulus Fabius Maximus, Konsul 11 v. u. Z., zur Zeit des Horaz ein junger Mann, später einer der Vertrauten des Augustus (O. IV 1,11).

Pausias: Berühmter griechischer Maler (4. Jh. v. u. Z.).

Pediatia: Ein Römer, der wegen seines weibischen Betragens mit der weiblichen Form seines Namens verspottet wird.

Pedius Poplicola: Quintus Pedius Poplicola, Konsul 43 v. u. Z., Redner, Verteidiger des → Petillius.

Pedum: Alte Stadt in Latium; der Dichter → Albius 1) Tibullus besaß dort ein Gut.

Pegasus: Geflügeltes Roß, das mit den Musen in Verbindung gebracht wird, → Bellerophontes.

Peitho: Personifikation der Beredsamkeit und Überredungskunst.

Peleus: Sohn des Aeacus, Vater des Achilles. Er sollte von Acastus, dem Gemahl der Hippolyte, die ihn nach Zurückweisung ihrer Liebe verleumdet hatte, auf der Jagd einem sicheren Tod preisgegeben werden, wurde aber mit Hilfe der Götter gerettet. Als Greis mußte er sein Land verlassen. Sein Schicksal wurde in Tragödien des Sophokles und Euripides dargestellt.

Pelion: Berg in Thessalien, den die Riesen Otos und Ephialtes auf den Olymp türmen wollten.

Pelops: Mythischer König auf dem Peloponnes, der nach ihm benannt wurde; Sohn des → Tantalus, Vater von Thyestes und Atreus. Er betrog seinen Wagenlenker Myrtilus, mit dessen Hilfe er Hippodamia gewann, um den ausbedungenen Lohn. Die Sage vom Fluch, der auf dem → Atridenhaus lag, ist in der antiken Tragödie häufig behandelt worden.

Penelope: Gattin des Ulixes. Sie wahrte ihm während seiner zwanzigjährigen Abwesenheit die Treue, selbst als eine Unzahl von Freiern um sie warb.

Pentheus: König von Theben, Gegner des Bacchuskultes. Er ließ den Gott in den Kerker werfen, worauf dieser den gesamten Königspalast zum Einsturz brachte. Pentheus wurde von den Bacchantinnen für ein Tier gehalten und von ihnen zerrissen.

Perellius: Ein Wucherer.

Persius: Reicher Geschäftsmann aus → Clazomenae.

Petill(ius Capitolinus): Ein Römer, der sich Unterschlagung von Staatsgeldern hatte zuschulden kommen lassen.

Petrin: Landgut in der Nähe der latinischen Stadt Sinuessa.

Pettius: Ein Freund des Horaz.

Phaëton: Sohn des → Sol. Er versuchte die Sonnenrosse seines Vaters zu lenken, kam dabei aber aus der Bahn und wurde von Jupiter mit einem Blitz getötet.

Phalantus: Anführer der spartanischen Kolonisten, die um 705 v. u. Z. → Tarent gründeten.

Phidyle: Eine Bäuerin.

Philippi: Stadt in Thrakien, bei der 42 v. u. Z. die Entscheidungsschlacht zwischen den Caesarianern (Octavian, → Antonius 1) und den Caesarmördern (→ Brutus, → Cassius 1) stattfand. Auf seiten der unterliegenden Caesarmörder nahm auch Horaz an der Schlacht teil.

philippisch: Philippos II. (382–336 v. u. Z.), seit 356 König von Makedonien, Vater Alexanders des Großen, gab nach ihm benannte Goldmünzen heraus.

Philipp(us): Lucius Marcius Philippus, Konsul 91 v. u. Z., ausgezeichneter Redner.

Philodem: Philodemos von Gadara (etwa 100–35 v. u. Z.), epikureischer Philosoph, Verfasser erotischer Gedichte.

Phoebus: Beiname des → Apollo in seiner Eigenschaft als Sonnengott.

Phokäer: Bewohner der griechischen Siedlungsstadt Phocaea in Kleinasien, die 534 v. u. Z. nach Korsika auswanderten, um dem persischen Joch zu entrinnen.

Phoker: Bewohner von Phokis, einer Landschaft in Mittelgriechenland.

Pholoë: Ein Mädchen.

Phraates: Phraates IV. (gest. 2 v. u. Z.), seit 37 v. u. Z. Partherkönig. Die Herrschaft wurde ihm von → Tiridates streitig gemacht. Er konnte ihn aber 26/25 v. u. Z. vertreiben. Phraates galt als tyrannischer Herrscher. 20 v. u. Z. schloß er einen Vertrag mit Rom, der praktisch die Unterwerfung bedeutete.

Phrygien: Landschaft im Nordwesten Kleinasiens (phrygisch = trojanisch). Phrygien war die Heimat ekstatischer Kulte. Marmor aus Synnada in Phrygien hatte eine rötliche Farbe.

Phryne: Eine Freigelassene.
Phthia: Thessalische Landschaft, Heimat des Achilles.
Phyllis: Ein Sklavenmädchen.
Picenum: Landschaft im östlichen Italien, Obstanbaugebiet.
Pierien: Landschaft in Thessalien, Sitz der Musen.
pikenisch: → Picenum.
Pindar(us): Pindaros (um 522–446 v. u. Z.), griechischer Lyriker aus Theben. Er soll seine dichterische Inspiration durch den Trank aus einer Quelle des → Helikon erhalten haben, die nur schwer zugänglich war.
Pindus: Berg in Thessalien, Sitz der Musen.
Pirithous: Sohn des Jupiter, König der → Lapithen, Freund des Theseus, mit dem er in die Unterwelt stieg, um Proserpina zu entführen. Beide wurden dort gefesselt, jedoch nur Theseus später von Herkules befreit.
Pirria: Eine Magd, die in einem Stück des römischen Komödiendichters Titinius (2. Jh. v. u. Z.) vorkam.
Pisonen: Ein Vater (entweder Lucius Calpurnius Piso Frugi, Konsul 15 v. u. Z., gest. 32 u. Z., oder Gnaeus Calpurnius Piso, Konsul 32 v. u. Z.) mit seinen beiden Söhnen.
Pitholeon: Vielleicht identisch mit Voltacilius Pitholaus, dem Verfasser von Schmähgedichten auf Iulius Caesar.
Plancus: Lucius Munatius Plancus, Konsul 42 v. u. Z., im Jahr der Schlacht bei → Philippi. Plancus stammte aus Tibur.
Plato: Platon (427–347 v. u. Z.), griechischer Philosoph, Schüler des Sokrates.
Plautus: Titus Maccius Plautus (um 254–184 v. u. Z.), römischer Komödiendichter, Vertreter der gräzisierenden sogenannten Comoedia palliata.
Plejaden: Die sieben Töchter des Atlas, an den Himmel versetzt als Sternbild, dessen Untergang zu Wintersbeginn von Sturm und Regen begleitet ist.
Plotius: Plotius Tucca, Mitglied des Maecenaskreises, eng mit Horaz und Vergil befreundet.
Polemon: Polemon aus Athen, Nachfolger des Xenokrates (um 396 bis 313 v. u. Z.) in der Leitung der → Akademie. Er soll nach einer durchzechten Nacht in eine Vorlesung des Xenokrates geraten und von diesem vom zügellosen Leben zur philosophischen Sittenstrenge bekehrt worden sein.
Pollio: Gaius Asinius Pollio (76 v. u. Z.–4 u. Z.), römischer Staatsmann, Anwalt und Redner, Vertrauter Iulius Caesars, Autor von Tragödien sowie eines Geschichtswerkes über den Bürgerkrieg (ab

60 v. u. Z.), Begründer der ersten öffentlichen Bibliothek in Rom, Initiator literarischer Rezitationen. Im Jahre 39 v. u. Z. errang er als Prokonsul einen Sieg in Dalmatien, für den ihm der Triumph gestattet wurde.

Pollux: Neben Kastor einer der → Dioskuren, Bruder der → Helena; Pollux liebte den Faustkampf.

Pompeius: Pompeius Varus, ein Jugendfreund des Horaz, der mit ihm die Schlacht von → Philippi erlebte. Im Gegensatz zu Horaz schloß er sich nach der Niederlage der Caesarmörder dem → Antonius 1) an und kehrte vermutlich erst 29 v. u. Z. nach Rom zurück.

Pompilius: → Numa.

Pomponius: Junger Römer von ausschweifendem Lebenswandel.

Pontus: Waldreiche Landschaft am Schwarzen Meer, die vorzügliches Holz für den Schiffsbau lieferte.

Porcius: Ein Schmarotzer.

Porphyrion: Einer der → Giganten.

Porsenna: Etruskischer König, der den vertriebenen letzten römischen König, → Tarquinius Superbus, zurückzuführen versuchte.

Poseidon: Gott des Meeres (lat.: Neptunus). Sextus Pompeius gab sich als Nachfahr des Gottes aus (E. 9,8 „Poseidons Admiral"); er wurde 36 v. u. Z. bei Naulochus (Sizilien) von Octavian besiegt und floh nach Kleinasien, wo er 35 v. u. Z. ermordet wurde.

Postumus: Ein Freund des Horaz.

Praeneste: Stadt in Latium, jetzt Palestrina.

Priam(us): König von Troja, Vater u. a. des → Hektor und des → Paris.

Priap(us): Fruchtbarkeitsgott, dessen roh gezimmerte Bildnisse in den Gärten aufgestellt wurden; sie zeigten in der rechten Hand eine Sichel und trugen einen überdimensionalen Phallus.

Priscus: Ein römischer Senator.

Proculeius: Gaius Proculeius, Schwager des → Maecenas, Freund des Augustus. Als seine beiden Brüder im Bürgerkrieg ihren Besitz verloren, teilte er sein eigenes Vermögen mit ihnen.

Proetus: König von Tiryns, Gatte der Stheneboea, die den → Bellerophontes verleumdete.

Prokne: Tochter des athenischen Königs Kekrops, Gattin des Tereus, Mutter des → Itys, nach dessen Tötung in eine Nachtigall (bei den römischen Dichtern in eine Schwalbe) verwandelt. Die Sage wurde von Sophokles in der nicht erhaltenen Tragödie „Tereus" gestaltet.

Prokyon: Sternbild des Kleinen Hunds (Aufgang am 15. Juli).

Prometheus: Sohn des Iapetus, Schöpfer der Menschen, die er aus Erde geformt haben soll. Für seine Geschöpfe entwendete er bei den Göttern das Feuer. Zur Strafe wurde er an einen Felsen im Kaukasus geschmiedet, wo ein Adler an seiner Leber fraß. Auch die Menschheit wurde durch die Götter bestraft, indem alle erdenklichen Krankheiten und Übel die Erde heimsuchten.

Proteus: Weissagender Meeresgott, der sich in verschiedene Gestalten verwandeln konnte. Er hütete eine Herde von Robben. In der Odyssee (IV 454ff.) wird er von Menelaus festgehalten, damit er den Griechen Mittel und Wege zur Heimkehr angebe. Bei Horaz wird analog dazu von ihm Auskunft über die rechte Lebensführung erwartet.

Pullia: Amme des Horaz.

Punier: Bewohner von → Karthago, insbesondere → Hannibal. In den drei Punischen Kriegen (1. Punischer Krieg 264–241 v. u. Z., 2. Punischer Krieg 218–201 v. u. Z., 3. Punischer Krieg 149–146 v. u. Z.) unterlag Karthago den Römern.

Pupius: Verfasser von rührseligen römischen Tragödien.

Pylades: Freund des → Orestes.

Pyrrha: 1. Gemahlin des Deukalion, Überlebende einer legendären Sintflut (O. I 2,6). – 2. Ein Mädchen (O. I 5,2).

Pyrrhus: 1. Pyrrhos I. (319–272 v. u. Z.), seit 306 v. u. Z. König von Epirus. Er kämpfte 280–275 v. u. Z. in Italien gegen die Römer und wurde von diesen schließlich besiegt (O. III 6,35). – 2. Ein Jüngling (O. III 20,1).

Pythagoras: Pythagoras von Samos (6. Jh. v. u. Z.), griechischer Philosoph und Mathematiker. Er lehrte die Seelenwanderung und die Wiedergeburt; → Panthous. Eine seiner Thesen hatte den verwandten Ursprung von Bohne und menschlichem Leben zum Inhalt.

Pythias: Die freche Dirne als Komödientyp.

Quadrans: Der vierte Teil eines → Asses; soviel betrug der Eintritt in den billigsten öffentlichen Bädern Roms.

Quinctius: Quinctius Hirpinus, ein wohlhabender Römer.

Quintilius: → Varus 1).

Quirinus: 1. Ursprünglich altrömischer Kriegsgott, mit dem vergöttlichten Stadtgründer Romulus identifiziert (O. I 2,46; III 3,16; E. 16,13; S. I 10,40). – 2. Beiname des → Janus (O. IV 15,9). – 3. Einer der sieben Hügel Roms (= Quirinal), dessen Name von Quirinus (= Romulus) hergeleitet wurde (B. II 2,68).

Räter: Volksstamm in den Alpen, von → Drusus und Claudius Tiberius → Nero 3) in den Jahren 15 bis 13 v. u. Z. unterworfen.

Ramnes: Die älteste der drei Ritterzenturien, von Horaz als Bezeichnung für die Juniorenzenturien gewählt, um außer der Jugend auch Stolz und Vornehmheit ihrer Angehörigen zum Ausdruck zu bringen.

Regulus: Marcus Atilius Regulus, Konsul 267 und 256 v. u. Z., römischer Feldherr im 1. Punischen Krieg. Er geriet in karthagische Gefangenschaft und wurde als Unterhändler nach Rom geschickt. Dort riet er von Friedensverhandlungen und einem Gefangenenaustausch ab und kehrte nach Karthago zurück, wo er zu Tode gefoltert worden sein soll.

Remus: Sohn des Mars, Zwillingsbruder des Romulus, Mitbegründer Roms, der in einem Streit von seinem Bruder getötet wurde.

Rhode: Ein Mädchen.

Rhodope: Bergkette in Thrakien.

Rhoetus: Einer der → Giganten. Er wurde in der Schlacht der Giganten mit den olympischen Göttern von Bacchus in Gestalt eines Löwen in die Flucht geschlagen.

Romulus: Sohn des Mars, Begründer Roms, Zwillingsbruder des Remus, den er in einem Streit erschlug. Nach seinem Tode wurde er als Gott → Quirinus 1) verehrt.

Roscius: 1. Ein Freund des Horaz (S. II 6,35). – 2. Lucius Roscius Otho, Volkstribun 67 v. u. Z., Urheber des Gesetzes, das den römischen Ritter, d. h. Römern mit mindestens 400000 Sesterzen Vermögen, im Theater die vordersten 14 Reihen reservierte (B. I 1,62). – 3. Quintus Roscius Gallus, berühmter Schauspieler, Freund Ciceros (B. II 1,82).

Rostren: Die Rednerbühne auf dem Forum Romanum, die mit erbeuteten Schiffsschnäbeln geschmückt war.

Rubi: Stadt in Apulien, jetzt Ruvo.

Rufill(us): Ein römischer Lebemann.

Rufus: → Nasidiënus.

Rupilius: Publius Rupilius Rex (König), ein römischer Ritter aus Praeneste, im Gefolge des → Brutus in Kleinasien.

Ruso: Ein Wucherer.

Rutuba: Ein Gladiator.

Saba: Stadt im südlichen Arabien.

Sabeller: Volksstamm sabinischer Herkunft im Apennin nordöstlich von Rom, angeblich der Zauberei kundig. Horaz fühlte sich auf seinem Landgut in den Sabinerbergen als Sabeller.

Sabiner: Volksstamm im Bergland nördlich von Rom, der auch Weinbau betrieb. Der Sabinerwein war ein gewöhnlicher Landwein. In den Sabinerbergen lag das kleine Landgut des Horaz, sein → Sabinum. In früher Zeit bestanden zwischen Rom und den Sabinern vertragliche Abmachungen.

Sabinum: Landgut des Horaz in den Sabinerbergen, ein Geschenk des → Maecenas an den Dichter.

Sabinus: Ein Freund des → Torquatus 2), von Horaz zum Gastmahl eingeladen.

Sagana: Eine Giftmischerin.

Salamis: Insel vor der attischen Küste, Herrschersitz Telamons, des Vaters von → Teuker. Eine Stadt namens Salamis wurde auf der Insel Zypern gegründet.

Salernum: Stadt an der Küste von Kampanien, jetzt Salerno.

Salier: Hochangesehenes patrizisches Priesterkollegium des Mars und des Quirinus. Ihre Feste wurden mit Kulttänzen und Lektisternien (Göttermahlzeiten) begangen. Das bei den Prozessionen vorgetragene Salierlied war die älteste liturgische Poesie in Rom.

salisch: → Salier.

Sallust(ius Crispus): Gaius Sallustius Crispus (gest. 20 u. Z.), Großneffe und Adoptivsohn des bekannten Historikers gleichen Namens.

Samniten: Italischer Volksstamm. Auch schwerbewaffnete Gladiatoren wurden als Samniten bezeichnet.

Sappho: Griechische Lyrikerin aus Mytilene auf Lesbos (um 600 v. u. Z.).

Sarmentus: Ein Schreiber, vielleicht im Gefolge des → Maecenas auf der Reise nach Brundisium.

Saturn: Vater des Jupiter. In Erinnerung an das Saturnische Zeitalter, in dem alle Menschen gleich waren, feierten die Römer ein ausgelassenes Fest, die Saturnalien, die am 17. Dezember begannen. Die Sklaven genossen an diesem Fest, das man etwa mit dem modernen Karneval vergleichen kann, besondere Freiheiten. Sie durften sich von ihren Herren bedienen lassen und hatten auch die Freiheit der Rede.

Satyr: Ziegenfüßiger, spitzohriger Gefährte des Bacchus. Die Satyrn standen bei der Entwicklung der Tragödie (wörtlich: Bocksgesang) Pate; die Spieler traten mit Bocksfellen bekleidet auf; der Wettbewerb ging um den Preis eines Ziegenbocks.

Scaeva: 1. Ein jüngerer Bekannter des Horaz (B. I 17,1). – 2. Ein übler Charaktertyp (S. II 1,53).

Scetanus: Ein Römer, der häufigen Umgang mit Dirnen pflegte.

Scipio: → Africanus 2).

Semele: Thebanische Königstochter, Geliebte des Jupiter, Mutter des Bacchus.

Septicius: Ein Freund des → Torquatus 2), von Horaz zum Gastmahl eingeladen.
Septim(ius): Ein Freund des Horaz.
Serer: Die Chinesen; ihre Seidenherstellung war schon in der Antike bekannt.
Servius: 1. Verfasser erotischer Gedichte (S. I 10,94). – 2. Servius Oppidius, ein wohlhabender Bauer (S. II 3,168).
Sesterz: Römische Münze; ursprünglich zweieinhalb, später vier → Asse.
Sestius: Lucius Sestius Quirinus, Konsul 23 v. u. Z., ein Freund des Horaz, früher Parteigänger des → Brutus, später des Octavian.
Sextilis: Der achte (früher der sechste) Monat des Jahres, der später nach Augustus benannt wurde.
Sibylla: Name legendärer Prophetinnen, unter denen die Sibylle von Cumae in Unteritalien für Rom eine besondere Rolle spielte. Die Säkularfeier des Jahres 17 v. u. Z. wurde auf Grund eines Sibyllinischen Spruches anberaumt; dieser enthielt auch detaillierte Angaben zur Ausgestaltung des Festes.
Sidon: Bedeutende Hafenstadt der Phönikier, Exporthafen für hochwertigen Purpur.
Sikuler: Bewohner von Sizilien.
Silenus: Erzieher und Begleiter des Bacchus, typische Figur des Satyrspiels.
Silvan: Altitalischer Gott des Waldes, auch als Gott der Grenzen verehrt.
Simo: Figur der Alten attischen Komödie, Typ des verliebten und leichtgläubigen Alten.
Simoïs: Fluß in der kleinasiatischen Landschaft Troas.
Sinuessa: Stadt in Latium an der Grenze nach Kampanien.
Sirenen: Frauengestalten, halb Mensch, halb Vogel. Sie betörten die an ihrer Insel vorüberfahrenden Schiffer durch wunderbaren Gesang, so daß diese an den Klippen scheiterten und umkamen. Ulixes gelang es durch eine List, ihrem Zauber zu entgehen.
Sisenna: Ein schmähsüchtiger Römer.
Sisyphus: 1. Mythischer König von Korinth, Sohn des Aeolus. Wegen eines Frevels gegen die Götter mußte er in der Unterwelt einen Stein zum Gipfel eines Berges wälzen, der vor Erreichung des Zieles ständig wieder hinabrollte (O. II 14,20; E. 17,68; S. II 3,21). – 2. Ein Zwerg, der dem → Antonius 1) gehörte (S. I 3,46).
Skamander: Fluß in der kleinasiatischen Landschaft Troas.
Skaurer: Marcus Aemilius Scaurus, Konsul 115 v. u. Z., und sein Sohn. Als sich der Sohn im Gefecht gegen die Kimbern (102 v. u. Z.) durch

die Flucht gerettet hatte, verbot ihm der Vater, vor ihm zu erscheinen. Daraufhin gab sich der Sohn selbst den Tod.

Skopas: Griechischer Bildhauer (4. Jh. v. u. Z.).

Skythen: Volksstamm im Gebiet des heutigen Südrußland, über den die Römer 29 v. u. Z. einen militärischen Erfolg errangen. Durch ihr Gebiet fließt der Tanaïs, jetzt Don.

Sokrates: Griechischer Philosoph (470–399 v. u. Z.).

Sokratiker: Die Schüler des → Sokrates, seine Schule. Es ist vor allem an Xenophon (um 430–354 v. u. Z.) und Plato (427–347 v. u. Z.) zu denken.

sokratisch: → Sokratiker.

Sol: Die Sonne als Epiphanie des Gottes Phoebus (Apollo).

Sophokles: Griechischer Tragödiendichter (um 496–406 v. u. Z.).

Soracte: Berg 37 km nördlich von Rom, 691 m hoch, jetzt Monte Soratte.

Sosier: Zwei Brüder, die in Rom einen Buchhandel (Verlag) betrieben.

Spartacus: Sklave aus Thrakien, Führer des größten antiken Sklavenaufstandes 74–71 v. u. Z.

Staberius: Ein Geizhals, der sich großen Reichtum erschachert hatte.

Stertinius: Ein philosophischer Schriftsteller stoischer Richtung, Tugendprediger.

Stesichorus: Stesichoros (etwa 640–555 v. u. Z.), griechischer Lyriker. Da er in einem Gedicht → Helena als Ehebrecherin schmähte, wurde ihm nach einer Legende von den → Dioskuren das Augenlicht geraubt und erst nach einem Widerruf (Palinodie) zurückgegeben.

Sthenelus: Wagenlenker des → Diomedes.

Subura: Niederung in Rom, verrufenster Stadtteil.

Sulgius: Ein stadtbekannter Ankläger in Rom.

Sulla: Lucius Cornelius Sulla (138–78 v. u. Z.), römischer Feldherr und Staatsmann, Konsul 88 v. u. Z., Vater der → Fausta. Sein Kampf gegen die Popularen in Rom bedeutete den Beginn des Bürgerkrieges (88 v. u. Z.). Seit 82 v. u. Z. war Sulla Diktator auf unbestimmte Zeit, legte aber 79 v. u. Z. sein Amt nieder und zog sich ins Privatleben zurück.

Surrentum: Küstenstadt in Kampanien, Weinbaugebiet, jetzt Sorrento.

Sybaris: Jünglingsname, mit dem Horaz auf die durch Verweichlichung berüchtigte Stadt gleichen Namens in Unteritalien anspielt.

Sygambrer: Germanischer Volksstamm, der 16 v. u. Z. den Römern eine Niederlage beibrachte. Augustus begab sich zur Fortführung der Kämpfe nach Gallien, kehrte jedoch 13 v. u. Z. zurück, da sich die Sygambrer ohne Kampf unterwarfen. Der von Horaz vorweggenommene Triumphzug fand also nicht statt.
Syrer: Volk in Kleinasien. Die syrischen Hafenstädte waren Umschlagplätze für den Handel mit dem Orient.

Taenarus: Kap an der Südspitze des Peloponnes, mit berühmtem Heiligtum des Neptun, jetzt Kap Matapan. Wohl wegen der vielen Schiffbrüche, die sich bei dem verrufenen Kap ereigneten, dachte man sich hier einen Eingang zur Unterwelt.
Talent: Ursprünglich eine Gewichtseinheit von 26,2 kg; als Geld (Barrengewicht für Gold oder Silber) ein beträchtlicher Wert.
Tanaïs: 1. Der Don, an dessen Ufern die Skythen wohnten (O. IV 15,24). – 2. Ein Kastrat (S. I 1,105).
Tantalus: Vater des → Pelops; wegen Verrats von göttlichen Geheimnissen wurde er in der Unterwelt mit ewigem Hunger und Durst bestraft.
Tarent(um): Reiche Stadt in Unteritalien, deren Einwohner als verweichlicht galten; jetzt Taranto. Pferde aus tarentinischer Zucht waren berühmt.
Tarpa: Spurius Maecius Tarpa, ein bekannter Kunstrichter der Augusteischen Zeit.
Tarquinius: Tarquinius Superbus („der Stolze"), der letzte der sieben legendären römischen Könige, dessen Hochmut und Grausamkeit schließlich zu seiner Vertreibung und zur Errichtung der Republik in Rom führten.
Taurus: Titus Statilius Taurus, Konsul 37 und 26 v. u. Z., römischer Feldherr und Staatsmann, Parteigänger des Augustus.
Teanum: Stadt in Kampanien.
Tekmessa: Phrygische Königstochter, Sklavin und Geliebte des → Ajax 1).
Telegon(us): Sohn des Ulixes und der Circe. Er erschlug nach einer Sagenversion seinen Vater, ohne ihn zu erkennen; Gründer von → Tusculum.
Telephus: 1. König von Mysien in Kleinasien. Als er vom Speer des Achilles verletzt worden war, weissagte ihm ein Orakel, die Wunde könne nur durch ihren Urheber geheilt werden. Telephus erreichte das, indem er sich Achilles als Bettler nahte (E. 17,8; D. 96. 103). – 2. Ein römischer Jüngling (O. I 13,1. 2; III 19,25; IV 11,21).
Tellus: Die Göttin der Erde, Mutter der → Giganten.

Tempe: Vom Peneius durchflossenes Tal in Thessalien, wo Apollo nach Erlegung des Drachen Python entsühnt wurde.

Terenz: Publius Terentius Afer (um 190–159 v. u. Z.), römischer Komödiendichter. In seinem „Heautontimorumenos" brachte er mit Menedemus einen Vater auf die Bühne, der durch übergroße Strenge den Sohn aus dem Haus trieb.

Teuker: Halbbruder des → Ajax 1). Da er den Tod seines Bruders im Trojanischen Krieg nicht gerächt hatte, wurde er bei seiner Rückkehr von seinem Vater Telamon aus der Heimat Salamis verwiesen.

Teukrer: Die Trojaner, so genannt nach ihrem ersten König Teuker.

Thaliarch: Fiktive Gestalt eines Jünglings, Symbol der Jugend (griech.: thalias archon = der Festfreude Führer).

Theben: Hauptstadt von Böotien, nach der Sage Geburtsort des Gottes Bacchus; Heimat des Sehers → Tiresias und des Dichters → Pindar. Theben war Schauplatz der Tragödien aus der Ödipussage.

Theon: Ein Freigelassener, der wegen seiner bissigen Reden berüchtigt war.

Thespis: Begründer der griechischen Tragödie (6. Jh. v. u. Z.); da es noch keine feste Bühnen gab, soll er mit einem Karren über Land gezogen sein.

Thessalien: Landschaft in Nordostgriechenland; als ehemaliger Aufenthaltsort der → Medea das klassische Land der Zauberei; Heimat des → Achilles.

Thetis: Eine Meeresgöttin, Mutter des → Achilles. Da sie wußte, daß ihr Sohn vor Troja sterben würde, versuchte sie, seine Teilnahme am Feldzug durch eine List zu verhindern. Sie brachte ihn auf die Insel Skyros zu König Lykomedes, wo er unter dessen Töchtern in Mädchenkleidern verborgen blieb, bis ihn eine griechische Gesandtschaft unter Ulixes dort entdeckte.

Thrakien: Landschaft nordöstlich von Griechenland, erst seit 46 u. Z. römische Provinz. In den Jahren 29 bis 27 v. u. Z. hatte es kriegerische Auseinandersetzungen zwischen Rom und Thrakien gegeben, die mit dem Sieg der Römer endeten. Thrakien gilt als das Ursprungsland des Bacchuskultes. Seine Bewohner wurden als wild und trunksüchtig angesehen. Als Thraker bezeichnete man die Gladiatoren, die mit kleinem Schild und gebogenem Säbel kämpften.

Thurii: Stadt in Süditalien am Golf von Tarent.

Thyaden: Frauen aus dem Gefolge des Bacchus.

Thyest(es): Bruder des Atreus, dessen Weib er verführte. Atreus ermordete aus Rache die Söhne des Thyestes und setzte sie dem Vater zum Mahle vor. Daraufhin verfluchte Thyestes das Atridengeschlecht; der Fluch erfüllte sich u. a. an Atreus' Sohn Agamemnon, der von seiner Gemahlin Klytaimnestra und deren Liebhaber Aegisthus ermordet wurde, und Atreus' Enkel Orestes, der seine Mutter tötete, um den Vater zu rächen. Die Sage ist von den Tragödiendichtern häufig behandelt worden.

Thynien: Teil von Bithynien in Kleinasien, Gebiet mit lebhaftem Handel.

Tiberius: Sohn des → Servius 2) Oppidius.

Tibur: Stadt östlich von Rom am Fluß Anio, jetzt Tivoli. Nach der Sage wurde die Stadt von den drei Enkeln des Amphiaraus von Argos, Tiburnus, Coras und Catilus, gegründet; Villenort für vornehme Römer.

Tiburnus: Einer der Gründer von → Tibur.

Tigellius: 1. Marcus Tigellius, ein bekannter Sänger aus Sardinien (S. I 2,3; 3,4). – 2. → Hermogenes (S. I 10,88. 98).

Tillius: Ein Mann niederer Herkunft, der – einmal aus dem Senat verstoßen – über das Volkstribunat die Ämterlaufbahn wieder betrat und es bis zum Prätor brachte.

Timagenes: Rhetor aus Alexandria, der als Kriegsgefangener um 55 v. u. Z. nach Rom kam und dort nach seiner Freilassung Rhetorikunterricht gab; wegen seines bissigen Spotts fiel er bei Augustus in Ungnade.

Tiresias: Seher aus Theben, den Ulixes in der Unterwelt aufsuchte.

Tiridates: Tiridates II., von Rom begünstigter Prätendent in den Kämpfen um den parthischen Königsthron, den er 29 bis 26/25 v. u. Z. innehatte; Gegner des → Phraates.

Tisiphone: Eine Furie.

Titanen: Das Göttergeschlecht mit Uranus an der Spitze, das von Jupiter und den Olympiern gestürzt und in die Unterwelt verbannt wurde.

Tithon(us): Trojanischer Königssohn, den die Göttin Aurora raubte. Jupiter verlieh ihm Unsterblichkeit; da Aurora aber vergessen hatte, auch ewige Jugend für ihn zu erbitten, schrumpfte er mehr und mehr zusammen und siechte, zur Zikade verwandelt, dahin.

Titius: Ein junger römischer Dichter, Begleiter des Claudius Tiberius → Nero 3) auf dessen Truppenexpedition nach Kleinasien.

Tityus: Einer der → Giganten. Er vergriff sich an → Latona und wurde von deren Kindern, Apollo und Diana, mit Pfeilen getötet. In der Unterwelt wurde er dadurch bestraft, daß Geier seine Leber zernagen.

Torquatus: 1. → Manlius (E. 13,6). – 2. Ein Freund des Horaz (O. IV 7,24; B. I 5,1).

Trausius: Ein Verschwender, der schließlich keine Mittel mehr besaß.

Trebatius: Gaius Trebatius Testa (etwa 80 v. u. Z.–4 u. Z.), angesehener Jurist, mit Horaz und Maecenas befreundet.

Trebonius: Ein Ehebrecher.

Trivicum: Kleine Stadt an der Grenze zwischen Samnium und Apulien, jetzt Trevici.

Troïlus: Sohn des trojanischen Königs Priamus und der Hekabe, von Achilles getötet.

Tullius: Servius Tullius, der sechste der sieben legendären römischen Könige, Sohn einer Kriegsgefangenen.

Tullus: 1. Tullus Hostilius, der dritte der sieben legendären römischen Könige; bekannt für seinen Reichtum (O. IV 7,15). – 2. Lucius Volcacius Tullus, Konsul 66 v. u. Z. (O. III 8,11).

Turbo: Ein Gladiator.

Turius: Ein Richter oder Geschworener, der sein Amt nutzte, um private Rache zu üben.

Tusculum: Stadt im Albanergebirge, der Sage nach von → Telegonus erbaut; jetzt Frascati.

Tusker: Die Etrusker. Sie galten als sinnlich und lebensfroh. Das Tuskische Viertel in Rom war wegen seiner liederlichen Bevölkerung schlecht beleumundet. Mit dem Tuskermeer ist das Tyrrhenische Meer vor der Westküste Italiens gemeint, der Tuskerstrom ist der Tiber, der über weite Strecken die Grenze des römischen Gebiets zu Etrurien bildete.

Tydeus: Vater des → Diomedes.

Tyndaris: Ein Mädchen.

Tyndarus: Vater der Klytaimnestra, die ihren Gemahl → Agamemnon nach seiner Rückkehr von Troja beim Bade mit einem Beile erschlug.

Typhon: Sohn der Gaea, der Göttin der Erde, der nach der Niederlage der → Giganten gegen Jupiter kämpfte. Er wurde besiegt und unter dem Ätna begraben.

Tyrtaeus: Tyrtaios (7. Jh. v. u. Z.), griechischer Lyriker, der im 2. Messenischen Krieg die Spartaner durch seine Lieder zum Kampf begeisterte.

Tyrus: Phönikische See- und Handelsstadt; Umschlagplatz für Purpur (tyrisch = purpurn).

Ulixes: Griechischer Held vor Troja (griech.: Odysseus); seine Irrfahrten nach dem Fall Trojas und seine endliche Heimkehr sind das Thema der Odyssee von Homer.

Ulubrae: Unbedeutender Ort in den Pontinischen Sümpfen.
Ulyß: → Ulixes.
Umbrenus: Nach der Landverteilung an die Veteranen des Caesarischen Heeres Gutsbesitzer in der Nähe von Venusia.
Umbrien: Berglandschaft in Mittelitalien.
Ummidius: Ein Geizhals, der von seiner Freigelassenen umgebracht wurde.
Ustica: Berg in der Nähe des Horazischen Landguts in den Sabinerbergen.
Utica: Stadt in Afrika, nördlich von Karthago gelegen.

Vacuna: Sabinische Göttin (der Muße?).
Vala: Numonius Vala, ein Freund des Horaz, Besitzer von Gütern bei Salernum und Velia.
Valerius: Publius Valerius Poplicola; er stürzte der Sage nach zusammen mit Iunius Brutus die Königsherrschaft in Rom und begründete die Republik.
Valgius: Gaius Valgius Rufus, Konsul 12 v. u. Z., Schriftsteller und Elegiendichter.
Varia: Stadt in der Nähe des Horazischen Landguts, jetzt Vicovaro.
Varius: Lucius Varius Rufus, Epiker und Tragödiendichter. Mitglied des Maecenaskreises, eng befreundet mit Vergil und Horaz.
Varro: Varro Atacinus (82–37 v. u. Z.), Übersetzer griechischer Dichtung, Satirendichter; seine Heimat lag am Fluß Atax in Südfrankreich.
Varus: 1. Quintilius Varus aus Cremona (gest. 24/23 v. u. Z.), ein Freund des Horaz und des Vergil, Poet und Kunstrichter (O. I 18,1; 24,5). – 2. Ein Geliebter der Giftmischerin Canidia (E. 5,72).
vatikanisch: Auf der Westseite des Tiber, gegenüber dem Theater des Pompeius auf der anderen Seite des Flusses, erhob sich der Vatikanische Hügel.
Veia: Eine Giftmischerin.
Veianius: Ein berühmter Gladiator, der bereits aus dem aktiven Dienst entlassen war.
Vejentaner: Ein nicht besonders guter Wein aus der etruskischen Stadt Veji.
Veji: Alte Stadt in Etrurien, in früher Zeit Rivalin Roms.
Velabrum: Geschäftsviertel in Rom.
Velia: Stadt in Lukanien.
Velinisches Viertel: Ein Stadtbezirk in Rom.
Venafrum: Siedlung im fruchtbaren Tal des Volturnus; besonders das dort hergestellte Öl war weltbekannt; jetzt Venafro.

Venusia: Stadt in Apulien, Geburtsort des Horaz, jetzt Venosa.

Vergil(ius): 1. Publius Vergilius Maro (70–19 v. u. Z.), römischer Dichter, Mitglied des Maecenaskreises (O. I 3,6; 24,10; S. I 5,41. 48; 6,55; 10,52. 90; B. II 1,245; D. 55). – 2. Ein mit Horaz befreundeter Geschäftsmann (O. IV 12,13).

Vesta: Göttin des Herdfeuers; ein ihr geweihter Rundtempel befand sich auf dem Forum Romanum.

Vibidius: Ein Römer aus dem Gefolge des Maecenas.

Victoria: Die Siegesgöttin.

Villius: Ein Liebhaber von → Sullas Tochter Fausta, der daher als Sullas „Schwiegersohn" bezeichnet wird.

Vindeliker: Keltischer Volksstamm zwischen oberer Donau, Inn und Alpen, 15 v. u. Z. von → Drusus besiegt; Teil der Provinz Rätien.

Vinnius: Ein Freund des Horaz, dessen Familie den Beinamen Asina (Eselin) trug; Mitglied des kaiserlichen Hofstaates.

Viscus: Name zweier Brüder, die zu den Freunden des Horaz und zum Maecenaskreis gehörten, aus Thurii stammend.

Visellius: Schwiegersohn eines Mannes, der an einem Hodenbruch litt.

Volanerius: Ein Lebemann.

Volteius Mena: Ein Freigelassener.

Voltur: Berg in Apulien.

Voranus: Ein berüchtigter Dieb.

Vortumnus: Gott des Wechsels und Wandels.

Vulcan(us): Gott des Feuers und des Schmiedehandwerks.

Xanthias: Ein Freund des Horaz; er stammte aus Phokis.

Xanthus: Fluß in Lykien. In der Nähe seiner Mündung liegt Patara, ein Kultort des Apollo.

Zentaur: Doppelgestaltiges Wesen mit dem Leib eines Pferdes und dem Oberkörper eines Menschen. Im Kampf mit den → Lapithen unterlagen die Zentauren.

Zethus: → Amphion.

Zyklop: Hier Polyphem, eine Gestalt der Odyssee Homers (IX 187 ff.), in die Nereïde Galatea verliebt.

Zyklopen: Einäugige Riesen, Gehilfen des Schmiedegottes → Vulcanus. Sie schmiedeten u. a. die Blitze des Jupiters, für die nach der Winterruhe großer Bedarf herrschte.

Zypern: Insel im östlichen Mittelmeer, mit bedeutendem Venuskult; bekannt durch Schiffsbau und Handel.

ZU DIESER AUSGABE

Die vorliegende Übersetzung folgt dem Versmaß des Originals. Eine Prosa-Übersetzung hätte wohl verschiedentlich den Inhalt des lateinischen Textes deutlicher, der deutschen Sprache angemessener wiedergeben können; sie hätte dann aber darauf verzichten müssen, einen Eindruck von der kunstvollen Form der Horazischen Poesie zu vermitteln. Auf Grund der Erwägung, daß die Dichtung des Horaz nur in der Einheit von Inhalt und Form gesehen und verstanden werden kann, ist der Weg einer versgetreuen Übersetzung gewählt worden.

Der Übersetzung liegt der Text der Horazausgabe von Friedrich Klingner, Leipzig ^{3}1959 (Bibliotheca Teubneriana), zugrunde. An einer einzigen Stelle wurde vom Text abgewichen: In Ode III 14,11 bietet die Ausgabe Klingners den überlieferten, aber unsinnigen Text „iam virum expertae" (welche den Mann schon kennen); die Übersetzung stützt sich auf die vermutete Lesart „non virum expertae" (denen der Mann noch fremd ist).

Innerhalb des überlieferten Horaztextes finden wir ferner einige Partien, die sich als spätere, unechte Zufügungen ausweisen; sie sind in der Übersetzung in eckige Klammern eingeschlossen. Die auffälligsten dieser Stellen sind folgende:

> Ode III 11,17–20, wo stilistische Gründe gegen Horaz als Verfasser sprechen; Ode IV 8,15–19, wo von *einem* Scipio Africanus die Rede ist, der fälschlicherweise sowohl mit dem 2. (hannibalischen) als auch mit dem 3. Punischen Krieg (Brand Karthagos) in Beziehung gesetzt wird, ein Irrtum, der Horaz selbst gewiß nicht unterlaufen wäre (auch die Verse 28 und 33 derselben Ode sind nachträgliche Zusätze); Satire I 10,1–8, wo sich Aussagen finden, die dem Grundtenor der Satire (Kritik an den Tadlern des Lucilius) widersprechen (im Gegensatz zur Ausgabe von Klingner wurde nach diesen unechten Versen mit der Verszählung nicht neu begonnen, sondern fortlaufend weitergezählt).

Die den einzelnen Stücken vorangestellten Überschriften sind Zugabe des Übersetzers, mit der den Gepflogenheiten moderner Poesie Rechnung getragen wird. In der Antike war es nicht üblich, Gedichte mit Überschriften zu versehen.

Bei der Abfassung der Einleitung wurde folgende Literatur benutzt:

> W. Wili, Horaz und die augusteische Kultur, Basel, o. J. (1948);
> R. Müller, Nachwort zu Horaz, Werke, Leipzig, o. J. (1968), (Reclams Universal-Bibliothek, Band 431).

INHALTSVERZEICHNIS